VINTAGE MINIS

爱情

LOVE

［英］珍妮特·温特森　著

于是 等　译

中信出版集团 | 北京

目录

橘子不是唯一的水果[1]

Oranges Are not the Only Fruit

1658 年，英国神职人员爱德华・拓普塞尔出版了一套皇皇巨著——木刻版画丛书《四足野兽与巨蛇的历史》。

其中一些是城里人或乡村居民都耳熟能详的动物：睡鼠、猫类、海狸。有一些则带有幻想色彩：狮身人面像、拉米亚[2]、长翅膀的恶龙、蝎狮（一种长着人脸的狮子），以及从不缺席的独角兽。

还有些木刻版画所描绘的野兽对我们现代人来说

1. 本书中所有文章标题均是节选内容所对应的原书名。——编者注

2. 古希腊神话中一种半人半蛇的女性怪物，以猎杀儿童而闻名。（若无特殊说明，本书中脚注均为译者注。）

很熟悉，在17世纪时却十分少见，如河马、犀牛、埃及鳄和长颈鹿，只有少数船员、探险家、服刑罪犯和骗子得以一见。他们为了从中获益和寻欢作乐而向他人提起这些野兽，在酒馆和集市上高谈阔论，或入夜后在卧床边烛光的掩映中窃窃私语。他们大肆宣扬，不是为了得到赌金，就是为了证明自己的胆量。那时的人们都很想相信这些，因为对于他们世界还很新鲜，而人生苦短，一对龙翼不知何时会派上用场。

因此，在自然和想象的联结之下，一些闻所未闻的野兽便诞生了。它们被画进书中，因此得以存在。

我想要的都切实存在，只要我敢去寻找。[1]

1. 此句对应的英文原文（What I want does exist if I dare to find it.）其实是来自《我要快乐，不必正常》一书中的原文引用。"我最近找到自己写的一些字，是常见的青春期那种带点诗意的糟粕，但有一句话我后来无意识地用在《橘子不是唯一的水果》里了——'我想要的都切实存在，只要我敢去寻找……'"在《橘子不是唯一的水果》（以下简称《橘子》）中，这句话是这样写的："只能心无旁骛地坚信她想要的都切实存在，只要她敢去寻找。"

这句话摘自我1985年出版的处女作《橘子》中，那时我二十五岁。

《橘子》讲了很多：它是一本成长小说，一本“出柜”小说，一本写满了童话的小册子，那个叫作珍妮特的主人公既是我也不是我。这是一个关于信仰过度的故事，发生在英格兰北部的工人家庭。这也是一个关于书和阅读的故事。

还有爱。

《橘子》是一个冒险故事。一段长久冒险的开端，追寻那个被称作“爱”的神秘生物。

我是被领养的，这件事影响了我一生。六周大时，我失去了人生第一份挚爱、我的第一个另一半——我的母亲。

所以，我的人生始于所爱之人的消失。

我的新父母——温特森夫妇——觉得爱是一件困难的事。他们从不拥抱。我母亲是那种熟读《旧约》

的人，笃信火与硫磺[1]。同时，我们的信仰和教会的箴言是：神就是爱。[2]

这些对我很管用，我早在生命之初便体会到了所爱之人的不可见和不可达。

生而孤独，又逢孤独的教养方式，作为家中独子，我的性格热切而浪漫。学校教育对我来说十分徒劳，但是校内图书馆收藏的所有英国文学名著，我全都读过。我的阅读漫无目的，一头追寻着莎士比亚，另一头追寻着 E. M. 福斯特。我也读了一些美国作家——亨利·詹姆斯、伊迪丝·华顿、爱伦·坡、斯科特·菲茨杰拉德、海明威、约翰·斯坦贝克——的作品。至于欧洲作家——除了纪德和黑塞——我那时并没有触及。

归根结底，是历时 350 多年的英式幻想，英国诗歌和散文，对我形成了至关重要的、塑造性的影响。

其中，我猜能让一切黯然失色的就是《钦定版圣经》[3]。从我婴儿时期到十六岁离家，我每天都要听别人

1. 火与硫磺是英文中的一个惯用表达，指上帝的愤怒。
2. 出自《新约圣经·约翰一书》。
3. 多称“钦定版圣经”，由英王詹姆士一世下令翻译，于 1611 年出版，对随后的英文版圣经产生了很大影响。

读，或者自己读这本书。这真是不少《圣经》了。

最近，文学才变得世俗。直到20世纪，大部分作者都拥有信仰，或是成长于拥有信仰的家庭。勃朗特三姐妹住在一间漏风的牧师住宅。约翰·邓恩放弃了性生活，只在作品中描写性，还做了圣保罗大教堂的教长。《项迪传》的作者，性格亲切的劳伦斯·斯特恩是一名教区牧师。浪漫派诗人将上帝交还给自然，正如沃尔特·惠特曼、威廉·布莱克处处都能看到上帝。

在19世纪的英格兰和美国，怀疑和信仰一样拥有强大的力量。不去相信即是违抗，而像所有其他的违抗一样，其中包含着爆炸性的、有益处的、充满创造性的力量。

所以，对于我所阅读的作者自身秉持的信仰，或是他们与无信仰所做的斗争，无论是心照不宣还是直截了当，我都倍感亲切。然而，成长于当下的世界，一切都变得十分不同。无信仰变成了新的常态，但这之中没有任何力量。在世俗制度之外，我们曾经习以为常的信仰的力量此时呈现出一派原教旨主义的面貌，饱含与教义相冲突的仇恨与暴力，却没有释放出任何创造力。

《圣经》的故事始于一场宏大的遗弃——逐出伊甸园、失乐园。

上帝耶和华是一位善变、易怒、内心充满排斥的大家长，对爱的理解也十分怪异。后来，在这个犹太故事[1]的基督教部分[2]，上帝任由上帝之子——耶稣被杀，作为人祭来拯救全人类，在劫难逃。神就是爱。老天！

或者说，是上帝太执迷于这个故事，无法做出任何更改？

对我而言，这是一次想象力的失常发挥，也是爱的失常发挥。

我希望可以做得更好。

你可以把这个称作“傲慢”，或者，你也可以将之称为“乐观”。

1.《圣经・旧约》，既是基督教经典，亦是犹太教经典。

2.《圣经・新约》，基督教经典。

一

所以，当我写《橘子》的时候，我按照《圣经》的前八章为我的故事分章节命名。我这么做不是因为觉得自己是上帝，或是任何一种权威，恰恰相反，我无须在石板上刻字[1]，也没有苛刻的戒律手册，没有遗言。

我只是弄明白了一件事——我可以改变故事。

我可以吗？

写作是试图去创造一个世界。我在给自己讲自己的故事。在《橘子》中，我变成了一个虚构人物，一个试图去理解爱，并且意识到没有爱一切都不可理解的虚构人物。

那是我的初恋，也是一次让人觉醒的恋爱——爱是分离、爱是失眠的长夜、爱是破碎的心。爱，如烈火的审判。无畏的爱，亦是女人之间的爱。那时候，

1.《十诫》，根据《圣经》记载，是上帝借由先知摩西向以色列民族颁布的十条规定，是上帝亲自用指头写在石板上的。

这类题材并不多见。

有些读者试图用“女性之爱”来归类这本书，将它锁入比自身更狭窄的空间。我一直表达得很清楚，我是个在情感上对女性有兴趣的作家，在性上也多是如此。这很重要，但这不是我写作的原因，也并没有扰乱我的思绪。

异性恋被允许纳入作者个人生活的“背景”，就像壁纸。所以，这是男性至上主义和白人至上主义的体现。当你踏出这个“背景”，就会被称为“女性主义作家”“女同性恋作家”“男同性恋作家”“女作家”“黑人作家”。你永远不会被称作“异性恋作家”、“男性作家”或是“白人作家”——这些都被纳入了“作家”这个词本身。

现在，一切都在变化，我很荣幸能参与其中。在政治层面，拥护自己坚信之事十分重要。同样，将一度被主流思潮边缘化的事物带入其中也十分重要。

但是，写作不止自我满足和讲故事。文学是与最深处的自我的盟约，是塑造一种用于描述“我们是谁”

的语言——不是陈词滥调、不是模棱两可，或者某种泛泛的、半真半假的说辞。奇怪的是，文学终归还是一门言之无物的艺术。当你合上书页，望向远方，一种超脱常识的会意之感油然而生，决心，平静，或是顿悟？从言语回归沉默。我们自沉默而来，又归于沉默，但是，没有言语的指引我们将无法复归沉默，因为言语本就是沉默的一部分。

可以被言说的那部分。

《橘子》讲述了背德之爱——两个年轻女人之间的爱，并且，这两个女人希望她们的爱之中包含性。为什么会有人希望爱之中不包含性呢？

《橘子》讲述了缺失之物和已有之物。缺失家庭之爱——如果你的父母不知道如何去爱你，而你也不知道如何去爱他们，那该怎么办呢？

在故事中支配一切的是不可见的上帝之爱——无论它到底是什么样，是错漏百出，还是强大蛮横。

我想这些对爱的诠释是我一直试图去理解的。

爱、失去、挣扎、孤独、缺失、分离、忠诚、抛弃。正常的世界是我的盟友，家是被抛诸脑后之地，我踏上追寻意义之旅。

我们可以在爱中找到意义吗？

意义。

爱。

这些词汇意味着什么？彗星之尾，它们的尾巴会随着星辰延伸吗？它们的故事亦随着星辰延伸？

我在试图追寻那些早已离开光源的光芒。

我一生的故事从那里开始，或者说，是从这里？

和大多数人一样，我跟父母生活了很久。我父亲喜欢看人格斗，我母亲喜欢与人格斗；喜欢的内容并不重要。她总是站在光明正义的一边，就这样。

她在风最大的日子里晾晒最宽大的床单。她就盼着摩门教徒敲响房门。每当选举季，在一个属工党阵营的镇子里，

她会在窗上贴一张保守党候选人的照片。

她从未听说过爱恨交织这种复杂的情绪。要么是朋友，要么是敌人。

敌人有：　魔鬼（千变万化）

隔壁邻居

性（千变万化）

鼻涕虫

朋友有：　上帝

我家的狗

玛奇阿姨

夏洛蒂·勃朗特的小说

杀鼻涕虫的药

以及我，起初是这样。我被她拖入了一场与“我们以外的世界”格斗的车轮战。对于生养子女，她怀有一种神秘的心态；倒不是说她生不了，而在于她不想生。圣母玛利亚率先成功地处女生子，她一直十分嫉妒。所以，她退而求其次，筹划找来一个弃儿。那就是我。

这既是我也不是我。《橘子》并不是一部自传或自白，它半虚构、半纪实，正如生活本身。我们所讲的故事都是翻唱之作。

——

街道的尽头就是山顶，母亲和我会步行上坡。我们所居住的小镇像是从山谷里偷来的，烟囱和小店铺挤挤挨挨，不带花园的小房子背靠背凑在一起，整个儿乱成一团。群山围绕我们，我们镇所在的小山一路绵延到奔宁山脉，时不时被某个农场或战后遗迹阻断一下。以前还有些旧油罐车，但政府把它们挪走了。小镇犹如一大块墨迹，街巷从中渗出，蔓延到绿色里，稳稳地向上攀升。我们家几乎在一条长长的一直伸展向远方的街道最顶端。那是条高低不平的石子路。当你爬到山顶俯瞰，景致就一览无余，恰如耶稣被魔鬼带到圣殿顶上时就能望见一切，只不过我们不必接受那样的试探。朝右望去，能看到跨越峡谷的孔桥，桥后面就是艾丽森廉租房区，每年一次的市集就在那儿举行。母亲允许我去赶集，条件是帮她带一罐黑豆回家。黑豆的模样酷似兔子粪，是在吉卜赛鸡肉汤底里炖出来的，味道好极了。有一次，我去买黑豆，正要回家时，有个老妇人突然抓住我的手。我还以为她要咬我呢。她只是看了看我的掌纹，笑了几声。“你这辈子不会结婚，”她说，“永远不会，而且你将终生漂泊。”

她没收黑豆的钱，叫我赶紧跑回家去。我跑啊跑，使劲想弄明白她的话是什么意思。其实我根本没想过结婚的事。我认得两个终生未嫁的女人；但她们都很老，和我母亲一样老。她们经营一家文具店，周三我去买漫画书时，她们时常送我一块香蕉饼干。我很喜欢她们，也常在母亲面前提起她们。有一天，她俩问我，要不要跟她们去海边玩。我奔回家，大呼小叫，忙着倒空零钱罐，想买把新的沙铲，可我母亲开了铁口，一锤定音：不行！我不明白为什么不行，她也不愿意解释。她甚至不让我回店里跟她们说我不去了。后来，她还禁止我去她们店里买漫画，让我去另一家远得多的店买。我很难过。我也从来没有在格林斯比的店里得过哪怕一块香蕉饼干。

几周后，我听到她跟怀特太太说起这件事。她说她们沉溺于违背自然的激情。我还以为她的意思是她们的糖果里有化学添加剂呢。

性源于罪恶感吗？

自从我记事以来，母亲就一直是凌晨四点上床睡觉，父亲则是凌晨五点起床。

没有肌肤之亲，还会有爱情吗？

春天，地上积雪未化，我就要结婚了。我的婚纱是纯白色的，还有一顶金冠。当我迈步走在教堂中央的通道上时，发冠变得越来越重，婚纱也越来越紧，让我寸步难行。我以为每个人都会对我指指点点，但根本没人注意我。

不管怎样，我还是走向圣坛。牧师很胖，还在不停地长胖，活像你吹的泡泡糖。终于到了这个时刻："你可以亲吻新娘了。"我的新婚丈夫转过身来面对我，而在这当口会有无数可能性。有时候他是个盲人，有时候是头猪，有时候他就是我母亲，有时候又成了邮局里的那个男人，还有一次，只是一套衣服，里面空无一人。我对母亲说过这件事，而她说那是我晚饭吃了沙丁鱼的缘故。第二天晚上我吃了香肠，仍然做同样的梦。

有个女人住在我们街上，她对所有人都说过，她嫁了一头猪。我问她为什么要嫁给猪，她回答我说：“等你发现他是头猪，一切就都太晚了。”

太对了。

毫无疑问，那个女人在现实中发现了我在梦中发现的事情。她在毫不知情的情况下嫁给了一头猪。

从那之后，我总是留心观察他。很难发现他其实是猪。他很聪明，但两只眼睛挨得很近，皮肤是亮粉色的。我试着想象他不穿衣服的样子。可怕。

我认识的其他男人也好不到哪里去。经营邮局的那个男人是个秃头，秃得锃亮，一双肥手都塞不进糖罐。他口口声声叫我乖孩子，而我母亲说这个词挺友善。他也给我糖果，这也算个加分点吧。

有一天，他的糖果有了新花样。

“给甜心吃的甜心。”说完，他哈哈大笑。那天我气急败坏，差点儿掐死我的狗，接着被愤怒的母亲拽出了家门。我可不是甜心。但我是个小女孩，因此，我就是甜心，还有这些甜心糖果证明这一点。我朝袋子里看。黄的、粉的、天蓝的、橙色的糖全都是心形的，全都印着这类话：

莫琳和肯最般配，

杰克和吉尔真心爱。

走在回家的路上，我把“莫琳和肯最般配”咬得嘎嘎响。我实在想不通。人人都把这句话挂在嘴边，说你找到了如意郎君。

我母亲说过这话，这让人想不通。

我小姨说过这话，这更让人想不通。

邮局那个男人还卖写着这种话的糖。

但还有嫁给猪的女人，还有把姑娘们偷偷摸摸带到巷尾欺负的麻脸小子们，还有我做的那些梦，这都让人想不通。

那天下午我去了图书馆。我绕了远路，就为了躲开那一对一对的男女。他们发出的声音很滑稽，听起来很痛苦，女孩总是被男孩狠狠挤压在墙壁上。在图书馆里，我感觉好多了，文字是你能信赖的，你可以一直看，直到你读懂。文字不像人，绝不会一句话说到一半就变卦，因而要看穿一句谎言就能容易些。我找了一本童话书，读了《美女与野兽》这一篇。

在这个故事里，一个美丽的少女因为父亲做了一笔糟糕的交易而眼看着自己成了牺牲品：她必须嫁给丑陋的野兽，要不然就会害家族永远蒙羞。因为她很善良，所以她顺从了。新婚之夜，她和野兽同床，看到一切如此丑陋，不禁悲从中来，遗憾万分，带着同情心轻吻了它一下。野兽立刻变成了英俊年轻的王子，从此，他俩幸福地生活在一起。

我很想知道，嫁给猪的那个女人有没有读过这个故事。要是她读过，肯定会失望得痛心疾首吧。还有我的比尔姨夫，他可恐怖了，浑身都是毛，可是看看那张野兽变王子的插图吧，王子们根本不该有吓人的体毛。

我慢慢地合上书。很明显，我已经撞上了一桩可怕的阴谋。

世界上有很多女人。

世界上有很多男人。

还有很多野兽。

如果你嫁给了野兽，该怎么办？

亲吻他们未必次次有效。

而且，野兽狡诈多端。它们会伪装成跟你我一样的人。

就像《小红帽》里的狼外婆。

为什么以前没人告诉我？莫非以前没人知道？

莫非整个地球上的女人们全都嫁给了野兽，而全不自知？

我尽可能地在心里反复验证这个结论。牧师是男人，但他穿裙装，所以与众不同。肯定还有别人，但就算有，人数够多吗？我担心的就是这个。有很多很多女人，大多数都结婚了。如果她们不能嫁给彼此——我认为她们不能，因为没法生小孩——有些女人就会不可避免地嫁给野兽。

我们家的情形就够糟的了，我心想。

要是真有什么辨别野兽的方法就好了，那我们就能运作一个配给系统。一整条街都住着野兽也不太合理。

那天晚上，我们得去小姨家玩“画甲虫”的纸牌游戏。她参加了教堂里的扑克牌队，得勤学苦练才行。她洗牌的时候，我问她：“为什么那么多男人其实是野兽？”

她放声大笑：“怎么说这些，你还小呢。”

姨夫偷听到了。他坐到我身边，把脸凑上来。

“要不然你们也不会这么爱我们呀。”他说着，用扎人的腮帮子蹭我的脸。我恨死他了。

“闪开，比尔。”小姨把他推开。“别担心，宝贝，”她安慰我，“慢慢你就会习惯的。我结婚那会儿，笑了一周，哭了一个月，然后定下心来过一辈子。生活不一样了，就是这么回事儿，各人有各人的活法。”我瞥了一眼，他的头都快埋到足球彩票堆里去了。

“你弄疼我了。”我控诉。

“才不是哩，”他咧嘴一笑，“那只是一点爱的表示。”

“你就会说这些陈词滥调，”小姨坚决不让他得逞，“你给我闭嘴，不然就出去。”

‘You hurt me.’

‘No I didn’t. It was just a bit of love.’

* “你弄疼我了。”

“才不是哩，那只是一点爱的表示。”

他扭扭捏捏地出去了。我多少指望着能看到他身后拖着一条尾巴。

她一边发牌一边说:“你还有的是时间为自己找个好男孩。”

“我觉得我不想要。”

“先有想要的东西，”她说着，放下一张 J，“才会有得到的东西，记住这句话。”

她是试图告诉我，她也知道野兽的事情吗？我沮丧极了，牌都接不下去，玩儿得一团糟。最后，小姨站起来，叹了口气。“你也该回家啦。”她说。

我去找母亲，她一直在客厅里听约翰尼·卡什的唱片。

“走吧，我们玩好了。”

她依依不舍地穿上外套，拿起她的小《圣经》，就是用于旅行携带的那种小开本。我们一起出门，走上了大街。

“我有话想和你说，你有时间吗？”

“有啊，”她答道，“我们吃个橘子吧。”

我费尽口舌，想解释自己的梦以及野兽理论，还有我多么讨厌比尔姨夫。整个过程中我母亲一直在哼唱《得主耶稣成吾挚友》，并给我剥了个橘子。等她剥完了，我也说完了。我还有最后一个问题。

“你为什么嫁给我爸？”

她凝神盯着我看。

“别傻了。”

“我没犯傻。”

“我们得让你有吃有喝的呀，更何况，他是个好男人，尽管我知道他不太上进。不过你也不用太担心，你已经献给上帝了。有了你之后，我就为你在传教学校注册登记了。要记住，简·爱和圣约翰·里弗斯。”一丝飘忽的神情浮现在她眼里。

我当然记得，但母亲有所不知的是，那会儿我已经知道她篡改了结局。除了《圣经》，她最喜欢的书就是《简·爱》，在我很小的时候，她就一遍又一遍地念给我听。那时我还不识字，却知道读到哪里就要翻书页。后来，我识字了，加上好奇，便决定自己读一遍。有点像是怀旧的朝圣。结果，在那个可怕的日子里，我在图书馆最里头的角落发现，简·爱根本就没有嫁给圣约翰，而是跑回去找罗切斯特先生了。那感觉，就像我翻箱倒柜找扑克牌时突然发现了自己的领养文件一样。在那以后，我再没玩过纸牌，也再没看一眼《简·爱》。

我们在沉默中继续往家走。她以为我心满意足了，但我在琢磨她的事，琢磨去哪里能找到我想知道的答案。

到了洗衣日，我躲进了垃圾箱，偷听街坊的三姑六婆在说什么。奈丽带着晾衣绳出来了，绕着后巷墙上的钉子把绳子拉起来。她看到多琳提着购物袋吃力地走上斜坡，便挥手招呼她，约她去喝茶聊天。每周三，多琳都会在肉铺排队抢购特价绞肉。这事总让她不开心，因为她是工党党员，笃信人人享有平等权益，好东西就该人人有份。她和奈丽聊起排在她前头买牛排的女人。奈丽摇了摇乱蓬蓬的小脑袋，说伯特死后那女人的日子也不好过。

“伯特，”多琳不依不饶地抢白道，“下葬前十年他就死透透了。”说完，她递给奈丽一块酒胶糖。

“唉，我可不喜欢说死人的坏话，”奈丽有点不安，“谁知道会有啥报应。”

多琳哼了一声，憋屈地蹲到后门台阶上。裙子太紧了，但她老说是裙子缩水了。

“那说点活人的坏话怎么样？我家的弗兰克也好不到哪儿去，一副死相。”

奈丽深吸一口气，又拿了一块酒胶糖。她问是不是在酒吧里端水果派和豌豆的那个女人？其实，多琳不知道详情，但既然奈丽都能想到这一点，那就可以解释为什么他每次晚归身上都有股肉汤味儿了。

“你当初就不该嫁给他。”奈丽抱怨了一句。

“我嫁他的时候怎么知道他是这副德行？”多琳又对奈丽说起大战、说起她父亲有多喜欢他，一切是那么水到渠成。“不过我该猜到的：什么样的男人会跑来勾搭你，结果却和你老爹喝个不停？我总是被晾在一边儿，到头来只能和他老娘、还有她的一个朋友玩纸牌。”

“那时候，他没带你去别处转转？”

“噢，有过，”多琳说，“每周六下午，我们会去赛狗场。”

她俩静静地坐了片刻，多琳又继续说：“当然咯，有了孩子就无所谓了。整整十五年，我对他视而不见。”

“反正，”奈丽再次宽慰她，“你总不至于像对街的希尔达那么惨，她那位就知道喝，喝得一分钱也不剩，她都不敢去警察局。”

“要是我家那位敢碰我，我就叫警察把他抓走。”多琳阴沉着脸说道。

“你真会吗？”

多琳愣了一下，鞋尖蹭了蹭泥地。

“我们抽根烟吧，”奈丽提议说，“你再跟我说说简的事儿。”

简是多琳的女儿，刚过十七岁，读书很用功。

“她再不找个男朋友，就该有风言风语了。她一天到晚在苏珊家里做作业，反正她是这么对我说的。”

奈丽觉得简也许只是假装去苏珊家做功课，其实偷偷地和某个男孩幽会去了。多琳摇摇头。“她确实在那儿用功，我和苏珊的母亲确认过。要是她们不小心点，乡亲们会觉得她们和文具店那俩人一样了。”

“我挺喜欢那俩人的，”奈丽很坚决地说，“谁说她们不正经了？”

“对街的弗根森太太亲眼看到她们搬了张新床进家门，双人床呢。”

“哎呀，那能说明什么呀？我和伯特也睡在一张床上，可我们在上头啥也不干。”

多琳说，那是没什么，但两个女人睡一张床就不一样了。

怎么不一样了？我躲在垃圾箱里，一个劲儿地琢磨。

“你们家的简可以去上大学，远走高飞，她聪明。”

“弗兰克才不想让她上大学呢，他只想快点儿抱外孙，我再不走就来不及了，他没晚饭吃，就会带着酒吧里的水果派和豌豆回家。我可不想帮他制造借口。”

她很辛苦地站起来，奈丽也开始把洗干净的衣服晾起来。等周边没人了，我才从垃圾箱里爬出来，和之前一样困惑不解，还沾了一身的煤灰。

看来，我生来注定要成为传教士是件好事。那之后，我把男人的问题暂时抛在脑后，集中心力攻读《圣经》。我心想，到头来，我肯定也会像别人一样坠入情网的。几年后，我确实栽进去了，实在是不小心。

“不小心”，爱通常都是一种巧合吗？这是我的第一本书和之后的书里经常提到的问题之一。我至今仍然没有找到答案，但它对我来说却越来越是个问题。我热爱自由意志，但我们的先人却对“命运”有些看法。

要不是我逛到货摊的另一侧去看大鱼缸，也不会注意到梅兰妮。

她正在一块宽大的大理石桌台上剖鱼剔骨。她用一把污渍点点的小刀剖开鲱鱼，再把鱼肚肠扔到马口铁桶里。她会把处理干净的鱼放在油纸上，每隔四条鱼就放上一根欧芹。

“我喜欢干这个。”我说。

她笑了笑，继续忙她的活儿。

“你喜欢吗？”

她依然没说话，所以我溜走了，溜到大鱼缸的另一边，套在艳粉色塑料雨衣里的人就该这样小心知趣。帽兜挡在眼前，我都看不清路了。

“我能拿一点鱼饵吗？”我问。

她抬起头，我发现她的眼眸是很漂亮的灰色，和隔壁邻居家的猫的眼睛有些相像。

“干活的时候，我不能和朋友聊天。”

“可我不是你的朋友呀。”我一语中的，有点鲁莽。

“你确实不是，但是他们会认为你是。”她回答。

“那就算我是吧。”我提议。

在《橘子》中，我们的感情逐步展开——从一段出乎意料的友情发展成一段出乎意料的爱情。我笔下的女孩们既不见多识广也不世故老练，那时还没有网络，她们不认识和自己一样的人。她们会去教堂，读《圣经》，在那里很开心，和彼此在一起也很开心。而后，事情变得复杂了，因为身体不会说谎。

等我到了梅兰妮家，天都快黑了。我不得不抄近道，横穿教堂后面的墓地，有时候我会从新墓碑下为她摘一束花。她看到花总是很高兴，但我死也不会告诉她花是打哪儿来的。她问我想不想在她家过夜，因为她妈妈不在，而她不想独自一个人待在家里。我说我得先给邻居家打个电话，好不容易才把母亲从生菜地里叫过来接电话，得到她的恩准。我们像往常一样读了《圣经》，再告诉对方自己有多么喜悦，因为上帝让我们走到一起。她久久地抚摸我的头发，然后，我们拥抱在一起，那感觉就像是在水里沉溺。然后，我有点害怕了，但又控制不住自己。胃里好像有东西在蠕动。我的身体里有一只大章鱼。

“你觉得这是违背自然的激情吗？”

盛宴满桌，宾客们为了鹅的最佳烹饪法争论不休。枝形吊灯时不时地被喧闹声震颤一下，几片微小的石膏屑被震下来，掉在冰冻果子露里。宾客们纷纷抬头看，与其说是担心，不如说他们觉得挺有意思。这儿很冷，非常冷。女人们最受罪。她们的香肩完全裸露在外，像白煮蛋那样雪白雪白的。外面，大雪之下，河流一如既往地流淌。这些是被选中的人，还有一支军队躺在大厅里的干草上睡觉。

外面，火炬熊熊燃烧。

大厅里，笑声飘荡。被选中的人总是这样。

变老，死去，再重新开始。无知无觉。

父与子。父与子。

一贯如此，从无侵扰。

圣父，圣子与圣灵。

外面，反叛者在猛攻冬宫。

爱，一切人造之物的规划者，同时又是终极的人造诡计，精美繁复的造物，肉体欲望的心灵叙述者。爱，毁灭者。

珍妮特（我与非我）的变化被母亲发现了，她最初以为女儿爱上了教堂里的某个英俊男孩。作为“性犯罪领域的警长”，她觉得是时候搬出皮埃尔的故事了……

“我认为你对教会里的某个男孩儿有意思。”

“什么？”我被弄糊涂了。

她指的是格雷厄姆，一个皈依不久的新教徒，他刚从斯托克波特搬到我们镇上。我正教他弹吉他，还努力使他理解定期研读《圣经》的重要性。

“是时候了，”她往下说，表情异乎寻常地郑重，“我该

告诉你，关于皮埃尔，以及我如何险些走上歧途的事。”她给我们俩各倒了一杯茶，还开了一包皇家苏格兰饼干。我全神贯注地听她说。

“那不是让我骄傲的事，我只说这一次。”

曾几何时，我母亲又任性又要强，找到了一份在巴黎的教职，在那个时代，那需要十二分的胆量。她住在圣杰曼大街，吃羊角面包，过着朴素的小日子。那时她还没有信上帝，但也有一套高标准。后来，在一个阳光灿烂的日子里，意想不到的事发生了，她向河畔走去时邂逅了皮埃尔，或者说，是皮埃尔从自行车上跳下来，送了她几颗洋葱，称赞她是他见过的最美丽的女人。

“我当然是受宠若惊了。”

他俩交换了地址，开始约会。那时候，我母亲体验到前所未有的感觉：头昏昏眼花花心跳跳，显然是被冲昏了头脑。不只是和皮埃尔相处的时候，每时每刻都那样。

“所以呢，我心想，那准是爱情。”

但这也让她困惑，因为皮埃尔不是很聪明，也不会甜言蜜语，除了称赞她美丽之外就没啥可说的了。也许他很英俊？也不是，她翻看时尚杂志，意识到他根本算不上好看。可那种感觉依然强烈，萦绕不散。后来，在一个宁馨的夜晚，他俩静静地吃完晚餐，皮埃尔拥住她，央求她不要走，和他共度良宵。头晕目眩的感觉又来了，当他紧紧地把她揽在怀里时，她千真万确地知道自己再也不会爱上别人了，她答应了，说她愿意和他在一起，然后就结婚。

“我同意了，上帝宽恕我。”

母亲情难自禁，停下不说了。我恳求她把故事讲完，还把几块皇家苏格兰饼干塞给她。

“最糟的部分还没讲到呢。”

她吃饼干的时候，我在心里猜度，什么才是最糟的呢。或许，我根本不是上帝送来的小孩，而是一个法国人的女儿。

那之后几天，我母亲在负罪感的折磨下焦虑难安，就去看医生。她躺在长沙发上，医生按了按她的胃、她的胸，问她是不是会头晕，肚子里会不会咕咕响。我母亲羞怯地解释，她恋爱了，身体总感觉很奇怪，但那并不是她就诊的原因。

“你大可以坠入爱河，”医生说，“但你也得了胃溃疡。”

请想象一下我母亲心中的惶恐吧。她把自己的一切都给出去了，竟是因为轻微的胃溃疡。她拿了药，遵医嘱进食，哪怕皮埃尔百般央求来看她，她都一概拒绝。不用说，他们意外重逢时，她什么感觉也没有了，一丁点儿都没有。为了彻底避开他，她没过多久就逃离了法国。

“那么，我是……”我挑起话头。

“没什么好说的了。”她干脆地打断我。

我俩一言不发地静坐了片刻，然后：

“所以，你得当心，你以为是心的，也许只是另外一个器官而已。”

说不定，母亲，确实说不定，我心想。她起身让我出去找点事情做。我决定去找梅兰妮，可我刚到门口，她又叫住我，说了一句警言。

“别让任何人碰你下面。”她含糊地指了指和围裙口袋差不多高的位置。

“不会的，妈。”我乖顺应答，然后一溜烟儿跑远了。

我的手指顺着她那无与伦比的骨骼游走，直至小腹处的三角地带。如此亲密却又让人如此心烦意乱，这究竟是为什么呢?

是的，爱结束了。我的意思是，那段恋情终结得很糟糕——教会认为这是一种罪恶，两个女孩被迫分开。梅兰妮相信她对珍妮特的爱是一种异常，她很愿意开始和男孩子们约会，并最终步入婚姻。对于珍妮特来说，事情更加复杂，她无法对自己的感觉说谎。

珍妮特和另一个女孩有了更深层的交往，这段关系最终也曝光了。她离开了家，离开了从小长大的房子，居无定所，直到离开此地去上大学。

第一个圣诞假期，她回来了，发现她母亲买了一台无线电，创建了自己的民用广播台，用来向异教徒们传播福音——主要是住在曼彻斯特的异教徒。

我想念上帝。我想念完全忠诚的人陪伴身边的感觉。我始终不认为上帝背叛了我。是上帝的仆人们，是的，但背叛是仆人与生俱来的天性。我想念作为我朋友的上帝。我甚至不知道上帝是否存在，但我确实知道，如果上帝是你的情感偶像，那么，只有极少数人类的情感能与之媲美。我曾想过，或许有朝一日可能有同等的感情，还有一次，我以为自己已经得到了，惊鸿一瞥，电光石火，却让我神思恍惚，企图窥见天地间的平衡。如果仆人们不曾气势汹汹地冲进来把我俩分离，我大概终究也会失望吧，掀翻雪白锦缎，却发现下面只是一碗汤。事已至此，可我心依然难安，我渴望有人暴烈地爱我至死不渝，明白爱和死一样强大，并永远站在我身边。我渴望有人毁灭我并被我毁灭。世间的情爱何其多，

有人可以共度一生却不知道彼此的姓名。命名是艰难而耗时的大事；它涉及本质，也意味着权力。否则，在狂野的夜晚，谁能把你唤回家？只有知道你名字的人才能。浪漫爱情已被稀释成平装本煽情小说，卖出了成千上万册。但在某个地方，它依然保留着最初的形式，刻画于石板上。我可以漂洋过海，任由暑气逼人；我可以放弃我所拥有的一切，但绝不会为了一个男人，因为他们只想当毁灭者，却从不愿被毁灭。这就是为什么，他们与浪漫的爱情格格不入。当然也有例外，我祝他们幸福。

我的渴望中有未知的部分，那令我害怕。我不知道那部分有多么庞大，或是多么高渺，我只知道它们还未被满足。如果你想测出一滴油的圆周，用石松粉就行。这就是我想到的办法。找一盆石松粉，撒在我的渴望上，求得那不可名状的部分到底有多广大。然后，当我再遇到什么人，我就可以把这个实验写得明明白白，告诉她们必须承担什么。除非，渴望也会扩增，而我无法计量那种速率；又或者渴望会变得残缺，甚至消失呢。只有一点我能万分肯定：我不想被背叛，但一段感情碰巧开始时，这事儿通常很难说。背叛，不是人们的常用词，可它让我纠结，因为世间有多种多样的不忠，但背叛始终是背叛，无论何时何地。我说的背叛，就是起初站在你这边，然后又跑到别人的阵营去了。

站在山顶，就是在山路指向采石场的地方，还可以看到梅兰妮曾经的家。在离家后的第二年，我们有过一次不期而遇，她推着一辆婴儿车。要说她以前就变得跟牛一样迟钝，现在恐怕已经可比植物了。我久久凝视她，思忖我们之间怎么会有过感情；可当初她刚离开我时，我简直以为自己得了败血症。我无法忘记她。而她似乎把一切都忘光了。这让我想狠狠摇醒她，想把自己的衣服当街剥光然后大喊：“**还记得这个身体吗？**”

时间是最厉害的杀手，人们遗忘、厌倦、变老、离去。

她说，用历史的眼光看，我们之间其实也没发生多少事。可是历史是打满结的线，你能做的只有欣赏它，说不定还能再打上几个结。历史就是摇摆的吊床、玩乐的游戏。挑棚棚游戏。

她说，那些感情都死了，那些她曾经对我有过的感情。死掉的东西，当然也有某种诱人之处。死掉的东西，你尽可虐待、篡改、重新涂上颜色。它不会怨怼。然后，她大笑一通，说我们大概是用完全不同的眼光看待发生的那些事了……她又笑了，说用我的视角可以写出一本精彩的小说，用她的视角只能写成历史，没血没肉的一堆事实。她说她希望我没有保留那些信件，死守那些毫无意义的东西岂不是犯傻。好像信件和照片会把事情越描越真、越危险。

我告诉她，我不需要她的信来让我牢记发生的一切。她面露茫然的神色，开始谈论天气、造路工程和婴儿食物高涨不下的价格。

她问我在做什么，我很想说我在彭德尔山上杀死婴孩献给上帝，或是涉猎白人奴隶买卖。随便什么，只要能激怒她就好。不过，用她的话来说，她很幸福。她和丈夫已经不吃肉了，而且她又怀孕了，总之就是这些。她甚至还写信给我母亲。她们携手为镇上的有色人种举办了第一次传教会。我母亲把“战备橱柜”里的菠萝罐头全都搬出来，因为她以为他们就吃这个。她还四处奔走，收集毛毯，不让他们着凉。第一位有色人种牧师到她家拜访时，她费尽口舌向他解释欧芹酱汁的重要性。后来，她发现人家大半辈子都是在赫尔[1]度过的。梅兰妮呢，一边等待她的外派传教任命，一边尽其所能处理好大大小小的事务，但她心有余力不足。就在传道

1. Hull，英国城市。（引文中脚注如无特殊说明，均为引文相关作品的译者注。）

期间，每个人都得吃腌猪腿配菠萝片、翻面菠萝蛋糕、菠萝酱淋鸡肉、菠萝炖肉块和菠萝煎肉片。“说到底，”我母亲说了一句颇有哲理的话，“橘子不是唯一的水果。”

下山时，天已擦黑了，打着旋儿的雪花黏在我脸上。我想到了那条狗，突然悲从中来；因她的死而悲恸，因我的死而悲恸，为一切随着改变而来的、不可避免的死亡而悲伤。没有任何选择不伴随以失去。可是，狗被埋在洁净的土里，而我埋葬的东西却自行掘墓而出。湿冷的恐惧，危险的想法，还有我暂且抛却、留待日后再处理的重重阴影。我不可能一劳永逸地抛却它们，总有一天我会想起来，会去面对。但是，并非所有漆黑的角落都需要光明，我必须记住这一点。

我确实必须记住这一点——即使已经过去这么多年——并非所有漆黑的角落都需要光明。

（本章原书节选内容译者：于是）

激情

The Passion

爱，狩夜者，猎血之人，肉身的苦刑，常俗的对立面。

爱，横亘在实用与绝望之间。

爱，岁月静好之敌。

创作《激情》时，我正不顾一切地爱着一个年长我二十岁的有夫之妇。为了应对这份爱情所激起的感受（当我谈到“激起”时，那就像一种魔力），我做了作家通常会做的事情，并改换了真实的情境。

我回到了拿破仑战争时期，机缘巧合之下，年轻的士兵亨利结识了一个长着脚蹼的女孩维拉内拉。后者与亨利相识，亦曾与一名对婚姻感到厌倦的神秘年长女性有染。故事发生在威尼斯，写完这个故事后，我才第一次造访威尼斯。

——

在写这个故事之前或写作过程中，我认为完全没理由去威尼斯。这是一本小说，不是旅行指南，而且，19 世纪的威尼斯已经消失了，我无法访问此地，我能做的就是去创造它。

艺术不是在模仿生活。是创造力将生活从时间与重力的束缚之下释放——事件可以被扭转，结局可以被改写，压在我们所做之事上的一切重担都被解除了。

《激情》是个好故事。它讲述了爱、性、友情、战争、政治和一群我们为之牵肠挂肚的角色。电视剧和电影的出现让讲故事进入了一个前所未有的时代。广告和市场操控全都围绕着故事。没有人能够拒绝故事——我们生下来就坐在营地的篝火旁，听着说书人讲故事。

尽管如此，对我来说，是文本真正让我感兴趣，而故事像一条魔毯将我带向别处。别处不是故事，是更远处——故事为我们引路。

《激情》的最后一句话，没错，被印在了很多件 T 恤上：

我是在给你讲故事。相信我。

在这个后真理[1]的时代，我们为什么要相信小说呢？

在写《激情》时，我们还没有身处一个后真理的世界，或者，我们认为我们没有。那一年，市场解除管制，二十年后那场人类历史上最严重的金融危机[2]自此祸根深种。如果真相是持续、真实、可靠且可证的，那么我们被告知的一切，我们亲身经历的一切，都不蕴含着真相。

1. 后真理是一种哲学和政治学概念，指的是“真理的共同客观标准的消失”和“事实或其他事实、知识、观点、信仰和真理之间的迂回滑动”。
2. 此处指英国保守派政治家撒切尔夫人 1979 年上台后推行的经济改革，被部分经济学家认为是导致了自 2008 年开始的经济危机的主要原因之一。

但我们当时对此毫不知情。撒切尔夫人和里根总统统治着世界，爱人如己[1]被“爱己”所取代，社会契约已死。

三十年后，想到《激情》，以及虚构与说谎的区别，我领悟到一个关于创作的、显而易见的真理——创作是为了触及更深层次的真相，而说谎是为了彻底掩盖真相，或者更糟，去建立一个噩梦般的世界。在那里一切都不是看上去的样子，一切都不可靠。我们都知道，人类的大脑无法忍受这些，于是，我们将本能地依附于“强人”，而那些人通常是最大的骗子。

这一切都再清楚不过。

只有一个问题不甚明了——故事本身是一个途径，而不是终点；是一张地图，而不是一个目的地。

这就是故事与爱的相通之处。

爱是一种途径，而不是终点；爱是一张地图，而不是目的地。正因如此，并没有所谓“他们从此过上

1. 出自《圣经·马太福音》。

了幸福快乐的生活”。

正因如此，莎翁喜剧的第五幕[1]经常令人感到不自在。我们知道，当一切尘埃落定，在欢声笑语之后，是另一幕戏剧、另一程旅途。

爱是一张折叠地图上可见的角落。

所以，我投身于讲故事，正如我投身于爱，两者都是苦差，不是安逸；是去冒险，而不是耽于满足；是去探寻可能性，而不是苦寻答案。

你会注意到，因为一切如此明显，必须被宣之于口——谎言往往被矫饰成答案。

脱欧、边境管制……列出你自己的清单吧。

真相是个充满疑问的地方。

故事里充满了疑问。如果这样，那么会怎样？这是什么？我是谁？你是谁？什么是我所信仰的？我为什么有此信仰？

---

1. 莎士比亚的喜剧作品多为五幕剧，即：序章、开场、发展、结局和尾声。

当然了，我们也用其他方式提出这些问题——在政治、哲学、精神层面，我们与这些问题迎头相撞。

我猜这就是不同之处，正如20世纪初弗洛伊德发现人类即使竭尽全力也无法一直面对面地正视强大、黑暗、困难、羞耻、内疚、罪恶和疯狂。我们不得不绕路，往下，远离而不至于逃跑。我们使用代理或者化身，故事就是这样发生的。

——

在爱中，我们感觉被理解，既感到踏实，又感到被扰乱。恋人的手掌和声音在我们的身体上翻箱倒柜。

我们被熟知，但不受打扰。
我们被拥抱，但依然自由。

我是在给你讲故事。相信我。

在这里，维拉内拉把自己打扮成男孩，第二次见到了那个神秘的女人：

十一月，威尼斯开始进入了鼻喉黏膜炎季。鼻喉黏膜炎和圣马可广场一样，都是威尼斯传统的一部分。很久以前，三人理事会还在以神秘的方式统治威尼斯的时候，任何叛国者或被罢免的倒霉家伙都会被宣称死于鼻喉黏膜炎。这样的处理方式让所有人都心安理得。雾气从潟湖滚滚而来，在广场上四处飘荡，正是这雾气引发了我们可恨的鼻塞。还有雨，安静而忧伤地下着，船夫们坐在湿透了的破布下面，无望地盯着运河。这种天气所能带来的唯一好处，就是外国人都被赶跑了。即使是凤凰剧院那光辉灿烂的水门也变得暗淡无光了。

一个下午，当赌场不需要我，甚至连我自己都不需要自己的时候，我去了花神咖啡馆喝酒，望着广场。能这样消磨时间，我感到心满意足。

我坐了大约有一个钟头，然后发觉有人在盯着我看。附近没有别人，但在不远处的纱门后面坐着一个人。我又一次放任了自己。被人看着有什么大不了的呢？我们总是在看人或是被看。侍者走到我的桌前，手里拿着一只小袋子。

我打开口袋。一只耳环。配对的那一只。

她站到了我的面前。我意识到自己穿着当天晚上的衣服，因为我正要去工作。我的手移到了嘴唇上。

“你剃了胡子。”她说。

我笑了笑。我说不出话来。

她邀请我第二天共进晚餐。我同意了，接过她写了地址的纸条。

那晚，在赌场里，我试着决定自己该怎么办。她认为我是个年轻男人。可我不是。我是否应该用自己的本来面目去拜访她，就这个错误开几句玩笑，然后优雅地离开？我为这个想法而心痛。这么快就要再次失去她了。而我自己到底是谁？穿着马裤和靴子的我，比穿着吊袜带的更缺乏真实性吗？究竟是我身上的哪一点吸引了她？

开局，赢。开局，输。再开局。

我小心翼翼地偷了足够多的钱，去买一瓶最好的香槟。

爱人们在最要紧的时候状态总不是最好的。嘴唇发干，手掌出汗，口拙词穷，整个过程中连心都恨不得飞出身体腾空而去，不再回来。据说坠入爱河的人容易受到心脏病的困扰。他们因为紧张而喝得太多，变得无法自持。他们吃得太少，以致在热烈的夙愿得偿的完满时刻昏厥过去。他们忘记了见风使舵的伎俩，卸下自己所有的伪装。这还不算什么。你的衣着，你的晚餐，你的诗歌，所有你曾予以重视的都会出错。

她的大宅坐落在一条安静的水路上，华丽、时尚，但不粗俗。客厅宽敞得不可思议，两头安着巨大的窗户；壁炉大得足够塞进一只无所事事的猎狼犬。除了一张椭圆形桌子和一张躺椅外，客厅里就没有其他家具了。房间里零星地点缀着来自中国的装饰品，她喜欢在过往的船只上搜集这些东西。墙上悬挂着一些古怪的镶嵌在盒子里的各种昆虫标本。我之前从没见过这样的东西，她的收藏热情让我讶异。

她带我参观房间的时候，靠近我站着，指给我看一些画与书。走楼梯时，她的手牵引着我的胳膊。我们坐下来时，她并没有按照正式的礼仪安排座位，而是让我紧挨着她，中间只隔着酒瓶。

我们谈论着歌剧、戏剧、游客、天气，还有我们自己。我告诉她我的生父是个船夫。她笑着问我传说是不是真的，难道我们真长着脚蹼吗?

“当然。”我回答。她笑得更厉害了，显然她认为这是个不错的笑话。

我们吃完了饭，喝光了酒。她说她结婚很晚，甚至固执地不想结婚，要知道她一直是个独立的人。她丈夫经营着东方稀有的书籍和手稿。标识着狮身鹰首兽洞穴和鲸鱼出没处的古老地图。隐藏着圣杯下落之谜的藏宝图。他是个安静文雅的男人，是她喜欢的类型。

他不在这里。

我们吃完了饭，喝干了酒。我们再也找不到一个能够轻松谈论的新话题了。我们已经在一块儿待了五个多小时，我该告辞了。我们站了起来，她去拿什么东西，而我向她张开了怀抱。就是这样。她转身投进我张开的手臂里，我的手放在了她的肩胛骨上，她的手放在我的背脊上。好一会儿，我们都保持这个姿势，直到我鼓起勇气在她的脖子上轻柔地吻了一下。她没有躲开。我壮着胆子亲吻了她的嘴，微微地咬了咬她的下唇。

她回吻了我。

“我不能和你做爱，”她说。

如释重负的同时我绝望万分。

“但是我可以吻你。”

就这样，从一开始我们就阻隔了彼此的快乐。她躺在地毯上，我则与她躺成一个直角，这样我们唯一能碰到的只有我们的嘴唇。用这种姿势亲吻真是最奇怪的娱乐。肉体贪婪地渴求着，却不得不依赖唯一的感官得到满足。正如瞎子的听觉更敏锐，聋子能感觉到青草生长，嘴唇变成了爱的焦点，所有的感觉都通过它，并重新获得定义。这真是甜蜜而确切的折磨。

（本章原书节选内容译者：李玉瑶）

给樱桃以性别

Sexing the Cherry

约旦还是婴儿时，他总是坐在我身上，像苍蝇栖息在粪堆上。而我则像粪堆养育苍蝇一样养育了他。可他一旦吃够了本儿，就离开了我。

约旦……

如果当初给他一个死水塘的名字，也许就能让他留在我身边。但是我给了他一条河流的名字，河水涨潮，他就溜走了。

《给樱桃以性别》的故事发生在詹姆斯一世时期，但我不认为这是一本历史小说。只不过，过去的一切都是历史，而一切时时刻刻都在成为过去。

我没有试图去还原一段历史时期，或是用腹语术操纵亡者，只是将过去当作一个场景，放入我感兴趣的一切。

我从不觉得为了有所关联，故事就必须被置于我们当下所处的时空。文学不是纪录片，选择过去是为了避免当下的杂乱无章。

《给樱桃以性别》是我的第三本书，在我二十九岁时出版。这是一个叫作狗妇的女巨人的故事，她生活在泰晤士河岸边，饲养猎犬，收养了一个叫作约旦的弃儿，离河之鱼。故事讲述了暴烈而单向的爱——母子之情（一段永远无法将他们联结在一起的感情）。他们都是孤独之人，从本质上来说，他们一直孑然一身。

爱令人困惑，带给我们的孤独感比无爱时更甚。爱是出现在空中的植物，光芒耀眼，不可触及。

但孤独感与挫败感不是一回事。

约旦还是个孩子的时候，会叠纸船放到河里漂浮。他学会了风向如何改变航线，但他从来没有学会爱是如何改变人心

的。比他的耐心更强烈的只有他的希望。他夜以继日地用从破鸡笼上取下来的碎木头和任何能偷到的纸制造帆船。我时常看着他站在烂泥中，或者脸朝下趴着，鼻子几乎没入水流，双手则稳扶着帆船，然后松开手，让它直直驶入风中。如此往复几个小时。后来，他也是这样对待他的心的。他从不相信会沉船。

然后他会回家，回到我的身边，带着那支离破碎的船和挂满泪水的脸颊。我们坐在台灯下，尽一切所能去修补，虽然第二天并没比第一天好多少。但是他失去自己的心时，却没人坐在他身边。他只有他自己。

在我的上一部小说《激情》里也有一个年轻男人——士兵亨利，他也同样对爱感到困惑。对我来说，完全没必要只描写自己的性别，除非有个理由。同样没必要在阅读时只从自己的性别立场出发去理解故事。虚构人物对作家和读者双方而言都是他们的原始化身。在这片自由之地，我们可以选择想成为谁。我们可以找到感觉、经历与性倾向的光谱，甚至找到愤怒与谋杀——这些日常生活之外的东西。

不过，《给樱桃以性别》的故事属于狗妇。我想，她必定是对我养母温特森太太的一种诠释，她很喜欢狗，并且从不甘心默默无闻。她体格健壮，而我不是。如此这般，《给樱桃以性别》中也提到了大小。某种意义上，这本书也算一本童话故事集，包含了十二个小童话。在童话故事中，所谓大小都是模糊而反复的。精灵与巨人，小矮人与变形人。

十二个童话是十二位跳舞的公主的故事。还是个孩子的时候，我很喜欢这些故事，但我很好奇这些女孩的生活。她们是谁？当我发觉自己是个作家后，我意识到我可以找到答案。

这是其中一个故事：

你或许听说过莴苣姑娘[1]。

她的家人热衷于收藏袖珍娃娃，莴苣姑娘却违抗了他们的意愿，和一位年长的女人住进了一座高塔。

---

1. Rapunzel，《格林童话》中一个童话故事的主人公。该故事讲述了一个头发具有魔力的女孩遇见了王子，二人历经磨难战胜女巫后幸福地生活在一起的故事，此处作者对故事进行了改写。

自她拒绝与隔壁的王子结婚，她的家人便被激怒，甚至诋毁这对人儿，说其中一个是老巫婆，另一个是不懂事的小女孩。诋毁名声还嫌不够，他们无休止地想闯入高塔，那对璧人不得不封上所有不及天空高的门。那女人要进来的时候会爬上莴苣姑娘的长发，而莴苣姑娘要进来的时候，则会在地板上钉住一顶假发，然后沿着从窗口甩出来的辫子爬回去。其实她俩都可以用梯子，但恋爱中的人嘛……

有一天，喜欢偷穿母亲连衣裙的王子将自己扮成了莴苣姑娘的爱人，爬上了高塔。一入塔里，他便把她绑起来，等着邪恶的巫婆归来。她带着她们的晚餐才从窗口跳进来，王子打她的头，将她抛出窗外。接着他押着莴苣姑娘顺着他带来的绳子往下爬，迫使她目睹他如何在荆棘地里刺瞎她早已满身是伤的情人。

后来，他们幸福快乐地生活在一起。当然。

而我，身上的伤虽好了，眼睛却再也没能复原，我的姐妹们沿各自的道路走到这里，最终她们也找到了我。

我的丈夫?

好吧，我第一次吻他的时候，他就变成了一只青蛙。

他在这儿，就在你脚边。他叫安东。

那时，安吉拉·卡特、迈克尔·罗伯茨、莎拉·梅特兰这些英国作家正致力于重新打开尘封已久的童话之门，并重新讲述这些故事。没必要一定是从政治正确或女性主义的角度重写，但主张重写这项权利本身是女权运动的一项提议。自《圣经》伊始，文本一直是一种宣扬知识和传统习俗的方式，一项用于加剧阶层固化的武器。同时，也是一项用于性别分化的武器。谁被允许阅读？谁被允许写作？标准是什么？文学是什么？又是谁主张了这些？

我很清楚自己是一名工人阶级女作家。所以，我很乐于从过往的百宝箱中尽情盗取。不管怎么说，故事只有被写下来之后才变得规整——神话、传说和童话过去存在于不同形式的口述之中，现在亦然。被写下来的故事都是命题式的，不是吗？

所以，为什么不来点不一样的呢？

——

但是，先说回狗妇。她是一个迷失的灵魂，永远也不会被人寻回。迷失是她荣光的一部分，她在其中闪光。她是个巨大的怪人，在泰晤士河岸边自己的狗群边上嚎叫。她在生活中横冲直撞，时而恐吓，时而哀悼。在我的版本中，是她导致了伦敦大火。

为什么不呢？烧掉那里吧。

但是，她心是被爱所占满的，不是仇恨。

爱是什么？

到达温布尔登后的那天清晨，我一醒来便沉浸于无边的哲思，只有约旦均匀的呼吸声和那三十条狗的呼噜给我慰藉。

对于爱来说，我太庞大了。没有人，男人或女人，敢接近我。他们不敢丈量大山。

我想到爱，是因为牧师说只有上帝才能真心爱我们，其他的都不过是情欲和自私。

教堂里的浮雕上，男人的那玩意儿肿胀得像个葫芦，他压着一个女人，她乳头嗖嗖地摩擦着地面，像挤奶前的母牛。她双眼紧闭，他则望向天堂，两人都没注意到草地上已着了火。

教区长特意摆设这些浮雕，是想让我们沉思自己的罪，

以及将会遭到的报应。

画面上同样有欲火焚身的女人，她们吮吸着彼此的唇，而男人们则像握着赶牛棒一样握着彼此的那玩意儿。

每个星期天我们排队去望弥撒，好让自己下个星期能保持谦卑和洁净。但我时不时还是在本该如上帝般平静的地方发现情欲的骚动。

对于我来说，我所知的爱来自我的狗，它们从不在乎我的长相；也来自约旦，他说我像他名字中的那条河一样宽广而泥泞，因此我们注定相依为命。至于这个罪孽深重的世界中的其他人，他们尽量躲着我走，这样对我已足够好了。

和父亲一样，我以养殖大猎狗为生，我本希望将来约旦也能做这一行。但他不会留下，他脑子里装满了其他大陆的故事，在那些地方，男人的脸长在胸脯上，还有些人则用单脚跳跃行走，蔑视自然的重力。

这些跳跃者一跃就是一英里[1]，且只需以树皮果腹。众所周知，他们的伙伴是蛇，就是那种害我们从天堂被驱逐，因此至今罪孽深重的妖兽。这些妖兽异常狡诈，一旦听到耍蛇人的笛声，便会将一只耳朵贴紧地面，用尾巴紧紧堵住另一

1. 1英里 ≈ 1.6千米。

只耳朵。若我也能用一条尾巴或任何东西堵住耳朵，我能将自己从罪孽中拯救出来吗?

我是个罪人，不是指身体，而是我的心灵。我知道爱情听上去是怎样的，因为它从隔壁传来过，但我不知道它的感觉。两具如置身泥滩中的鳗鱼般的身体，发出群狗追逐猪时的喘息声，会是什么感觉呢?

我也曾爱过一次，如果爱是一种把你带到天堂门前，只是为了提醒你它将永远对你紧闭的残忍。

那是个男孩，以前经常带着一大包东西过来贩卖。他的衣服里挂着小珠子和丝带，口袋里塞满了水果刀、手帕、皮带扣和鲜艳的丝线。他有一张让我喜欢的脸。

那时，我经常提前一个小时起床梳头，要知道通常我只在圣诞节时为了表示对救世主的尊重才会这么做。我穿上最好的衣服，将自己装扮得像市集上的小公牛。但这些努力都没能引起他的注意，我感到我的心蜷缩起来，变得只有一颗豌豆那么大。每次他转身离开，我都会伸出我的手试图让他停留，但他的肩胛骨是那样锋利，让人无法触碰。我在床边的尘土上描摹他的样子，并把母亲所有的小鸡都唤成了他的名字。

最终我认定真爱必须是纯净之爱，于是给自己煮了一块肥皂……

我讨厌洗澡，因为暴露皮肤会沾染污秽。我遵从詹姆士国王的习惯，他永远只清洗指尖，心灵却洁净到可以给予我们用美妙的英语写成的《圣经》。

我讨厌洗澡，然而一旦获知这是爱的征兆，我便毫不惊奇地发现自己在夜深人静爬向水泵，犹如食尸鬼爬向坟墓。我下定决心要清洗我的所有衣服、内衣，还有我自己。在一条过道里，我使劲摁着水泵手柄，先用右手洗左边的身体，再用左手洗右边的身体。当我浑身湿透，身上任何部分拧下的水足以在脚边形成一片水坑时，我便去面包房门口等它营业，然后在烤箱边坐到早上。白面粉落了我一身，但正好可以让我的黯淡的皮肤更白皙一些。

我向我爱的人展示了自己这崭新的风貌。他微笑着露出所有的牙齿赞美我，发誓说如果他能够到我的嘴肯定会亲吻我。我抓住他的脚将他举起，对他说："现在就吻我吧。"然后闭上眼睛，等待那美妙的时刻。我一直紧闭双眼等了五分钟，才张开眼来看看发生了什么事情。我发现他已经昏死了过去。于是把他带到那个见证过我努力的水泵下，向他使劲浇了不少水，直到他苏醒，像一只落入陷阱的狐狸蠕动着，祈求我放下他。

“这是什么意思？”我大喊道，“难道我的爱让你反应如此强烈？”

“不，”他说，“是恐惧。”

几个月后，我在小镇的另一边看见了他，手臂上挂着一块精致的美玉，那张脸像往日一样明朗。

还有这里：

在黑暗中，在水里，我毫无重量。我不虚荣，但爱人的慰藉也会让我喜悦。可自从唯一那次陷入爱河以后，我便决心再也不让自己犯傻了。我拒绝了一份妓院的工作，因为我的心太脆弱。那种日夜往复的运动难道不会让心变得虚弱，让它容易陷入爱情吗？当然你懂的，不是直接地，但至少是间接地，因为缺乏爱情的情欲假以时日必令人厌烦。我就这个问题询问过一个在史派特妓院工作的女孩，她告诉我，她憎恨她的钟点情人，但仍旧渴望着有人坐着马车到来，给她带肉派。

这些不切实际的梦，它们从何而来？

至于约旦，他没有我的这些常识。毫无疑问，他将会追随他的梦想直到世界的尽头，然后倏然跌落。

我无法教他去爱，因为我毫无经验，但我可以教给他爱的缺失，说服他这个世界上还有比孤独更为可怕的事情。

在去温布尔登的路上，有个男人跟我搭讪，问我想不想看看他。

“先生，我已经看得够清楚的了。”我回答说。

“你没看见我的全部。”他边说边解开了裤子，展示出一个扁豆荚子一样的东西。

“摸摸它，它就能大起来。”他向我保证。我照他的话做了，它确实变大了，看起来更像根黄瓜。

“不可思议，不可思议，不可思议。”他陶醉到眩晕，尽管我看不出有什么可陶醉的。

“把它放到你嘴里，”他说，“是的，就像在吃美味那样。”

有可以开阔眼界的机会，我绝不会错过。我照他的建议做了，把它整个吞下去，猛地咬住，咬下了一点。

这样做时，我那位急切的同伴陶醉到了极点，晕死了过去。而我，一面对他的狂喜震惊不已，一面对堵在嘴里的那皮革似的东西感到恶心，便把没能吃下的部分吐出来，丢给了我其中的一条狗。

那位史派特妓院的妓女曾经告诉我，男人喜欢被嘴服务，但我始终觉得此举有些鲁莽，那个小兄弟肯定要花很长时间才能再长出来吧？不过，那始终是他们自己的身体，我这种对他们完全不了解的人，只需谦逊地按照指示去做就好了。如果有男人再让我做相同的事情，我相信我还是会做的，虽然我自己什么感觉都没有。

交媾，在这项让女人获得更多愉悦的运动中，那个小兄弟通过那条伟大的隧道，悄悄进入子宫。在那儿，经过一段时间后，小兄弟会像红花菜豆一样裂开，然后放下一个小侏儒，在那片肥沃的土地上生长。至少，那些怀孕的女人是这么告诉我的，她们对丈夫那条小兄弟很了解，就像我了解我的狗一样。

等约旦长大些，我会告诉他我所了解的人体知识，警告他小心对待他那小兄弟。但在他身上，这不是我最担心的部分，我最担心的是他的心。他的心。

（本章原书节选内容译者：邹鹏）

写在身体上
Written on the Body

为什么要用失去衡量爱情?

这是《写在身体上》的第一句。

我们如何应对爱？如此渺茫，如此必要。一剂毒药，一片解药。既致命，又救命。

这里，我只想说浪漫之爱，有性之爱。我说“只”，但你清楚我到底在说什么。

在《橘子》中，我思索了女性之爱，在《激情》中，既有女性之爱，也有男女之爱。现在我在想，如果我们并不知道、并未被告知叙述者的性别，那会怎么样呢？如果没有一个明确的能指，我们要如何阅读一个爱情故事呢？

已婚的露易丝邂逅了爱情。就戏剧性而非家庭性而言，三角形往往比直线更加迷人。我们对露易丝的情人几乎一无所知，不知姓名，不知性别。我们知道的就是在我们面前展开的，他们二人的婚外恋。

写在身体上的，是只有在特定光线下才能看到的密码。

我对二元论感到厌烦。你呢？男人和女人对我来说是整体中的两个子集，但不是柏拉图主张的那套雌雄同体理论[1]。我认为将雌雄分隔开来的并非自然，而是后天教养。我们之中多数人都拥有比常俗所允许的更多的异性气质。像一个男人那样去爱是何意？像一个女人那样去爱又是何意？如果我们自身或是所爱之人的性别产生变化，那么我们的爱亦会随之改变吗？

为什么性别在我们的文化中有如此决定性的意义？

---

1. 赫马佛洛狄忒斯，希腊神话中的一位阴阳神，为赫尔墨斯和阿佛洛狄忒之子，其名字是英文中“雌雄同体”一词的词根。原是一位俊美的青年，后与湖中水仙萨耳玛西斯合体，变成了雌雄同体。

我在写这篇文章时是 2017 年，一切已经与 1992 年大不相同，但也有很多顽固不变的事情。男人和女人依然被不同的性别标准所评定。女人穿裤子已经司空见惯，男人穿裙子或化妆仍会在大街上被侧目而视。

女人被“允许”表现出自己男子气概的一面，主要是因为我们需要女人参加工作。然而，我们心底仍然认为工作是被男性主导的。如果你对此感到不可置信，看看特朗普的蓝领选民们的意见：“真正”的工作给“真正”的男人。

相比之下，男人在表达他们身上的女性特质这一方面做得不太好，他们经常对做家务、休陪产假，甚至只是哭一场表现得扭扭捏捏。女性主义让我看到希望，因为它从来都是一场同时为男女双方寻求变化的运动。就像格雷森·佩里[1]经常说的，当谈起他的另一个自我——克莱尔——时，“真的存在所谓的‘男性气质’和‘女性气质’吗”？

年轻人对雌雄同体和中性的接受度更高，也更能理解已有性别标准之中的流动性。不过，宣称年轻人

1. 格雷森·佩里，英国当代异装癖艺术家，以陶瓷、印花地毯等设计而闻名。

之中没有性别偏见、恐惧和成见就有些乐观了。

我希望消除预设——关于男性和女性、关于欲望。

小说是一系列的可能性。这些可能性让我们看到了另外的开端和可供替代的结局。某种程度上来说，我们是和作者一起在创作，而我们通常偏爱一个不同的结局。我意识到了这一点，所以为此留下了空间——事实上，故事从头开始。

这是结局：

这里是故事开始的地方，在这间破旧的屋子里。墙壁即将坍塌。窗户变成了望远镜，在这间屋子里，月亮和星星都被放大了。太阳悬挂在壁炉上。我伸出手，碰到了世界的角落。世界被束缚在了这间屋子里。我们应在门外面，在河流所在处，道路所在处。我们走的时候可以带上世界一起，可以把太阳挂在你的胳膊上。快点吧，天色已晚。我不知道这是不是一个大团圆结局，但此刻的我们在辽阔的田野里自由自在。

我意识到我所有的作品都有着再来一次的机会，

有些用了，有些没用。《写在身体上》是我对莎翁戏剧《冬天的故事》的第一次改写。

我是说，关于失去及其后果。

结尾，露易丝奇迹般地活下来并出现在房子里的剧情是对《冬天的故事》结局的直接引用。我们总是希望可以让亡者重生，让已经铸成之事从未发生。我们不再被独自抛下，凝视虚空。

我们希望可以撤销自己的所作所为……

每个人都会面对失去或悔恨，但我们都不需要毫无想象力的生活，我们可以学着越过自己去看世界。

写一本叙述者性别不明的小说会引出不少问题。对于那些动词和名词分阴阳性的语言来说，翻译成了大问题。我的建议是混用阴性词和阳性词，如此，语言本身会成为这个颠倒错乱的假想世界中的一位玩家。不过，我觉得大部分出版商不会采纳这个建议。太遗憾了！

这对读者来说也是个问题——他们想要搞清楚，必须搞清楚，这让我觉得很有趣也很发人深省。至于在课上讨论这本书的情况，总会遇到一些比起想象力，更看重自传性的老师，然后，因为我是女人，他们断言叙事者一定也是女人。真让人伤心！

一些同性恋读者希望这是一本同志小说，如果你这么希望的话，这就是一本同志小说，我对此完全没有异议。不过，它不需要一定是一本同志小说。

同性恋文化的一个伟大之处就在于它从诸多层面挑战了异性恋文化。最显而易见的就是，男人现在可以穿粉衬衫了。从最深层来说，是性别认同问题——对性别的多种表述，呼吁不再因为一个人的性别选择或宿命而将他们贴上标签。

不再轻易评价他人。

书中有这样一句话——正是那些陈词滥调惹的祸。超越陈词滥调去生活并非易事。

小说可以帮我们尝试一下。

这段话引自故事开端，叙述者想逃离自己喧嚣的过去，以及自己和一个叫作芭谢巴的女人噩梦般的情事。那时，叙述者已经开始和一个无趣的乖乖女交往，与露易丝的性事也已经发生了。

我打电话给一个朋友，他的建议是像水手一样在每个港口都找一个妻子。如果我告诉杰奎琳我要毁掉一切，可是为什么呢？如果我告诉杰奎琳我将给她造成无法愈合的伤害，可是我有这个权利吗？或许我只是得了两个星期的狗瘟，我会渐渐康复，然后回到我的狗窝。

有理智。有常识。乖狗狗。

茶叶渣组成了什么形状？除了个大写的 L[1] 什么都没有。

杰奎琳回家时，我吻了她，说：“真希望你闻起来没有动物园的气味。”

她很吃惊。“我没有办法，动物园就是那么难闻。”

她立刻去洗了澡。我给她倒了杯喝的，心想我多么厌恶她穿的衣服，多么讨厌她一进门就打开收音机。

我一声不吭地开始准备晚餐。今天晚上我们要做什么呢？我觉得自己像个嘴巴里藏着枪的强盗，只要一开口说话就会暴露一切。最好不要说话。就只吃饭，微笑，给杰奎琳空间。这肯定没错吧？

1. 英国人用喝完茶剩下的茶叶渣占卜，观察并解读茶叶渣构成的形状。露易丝的名字在英文中写作 Louis，以字母 L 开头。

电话铃响了。我跑过去接，带上了卧室的门。

是露易丝。

“明天过来，”她说，“我有些事情想告诉你。”

“露易丝，如果与今天的事情有关，我不能……你知道，我已经决定了我不能这样做。我做不到，因为，好吧，你知道如果，你知道……”

电话咔嗒一声挂断了，一片死寂。我盯着它，就像劳伦·巴考尔与亨弗莱·鲍嘉[1]主演的电影里那样。现在我需要的是一辆有踏板和雾灯的汽车，这样十分钟之内我就能与你在一起了，露易丝。问题是，我只有一辆属于我女朋友的迷你牌汽车。

我们吃着意面。我想，只要我不说她的名字就没事。我开始与自己玩一个游戏，对着嘲讽的钟面计算我成功克制自己的时长。我是谁？我觉得自己像个孩子，坐在教室里面对着一张无法完成的试卷。让钟走得更快些吧。让我快点离开

---

1. 劳伦·巴考尔（Lauren Bacall，1924—2014），美国女演员。亨弗莱·鲍嘉（Humphrey Borgart，1899—1957），美国男演员。两人共同主演过《盖世英雄》等电影，并有过十二年的婚姻，直到亨弗莱·鲍嘉于1957年去世。

这里。九点的时候，我告诉杰奎琳我累坏了。她过来握住我的手，我什么感觉都没有。然后我们穿着睡衣肩并肩躺在一起，我的嘴唇紧闭，双颊像沙鼠般鼓起，因为我的嘴里满是露易丝。

我不需要再告诉你第二天我去了哪里。

晚上，我做了个可怕的梦，梦见一个沉溺于纸塑工艺品的前女友。一开始这只是个兴趣爱好；并且谁又会去反对几桶面粉和水，以及一捆铁丝网呢？我是自由派，支持自由表达。有一天我去她家里，从她的信箱里钻出一个黄绿相间的蛇头，正好在我胯部的高度。尽管它不是真的，但红色的舌头和银箔做的牙齿也足以表现出它的愤怒。我犹豫着要不要去按门铃，因为要按到门铃就得把我的私处正对着蛇头。我与我自己进行了一场简短的对话。

我自己：不要傻了，这只是个玩笑。

我：这怎么是个玩笑？会要命的。

我自己：这些牙齿不是真的。

我：不是真的也能伤人。

我自己：如果你整晚站在这里，她会怎么看待你？

我：她现在是怎么看待我的？什么样的女孩会用一条蛇对着你的生殖器？

我自己：搞怪女孩。

我：哈哈。

门突然开了，艾米站在门垫上。她穿着土耳其长衫，戴着一长串珠子。“它不会伤害你，”她说，“这是为了防范邮递员，他总是骚扰我。”

“我不觉得它会吓到他，”我说，“这只是条玩具蛇。它都吓不到我。”

“你没什么可害怕的，”她说，“它的下颚有个捕鼠器。”

她回到屋里，而我还拿着瓶博若莱新酿葡萄酒在门口的台阶上徘徊。她拿了根韭葱回来，塞进蛇的嘴里，传来一声可怕的咔咔声，韭葱底部的半截无力地掉在门垫上。“把它拿进屋好吗？”她说，“我们一会儿吃了它。”

我冒着冷汗惊醒。杰奎琳在我身边安静地睡着，光线透过旧窗帘间照进来。我裹着家居袍来到花园，为脚下突然到来的潮湿而感到欣喜。空气干净且带着一丝暖意。天空中有缕缕粉色霞光，似有爪子撕开天空后留下了粉色爪印。在城市里所能感觉到的一种快乐是：知道我是唯一在呼吸着这片空气的人。成千上万的肺部不停地呼、吸、呼、吸，让我压抑，这个星球上有太多的人，问题已经开始显现。邻居家的百叶窗紧闭，他们的美梦和噩梦都是什么样？现在的他们下颚松弛，身体摊开，此时见到他们会与白天多么不同。我们或许可以彼此说些真诚的话，而不是平日里毫无诚意的问候语。

我去看了看我的向日葵，它们平稳生长，确信太阳总是会照过来，在恰当的时候用恰当的办法完善自己。那些自然界毫不努力就能做到、也很少失败的事，却很少有人能够成功。我们不知道到自己是谁，机体如何运转，更不知道如何使自己蓬勃生长。盲目的自然。智慧的人类。谁在跟谁开玩笑？

所以我该怎么办？我问墙上的知更鸟。知更鸟是非常忠实的生物，它们每年与同一个伴侣在一起。我喜欢它们胸口明丽的红色盾牌，还有它们跟随着铁锹寻找蠕虫时的坚定决绝。我不断松土，小知更鸟就不断卷走蠕虫。智慧的人类。盲目的自然。

我并不觉得自己有多明智。为什么人类没有经过一个可以做出合理并合乎道德决定的机构允许，就能够长大成人？

我的事情并非不同寻常。

1. 我爱上了一个已婚女人。

2. 她爱上了我。

3. 我对其他人有过承诺。

4. 我怎么才能知道露易丝是我该接近的人，还是我该躲避的人？

教堂可以告诉我，我的朋友们也曾试图帮助我，我可以禁欲以逃避诱惑，我也可以扬帆驶入这渐强的风中。

在我的人生中，我第一次感到，比起做自己想做的事情，我更愿意做正确的事情。我想这要归功于芭谢巴……

我记得，她刚刚结束了六个星期的南非之旅后就来我家找我。在她去旅行前，我给她下了最后通牒：选他还是我。她那双常常充满自怜泪水的眼睛，为又一次情人角力而责怪我。我逼她做出决定，她当然选择了他。好吧。六个星期。我觉得自己像《侏儒怪》[1]里的那个女孩，被关在装满稻草的地窖里，天亮前要把稻草纺成金线。我从芭谢巴那里得到的只是几大捆稻草，但当她与我在一起时，我却相信它们是刻在珍贵石头上的承诺。所以我必须勇敢地面对这些废弃的材料和混乱的局面，努力清除稻草碎屑。然后她走了进来，毫

1. “Rumpelstiltskin”，德国民间故事。传说一位磨坊主为了能把女儿嫁给国王，便骗他说自己的女儿能将稻草纺成金子。于是，国王便将这个女孩关进一个房间，只提供稻草和纺织机，要求她在天亮前把稻草纺成金子，否则就砍掉她的脑袋，所幸一个侏儒怪施展法力，帮她完成了任务。

无悔意，依旧失忆，疑惑着我为什么没有回她的长途电话，也不回信。

“我说过的话是当真的。”

在我把椅子腿粘回到餐椅上时，她沉默地坐了十五分钟。然后她问我，是否在与其他人约会。我说是的，简洁、含糊、带着希望。

她点点头，转身离开。走到门口，她说：“有件事我本想在我们去旅行之前告诉你，但是我忘记了。”

我看着她，突然地，狠狠地看着她。我恨那个词语“我们”。

“是的，”她继续说，“尤赖亚被一个他在纽约乱搞的女人传染了尿道炎。当然他与她睡觉是为了惩罚我。但是他没有告诉我，医生认为我也感染了。可我一直在吃抗生素，所以可能没事。也就是说，你可能也没事，但是最好去检查一下。”

我拿着椅子腿朝她冲过去，想把它直接扔在她妆容精致的脸上。

“你这个狗屎。”

“别这么说。”

“你告诉过我你们之间已经没有性生活了。”

“我觉得这样不公平。我不想粉碎了他在性方面可能保有的最后一点信心。”

“我想这就是为什么你从来不愿意告诉他，他根本不知道如何让你高潮。”

她没有回答，她在哭。她的情绪就像是血融进水里一样感染了我。我抱住了她。

“你们结婚多久了？完美的公开的婚姻。十年，十二年？你从来不让他把头放在你的双腿之间，因为你认为他会觉得恶心。让我们为他那点性方面的信心喝彩吧。”

“住嘴，”她说着，把我推开，“我要回家了。”

“现在肯定是七点了。这是你回家的时间不是吗？这就是为什么你总是早早下班，这样你就能用一个半小时来与我快速打一炮，然后让自己平静下来，说，‘你好，亲爱的。’并为他准备晚餐。”

“你让我来的。”她说。

“是的，我让你来[1]的，当你流血的时候，当你生病的时候，一次又一次，是我让你来的。”

“我不是这个意思。我是说我们都有责任。你希望我出现在你家。”

1. 原文为 come，有“来”和“性高潮”之意。此处有双关。

“我希望你出现在我所在的每个地方，最可悲的是，我现在依然这么想。”

她看着我：“开车送我回家好吗？”

（本章原书节选内容译者：周嘉宁）

艺术与谎言

Art and Lies

从远处，只看得见光；一位疾行的天使光彩夺目，横在空中，躬身吹响号角。音符放大了火车修长的美，火车把光拉成一道长长的金线。光缠绕着车轮，在车门上闪耀，车门一开一合、一开一合，遵循着通勤者的节奏。

光落在长大衣上，照着手提箱和胸针，被经过简单切割、但尚未打磨的石块划破。那男人忙忙碌碌，无暇注意光正炙烤着他的衣服，点亮了他的面庞。光洒落在他肩头，有种神圣的丰沛。不过他面前的不是《圣经》，而是一只玻璃盘。

《艺术与谎言》是一个碎片式的故事。三个故事——汉德尔、毕加索和萨福，但不是作曲家汉德尔、画家毕加索和诗人萨福。没有人找到爱，或者哪怕只是接近它。爱难以阅读，无法转译。爱是挣扎，爱是悔恨。

我搞不懂为什么最后一句话会是“一切还不算太迟”。我想这本书对此并未给予过希望。

我想在写这本书的时候，我迷失其中了。我不是米诺陶洛斯[1]地下迷宫里一团迷失的线球，我想我就是米诺陶洛斯。

他们在同一辆列车上，汉德尔、毕加索和萨福，逃离一座他们希望早已逃离的城市。

这本书的核心是：

我应该如何生活？

我想我是在自问，并且得不到任何答案。不过，有些时候，无论作为作者还是读者，你都需要迷失。有时，我们只能先提出问题，而答案尚在远处，或是很远处。

---

1. 迷宫建好后，米诺陶洛斯便住在其中，以犯人和雅典城进贡的童男童女为食。

我了解生命是一场远程学习。下一件事触手不及，我们努力触及。下一件事触手不及，我们努力触及。

一日太阳平西，大卫从床上起来，在王宫的平顶上游行，看见一个妇人沐浴，容貌甚美。大卫就差人打听那妇人是谁。有人说，他是以连的女儿、赫人乌利亚的妻拔示巴。大卫差人去将妇人接来；她来了，大卫与他同房。她就回家去了。她怀了孕，打发人去告诉大卫说："我怀了孕。"

大卫差人到约押那里，说："你打发赫人乌利亚到我这里来。"大卫对乌利亚说："你回家去，洗洗脚吧。"乌利亚出了王宫，随后王送他一份食物。乌利亚却和他主人的仆人一同睡在宫门外，没有回家去。

大卫就问乌利亚说："你从远路上来，为什么不回家去呢？"

乌利亚对大卫说："我主人约押，和我主人（或作王）的仆人，都在田野安营。我岂可回家吃喝，与妻子同寝呢。我敢在王面前起誓，我决不行这事。"大卫吩咐乌利亚说："你今日仍住在这里，明日我打发你去。"于是乌利亚那日和次日住在耶路撒冷。大卫召了乌利亚来，叫他在自己面前吃喝，使他喝醉。到了晚上，乌利亚出去与他主人的仆人一同住宿，还没有回到家里去。次日早晨，大卫写信与约押，交乌利亚随手带去。信内写着说，要派乌利亚前进，到阵势极险之处，你们便退后，使他被杀。约押围城的时候，知道敌人那里有勇士，便将乌利亚派在那里。城里的人出来和约押打仗。大卫的仆人中有几个被杀的，赫人乌利亚也死了。

乌利亚的妻听说丈夫乌利亚死了，就为他哀哭。哀哭的日子过了，大卫差人将她接到宫里，她就做了大卫的妻，给大卫生了一个儿子。但对大卫所行之事，耶和华甚不喜悦。

耶和华差遣拿单去见大卫。拿单到了大卫那里，对他说，在一座城里有两个人，一个是富户，一个是穷人。富户有许多牛群羊群。穷人除了所买来养活的一只小母羊羔之外，别无所有。羊羔在他家里和他儿女一同长大，吃他所吃的，喝他所喝的，睡在他怀中，在他看来如同女儿一样。有一客人来到这富户家里。富户舍不得从自己的牛群羊群中取一只预备给客人吃，却取了那穷人的羊羔，预备给客人吃。

大卫就恼怒于那人，对拿单说："我指着永生的耶和华起誓，行这事的人该死。他必偿还羊羔四倍。因为他行这事，没有怜恤的心。"

拿单对大卫说："你就是那人。"[1]

---

1. 引自《圣经·撒母耳记下》11、12:1—7。译文据《圣经》中文和合本。

“因为他没有怜悯的心。”招致惩罚的罪孽不是淫欲，甚至不是通奸，而是一种情感失能，根本与性无关。不是激情泛滥，而是缺乏同情。

我是个性爱至上主义者。现行犯。宇宙的终点站。呼唤我的名字就等于说出性爱二字。呼唤我的名字就等于呼唤白色天空下的白色沙滩，我双腿铸就的白色罗网。

让我网住你。来吧来吧看裸女，两便士看一次。想睡我？哦不，这出戏里我才是主导的人。我是那有角的神[1]，那抽插的阴茎，我是桅杆、是风帆，属于这艘迷途的船。来吧，都来登上这艘梦幻游轮，从米提利尼取道罗马，途经美丽的法国，驶向可爱的英格兰梅里。它要航行多久？不会超过下流而欢乐的 2500 年，而且全部由我买单。

看懂了吗？没有？给你一点提示：不少大名鼎鼎的男人写过我，譬如亚历山大 · 蒲柏（英国人，1688—1744，职业：诗人）和夏尔·波德莱尔（法国人，1821—1867，职业：诗人）。作为一个女孩，我还能奢望什么？

---

1. 指化身公牛的宙斯，诱奸了腓尼基公主欧罗巴。

我有许多困惑，其中之一便是，**你们把我的诗怎么了？**我一翻动自己的手稿，纸张就在我指尖破碎，稿纸翻卷，似在燃烧，染黄了我的手掌。我仿佛一个吸食尼古丁的瘾君子。我无法辨认自己的字迹。难怪你们中有那么多人要解读我的言外之意，我对此毫不意外，因为那些文字本身已支离破碎，堪比星期六晚上的妓女。

我也被迫干过这个，为大名鼎鼎的男人吹箫，所以我可以分享一个行业秘密：他们的精液尝起来跟一般人的没什么两样。我不是什么美食家，不过要是把头埋进一桶精燕麦，我也尝得出那是什么。你可以把鸡领到水边，但你不能强迫她喝 。我有什么建议？别咽下去。把那些志向远大的小家伙吐进水槽，让它们在下水道里扭动挣扎。不，不是我铁石心肠，只是我的胃黏膜还有更好的用处。而且我还有一个问题：他上次为你做这事儿是什么时候？

数不胜数的男人在我身上达到高潮。大个子，小个子，秃顶的，肥胖的。有的男人那里就像水龙头，消防员用的那种，有的男人只有一个小小的甜品喷嘴。瞧，他们来了，在史书上指指戳戳，向你讲述我的故事。

我生在一座岛上。看见那片大理石似的海滩和如玻璃似的海水了吗？两样都是假的。白色的沙滩看似潮湿，踩在脚下却是温热的。海面温柔地映着船身的倒影，但转眼就会把它撕碎。表象并不代表实质。我爱这骗人的沙滩和海水。

“骗子。”“臭名昭著的狐狸精。”“毒妇。”“神。”“第十位缪斯。[1]”诗人为事物命名天经地义，事物为诗人命名大逆不道。称颂并不比责难更好。在他们的语言里，我失去了自己的语言。

仔细品品这句话：“女人无法成为诗人。”——塞缪尔·约翰逊博士（英国人，1709—1784，职业：语言修理专家兼大嘴巴）。那么我该放弃哪个？我的诗歌，还是我的性别？反正只要保留一样，另一样我就必须放弃。不过说到底，我其实没有选择。有人已经替我做了选择。

很久以前，我是个伟大的诗人，但也是个坏女孩。不信看柏拉图（希腊人，前427—前347，职业：哲学家），然后是奥维德，他出现在公元前一世纪，想用一出体面的爱情悲剧为我正名。我，一个可以在历史上征服任何女人的人。他却编排我爱上一个穿跨裆裤的巴士司机，而且此人腰部以下那个零件，还属于画在艳俗海滨明信片上博人一笑的那种。睡他？我根本都找不到他。他说我视力一定很差，我说

---

1. 缪斯是希腊神话主司艺术与科学的九位古老文艺女神的总称，萨福因其在诗歌上的成就，被称为“第十位缪斯”。——编者注

那是因为我总在写诗，在深夜写诗，身旁只有一支蜡烛。他说那就别再写了，它把我们的性生活都给毁了。

（本章原书节选内容译者：齐彦婧）

世界及其他地方

The World and Other Places

与你相拥在这被夜晚浸透的床榻是我为白昼寻找的勇气。凭着这英勇，当光来临时，我将转向它。没什么比这更简单，没什么比这更困难。

与你共处这个被夜晚包裹的世界，我希望可以找到自己一直追寻的东西——一个线索、一张地图、一只南飞的鸟儿。清晨，我们一起更衣，离开此地。

弗吉尼亚·伍尔夫在她的随笔《论疾病》中写道："我们不了解自己的灵魂，更遑论他人的灵魂。"

写作就是为了探寻我们的灵魂，透过层层堆叠的约定俗成、陈词滥调、恐惧、忽视、偏见、仇恨、传统、好与坏、被埋葬的梦想和被遗忘的心愿，我们是否真的可以找到灵魂呢？你的？我的？而且，还有比透过他人的灵魂了解自己的灵魂更好的办法吗？

——

我相信，无论长篇小说还是短篇小说，都可以帮读者在不同层面探寻灵魂。故事自不必说，角色和他们的生活也都各有意义。

故事并不发生在我们所处的时代——或是过去的作家所写的故事，或是被作家设置在过去的故事——我们或许会被激起平时没有的感受。我们希望小说可以讲述他人或他地之事。

但是，当我们更加深入的时候呢？

谈论灵魂显得有些不合时宜。我们生活在一个物质的世界里。宗教声名扫地，被认为是迷信，甚至原教旨主义。而人的灵性，即使不与宗教一同提起，也显得很嬉皮，模糊不清。精神世界被当成一个避风港，躲在里面的都是些无法掌控生活的人，他们无法将生活看作是个在生物及化学作用下由意外事故所导致，再有奇迹加持所生发出的结果。

我的文字已经暴露了我：奇迹生发的结果。

如果你相信生命分为外部世界和内心世界，那么，我们如何辨认和保护我们的内心世界？如何将其发展？

这必然是艺术的职责，没有什么比艺术更能深入人的灵魂。

我是个作家，因为我想深入其中。

我正身处冒险之中。每个故事都是冒险故事吗？也许如此吧。

在我的短篇小说中，我总能找到和长篇小说一样让我念念不忘的元素。

在《世界和其他地方》中，有个故事叫作《三个朋友》。

这是个童话故事——你是否在寻找财富、权力和性？

还是说，它们根本无法被找到？

这看上去像是一场无望的冒险吗？一场受虐狂的旅程？

也许如此。但每当我得到答案时，它又将我引至下一个问题。这就是我所知的，空间的无限性。

世界……是的，但是，其他地方呢？

在《苹果笔记本》中，我写到："当我出生后，我就成了一张折叠地图上可见的角落。"

这就是旅程，是展开，是故事的意义。

船在水中……

我希望它继续向前，去寻找隐藏的小峡谷，一个小小的、快乐的港湾，可以将恐惧驱散。有时，我想要安渡风暴是因为我需要风暴。如果我死了，我也将坦然接受。这是一场赌局，一个游戏。即使小心防范，我也无法保护自己。社会哪里算是可以保护我，它只是限制我的自由。自由还是保护？这算什么问题啊？

在水上行船，事情变得清楚了。

（本章原书节选内容及
前六章叙述性文字译者：郭宇萌）

苹果笔记本

The Powerbook

爱你就像搬起一块沉重的石头。如果不这样做反而容易些，而我不能确定我为什么要这么做。它用尽我所有的力气和决心，我说我再也不会像这样去爱一个人了。

爱上某个人，你只能在机缘巧合下去唤醒他，这样有何意义？

《苹果笔记本》是一部千禧年小说，在 21 世纪无线网络蓬勃发展的背景下出版。

作家的性格都是多面的，这就是为什么我们不易与人相处。而上网就像在玩一个变形游戏，性格、时间、空间皆可变换，这正是小说创作的核心所在。

Loving you is like lifting a heavy stone. It would be easier not to do it and I'm not sure why I am doing it.

* 爱你就像搬起一块沉重的石头。如果不这样做反而容易些，而我不能确定我为什么要这么做。

于是我构思了这样一个故事：两位玩家在网上互动，为自己打造各种面具和服装。这是一个剧本，通过一系列假面故事揭露他们的个人经历。随后两人在现实生活中相遇，发现他们在真实与虚拟世界之间的交集。

没错，这是一个爱情故事。

我们坐下来彻夜聆听的是爱情故事。好像对我们生命中的这个难解之谜不能了解透彻似的。我们一次次地返回到相同的场景，相同的词语，试图去剥离出意义。没有什么能比爱更熟悉。没有什么会像爱这样如此彻底地躲避我们。

书中有一幕奇怪的场景：昏暗的实验室里，一个性格暴躁、自学成才的化学家发现他的女儿在瓶瓶罐罐间翻找。她发现了一个贴着心形和匕首标签的瓶子，拿起了它，既好奇又害怕。突然，满脸胡须的父亲出现在她身后。

“千万不要摸那个玻璃罐。不要。一旦那个罐稍有松动。

我们就全完了。”

“那是什么？”

“爱。”我父亲说，“玻璃罐里面的是爱。”

从此我发现爱是一种危险的液体。

这一幕没有特定的时代背景，虽为哥特式风格，但也可以设定在今天发生。我喜欢在时间之中游走，我们只有身处外部世界时才会受时间的限制。我们的内心世界则可以自由地穿梭在过去、现在和将来之间。我们的记忆并非按照时间顺序展开，时间上彼此相隔的记忆在情感上彼此相邻。随着年龄的增长，我们的生活渐渐拼凑成一幅图画，而非汇聚成一条直线。

小说的真正力量恰在于此。就像童话里一样，我们可以一梦百年，也可以将人生数十载压缩进一天 24 小时。小说中的时间可以加速或减慢，这实在令人满意，因为每个人都知道，尽管钟表的计时规律是恒定的，但是相比于在你厌恶的地方百无聊赖地煎熬 1 小时，和心爱之人共度的等量时间总是流逝得更快。

我热爱历史，喜欢写作过去的事。过去不是在现代上演的古装剧。将心思投入过去是一种潜水一般的体验。我们失重了，漂浮在一个不属于自己的事物之中。光线暗淡，所见陌生。这既让人得以释放，又让人惴惴不安。

在小说中，作者和读者可前往任何想去的地方。对我而言，有时从一个时间点到另一时间点的快速切换——比如插叙一段主线之外的故事——可以给我喘息的空间和别样的视角。

《苹果笔记本》里面的故事塞得满满当当，就像电脑屏幕上打开了许多不同的窗口。

这些故事的作者阿里（Ali），或者叫他阿里克斯（Alix，因为字母 X 用来标记地点），会书写你所想要的任何情节，只要你能够以自己的身份走进故事，并最终以其他人的身份走出故事。

为了避免被发现，我一直在奔跑。为了能让自己发现事物，我一直在奔跑。

我还想用一句格言概括本书，于是选择了哈罗德·布鲁姆翻译的犹太祷词：

在无限的时间里收获更多生命可能。

我喜欢这句话。

下文节选内容是两人在虚拟世界交往一段过后的真正会面（我是这么认为的）：

微凉的夜。她和我沉默地走在路上，过了新桥，小三角形的草坪和白桦林相互交织，小餐馆就镶嵌其间。我喜欢在这儿吃饭，有人曾把这家餐馆称为“巴黎性爱”。

我对自己很生气。这个下午我一直有所期待，我不知道在期待什么，我确实不知道，但如果什么也不曾发生，那我将会又欣慰又失落。如果我们像计划的那样来到餐馆，剩下的时间就会停止，成为一种回忆，一种其真实性不存在于细节之中的回忆。

麻烦在于，在想象中完美的任何事情，落到现实生活里就会是一团糟。她是一团糟，我也是。我在自我责备。我曾想过要被逮住的。

我们放慢了脚步。她说。

“你对我很生气。”

“这里就是保罗餐厅了。”

“我说得太多太快了。”

“20 世纪 30 年代以后，这里的装饰就没变过。”

“我没有看轻你。”

“那些系着白色围裙的女服务员不会说英语。”

“我只是想拥有你。”

她将我拥入怀中。我愤怒得都无法击打她，而在那愤怒的底部，引导着它的是一圈欲望的铜线。

“我想亲你。”

一个男人正在树下训练一对大麦町犬。那些斑点在我眼前晃动。

“亲你，这儿还有这儿。”

那个男人扔给它们两个红色的网球，两条狗跑过去，将两个球衔回来——黑色、白色和红色，黑色、白色和红色。

这种感觉像是一部颗粒电影——女服务员的黑色外衣和白色围裙进入了保罗餐厅明亮的窗户里。你的黑色牛仔裤和白色衬衫。黑夜像是毛衣包裹住你。你的手臂包裹住我。一对大麦町犬。

是的，黑色和白色。轮廓清晰。我必须离开，为什么我不能?

而含在我嘴里的却是欲望的红球。

“你脖颈上细碎的头发……”

回来。我转身离开的时候我的心重新回到了我身上。我是我自身的主宰，但并不总是我自身的主宰。这个女人想要成为……

“你的情人。”

我们走进餐厅，我点了份色拉洋蓟和青豆鸭肉。你要了豌豆汤和烟熏鳗鱼。我本来能喝掉几瓶酒，但只满足于一杯巴黎高脚杯，其中一口就来自这里的玻璃瓶子。

你用不安的手指撕扯面包。

“我们在哪里？”

“不是我们想去的地方。”

“我抱住你的时候，看起来你并不喜欢。”

“是的，你是对的。”

“那么？”

看着她折叠的长条面包，我想，她有一双漂亮的手。一双漂亮的手——灵巧、轻柔、实用、老练。我的双手已不是最初的模样，也将不会是最终的模样。她拿起面包塞进嘴里。

“我该从哪里开始？”我说，带着自我防卫准备着。

“不用从头开始。”她说，喂我以面包碎屑。

“为什么不？”

我们都知道一些寻常的缘由，一些未成文的规则。不需要再重复它们。”

“你确信你不介意吗？”

“关于你？当然。”

“关于即将会造成的混乱。”

“我不是处女座的。”

“我是。”

“天啊，真倒霉。我猜你对洗衣房很着迷。”

“我碰巧是。”

“哦，是的。我曾有过一个处女座的朋友。他就是不能离开洗衣机。无论白天还是夜晚，都是洗，洗，洗。我曾叫他为‘麦克白夫人’。”

“你准备叫我什么?

“我正在想。”

洋蓟来了。我开始层层叠叠地将它剥开，蘸着。吃洋蓟没有秘密，或是相似的吃法。除此之外，没有什么能让它心甘情愿地放弃自己，进入它的中心地带。除此之外，没有承诺和回报。细小的绒毛也是快乐的一部分。

我本应该吃什么？甜菜根，我想。

一个朋友曾告诫我，千万不要接受任何一个不喜欢洋蓟或香槟的人作为情人。那是一个很好的建议，但更好的建议可能是，千万不要跟一个不该是你的情人的人点洋蓟和香槟。

至少我应该选择简单的红酒。

然后我又想起了今天下午。

她笑着看我，双唇油光闪闪。

“你正在想什么？”

“今天下午。”

“我们那时应该上床的。”

“我们彼此将很难说上六句话。”

“那是最好的方式。在事情变得复杂之前。”

“不要担心。没有开始。没有复杂。

“你一直是这样一个道德家吗？”

“你让我听起来像一个‘耶和华的见证者’。”

“你可以在任何一个晚上来到我的门前。”

“你会阻止吗？”

“就像你说的，我们还没开始呢。”

“晚饭后，我们会回到旅馆，然后互道晚安。”

“第二天，你会坐上“欧洲之星’回到伦敦。”

“而后天，你会坐飞机从法国回到纽约。”

“你一定是个‘耶和华的见证者’。”

“为什么我一定是？”

“你还没有结婚，但你不想跟我睡觉。”

“可你结婚了。”

“这是我的问题。”

“确实……”

“那么……”

“我之前就这样做过，还成了我的问题。”

“怎么啦？”

“我陷入了爱河。”

那是在很久以前。那就像是别人的生活，直到我记起它就是我的生活，就像一封失而复得的书信，上面写满了你的字迹，却难以相信上面说的话。

我爱上了一个有夫之妇。她也爱我，假如那时爱少一点或者没有婚姻，我也许是能逃脱的。也许没有人能逃脱。

她想要我，因为我是她啜饮的水池。我想要她，因为她是一个情人和母亲的混合体。我想要她，因为她美丽，像一个温暖的午后，阳光照耀在岩石上。

由此造成了巨大的伤害。

“你失去了她？”

“当然，我失去了她。”

“你从中恢复过来了吗？”

“这是风流韵事，而不是暴力行为。”

“爱也是一种暴力行为。”

“有些伤痕将永不会愈合。”

“我很抱歉。”

她伸出她的手。这是多么奇怪的世界，在这个世界里，你可以随意做爱，但爱却是禁忌。我正在谈论的是真实，是巨大的激情，它们也许并不允许爱、便利或幸福进入。真相是爱会像敲碎浮冰一样敲碎你的生活，就算你的心是一艘“泰坦尼克号”你也终将沉没。那就是爱的尺寸，爱的庞大。它不适当，不干净，也不包容。

她伸出她的手。“你仍然很生气。”

“因为我还活着。”

要说什么呢？爱的尽头是纠缠。梦的纠缠。沉默的纠缠。被幽魂纠缠很容易变成幽魂本身。生命在衰退。脉搏变得非常微弱。没什么能让你激动。有些人赞同这样，管这叫康复。但这不是康复，只是一个不再感知疼痛的死人而已。

“但伤痛是无益的。”

“并不总是这样。”

“那伤痛有什么用？你能告诉我这个吗？”

她认为我紧抓住伤痛不放。她认为伤痛不过是纪念品。或许她认为伤痛是我唯一能感受的方式。事实上，伤痛提醒我，我的知觉已被毁坏。伤痛并没有阻止我去爱——只有错误的康复才会这样——伤痛告诉我，我的感受器和我的传送器都不在完美的运转秩序中。伤痛并不是感知，但它却成了感知的容器。

她说：“你仍然喜欢做爱吗？”

“你说得好像我做了切除手术似的。”

“我认为你是的。我认为有人已经切除了你的心。”

——

我看着她，我的眼睛是明亮的。

“那并不是故事结束的方式。”

她伸出她的手。“我想治愈你。”

“从哪里开始？”

“从过去开始，从伤痛开始。”

“过去只是讲述的一种方式。”

“那就从伤痛开始。”

“我不想要擦拭干净的人生。”

“不要这么咄咄逼人。”

“对不起。”

“你想要什么？告诉我。”

“不妥协。”

“这是不可能的。”

“只有不可能才值得努力。”

“你是狂热分子还是理想主义者？”

“为什么你要给我贴上标签？”

“我想要理解。”

“不，你想要将我解释给你自己。你并不确定，所以你想要一个标签。但我并不是一件后面挂着价格标签的家具。”

“这样就很难进入做爱环节了。”

女服务员清理盘子，端来了棕黄条纹相间的冰激凌，与天花板和墙壁相同的颜色。甚至有 20 世纪 30 年代的清漆模样。环绕在边缘的樱桃看起来像嘉宝的吻。你叉起一个冰激凌，喂给我吃。

“和我一起上床吧。”

“现在？”

“对，现在。就是我所能提供的，这就是我所能要求的。”

“没有困难，也不复杂？”

“是的。”

“除了 29 号房间里有个人在等你。”

“他会烂醉如泥，并且很快睡去。”

“有人也在等我。”

“关系特殊吗？”

“只是一个朋友。”

“那么……”

“这样礼貌吗？”

“我留个信息给前台。”

她起身，拨弄着零钱，去打电话。

“等等……”

但她没有回答。她就在那里，在电话机前，转过她的脸，背对着我。

我们去了一家小旅馆，那里之前是矿泉疗养所。

浴室里仍有蒸汽孔和针头淋浴器，要是你在刷牙的时候扳错了把手，整个卧室就会蒸汽弥漫，像是希区柯克电影里的场景。而在蒸汽之外的某个地方电话铃响了。楼梯平台上响起了脚步声，说话声。你跌跌撞撞地朝窗户跑去，赤裸的、盲目的，在你与巴黎之间只有一把牙刷。

我们在托尼克旅馆定的房间在顶层。有三张带灯芯绒被单的床，还可以看到街上的屋顶。我们的对面，透过窗口，可以看到个男孩正随着蒂娜·特纳的音乐独自跳舞。我们身子前倾，斜靠在金属防护栏上，看着他，看着车流穿行而过。在我的衬衫下，你的手放在我小小的背脊上。

我们就是这样做爱的。

你亲吻我的喉咙。

那个男孩正在跳舞。

你亲吻我的锁骨。

街上有两个出租车司机在争吵。

你将舌头滑入我乳房之间的沟渠里。在我们下面，有一扇门砰然关上。我将你的腿放在我的臀上。

在红色屋檐下，一对鸽子正在熟睡。

你开始和我一起移动——手、舌头、身体。

隔壁的电视机里传来了游戏节目的笑声。

你双手握住我的乳房，而我脱掉你身上的牛仔裤。

托盘上瓶子碰撞发出了咔咔声。

你没有穿内裤。

一扇门开了，托盘放了下来。

你仍将你的乳房放置在黑色网格的牢笼中。

汽车前灯闪耀在梳妆台的镜子里。

和我一起躺下。

来到我上面。

放松自己，就是在那儿，就是在那儿……

哈里说着法语，他会去拿啤酒。

推送。

斯特拉还是巴德?

用力一点。

你想要坚果吗?

让我快乐，让我。

午夜之后打电话给她，她说。

进入我的身体。

还记得号码吗?

进入我的身体。

第二天早上，我很晚才醒来，转身要去亲吻她。

她已经走了。被单还是温暖的，但她已经走了。

（本章原书节选内容译者：余西）

我要快乐，不必正常

Why Be Happy When You Could Be Normal?

《我要快乐，不必正常》的写作洋洋洒洒，下笔如有神助。短短两周之内，我就写下了 15000 字。

为什么呢?

这是一本回忆录吗？不完全是。我将它看作一场有关回忆的实验。没有一个人能清晰记起自己的过去，仿佛每时每刻都被刻录在脑海中一样。如果我们真的做到了，会发生什么呢？在我们记忆的框架之上，又有怎样的存在？我们的精神世界里到底在发生些什么？关于这些问题，我们总要多说、多看、多了解。

2007年夏天至2008年末，我经历过一次崩溃。2008年秋，我的一位挚爱英年早逝，在随后的圣诞节我又失去了父亲。我在农神节一月的寒风中埋葬了父亲，取消了苏西·奥巴赫的采访，我一直很仰慕她，却从未有幸会面。到了2009年5月，我与苏西已经成为了情侣。

而后我开始寻找自己的生母——或者按我们的说法，血缘上的母亲。

为什么呢？

整理父亲的遗物时，我发现了一些文件——纸张泛黄，上面都是机打文字，像古老的抄本，或者说它带给我这样的感觉，实际上不过是20世纪60年代初的东西。这是我的领养文件，里面详细记录了被领养前的我去过哪里，究竟是谁。

我不再崩溃，苏西始终是我精神上极大的慰藉。在她的陪伴下，我可以忍受那些噬心蚀骨的创伤，探察我曾写入书中的过往（《橘子》），以求拥有自己的记忆，理解并且掌控它。

不知为何，我很早便清楚，如果你能同时将自己当作一本小说和一桩事实去解读，那么你就会更加自由。如果你是一篇故事，那么你自己可以改变它，尤其是它的结局。

我知道这样的观点已经被新自由主义的口号借用，鼓吹每个人都可以成为百万富翁、社会名流、国家总统。而如果你无法活成自己想要的样子，那就是你的错，社会正义、全球不公、阶级、种族、出身都与之无关。我们都知道，这完全是无稽之谈。

但是……

出于某种原因，我的想象力十分丰富，选取了至关重要的方式解读自己。我知道，我可以将所有挫折和失败诉诸笔端，并在写作的过程中找寻出路。我确实做到了。

《橘子》是一本小说。它不是我自己的故事，我也不是书中的珍妮特。这就是关键所在：我成为了我自己的故事。

但是……

《橘子》付梓二十七年后，我曾描写过的情节和看上去被排除在外的情节，驱使我回溯自己已然知晓的旧素材，又引领我发掘我从未想到自己会渴望或者需要的新素材。

作为一名作家，我发现自己不得不直面不安，这种不安与不满不是一回事。

这个标题来自温特森太太，她曾经赤裸裸地逼我做出选择：要么离开我所爱的女孩，要么再也不要回家。当时我十六岁。我们家十分昏暗、阳台狭小，后院像一个乱葬岗（那种凶手埋葬受害人的地方）。她正是在后院煞有介事地烧掉了我的书，仿佛在演一出毁天灭地的大戏，像《诸神的黄昏》一样。她问我为何这样做（“这样”是指致命地、越界地坠入爱河）。我回答道：“这让我快乐。”而她却说：“你明明可以做一个正常人，为什么非要快乐呢？”

于是我思索良久，事情是否真的符合非此即彼的二元论，如同黑与白、善与恶、白天与黑夜、快乐与正常？

我们面临的是一个好问题，但也很残忍。它是上天的恩赐，只是有些黑暗，虽然我当时并未意识到这一点。

温特森太太是一位暴力的哲学家。

如果在你还小的时候，爱不可靠，你就会以为爱的本质——它的特征——就是不可靠。儿女在长大以前不会挑父母的不是。起初，你得到的爱就是你确定的爱。

我不知道爱可以有持续性。我不知道人的爱可以依赖。温特森太太的上帝是《旧约》中的上帝，他要求“儿女”绝对的爱，却满不在乎地淹死他们（挪亚方舟），试图杀掉激怒他的人（摩西），还容许撒旦毁灭最正直的人（约伯）的一切。也许效仿这样一位神，对爱有害。

没错，在与人类的关系中，上帝改变形态，也有所改进，但温特森太太不是个爱交流的人；她不喜欢人类，她从未真正改变或改进。她总是击垮我，再做个蛋糕，与我重归于好，常常在将我锁在外面的隔天晚上，带我去炸鱼薯条店，我们坐在长凳上吃包在报纸里的炸鱼薯条，看着人来人往。

我一生大多时候的行为也差不多是如此模式，因为这是我学到的爱。

加上我本身的狂野和激烈，爱变得很危险。我从不服用毒品，我服用爱——疯狂而无所顾忌的那一种爱，损伤多于治愈，心碎多于健全。我争吵、殴打，隔天又设法重归于

When love is unreliable and you are a child, you assume that it is the nature of love – its quality – to be unreliable.

* 如果在你还小的时候，爱不可靠，你就会以为爱的本质——它的特征——就是不可靠。

好。我片字不留地离开，毫不在意。

爱是鲜明的。我从不要苍白的那一种。爱是用尽全力。我从不要稀释的那一种。我从不躲避爱的巨大，但我浑然不知爱可以像太阳一般可靠。日常升起的爱。

（本章原书节选内容译者：冯倩珠）

时间之间

The Gap of Time

《时间之间》改写自莎士比亚戏剧《冬天的故事》，受霍加斯出版社委托所作，是2016年纪念莎翁逝世400周年的系列丛书之一。

我从未想过参与其他任何与戏剧相关的工作，不是因为我不喜欢那些戏剧——其实我比其他任何作家都更爱重温莎翁经典——而是因为我对这部《冬天的故事》有着非常浓厚的个人情怀，或者说个人迷恋？

时间。重来的机会。宽恕。爱（永恒的爱）。还有……

剧中闪闪发光的主角位置上，站着一个被遗弃的孩子，而我正是一个弃儿。

作为一个被收养的孩子，我一直努力试图了解自己的身份。各种各样关于弃儿的故事都是提示、标志、参考和线索。被遗弃的孩子往往对更为宏大的下一幕剧情至关重要，但这里的时间是非线性的，所谓“下一幕”，既可以指未来，也可以指过去。我们以为未来取决于过去，而在《冬天的故事》中，过去取决于未来。时间之箭同时飞往两个方向，直到人们将遗失之物寻回。

但时间并不是一支箭，对吗？

时间是一枚回旋镖。

过往不断重现，直至我们给出盖棺定论。

改写故事的时间背景设置在现代。我不想把列昂特斯设定为西西里亚国王，他应该是一个大男子主义者，行事随心所欲，从不顾及他人。所以我把他改写为银行家列奥，他经营一个名叫西西里亚的对冲基金。他的妻子咪咪是一名歌手，这也是为了向穿插着大量歌曲的原作致敬。原作中，波利克塞尼斯是列昂特斯最好的朋友，被怀疑与赫美温妮（即改写版的咪咪）有染，我将他改写为赛诺。赛诺是一个同性恋者，职业是电子游戏设计师，住在新波西米亚——一个虚构的美国城市，以新奥尔良为原型。

在我的故事中，两个男孩都被各自离异的父母送到了寄宿学校。至少，这样的设定让我们感受到他们共同的创伤和经历。

在《冬天的故事》中，莎士比亚没有交代任何一个角色的背景故事。我们看到的是两个男人间长久的友谊、一场充满占有欲的婚姻、一个妒火中烧的丈夫。

但我们也能看到，赫美温妮和波利克塞尼斯之间的友谊十分亲密，有些轻佻。我希望在自己的改写中保留这一段友情，所以我让列奥在他和咪咪第一次分手后，派赛诺去追回她。

咪咪和赛诺发现了彼此之间的吸引，但是二人没有顺势而为。

那是八月。塞纳河边有类似海岸才有的欢闹气氛，半是海滨，半是街头小吃摊和移动酒吧。天气很热。人们很自在。

列奥让赛诺去让咪咪再给他一次机会。

“如果我自己去见她肯定会搞砸的。你去讲。”

“你想我讲什么？”

“我不知道！‘我爱你’的加长版！”

列奥给了赛诺一张纸，他的字很难看。“这就是加长版。”

赛诺看了一眼，差点儿笑出来，但他朋友是那么焦虑、羞愧难当，所以他只是边看边点头。

“我写了好久。”列奥说。

1. 没有你，我可以活下去吗？可以。

2. 我想这样吗？不想。

3. 我经常想到你吗？是的。

4. 我想念你吗？是的。

5. 我和别的女人在一起时会想起你吗？是的。

6. 我认为你和别的女人不一样吗？是的。

7. 我认为我和别的男人不一样吗？不是。

8. 这是就性而言吗？是的。

9. 这仅仅是就性而言吗？不是。

10. 我以前有过这种感受吗？有，也没有。

11. 自从遇见你之后，我有过这种感受吗？没有。

12. 我为什么想和你结婚？想到你和别人结婚我就恨到不行。

13. 你很美。

因而，当他们走了一段路，在售卖梦幻蓝瓶装的“一生之水”的酒吧里喝水时，赛诺取出了那张纸，交给咪咪。她笑起来。“别笑，听我说，”赛诺说，“他很尴尬，但他是真心的。这就是他当真的表现。”

咪咪摇摇头。“我不知道。”

“那就答应他。”赛诺说。

“Pourquoi（法语‘为什么’）？”

他们继续散步。他们谈及生命的流逝。谈及虚无。谈及幻觉。谈及爱情是被行动玷污的理念。谈及爱情是被理念玷污的行动。他们谈到了性爱是不可能的事。对男人来说性爱会有所不同吗？和男人做爱呢？坠入爱情是什么样的感觉？坠出爱情又是什么样的感觉？

“有这样一个理论，”赛诺说，“早期基督教诺斯替教派一开始是为了反对基督教而创建的：我们这个世界本来就是堕落的，也不是由上帝所造，上帝不在，造物主是类似路西法的人物。黑暗天使之类的。我们没有犯下罪孽，或是误入歧途；这不是我们的错。我们天生就是这样。我们所做的每一件事都是堕落。甚至走路都是一种有所控制的堕落。但这不同于过失。如果我们了解这一点——诺斯替——就比较容易去忍受痛苦。”

“爱的痛苦？”

“难道还有别的吗？爱。缺乏爱。失去爱。我从没把地位、权力，甚至对死亡的恐惧，视为单独的诱因。我们的基点，或坠落的起点，只是爱。”

“对一个从不对别人承诺的男人来说，这可真浪漫。”

“我喜欢这想法，”赛诺说，“但我也喜欢住在月球上的好主意。可惜，月亮距离我们293000英里[1]，而且没有水源。”

“但你来这里看我，因为你想让我嫁给列奥。”

“我只是个信使。”

他们走进三角形街角的餐馆，那儿有几个男孩在玩法式滚球。有个男人在陪两条大麦町玩，扔出红色的网球。黑色、白色和红色。黑色、白色和红色。夜色降临，清凉下来。

他们点了洋蓟和鳕鱼。赛诺在咪咪身边，她和他讲话的时候只隔着一张菜单。

1. 293000英里约为471730千米。

What else is there? Love. Lack of love. Loss of love. I never bought into status and power – even fear of death – as independent drivers. The platform we stand on, or fall from, is love.

* 难道还有别的吗？爱。缺乏爱。失去爱。我从没把地位、权力，甚至对死亡的恐惧，视为单独的诱因。我们的基点，或坠落的起点，只是爱。

“你怎么样？”咪咪问赛诺。

“我要搬去美国了——游戏工作室在那里。”

“但你会常常回来？”

“我会经常回来的。”

如果我们没有肉身，那会怎样？如果我们像灵魂一样传递消息呢？那我就不会留意到你的笑容，你身体的曲线，垂落到你眼睫间的头发，你摆在桌面上的手臂，棕色体肤上的汗毛，你把靴跟勾在椅子横档上的样子，我的眼睛是灰色的而你的是绿色的，你的眼睛是灰色的而我的是绿色的，你的嘴有点歪，你那么娇小但双腿修长，长得像一句我无法讲完的句子，你的手很敏感，你紧挨着我看菜单，所以我才能解释那些法语代表什么食物，我喜欢你的口音，你讲英语的腔调，从未有谁像你那样念“鳕鱼”，开头的 h 不发音，于是，那不再是一条烟熏的鱼，听来却像（浮现又消散在头脑中的单词是“爱”）。你总是这样不扣第一颗扣子吗？只有第一颗？所以我可以透过乱如兽爪的散发去想象你的胸膛？她的头发不是金色的。不。我认为那天生是黑色的，但我喜欢她挑染的方式，喜欢她在桌子底下偷偷把脚从鞋子里滑出来的样子。慌慌张张，我们谈话时你看我的样子。我们谈了些什么？

她点了一份巴巴兰姆酒蛋糕，侍者漫不经心把一瓶圣詹姆斯朗姆酒重重地搁在桌子上。

她说："有时候我就像海明威：上午 11 点，苦艾鸡尾酒配生蚝。晚一点，再来一杯圣詹姆斯朗姆酒调动灵感。够猛。"

赛诺闻了闻。简直可以当烧烤用的燃油。但他还是倒满了一口杯。

她喝了咖啡。一对夫妇走过，为了干洗事宜大声争吵。你遇到一个人，然后你迫不及待想要脱去你的衣服。一年过后，你们开始为衣物干洗的琐事大吵特吵。这种不完美性是设计时就构造进去的。

但那时候，赛诺在想，美并不是美，而是完美。

咪咪坐在位子里，屈起双膝，露出双腿，她的眼睛像萤火虫。

赛诺笑了，列奥的清单第 13 条是什么？你很美。

他们吃完了晚餐，正打算走出餐馆，三角形沙地广场对面的一扇窗里传来乐声，有人在播放杰克逊 · 布朗的名曲：《留下》。

赛诺开始跳舞。咪咪拉起他的双手。他们相拥着，微笑着，跳起来舞来。"留下……多留一会儿。"

"你想要一本奈瓦尔的诗集吗？"咪咪说，"我还有一本，

chez moi（法语‘在我家’）。”

他们牵着手走回圣居里安教堂边的一栋小楼。

楼梯很暗。赛诺扶着蜿蜒而上的 17 世纪铸铁栏杆，狭窄的楼梯盘旋，围绕着楼层间的平台，宛如一个循环无止境的梦，别人家的门都紧闭着。

咪咪打开她的公寓的门。唯一的光线来自外面的街灯。她没有关起长百叶窗。她走到窗边，一身蓝裙映在暖黄的灯光里，伫立在如画框般的窗前，仿佛兀自完成了一幅马蒂斯的作品。

赛诺走进屋，站在她身后。他没有关上前门，他走路静悄悄的，她好像根本没有听到他进来。他在想她在想什么。

现在他就在她身后了。她有柠檬和薄荷的香气。她转身。她和赛诺面对面了。迎面相对。他用双臂环抱住她，她把头靠在他胸前。

一时间，他们就这样站立着，随后，咪咪拉起他的手，引他走向她的床——在公寓最里面的船型大床。她抬起手，抚摸他的后颈。

门外的楼梯平台上，感应灯跳亮，楼梯上传来脚步声，有个女人用浓重的法语口音抱怨着炎热的天气。有个男人含

含糊糊地附和着。这对夫妇路过咪咪的公寓，慢慢地爬上楼去，提着他们刚买的杂货，都没朝敞开的门里看一眼。

接着，赛诺轻快地走下楼梯。

在《冬天的故事》中，许多故事都隐隐约约，未及详述。那么多故事不可能被一一呈现在舞台上。在剧院里，必须在两个小时左右的时间内推进表演和情节。

小说则有可能将那些被掩埋的故事搬上台面。这种体裁赋予其内化和反思的特性。我们只要瞥见了什么东西，就会在脑海中追寻它的踪迹。

但情节仍是必要的，而且《冬天的故事》节奏之快扣人心弦，有如一辆失控的卡车，这正是我在小说开头想要达到的效果。所以，我倒置了剧本的结构，开篇便将读者推入一个风雨交加的夜晚，新波西米亚上演了劫车与谋杀的戏码。随后，突然有一个孩子被遗弃在“婴儿岛”上。

莎士比亚笔下的“被遗弃的小可怜儿”帕蒂塔由一个牧羊人和他的儿子科洛恩抚养长大。在我的改写版本中，谢普和科洛是两个深夜闲逛的黑人，出于本能在正确的时间做了正确的事。

时间在莎士比亚的许多作品中扮演关键角色，既可以将事态引入正轨，又可以造成灾难性的后果。列昂特斯付出了惨痛的代价才认识到这一道理，因为他不明白时间并非为他所有。一些莎翁晚年戏剧的主题是重来的机会和宽恕，这两点对于年岁渐长的我而言愈发重要。我是一个乐观主义者，但时光短暂。做错事比做对事更容易，我意识到我们多么需要对他人慷慨和耐心。

在《冬天的故事》中，修正错误的是女性角色赫美温妮、帕蒂塔和宝丽娜。她们巧妙地呈现了大女神[1]的三种化身，即母亲、女儿和智慧的女性。女性原则使得这部作品避免流于由男性暴烈情绪推进剧情的俗套。

最后，莎翁的原作没有让女性角色陪葬主人公堕落的灵魂——赫美温妮、帕蒂塔和宝丽娜都在结局时活了下来，这是一大进步。

如果说任何故事的结局都只有四种可能：喜剧、悲剧、复仇、宽恕，那么莎士比亚则满足了我们的期望，将故事定格在赫美温妮的冰冷塑像重新踏入时间

1. 大女神（the Great Goddess），一般指地母神。父系社会出现之前的最大神灵。

长河的那一刻，过往种种宣告终结。

我改写了结局，因为我希望把最后一句话留给帕蒂塔。如果尚有未来可期，那么年轻一代必须将其发掘，那是未被过往暴力破坏的一块净土。

在这巨大的惨象之中改写这部剧作有些奇怪。莎士比亚将其与历史的“伟人理论”相关联。主角与反派都已崩溃，而此时，女性角色略带几分娇羞地走上舞台，那个几乎被摧毁的幸存婴儿已经回归。

以下是《时间之间》的结尾：

帕蒂塔

很快，这就将是我们共同的生活，我们必须像别人那样生活在这个世界上。我们必须去工作，成家，生子，做饭，做爱。如今这个世界匮乏美德，所以我们辛勤过活也可能一无所获。我们会有梦想，但梦想会实现吗？

也许我们会淡忘自己身上曾有奇迹发生。朝圣地已倾颓荒废，长满野草，无人问津。也许我们不会厮守到永久。也许生活太难，怎么也熬不过去。也许爱情只在电影里有。

也许我们会彼此伤害，以至于我们会否认已然发生过的一切。我们会给自己找到托词，证明自己从没经历过那些事。那些人也并不存在。

也许会有一夜，天气恶劣，你把我的手腕捏得太紧，我就会抓起手电筒冲进雨里，竖起衣领以抵御狂风，星星隐没在密布的黑云中，一只鸟在篱笆墙上惊飞而起，水坑在微弱的手电光下反射出微光，离喧嚣的大马路还很远，但这里听得见夜晚的声响、我的脚步声、我的呼吸声。

也许那时我将记起。尽管历史总是反复上演，我们总会跌倒；历史短暂行走在时间里，留不下印记，但我就是历史的背负者，我已然知晓值得记取的那些事——疯狂得近乎不像真的，违逆每一种看似必然的陈规。

如同倾覆之舟里的一口稀薄空气。

爱。爱的体量。爱的程度。不可想象。无边无际。你对我的爱。我对你的爱。我们给彼此的爱。真实不虚。是的。凭借黑暗中的一束手电光，我找到自己的路，我就是见证者，我就是我领悟的这份爱的证物。

我一生时光中的些微粒子。

（本章原书节选内容译者：于是）

十二个圣诞故事

Christmas Day

为什么真实的、至关重要的事情，会如此轻易地因无关紧要之事而被轻易忽视?

一天夜里，当情绪崩溃的我回到自己冰冷空荡的房子里，我无心做饭，无心生火，也睡不着。

圣诞将至，于是我决定给自己讲个故事。

当我还是个小孩子的时候，我就学会了给自己讲故事。那时我的母亲温特森太太常把我关进煤棚里，以示惩罚。

关在煤棚里的我只有两件事可做：要么数有限的煤块，要么给自己讲个故事。于是，我像许多人做过的那样，挣脱周围的牢笼，遁入想象的奇境。

——

于是在那个圣诞节，我想从驴子的角度重新讲述耶稣降生的故事。这个想法没有什么稀奇，唯一特别之处在于我就是那只驴子，感觉自身卑微渺小、不被重视、没有希望，背负着自身的重量和太多其他负荷。在这个故事中，驴子和其他所有动物一起面试基督的坐骑一职。决至最后三名，驴子的竞争对手是狮子和独角兽。狮子说："如果基督注定成为世界之主，那么他的坐骑应是百兽之王。"而独角兽则说："如果基督注定成为世界之谜，那么他的坐骑应是最神秘者。"

驴子说："如果基督注定背负世界之苦，那么他的坐骑更应该是我……"

接下来的故事中，天使们坐在破旧蛀虫的马厩棚顶，他们的脚在时间的边缘荡来荡去，其中一只碰到了驴鼻子，把它变成了金的。

我缺少一只金鼻子。

除了十二个故事外，这本集子还收录了十二个菜谱。这些菜谱如同鲁斯·伦德尔的紫甘蓝或卡米拉·沙姆希的土耳其炒饭，都是与朋友一同烹饪的菜肴，或是用来成就个人的仪式感，就像我的“新年牛排三明治”一样。

我放入了所有自己喜欢的元素。圣诞节不应注定成为一场商业狂欢，不过阻止其商业化的唯一方式就是让它变得有个性、有意义。

我们的生活正在失去个性和意义。每一个能够回归这些价值的契机都很重要。世界各地的人们无论信教与否，都会庆祝圣诞节。因而圣诞节有可能成为一个特别的时间节点，用来团聚，也用来反思。

在如今民族主义与不由分说的憎恶甚嚣尘上的阴霾中，团结与反思为我们提供了一个全新的角度去看待世界、看待地球、看待人和众多不尽相同的生命。

这本书是对圣诞节及其历史的歌颂，包含一些关于圣诞节的谜团和事实，比如：你知道是可口可乐公司在 1931 年改变了圣诞老人的装束，把他的绿袍子变成了红色的吗？

你知道英格兰和新英格兰的清教徒曾因圣诞节过

分异教化而成功将其禁止，长达数年之久吗？

你知道？那就好好享受这些故事吧：精灵故事、魔法、雪妈妈、会说话的青蛙和青蛙利西莫、笑话、恐怖故事，当然还有爱的故事，因为一切最终都将回到爱的怀抱。

光阴并非似箭，而是如同一枚回旋镖。

我的养父母是五旬节教会[1]教徒和邮戳上的传教士。

圣诞节在传教士的日历上具有重要意义。从 11 月初开始，我们不是在准备包裹寄往异国他乡，就是在准备包裹送给那些从炎热地带回到大后方的人们。

可能是因为我父母经历了第二次世界大战。也可能是因为这时代已经临近世界末日，就等着善恶大决战。总之，我们有一套圣诞节流程，从制作百果馅饼的百果肉馅，到给阿克灵顿[2]没有得到拯救的人们吟唱颂歌，更确切地说，是专门站在他们面前吟唱颂歌。不过，温特森太太喜爱圣诞节。一年中唯有这段时间，她会参与到外面的生活中去，仿佛世

1. 基督教新教教派的一支，特别强调说方言是领受圣灵的首个外显的凭据。

2. Accrington，位于英国兰开夏郡西北部的小型前工业城市。

界不再只是泪之谷[1]。

她是一个闷闷不乐的女人，因此在我们家中，这段快乐的时光尤为珍贵。我能肯定我喜欢圣诞节是因为她喜欢。

在每年的 12 月 21 日，我的母亲戴着帽子、穿着大衣外出，而我的父亲和我把我做的彩纸链悬挂起来，从客厅的檐角挂到主灯的灯泡。

最后我的母亲回到家，就像刚刚经历了一场恶劣的冰雹天气，虽然那可能是她个人的天气。她拎着一只鹅，身子一半在购物袋里面，一半在外面，松垂的脑袋耷拉在一旁，就像一个无人能记起的梦。她把它递给我——鹅和梦——然后我把鹅毛拔下来扔进桶里。我们留着鹅毛来填充需要重新填充的各种东西，我们还留着从这大鸟体内沥出的厚厚鹅油，以便在一整个冬天里烤土豆用。除了温特森太太有甲状腺方面的问题，我们认识的所有人都像雪貂一样瘦。我们需要鹅油。

我离开了家，再之后去牛津大学读本科，在第一个圣诞节假期，我回到老房子里。我的母亲早就给我下了离家的最后通牒，那时我爱上一个女孩，而在一个如此笃信宗教的家

1. Vale of tears，基督教说法，指生活的苦难，基督教教义认为生活的苦难只有在离开了人世进入天堂后才得以结束。

庭里，我还不如去和一头山羊结婚。自那时起我们就再没说过话。我先是在一辆迷你车里住了一小段时间，然后寄宿在一位老师那里，最终离开了小镇。

我在牛津的第一学期收到了一张明信片——这是一张在上方印着蓝色的“**明信片**”的明信片。在下方，写着她整洁的印刷体一般的文字：**今年圣诞节你是否回家？爱你的母亲**。

当我抵达我们在街道尽头的有露台的小房子时，我可以听到最悦耳的音乐声，对那声音最贴切的表述是巴萨诺瓦[1]版本的《萧瑟仲冬》。我的母亲已经扔掉了老旧的立式钢琴，买了一架有双排键盘、独奏、鼓点和低音的电子琴。

她已经有两年没有见过我了。一句话也没有说。接下来的一个小时我们都在欣赏《天使报信》中的小鼓和小号独奏的效果。

我在牛津认识的来自圣卢西亚的朋友要来家里看我，这对她来说可谓勇气之举，不过在我试着解释我的家庭时，她认为我小题大做了。

---

1. Bossa Nova，一种起源于巴西的融合巴西桑巴舞曲和美国酷派爵士的“新派爵士乐”，风格轻松柔和、慵懒甜美。

起初，这次拜访十分成功。温特森太太自顾自地将这位黑人朋友当作她的传教使命。她挨个拜访了教堂里退休的传教士们并询问:“他们吃什么？”得到的答案是菠萝。

薇姬抵达时，我的母亲给了她一块自己织的羊毛毯，这样薇姬就不会冷了。“他们怕冷。”她告诉我。

温特森太太有强迫症，她一年到头都在为耶稣做编织工作。圣诞树上有编织的装饰品，而小狗被困在一件有白色雪花图案的红色羊毛圣诞外套里。家里有一座编织的耶稣诞生场景，牧羊人还系着小小的围巾，因为这个伯利恒在阿克灵顿可以乘公交车抵达的地方。

我的父亲穿着编织马甲，系着配套的编织领带打开了门。整个房子都重新“编织”了一遍。

温特森太太心情愉快。“你想来点熏腿肉和菠萝吗，薇姬？奶酪吐司配菠萝？奶油菠萝？翻转菠萝蛋糕？油炸菠萝馅饼？”

这样的伙食持续了几天后，最终，薇姬说:“我不喜欢菠萝。”

温特森太太的情绪急转直下。她这一天接下来的时间里没有对我们说一句话，还碾碎了一只知更鸟纸雕。第二天，在早饭的时候，餐桌上摆了一座用未开封的菠萝罐头堆成的金字塔，还有一张维多利亚时代风格的明信片，上面绘有两只后腿站立的猫，打扮得像一对夫妇。配图文字是——没人爱我们。

那天晚上，薇姬上床的时候，发现她的枕芯被人从枕套里拿出来了，而枕套里填满了具有警告意味的关于世界末日的小册子。她考虑着是否应该回家，但我见过更糟糕的情况，我认为事情可能会有转机。

平安夜那天，我们家接待了一批教堂来的传唱颂歌的人。温特森太太的确看起来高兴点儿了。她逼我和薇姬把一些切半的圆白菜用铝箔纸包起来，和各种切达奶酪条串在一起，上面摆一些遭到嫌弃的菠萝块。

她管这个叫斯普特尼克[1]。这和冷战有关。铝箔纸？天线？这难道是关于克格勃在奶酪里隐藏窃听器的恐怖暗示吗？

不要紧。惹了麻烦的菠萝已经找到了用武之地，而我们都十分快乐地唱着颂歌，这时响起了敲门声。原来，救世军[2]也在唱颂歌。

---

1. Sputnik，苏联于1957年发射升空的第一颗进入行星轨道的人造卫星。
2. The Salvation Army，一个于英国伦敦成立、以军队形式作为其架构和行政方针，并以基督教作为信仰之基的国际性宗教及慈善公益组织，以街头布道和慈善活动、社会服务著称。

合情合理。这是圣诞节。但温特森太太完全不接受。她打开了前门，大声喊道：“耶稣在这里。滚！”

砰。

过完圣诞节离开之后，我再也没有回去过。我再也没有见过温特森太太。不久后她对我的处女作《橘子》（1985年）勃然大怒。援引她的话：“这是我头一次不得不用假名字订购一本书。”

她在 1990 年去世。

年纪越来越大，你在圣诞节的时候会想起去世的人。凯尔特人在他们的冬节萨温节期盼逝者会加入到生者之中。许多文化都对此有共鸣，但我们不会。

这是一个遗憾，也是一个损失。如果时光是一枚回旋镖，而非一支箭，那么过去总是会回归并重复。记忆作为一项具有创造性的活动，让我们得以唤醒逝去的人们，或者在某些情况下让他们得以安息，因为我们终将理解过去。

去年圣诞节，我独自一人在厨房里，生着炉火——我喜欢在厨房里生火。我正给自己倒饮料时，收音机里传来朱迪·嘉兰唱的《自己度过一个愉快的小圣诞》。我记起温特森太太如何在钢琴上弹奏那首歌。那是我们都知道的一段时光，混合着悲伤和甜蜜。遗憾吗？是的，对我们发生分歧的每件事，我都感到遗憾。但也有认可，因为她是一位出色的女人。应该出现一个奇迹把她从没有希望、没有钱、没有任何改变可能的牢笼生活中解救出来。

幸运的是，她得到了奇迹。不幸的是，奇迹是我。我是那张幸运金卡[1]。我本可以带她去任何地方。她本可以得到自由……

关于圣婴的圣诞故事错综复杂。下面是它告诉我们的有关奇迹的事。

奇迹从来都不是唾手可得的（不管旅馆是否有房间，婴儿都要出生，然而没有房间）。

奇迹不同于我们的期待（卑微的男人和女人发现他们成了救世主的父母）。

奇迹引爆了现状，而爆炸和冲击意味着有人会受伤。

什么是奇迹？奇迹是一次干扰——它打破了时空的连续

1. Golden Ticket，出自英国作家罗尔德·达尔 1964 年的作品《查理与巧克力工厂》，古怪糖果制造商威利·旺卡将幸运金卡藏在五块旺卡巧克力中，获得幸运金卡的小孩能带一名家人进入工厂参观，幸运金卡成为贵重与特别物品的代名词。

性。奇迹是无法纯粹用理性解释的一种干扰。机会和命运掺杂其中。奇迹是有益的干扰，是的，但奇迹就像瓶子里的精灵——放他们出来，之后会发生骚乱。你会实现三个愿望，但还有其他许多事情随之而来。

温特森太太想要一个小孩。她无法拥有。这时我来了，但正如她经常挂在嘴边的，“魔鬼领我们找错了婴儿床”。撒旦是一颗靠不住的星星。

这就是这个故事里具有童话色彩的部分。

有时，我们期待的东西、我们需要的东西、我们想要的奇迹就在我们面前，而我们视若无睹；或者我们跑向其他方向；再或者，最悲哀的莫过于此，面对它我们不知道该如何做。想想有多少人得到了他们想要的成功、他们想要的伴侣、他们想要的钱财等，却将它们化作尘与土——就像童话里的金币，无人能用。

所以在圣诞节，我想到圣婴诞生的故事，以及此后所有的圣诞故事。作为一名作家，我知道如果生活中没有想象和思考的空间，我们会过得很糟糕。宗教节日旨在成为跳脱于时间之外的时间。普通时间让位于重要时间。我们记起了什么。我们创造了什么。

所以，为逝者点亮一支蜡烛。

为奇迹点亮一支蜡烛，不管可能性有多小，祈求你将发现属于你的奇迹。

为生者点亮一支蜡烛，拥有友谊和家庭的世界意义重大。

为未来点亮一支蜡烛，因为它可能发生，并且不被黑暗吞噬。

为爱点亮一支蜡烛。

幸运的爱。

（本章原书节选内容译者：涂艾米）

后记

Afterword

爱，是否如但丁所说“驱动着太阳和诸天星辰”？

或如《圣经》所述，爱如死亡一般强大。

抑或如莎翁所言：“我的爱人发誓说她是一片忠贞，我信任她，虽然我知道她说谎话。”[1]

爱的形式多种多样，爱的赞歌咏唱不衰。爱就是如此浪漫，或者说，如此多愁善感。

我仍在寻找相关的线索，试图理解本该一目了然，却一直隐晦不明的问题：如何去爱。

如何去爱？

---

1. 莎士比亚十四行诗第 138 首，梁实秋译本。

经历。心碎。但人心生来便要遭受伤痛，本性使然，无从避免。

除了写作，没有更适合的方式来探讨我认知范围内的终极难题：爱。

门开了。是你走出来了，走向我，面带笑意，心满意足。这是你，而这是我，我知道一切将如此结尾，你将来到这里，你一直在这里，一切不过是时间问题。一切都永远地刻上了往昔的模样。

图片摄影 © 山姆 · 丘吉尔

珍妮特 · 温特森（Jeanette Winterson），大英帝国勋章获得者。生于曼彻斯特，养父母为五旬节派教徒，希望将温特森培养成一名传教士，最终事与愿违。

珍妮特 · 温特森很早便发现了书籍的力量，她 16 岁离家，住在一辆迷你车上，开始求学。毕业于牛津大学后，温特森曾在剧院工作过一段时间，25 岁时出版了第一本小说《橘子不是唯一的水果》。这部小说以作者自身成长经历为素材，而温特森本人正是书中虚构人物的原型。温特森又亲自将这一故事改编成 BBC 电视剧，并荣获英国电影与电视艺术学院奖（BAFTA Awards）。时隔 27 年，温特森再次回顾自己的成长之路，写下畅销自传《我要快乐，不必正常》。除了为成人读者创作的 10 篇小说之外，温特森还著有童书、非虚构类作品以及剧本。此外，她还定期向《卫报》供稿。温特森的现居地位于科茨沃尔德的一处林区和伦敦的斯毕塔菲尔德。

温特森坚信艺术为所有人共有，并以证明这一观点为己任。

珍妮特 · 温特森作品推荐：

《橘子不是唯一的水果》

《我要快乐，不必正常》

《十二个圣诞故事》

《时间之间》

图书在版编目（CIP）数据

企鹅经典．小彩虹．第一辑 /（以）尤瓦尔·赫拉利等著；林俊宏等译．-- 北京：中信出版社，2019.11（2021.6重印）

书名原文：Vintage minis

ISBN 978-7-5217-1014-4

Ⅰ．①企… Ⅱ．①尤… ②林… Ⅲ．①世界文学－作品综合集 Ⅳ．①I11

中国版本图书馆 CIP 数据核字（2019）第 203895 号

本书仅限中国大陆地区发行销售

企鹅经典：小彩虹　第一辑
爱情

著　　者：[英] 珍妮特·温特森
译　　者：于是 等
出版发行：中信出版集团股份有限公司
（北京市朝阳区惠新东街甲 4 号富盛大厦 2 座 邮编 100029）
承 印 者：河北鹏润印刷有限公司

开　　本：787mm × 1092mm　1/32　　印　　张：32.25　　字　　数：400 千字
版　　次：2019 年 11 月第 1 版　　印　　次：2021 年 6 月第 2 次印刷
京权图字：01-2016-9678
书　　号：ISBN 978-7-5217-1014-4
定　　价：168.00 元（全 8 册）

服务热线：400-600-8099
投稿邮箱：author@citicpub.com

VINTAGE MINIS

姐妹

SISTERS

［美］路易莎·梅·奥尔科特　著

梅静　译

中信出版集团 | 北京

目录

小小朝圣者[1]

Playing Pilgrims

“什么礼物都没有，还算圣诞节吗？”乔躺在地毯上发牢骚。

“贫穷真可怕！”梅格叹了口气，低头打量自己的旧裙子。

“有的女孩漂亮东西那么多，有的却一无所有，真不公平。”小艾美委屈地吸了吸鼻子，补充道。

“我们有爸爸、妈妈，还有彼此呀。”贝丝在角落里，心满意足地说。

听到这句令人愉快的话，四张炉火映照下的小脸

1. 节选自《小妇人》第一部第一章。——编者注

都亮了起来，但随即又黯淡下去，因为乔忧伤地说：“我们没有爸爸，很久都不会有。”虽然她没说“或许永远也不会再有”，但想到爸爸正在远方的战场，每个人都在心中默默补上了这句。

一时间，谁也没说话。然后，梅格换了种口气，说：“你们知道的，妈妈今年圣诞之所以不让大家互送礼物，是因为对每个人来说，这个冬天都将十分难过。她觉得，男人们在军中受苦时，我们不应该再花钱享乐。虽然做不了太多，但我们可以，也应该乐意做出这点儿小小的牺牲。不过，恐怕我还是做不到。”梅格摇摇头，遗憾地想起她渴望的所有好东西。

“但我觉得，咱们这点儿钱根本没什么用。每人才一块，就算捐出去，也帮不上军队多大忙。我同意，不能指望从妈妈或你们那儿得到什么，但我还是想给自己买本《水精与骑士》[1]。这本书我惦记很久啦。”乔说。她是个小书虫。

“我那一块钱，本来打算买本新乐谱的。”贝丝说。

---

1. 德国浪漫主义作家弗里德里希·德·拉·莫特·富凯（Friedrich de la Motte Fouqué）的一部中篇故事。（如无特殊说明，书中脚注均为译者注。）

她轻轻叹了口气，但除了炉刷和锅柄裹布，谁也没听见这声叹息。

“我要买一盒上好的费伯牌绘图铅笔。我真的非常需要。”艾美坚决地说。

“妈妈也没说我们该怎么花自己的钱。她肯定不希望我们全捐出去。所以，想买什么就买吧，高兴高兴。大家这么努力，我觉得，这是我们应得的。”乔一边大声说，一边很有绅士派头地检查自己的鞋跟。

“可不是嘛！本想在家里享受享受，我却几乎每天都在教那些烦人的小孩儿。”梅格又抱怨开了。

“你哪有我一半辛苦。”乔说，“你去试试一连几小时跟一个神经兮兮、大惊小怪的老太太关在一起。她只会不停地把你使唤来使唤去，还总不满意，烦得你简直想跳出窗外，或大哭一场。”

“虽然老太太发脾气很没规矩，但我还是觉得，洗碗和收拾屋子才是世上最烦人的事。真是讨厌死了，把我的手弄得这么僵硬，都没法儿好好练琴。”贝丝看了眼粗糙的双手，又叹了口气。这回，每个人都听到了这声叹息。

“我才不信还有谁比我更惨，”艾美嚷道，“你们都不用跟那些傲慢无礼的女孩儿同班。你明明搞不懂功课，她们却一而再，再而三地来烦你。她们嘲笑你的衣着，还给你不富裕的爸爸贴标签。就连你鼻子不好看，也要被她们奚落。”

“你说的是诽谤吧？什么‘贴标签’呀，说得爸爸好像泡菜瓶似的。”乔笑着建议。

“我知道我在说什么，不用你来讽吃（刺）我。说话就是要用好词，才能扩大词灰（汇）量。”艾美一本正经地反驳道。

“孩子们，别拌嘴啦。真希望在我们小时候，爸爸没赔掉那笔钱。不是吗，乔？天哪！要是我们无忧无虑，该多幸福，多快乐呀！”梅格说。她想起了曾经的好时光。

“可前几天，你不是还说我们比金家的孩子幸福多了吗？他们虽然有钱，却成天吵个没完。”

“是呀，贝丝，我也这么觉得。我们虽然得干活，却总能自得其乐。就像乔说的，我们是‘快活的小团体’。”

“乔就爱用这些俚语！”艾美责备地望了眼躺在地毯上的那个修长身影。

乔立刻坐起来，双手插进口袋，吹起口哨。

“别这样，乔。跟个男孩儿似的！”

“正因为如此，我才吹的呀。”

“我讨厌粗鲁又不淑女的姑娘！”

“我还讨厌矫揉造作、扭扭捏捏的小丫头呢！”

“巢里的小鸟要和睦……”和事佬贝丝一边唱，一边做了个鬼脸。刚才还尖着嗓子说话的两人顿时笑出声来，“斗嘴”就此结束。

“说真的，姑娘们，你们都该挨骂。”梅格摆出长姐架势，开始训话，“约瑟芬，你已经够大啦，不该再玩儿这种男孩儿的把戏，要尽量端庄些。小时候没什么关系，但你现在都这么高了，头发都盘起来了，应该记住自己是个年轻淑女啦。”

“我才不是！如果盘起头发就要当淑女，我就继续扎两条辫子，一直扎到二十岁。”乔嚷嚷着，扯掉发网，一头浓密的栗色长发披散下来。“我讨厌长大，讨厌成为马奇小姐，讨厌穿长裙子，拘谨得像株翠菊。不管怎么说，做女孩已经够糟啦。我就喜欢玩儿男孩的游戏，做他们做的事，一举一动都跟他们一样。可我偏偏不是男孩儿，真令人失望。现在比以前更糟，我如此渴望跟爸爸一起上战场，却只能待在家里，像

It's bad enough to be a girl, any way, when I like boys' games, and work, and manners.

* 不管怎么说，做女孩已经够糟啦。我就喜欢玩儿男孩的游戏，做他们做的事，一举一动都跟他们一样。

个慢吞吞的老太婆一样编织东西。”乔抖了抖蓝色军袜，把棒针弄得噼啪作响，毛线团也滚到了房间那头。

“可怜的乔，真是太糟糕了！可那有什么办法？努力让自己舒服点儿，你就干脆起个男孩儿名，当我们的兄弟好啦。”乔的脑袋靠在贝丝膝上。贝丝边说，边伸出一只手抚摸她乱糟糟的头发。就算把世上所有洗碗打扫的活儿都做完，这只手的碰触，还是会让所有人觉得柔软。

“至于你，艾美，”梅格继续说，“就太挑剔，太古板。你这副姿态现在看来有趣，但如果不注意，小心以后变成一只装模作样的呆头鹅。不故作优雅时，我还是挺喜欢你良好的风度和教养十足的言谈。不过，你刚才那番蠢话，就跟乔的俚语一样糟糕。”

“如果乔是假小子，艾美是呆头鹅，那我是什么呀？”贝丝已经迫不及待想听听梅格的说教。

“你是个小可爱呀，没别的。”梅格亲切地答道。没人反对，因为“小老鼠”就是全家的宠儿。

小读者们肯定想知道这些“主人公都长什么样”吧，那我们就借此机会，给四姐妹画个小速写吧：暮色中，她们坐在一起编织。屋外，十二月的雪花静静飘落；屋里，炉火欢快地噼啪作响。这是一间舒适的老屋，虽然地毯已经褪色，家具也很朴素，但墙上挂了一两幅漂亮的图画，壁龛里塞满了书，菊花和圣诞蔷薇在窗前盛放，好一派宁静欢欣之气呀。

大姐玛格丽特十六岁，非常漂亮，金发碧眼，体态丰满。她有一双大眼睛，一头棕发浓密柔软，小嘴甜美，双手白皙，让她相当得意。十五岁的乔相当高，又瘦又黑，很容易让人想起小马驹。长手长脚似乎永远不知道往哪儿放，所以总是碍事。她有一张坚毅的嘴、一个俏皮的鼻子和一双敏锐的灰眸。那双眼睛似乎能看透一切，时而凶狠，时而风趣，时而若有所思。浓密的长发倒是挺美，就是常常束在发网里，省得碍事。乔肩膀圆润，手大脚大，爱穿宽松的衣服。她并不喜欢如此快速地长成一个女人，所以脸上透出少女特有的那种别扭神情。伊丽莎白，也就是大家口中的贝丝，十三岁，面颊红润，头发光滑柔顺，一双眼睛闪闪发亮。她生性腼腆，说话声音怯怯的，表情平和，很少焦虑。爸爸叫她“小安宁”，真是再恰当不过。因为她似乎总是活在自己的世界里，只有面对少数几个信任又喜欢的人，她才敢冒险走出来。艾美虽然年纪最小，却是家里最重要的人物，至少在她自己看来是这样。她是个标准的“雪姑娘”，蓝眼睛，一头黄色鬈发垂到肩上，整个人苍白纤细，举手投足都不忘端出一副淑女做派。至于四姐妹的性格，我们就留给读者自己发现吧。

钟响了六下。贝丝已经清扫完壁炉，放了双拖鞋在那儿烘干。不知怎的，看到那双旧鞋，姑娘们心情都好了起来。因为妈妈要回来了，每个人都笑逐颜开，准备迎接她。梅格不再训话，点亮油灯。艾美不等人叫，就起身让出安乐椅。乔忘了疲惫，立刻坐直身子，把拖鞋摆得更靠近炉火。

“它们太旧了，妈咪应该换双新鞋。”

“用我那一美元给她买吧。”贝丝说。

“不，用我的。”艾美嚷道。

“我最大。”梅格刚开口，就被乔坚决地打断了：“如今爸爸不在，我就是家里的男人，所以该由我来买。而且，爸爸临走前说过，叫我尤其要照顾好妈妈。”

“我来告诉你们咱们该怎么办，”贝丝说，“每人送妈妈一件圣诞礼物，自己就什么都别买了。”

“亲爱的，就知道你会这么说。那我们买些什么呢？”乔激动地问。

每个人都冷静地想了一会儿。然后，仿佛是自己的美丽双手给了她灵感，梅格宣布道：“我要给她买一双漂亮手套。”

“军靴，最好的那种。”乔大声说。

“几条手帕，全都镶上边的那种。”贝丝说。

“我打算买一小瓶古龙香水。妈妈喜欢香水。而且，那东西也不太贵，我还能剩点儿钱给自己买样东西。”艾美接着说。

“怎么给她呢？”梅格问。

“把所有东西都放在桌上，然后把她领进屋，看着她一一拆开。你不记得我们以前是怎么过生日的了？”乔说。

“每次轮到我戴着花冠坐在那张大椅子里，看着你们大步走来送礼物，并亲我一下，我都紧张得要命。虽然喜欢礼物和亲吻，但你们都坐在那儿盯着我拆包装，真是太可怕了。”贝丝正在为茶点烤面包，顺便把自己的脸也烘热了。

“让妈咪以为我们要为自己买东西，然后给她个惊喜。梅格，明天下午我们就得去逛商店了。圣诞夜那场戏还有很多东西要准备呢。”乔双手背在身后，大踏步地走来走去，鼻子都快翘到天上去了。

“今年演完，我可不演了，我已经大得不再适合这些东西。”梅格说。可她仍像个孩子般，一如既往地热衷这些“装扮”游戏。

“你才舍不得。我还不知道吗？只要能放下头发，戴着金箔纸做的首饰，穿着白色曳地长裙走来走去，你才不会不演呢。你是我们最棒的女演员，你要是不演，那就全完了。”乔说，“今天晚上我们应该排练排练。过来，艾美，演一下晕倒那幕，你简直僵硬得像根拨火棒。”

“我忍不住呀。我从没见过谁晕倒，也不想像你一样直挺挺地摔下去，弄得全身青一块紫一块的。如果能轻轻倒下，我倒是愿意晕。如果不能，我就优雅地倒进椅子里吧。就算雨果拿手枪指着我又怎么样？”艾美反驳道。她实在没什么表演天赋，被选上演这个角色，完全是因为她足够娇小，可以尖叫着被主角扛下去。

“这样演。像这样紧握双手，摇摇晃晃地穿过屋子，疯狂大喊：‘罗德里戈，救我！快救救我！’”乔开始迈步示范，像演传奇剧似的尖叫着，着实有些吓人。

艾美虽然跟着做，但她只会僵硬地伸出手，身子机械地往前挪，嘴里“嗷嗷”叫着，更像是被针扎中了，没有半点儿恐惧痛苦之意。乔绝望得连连呻吟，梅格干脆放声大笑，而在旁边兴致勃勃看笑话的贝丝，连面包烤煳了都不知道。

“真是没用！演出时你尽力而为吧，观众如果起哄，可别怪我。来吧，梅格。”

接下来一切顺利。因为彼德罗用一篇长达两页的演讲表达了对这个世界的蔑视，其间一次都没有停顿。女巫黑格炖了一大锅癞蛤蟆，并朝它唱起可怕的咒语，营造出十分诡异的效果。罗德里戈非常有男子气概地扯断了身上的链条。雨果“哈哈”狂笑着，在悔恨和砒霜中痛苦死去。

“这次演得最棒。”梅格说。这死掉的大恶棍坐起来，揉了揉胳膊肘。

“乔，真不明白你怎么写得出如此精彩的东西，演得也那么棒！简直是莎士比亚再世！”贝丝激动地大声说道。她坚信自己的姐妹在各方面都有惊人的天分。

“也没多好啦。”乔谦虚地回答。“我真觉得《女巫的诅咒》[1]这部悲情歌剧相当不错。不过，我也想试试《麦克白》，如果我们能为班戈找到一扇活板门的话。我一直想演谋杀那场戏。‘在我眼前的，不正是一把匕首吗？[2]’”乔嘟囔着，眼睛一转，像曾经见过的一位著名悲剧演员那样，抓向空中。

“不，那是烤面包的叉子，叉面包，别叉妈妈的鞋呀！贝丝看戏都看入迷了！”梅格大叫道。排练在一阵大笑声中落下帷幕。

“姑娘们，真高兴看到你们这么开心。”门口传来一个快活的声音。演员和观众都转过身，迎接那个矮胖结实、慈祥友善的妇人。她脸上那一副“我能帮上什么忙”的表情，真是一看就让人开心。虽然并不十分漂亮，但孩子总是觉得母亲最可爱。而且，姑娘们觉得，即便披着灰斗篷，戴着过时女帽，她也是全世界最棒的女人。

“亲爱的，你们今天过得怎么样？事情太多啦，得把明天要寄走的箱子准备好，所以我没回来吃晚饭。

---

1. 一八四七年至一八四九年间，安娜和路易莎合著的一部悲剧作品。

2. 引自莎士比亚悲剧《麦克白》第二场第一幕。

贝丝，有人来过吗？梅格，你感冒好点儿了吗？乔，你看起来真疲惫。宝贝，快过来亲亲我吧。”

马奇太太慈爱地询问了一番后，脱下湿衣服，换上拖鞋，坐进安乐椅，把艾美拉到膝旁，准备享受忙碌一天后最幸福的时光。姑娘们跑来跑去，努力以各自的方式，把家里弄得更舒适些。梅格布置茶几，乔搬柴火、摆椅子。结果柴火掉了，椅子翻了，她碰到的每样东西都哐啷作响。贝丝快速往返于客厅与厨房间，动作轻巧，十分忙碌。艾美则叠起双手，坐在那儿给每个人下命令。

大家都聚在桌旁后，马奇太太特别高兴地说："吃过晚饭，我要给你们一件好东西。"

明媚的微笑顿时如阳光一般，浮现在每个人脸上。贝丝拍起手来，完全不顾还拿着热乎乎的饼干。乔立刻抛起餐巾，大喊道："信！一封信！爸爸万岁！"

"嗯，一封非常棒的长信。他很好，而且觉得能顺利熬过寒冬，情况比我们担心的好很多。他祝大家圣诞快乐，还特别写了一段话给你们这些小丫头。"马奇太太拍着口袋说，仿佛里面装的是件珍宝。

"快吃，别停下。艾美，别只顾着勾起小指，冲盘子装腔作势。”乔嚷道。因为她赶着想读信，结果被茶水呛到了，面包也脱手掉到地毯上，还是有黄油的那面朝下。

贝丝不吃了，悄悄下桌，坐到自己那个昏暗的角落，想着即将到来的喜悦，等其他人吃完。

“爸爸过了征兵年龄，不够强壮的身体也不适合当兵，于是便做了随军牧师，真是太伟大了。”梅格热切地说。

“真想做个随军鼓手，或者是随军——那词怎么说来着？[1]或者当个护士，这样我就能陪在爸爸身边，给他帮忙。”乔抱怨道。

“住帐篷，吃各种难以下咽的东西，用锡杯喝水，肯定很不舒服。”艾美叹了口气。

“妈咪，爸爸什么时候能回来？”贝丝问。她的声音有些颤抖。

“要不了几个月啦，亲爱的。除非病了，否则他一定会坚持下去，尽可能长地履行职责。我们也不能要求他早日退伍，哪怕早一分钟也不行。好啦，过来听

1. 此处乔想说的词是 vivandiere（随军女小贩），在军队里随军贩卖酒水食物的一种女性职业。

我读信吧。”

大家都围到炉火旁，妈妈坐在大椅子里，贝丝在她脚边。梅格和艾美一人一边，坐在椅子扶手上。乔趴在椅背上。如此一来，就算念到感人之处，也不会有人看见她情感流露。

那样的艰难岁月里，很少有不感人的信，尤其是父亲们寄回来的家书。这是一封充满喜悦和希望的信，爸爸生动地描述了营地生活、行军过程和军队新闻，几乎没写他们要忍受的艰苦环境、要面对的危险和要克服的思乡之情。直到信的末尾，他才流露出浓浓的父爱和对家中女儿们的思念。

“请送上我全部的爱和一个吻。告诉她们，我每个白天都在想念她们，每个夜晚都在为她们祈祷。她们的爱始终是我最大的安慰。还有一年我们才能重聚。虽然看上去似乎很漫长，但请提醒她们，等待的日子里我们要努力，如此一来，才不会荒废这段艰难岁月。我知道，她们一定会记住我说的话，做你的好孩子，忠实地履行职责，勇敢地与心魔斗争，战胜自我。等我回来，她们一定会成为让我更喜爱、更骄傲的小妇人。”

听到这一段，每个人都开始抽鼻子。豆大的泪珠顺着鼻尖滚下来，乔也没觉得难为情。艾美把脸埋在妈妈肩头，完全不顾鬈发会乱。她抽抽搭搭地说：“我真是个自私鬼！但我会努力变好，慢慢地，他就不会失望了。”

“我们都会变得更好！”梅格哭着说，“我太在意外表，讨厌工作。但再也不会了，只要我能做到。”

“我会努力做个他喜欢的‘小妇人’，再也不冒冒失失、粗野不堪。而且，我要在这儿尽职尽责，而不是成天想着跑到别的地方去。”乔说。她觉得要守住性子待在家里，可比去南方面对一两个叛军困难多了。

贝丝什么也没说，只是用蓝色军袜默默地擦掉眼泪，拼命编织起来，没有浪费一点儿时间，立马开始履行自己的职责。她安静的小小心灵已经暗暗决定：在来年爸爸回家的欢乐时刻，自己一定要成为他企盼的样子。

乔说完那句话后，便没人再说话。马奇太太打破沉默，语气欢快地说：“你们还记得小时候演《天路历程》吗？那时候，你们最喜欢让我把我的百纳袋绑在你们背上当重担，再给你们戴上帽子，拄上拐棍，拿上纸卷，让你们从‘毁灭城’——地窖一路走上来，穿过屋子往上爬，一直爬到屋顶。你们把所有好东西都放到屋顶，把那儿当‘天国’。”

“那会儿多好玩呀。尤其是从狮子身边经过，大战恶魔亚玻伦，穿越幽灵谷的时候。”乔说。

“我最喜欢大家都爬上平坦的屋顶，看见鲜花、棚架和所有漂亮东西，在阳光里欢乐地歌唱。”贝丝微笑着说，仿佛又回到了那令人高兴的时刻。

“我记不太清了，只记得很害怕地窖和黑乎乎的入口，一直很喜欢大家待在屋顶时吃的蛋糕和牛奶。要不是年龄太大，不再适合那些东西，我倒想再玩玩呢。”艾美说。她才十二岁，就已经开始故作成熟地宣称要放弃那些幼稚的游戏。

“亲爱的，我们永远都不会大到不适合这些。因为那就是演戏，我们一直在以这样或那样的方式演戏。生活的重担一直都在，路也在前方，对美德和幸福的渴望，始终指引我们克服困难和谬误，得到内心的安宁，抵达真正的天国。好啦，我的小朝圣者们，就当你们又启程了，但这回不是演戏，而是真正启程。看爸爸回家前，你们能走多远吧。”

“真的吗，妈妈？我们的重担在哪儿呢？”艾美问。她真是一个缺乏想象力的小淑女。

“除了贝丝，你们刚才都已经说出自己的重担。贝丝难道没有重担吗？”妈妈说。

“不，我有。我的重担就是碗碟掸帚，嫉妒有好钢琴的姑娘们。以及……害怕见人。”

贝丝说得幽默，大家想笑，却都没笑，还是怕大大伤了她的自尊。

“那我们就出发吧。”梅格若有所思地说，“这不就是‘努力向善’吗，只不过换了种说法而已。而且，故事说不定真能有所帮助。因为尽管我们都想努力向善，但过程并不容易，一不小心就会忘记全力以赴。”

“今晚，我们原本已经陷入‘绝望沼’，但妈妈就像书里的‘援助’[1]一样，上前把我们拉了出来。我们应该像基督徒般，拿上指引方向的羊皮卷。然后，我

1.《天路历程》中有个角色叫“援助”(Help)。

们又该怎么办呢？”乔问。她非常开心能用想象力为枯燥的职责增添几分浪漫色彩。

“圣诞节早晨瞧瞧你们枕头下面，会找到指南的。”马奇太太回答。

老汉娜过来收拾桌子时，大家还在谈论新计划。随后，姑娘们拿出四个小针线筐，飞针走线地为马奇姑婆缝起被单来。这种缝纫活非常无趣，但今晚谁都没有抱怨。她们接受乔的建议，将长长的边分成四段，分别取名为欧洲、亚洲、非洲和美洲。这样干起活来又快又好，尤其大家可以一边缝，一边聊不同的国家。

九点，大家放下针线活，像平时一样唱了会儿歌，便上床睡觉了。除了贝丝，谁都无法用家里那架老钢琴弹出美妙的音乐。但那些泛黄的琴键在贝丝温柔的抚触下，总能传出悦耳的曲子，为姑娘们淳朴的歌唱伴奏。梅格的声音如长笛般清亮，所以她和妈妈是这个小唱诗班的领唱。艾美哼哼唧唧，像只蟋蟀。乔随心所欲地乱唱一气，老是跑调，还经常不合时宜地冒出低音或颤音，把原本引人遐思的气氛全毁掉。四姐妹从牙牙学语，到会唱：

一散（闪）一散（闪）亮晶晶，满天都是

小莹（星）莹（星）……

时起，睡前歌唱便成了家庭传统。因为妈妈就是个天生的歌者，每天早晨，最先响起的总是她的声音。而每天晚上，大家最后听到的，也是她欢快甜美的声音。无论长到多大，姑娘们永远爱听那熟悉的摇篮曲。

乔遇上恶魔亚玻伦[1]

Jo Meets Apollyon

“嘿，你俩要去哪儿？”艾美问。这是一个周六下午，艾美走进房间，发现两个姐姐神神秘秘地正准备出门，顿时好奇心大起。

“少管闲事，小姑娘别问东问西的。”乔厉声喝道。

这种话最让小孩伤心，更伤人的，还有“乖，一边儿去”。艾美火冒三丈，决心哪怕得纠缠姐姐一小时，也要弄清这个秘密。梅格向来不会拒绝她太久，她便转向梅格，哄道：“求求你啦，告诉我吧！你们肯定会带我一起去的。贝丝只顾着她的宝贝钢琴，我没

1. 节选自《小妇人》第一卷第八章。——编者注

什么东西可玩，一个人好孤单呀。”

“乖，我不能带你去，因为你没受到邀请。”梅格刚开口，就被乔不耐烦地打断了，“好啦，梅格，住嘴，不然全都被你毁了。艾美，你不能去。别跟小屁孩儿似的，哼哼唧唧个没完。”

“我知道，你们要跟劳里出去。昨天晚上，你们就凑在沙发上一边说悄悄话一边笑，见我进来立马不吭声了。你们是不是要跟他出去？”

“对，没错。现在可以闭嘴了吧，别再烦人啦！”

艾美住了嘴，眼睛却没闲着。她瞧见梅格偷偷往口袋里塞了一把折扇。

“我知道啦！我知道啦！你们要去剧院看“七城堡”！”她嚷嚷着，然后坚决地说，“我也要去！妈妈说我可以看这出戏。而且，我自己有钱，你们都不及时告诉我，真小气！”

“听我说，做个乖宝宝，”梅格安抚道，“妈妈不希望你这周去。因为你的眼睛还没好全，受不了这出童话剧的灯光。下周，你可以跟贝丝和汉娜一起去，好好玩个痛快。”

“我才不想跟她俩去，我就想跟你和劳里去，求求你了，带我去吧。感冒了这么长时间，成天被关在家里，我都快闷坏啦。我太想好好玩一玩了。求你了，梅格！我保证乖乖的。”艾美哀求道，样子要多可怜有多可怜。

“要不我们带上她吧。把她裹得严严实实的，妈妈应该不会怪罪吧。”梅格开口道。

“她去，我就不去。如果我不去，劳里肯定不开心。而且，他只邀请了我们，拽上艾美太不礼貌。我想，明知不受欢迎，她不会非要自讨没趣吧。”乔生气地说，想好好看场戏的时候，她才不想费神照顾一个只会添乱的小孩。

她的语气和态度激怒了艾美。她一边穿靴子，一边用最冲的口气说：“我就要去。梅格说了我能去。而且，如果我自己买票，劳里也管不着。”

“你不能跟我们坐在一起，因为我们的位置早就预定好了。可你又不能自己一个人坐，所以劳里肯定会把他的位置让给你，那不是扫了大家的兴！或许他能替你再找个位置，可那也不合适，毕竟你没有受到邀请。哪儿也别去，就乖乖在家待着。”乔数落道。匆忙中她扎了手，于是更生气了。

只穿了一只靴子的艾美坐在地上放声大哭。梅格试着跟她讲道理，却听见劳里在楼下喊。于是，两个女孩匆匆下了楼，任由妹妹在那儿哭天抢地。偶尔，艾美会忘记摆出她那套大人模样，表现得像个被宠坏的孩子。三人正准备出发，就见艾美趴在栏杆上，大声威胁道："你会后悔的！乔·马奇，等着瞧吧！"

"胡扯！"乔回嘴道，砰的一声甩上了门。

他们度过了一段非常愉快的时光。因为《钻石湖上的七座城堡》精彩极了，简直跟想象中一样美好。不过，尽管红发小魔鬼滑稽可笑，小妖精闪闪发光，王子和公主们都非常漂亮，乔的喜悦中仍夹杂了一丝苦涩。仙后的黄色鬈发让她想起艾美。幕间休息时，她忍不住琢磨妹妹到底要做什么让她"后悔"。平时她没少跟艾美开战，因为两人都是急性子，火气一上来，说吵就吵。艾美会嘲笑乔，乔会激怒艾美，两人虽不愿承认，却难免爆发大战，事后又都羞愧不已。乔虽然大一些，却最没自制力，收不住自己的火暴脾气，所以总是惹麻烦。不过，她的怒气来得快去得也快，低声下气地承认错误，真心悔过后，她也会努力做得更好。姐妹们常说，她们最喜欢逗乔生气，因为事后她就像个天使。可怜的乔拼命想变好，心魔却总是准备着随时爆发，将她击倒。之后经历了数年不懈努力，她才终于战胜了那个大敌。

回家后，她们发现艾美正在客厅读书。见两人进来，她立刻摆出一副受伤的模样，只盯着书，至始至终都没抬眼，也没问一个问题。要不是贝丝缠着姐姐问个不停，得到一通绘声绘色的描述，艾美或许还能让好奇心战胜胸中的愤懑，亲自去问。乔上楼放她最好的帽子时，瞥了眼衣橱。因为上次吵完架，艾美为了泄愤，把她的顶层抽屉翻了个底朝天。然而，这次每样东西都在原处。又匆匆扫了一眼自己的各个衣橱、袋子和盒子后，乔觉得艾美不仅原谅了她，还忘了她之前的过错。

乔错了。第二天，她发现少了样东西，结果掀起一场轩然大波。傍晚，梅格、贝丝和艾美都坐在房间里，乔突然闯进来，情绪激动，气喘吁吁地质问道："有人拿了我写的书？"

梅格和贝丝一脸惊讶，马上说"没拿"。艾美却拨弄着炉火，一言不发。乔见她脸红了，立刻认定是她。

"艾美，是你拿的！"

"不，我没拿。"

"那你知道它在哪儿！"

"不，我不知道！"

"骗人！"乔一把抓住她的肩膀，那副凶狠的模样，足以吓住任何一个比艾美勇敢得多的小孩。

"不是，我没拿。我不知道它现在在哪儿，也不想知道。"

"你肯定知道点儿什么，最好马上说出来，不然我可要发火了。"乔摇晃了她一下。

"随你怎么骂，你永远也别想再见到那本又旧又蠢的书。"艾美大喊道，也激动起来。

"为什么不行？"

"因为我把它烧了。"

"什么！我那么喜欢的小书，费了那么大劲儿，就想在爸爸回家前写完的那本，你真的把它烧了？"乔大吼道，脸色变得十分苍白，眼睛都快冒出火了，双手紧紧揪住艾美。

"是呀，是我干的！我已经说过要让你后悔，谁叫你昨天那么凶，所以我就——"

艾美没能再说下去，因为乔已经被怒火冲昏头脑，悲愤之下，她开始拼命摇晃艾美，摇得她牙齿咯咯作响。

“你这个混蛋，大混蛋！我再也写不出来了，我这辈子都不会原谅你。”

梅格赶紧跑过来救艾美，贝丝则跑去安抚乔，可乔已经完全失控，直接给了艾美一耳光，便冲出房间，跑上阁楼，倒在旧沙发上，结束了这场一个人的战斗。

楼下的风暴也停止了，因为马奇太太回来了。听说这件事后，她很快让艾美意识到自己对姐姐做的事大错特错。乔的书一直是她心中的骄傲。全家人都认定，这棵文学小苗一定前途无量。虽然只是五六篇短短的童话，但乔全心投入，耐心地改了一遍又一遍，就想写出点儿能达到出版水平的东西。她刚刚小心翼翼地将那些故事誊写下来，并毁掉了旧稿。结果，几年的心血就这样被艾美付之一炬。其他人或许觉得那没什么，但对乔来说，那却是一场永远无法弥补的大灾难。贝丝伤心得就像心爱的小猫死了，梅格也拒绝护着她一向宠爱的艾美，马奇太太则一脸严肃，非常悲伤。艾美觉得，如果无法在这事上取得原谅，就再也不会有人爱她了。现在，她真是比任何人都后悔。

喝茶的铃声响起，乔出现了。可她一脸阴沉，谁都不理。艾美好不容易鼓起勇气，怯怯地说：“请原谅我吧，乔。真的非常非常对不起。”

“我永远都不会原谅你。”乔厉声喝道，并且从那一刻起，完全不理艾美了。

没人再提起这场大风波，包括马奇太太。因为大家都知道，乔在气头上时，说什么都白费。最明智的做法就是慢慢等待，说不定某件小事，或乔宽厚的本性能平息她心中的愤懑，修复这条裂痕。尽管大家仍像往常一样编织，但那天晚上过得并不愉快。妈妈大声朗读布雷默、司各特或埃奇沃思的作品时，感觉似乎也少了什么东西。向来宁静甜蜜的家庭气氛被扰乱了。合唱时，这种感受最强烈。因为贝丝只顾着弹琴，乔像石头一样站在那儿，一句都没唱。艾美垂头丧气，只有梅格和妈妈在唱。尽管她们努力唱得像云雀一样欢快，婉转的声音似乎也不像平时那般和谐，感觉全跑了调。

马奇太太给乔晚安吻时，温柔地低声说道：“亲爱的，在日落之前平息怒气，彼此原谅，互相帮助，明天又是新的一天。”

乔真想一头扎进妈妈怀里，把所有悲伤和愤怒都哭出来。但哭哭啼啼太软弱，太没有男子气概。而且，

Forgive each other, help each other, and begin again tomorrow.

* 彼此原谅，互相帮助，明天又是新的一天。

她实在太受伤，真的还没有办法原谅。她拼命眨眼，摇摇头，想着艾美肯定在听，便故意粗声粗气地说："她的行为实在太糟糕，永远都不配得到原谅。"

说完，她便迈开大步，上床睡觉去了。那天晚上，一点儿欢快又推心置腹的闲聊都没有。

艾美如此低三下四地求和，却碰了一鼻子灰，顿时觉得更加受伤。她无比后悔自己这般卑躬屈膝，于是反倒愈发傲慢起来，变得比之前更气人。乔仍旧一脸阴沉，整天都事事不顺。早晨冷得要命，她却把宝贝卷饼掉进了水沟。马奇姑婆突然烦躁不安，梅格也心事重重。一回到家，乔便看见贝丝哭丧着脸，一副若有所思的模样。艾美则一直在指桑骂槐，批评某些人总说要学好，却放着现成的道德典范不学，迟迟不开始努力。

"每个人都这么讨厌，我还是找劳里滑冰去吧。他向来友善又快活，一定会让我开心起来。"一番自言自语后，乔便出门了。

艾美听见溜冰鞋碰撞的声音，朝外一瞧，急得直嚷嚷："哎呀！她答应过下次带我去的，冰期都快结束啦。可那个暴脾气，求她根本没用。"

“别这么说，是你上次太淘气。失去珍爱的小书，她可没那么容易原谅你。不过，我觉得她现在或许好些了。如果找准时机，她说不定会原谅你。”梅格说，“跟着他们，什么也别说。等劳里把乔哄开心了，稍微等一下，就上去亲亲她，或做点儿表示友善的事。我保证她一定会真心实意地跟你和好如初。”

“那我试试。”艾美觉得这个建议很合心意。眼见两人就快消失在小山那头，她慌忙收拾好，便追了上去。

小河并不远，但艾美追上来时，两人都已经穿上冰鞋。乔见她来了，立刻转过身。劳里倒是没瞧见她来了，此刻正小心翼翼地沿着河岸滑行，探测冰面的情况。因为寒流来临前，天气回暖了几天。

“我先去滑第一道弯，看有没有问题，然后我们再开始比赛。”艾美听见他这么说了一句，便闪电般冲了出去。他穿着带皮毛边的大衣，头上戴着皮帽，活脱脱一个俄罗斯小伙。

乔穿冰鞋时，听见艾美气喘吁吁地在后面追，又是跺脚，又是呵手。可她就是不转身，只慢慢地在湖面上画“之”字，滑过来又滑过去，为妹妹遇到麻烦而窃喜不已。心中这谈不上开心的满足感略带苦涩，而愤怒则愈演愈烈，直到让她彻底失去理智。除非立刻将其消除，否则邪恶的念头和感觉就会变成这样。劳里转过弯，冲后面大喊："尽量靠近岸边，中间不安全。"

乔听见了，正在跟鞋子较劲的艾美却一个字也没听见。乔瞥了眼身后，心中的小恶魔在她耳边低喃："管她听没听见，让她自求多福吧。"

劳里又消失在弯道处。乔正准备转弯，艾美则远远落在后面，正努力往冰面平坦的河中央滑去。一时间，乔愣愣地站在原地，心中升起一股奇怪的感觉。接着，她决定继续往前滑，可有什么东西让她停住脚步，转过了身。于是，她恰好看见一块融冰突然裂开，艾美双手朝天地掉了下去。水花四溅，那声尖叫吓得乔心脏都差点儿停止跳动。她想喊劳里，却怎么也发不出声音。她试图往前冲，脚却好像突然没了力气。有那么一会儿，她只能一动不动地站着，满脸惊恐地瞪着黑色水面上的那顶蓝色小兜帽。身边飞快地掠过一个身影，接着是劳里的大喊声："拿根杆子来，快！快呀！"她都不知道自己是怎么把杆子取来的。接下来的几分钟，她也像着了魔般，只会盲目服从劳里的安排。幸好劳里足够冷静，马上趴在冰面上，用胳膊和冰球棒架住艾美。直到乔从篱笆旁拖来杆子，两人才合力把那孩子拉了上来。艾美没受伤，却吓坏了。

“现在，我们必须尽快把她送回去。快把我们的衣服给她披上，我先把这该死的冰鞋脱了。”劳里大声说道，把自己的外套往艾美身上一裹，便开始用力扯鞋带。他从没发现，鞋带竟然这么难解。

艾美哆哆嗦嗦，哭哭啼啼，湿淋淋地被送回了家。一阵手忙脚乱之后，她终于裹着毯子，在温暖的炉火前睡着了。自始至终，乔几乎没说一句话，只是匆忙地跑来跑去，忙这忙那。她脸色苍白，眼神狂乱，自己的东西丢了一大半，裙子扯破了，手也被冰碴儿、杆子和怎么也解不开的搭扣弄得到处都是割伤和瘀青。艾美舒舒服服地睡着后，屋里终于安静下来。马奇太太坐在床边，把乔叫到跟前，替她包扎弄伤的手。

“你确定，她真的没事了吗？”乔轻声问，无比懊悔地看着那颗金色的小脑袋。她差点儿沉到凶险的冰面下，再也见不到。

“完全没事了，亲爱的。她没受伤，我看甚至不会感冒。你们很明智，知道把她裹得严严实实的，立刻送回家。”妈妈轻快地回答道。

“都是劳里做的，我压根儿没管她。妈妈，她如果死了，都是我的错。”乔跌坐在床边，悔恨的泪水滚滚而下。她讲述了事情经过，强烈谴责自己太铁石心肠，又呜咽着感谢上苍，没让那沉重的惩罚落到她身上。

“都怪我的坏脾气！我一直在努力改正，还以为已经改好了，没想到又发作起来，还比以往都糟糕。噢，妈妈！我该怎么办？我该怎么办呀？”可怜的乔绝望地哭喊着。

“警醒祷告，亲爱的。永远别放弃努力，没有改不掉的毛病。”马奇太太边说，边把那个乱蓬蓬的脑袋拉到自己肩上，无比温柔地亲吻那张湿漉漉的脸蛋。结果，乔哭得更厉害了。

“你不知道，你不知道它有多糟糕！发起火时，我仿佛什么都干得出来。我变得那般野蛮，简直能伤害任何人，还乐在其中。真害怕有一天，我会做出什么可怕的事，不仅毁了自己的人生，还让每个人都恨我。噢，妈妈！帮帮我，求你帮帮我吧！”

“我会的，孩子。我会的。别哭得这么伤心啦，但一定要记住这天，痛下决定，绝不让这种事发生第二次。乔，亲爱的，我们都会受到诱惑，有些诱惑可能比你经历的这次更大。我们往往也需要用一生的时间，来抵制这些诱惑。你觉得全天下就属你脾气最坏，但我以前也是这样的。”

“真的吗，妈妈？啊，你从来不生气的呀！”一时间，乔惊讶得忘了自责。

“我已经为此努力了四十年，现在只不过刚刚能成功控制住它。乔，我几乎每天都生气，只不过学会了不表现出来。我依然希望自己能学会不生气。不过，估计那还得再花四十年吧。”

对于乔来说，妈妈坚韧和谦逊的脸，比最睿智的说教和最严厉的责备更有用。妈妈的安慰和信任顿时让乔倍感治愈。尽管对一个十五岁的女孩来说，四十年的警醒祷告似乎太过漫长，但知道母亲也有一样的毛病，并仍在努力纠正，让她不仅更容易接受自己的缺点，也更坚定了要改掉它的决心。

“妈妈，马奇姑婆骂骂咧咧，或有什么人惹你心烦时，你总是紧抿着嘴走出门去。那时候，你是不是在生气？”乔问道，觉得自己比以前更亲近妈妈。

“嗯。我已经学会管住嘴，不让某些草率的话脱口而出。发现快忍不住时，我就走开一会儿，好好清醒清醒，摆脱那些软弱又邪恶的念头。”马奇太太微笑着叹了口气，顺手抚平乔乱蓬蓬的头发，替她扎起来。

“你是怎么学会默不作声的？这点让我最苦恼。因为我总在还没反应过来时，就已经说出那些尖锐的话。说得越多，情况就越糟糕。最后，我竟会觉得伤害他人感情是件很有趣的事。好妈咪，快告诉我你是怎么做到的！”

“我的好妈妈过去常常帮助我——”

“就像你现在帮助我们一样——”乔插嘴道，无比感激地献上了一个吻。

“可我比你稍微大一点儿的时候，就失去了她。之后的那么多年，因为太骄傲，不愿向任何人承认这个弱点，我只得独自奋斗。乔，我曾经历过一段非常艰难的时期，没少为自己的失败掉眼泪。因为无论怎么努力，我都似乎毫无进展。然后，你爸爸来了。当我发现向善竟那般容易时，我真是快活极了。可身边逐渐有了你们这四个小丫头，家里又没钱时，我的老毛病就又犯了。因为我天生缺乏耐心，瞧见自己的孩子们总是要这要那，可真是犯愁哪。”

“可怜的妈妈！那是什么帮了你？”

“乔，是你爸爸。他一直很有耐心，从不怀疑，也不抱怨，总是心怀希望，努力工作，快活地等待。在他面前，你都不好意思不这样做。他帮助我、安慰我，让我明白要想让小丫头们拥有什么美德，自己就得先做好表率。为你们努力，比为自己努力容易。每次当我语气严厉时，只要你们当中的任何一个露出惊讶的表情，都比任何言语的指责更有力。在努力成为值得你们效仿的榜样时，你们给予的爱、尊重和信任，就是对我最甜蜜的报答。”

“噢，妈妈！我要是有你一半好，就心满意足了。”乔无比感动地大声说道。

“亲爱的，希望你能比我好得多。但就像爸爸说的，你必须时刻警惕‘心中的恶魔’，否则它就算毁不掉你的人生，也会让你陷入悲痛。你已经得到警告。记住，全心全意地去控制暴脾气，别让它带给你比今天更大的悲痛和懊悔。”

“我会努力的，妈妈。我一定努力。但你得帮我，提醒我，别让我再失去理智。过去，有时我看见爸爸把手指按在嘴唇上，温柔却严肃地看着你，你不是抿紧嘴唇，就是转身离开，那是他在提醒你吗？”乔轻

38

声问道。

“嗯，是我让他这么帮助我的。他从没忘记，用那个小小的动作和温柔的眼神，阻止了我很多次，没让我说出那些尖刻的话。”

乔看见妈妈说这些话时，不仅眼里蓄上了泪水，嘴唇也在颤抖，不由担心自己是不是说太多了，连忙紧张地低声问道：“偷偷观察你，还跟你说这些，是不是不太好？我是不是太鲁莽了？但我不是故意的，能把心里的话都告诉你，真是舒服多了，感觉好安全，好幸福呀。”

“亲爱的乔，你可以跟妈妈说任何话。女儿们信任我，知道我有多爱她们，是我最大的幸福和骄傲呀。”

“我还以为，我让你难过了。”

“不，亲爱的。但说到你爸爸，又让我想起自己有多么思念他。我欠他的实在太多，的确该忠实地看护好他的小女儿们，让她们平安又幸福。”

“但妈妈，是你让他上前线的呀。他走时你没哭，直到现在都没抱怨过一句。看起来，你似乎根本不需要任何帮助。”乔不解地说。

“我把我的挚爱献给了国家，一直等到他离开，才落下泪来。大家只是在尽自己应尽的职责，最后肯定都会比从前更快乐，我为什么还要抱怨？如果我看起来不需要帮助，那是因为我有了比你爸爸更好的朋友能安慰我，支持我。孩子，你生活中的困难和诱惑才刚刚开始，以后或许还会有许许多多，但只要能像感受爸爸的爱一样，感受天父给予你的力量和温柔，你就能战胜所有困难，勇敢地活下去。你越敬爱和信任天父，就离他越近。他的爱和关怀永不消减、永不改变，永远与你同在，必将予你一生安宁、幸福和力量。全心全意地信任他，任何小小的烦恼、希望、罪过和悲伤，都可以向他倾诉，就像你无拘无束、充满信任地来找妈妈一样。”

乔的回答就是紧紧抱住妈妈，在接下来的沉默中，以前所未有的虔诚，默默祈祷。因为在那个悲喜交加的时刻，她不仅尝到悔恨和绝望的苦涩，也尝到了克己和自律的甜美。在妈妈的指引下，她也离那位每个孩子的“挚友”更近。要知道，天父的爱比任何父亲更强烈，也比任何母亲更温柔。

艾美动了动，在睡梦中发出一声叹息。仿佛迫不及待地要纠正自己的错误一般，乔抬起头，脸上挂着一副从未有过的表情。

“今天，我没有在日落之前平息怒气，怎么都不肯原谅她。要不是有劳里，一切可能都晚了。我怎么能如此邪恶？”乔俯身凑向妹妹，轻轻摩挲着妹妹披散在枕头上的湿发，声音都不由提高了半分。

艾美就像听见了一般，睁开眼睛，伸出双臂，笑了。乔的心都化了。两人没说一句话，紧紧抱在一起，尽管中间还隔着毯子。在那真挚的一吻里，她们宽恕彼此，忘记了一切恩怨。

Neither said a word, but they hugged one another close.

* 两人没说一句话，紧紧抱在一起。

黑暗的日子[1]

Dark Days

贝丝确实得了猩红热，而且病情比大家料想得更严重。不过，只有汉娜和医生有此推测。姑娘们对这种病一无所知，劳伦斯先生又不得探视。于是，汉娜只得一切都亲力亲为。班斯医生也尽力了，忙得团团转，可还是给出色的小护士留了不少活儿。梅格留在屋里料理家务，以免传染给金家的人。但每次给妈妈写信都不提贝丝的病情，不仅让她焦急万分，也心生愧疚。她觉得瞒着妈妈不对，但妈妈吩咐过要听汉娜的话，汉娜又不想“拿这种小事让马奇太太担心”。乔

1. 节选自《小妇人》第一部第十八章。——编者注

没日没夜地照顾贝丝。不过，这份差事并不难，因为贝丝很能忍，只要还控制得住，就绝不喊疼。但有次高烧来袭时，她不仅哑着嗓子，断断续续地说起胡话，还把床罩当心爱的小钢琴弹。她试着唱歌，但喉咙实在肿得太厉害，根本唱不出什么。有段时间，她甚至认不出周围熟悉的面孔，把名字都喊错了，还哀哀地呼唤妈妈。乔吓坏了，梅格求汉娜写信告诉妈妈实情，就连汉娜也说“虽然还没到危急时刻，但她会考虑考虑”。一封从华盛顿来的信让大家更加烦恼。信上说，马奇先生旧病复发，短时间内都别想回家。

眼下的日子多黑暗，屋里多凄惨、多孤寂呀！曾经幸福的家被笼罩在死亡的阴影里，姐妹们只能一边干活，一边等待。梅格常常一个人坐着哭，任由泪水打湿手中的针线活。她终于意识到自己曾经是多么富裕，拥有金钱买不到的一切——爱、庇护、安宁、健康，这些才是人生中真正的财富。乔坐在昏暗的屋子里，看着妹妹在眼前受苦，听着那可怜的呻吟，回想贝丝的温柔甜美，才发现它们早已深入大家心中，占据了一席之地。贝丝为他人无私奉献，用每个人都可能具有的朴素美德造就家庭的幸福，这些都比天分、财富或美貌更值得珍爱啊！寄人篱下的艾美真渴望能立刻回家，为贝丝做点儿什么。她无比痛悔：那双热心的手，做了多少被自己忽视的活儿呀。劳里就像个坐立不安的幽灵，一直在屋里转悠。劳伦斯先生锁上大钢琴，因为他实在不忍想起从前的每个黄昏，小邻居给自己带来的欢乐。每个人都惦记着贝丝。送奶工、面包师、杂货商和肉店老板都在问她的情况。可怜的赫梅尔太太为明娜取裹尸布时，还跑来为自己的疏忽祈求宽恕。邻居们送来各种安慰和美好祝福。连最熟悉贝丝的人，都吃惊这害羞的小丫头竟有这么多朋友。

此时此刻，贝丝正躺在床上，身边是她的旧娃娃乔安娜。即便神志不清时，她也没忘掉自己可怜的洋娃娃。虽然也很想念小猫们，她却不让人把猫抱来，以免传染给它们。安宁平和时，她就非常担心乔。她给艾美捎去爱意满满的短讯，又托人跟妈妈说她很快便写信过去。而且，她还常常求人拿来铅笔和纸，想写一两句话，免得爸爸以为她忘了他。可没过多久，这样短暂的清醒时刻也没有了。她一小时又一小时地昏睡，不是在床上翻来覆去，断断续续地说胡话，就是完全陷入沉睡，越睡越昏沉。班斯医生一天来两次，汉娜彻夜不眠，梅格把写好的电报放在桌上，随时准备发出去，乔更是守在贝丝身边，不肯离开半步。

对她们来说，十二月的第一天真是个荒凉的日子。寒风呼啸、大雪纷飞，这一年似乎都做好了赴死的准备。早晨，班斯医生来了。他看了贝丝好久，还伸出双手，握了一会儿贝丝滚烫的手，然后轻轻放下，低声对汉娜说:“如果马奇太太能离开先生，最好让她回来。”

汉娜点点头，颤抖着嘴唇，什么也没说。梅格跌进椅子，仿佛四肢百骸都因为这句话没了半点儿力气。乔苍白着脸愣了片刻，便跑进客厅抓起电报，飞快穿戴好，冲进了暴风雪里。很快，她就回来了。乔正默不作声地脱斗篷，劳里抓着一封信跑进来，说马奇先生病情好转。乔感激地读完信，但心里依旧沉甸甸的。看她一脸悲痛，劳里赶紧问:“怎么了？贝丝更严重了？”

“我已经给妈妈发消息了。”乔边说，边悲伤地猛扯橡胶靴。

“干得好，乔！这是你自己的主意？”劳里问道。见她双手颤抖，他赶紧把她扶进客厅的椅子里坐好，又帮她脱下那双造反的靴子。

“不，是医生叫我们发的。”

“噢，乔，情况已经这么糟糕了？”劳里一脸惊恐地大声问道。

“嗯，是的。她都认不出我们了，甚至也不再谈论墙上那些被她称为‘绿鸽子’的藤叶。她已经不像我的贝丝，没人能帮助我们承受这一切。妈妈和爸爸都不在，上帝似乎又那么远，我找不到他。”

可怜的乔泪如雨下。她无助地伸出手，仿佛是在黑暗中摸索。劳里一把抓住那只手，哽咽着轻声说：“乔，亲爱的，我在这儿，抓紧我！”

她一句话也说不出来，但的确“抓紧”了他。充满友谊的温暖之手抚慰了她痛苦的心，似乎也让她更接近上帝的手。困苦之中，能托起她的唯有上帝之手。劳里很想说几句柔软宽慰的话，却找不到合适的词，于是只能默默站在那儿，像她妈妈那样，轻轻抚摸她垂下的头。这其实就是最好的安慰，比最有说服力的话语更抚慰人心。因为乔体味到了那无声的同情，也在静默中感受到那份能化解悲伤的甜蜜慰藉。很快，她擦干宣泄情绪的泪水，感激地抬起头。

“谢谢你，特迪。我现在好多了，已经不再那般绝望。如果真要发生什么，我也会努力承受的。”

“乔，尽量往好的方面想，这对你很有帮助。你妈妈很快就回来了，到时，一切都会好起来。”

“真高兴爸爸有所好转，这样她就算离开，感觉也不会太糟糕。噢，天哪！所有麻烦似乎一股脑儿全来了，我肩上的担子又最重。”乔叹了口气，展开湿漉漉的手帕，摊在膝上晾干。

“梅格不分担一点儿吗？”劳里气愤地问。

“噢，她也在努力，但她没我这么爱贝丝，也不像我这般惦记她。贝丝就像我的良知，我绝不能放弃她。不能！不能！”

乔又把脸埋进湿漉漉的手帕，绝望地大哭起来。在此之前，她一直勇敢地强忍着，没掉一滴泪。劳里用手抹抹眼睛，想说点儿什么，嗓子却像被什么堵住了，嘴唇不住颤抖，一句话也说不出来。虽说或许有失男子气概，但他的确忍不住，这点倒是让人很欣慰。过了一会儿，见乔渐渐停止啜泣，他才充满希望地说：“我觉得她不会死。她那么好，我们都这么爱她。我不相信上帝会现在把她带走。”

“可死掉的总是那些善良亲切的好人。”乔抱怨道。不过，她总算不再哭泣。尽管心中仍有疑虑和恐惧，

Beth is my conscience,
and I *can't* give her up;
I can't! I can't!

* 贝丝就像我的良知，我绝不能放弃她。不能！不能！

好友的话还是让她开心了些。

“可怜的姑娘！你真是累坏了。这么悲观消极，可真不像你。歇会儿吧，我马上让你振作起来。”

劳里朝楼上跑去，每一步都跨过两级台阶。乔把疲惫的脑袋枕在贝丝的棕色小兜帽上。贝丝把帽子留在桌上后，就没人再想起要去把它拿开。帽子多半有什么魔力，它那温柔小主人的柔顺之气，似乎也传入乔的身体。劳里端着一杯红酒下来时，乔微笑着接过，勇敢地说：“我喝！愿我的贝丝早日康复！特迪，你真是个好医生，也是非常会安慰人的朋友。我该怎么报答你呢？”正如那些贴心的话语抚慰了她不安的心灵，葡萄酒也帮她恢复了体力。

“以后再慢慢讨债。今晚，我要给你一件比葡萄酒更暖心的东西。”劳里笑着冲她说，满脸抑制不住的得意神色。

“是什么？”乔一时间忘了悲伤，惊奇地问。

“昨天我给你妈妈发了电报，布鲁克说她马上回来，今晚便能到家。一切都会好起来的。我这么做，你难道不开心吗？”

劳里语速很快，脸也一下子激动地涨红了。因为他一直守着这个秘密，生怕让姑娘们失望，或伤害到贝丝。乔脸色苍白，劳里话音刚落，她就从椅子上跳了起来，兴奋得一把搂住他的脖子，开心地大叫道："噢，劳里！噢！妈妈！我真是太高兴了！"她没再哭泣，却歇斯底里地大笑起来，颤抖着紧紧抱住朋友，仿佛被突如其来的消息弄得有些不知所措。

劳里虽然非常吃惊，但还是表现得非常镇定。他温和地拍拍她的背，看到她渐渐平静下来，才羞怯地吻了她一两下。乔顿时清醒过来，扶着栏杆，轻轻推开他，喘着气说："噢，别这样！我不是故意的，刚才的行为真可怕。不过，你真是太好啦，不顾汉娜反对，去通知了妈妈。我一时没忍住，才扑到你身上。快把事情经过告诉我。还有，别再拿酒给我喝了，都是酒害的。"

"没关系！"劳里笑笑，整了整领带，"我很不安，爷爷也是。我们都认为汉娜管得太过分，你妈妈应该知道这件事。如果贝丝——呃，你知道的，如果真出了什么事，她永远都不会原谅我们。昨天医生那么严肃，所以我便让爷爷开口，说是时候该做点儿什么了，然后就立马赶去邮局。听到我建议发电报，汉娜差点儿没把我的脑袋拧下来。我才受不了被那女人‘管制’，便下定决心发了电报。你妈妈会回来的。我知道晚班火车凌晨两点到。我会去接她。你就先按捺住欢喜，好好照顾贝丝，等那位受天父庇佑的夫人回来吧。”

“劳里，你真是个天使！我该怎么感谢你呀！”

“再朝我扑过来吧，我挺喜欢的。”劳里一脸淘气地说。他已经两个星期没露出过这样的表情了。

“不必了，谢谢。还是等你爷爷来了，由他代替吧。别逗了，快回家休息，半夜还得起来呢。保重，特迪，保重！”

乔已经退到角落，话一说完，便闪身没入厨房。她坐在碗橱上，对聚过来的猫儿们说：“我好开心，噢，真是太开心了！”劳里离开了，心里觉得自己这事办得真不赖。

“他真是我见过最爱管闲事的小子。但我也真的希望马奇太太能立刻回来，所以就原谅他啦！”听到乔宣布这个好消息，汉娜如释重负地说道。

梅格悄悄欢喜了一阵，便开始对着那封信沉思。乔忙着把病房收拾整齐，汉娜则忙着赶紧烤几个饼，以免有客人一同前来。屋里似乎吹进一股新鲜空气，某种比阳光更美好的东西把几间安静的屋子都照亮了。每样东西似乎都感受到了这充满希望的变化。贝丝的鸟儿又开始歌唱，艾美窗边的花丛里冒出一朵半开的玫瑰，冷杉枝似乎也燃得格外欢快。两个姑娘每次对视，苍白的脸上都会绽开笑容。她们拥抱彼此，轻声地互相打气："亲爱的，妈妈就要回来了！妈妈就要回来了！"人人都欢天喜地，除了贝丝。她仍在深度昏迷中，对希望、欢乐、疑虑和危险都一无所知。那模样的确惹人怜——曾经红润的小脸简直面目全非，变得毫无血色。曾经忙碌的双手变得那般虚弱无力，总是带着微笑的嘴唇一言不发，而那一向整洁漂亮的头发，也乱糟糟地散落在枕头上。她整天都那么躺着，偶尔醒来，也只是用干枯得几乎说不清话的嘴唇，嘟囔一声"水"。乔和梅格整日都围着她转，看护着，等待着，期待着，相信上帝和妈妈。雪下了一天，寒风也呼啸了一天，时间似乎过得格外慢。夜晚终于来临。钟每次敲响，分别坐在床两侧的姐妹都会彼此对视，眼睛闪闪发光。因为每过一小时，离希望就更近一分。医生已经来过，说贝丝的病情或许在半夜才会有变化。

无论变好或变坏，他到时都会来。

筋疲力尽的汉娜躺在床脚的沙发上，睡得很沉。劳伦斯先生迈着大步，在客厅走来走去，觉得宁愿面对叛军的炮兵连，也不想面对马奇太太进屋时那张焦急的脸。劳里躺在地毯上假装休息，其实却若有所思地盯着炉火想事情，漂亮的黑眼睛在火光映衬下，显得格外清澈温柔。

两个女孩永远也忘不掉那个夜晚。她们一直守着妹妹，没有半点儿睡意，每时每刻都在体味着可怕的无力感。

“上帝如果放过贝丝，我从此以后再也不抱怨了。”梅格真挚地低喃道。

“上帝如果放过贝丝，我这一生都会努力爱他、侍奉他。”乔用同样的热忱回应道。

“心真疼呀，要是没有心就好了。”梅格沉默了一会儿，叹息着说。

“如果生活总是这么艰难，我真不知道如何才能熬下去。”乔沮丧地补充道。

钟敲响了十二下，两姐妹紧紧盯着贝丝，完全忘了自己，都觉得那张憔悴的小脸似乎有了一丝变化。

屋里死一般寂静，只有呼啸的寒风打破这深沉的寂静。疲惫的汉娜仍在昏睡，除了两姐妹，没人瞧见那似乎笼罩着小床的淡淡阴影。一小时过去了，除了劳里悄悄去了车站，其他什么也没发生。又过了一小时，还是没人来。两个可怜的姑娘不由紧张起来，担心风雪造成延误，路上出了意外，或更糟糕的情况——华盛顿那边传来噩耗。

两点多了。乔站在窗边，望着裹尸布般的茫茫大雪，觉得整个世界都无比凄凉。听到床边传来动静，她连忙转身，看见梅格掩面跪在妈妈的安乐椅前，顿时全身冰凉，惊恐地想："贝丝死了吗？梅格不敢告诉我？"

她立刻跑回岗位，激动地发现眼前似乎有了个大变化。发烧引起的红潮和痛苦表情都不见了，那张可爱的小脸虽苍白平静，却无比安详。乔竟不觉得悲伤，也不想哭泣了。她俯身凑向自己最心爱的妹妹，全心全意地吻了吻那湿漉漉的额头，柔声低语："别了，我的贝丝，别了！"

汉娜似乎被这响动惊醒，匆匆赶到床边查看贝丝。她摸了摸她的手，又凑到她唇边听了听，接着一下子把围裙从头上扯掉，坐进摇椅，一边来回晃悠，一边屏住呼吸，激动地说："退烧了！睡眠终于恢复正常！发汗了，呼吸也顺畅啦。谢天谢地！噢，我的天哪！"

姑娘们还不敢相信这令人喜悦的事实，医生来了。他是位纯朴的先生，两姐妹却觉得他笑起来真有天父的神采。医生证实了这个好消息，慈爱地看着她们说："没错，亲爱的。我想，这小丫头算是挺过去了。保持安静，让她睡吧。等她醒来，给她点儿……"

给她点儿什么？两姐妹谁都没听见。因为她们已经溜进黑乎乎的客厅，坐在台阶上，紧紧抱住彼此，那股高兴劲儿真是任何言语都无法形容。再次回到房间，被忠心的汉娜又吻又抱时，她们发现贝丝又跟平时一样了，脸枕在手上，呼吸平稳，脸色也不再是可怕的灰白，一副刚刚睡着的模样。

"妈妈要是现在回来就好了！"乔说。冬夜将尽。

"瞧！"梅格拿着一朵半开的白玫瑰走来，"我还以为明天来不及把它放到贝丝手上，如果她——她要离开我们的话。可它竟然在夜里就开了。我要把它插在我的花瓶里放在这儿。等亲爱的贝丝醒来，她第一眼看见的，就是这朵小小的玫瑰和妈妈的脸。"

漫长又悲伤的守夜终于结束。梅格和乔抬起沉重的眼皮，望向外面初升的朝阳，觉得它真是前所未有的美丽。而且，世界也这般美好。

“真像个童话世界呀。”梅格站在窗帘后，凝望着绚烂的景色，微笑着说。

“听！”乔一跃而起，大叫道。

没错，楼下的门铃响了，接着是汉娜的惊呼声，然后是劳里欢快的低语：“姑娘们！她回来了！她回来了！”

第一场婚礼[1]

The First Wedding

那天早晨，万里无云，门廊上的玫瑰一大早就醒了过来，在明媚的阳光下竞相开放，快活得仿佛一群友好的小邻居。事实也的确如此。它们兴奋地涨红了脸，随风摇曳，冲彼此窃窃私语，讨论看见的一切。有些透过餐厅窗户偷看已经摆上桌的大餐。有些爬到楼上，冲正帮新娘打扮的妹妹们点头微笑。还有些挥着手，欢迎为各种事务在花园、门廊和客厅进进出出的人们。所有花儿，从开得最艳、色泽最红润的，到颜色最淡的花苞，都为长久以来爱护、照看它们的温

1. 节选自《小妇人》第二部（又名《好妻子》）第二十五章。——编者注

柔女主人，献出了自己的美丽和芬芳。

梅格看上去也像一朵玫瑰。今天，她心中最美好、最甜蜜的东西，似乎都绽放在了脸上，不仅让她看起来非常温柔漂亮，还带上了一种比美丽更动人的魅力。她没有穿丝绸礼服，没有橙色的手捧花，婚纱上也没有蕾丝。“今天，我不想看起来像变了个人似的，也不想盛装打扮。”她说，“我不想要时髦的婚礼，只想我爱的人在身边。希望在他们眼里，我还是那个熟悉的我。”

因此，婚纱是她亲手做的，一针一线，把一个少女所有的温柔企盼和纯真浪漫都缝了进去。妹妹们替她编起美丽的头发。她身上唯一的装饰是几朵铃兰——“她的约翰”最爱的花。

“看上去，你的确就是我们亲爱的梅格，只是更甜美可爱。要不是怕弄皱你的裙子，我真想抱抱你。”等一切都准备停当，艾美快活地打量着姐姐，大声说道。“那我就心满意足了。快来抱抱我，亲亲我吧，每个人都来，别管我的裙子啦。以这种方式留下的褶皱，今天越多越好。”梅格冲妹妹们展开双臂。大家立刻喜笑颜开地扑了上去，感受到新生的爱情并未取代昔日的姐妹之情。

“好啦，我要去给约翰系领带了。然后去书房找爸爸，跟他静静地待一会儿。”梅格跑下楼，去完成这些小小的仪式，随后便寸步不离地跟着妈妈。她知道，尽管脸上挂着慈爱的笑容，妈妈心里还是藏着悲伤，因为第一只小鸟就要出巢了。

趁三个妹妹站在一起，为梅格的简单装扮做最后修饰，我们或许能抽出一点时间，聊聊这三年来她们发生了哪些变化。因为此刻的她们，比以往任何时候都漂亮。

乔柔和了不少，即便算不上优雅，她也学会了如何轻松自如。卷卷的短发已经变成又长又密的鬈发。她个头高，脑袋小，配上长发好看多了。棕色的面颊多了几分红润，眼中有了柔和的光芒，昔日那张利嘴，如今也只会说出温馨的话语。

贝丝比以前更苗条、更白皙，也更沉静。温和美丽的眼睛更大了，眼神虽不忧伤，却让看的人觉出一分伤感。那是昔日的病痛在这张年轻脸庞上留下的印记——一种引人怜悯的坚忍。不过，贝丝几乎从不抱怨，反而总是充满希望地说“很快就会好起来”。

艾美成了名副其实的“全家之花”。才十六岁，她已经有了成熟女性的韵味。虽然不漂亮，却有一种难以形容，可以称得上“优雅”的气质。从她的形体、一举手一投足、飘逸的裙摆和披垂下来的秀发，都能看出这种魅力。这浑然天成，却无比和谐的魅力就像美貌本身一样迷人。艾美依旧为鼻子烦恼，因为它就是不肯长成希腊人那样的鼻子。还有过宽的嘴和太明显的下唇，也都让她烦恼不已。其实，正是因为这些恼人的特征，那张脸才有了个性。可惜她就是看不到，只能用白皙的肤色、明亮的蓝眼睛和更加浓密深邃的金色鬈发来安慰自己。

三个人都穿着各自最好的夏装——银灰色薄裙，头上和胸前别着盛放的玫瑰，一副少女本该有的模样。她们青春洋溢、满心幸福，在忙碌生活的间隙留恋地驻足观看，欣赏这女子爱情故事中最甜蜜的篇章。

没有隆重铺张的仪式，一切都尽可能舒适自然。所以，马奇姑婆一进门，就被眼前的景象惊呆了。前来把她迎进屋的居然是新娘，新郎正在固定一个掉落的花环，身为牧师的老丈人一脸严肃地大步朝楼上走，两边胳膊下还各夹了一瓶红酒。

“说真的，这成什么样儿了呀！”老太太嚷嚷着，坐进专门为她准备的贵宾椅，窸窸窣窣地整理蓝紫色的云纹绸衫：“孩子，不到最后一刻，你不能露面。”

“姑婆，我又不是来表演的。没人会盯着我瞧，品评我的裙子，或计算这场餐会花了多少钱。我太高兴啦，高兴得才不想管别人会怎么说或怎么想。我就要以自己喜欢的方式来操办这场小小的婚礼。约翰，亲爱的，你的锤子在这儿。”梅格说完便走开了，去帮“那个男人”做此刻完全不适合他做的事。

布鲁克先生甚至连声“谢谢”都没说，但弯腰去拿那个毫不浪漫的工具时，他还是在折叠门后偷偷亲了一下自己的小新娘，惹得马奇姑婆赶紧掏出手帕，抹掉那双锐利老眼中突然冒出的一滴眼泪。

突然哗啦一声响，接着是一声惊叫和劳里的大笑声，还有极不得体的惊呼声：“天哪！乔又把蛋糕打翻啦！”一阵骚乱后，这场事故刚刚平息，又有一大群表亲堂亲拥了进来。正如贝丝小时候常说的那样——“大队人马驾到”。

“别让那个小巨人靠近我，他简直比蚊子还烦人。”老太太小声对艾美说。挤满人的房间里，劳里的黑脑袋真是鹤立鸡群。

“他答应过今天一定乖乖的。只要愿意，他也能表现得非常优雅。”艾美回完嘴，还特意溜到大力神“赫尔克里士”跟前，提醒他小心那条“老恶龙”。结果，劳里反而更投入地纠缠那位老太太，差点儿把她烦死。

婚礼没有列队行进，但马奇先生和两位新人在绿色拱门下站定时，屋子还是立刻安静了下来。妈妈和妹妹们紧紧依偎在一起，像是不愿交出梅格。慈父的声音不止一次哽咽，但那只会让婚礼显得更加美好庄严。新郎的手明显在颤抖，声音小得大家都没听清。但梅格凝望着丈夫的眼睛，说出那句“我愿意”时，她的表情和声音都透出无边的温柔和信任，让妈妈满心欢喜，也让马奇姑婆大声抽起鼻子。

乔没有哭，但要不是想到劳里肯定正盯着自己，顽皮的黑眼睛里既有戏谑，也有感动，她肯定就忍不住了。贝丝一直把脸埋在妈妈肩上，艾美则站得像尊优雅的雕像，一束阳光恰好照着她雪白的额头和头上的花儿。

发生的事当然不止这些。但一宣布礼成，梅格就大喊着“第一个吻献给妈咪”！转身衷心地吻了吻妈妈的嘴唇。接下来的十五分钟里，她看起来更像朵玫瑰了，因为从劳伦斯先生到老汉娜，每个人都充分利用自己的特权，来亲吻新娘。老汉娜披着一条精心织就的头巾，在走廊扑向梅格，又哭又笑地喊道：“祝福你，宝贝儿，一百次地祝福你！蛋糕一点儿都没弄坏，一切都好着呢。”

在那之后，每个人都收拾心情，说些俏皮话，或努力表现得开心些。结果非常有效，因为心情轻松时，人就很容易笑出来。没有展示礼物的环节，因为所有礼物都已放进小屋。早餐并不讲究，午餐却很丰盛，有一大堆点缀着鲜花的蛋糕和水果。看到三位“赫柏”端来的琼浆玉液只不过是清水、柠檬汁和咖啡，劳伦斯先生和马奇姑婆不由耸耸肩，相视而笑。但没人发表什么意见，直到劳里坚持要伺候新娘，端着一个装得满满的托盘，一脸困惑地走到梅格跟前。

“乔不小心把所有酒瓶都打碎了吗？”他轻声问，“早上我明明看见有几瓶散放在地上，难道是我的幻觉？”

“不，你爷爷好心把他最好的酒给了我们。事实上，马奇姑婆也带来几瓶。可爸爸给贝丝留了一点儿，其他的都送去士兵之家了。你知道的，他坚信酒只能给病人喝，妈妈说不管是她，还是她女儿，都不能在这个屋檐下请任何年轻小伙喝酒。”

梅格口气严肃，还以为劳里会皱眉或大笑。可他都没有，只是飞快地瞅了她一眼，像往常那样脱口而出：“不错，酒惹出的祸事我可见的太多啦。真希望其他女士也像你们这么想。”

“希望这不是你的经验之谈。”梅格声音里带着一丝担忧。

“不是，我向你保证。不过，也别把我想得太好。酒对我没有诱惑力。我在一个酒跟水一样平常的地方长大。而且，那些酒几乎没什么坏处，我一点儿也不喜欢喝。但想想看，如果一个漂亮姑娘来敬酒，你总不能拒绝吧？”

“但即便不为自己，为了他人，你也应该拒绝。好啦，劳里，快答应我。今天是我这辈子最幸福的一天，再给我一个记住今天的理由吧。”

这个请求如此突然，又如此严肃，劳里不禁犹豫了片刻，因为被嘲笑往往比自律更让人难以忍受。

梅格知道，只要答应，他一定会不惜一切代价信守承诺。感受到自己作为一个女人的力量，为了朋友的健康，她便充分调动了这种力量。虽然没说话，她却紧紧盯着他，脸上的幸福感极具说服力。她笑了，那笑容似乎在说：“今天，谁都不能拒绝我。”劳里当然也不能。他也露出一个回应的微笑，冲她伸出一只手，真诚地说：“我保证，布鲁克太太！”

“谢谢你，非常非常感谢。”

“特迪，为你的决心干杯！”乔嚷嚷着，赞许地冲他笑笑，手中的玻璃杯一晃，洒了他一身柠檬水。

尽管还会有很多诱惑，但劳里干了杯、发过誓，就得忠诚地信守承诺。姑娘们灵光一闪，抓住这个幸福的机会，为朋友做了件好事。为此，劳里一生都很感激她们。

午餐后，人们三三两两地四处闲逛起来，在屋子和花园间穿行，享受室内和室外的阳光。梅格与约翰恰好并肩站在草坪中央。劳里一下子来了灵感，为这场并不时髦的婚礼加上了画龙点睛的一笔。

“所有已婚夫妇都拉起手，围着新人跳舞吧，就像德国人那样。我们这些单身的就在外圈结对跳！”劳里大喊着，便拉起艾美沿着小径跳了起来。那副活力四射、技巧娴熟的模样极具感染力，其他人顿时毫无怨言地跟了上去。马奇夫妇、卡罗尔叔叔和婶婶带头，别的夫妇也很快加入。就连萨莉·莫法特也只犹豫了片刻，便把裙摆搭在手臂上，拉着内德进了圈子。但最有趣的还是劳伦斯先生和马奇姑婆。这位严肃的老绅士郑重地舞到老太太身前时，她只是把拐杖往胳膊下一夹，便跟大家手拉着手，轻快地围着那对新人跳了起来。年轻人则像仲夏日的蝴蝶般，满花园地翩翩起舞。

这次即兴舞会一直到大家都跳得气喘吁吁才结束。然后，人们开始陆续离开。

“亲爱的，希望你一切顺利。衷心祝愿你幸福。不过，我觉得你会后悔的。”马奇姑婆对梅格说。新郎把她领向马车时，她又补充了一句：“小伙子，你真是捡到宝了，一定要配得上她呀。”

“内德，虽然这个婚礼一点儿也不时髦，但真是这么多年来我参加过的婚礼中，最漂亮的一场。”乘车离开时，莫法特太太对丈夫说。

“劳里，孩子，如果你也喜欢这种事，就从那几个小姑娘里挑一个，我都非常满意。”经历了令人兴奋的上午，劳伦斯先生边说边坐进安乐椅休息。

“先生，我一定竭尽全力，让您满意。”劳里一边小心翼翼地解下乔插进他扣眼的花，一边异常恭顺地答道。

小屋离得并不远，梅格的蜜月旅行就是跟约翰一起，静静地从老屋走向新家。她下楼时穿着鸽灰色套装，草帽上系着白带子，看起来就像个漂亮的贵格会女教徒。大家都围拢来跟她道别，温柔得好似她即将进行长途旅行。

"亲爱的妈咪，别觉得我离开了你，或者因为深爱约翰，而减少对你的爱。"她热泪盈眶地紧紧依偎着妈妈，过了一会儿才说，"爸爸，我每天都会回来。虽然结婚了，但我希望自己在你心中的位置不会改变。贝丝要经常过来看我，乔和艾美也要时不时过来，看看我如何笨手笨脚地料理家务。谢谢你们，让我拥有如此幸福的婚礼。再见，再见！"

大家站在原地，目送她离去。每个人脸上都充满爱、希望和温柔的骄傲。梅格倚着丈夫的胳膊，捧着满怀鲜花走远了。六月的阳光照亮她快乐的脸。就这样，梅格的婚后生活开始了。

路易莎·梅·奥尔科特（Louisa May Alcott），1832年11月29日生于宾夕法尼亚州康科德市，家中共有四个女儿。与《小妇人》的主人公一样，她的童年有大量书籍陪伴，却少有果腹之餐。年纪轻轻的她做过陪护和教师，不久转而开始写作，贴补家用。那时她的作品主要是些耸人听闻的恐怖故事，发表在期刊上。

奥尔科特是一位女权战士，并且主张废除奴隶交易。美国内战期间，她在华盛顿做过护士，健康状况也因此受到永久性的损伤。1868年，《小妇人》首次出版，随后三部续作《好妻子》（1869）、《小绅士》（1871）和《乔的男孩们》（1886）相继问世。1888年3月6日，路易莎·梅·奥尔科特去世。

路易莎·梅·奥尔科特作品推荐：

《小妇人》

《好妻子》

《小绅士》

《乔的男孩们》

图书在版编目（CIP）数据

企鹅经典．小彩虹．第一辑 /（以）尤瓦尔·赫拉利等著；林俊宏等译．-- 北京：中信出版社，2019.11（2021.6重印）

书名原文：Vintage minis

ISBN 978-7-5217-1014-4

Ⅰ．①企… Ⅱ．①尤… ②林… Ⅲ．①世界文学－作品综合集 Ⅳ．① I11

中国版本图书馆 CIP 数据核字（2019）第 203895 号

Sisters

Little Women was first published in 1868.

Good Wives was first published in 1869.

This short edition published by Vintage in 2017.

企鹅经典：小彩虹　第一辑
姐妹

著　　者：[美] 路易莎·梅·奥尔科特
译　　者：梅静
出版发行：中信出版集团股份有限公司
　　　　　（北京市朝阳区惠新东街甲 4 号富盛大厦 2 座 邮编 100029）
承 印 者：河北鹏润印刷有限公司

开　　本：787mm × 1092mm　1/32　　印　　张：32.25　　字　　数：400 千字
版　　次：2019 年 11 月第 1 版　　印　　次：2021 年 6 月第 2 次印刷
京权图字：01-2016-9678
书　　号：ISBN 978-7-5217-1014-4
定　　价：168.00 元（全 8 册）

服务热线：400-600-8099
投稿邮箱：author@citicpub.com

VINTAGE MINIS

* 本书所选用的版本译自牛津大学出版社 1988 年所出版本

婚姻

MARRIAGE

[英] 简·奥斯汀　著
孙致礼　译

中信出版集团 | 北京

目录

适宜婚配的邻居[1]

Eligible Neighbours

一

有钱的单身汉总要娶位太太，这是一条举世公认的真理。

这条真理还真够深入人心的，每逢这样的单身汉新搬到一个地方，四邻八舍的人家尽管对他的心思想法一无所知，却把他视为自己某一个女儿的合法财产。

“亲爱的贝内特先生，”一天，贝内特太太对丈夫说道，“你有没有听说内瑟菲尔德庄园终于租出去啦？”

1. 节选自《傲慢与偏见》第一卷第一至四章。——编者注贝内特先生回答说没有。

“的确租出去啦，”太太说道，“朗太太刚刚来过，她把这事一五一十地全告诉我了。”

贝内特先生没有理睬。

“难道你不想知道是谁租去的吗？”太太不耐烦地嚷道。

“既然你想告诉我，我听听也无妨。”

这句话足以逗引太太讲下去了。

“哦，亲爱的，你应该知道，朗太太说内瑟菲尔德让英格兰北部的一个阔少爷租去了；说他星期一那天乘坐一辆四轮马车来看的房子，看得非常中意，当下就和莫里斯先生讲妥了；说他打算赶在米迦勒节[1]以前搬进新居，下周末以前打发几个用人先住进来。”

“他姓什么？”

“宾利。”

“成家了还是单身？”

“哦！单身，亲爱的，千真万确！一个有钱的单身汉，每年有四五千镑的收入。真是女儿们的好福气！”

---

1. 米迦勒节：九月二十九日，英国四大结账日之一。雇用人多在此日，租约也多于此日履行。（如无特殊说明，书中脚注均为译者注。）

“这是怎么说？跟女儿们有什么关系？”

“亲爱的贝内特先生，”太太答道，“你怎么这么令人讨厌！告诉你吧，我在琢磨他娶她们中的一个做太太呢。”

“他搬到这里就是为了这个打算？”

“打算！胡扯，你怎么能这么说话！他兴许会看中她们中的哪一个，因此，他一来你就得去拜访他。”

“我看没有那个必要。你带着女儿们去就行啦，要不你索性打发她们自己去，这样或许更好些，因为你的姿色并不亚于她们中的任何一个，你一去，宾利先生倒作兴看中你呢。”

“亲爱的，你太抬举我啦。我以前确实有过貌美的时候，不过现在却不敢硬充有什么出众的地方了。一个女人家有了五个成年的女儿，就不该对自己的美貌再转什么念头了。”

“这么说来，女人家对自己的美貌也转不了多久的念头啦。”

“不过，亲爱的，宾利先生一搬到这里，你可真得去见见他。”

“告诉你吧，这事我可不能答应。”

“可你要为女儿们着想呀。请你想一想，她们谁要是嫁给他，那会是多好的一门亲事啊。卢卡斯爵士夫妇打定主意要去，还不就是为了这个缘故，因为你知道，他们通常是不去拜访新搬来的邻居的。你真应该去一次，要不然，我们母女就没法儿去见他了。”[1]

“你实在过于多虑了。宾利先生一定会很高兴见到你的。我可以写封信叫你带去，就说他随便想娶我哪位女儿，我都会欣然同意。不过，我要为小莉齐[2]美言两句。”

“我希望你别做这种事。莉齐丝毫不比别的女儿强。我敢说，论长相，她没有简一半漂亮；论脾气，她没有莉迪亚一半好。可你总是偏爱她。”

“她们哪一个也没有多少好称道的，”贝内特先生答道，“她们像别人家的姑娘一样，一个个又傻又蠢，倒是莉齐比几个姐妹伶俐些。”

“贝内特先生，你怎么能这样糟蹋自己的孩子？你就喜欢气我，压根儿不体谅我那脆弱的神经。”

“你错怪我了，亲爱的。我非常尊重你的神经。它们是我的老朋友啦。至少在这二十年里，我总是听见

1. 按英国当时的习俗，拜访新迁来的邻居，先得由家中男主人登门拜访之后，女眷才可以去走访。

2. 莉齐系二女儿伊丽莎白的昵称，伊莱扎也是她的昵称。

你郑重其事地说起它们。”

“唉！你不知道我受多大的罪。”

“我希望你会好起来，亲眼看见好多每年有四千镑收入的阔少爷搬到这一带。”

“既然你不肯去拜访，即使搬来二十个，那对我们又有什么用。”

“放心吧，亲爱的，等到搬来二十个，我一定去挨个拜访。”

贝内特先生是个古怪人，一方面乖觉诙谐，好挖苦人；另一方面又不苟言笑，变幻莫测，他太太积二十三年之经验，还摸不透他的性格。这位太太的心性就不那么难以捉摸了。她是个智力贫乏、孤陋寡闻、喜怒无常的女人，一碰到不称心的时候，就自以为神经架不住。她人生的大事，是把女儿们嫁出去；她人生的快慰，是访亲拜友和打听消息。

二

贝内特先生是最先拜访宾利先生的人儿之一。本来，他早就打算去拜见他，可在太太面前却始终咬定不想去。直到拜访后的当天晚上，贝内特太太才知道实情。当时，事情是这样透露出来的。贝内特先生看着二女儿在装饰帽子，便突然对她说道：

“我希望宾利先生会喜欢这顶帽子，莉齐。”

“既然我们不打算去拜访宾利先生，”做母亲的愤然说道，“我们怎么会知道人家喜欢什么！”

“你忘啦，妈妈，”伊丽莎白说道，“我们要在舞会上遇见他的，朗太太还答应把他介绍给我们。”

“我不相信朗太太会这样做。她自己还有两个侄女呢。她是个自私自利、假仁假义的女人，我一点儿也瞧不起她。”

“我也瞧不起她，”贝内特先生说道，“我很高兴，你不指望她来帮忙。”

贝内特太太不屑搭理他，可是忍不住气，便骂起一个女儿来。

“别老是咳个不停，基蒂[1]，看在老天爷分儿上！稍微体谅一下我的神经吧。你咳得我的神经快胀裂啦。”

---

1. 基蒂系四女儿凯瑟琳的昵称。

“基蒂真不知趣！”父亲说道，“咳嗽也不拣个时候。”

“我又不是咳着玩的！”基蒂气冲冲地答道。

“你们下一次舞会定在哪一天，莉齐？”

“从明天算起，还有两个星期。”

“啊，原来如此，”母亲嚷道，“朗太太要等到舞会的前一天才会回来，那她就不可能向你们介绍宾利先生啦，因为她自己还不认识他呢。”

“那么，亲爱的，你就可以占你朋友的上风，反过来向她介绍宾利先生啦。”

“办不到，贝内特先生，办不到，我自己还不认识他呢。你怎么能这样戏弄人？”

“我真佩服你的审慎。结识两周当然微不足道。你不可能在两周里真正了解一个人。不过，这件事我们不抢先一步，别人可就不客气了。不管怎么说，朗太太和她侄女总要结识宾利先生的。因此，你要是不肯介绍，我来介绍好了，反正朗太太会觉得我们是一片好意。”

姑娘们都瞪大了眼睛望着父亲。贝内特太太只说了声：“无聊！无聊！”

“你乱嚷嚷什么？”贝内特先生大声说道，“你以为替人家做做介绍讲点礼仪是无聊吗？我可不大同意你这个看法。你说呢，玛丽？我知道，你是个富有真知灼见的小姐，读的都是鸿篇巨制，还要做做摘记。”

玛丽很想发表点儿高见，可又不知道怎么说是好。

“趁玛丽深思熟虑的时候，”贝内特先生接着说道，“我们再回头谈谈宾利先生。”

“我讨厌宾利先生！”太太嚷道。

“真遗憾，听见你说这话。可你为什么不早对我这么说呢？假使我今天早上了解这个情况，我肯定不会去拜访他。非常不幸，既然我已经拜访过了，我们免不了要结识他啦。”

正如他期望的那样，太太小姐们一听大为惊讶，尤其是贝内特太太，也许比别人更为惊讶。不过，大家欢呼雀跃了一阵之后，她又声称：这件事她早就料到了。

“亲爱的贝内特先生，你真是太好啦！不过我早就知道，我终究会说服你的。你那么疼爱自己的女儿，决不会不去结识这样一个人。啊，我太高兴啦！你这个玩笑开得真有意思，早上就去过了，直到刚才还只字不提。”

“好啦，基蒂，你可以尽情地咳嗽啦。”贝内特先生说道。他一边说，一边走出房去，眼见着太太那样欣喜若狂，他真有些厌倦。

“孩子们，你们有个多好的爸爸啊，”门一关上，贝内特太太便说道，“我不知道你们怎样才能报答他的恩情，也不知道你们怎样才能报答我的恩情。我可以告诉你们，到了我们这个年纪，谁也没有兴致天天去结交朋友。但是为了你们，我们是什么事情都乐意去做。莉迪亚，我的宝贝，虽说你年纪最小，可是开起舞会来，宾利先生肯定会跟你跳。”

“哦！”莉迪亚满不在乎地说，“我才不担心呢。我尽管年纪最小，个子却最高。”

当晚余下的时间里，太太小姐们猜测起宾利先生什么时候会回访贝内特先生，盘算着什么时候该请他来吃饭。

三

贝内特太太尽管有五个女儿帮腔，宾利先生长宾利先生短地问来问去，可丈夫总不能给她个满意的回答。母女们采取种种方式对付他——露骨的盘问，奇异的假想，不着边际的猜测，但是，任凭她们手段多么高明，贝内特先生都一一敷衍过去，最后她们给搞得无可奈何，只能听听邻居卢卡斯太太的间接消息。卢卡斯太太说起宾利先生来赞不绝口。威廉爵士十分喜欢他。他年纪轻轻，相貌堂堂，为人极其随和，而最让人高兴的是，他打算拉一大帮人来参加下次的舞会。真是再好不过啦！喜欢跳舞是谈情说爱的可靠步骤，大家都热切希望去博取宾利先生的欢心。

“我要是能看到一个女儿美满地住进内瑟菲尔德庄园，”贝内特太太对丈夫说道，“看到其他几个女儿也嫁给这样的好人家，我也就心满意足了。”

几天以后，宾利先生前来回访贝内特先生，跟他在书房里坐了大约十分钟。他对几位小姐的美貌早有耳闻，希望能够趁机见见她们，不想只见到了她们的父亲。倒是小姐们比较幸运，她们围在楼上的窗口，看见他穿着一件蓝外套，骑着一匹黑马。

过了不久，贝内特先生便发出请帖，请宾利先生来家吃饭。贝内特太太早已计划了几道菜，好借机炫耀一下她的当家本领，不料一封回信把事情给推迟了。

原来，宾利先生第二天要进城，因此无法接受他们的盛情邀请。贝内特太太心里大为惶惑。她想不出宾利先生刚来到赫特福德郡，怎么又进城有事。她开始担心他是否总要这样东漂西泊，来去匆匆，而不会正儿八经地住在内瑟菲尔德。幸亏卢卡斯太太兴起一个念头，说他可能是到伦敦去多拉些人来参加舞会，这才使贝内特太太打消了几分忧虑。顿时，外面纷纷传说，宾利先生要带来十二位女士和七位男士参加舞会。小姐们听说这么多女士要来，不禁有些担忧。但是到了舞会的头一天，又听说宾利先生从伦敦没有带来十二位女士，而只带来六位——他自己的五个姐妹和一个表姐妹，小姐们这才放了心。后来等宾客走进舞厅时，却总共只有五个人——宾利先生，他的两个姐妹，他姐夫，还有一个青年。

宾利先生仪表堂堂，很有绅士派头，而且和颜悦色，大大落落，丝毫没有矫揉造作的架势。他的姐妹都是些窈窕女子，仪态雍容大方。他姐夫赫斯特先生只不过像个绅士，但是他的朋友达西先生却立即引起了全场的注意，因为他身材魁伟、眉清目秀、举止高雅，进场不到五分钟，人们便纷纷传说，他每年有一万镑收入。男士们称赞他一表人才，女士们声称他比宾利先生漂亮得多。差不多有半个晚上，人们都艳羡不已地望着他。后来，他的举止引起了众人的厌恶，他在人们心目中的形象也就一落千丈，因为大家发现他自高自大、目中无人、不好逢迎。这样一来，纵使他在德比郡的财产再多，也无济于事，他那副面孔总是那样讨人嫌，那样惹人厌，他压根儿比不上他的朋友。

宾利先生很快就结识了全场所有的主要人物。他生气勃勃、无拘无束，每曲舞都跳，只恨舞会散得太早，说他自己要在内瑟菲尔德庄园再开一次。如此的好性子，自然不言自明，人人看得出来。他跟他的朋友形成多么鲜明的对照！达西先生只跟赫斯特夫人跳了一次，跟宾利小姐跳了一次，有人想向他引荐别的小姐，他却一概拒绝，整个晚上只在厅里逛来逛去，偶尔跟自己人交谈几句。他的个性太强了。他是世界上最骄傲、最讨人嫌的人，人人都希望他以后别再来了。其中对他最反感的，要算贝内特太太，她本来就讨厌他的整个举止，后来他又得罪了她的一个女儿，她便由讨厌变成了深恶痛绝。

由于男士人数少，有两曲舞伊丽莎白 · 贝内特只得干坐着。这当儿，达西先生一度站在离她不远的地方，宾利先生走出舞池几分钟，硬要达西跟着一起跳，两人的谈话让她无意中听到了。

“来吧，达西，”宾利先生说，“我一定要你跳。我不愿意看见你一个人傻乎乎地站来站去。还是去跳吧。”

“我绝对不跳。你知道我多讨厌跳舞，除非有个特别熟悉的舞伴。在这样的舞会上跳舞，简直让人受不了。你的姐妹在跟别人跳，这舞厅里除了她俩之外，让我跟谁跳都是活受罪。”

“我可不像你那么挑剔，”宾利嚷道，“决不会！说实话，我平生从来没有像今天晚上这样，遇见这么多可爱姑娘。你瞧，有几个非常漂亮。”

“你当然啦，舞厅里仅有的一位漂亮姑娘就在跟你跳舞嘛。”达西说道，一面望望贝内特家大小姐。

“哦！我从没见过她这么美丽的姑娘！不过她有个妹妹，就坐在你后面，人很漂亮，而且我敢说，也很讨人爱。让我请我的舞伴给你俩介绍介绍吧。”

“你说的是哪一位？”达西说着转过身，朝伊丽莎白望了望，等伊丽莎白也望见了他，他才收回自己的目光，冷冷地说道，“她还过得去，但是还没漂亮到能够打动我的心。眼下，我可没有兴致去抬举那些受到别人冷落的小姐。你最好回到你的舞伴身边，去欣赏她的笑脸，别把时光浪费在我身上。”

宾利先生听他的话跳舞去了。达西随即也走开了，伊丽莎白依旧坐在那里，对他着实没有什么好感。不过，她还是兴致勃勃地把这件事讲给亲友们听了，因为她生性活泼，爱开玩笑，遇到什么可笑的事情都会感到有趣。

总的说来，贝内特一家这个晚上过得相当愉快。贝内特太太发现，内瑟菲尔德那帮人非常喜爱她的大女儿。宾利先生同她跳了两次舞，他的姐妹们也很看得起她。简和母亲一样，觉得非常得意，只是不像母亲那样叽叽喳喳。伊丽莎白也为简感到高兴。玛丽听见有人向宾利小姐夸奖自己，说她是附近一带最有才华的姑娘。凯瑟琳和莉迪亚也很走运，每曲舞都有舞伴，这是她们参加舞会最看重的。因此，母女们兴高采烈地回到了朗伯恩，她们就住在这个村上，可谓是村里的重要成员。她们发现，贝内特先生还没睡觉。他这个人，平素只要有本书，就会忘记时间。可眼下他倒是出于好奇，很想知道母女们寄予厚望的这个晚上，究竟过得怎么样。他满以为太太会对那位贵邻感到失望，但他立刻发觉，事情并非如此。

“哦！亲爱的贝内特先生，”太太一进房便说道，“我们这一晚过得太快活了，舞会棒极了。你没有去真可惜。简成了大红人，真是红得不得了。人人都说她长得漂亮，宾利先生认为她相当美，跟她跳了两次舞！你就想想这一点吧，亲爱的，他确确实实跟她跳了两次！整个舞厅里，只有她一个人受到了他第二次邀请。他最先邀请卢卡斯小姐。我见他跟卢卡斯小姐跳舞，心里真不是滋味！不过，宾利先生对她丝毫没有意思。其实，你也知道，谁也不会对她有意思。简走下舞池的时候，宾利先生好像完全给迷住了。他打听她是谁，让人做了介绍，然后请她跳下两曲舞[1]。第三轮他是跟金小姐跳的，第四轮跟玛丽亚·卢卡斯，第五轮又跟简，第六轮跟莉齐，还有那布朗热舞[2]——”

“他要是多少体谅体谅我，”贝内特先生不耐烦地嚷道，“他就不会跳那么多，一半也不会！看在上帝分儿上，别再提他的舞伴啦。嗐，他要是跳头一场舞就

1. 按英国当时风俗，男女之间相邀跳舞，每轮总是连跳两曲。

2. 布朗热：法国一种轻快的乡间舞蹈，跳舞者排成两排对舞。

把脚踝扭伤了有多好！”

“哦！亲爱的，”贝内特太太接着说道，“我倒是非常喜欢他，他长得漂亮极啦！他的姐妹们也很讨人喜欢。看看人家的衣着，我一辈子也没见过比她们更讲究的。我敢说，赫斯特夫人衣服上的花边——”

她说到这里又给打断了。贝内特先生不愿听她絮叨华装丽服。因此她不得不另找个话题，非常尖刻而又有些夸张地说起了达西先生令人震惊的粗暴态度。

“不过我可以告诉你，”她又说道，“莉齐不中他的意倒没有什么可惜的。他是个最讨厌、最可恶的人，压根儿不值得去巴结。那么高傲、那么自大，叫人无法忍受！一会儿走到这儿，一会儿走到那儿，自以为非常了不起！还嫌人家不漂亮，不配跟他跳舞！亲爱的，你要是在场就好了，狠狠教训他一顿。我厌恶透了这个人。”

四

简本来并不轻易赞扬宾利先生，但是当她和伊丽莎白单独在一起的时候，她却向妹妹表白了自己多么爱慕他。

“他是一个典型的好青年，”她说道，“有见识，脾气好，人又活泼，我从没见过这么讨人喜欢的举止！——那么端庄，那么富有教养！”

“他还很漂亮，”伊丽莎白答道，“年轻人嘛，只要可能，也应该漂亮些。因此，他是个十全十美的人。”

“他第二次请我跳舞的时候，我高兴坏了。我没想到他会这样抬举我。”

“你没想到？我可替你想到了。不过，这正是你我之间大不相同的地方。你一受抬举总是受宠若惊，我可不这样。他再次请你跳舞，这不是再自然不过的事情吗？他不会看不出，你比舞厅里哪个女人都漂亮好多倍。他为此向你献殷勤，你犯不着感激他。他的确很可爱，我也不反对你喜欢他。你以前可喜欢过不少蠢货呀。”

“亲爱的莉齐！”

“哦！你知道，你通常太容易对人产生好感了。你从来看不出别人的短处。在你眼里，天下人都是好的，都很可爱。我生平从没听见你说过别人的坏话。”

“我不愿意轻易责难任何人。不过我总是讲心里话。”

“我知道你讲心里话，而你让人奇怪的也正是这一点。你这样聪明的人，竟然真会看不出别人的愚蠢与无聊！假装胸怀坦荡是个普遍现象——真是比比皆是；但是，坦荡得毫无炫耀之意，更无算计之心——承认别人的优点，并且加以夸耀，而对其缺点则绝口不提——这只有你才做得到。这么说，你也喜欢那位先生的姐妹啦？她们的风度可比不上他呀。”

“的确，初看是比不上。不过，你跟她们攀谈起来，她们也都很讨人喜欢。宾利小姐要与她哥哥住在一起，替他料理家务。我敢肯定，她会成为我们的好邻居。”

伊丽莎白一声不响地听着，但是心里并不服气。那姐妹俩在舞厅里的举动，并非想要讨好众人；伊丽莎白观察力比姐姐来得敏锐，脾性也不像姐姐那么柔顺，凡事自有主见，不会因为人家待她好而随意改变，因此她决不会对那两人产生好感。其实，她们都是很优雅的女性，高兴起来并非不会谈笑风生，适意的时候也不是不会讨人喜欢，但是为人骄傲自大。她们长得十分标致，曾在城里一家一流私立学校受过教育[1]，拥有两万镑的财产，花起钱来总是大手大脚，喜好结交有地位的人，因而才得以在各方面自视甚高，瞧不起别人。她们出生于英格兰北部一个体面的家庭，这个情况她们总是铭记在心，相比之下，她们的兄弟和她们自己的财产全是靠做生意赚来的这件事[2]，给她们的印象却比较淡薄。

宾利先生从父亲那里继承了将近十万镑的遗产。父亲本来打算购置一份房地产，不想心愿未了就与世长辞了。宾利先生也有这个打算，有时还择定了在哪个郡购置。不过，眼下他已经有了一幢好房子，还有一座庄园供他打猎，了解他性情的人都知道，他是个随遇而安的人，说不定以后就在内瑟菲尔德度过一生，购置房地产的事留给下一代人去操办。他的两个姐妹都热切希望他能有一份自己的房地产。不过，尽管他现在仅仅是以房客的身份在这里住了下来，但宾利小姐还很愿意替他掌管家务，而那位赫斯特夫人嫁了个

---

1. 私立学校：尤指私立女子学校，青年女子在这里读书写字，弹琴唱歌，学习缝纫之类。
2. 在当时的英国社会，靠做生意维生的人受到上流社会的蔑视。

家财不足、派头有余的男人，因而一旦得便，也很情愿把弟弟的家当作自己的家。当时宾利先生成年还不满两年，因为偶然听人推荐，便情不由己地要来看看内瑟菲尔德家宅。他里里外外看了半个钟头，房子的位置和主房间都很中他的意，加上房东又把房子赞美了一番，他听了越发满意，于是便当即租了下来。

他与达西虽然性情截然不同，彼此之间却有着始终不渝的交谊。达西之所以喜欢宾利，是因为宾利和易、坦率、温顺，尽管这与他自己的性情大相径庭，而他也从不觉得自己的性情有什么不好的地方。宾利对达西的友情坚信不疑，对他的见解也推崇备至。从智力上看，达西更胜一筹。虽说宾利一点儿也不愚笨，但是达西着实聪明。达西同时还有些趾高气扬、不苟言笑、爱挑剔人，虽然受过良好的教育，举止却不受人欢迎。在这方面，他的朋友倒占有很大优势。宾利无论走到哪里，都会招人喜爱，达西却总是惹人讨厌。

两人谈论梅里顿舞会的方式，就很能表明他们的不同性格。宾利从没遇见过这么可爱的人们，这么漂亮的姑娘；每个人对他都极其和善，极其关心；大家既不拘谨，也不刻板；他很快便与全场的人混熟了；至于说到贝内特小姐[1]，他无法想象还会有比她更美丽的天使。与他相反，达西发现这些人既不漂亮，又无风度，谁也没有使他产生丝毫的兴趣，谁也没有对他表示关注，或是博得他的欢心。他承认贝内特小姐长得漂亮，可她太爱笑了。

赫斯特夫人姐妹俩同意这种看法——可她们仍然羡慕她、喜欢她，说她是个甜妞儿，不妨与她结个深交。于是，贝内特小姐被认定为一位甜妞儿，她们的兄弟听了这番赞美，觉得以后可以随心所欲地去思念她了。

---

1. 按英国当时的习惯，姓加“小姐”是对大小姐的正式称呼，二小姐以下或称教名，或称教名加姓。所以，本书中的“贝内特小姐”一般指大小姐简·贝内特。

有问而起舞[1]

Dancing around the Question

一

现在，每天上午都有些常规的事情要做：逛逛商店，游览游览城内的一些新鲜地方，到矿泉厅[2]转悠个把钟头，看看这个人望望那个人，可是跟谁也搭不上话。艾伦太太仍然热切希望她在巴思能有许多熟人，但当每天上午都证明她压根儿不认识任何人时，她便

1. 节选自《诺桑觉寺》第一卷第三、四、五、十章。——编者注
2. Pump-room，巴思历史悠久的餐馆，一七八九年开建，一七九九年建成，除了全天销售天然矿泉水之外，还在上午供应咖啡，中午供应午餐，下午供应茶点。有人将之音译为“帮浦室”。

要重新絮叨一遍这个希望。

她们来到了下舞厅。在这里，我们的女主角还比较幸运。典礼官给她介绍了一位很有绅士派头的年轻人做舞伴。他姓蒂尔尼，约莫有二十四五岁的样子，身材高大、面孔和悦、两只眼睛炯炯有神，如果说还不十分英俊，那也差不多。他谈吐优雅，凯瑟琳觉得自己非常走运。他们跳舞的时候，顾不上说话。但是坐下喝茶的时候，凯瑟琳发现蒂尔尼先生就像她料想的那样，非常和蔼可亲。他口齿伶俐、谈笑风生——谈吐中带有几分调皮与诙谐，凯瑟琳虽然难以领会，但却很感兴趣。周围的事物自然成为他们的话题，谈了一阵之后，蒂尔尼先生突然对她说道："小姐，我这个舞伴实在有些失礼，还没有请教你来巴思多久了，以前来过这儿没有，是否去过上舞厅、剧院和音乐厅，是不是很喜欢这个地方。我太疏忽了——不过，不知道你现在是否有闲暇来回答这些问题。你若是有空，我马上就开始请教。"

"先生，你不必给自己添麻烦了。"

"不麻烦，小姐，你尽管放心。"接着，他做出一副笑脸，装作柔声细气地问道："你在巴思待了很久了吧，小姐？”

“大约一个星期，先生。”凯瑟琳答道，尽量忍住笑。

“真的呀！”蒂尔尼先生假装大吃一惊。

“你为什么惊讶，先生？”

“为什么惊讶！”蒂尔尼用自然的口气说道，“你的回答似乎总要激起某种情感，而惊讶最容易做出来，也最合乎情理。好啦，我们接着往下说吧。你以前来过这里吗，小姐？”

“从来没有，先生。”

“真的呀！光临过上舞厅吗？”

“去过，先生。上个星期一去过。”

“上过戏院吗？”

“上过，先生。星期二看过戏。”

“听过音乐会吗？”

“听过，先生。在星期三。”

“很喜欢巴思吗？”

“是的，很喜欢。”

“说到这儿，我得傻笑一声，然后我们再恢复理智。”

凯瑟琳别过头去，不知道是否可以贸然一笑。

“我知道你是怎么看我的，”蒂尔尼一本正经地说道，“明天，我在你的日记里要露出一副可怜相了。”

“我的日记！”

“是的。我确切地知道你要说什么：‘星期五，去下舞厅。身着带枝叶花纹的、镶蓝边的纱裙，脚穿素黑鞋——显得非常漂亮，不过奇怪得很，被一个傻里傻气的怪家伙缠扰了半天，硬要我陪他跳舞，听他胡说八道。’”

“我才不会这样说呢。”

“要我告诉你该怎么说吗？”

“请讲。”

“经金先生[1]介绍，与一位十分可爱的小伙子跳舞。同他说了很多话。仿佛是个非凡的天才，希望进一步了解他。小姐，这就是我希望你要说的话。”

“不过，兴许我不写日记呢。”

“兴许你不坐在这屋里，兴许我不坐在你身边。这两点也同样可以引起怀疑吧。不写日记！那你别处的表姊妹如何了解你在巴思的生活情况？每天有那么多的寒暄问候，要是晚上不记到日记里，怎么能如实地

1. 历史上确有其人。曾随英国军队在美洲服过役，一七八五年被任命为下舞厅典礼官，一八〇五年又被任命为上舞厅典礼官。

向人讲述呢？要是不经常参看日记，你怎么能记住你那些各式各样的衣服，怎么能向人描绘你那独特的肤色特征，独特的卷发样式？亲爱的小姐，我对年轻小姐的特点，并不像你想象的那样一无所知。女人一般都以文笔流畅著称，这在很大程度上归功于记日记的良好习惯。众所公认，能写出令人赏心悦目的书信，这是女人特有的才具。天性固然起一定的作用，但是我敢断定，主要还是受益于多写日记。”

“我有时在想，”凯瑟琳怀疑地说，“女人写信是否真比男人写得好。也就是说，我并不认为我们总比男人高明。”

“就我见过的来说，女人的写信风格除了三点以外，通常都是完美无缺的。”

“哪三点？”

“普遍空洞无物，完全忽视标点，经常不懂文法。”

“天哪！其实我刚才不必担心拒绝了你的恭维。照这么看，你并非把我们看得很高明。”

“我不能一概而论地认为女人写信比男人写得好，就像不能一概认为女人唱二重唱比男人唱得好，画风景画比男人画得好一样。在以情趣为基础的各项能力上，男女双方是同样杰出的。”

两人正说着，不想让艾伦太太给打断了。“亲爱的凯瑟琳，”她说，“快把我袖子上的别针给摘下来。恐怕把袖子戳了个洞吧。要是真戳了个洞，那就太可惜了，因为这是我最喜爱的一件长裙，尽管一码布只花九先令。”

“我估计的也正是这个价钱，太太。”蒂尔尼先生边说，边瞧着那细纱布。

“你也懂得细纱布吗，先生？”

“在行极了。我总是亲自买自己的领带，谁都承认我是个杰出的行家。我妹妹还经常托我替她选购长裙呢。几天前，我替她买了一件，女士们见了个个都说便宜极了。一码才花五先令，而且是货真价实的印度细洋纱。”

艾伦太太十分惊羡他的天赋。“男人一般很少留心这类事情，”她说，“我从来无法让艾伦先生把我的一件长裙同另一件区分开。你一定使你妹妹很满意吧，先生？”

“但愿如此，太太。”

“请问，先生，你觉得莫兰小姐的长裙怎么样？”

“倒是很漂亮，太太，”他说，一边郑重其事地审视着，“不过，我看这料子不经洗，恐怕容易破。”

“你怎么能这么——”凯瑟琳笑着说道，差一点儿没说出“怪诞”两个字。

“我完全赞成你的意见，先生，”艾伦太太应道，“莫兰小姐买的时候，我就对她这么说过。”

“不过你知道，太太，细纱布总可以改派别的用场。莫兰小姐完全可以用它来做一块手帕、一顶软帽或是一件斗篷。细纱布可以说从来不会浪费的。我妹妹每当大手大脚地把布买多了，或者漫不经心地把布剪坏了，就要念叨细纱布浪费了，我已经听见几十次了。”

“先生，巴思可真是个迷人的地方，有那么多好商店。我们不幸住在乡下。索尔兹伯里虽说也有几个很好的商店，但是路太远了，八英里是够远的了。艾伦先生说是九英里，标准的九英里。可是我敢肯定，不会超过八英里。跑一趟真苦啊——我回来的时候都给累趴了。再看这儿，你一走出门，五分钟就能买到东西。”

蒂尔尼先生倒比较客气，似乎对她说的话还挺感兴趣的。艾伦太太抓住细纱布这个话题，同他谈个不停，直到跳舞重新开始。凯瑟琳听着他们的谈话，心里不禁有些担忧，觉得蒂尔尼先生有点过于喜欢讥诮别人的缺点。“你在聚精会神地寻思什么？”他们走回舞厅时，蒂尔尼先生问道，“我希望不是在想你的舞伴吧，因为从你的摇头可以看出，你沉思的事情不尽令你满意。”

凯瑟琳脸上一红，说道：“我什么也没想。”

“你回答得很委婉很深奥啊。不过，我倒宁可听你直截了当地说，你不愿意告诉我。”

“那好吧，我不愿意。”

“谢谢你。我们马上就要成为好朋友了，因为以后一见面，我都有权利拿这件事来和你开玩笑，开玩笑最容易促进友谊。”

他们又跳起舞来。舞会结束后，双方分手了。就女方来说，她至少是很愿意继续交往的。她喝着温热的掺水葡萄酒，准备上床的时候，是否还一个劲儿地想着他，以至于入睡后还梦见他，这就不得而知了。不过我希望，她只不过是在昏昏欲睡中梦见他，或者充其量只是在早晨打盹时梦见他。有位名作家认为，男的没有向女的表露钟情之前，女人不应当爱上男的。[1]假如确实如此，那么一个年轻小姐在尚不知道男

---

1. 参见理查森先生的来信，《漫谈报》第二卷第九十七号。——作者原注

方是否先梦见她之前，居然就先梦起男的来，那当然是很不得体的事。但是，蒂尔尼先生作为一个梦中人或情人究竟如何得体，艾伦先生也许还没考虑过。不过，他经过打听，并不反对蒂尔尼同他的年轻保护人交个普通朋友，因为当天傍晚他就费心调查了凯瑟琳舞伴的情况，结果了解到：蒂尔尼先生是个牧师，出生在格洛斯特郡的一户体面人家。

二

第二天，凯瑟琳怀着异常殷切的心情，赶到矿泉厅，心想准能在午前见到蒂尔尼先生，准备对他笑脸相迎。哪知她根本用不着赔笑脸——蒂尔尼先生没露面。到了热闹的时候，巴思的人除他以外，都陆陆续续来到了矿泉厅。每时每刻，都有一群群的人走进走出，在台阶上走上走下。这是些谁也不介意、谁也不想见的人们，唯独他没来。“巴思真是个适意的地方。”艾伦太太说道。这时，两位女士在大厅里逛累了，便挨近大钟坐了下来。“我们要是这儿有个熟人，那该有多快活。”

对此艾伦太太不知道叹息过多少回了，总是白搭，所以她没有特殊理由认为，这次会交上好运。但是常言道：“凡事不要灰心”“孜孜不倦便能达到目的”。艾伦太太每天孜孜不倦地抱着这个希望，最后总会如愿以偿的。且说她坐下不到十分钟，只见旁边坐着一位与她年纪相仿的女人，已经专心致志地盯着她瞧了好一阵，随即便彬彬有礼地同她搭话：“我想，太太，我不会看错人吧。我很久以前荣幸地见过你，你不是艾伦太太吗？”艾伦太太连忙称是，那位生客说她姓索普。艾伦太太一瞧那面孔，马上认出她是自己过去的同窗挚友，各自出嫁后仅仅见过一面，而且还是多年前的事情。这次重逢，真把两人高兴坏了。不过这也难怪，因为她们已有十五年互无音讯了。两人先是恭维了一番彼此的容貌，接着便说起上次分别后时间过得真快，万万没想到会在巴思相遇，旧友重逢有多高兴呀。随后又谈起了家人、姐妹和表姐妹的情况，简直是问的问，答的答，两张嘴巴一起动，谁都想说不想听，结果谁也没听见对方说些什么话。不过，索普太太家里有一大帮孩子，说起话来比艾伦太太占便宜。

她大讲特讲她儿子们的才干，女儿们的美貌，叙说着各自的职业和志向：约翰在牛津，爱德华在商裁公学[1]，威廉从事航海，兄弟三个在各自的岗位上备受爱戴和尊敬，很少有人能比得上他们。艾伦太太没有类似的内容可说，没有类似得意的事情向她的朋友炫耀，因此她的朋友也不用勉勉强强、将信将疑地来听她的。艾伦太太迫不得已，只好坐在那里，仿佛一字不漏地静聆她那做母亲的絮聒。不过，使她足可聊以自慰的是，她那敏锐的眼睛很快发现，索普太太那件长裙上的花边还赶不上自己的一半漂亮。

“瞧，我的几个宝贝女儿来了。”索普太太大声嚷道，一边用手指着三个模样俊俏的姑娘，她们臂挽着臂，正朝索普太太走来。“亲爱的艾伦太太，我正渴望着介绍她们，她们会十分高兴见到你的。个子最高的是伊莎贝拉，我的大女儿。难道不是个漂亮姑娘吗？另外两个也很受人羡慕，不过，我认为还是伊莎贝拉最漂亮。”

三位索普小姐介绍过后，暂时被抛在一边的莫兰

---

1. 伦敦著名的贵族子女学校，建立于一六五一年。

小姐也被做了介绍。索普母女听到莫兰这个姓，似乎都愣住了。那位大小姐彬彬有礼地同她谈了几句之后，便高声对其他人说道:“莫兰小姐多像她哥哥啊！”

“简直跟她哥哥长得一模一样！”索普太太嚷道。母女几个一而再，再而三地重复道:“莫兰小姐无论在哪儿，我都能认出是他妹妹！”一时间，凯瑟琳感到很惊异。但是，索普太太和她女儿刚开始叙说她们同詹姆斯·莫兰先生的认识经过，她便猛然记起，她大哥最近和一个姓索普的同学来往很密切，他这次圣诞节放假，最后一周就是在伦敦附近他们家里度过的。

整个事情解释清楚以后，三位索普小姐说了不少热情的话，希望同莫兰小姐加深交往，希望由于双方兄长间的友谊，彼此能一见如故，等等。凯瑟琳听了十分高兴，搬出了脑子里所有的动听言语来回答。作为交好的初次表示，索普大小姐马上邀请莫兰小姐挽着她的臂，在矿泉厅里兜了一圈。凯瑟琳在巴思又多了几个相识，不觉有些得意，同索普小姐攀谈时，险些忘了蒂尔尼先生。友谊无疑是对情场失意的最好安慰。

她们谈论的是这样一些话题，在这些话题上畅所欲言，一般能促使两位年轻小姐骤然形成的友谊日臻完善——什么衣着啊、舞会啊、调情啊、嬉戏啊，不一而足。索普小姐比莫兰小姐大四岁，起码比她多四年的见识，因而谈论起这些话题来，明显占了上风。她可以把巴思的舞会同坦布里奇的舞会相比较；把巴思的风尚同伦敦的风尚相比较；可以纠正她这位新朋友对许多时髦服装的看法；可以从任何一对男女的相互一笑中发现儿女私情；可以透过水泄不通的人群指出谁在嬉闹。这些本领对凯瑟琳来说完全是陌生的，自然使她很钦佩。这股油然而生的钦佩之情，险些使凯瑟琳感觉有些敬而远之，幸亏索普小姐性情快活，谈吐大方，一再表示结识她很高兴，因而使她消除了一切敬畏之感，剩下的只是一片深情厚谊。两人越来越投契，在矿泉厅转悠了五六圈之后，仍然依依不舍，索普小姐索性把莫兰小姐送到艾伦先生的寓所门口。当她们得知晚上还要在剧院里见面，第二天早晨还要到同一座教堂做礼拜时，相互才感到欣慰，亲昵地握了半天手才告别。随即，凯瑟琳直奔楼上，从客厅窗口望着索普小姐沿街而去，对她那优雅的步履、袅娜的体态和入时的装束艳羡不已。有机会结识这样一位朋友，她理所当然感到庆幸。

索普太太是个寡妇，家境不很富裕。她性情和悦、心地善良，对子女十分溺爱。她的大女儿长得很美，两个小女儿装作与姐姐一样漂亮，学着她的神态，做着同样的装扮，倒也颇有姿色。

我们对这家子人做个简要的介绍，为的是不必让索普太太自己啰啰唆唆地说个没完没了。她过去的那些经历和遭遇，细说起来要占据三四章的篇幅，那样一来，势必要详尽叙说那些王公贵族及代理人的卑劣行径，详尽复述二十年前的一些谈话内容。

三

当天晚上，凯瑟琳坐在剧院里，见索普小姐频频向她点头、微笑，当然要花很多工夫进行回敬。但她没有顾此失彼，没有忘记左顾右盼，往她目力所及的每个包厢里寻觅蒂尔尼先生。可惜她始终也没找到。蒂尔尼先生看戏的兴趣，并不比去矿泉厅的兴趣大。莫兰小姐希望第二天能走运一些。当她祈求天公作美的愿望得到应验，次日早晨果见天清气朗时，她简直不怀疑自己要交好运了，因为在巴思，星期天天气一好，家家户户都要出来玩耍。这时候，仿佛全镇的人都在到处散步，见了熟人便说，今天天气多好。

一做完礼拜，索普一家和艾伦夫妇便急忙跑到了一起。大家先到矿泉厅玩儿了一会儿，发现里面的人让人无法忍受，见不到一副优雅的面孔（在这个季节，每逢星期天，大家都有这个感觉），便又匆匆赶到新月街，去呼吸一下上流社会的新鲜空气。在这里，凯瑟琳和伊莎贝拉臂挽着臂，无拘无束地畅谈着，再次尝到了友谊的欢乐。她们谈了很多，而且也很带劲，但是凯瑟琳重见她的舞伴的希望又落空了。蒂尔尼先生哪儿也碰不见。早晨的散步也好，晚上的舞会也罢，总是找不到他。无论在上舞厅还是下舞厅，无论在化装舞会上还是便装舞会上，哪儿都见不到他；在早晨散步、骑马或赶车的人们中间，也找不见他。矿泉厅的来宾簿上没有他的名字，再怎么打听也无济于事。他一定离开巴思了，然而他并没说过只待这么几天呀！男主角总是行踪神秘，在凯瑟琳的想象中，这种神秘感给蒂尔尼的容貌和举止增添了一层新的魅力，使她更迫切地要进一步了解他。她从索普家那儿探听不到什么情况，因为她们遇见艾伦太太之前，来到巴思仅仅两天。不过，这是她和她的漂亮朋友经常议论的话题，她的朋友极力鼓励她，要她不要忘掉蒂尔尼先生。因此，蒂尔尼先生给她留下的印象一直没有淡漠。伊莎贝拉确信，蒂尔尼先生一定是个很迷人的青年。她还确信，他一定很喜欢亲爱的凯瑟琳，因此很快就会回来的。她还因为他是个牧师，而越发喜爱他，因为“说老实话，我自己就很喜欢这个职业”。伊莎贝拉说这话时，不由自主地像是叹了口气。也许凯瑟琳不该不问问她为何轻声叹息，但她对爱情的花招和友谊的职责毕竟不够老练，不知道什么时候需要插科打诨，什么时候应该迫使对方吐露隐衷。

* * *

最后，她终于找到了一个离开她朋友的机会。看见蒂尔尼小姐同休斯太太走进屋来，她心里高兴极了，便说有话要同蒂尔尼小姐说，于是立刻跑了过去，决计同蒂尔尼小姐交个朋友。其实，她若不是受到头天失望情绪的激励，兴许还鼓不起那么大的勇气呢。蒂尔尼小姐十分客气地招呼她，以同样友好的态度报答她的友好表示，两人一直说到她们的伙伴要离开时为止。虽然她们说的每句话，用的每个字眼，很可能在巴思的每个旺季，在这间大厅里，不知道被人们用过几千次，然而这些话语说得如此真挚朴实，毫无虚荣浮夸之感，这却有点儿难能可贵。

“你哥哥的舞跳得多好啊！”她们的谈话快结束时，凯瑟琳天真地惊叹道。她的伙伴一听，不觉又惊又喜。

“亨利！”她笑吟吟地答道，“是的，他的舞跳得的确好。”

“那天晚上他见我坐着不动，可又听我说我已约好了舞伴，一定感到很奇怪。可我真的全天都同索普先生约好了。”蒂尔尼小姐只能点点头。“你无法想象，”沉默了一会儿之后，凯瑟琳接着说道，“我再见到他时有多惊讶。我还真以为他远走高飞了呢。”

“亨利上次有幸见到你时，他在巴思仅仅逗留了两天。他是来给我们订房子的。”

“这我可从没想到。当然，到处见不到他，我以为他准是走了。星期一和他跳舞的那位年轻女士是不是一位史密斯小姐？”

“是的。休斯太太的一位朋友。”

“她大概很喜欢跳舞。你觉得她漂亮吗？”

“不很漂亮。”

“我想，你哥哥从不来矿泉厅吧？”

“不，有时候来。不过他今天早晨跟我父亲骑马出去了。”

这时，休斯太太走过来，问蒂尔尼小姐想不想走。“希望不久有幸再见到你，”凯瑟琳说，“你参加明天的克提林[1]舞会吗？”

“也许——是的，我想我们一定会去。”

“那好极了，我们都去那儿。”对方照样客气了一声，随后两人便分手了——这时，蒂尔尼小姐对这个新朋友的心思多少有了些了解，而凯瑟琳却一点儿也没意识到，那是她自己流露出来的。

凯瑟琳高高兴兴地回到家。今天上午她总算如愿以偿了，现在她的期待目标是明天晚上，是未来的快乐。到时候她该穿什么长裙，戴什么首饰，成了她最

1. 一种不断更换舞伴的轻快交谊舞。

关心的事情。照理她不该这么讲究穿戴。无论什么时候，衣服都是徒有虚表的东西，过分考究往往会使它失去原有的作用。凯瑟琳很清楚这一点。就在去年圣诞节，她的姑婆还教导过她。然而，她星期三夜里躺下十分钟之久还没睡着，盘算着究竟是穿那件带斑点的纱裙，还是穿那件绣花的纱裙。要不是因为时间仓促，她准要买一件新衣服晚上穿。她若是真买了，那将是一个很大的（虽然并非罕见的）失算；而对于这种失算，若是换个男人而不是女人，换个哥哥而不是姑婆，或许是会告诫她的，因为只有男人知道男人对新衣服是满不在乎的。有许多女人，假使她们能够懂得男人对于她们穿着华丽或是时新多么无动于衷；对于细纱布的质地好坏多么无所谓；对于她们偏爱带斑点的、有枝叶花纹的、透明的细纱布或薄棉布多么缺乏敏感，那她们将会感到很伤心。女人穿戴考究只能使她自己感到满足。男人不会因此而更倾慕她，别的女人不会因此而更喜爱她。男人觉得，女人整洁入时已经足够了；而对于女人来说，穿着有点儿寒酸失体的女人将最为可爱。但是，这些严肃的思想并没扰乱凯瑟琳内心的平静。

星期四晚上她走进舞厅，心情与星期一来这里时大不相同。当时她为自己约好同索普跳舞而感到欢欣鼓舞，现在她主要担忧的却是千万不要见到他，免得他再来约她跳舞。她虽则不能也不敢指望蒂尔尼先生会第三次请她跳舞，但是她的心愿、她的希望、她的打算却全都集注在这上面。在这个节骨眼上，每个年轻小姐都会同情我的女主角的，因为每个年轻小姐都曾经体验过同样的激动不安。她们全都被自己怕见的人追逐过，或者至少也自以为经历过这种危险；并且她们全都渴望过要博得心上人对自己的青睐。索普家的人一来到她们中间，凯瑟琳的苦恼便开始了。要是约翰·索普朝她走来，她便感到坐立不安，尽量避开他的视线；当他跟她搭话时，她就硬是装作没有听见。克提林舞结束了，接着开始了乡村舞[1]，可她还是见不到蒂尔尼兄妹的影子。“你可不要吃惊，亲爱的凯瑟琳，”伊莎贝拉悄声说道，“我又要和你哥哥跳舞了。我的确认为这太不像话。我跟他说，他应该为自己感到害臊，不过你和约翰可得给我们捧捧场。快，亲爱

1. 英国的一种乡村舞蹈，男女双方排成两个长列，面对面地对舞。

的凯瑟琳，到我们这儿来。约翰刚刚走开，一会儿就回来。”

凯瑟琳没来得及回答，不过她也不想回答。那两人走开了，约翰·索普还在附近，她觉得一切都完了。不过，为了使自己显得不在注意他，不在期待他，她只管拿眼睛死盯着自己的扇子。人这么多，她居然认为可以在短时间内遇见蒂尔尼兄妹，她刚想责怪自己太傻，猛然发现蒂尔尼先生在跟她说话，再次请她跳舞。她接受他的邀请时眼睛如何烁烁发光，动作如何爽快，同他走向舞池时心房跳得如何惬意，这都不难想象。逃脱了约翰·索普，而且她认为逃脱得很悬乎，接着遇到蒂尔尼先生，马上受到他的邀请，好像他在有意寻她似的！在凯瑟琳看来，这真是人生的最大幸福。

谁料想，他俩刚挤进去，悄悄地占了一个位置，凯瑟琳便发现约翰·索普在背后招呼她。“嗨，莫兰小姐！”他说，“你这是什么意思？我还以为你要和我一起跳呢。”

“我很奇怪你会这样想，因为你根本没有请过我。”“啊，这是什么话！我一进屋就请过你，刚才正要再去请你，不想一转身，你就溜了！这种伎俩真卑鄙！我是特意为了跟你跳舞才来这儿的，我坚信你从星期一起就一直约好同我跳舞的。对，我想起来了，你在休息室等着取斗篷的时候，我向你提出了邀请。我刚才还对这屋里所有的熟人说，我要和舞会上最漂亮的姑娘跳舞。他们要是见你在和别人跳舞，准会着实不客气地挖苦我。”

“哦，不会的。经你那么一形容，他们绝不会想到是我。”

“天哪，他们要是想不到是你，我就把他们当成傻瓜踢出大厅。那家伙是什么人？”凯瑟琳满足了他的好奇心。“蒂尔尼，”索普重复了一声，“哼——我不认识他。身材倒不错，长得挺匀称的。他要不要买马？我这儿有位朋友，萨姆·弗莱彻，他有匹马要卖，对谁都合适。跑起路来快极了——才要四十几尼。我本来一百个想买它，因为我有句格言：见到好马非买不可。可惜这马不合我的要求，不能打猎。要是匹货真价实的好猎马，出多少钱我都干。我现在有三匹，都是最好骑的马。就是给我八百几尼，我也不卖。弗莱彻和我打算在莱斯特郡买座房子，准备下个猎季用。住在旅馆里该死的太不自在了。”

这是他所能烦扰凯瑟琳的最后一句话，原来恰在此刻，一大帮女士一拥而过，不可抗拒地把他挤走了。这时，凯瑟琳的舞伴走上前来，说道："那位先生再多纠缠半分钟，我就会忍耐不住了。他没有权利转移我的舞伴的注意力。我们已经有约在先，今晚要使彼此过得愉快，在此期间，我们的愉快只能由我们两个人来分享。谁要是缠住了其中一个人，不可能不损害另一个人的权利。我把乡村舞视为婚姻的象征。忠诚和顺从是双方的主要职责。那些自己不想跳舞，不想结婚的男人，休要纠缠他们邻人的舞伴或妻子。"

"不过，那是截然不同的两码事。"

"你认为不能相提并论？"

"当然不能。结了婚的人永远不能分离，而必须一同生活，一同理家。跳舞的人只是在一间长房子里面对面地站上半个钟头。"

"你原来是这样给结婚和跳舞下定义的。照这样看来，它们当然就不很相似了。不过，我想我可以用这样一种观点来看待它们。你会承认，两者都是男人享有选择的便利，而女人只有拒绝的权利。两者都是男女之间的协定，对双方都有好处。一旦达成协定，

I consider a country-dance as an emblem of marriage. Fidelity and complaisance are the principal duties of both.

* 我把乡村舞视为婚姻的象征。忠诚和顺从是双方的主要职责。

他们只归彼此所有，直至解除协定为止。他们各自都有个义务，不能提出理由后悔自己为什么没有选择别人，最有利的做法是不要对自己邻人的才艺做非分之想，或者幻想自己找到别人会更加幸福。你承认这一切吗？”

“当然承认。如你所说的，这一切听上去都不错。但它们还是截然不同的。我怎么也不能把它们等量齐观起来，也不能认为它们负有同样的义务。”

“在某一点上，差别当然是有的。结了婚，男人必须扶养女人，女人必须给男人安排个温暖的家庭。一个是供养家庭，一个是笑脸相迎。但在跳舞时，两人的职责恰好调了个儿：男的要做到谦和顺从，女的要提供扇子和薰衣草香水。我想，这就是你认为造成两者无法相比的职责差别吧。”

“不对，的确不对。我从没想到那上面。”

“那我就大惑不解了。不过，有一点我必须指出，你的脾气真令人惊讶。你完全否认它们在义务上有任何相似的地方。因此我是否可以推断：你对跳舞职责的看法并不像你的舞伴所希望的那样严格？难道我没有理由担忧：假如刚才同你说话的那个男人再回来，或者别的男人要找你说话，你会不受约束地同他爱讲多久就讲多久？”

“索普先生是我哥哥的一个特别要好的朋友，他要是找我讲话，我还得同他讲。但是除他以外，我在这大厅里认识的年轻人还不到三个。”

“难道这是我唯一的保险？天哪，天哪！”

“唔，这可是你最好的保险啦。我要是谁也不认识，就不可能跟人说话。何况，我也不想同任何人说话。”

“这回你可给了我个值得珍惜的保险，我可以大胆地继续下去了。你现在是不是还和上次我问你时一样喜欢巴思？”

“是的，非常喜欢——甚至更喜欢了。”

意料之外的进展[1]

Unwanted Advances

第二天，朗伯恩发生了一桩新鲜事。柯林斯先生正式提出求婚了。他的假期到星期六就要结束，再说当时他丝毫也不觉得有什么难为情的，因此决定不再耽搁时间，便有条不紊地开始行动了，只要他认为是常规惯例，他都一一照办。刚一吃过早饭，他见贝内特太太、伊丽莎白和一个小妹妹待在一起，便对做母亲的这样说：

“太太，今天早上我要请令嫒伊丽莎白赏个脸，跟我单独谈一次话，您同意吗？”

1. 节选自《傲慢与偏见》第一卷第十九章。——编者注伊丽莎白一听，惊讶得涨红了脸，但是没等她做出其他任何反应，贝内特太太连忙回答道：

“哦，天哪！同意，当然同意。莉齐一定也很乐意——她肯定不会有意见。来，基蒂，跟我上楼去。”说罢收拾好活计，急匆匆地往外走，不想伊丽莎白大声叫起来了：

“好妈妈，别走。我求求你别走。柯林斯先生一定会原谅我的。他要跟我说的话，别人都可以听。我也要走了。”

“别，别，别胡说，莉齐。我要你乖乖地待在这里。”眼见伊丽莎白又恼又窘，好像真要走开，便又添了一句，“莉齐，我非要你待在这里听柯林斯先生说话不可。”

伊丽莎白不便违抗母命。她考虑了一下，觉得能尽快悄悄把事情了结了也好，于是便重新坐下来，试图借助不停地做针线，来掩饰她那啼笑皆非的心情。贝内特太太和基蒂走开了，等她们一出门，柯林斯先生便开言了。

“请相信我，亲爱的伊丽莎白小姐，你害羞怕臊，非但对你没有丝毫损害，反而使你更加尽善尽美。假如你不稍许推却一下，我反倒不会觉得你这么可爱了。

不过，请允许我告诉你一声，我这次找你谈话，是得到令堂大人许可的。尽管你天性羞怯、假痴假呆，你一定会明白我说话的意图。我的百般殷勤表现得够明显的了，你不会看不出来。我差不多一来到府上，就选中了你做我的终身伴侣。不过说起这个问题，也许我最好趁现在还控制得住感情的时候，先讲讲我为什么要结婚，以及为什么要来赫特福德选择配偶，因为我确实是这么做的。”

柯林斯先生这么一本正经、安然若素的样子，居然还会控制不住感情，真叫伊丽莎白忍俊不禁。因此，对方虽然顿了顿，她却没能去阻止他，于是他又接着说道：

“我之所以要结婚，有这样几条理由：第一，我认为每个生活宽裕的牧师（像我本人），理当给教区在婚姻方面树立一个榜样；第二，我相信结婚会大大增进我的幸福；第三，这一点或许应该早一点提出来，我有幸奉为恩主的那位贵妇人特别劝嘱我要结婚。承蒙她老人家开恩，先后两次向我提出这方面的意见（而且还不是我请教她的！）。就在我离开亨斯福德的前一个星期六晚上，趁着玩四十张的间隙，詹金斯太太正在为德布尔小姐安放脚凳，她老人家对我说：‘柯林斯先生，你应该结婚了，像你这样的牧师应该结婚。好好选个对象。为了我，选个有身份的女人；为了你自己，选个能干管用的人，不求出身高贵，但是要会细水长流过日子。这就是我的意见。赶快找个这样的女人，把她带到亨斯福德，让我见见她。’亲爱的表妹，让我顺便说一声，凯瑟琳·德布尔夫人的关怀体贴，应该说是我的一大优越条件吧。你会发现她为人和蔼至极，真让我无法形容。我想，你的聪明活泼一定会讨她喜欢的，不过你在那种身份高贵的人面前，势必还会变得文静恭敬一些，这样她会越发喜欢你。以上就是我要结婚的主要意图。现在还要说明我为什么瞄准了朗伯恩，而没有看中自己家乡那一带，尽管我家乡那里有的是年轻可爱的姑娘。事情是这样的：令尊大人过世以后（不过他还能活许多年），他的财产将由我来继承，我心里实在过意不去，觉得只有娶他的一个女儿做妻室，等将来那不幸的事情发生的时候，你们的损失才可以减少到最低限度。当然，我刚才已经说过，这不幸也许要许多年以后才会发生。亲爱的表妹，这就是我的动机，我看你总不至于因此而瞧不起我吧。现在我没有其他话要说了，只想用最激动的语言，向你倾诉一下我最炽烈的感情。说到财产问题，我完全无所谓，不会向令尊提出这方面的要求，因为我很清楚，提了他也满足不了。你名下应得的财产，只不过是一笔年息四厘的一千镑存款，还得等令堂去世以后才能归你所有。因此，在这个问题上，我将绝口不提。而且请你放心，我们结婚以后，我决不会小里小气地发一句怨言。”

现在非得打断他不可了。

“你太性急了吧，先生！”伊丽莎白叫了起来，“你忘了我根本没回答你呢。别再浪费时间啦，让我这就回答你。谢谢你对我的恭维。你的求婚使我感到荣幸，可惜我除了拒绝之外，别无办法。”

“我早就知道，”柯林斯先生刻板地挥挥手，回答道，“年轻小姐遇到人家第一次求婚，即使心里想答应，嘴里总是要拒绝，有时候还要拒绝两次，甚至三次。因此，你刚才说的话决不会叫我灰心，我希望不久就能把你领到教堂举行婚礼。”

“说实在话，先生，”伊丽莎白嚷道，“我已经表了态，你还抱着希望，真是太奇怪了。老实跟你说，如

It is usual with young ladies to reject the addresses of the man whom they secretly mean to accept, when he first applies for their favour.

* 年轻小姐遇到人家第一次求婚，即使心里想答应，嘴里总是要拒绝。

果天下真有些年轻小姐那么胆大，居然拿着自己的幸福去冒险，等着人家提出第二次请求，那我也不是这种人。我是郑重其事地拒绝你。你不可能使我幸福，而且我相信，我也绝对不可能使你幸福。再说，假使你的朋友凯瑟琳夫人认识我的话，我相信她会发觉，我无论哪方面都不配做你太太。”

“即便凯瑟琳夫人真会这么想，”柯林斯先生一本正经地说，“不过我想她老人家决不会看不中你。你尽管放心，我下次有幸见到她的时候，一定要好好夸赞一下你的贤淑、节俭以及其他种种可爱的优点。”

“说真的，柯林斯先生，对我的任何夸赞都是没有必要的。你应该允许我自己来判断，并且赏个脸，相信我说的话。我希望你生活美满、财运亨通，我拒绝你的求婚，就是竭力成全你。而你呢，既然向我提出了求婚，对我家里也就不用感到过意不去了，将来朗伯恩庄园一旦落到你手里，你也就可以受之无愧了。因此，这件事就算彻底了结了。”她一面说，一面立起身来，若不是柯林斯先生向她说出下面的话，她早就走出屋了：

“等我下次有幸跟你再谈起这个问题时，希望你给我的回答能比这次的令人满意些。我这次并不责怪你冷酷无情，因为我知道，你们女人照惯例总是拒绝男人的第一次求婚，你刚才说的话也很符合女性的微妙性格，足以鼓励我继续追求下去。”

“你听着，柯林斯先生，”伊丽莎白有些气恼，便大声叫道，“你太让我莫名其妙了。我把话说到这个地步，你还觉得是在鼓励你，那我真不知道怎么拒绝你，才能让你死了这条心。”

“亲爱的表妹，请允许我说句自信的话：你拒绝我的求婚，不过照例说说罢了。我之所以会这样想，主要有这样几条理由：我觉得，我的求婚总不至于不值得你接受。我的家产总不至于让你无动于衷。我的社会地位，我与德布尔府上的关系，以及与贵府的关系，都是我极为优越的条件。你还得进一步考虑一下：尽管你有许多吸引人的地方，可不见得会有人再向你求婚。你不幸财产太少，这就很可能把你活泼可爱的地方全抵消掉。因此，我不得不断定：你并不是真心拒绝我，我看你是在仿效优雅女性的惯技，欲擒故纵，想要更加博得我的喜爱。”

“我向你保证，先生，我绝没有假充优雅，故意作弄一位堂堂的绅士。我倒希望你给我点儿面子，相信我说的是真心话。蒙你不弃，向我求婚，真叫我感激不尽，但是要我接受，那是绝对办不到的。我感情上绝对不许可。难道我说得还不明白吗？请你别把我当作一个优雅的女性，存心想要作弄你，而把我看作一个明白事理的人，说的全是真心话。”

“你始终都那么可爱！”柯林斯先生带着尴尬讨好的神气叫道，“我相信，只要令尊令堂做主应承了我，我的求婚就决不会遭到拒绝。”

柯林斯死皮赖脸地硬要自欺欺人，伊丽莎白也就懒得再去理他，赶忙悄悄走开了。她打定了主意：假若他定要把她的一再拒绝视为讨好与鼓励，那她就只得去求助于父亲，让父亲回绝他，父亲一定会说得斩钉截铁；至少，由父亲出面，总不至于被当作优雅女性的装腔作势和卖弄风情吧。

为了爱情，还是金钱？[1]

For Love or Money？

“什么！范妮病了？”

“我当时也是这么说的，亲爱的。‘天哪！’我说，‘达什伍德夫人病了？’接着，全都真相大白了。据我了解，事情大概是这样的：爱德华·费拉斯先生，也就是我常常拿来取笑你的那位少爷（不过我很高兴，事实证明这些玩笑毫无根据），看来，这位爱德华·费拉斯先生与我表侄女露西订婚已经一年多了！亲爱的，你的机会来啦！除了南希，别人居然一无所知！你能相信会有这种事吗？他们两人相爱，这倒不奇怪。但

1. 节选自《理智与情感》第三卷第一、五章。——编者注

是事情闹到这个地步，竟然没有引起任何人的猜疑，这也就怪啦！我从来没有看见他们在一起过，不然我肯定马上就能看出苗头。你瞧，他们由于害怕费拉斯太太，就绝对保守秘密，一直没有引起他母亲和你哥嫂的丝毫怀疑。直到今天早晨，可怜的南希，你知道她本是个好心人，可就是没长心眼，一股脑儿全给捅出来了。'天哪！'她自言自语地说，'她们都这么喜欢露西，将来肯定不会从中刁难啦。'说罢，赶忙跑到你嫂子跟前。你嫂子正独自一个人坐在那儿织地毯，压根儿没想到会出什么事——她五分钟前还在对你哥哥说，她想让爱德华和某某勋爵的女儿配成一对，我忘了是哪位勋爵。因此你可以想象，这对你嫂子的虚荣心和自尊心是多么沉重的打击。她顿时歇斯底里大发作，一个劲儿地尖声叫喊。你哥哥坐在楼下梳妆室里，想给他乡下的管家写封信，听到尖叫声，飞身上楼。随即发生了一个可怕的情景，因为当时露西正好来了，她一点儿也不知道出了什么事。可怜的人儿！我真可怜她。应该说，我认为她受到了十分无情的对待；因为你嫂子发狂似的破口大骂，露西当即昏厥过去。南希跪在地上，失声痛哭。你哥哥在房里踱来踱去，说他不知道该怎么办。达什伍德夫人宣称，她们想在她家多待一分钟也不行，你哥哥被迫也跪倒在地，求她允许她们收拾好衣物再走。于是，你嫂子歇斯底里又发作起来，你哥哥吓坏了，派人去请多纳万先生。多纳万先生发现他家简直闹翻了天。马车停在门口，准备送走我那可怜的表侄女。她们正上车的时候，多纳万先生正好下车。他说可怜的露西处于这种状况，哪里还走得了路；还有南希，情况几乎一样糟。跟你明说吧，我无法容忍你嫂子，衷心希望，他们能不顾她的反对，结成良缘。天哪！可怜的爱德华先生要是听说了，他会多么焦虑不安啊！自己心爱的人竟然受到如此的虐待！人们都说他极其喜欢露西，这倒是很可能的。他要是勃然大怒起来，我才不会感到奇怪呢！多纳万先生也有同感。他和我对这件事谈论了很多。好在他又回到了哈利街，等费拉斯太太得知了这件事，他也好随叫随到。原来，我表侄女一走，他们就派人去叫费拉斯太太，你嫂子认为她肯定也会歇斯底里发作。她也许会吧，不过不关我的事，她们两人我一个也不可怜，我真不知道人会为金钱和门第而这样大吵大闹。根本没有理由不让爱德华先生娶露西。

我想费拉斯太太对她儿子一定会尽到做母亲的责任。露西虽说没有多少财产，但是她比谁都善于勤俭持家。费拉斯太太哪怕一年只给儿子五百镑，露西也许能像别人拿八百镑搞得一样体面。天哪！他们可以舒舒服服地住在你们那样的乡舍里——或许稍大一点——雇两个女仆、两个男仆。我想我还可以帮助他们物色一个女仆，因为我的贝蒂有个妹妹没事干，去当个女仆正合适。”

詹宁斯太太说到这里停住了。埃丽诺也就有了足够的时间定定心，因而还能像人们预料中这种事通常会引起的反应那样，做出了寻常的回答，谈了点寻常的看法。她高兴地发现，詹宁斯太太并没怀疑她对此事特别感兴趣。而且像她最近常常希望的那样，这位太太不再认为她还眷恋着爱德华。而最使她感到高兴的是，因为玛丽安不在场，她觉得自己完全可以不露窘态地谈论这件事，并且认为，对于与此事有关的每个人的行为，完全可以不抱任何偏见地做出判断。

到底如何预期事情的结局，她简直捉摸不定，虽然她千方百计地想打消这样的念头，即事情不是以爱德华和露西的结婚告终，而可能出现别的结局。她急切地想知道费拉斯太太会怎么说、怎么办，尽管这本是无可怀疑的事情。她还更加急切地想知道爱德华会如何表现。对于他，她深感同情；对于露西，她只有一点点同情——而这一点点同情还是她好不容易从心窝里挤出来的；对于有关的其他人，她丝毫也不同情。

由于詹宁斯太太没有别的事情好谈，埃丽诺很快意识到，有必要使玛丽安做好谈论这件事的思想准备。不能再蒙骗她了，要立即向她说明事实真相，尽力使她在听别人谈论的时候，不要露出为姐姐担忧、对爱德华不满的神情。

埃丽诺要做的是件痛苦的事情。她将搞掉的，她确信是她妹妹的主要精神慰藉——详细叙说一下爱德华的情况，这恐怕会永远毁坏她对他的良好印象。另外，在玛丽安看来，她们姐妹俩的遭遇极其相似，这也会重新勾起她自己的失望情绪。但是，尽管事情令人不快，还得照办不误，于是埃丽诺赶忙执行任务去了。

她绝不想多谈她自己的情感，不想多谈她自己如何痛苦，因为她从第一次获悉爱德华订婚以来所采取的克制态度，可以启迪玛丽安怎么办才比较现实。她说得简单明了，虽说没法儿做到不动感情，但她还是没有过于激动、过于悲伤。做此反应的倒是听的人，因为玛丽安惊骇地听着，痛哭不止。埃丽诺反倒成了别人的安慰者：妹妹痛苦的时候她要安慰她，她自己痛苦的时候她还得安慰她。她甘愿主动地安慰她，一再保证说她心里很坦然，并且苦口婆心地替爱德华开脱罪责，只承认他有些轻率。

但是，玛丽安眼下不肯相信那两个人。爱德华好像是第二个威洛比。她像埃丽诺一样，明知她曾经真心实意地爱过他，这怎么能叫她心里感到好受呢！至于露西·斯蒂尔，她认为她一点儿也不和蔼可亲，根本不可能让哪个有头脑的男人爱上她。因此，爱德华先前倾心于她，她始而说什么也不肯相信，继而又说什么也无法谅解。她甚至不愿承认这本是很自然的事情。埃丽诺只好让她通过对世人的进一步了解，来认识事情的必然性，只有这样才能使她信服。

埃丽诺在第一次交谈中，只谈到订婚这件事以及订婚了多长时间。这时玛丽安心里实在忍受不了，打断了姐姐有条不紊的详细叙述。一时间，埃丽诺只能设法减轻她的痛苦，使她不要那么大惊小怪、满腹怨恨。玛丽安提出的第一个问题又引出了更多的细枝末节：

“埃丽诺，这个情况你知道有多久了？他给你写过信没有？”

“我知道有四个月了。露西去年十一月初次来巴顿庄园时，私下告诉我她订婚了。”

听了这话，玛丽安嘴里没说，目光里却流露出十分惊讶的神气。她诧异地顿了顿，然后惊叹道：

“四个月！这事你已知道四个月啦？”

埃丽诺肯定了这一点。

“什么！我遭到不幸你来照料我的时候，原来自己也有这种伤心事儿？而我还责备你快活呢！”

“当时还不便于让你知道实际情况恰恰相反！”

“四个月！”玛丽安又一次嚷道，“这么镇定！这么乐观！你怎么忍得住啊？”

“我觉得我在尽我的本分。我向露西许诺过，一定要保守秘密。因此，我要向她负责，不能透露一点风声；我还要向我的亲友负责，不让他们为我担忧，我无法告诉他们事实真相。”

玛丽安似乎大为感动。

“我常想别再让你和母亲蒙在鼓里，”埃丽诺接着说，“我试过一两次，但是，要想让你们相信，我势必要违背自己的诺言。”

“四个月！而你还爱着他！”

“是的。当时，我不单单爱他，还生怕引起亲友的不安，宁愿不让大家知道我有多么难过。现在，无论想起这件事，还是谈起这件事，我都可以做到无动于衷。我不想让你们为我受苦，我可以向你保证，我已经不再过于悲痛了。我有很多可以聊以自慰的地方。我知道，这次失意绝不是由于我自己的轻率引起的，而且我一直尽量忍着，没有宣扬出去。我还替爱德华开脱，认为他没有什么大不了的过错。我希望他非常幸福，确信他一贯很尽职，现在虽说可能有点悔恨，最终一定会幸福的。露西并不缺乏理智，这是造成美满姻缘的基础。无论如何，玛丽安，尽管有关对象专一、始终不渝的爱情的概念十分迷惑人；尽管人们可以说一个人的幸福完全依赖于某一个人，但是这并不意味应该如此——那是不恰当、不可能的。爱德华要娶露西。他要娶一个才貌胜过半数女性的女人。随着时间的推移、习性的改变，他以后会忘记，他曾经认为有人比她强。”

“如果你这样思考问题，”玛丽安说，“如果失去最珍贵的东西可以如此轻易地用别的东西加以弥补，那么你的坚韧不拔和自我克制也许就不足为怪了。这就让我更容易理解了。”

“我明白你的意思。你以为我一直无所谓似的。玛丽安，这四个月以来，这桩事一直压在我的心头，我不能随意向任何一个人倾诉。我知道，一旦向你和母亲做解释，非但不会让你们做好任何思想准备，反而会引起你们的极大痛苦。告诉我这件事的——而且是强迫我听的，就是先前同爱德华订过婚，毁了我一生前程的那个人。我觉得，她是带着扬扬得意的神气告诉我的。这人对我有疑心，我只好和她对着来，当她讲到我最感兴趣的地方，我偏偏装出似听非听的样子。这事还发生过不止一次，我要三番五次地听她叙说她如何满怀希望，如何欣喜若狂。我知道我与爱德华永远分手了，但是我没听到一桩事情使我觉得和他结合有什么不理想的，没有任何情况证明他不值得钟情；也没有任何情况表明他对我冷漠无情。我要顶住他姐姐的冷酷无情、他母亲的蛮横无理，吃尽了痴情的苦头，却没尝到什么甜头。而且你知道得一清二楚，这一切发生的时候，我还不单单遇到这一件不幸呢。如果你认为我还有感情的话，你现在当然会想象得到，我一直很痛苦。我现在考虑问题之所以头脑比较冷静，我也愿意承认自己得到了安慰，不过那都是一直拼命克制的结果。不是自发自生的，而且一开始也没有使我精神上感到宽慰。没有的，玛丽安。当时，我若不是必须保持缄默，也许无论什么事情——即使我对最亲密的朋友所承担的义务——也不可能阻止我公开表明我非常不幸。”

玛丽安被彻底说服了。

“噢！埃丽诺，”她嚷道，“你使我要痛恨自己一辈子。我对你太残忍啦！一向只有你在安慰我，我悲痛的时候你和我患难与共，就好像只是为我忍受痛苦似的！可我就这样感激你吗！难道这是我对你的唯一回报？你的好品格表现得如此明显，我却一直不当一回事。”

话音一落，接着便是一阵热烈的亲吻。她现在处于这种心情，任凭埃丽诺提出什么要求，她都会满口答应的。经姐姐要求，玛丽安保证决不带着丝毫苦相跟任何人谈论这件事；见到露西决不露出丝毫更加厌恶的神色；即使偶然见到爱德华本人，也要一如既往地热诚相待，决不能有任何怠慢。这是很了不起的退让。不过玛丽安一旦感到自己冤枉了别人，只要能弥补过失，叫她做什么她都在所不辞。

她恪守诺言，果然谨慎可嘉。詹宁斯太太在这个问题上不管怎么唠叨，她都不动声色地倾听着，从不表示一点儿异议，并且三次说道：“是的，太太。”她听她赞扬露西，只是身不由己地从一张椅子挪到另一张椅子上。詹宁斯太太谈到爱德华的一片深情时，她只不过喉头痉挛了一下。眼见妹妹表现得如此坚强，埃丽诺觉得自己也能经得起任何考验。

第二天早晨，她们的哥哥来访，给她们带来了进一步的考验。他带着极其严肃的表情，谈起了这桩可怕的事情，并且带来了他太太的消息。

“我想你们都听说了吧，”他刚刚坐定，便一本正经地说道，“我们家里昨天有个十分惊人的发现。”

她们看样子都表示同意。这似乎是个非常可怕的时刻，大家都噤若寒蝉。

“你们的嫂嫂，”他接着说，“痛苦极了。费拉斯太太也是如此——总之一句话，一幅十分悲惨的情景——不过，我希望这起风暴就会过去，别把我们任何人搞得狼狈不堪。可怜的范妮！她昨天歇斯底里了一整天。不过，我不想过于惊吓你们。多纳万说，没有什么大不了的，不必担忧，她体质好，又有毅力，怎么也顶得住。她以天使般的坚毅精神硬挺下来了！她说，她决不会再瞧得起任何人。这也难怪，她受了骗啊！她是那样厚待她们，那样信任她们，她们却这样忘恩负义。她是出自一片好心，才把这两位年轻小姐请到家里的。她之所以这样做，只是因为她觉得她们值得器重，都是天真无邪、规规矩矩的姑娘，可以成为愉快的伙伴。要不然，在你那位好心的朋友侍候女儿期间，我俩倒很想邀请你和玛丽安来家做客。现在可好，受到这种报答！可怜的范妮情深意切地说：'我打心眼里希望，我们当初请的是你妹妹，而不是她们。'"

他说到这里停住了，等着对方道谢。接受谢意之后，他又继续说下去。

"费拉斯太太真可怜，范妮第一次向她透露这个消息时，她那个痛苦劲儿，简直没法形容。本来，她怀着赤诚的慈爱之心，一直想给儿子安排一门最合适的婚事，哪想到他居然早就同另一个人秘密订了婚！她万万想不到会出这种事！假使她怀疑他已早有对象，那也不可能是那个人。她说：'对那个人，我本认为自己可以大胆放心的。'她痛心极啦。不过，我们一起商量了该怎么办，最后她决定把爱德华叫来，他来是来了，但是说起后来的事情，真叫人遗憾。费拉斯太太苦口婆心地动员他终止婚约，而且你完全可以想象，我和范妮也在帮着动员，我以理相劝，范妮一再恳求，可是徒劳无益。什么义务啊、感情啊，全被置之度外，我以前从没想到爱德华这么固执、这么无情。他假若娶了莫顿小姐，他母亲可有些慷慨的打算，并且都向他交了底：她说她要把诺福克的地产传给他，这宗地产用不着缴纳土地税，每年足有一千镑的进益。后来，眼看事情严重了，她甚至提出加到一千二百镑。与此相反，她还向他说明：如果他依然坚持要和那位出身低贱的女人结婚，那么婚后必然会陷入贫穷。她断言说：他自己的两千镑将是他的全部财产；她永远不要再见到他；她决不会给他一丝一毫的帮助；假如他捞到一个可望成为更好经济来源的职业，那她也要千方百计地阻止他飞黄腾达。”

玛丽安听到这里，顿时怒不可遏，两手啪地一拍，大声嚷道：“天哪！这可能吗？”

“玛丽安，”她哥哥回答道，“你完全有理由对他的顽固不化表示惊异，他母亲如此讲道理他都不听。你的惊叹是很自然的。”

玛丽安正要反驳，但又想起了自己的承诺，只好忍住。

“然而，”约翰继续说道，“一切规劝都没有效果。爱德华很少说话，说了几句，态度很坚决。别人怎么劝说，他也不肯放弃婚约。不管付出多大代价，他也要坚持到底。”

“这么说，”詹宁斯太太再也无法保持缄默了，便带着直率而诚挚的口气嚷道，“他这样做倒像个老实人。请恕我直言，达什伍德先生，他假若采取另外一套做法的话，我倒要把他看作无赖了。我和你一样，跟这件事多少有点关系，因为露西·斯蒂尔是我的表侄女。我相信天下没有比她更好的姑娘啦，谁也没有她更配嫁个好丈夫了。”

约翰·达什伍德大为惊讶。不过他性情文静，很少发火，从不愿意得罪任何人，特别是有钱人。因此，他丝毫不显气恼地答道：

“太太，我决不会有失敬重地议论你的哪位亲戚。露西·斯蒂尔小姐也许是个非常令人器重的年轻女子，但是你知道，目前这门亲事是不可能的。也许，能和她舅舅照应下的年轻人秘密订婚，而这位年轻人又是费拉斯太太这样一位特别有钱的女人的儿子，这总归有点异乎寻常。总而言之，詹宁斯太太，我并不想非难你所宠爱的任何人的行为。我们大家都祝她无比幸福。费拉斯太太的行为自始至终都不过分，每个认真负责的慈母在同样情况下，都会采取同样的处置办法。她表现得体面大方。爱德华已经做出了命运的抉择，我担心这是个错误的抉择。”

玛丽安发出一声叹息，表示了同样的担心。埃丽诺替爱德华感到痛心，他不顾母亲的威胁，硬要娶一个不会给他带来报偿的女人。

“先生，”詹宁斯太太说，“后来怎么样啦？”

“说起来真遗憾，太太，后来发生了极其不幸的决裂：爱德华被撵走了，他母亲永远不想再见到他。他昨天离开家，可是到哪儿去了，现在是否还在城里，我一概不得而知，因为我们当然不好打听啦。”

“可怜的年轻人！他将怎么办啊？”

“真的，怎么办啊，太太！想起来真叫人伤心。生来本是个享福的命！我无法想象还有比这更悲惨的境况。靠两千镑得到点儿利息——一个人怎么能靠这点儿钱生活！除此之外，他若不是因为自己傻，本来三个月后还可以每年享有两千五百镑的收入（因为莫顿小姐有三万镑的财产），考虑到这一点，我无法想象还有比这更悲惨的境况。我们大家都为他担心，加之我们完全没有能力帮助他，也就更为他担心。”

“可怜的年轻人！”詹宁斯太太嚷道，“我真欢迎他来我家吃住。我要是能见到他，就这么对他说。他现在还不该自食其力，住公寓、住旅馆。”

埃丽诺打心眼里感谢她如此关心爱德华，虽然关心的方式使她不禁感到好笑。

“朋友们都愿意帮助他，”约翰·达什伍德说，“他只要自己争气一些，现在也就会处于良好的境况，真是什么也不缺了。但在事实上，谁也帮不了他的忙。而且还有一个对他不利的情况，大概比什么都糟糕——他母亲怀着一种自然而然的心情，决定把那份地产立即传给罗伯特。本来，爱德华要是接受合理的条件，这份地产就是他的了。我今天早晨离开费拉斯太太时，她正在和她的律师商量这件事。”

“哎呀！”詹宁斯太太说，“那是她的报复。每个人都有自己的做法。不过我想，我不会因为一个儿子惹恼了我，就让另一个儿子坐享其成。”

玛丽安立起身，在房里踱来踱去。

“一个人眼看着本该属于自己的地产却被弟弟捞去，”约翰继续说道，“还有什么事情比这更叫人懊恼的？可怜的爱德华！我真心实意地同情他。”

就这么慷慨激昂地又说了一阵之后，约翰的访问便结束了。他一再向妹妹保证说，他确信范妮的病情没有什么大危险，因此她们不必过于担忧，说罢便走了出去。留下的三位太太小姐对当前这个问题倒取得了一致的看法，至少对费拉斯太太、达什伍德夫妇和爱德华的行为，看法是一致的。

约翰·达什伍德一走出房，玛丽安便气得大发雷霆，而她的发作又使埃丽诺不可能保持缄默，使詹宁斯太太没必要保持缄默，于是她们三人联合起来，把那伙人狠批了一通。

* * *

自从约翰·达什伍德走访伯克利街，已有一个多星期了。从那以后，大家除了口头上询问过一次以外，再也没有理会他妻子的病情，因而埃丽诺觉得有必要去探望她一次。然而，履行这种义务不仅违背她自己的心愿，而且也得不到她同伴的鼓励。玛丽安自己断然不肯去不说，还要拼命阻止姐姐去。詹宁斯太太虽然允许埃丽诺随时可以使用她的马车，但是她太厌恶约翰·达什伍德夫人了。即使很想看看她最近发现她弟弟的隐情之后是个什么样子，即使很想冲着她替爱德华打抱不平，却无论如何也不愿意再去见她。结果，埃丽诺只好单独前往，去进行一次她最不心甘情愿的走访，而且还冒着同一个女人私下对峙的危险，对于这个女人，其他两位女士都不像她那样有充分的理由感到深恶痛绝。

马车驶到屋前，仆人说达什伍德夫人不在家；但是没等马车驶开，她丈夫碰巧走了出来。他表示见到埃丽诺非常高兴，告诉她他刚准备去伯克利街拜访，还说范妮见到她定会十分高兴，邀请她快进屋去。

他们走上楼，来到客厅。里面没有人。

“我想范妮在她自己房里，”约翰说，“我就去叫她，我想她决不会不愿意见你——绝对不会。特别是现在，不会有什么——不过，我们一向最喜欢你和玛丽安。玛丽安怎么没来？”埃丽诺尽量给妹妹找了个借口。

“我想单独见见你也好，”约翰回答说，“因为我有许多话要对你说。布兰登上校的这个牧师职位——这能是真的吗？他真的赠给了爱德华？我是昨天偶然听说的，正想去你那儿再打听一下。”

“这是千真万确的。布兰登上校把德拉福的牧师职位送给了爱德华。”

“真的！哦，真叫人吃惊！他们既不沾亲带故，又没有什么交往！再加上牧师的薪俸又那么高！给他多少钱？”

“一年大约两百镑。”

“不错嘛——至于给继任牧师那个数额的俸禄——假定在已故牧师年老多病，牧师职位马上就要出现空缺的时候就推举，那他也许能得到一千四百镑。但他为什么不在老牧师去世前就把这桩事料理好呢？现在嘛，确实为时太晚了，再推销就难办了，可是布兰登上校是个聪明人啊！我感到奇怪，在这么平平常常的一件事情上，他竟然这么没有远见！不过我相信，几乎每个人的性情都是变化无常的。经过考虑，我觉得情况很可能是这样的：爱德华只是暂时担任这个职务，等上校把圣职卖给的那个人长大了，再正式交给他。是的，是的，就是这么回事，请相信我好啦。”

可是，埃丽诺断然对此加以反驳。她说她受布兰登上校的委托，负责向爱德华转告这项举荐，因而应该是了解赠送条件的。她哥哥见她说得有根有据，只好折服。

“这事确实令人惊讶！”约翰听了她的话后嚷道，“上校的用心何在呢？”

“用心很简单——想帮助费拉斯先生。”

“好啦，好啦，不管布兰登上校怎么样，爱德华还是个非常幸运的人！不过，你别向范妮提起这件事。虽然我已经向她透露过，她也能泰然处之，但她总是不喜欢听人说来说去的。”

埃丽诺听到这里，好不容易才忍住没说出这话：她认为范妮若是真的听说她弟弟发了财，倒会泰然处之，因为这样一来，她和她的孩子便不会受穷了。

“现在，”约翰接着说，声音压得很低，以便适宜于这样一个重要话题，“费拉斯太太还不知道这件事，我想最好彻底瞒着她，能瞒多久就瞒多久。他们一结婚，恐怕她就全知道了。”

“可是为什么要这么小心谨慎呢？本来，谁也不认为费拉斯太太会对她儿子有足够的钱维持生活感到满意，因为那根本不可能。鉴于她最近的所作所为，为什么还要期望她会有什么感情呢？她已经和她儿子断绝了关系，永远抛弃了他，还迫使她可以左右的那些人也都抛弃了他。的确，她做出这种事情之后，你就不能设想她会为爱德华而感到悲伤或喜悦——她不可能对爱德华遇到的任何事情发生兴趣。她并不是个精神脆弱的人，连孩子的安适都不顾了，还会感到做母亲的不安？”

“啊！埃丽诺，”约翰说，“你这个道理讲得很好，但那是建立在不懂人类天性的基础上。等到爱德华举办他那不幸的婚事的时候，保险他母亲会觉得像是从没抛弃他似的。因此，可能促进那起可怕事件的每个情况，都得尽量瞒着她。费拉斯太太绝不会忘记爱德华是她的儿子。”

“你真使我吃惊。我倒是认为，到这时候，她一定忘得差不多一干二净了。”

“你完全冤枉了她。费拉斯太太是天下最慈爱的一位母亲。”

埃丽诺默然不语。

“我们现在正在考虑，”达什伍德先生停了片刻，然后说，“让罗伯特娶莫顿小姐。”

埃丽诺听到她哥哥那一本正经、果决自负的口气，不禁微微一笑，一面镇静地答道：

“我想，这位小姐在这件事上是没有选择权的。”

“选择权！你这是什么意思？”

“照你的说法推想，莫顿小姐不管嫁给爱德华还是嫁给罗伯特，反正都是一个样，我就是这个意思。”

“当然，是没有什么区别，因为罗伯特实际上要被视为长子了。至于说到别的方面，他们都是很讨人喜欢的年轻人——我也说不上一个就比另一个强。”

埃丽诺没再说话，约翰也沉默了一会儿。他最后谈出了这样的看法：

“有一件事，亲爱的妹妹，”他亲切地握住她的手，悄声低语地说道，“我可以告诉你，而且我也愿意告诉你，因为我知道这一定会使你感到高兴。我有充分的理由认为——的确，我是从最可靠的来源得到的消息，不然我就不会再重复了，因为否则的话，就什么也不

‘The lady, I suppose, has no choice in the affair.’ ‘Choice! – how do you mean?’

* “我想，这位小姐在这件事上是没有选择权的。”
“选择权！你这是什么意思？”

该说——不过我是从最可靠的来源得到的消息——我倒不是确确实实地听见费拉斯太太亲口说过，但是她女儿听到了，我是从她那儿听来的——总而言之，有那么一门亲事——你明白我的意思，不管它有什么缺陷，却会更合费拉斯太太的心意，也远远不会像这门亲事那样给她带来这么多的烦恼。我很高兴地听说费拉斯太太用这种观点考虑问题——你知道，这对我们大家是一个十分可喜的情况。'两害相权取其轻，'她说，'这本来是无法比较的，我现在决不肯弃轻取重。'然而，那事是根本不可能的——想也不要想，提也不要提。至于说到感情，你知道——那绝不可能——已经全部付诸东流了。但是，我想还是告诉你，我知道这一定会使你感到非常高兴。亲爱的埃丽诺，你没有任何理由感到懊悔。你无疑是极其走运的——通盘考虑一下，简直同样理想，也许更加理想。布兰登上校最近和你在一起过吗？”

爱人的坚贞[1]

The Constancy of Lovers

哈维尔舰长的确是一句话也没听见，现在离开座位，走到窗口，安妮似乎是在注视他，虽说这完全是心不在焉造成的。她渐渐注意到，哈维尔舰长在请她到他那儿去。只见他笑嘻嘻地望着自己，脑袋略微一点，意思是说，“到我这儿来，我有话对你说。”他的态度真挚大方，和蔼可亲，好像早就是老朋友似的，因而显得更加盛情难却。安妮立起身来，朝他那儿走去。哈维尔舰长伫立的窗口位于屋子的一端，两位夫人坐在另一端，虽说距离温特沃思舰长的桌子近了些，

1. 节选自《劝导》第二卷第十一章。——编者注

但还不是很近。当安妮走至他跟前时，哈维尔舰长的面部又摆出一副认真思索的表情，看来这是他脸上的自然特征。

“你瞧，”他说，一面打开手里的一个小包，展示出一幅小型画像，“你知道这是谁吗？”

“当然知道，是本威克舰长。”

“是的。你猜得出来这是送给谁的。不过，”哈维尔带着深沉的语气说，“这原先可不是为她画的。埃利奥特小姐，你还记得我们一起在莱姆散步，心里为他忧伤的情景吗？我当时万万没有想到——不过那无关紧要。这像是在好望角画的。他早先答应送给我那可怜的妹妹一幅画像，在好望角遇到一位很有才华的德国年轻画家，就让他画了一幅，带回来送给我妹妹。我现在却负责让人把像装帧好，送给另一个人！这事偏偏委托给我！不过他还能委托谁呢？我希望我能谅解他。把画像转交给另一个人，我的确不感到遗憾。他要这么干的。”他朝温特沃思舰长望去，“他正在为此事写信呢。”最后，他嘴唇颤抖地补充说，“可怜的范妮！她可不会这么快就忘记他！”

“不会的，”安妮带着低微而感慨的声音答道，“这我不难相信。”

“她不是那种性格的人。她太喜爱他了。”

“但凡真心相爱的女人，谁都不是那种性格。”

哈维尔舰长莞尔一笑，似乎是说：“你为你们女人打这个包票？”安妮同样嫣然一笑，答道：“是的。我们对你们当然不像你们对我们忘得那么快。也许，这与其说是我们的优点，不如说是命该如此。我们实在没有办法。我们关在家里，生活平平淡淡，总是受到感情的折磨。你们男人不得不劳劳碌碌的。你们总有一项职业，总有这样那样的事务，马上就能回到世事当中，不停的忙碌与变更可以削弱人们的印象。”

“就算你说得对（可我不想假定你是对的），认为世事对男人有这么大的威力，见效这么快，可是这并不适用于本威克。他没有被迫劳劳碌碌的。当时天下太平了，他回到岸上，从此便一直同我们生活在一起，生活在我们家庭的小圈子里。”

“的确，”安妮说道，“的确如此。我没有想到这一点。不过，现在该怎么说呢，哈维尔舰长？如果变化不是来自外在因素，那一定是来自内因。一定是本性，男人的本性帮了本威克舰长的忙。”

“不，不，不是男人的本性。对自己喜爱或是曾经喜爱过的人朝三暮四，甚至忘情，我不承认这是男人的而不是女人的本性。我认为恰恰相反。我认为我们的身体和精神状态是完全一致的。因为我们的身体更强壮，我们的感情也更强烈，能经得起惊涛骇浪的考验。”

“你们的感情可能更强烈，”安妮答道，“但是本着这身心一致的精神，我可以这样说，我们的感情更加温柔。男人比女人强壮，但是寿命不比女人长，这就恰好说明了我们对他们的感情的看法。要不然的话，你们就会受不了啦。你们要同艰难、困苦和危险做斗争。你们总是在艰苦奋斗，遇到种种艰难险阻。你们离开了家庭、祖国和朋友。时光、健康和生命都不能说是你们自己的。假如再具备女人一样的情感，”她声音颤抖地说，“那就的确太苛刻了。”

“在这个问题上，我们的意见永远不会一致，”哈维尔舰长刚说了个话头，只听“啪”的一声轻响，把他们的注意力吸引到温特沃思舰长所在的地方，那里迄今为止一直是静悄悄的。其实，那只不过是他的笔掉到了地上，可是安妮惊奇地发现，他离她比原来想象的要近。她有点儿怀疑，他之所以把笔掉到地上，只是因为他在注意他们俩，想听清他们的话音，可安妮觉得，他根本听不清。

“你的信写好了没有？”哈维尔舰长问道。

“没全写好，还差几行。再有五分钟就完了。”

“我这儿倒不急。只要你准备好了，我也就准备好了。我处在理想锚地[1]，”他对安妮粲然一笑，“供给充足，百无一缺。根本不急于等信号。哦，埃利奥特小姐。”他压低声音说，“正如我刚才所说的，我想在这一点上，我们永远不会意见一致。大概没有哪个男人和哪个女人会取得一致。不过请听我说，所有的历史记载都与你的观点背道而驰——所有的故事、散文和韵文。假如我有本威克那样的记忆力，我马上就能引出五十个事例，来证实我的论点。我想，我生平每打开一本书，总要说到女人的朝三暮四。所有的歌词和谚语都谈到女人的反复无常。不过你也许会说，那都是男人写的。”

“也许我是要这么说。是的，是的，请你不要再引用书里的例子。男人比我们具有种种有利条件，可以

1. 海军诙谐语，说明哈维尔舰长对自己当时的处境十分满意。

讲述他们的故事。他们受过比我们高得多的教育，笔杆子握在他们手里。我不承认书本可以证明任何事情。”

“可我们如何来证明任何事情呢？”

“我们永远证明不了。在这样一个问题上，我们永远证明不了任何东西。这种意见分歧是无法证明的。我们大概从一开头就对自己同性别的人有点儿偏心。基于这种偏心，便用发生在我们周围的一起起事件，来为自己同性别的人辩护。这些事件有许多（也许正是那些给我们的印象最深刻），一旦提出来，就势必要吐露一些隐衷，或者在某些方面说些不该说的话。”

“啊！”哈维尔舰长以深有感触的语调大声叫道，“当一个人最后看一眼自己的老婆孩子，眼巴巴地望着把他们送走的小船，直到看不见为止，然后转过身来，说了声：‘天晓得我们还会不会再见面！’我真希望能使你理解，此时此刻他有多么痛苦啊！同时，我真希望让你知道，当他再次见到老婆孩子时，心里有多么激动啊！当他也许离别了一年之后，终于回来了，奉命驶入另一港口，他便盘算什么时候能把老婆孩子接到身边，假装欺骗自己说：‘他们要到某某日才能到达。’可他一直在希望他们能早到十二小时，而最后看见他们还早到了好多小时，犹如上帝给他们插上了翅膀似的，他心里有多么激动啊！我要是能向你说明这一切，说明一个人为了他生命中的那些宝贝疙瘩，能够承受多大的磨难，做出多大的努力，而且以此为荣，那该有多好！你知道，我说的只是那些有心肠的人！”说着，激动地按了按自己的心。

“哦！”安妮急忙嚷道，“我希望自己能充分理解你的情感，理解类似你们这种人的情感。我决不能低估我的同胞热烈而忠贞的感情。假如我胆敢认为只有女人才懂得坚贞不渝的爱情，那么我就活该受人鄙视。不，我相信你们在婚后生活中，能够做出种种崇高而美好的事情。我相信你们能够做出一切重大努力，能够为家人百般克制，只要你们心里有个目标——如果我可以这样说的话。我是说，只要你们的恋人还活着，而且为你们活着。我认为我们女人的长处（这不是个令人羡慕的长处，你们不必为之垂涎），就在于她们对于自己的恋人，即便人不在世，或是失去希望，也能天长日久地爱下去！”

一时之间，她再也说不出一句话了，只觉得心里百感交集，气都快透不出来了。

“你真是个贤惠的女人，”哈维尔舰长叫道，一面十分亲热地把手搭在她的胳臂上，“没法儿同你争论。况且我一想起本威克，就无话可说了。”

这时，他们的注意力被吸引到众人那里。克罗夫特夫人正在告辞。

“弗雷德里克，我想我俩要分手啦，”她说，“我要回家，你和朋友还有事干。今晚我们大家要在你们的晚会上有幸再次相会。”她转向安妮，“我们昨天接到你姐姐的请帖，我听说弗雷德里克也接到了请帖，不过我没见到。弗雷德里克，你是不是像我们一样，今晚有空去呢？”

温特沃思舰长正在急急忙忙地叠信，不是顾不得，就是不愿意充分回答。

“是的，”他说，“的确如此。你先走吧，哈维尔和我随后就来。这就是说，哈维尔，你要是准备好了，我再有半分钟就完了。我知道你想走，我再过半分钟就陪你走。”

克罗夫特夫人告辞了。温特沃思舰长火速封好信，他的的确确忙完了，甚至露出一副仓促不安的神气，表明他一心急着要走。安妮有些莫名其妙。哈维尔舰长十分亲切地向她说了声："再见，愿上帝保佑你！"可温特沃思舰长却一声不响，连看都不看一眼，就这样走出屋去！

安妮刚刚走近他先前伏在上面写信的那张桌子，忽听有人回屋的脚步声。房门打开了，回来的正是温特沃思舰长。

他说请原谅，他忘了拿手套，当即穿过屋子，来到写字台跟前，背对着默斯格罗夫太太，从一把散乱的信纸底下抽出一封信，放在安妮面前，用深情、恳切的目光凝视了她一下，然后匆匆拾起手套，又走出了屋子，搞得默斯格罗夫太太几乎不知道他回来过，可见动作之神速！

霎时间，安妮心里引起的变化简直无法形容。明摆着，这就是他刚才匆匆忙忙在折叠的那封信，收信人为"安·埃利奥特小姐"，字迹几乎辨认不清。人们原以为他仅仅在给本威克舰长写信，不想他还在给她安妮写信！安妮的整个命运全系在这封信的内容上了。什么情况都有可能出现，而她什么情况都可以顶得住，就是等不及要看个究竟。默斯格罗夫太太正坐在自己的桌前，忙着处理自己的一些琐事，因此不会注意安妮在干什么，于是她一屁股坐进温特沃思舰长坐过的椅子，伏在他方才伏案写信的地方，两眼贪婪地读起信来：

我再也不能默默地倾听了。我必须用我力所能及的方式向你表明：你的话刺痛了我的灵魂。我是半怀着痛苦，半怀着希望。请你不要对我说：我表白得太晚了，那种珍贵的感情已经一去不复返了。八年半以前，我的心几乎被你扯碎了，现在我怀着一颗更加忠于你的心，再次向你求婚。我不敢说男人比女人忘情快，绝情也快。我除了你之外没有爱过任何人。我可能不够公平，可能意志薄弱，满腹怨恨，但是我从未见异思迁过。只是为了你，我才来到了巴思。我的一切考虑、一切打算，都是为了你一个人。你难道看不出来吗？你难道不理解我的心意吗？假如我能摸透你的心思（就像我认为你摸透了我的心思那样），我连这十天也等不及的。我简直写不下去了。我时时刻刻都在听到一些使我倾倒的话。你压低了声音，可是你那语

You pierce my soul. I am half agony, half hope. Tell me not that I am too late . . . I offer myself to you again with a heart even more your own.

* 你的话刺痛了我的灵魂。我是半怀着痛苦，半怀着希望。请你不要对我说：我表白得太晚了……现在我怀着一颗更加忠于你的心，再次向你求婚。

气别人听不出，我可辨得清。你真是太贤惠，
太高尚了！你的确对我们做出了公正的评价。
你相信男人当中也存在着真正的爱情与忠贞。
请相信我最炽烈、最坚定不移的爱情。

弗·温

我对自己的命运捉摸不定，只好走开。不过我要尽快回到这里，或者跟着你们大家一起走。一句话、一个眼色，便能决定我今晚是到你父亲府上，还是永远不去。

读到这样一封信，心情是不会马上平静下来的。假若单独思忖半个钟头，倒可能使她平静下来。可是仅仅过了十分钟，她的思绪便被打断了，再加上她的处境受到种种约束，心里不可能得到平静。相反，每时每刻都在增加她的激动不安。这是无法压抑的幸福。她满怀激动的头一个阶段还没过去，查尔斯、玛丽和亨丽埃塔全都走了进来。

她不得不竭力克制，想使自己恢复常态。可是过了一会儿，她再也坚持不下去了。别人说的话她一个字也听不进去，迫不得已，只好推说身体不好，请求

原谅。这时，大家看得出来她气色不好——不禁大吃一惊，深为关切——可是她不动，他们说什么也不能走。这可糟糕透了！这些人只要一走，让她一个人待在屋里，她倒可能恢复平静。可他们一个个立在她周围，等候着，真叫她心烦意乱。她无可奈何，便说了声要回家。

“好的，亲爱的，”默斯格罗夫太太叫道，“赶紧回家，好好休息一下，晚上好能参加晚会。要是萨拉在这儿就好了，可以给你看看病，可惜我不会看。查尔斯，拉铃要台轿子。安妮小姐不能走着回去。”

但是，她无论如何也不能坐轿子。那比什么都糟糕！她若是独个儿静悄悄地走在街上，她觉得几乎肯定能遇到温特沃思舰长，可以同他说几句话，她说什么也不能失去这个机会。安妮诚恳地说她不要乘轿子，默斯格罗夫太太脑子里只想到一种病痛，便带着几分忧虑地自我安慰说：这次可不是摔跤引起的，安妮最近从没摔倒过，头上没有受过伤。她百分之百地肯定她没摔过跤，因而能高高兴兴地与她分手，相信晚上准能见她有所好转。

安妮唯恐有所疏忽，便吃力地说道：

“太太，我担心这事没有完全理解清楚。请你告诉另外几位先生，我们希望今晚见到你们所有的人。我担心出现什么误会，希望你特别转告哈维尔舰长和温特沃思舰长，就说我们希望见到他们二位。”

“哦！亲爱的，我向你担保，这大家都明白。哈维尔舰长是一心一意要去的。”

“你果真这样认为？可我有些担心。他们要是不去，那就太遗憾了！请你答应我，你再见到他们的时候，务必说一声。你今天上午想必还会见到他们俩的。请答应我。”

“既然你有这个要求，我一定照办。查尔斯，你不管在哪儿见到哈维尔舰长，记住把安妮小姐的话转告他。不过，亲爱的，你的确不需要担心。我敢担保，哈维尔舰长肯定要光临的。我敢说，温特沃思舰长也是如此。”

安妮只好就此作罢。可她总是预见会有什么闪失，给她那万分幸福的心头泼上一瓢冷水。然而，这个念头不会持续多久。即使温特沃思舰长本人不来卡姆登街，她完全可以托哈维尔舰长捎个明确的口信。

霎时间，又出现了一件令人烦恼的事情。查尔斯出于真正的关心和善良的天性，想要把她送回家，怎么阻拦也阻拦不住。这简直是无情！可她又不能一味不知好歹。查尔斯本来要去一家猎枪店，可他为了陪安妮回家，宁可不去那里。于是安妮同他一起出发了，表面上装出一副十分感激的样子。

两人来到联盟街，只听到后面有急促的脚步声，这声音有些耳熟，安妮听了一阵以后，才见到是温特沃思舰长。他追上了他们俩，但仿佛又有些犹豫不决，不知道该陪着他们一起走，还是超到前面去。他一声不响——只是看着安妮。安妮能够控制自己，可以任他那样看着，而且并不反感。这时，这两人，一个原本苍白的面孔现在变得绯红，另一个的动作也由踌躇不决变得果断起来。温特沃思舰长在她旁边走着。过了一会儿，查尔斯突然兴起了一个念头，便说：

“温特沃思舰长，你走哪条路？是去盖伊街，还是再往前走？”

“我也不知道。”温特沃思舰长诧异地答道。

“你是不是要爬到贝尔蒙特那么高的地方？是不是要走近卡姆登街？如果是这样的话，我将毫不犹豫地要求你代我把安妮小姐送回家。她今天上午太疲乏了，走这么远的路没有人伴送可不行。我得到市场街那个家伙的家里。他有一支顶呱呱的枪马上就要发货，答应给我看看。他说他要等到最后再打包，以便让我瞧瞧。我要是现在不往回走，就没有机会了。从他描绘的来看，很像我的那支二号双管枪，就是你有一天拿着在温思罗普附近打猎的那一支。”

这不可能遭到反对。在公众看来，只能见到温特沃思舰长极有分寸、极有礼貌地欣然接受了。他收敛起笑容，心里暗中却欣喜若狂。过了半分钟，查尔斯又回到了联盟街街口，另外两个人继续一道往前走。不久，他们经过商量，决定朝比较僻静的砾石路走去。在那里，他们可以尽情地交谈，使眼下成为名副其实的幸福时刻，当以后无比幸福地回忆他们自己的生活时，也好对这一时刻永志不忘。于是，他们再次谈起了他们当年的感情和诺言，这些感情和诺言一度曾使一切都显得万无一失，但是后来却使他们分离疏远了这么多年。谈着谈着，他们又回到了过去，对他们的重新团聚也许比最初设想的还要喜不自胜；他们了解了彼此的品格、忠心和情意，双方变得更加亲切，更加忠贞，更加坚定，同时也更能表现出来，更有理由表现出来。最后，他们款步向缓坡上爬去，全然不注意周围的人群，既看不见逍遥的政客、忙碌的女管家和调情的少女，也看不见保姆和儿童，一味沉醉在对往事的回顾和反省里，特别是相互说明最近发生了什么情况，这些情况是令人痛楚的，而又具有无穷无尽的乐趣。上星期的一切细小的异常现象全都谈过了，一说起昨天和今天，简直没完没了。

安妮没有看错他。对埃利奥特先生的妒忌成了他的绊脚石，引起了他的疑虑和痛苦。他在巴思第一次见到安妮时，这种妒忌心便开始作祟，后来收敛了一个短时期，接着又回来作怪，破坏了那场音乐会。在最后二十四小时中，这种妒忌心左右着他说的每句话，做的每件事，或者左右他不说什么，不做什么。这种妒忌逐渐让位给更高的希望，安妮的神情、言谈和举动偶尔激起这种希望。当安妮同哈维尔舰长说话时，他听到了她的意见和语气，妒忌心最后终于被克服了，于是他抑制不住内心的激动，抓起一张纸，倾吐了自己的衷肠。

他信中写的内容，句句是真情实话，丝毫不打折扣。他坚持说，除了安妮以外，他没有爱过任何人。

安妮从来没有被别人取代过。他甚至认为，他从没见过有谁能比得上她。的确，他不得不承认这样的事实：他的忠诚是无意识的，而且是无心的。他本来打算忘掉她，而且相信自己做得到。他以为自己满不在乎，其实他只不过是恼怒而已。他不能公平地看待她的那些优点，因为他吃过它们的苦头。现在，她的性情在他的心目中被视为十全十美的，刚柔适度，可爱至极。不过他不得不承认：他只是在莱姆才开始公正地看待她，也只是在莱姆才开始了解他自己。

在莱姆，他受到了不止一种教训。埃利奥特先生在那一瞬间的倾慕之情至少激励了他，而他在码头上和哈维尔舰长家里见到的情景，则使他认清了安妮的卓越不凡。

先前，他出于嗔怒与傲慢，试图去追求路易莎·默斯格罗夫，他说他始终觉得那是不可能的，他不喜欢，也不可能喜欢路易莎。直到那天，直到后来得暇仔细思考，才认识到安妮那崇高的心灵是路易莎无法比拟的，这颗心无比牢固地攫住了他自己的心。从这里，他认清了坚持原则与固执己见的区别、胆大妄为与冷静果断的区别。从这里，他发现他失去的这位女子处处使他肃然起敬。他开始懊悔自己的傲慢、愚蠢和满腹怨恨，由于有这些思想在作怪，等安妮来到他面前时，他又不肯努力去重新赢得她。

自打那时起，他便感到了极度的愧疚。他刚从路易莎出事后头几天的惊恐和悔恨中解脱出来，刚刚觉得自己又恢复了活力，却又开始认识到，自己虽有活力，但却失去了自由。

“我发现，”他说，“哈维尔认为我已经订婚了！哈维尔和他妻子毫不怀疑我们彼此相爱。我感到大为震惊。在某种程度上，我可以立即表示异议，可是转念一想，别人可能也有同样的看法——她的家人，也许还有她自己——这时我就不能自己做主了。如果路易莎有这个愿望的话，我在道义上是属于她的。我太不审慎了，在这个问题上一向没有认真思考。我没有想到，我同她们的过分亲近竟会产生如此众多的不良后果。我没有权利试图看看能否爱上两姐妹中的一个，这样做即使不会造成别的恶果，也会引起流言蜚语。我犯了一个严重的错误，只得自食其果。”

总而言之，他发觉得太晚了，他已经陷进去了。就在他确信他压根儿不喜欢路易莎的时候，他却必须认定自己同她拴在了一起，假如她对他的感情确如哈维尔夫妇想象的那样。为此，他决定离开莱姆，到别处等候她痊愈。他很乐意采取任何正当的手段，来削弱人们对他现有的看法和揣测。因此他去找他哥哥，打算过一段时间再回到凯林奇，以便见机行事。

“我和爱德华在一起待了六个星期，”他说，“发现他很幸福。我不可能有别的欢乐了。我不配有任何欢乐。爱德华特地询问了你的情况，甚至还问到你人变样了没有，他根本没有想到：在我的心目中，你永远不会变样。”

安妮嫣然一笑，没有言语。他这话固然说得不对，但又非常悦耳，实在不好指责。一个女人活到二十八岁，还听人说自己丝毫没有失去早年的青春魅力，这倒是一种安慰。不过对于安妮来说，这番溢美之词却具有无法形容的更加重大的意义，因为同他先前的言辞比较起来，她觉得这是他恢复深情厚谊的结果，而不是起因。

他一直待在希罗普郡，悔恨自己不该盲目骄傲，不该失算，后来惊喜地听到路易莎和本威克订婚的消息，他立刻从路易莎的约束下解脱出来。

“这样一来，”他说，“我最可悲的状况结束了，因为我至少可以有机会获得幸福。我可以努力，可以想办法。可是，如果一筹莫展地等了那么长时间，而等来的只是一场不幸，这真叫人感到可怕。我听到消息不到五分钟，就这样说：‘我星期三就去巴思。’结果我来了。我认为很值得跑一趟，来的时候还带着几分希望，这难道不情有可原吗？你没有结婚，可能像我一样，还保留着过去的情意，碰巧我又受到了鼓励。我决不怀疑别人会爱你，追求你，不过我确知你至少拒绝过一个条件比我优越的人，我情不由己地常说：‘这是为了我吧？’”

他们在米尔萨姆街的头一次见面有许多东西可以谈论，不过那次音乐会可谈的更多。那天晚上似乎充满了奇妙的时刻。一会儿，安妮在八角厅里走上前去同他说话；一会儿，埃利奥特先生进来把她拉走了；后来又有一两次，忽而重新浮现出希望，忽而越发感到失望。两人劲头十足地谈个不停。

“看见你待在那些不喜欢我的人当中，”他大声说道，“看见你堂兄凑在你跟前，又是说又是笑，觉得你们真是天造地设的一对！再一想，这肯定是那些想左右你的每个人的心愿！即使你自己心里不愿意，或是不感兴趣，想想看他有多么强大的后盾！我看上去傻乎乎的，难道这还不足以愚弄我？我在一旁看了怎能不痛苦？一看见你的朋友坐在你的身后，一回想起过去的事情，知道她有那么大的影响，对她的劝导威力留下了不可磨灭的印象——难道这一切不都对我大为不利吗？”

“你应该有所区别，”安妮回答，“你现在不应该怀疑我。情况大不相同了，我的年龄也不同了。如果说我以前不该听信别人的劝导，请记住他们那样劝导我是为了谨慎起见，不想让我担当风险。我当初服从的时候，我认为那是服从义务，可在这个问题上不能求助于义务。假如我嫁给一个对我无情无义的人，那就可能招致种种风险，违背一切义务。”

“也许我该这么考虑，”温特沃思答道，“可惜我做不到。我最近才认识了你的人品，可我无法从中获得裨益。我无法使这种认识发挥作用，这种认识早被以前的感情所淹没、所葬送，多少年来，我吃尽了那些感情的苦头。我一想起你，只知道你屈从了，抛弃了我，你谁的话都肯听，就是不肯听我的话。我看见你和在那痛苦的年头左右你的那个人待在一起，我没有理由相信，她现在的权威不及以前高了。这还要加上习惯势力的影响。”

“我还以为，”安妮说，“我对你的态度可能消除了你不少甚至全部的疑虑。”

“不，不！你的态度只能使人觉得，你和另一个男人订了婚，也就心安理得了。我抱着这样的信念离开了你，可我打定主意还要再见见你。到了早上，我的精神又振作起来，我觉得我还应该待在这里。”

最后，安妮又回到家里，一家人谁也想象不到她会那么快乐。早晨的诧异、忧虑以及其他种种痛苦的感觉，统统被这次谈话驱散了，她乐不可支地回到屋里，以至于不得不煞煞风景，霎时间担心这会好景不长。在这大喜过望之际，要防止一切危险的最好办法，还是怀着庆幸的心情，认真地思考一番。于是她来到自己的房间，在欣喜庆幸之余，变得坚定无畏起来。

夜幕降临了，客厅里灯火通明，宾主们聚集一堂。所谓的晚会，只不过打打牌而已。来宾中不是从未见过面的，就是见得过于频繁的——仅仅是一次平常的聚会，搞得亲热一些吧，嫌人太多，搞得丰富多彩一些吧，嫌人太少。可是，安妮从没感到还有比这更短暂的夜晚。她心里一高兴，显得满面春风，十分可爱，结果比她想象或是期望的还要令众人赞羡不已，而她对周围的每个人，也充满了喜悦或是包涵之情。埃利奥特先生也来了，安妮尽量避开他，不过尚能给以同情。沃利斯夫妇，她很乐意结识他们。达尔林普尔夫人和卡特雷特小姐——她们很快就能成为她的不再是可憎的远亲了。她不去理会克莱夫人，对她父亲和姐姐的公开举止也没有什么好脸红的。她同默斯格罗夫一家人说起话来自由自在，好不愉快。与哈维尔舰长谈得情恳意切，如同兄妹。她试图和拉塞尔夫人说说话，但几次都被一种微妙的心理所打断。她对克罗夫特将军和夫人更是热诚非凡，兴致勃勃，只是出于同样的微妙心理，千方百计地加以掩饰。她同温特沃思舰长交谈了好几次，但总是希望再多谈几次，而且总是晓得他就在近前！

就在一次短暂的接触中，两人装着在欣赏丰富多彩的温室植物，安妮说道：

“我一直在考虑过去，想公平地明辨一下是非，我是说对我自己。我应该相信，我当初听从朋友的劝告，尽管吃尽了苦头，但还是正确的，完全正确的。将来你会比现在更喜爱我的这位朋友。对于我来说，她是处于做母亲的地位。不过，请你不要误解我。我并非说，她的劝告没有错误。这也许就属于这样一种情况：劝告是好是赖只能由事情本身来决定。就我而言，在任何类似情况下，我当然决不会提出这样的劝告。不过我的意思是说，我听从她的劝告是正确的，否则，我若是继续保持婚约的话，将比放弃婚约遭受更大的痛苦，因为我会受到良心的责备。只要人类允许良知存在的话，我现在没有什么好责备自己的。如果我没说错的话，强烈的责任感是女人的一份不坏的嫁妆。”

温特沃思舰长先瞧瞧她，再看看拉塞尔夫人，然后又望着她，好像在沉思地答道：

“我尚未原谅她，可是迟早会原谅她的。我希望很快就能宽容她。不过我也在考虑过去，脑子里浮现出一个问题：我是否有一个比那位夫人更可恶的敌人？我自己。请告诉我：一八〇八年我回到英国，带着几千镑，又被分派到‘拉科尼亚号’上，假如我那时候给你写信，你会回信吗？总之一句话，你会恢复婚约吗？”

“我会吗！”这是她的全部回答，不过语气却十分明确。

“天哪！”他嚷道，“你会的！这倒不是因为我没有这个想法，或是没有这个欲望，实际上只有这件事才是对我的其他成功的报偿。可是我太傲慢了，不肯再次求婚。我不了解你。我闭上眼睛，不想了解你，不想公正地看待你。一想起这件事，我什么人都该原谅，就是不能原谅自己。这本来可以使我们免受六年的分离和痛苦。一想起这件事，还会给我带来新的痛楚。我一向总是自鸣得意地认为，我应该得到我所享受的一切幸福。我总是自恃劳苦功高，理所当然应该得到报答。我要像其他受到挫折的大人物一样，”他笑吟吟地补充道，“一定要使自己的思想顺从命运的安排，一定要认识到自己比应得的还要幸福。”

简 · 奥斯汀（Jane Austen），1775 年生于汉普郡，1817 年去世，享年 42 岁。简 · 奥斯汀有 7 个兄弟姐妹，她 11 岁便开始写作，最著名的六本小说——《爱玛》《理智与情感》《傲慢与偏见》《曼斯菲尔德庄园》《诺桑觉寺》《劝导》——几乎从未绝版。尽管简 · 奥斯汀的作品首版时并未受到重视，但同时期的作家沃尔特 · 司各特爵士曾在自己的日记中称赞她："描写平凡生活中的爱恋、感情和人物的天赋，在我所见过的作家中，无人能及。"

简 · 奥斯汀的小说大多以乡绅阶层的婚姻为主题。最近的影视改编作品虽然越来越多地将她的名字和小说等同于浪漫的爱情，但是依旧不可避免地流露出原作者对于彼时制约婚姻生活的社会风俗，对于为了金钱、社会地位或出于一时轻浮草率而缔结婚姻的温和的嘲弄，甚或尖锐的讽刺。

简 · 奥斯汀终生未婚。

简 · 奥斯汀推荐作品：

《傲慢与偏见》

《爱玛》

《劝导》

图书在版编目（CIP）数据

企鹅经典．小彩虹．第一辑 /（以）尤瓦尔·赫拉利等著；林俊宏等译．-- 北京：中信出版社，2019.11（2021.6重印）
书名原文：Vintage minis
ISBN 978-7-5217-1014-4

Ⅰ．①企… Ⅱ．①尤… ②林… Ⅲ．①世界文学－作品综合集 Ⅳ．①I11

中国版本图书馆 CIP 数据核字（2019）第 203895 号

Marriage
Sense and Sensibility was first published in in 1811.
Pride and Prejudice was first published in 1813.
Northanger Abbey was first published in 1818.
Persuasion was first published in 1818.
This short edition published by Vintage in 2018.
The moral right of the translator has been asserted.

企鹅经典：小彩虹　第一辑
婚姻

著　　者：[英] 简·奥斯汀
译　　者：孙致礼
出版发行：中信出版集团股份有限公司
（北京市朝阳区惠新东街甲 4 号富盛大厦 2 座 邮编 100029）
承 印 者：河北鹏润印刷有限公司

开　　本：787mm × 1092mm　1/32　　印　　张：32.25　　字　　数：400 千字
版　　次：2019 年 11 月第 1 版　　印　　次：2021 年 6 月第 2 次印刷
京权图字：01－2016－9678
书　　号：ISBN 978－7－5217－1014－4
定　　价：168.00 元（全 8 册）

服务热线：400－600－8099
投稿邮箱：author@citicpub.com

VINTAGE MINIS

* 本书译自七星文库本《女囚》伽利玛出版社 1988 年所出法语版本

* 本书内容节选自《追寻逝去的时光》第五卷《女囚》

嫉妒

JEALOUSY

[法] 马塞尔·普鲁斯特　著

周克希　译

中信出版集团 | 北京

现在想起来，阿尔贝蒂娜头一回待在巴尔贝克的那段日子里，她的生活环境跟我不大相同，但已渐渐在趋近（当我住在埃尔斯蒂尔家时），尔后，随着我和她先在巴尔贝克，后在巴黎，然后又在巴尔贝克的关系的日渐亲密，两人的生活环境就一致起来了。另外，我前后两次去巴尔贝克，印象中所留下的这些海滨小城的图景，虽然都是由同样的大海、同样的海滨别墅、同样的从别墅去海滩的姑娘们构成的，但这前后两幅图景之间，差别是何等的明显啊！第二次去巴尔贝克时，我对阿尔贝蒂娜周围的那些姑娘已经非常熟悉，她们的优缺点就像写在脸上似的让我看得一清二楚。而在当初，这些清新、神秘的陌生少女，每当她们笑着嚷着冲进那座瑞士山区木屋式样的别墅，在过道里把柽柳碰得簌簌作响的时候，我的心总会怦然而动。难道我第二次在那儿时，还能从这些姑娘身上，辨认出那些少女吗？她们那一双双圆圆的大眼睛不像以前那样明亮了，一则当然是因为她们不再是孩子了，二则也许是因为那些可爱的陌生少女，那些当年充满浪漫情调的演员（从那以后我就不曾中断过对她们情况的调查了解），对我已不复有任何神秘之处了。她们对我的任性已经很迁就，她们在我眼里就不过是些花儿似的少女，我为自己能从中采撷到最美的那朵玫瑰而颇有些感到骄傲。

在这两幕迥然不同的巴尔贝克场景中间，有着一段地点在巴黎、时间长达数年的间隔，其间点缀着阿尔贝蒂娜一次又一次的来访。我是在一生中的两个不同的时期（它们对我来说意味着一生中两个不同的阶段）见到阿尔贝蒂娜的，因而我感觉到，那些见不到她的日子，那段漫长的时间，实在是很美妙的。我面前的这位玫瑰似的人儿，在时间的透明背景上塑造着她那带着神秘影子的、立体感很强的形象。这种立体感，不仅是由阿尔贝蒂娜在我脑海里的一幅幅不同的影像，而且也是由她在智力和心灵上的众多优点以及性格上的某些缺点叠合在一起而形成的。这些优缺点，是我事先不曾知道的，是阿尔贝蒂娜把它们作为一种胚芽，一种自我繁殖的棵苗，一种肉质丰厚的深暗色株体，加进一个先前几乎并不存在，如今却已深不可测的个性中去的。因为任何人物，即使是令我们梦萦魂绕，在我们眼中有如画中的人儿，有如本诺佐·戈佐里[1]画在深绿色背景上的人儿那样，对她们，我们一心以为只要自己待着不动，保持相同的距离，只要光线不变，她们就永远是这个样儿的，其实一旦她们和我们的关系起了变化，她们本身也就变了；从前仅仅是映在大海背景上的那个倩影，现在变得丰满、结实，形体也变大了。

跟我心目中的阿尔贝蒂娜联系在一起的，并不只是薄暮时分的大海，有时，那是在皎洁月光下梦幻般地流连在沙滩上的大海。可不是吗，有时候我起身到父亲的书房里去找本书，阿尔贝蒂娜便要我让她趁这

1. 戈佐里（1420—1497）：意大利文艺复兴早期的著名画家。（如无特殊说明，书中脚注均为译者注。）

会儿躺一下；她整个上午和下午都在外面游玩，实在是累了，虽说我离开才一会儿工夫，但回屋一看，她已经睡着了，这时我也就不去叫醒她。她从头到脚舒展开来，躺在我的床上，那姿势真是浑然天成，任哪个画家都想象不出来的，我觉得她就像是一株绽着蓓蕾的修长的树苗，让谁给摆在了那儿。事情也确实如此：那种只有她不在时我才会有的幻想的能力，在她身边的这一瞬间，重新又回到了我的身上，仿佛她在这样睡着的时候，变成了一株植物。这样，她的睡眠在某种程度上使恋爱的可能性得到了实现：独自一人时，我可以想着她，但她不在眼前，我没有占有她；有她在场时，我跟她说着话儿，但真正的自我已所剩无几，失去了思想的能力。而她睡着的时候，我用不着说话，我知道她不再看着我，我也不需要再生活在自我的表层上了。

合上眼睛，意识蒙眬之际，阿尔贝蒂娜一层又一层地褪去了人类性格的外衣，这些性格，从我跟她认识之时起，便已使我感到失望。她身上只剩下了植物的、树木的无意识生命，这是一种跟我的生命大为不同的陌生的生命，但它却是更实在地属于我的。她的自我，不再像跟我聊天时那样，随时通过隐蔽的思想和眼神散逸出去。她把散逸出去的一切，都召回到了自身里面；她把自己隐藏、封闭、凝聚在肉体之中。当我端详、抚摸这肉体的时候，我觉得自己占有了在她醒着时从没得到过的整个儿的她。她的生命已经交付给我，正在向我呼出它轻盈的气息呢。

我倾听着这神秘而轻柔的声音，温馨如海上的和风，缥缈如月光的清辉——那就是她蒙眬的睡意。只要这睡意还在持续，我就可以在心里尽情地想她，同时凝视着她，而当这睡意变得愈来愈深沉时，我就抚摸她、吻她。我此时感受到的，是一种纯洁的、超物质的、神秘的爱，一如我面对的是体现大自然之美的那些没有生命的造物。其实，当她睡得更熟一些以后，她就不再只是先前的那棵植物了；我在她睡意的边缘，怀着一种清新的快感陷入了沉想，这种快感我永远也不会厌倦，但愿能无穷无尽地享受下去；她的睡意，对我来说是一片风光旖旎的沃土。她的睡意在我身边留下了一些那么宁静悠远、那么肉感怡人的东西，就像巴尔贝克那些月光如水的夜晚，那时树枝几乎停止了摇曳，仰卧在沙滩上时时可以听见落潮碎成点点浪

In keeping her in front of my eyes, my hands, I had an impression of possessing her entirely which I never had when she was awake.

* 当我端详、抚摸这肉体的时候，我觉得自己占有了在她醒着时从没得到过的整个儿的她。

花的声音。

我回屋时，先是站在门口，生怕弄出半点儿响声，屏息静听她均匀连绵从嘴唇间呼出的气息，它像海边的落潮，但更安谧，更柔和。聆听着这美妙的声息，我觉得眼前躺着的可爱的女囚，她整个儿人，整个儿生命，都凝聚在这声息中了。街上来往的车辆传来嘈杂的声响，但她的前额依然是这般舒展，这般纯净，她的呼吸依然是这般轻柔，轻柔到了仿佛只存一丝脉息。我看到自己并不会打扰到她的睡眠，就小心翼翼地走进房间，先坐在床边的椅子上，再坐在床上。

我跟阿尔贝蒂娜一起聊天、玩牌，共度过不少美好的夜晚，但从没哪个夜晚，有像我瞧着她睡觉这般温馨可爱的。她在聊天、玩牌时纵有演员模仿不像的洒脱自然的神气，但她在睡梦中这种更为深沉的、更高层次上的洒脱自然的意味，却更令我神往。长长的秀发沿娇艳的脸庞垂下，散在床上，不时有一绺头发直直地竖在那儿，使人想起埃尔斯蒂尔那些拉斐尔风格的油画，画面深处那些亭亭玉立在朦胧月光下的纤细苍白的小树。虽然阿尔贝蒂娜闭着嘴，但她的眼睑，从我的位置望去，仿佛并没有合拢，我几乎要疑心她是不是真睡着了。不过，下垂的眼睑已经给这张脸定下了一个和谐的基调，即使眼睛没合拢，也不致破坏这种和谐的完美。有些人的脸，只要稍稍把目光一收敛，就自有一种不同寻常的丰美和威仪。

我细细端详躺在我脚跟前的阿尔贝蒂娜。不时，她会突如其来地轻轻动弹一下，就像一阵不期而至的微风拂过林梢，一时间把树叶吹得簌簌颤动起来。她伸手掠了掠头发，然后，由于没能称自己的心意理好头发，又一次伸起手来，动作那么连贯而从容，我心想她这是要醒了。然而没有，她睡意正浓，又安静下来不动了。而且此后她一直没再动弹。她那只手搁在胸前，胳臂孩子气地垂在肋间，瞧着这模样，我差点儿笑出声来，这种一本正经的、天真无邪的可爱神气，是我们在年幼的孩子身上常能见到的。

我在一个阿尔贝蒂娜身上可以同时看到好几个阿尔贝蒂娜，所以此时仿佛觉得看到其他那些阿尔贝蒂娜也睡在我身旁。这眉毛弯弯的样子，我却似乎从没见过，只见这两条眉毛把半球形的眼睑围在中间，看上去像两个柔软的翠鸟窝。她的脸庞上，留下了种族和返祖性的印记，也留下了行为不检的痕迹。她每回把头移动一下位置，就变成了一个新的、往往颇使我意想不到的姑娘。我觉着自己占有的不是这么一个，而是许许多多个年轻姑娘。她的呼吸渐渐变得更深沉了，胸脯很有节奏地起伏着，交叉搁在胸前的双手和那串珍珠项链，也随着这同一节奏以不同的方式律动着，宛如在波涛漂卷拍击下晃动着的小船和缆绳。这会儿，我知道她睡意正甜，我不会碰在此刻淹没在酣睡的海水下面的意识的暗礁上，于是放开胆子悄没声儿地爬上床去，挨着她躺下，一手搂住她的腰，吻她的脸和心口，然后又吻遍全身的每个地方，空着的那只手跟那串珍珠一样，随着熟睡的姑娘的呼吸一起一伏；我和着她那均匀的节奏轻轻地晃动：我的小舟颠簸在阿尔贝蒂娜的睡意上。

有时候，我也从中品味到一种不这么清纯的乐趣。这在我真是举腿之劳，我把一条腿轻轻搁在她的腿上，就像听任一支船桨浮荡在水面上，不时感觉到从它传来的轻微的晃动，宛如天际飞过一行恍如入睡的鸟儿，停停歇歇地拍打着翅膀。我选了这个角度来观察她，看到的这张脸是从未有人见过的，美极了。我想有件事还是不难理解的，就是同一个人写给你的信总是大致相仿的，它们勾勒出一个跟你认识的此人大不相同的形象，以至让你看到了此人的第二天性。但是，一个女人居然会——如同罗西达和多迪加[1]那样——和另一个女人（她的另一种美暗示着另一种个性）如此弥合无间地联结在一起，为了看清其中的这一位，你得从侧面去看，对另一位就得从正面去看，这可有多奇怪啊。阿尔贝蒂娜的呼吸声变得更重了，听上去使人觉得像是快乐达到高潮时气喘吁吁的声响，当我的呼吸也变得愈来愈短促时，我抱她吻她都没有弄醒她。我觉得，在这一时刻我终于更完全地占有了她，一如占有了沉默的大自然中一件无知无觉、任人摆布的东西。我并不在意她有时在睡梦中喊出声来的那些话，因为我根本不懂其中的意思，何况，就算那是在喊某个我不认识的人，那又怎么样呢，当她的手时而掠过一阵微颤，下意识地搐动时，不还是按在我的手上和脸颊上吗。我怀着一种超然、恬静的爱，兴味盎然地欣赏着她的睡眠，犹如久久流连在海边倾听汹涌澎湃的波涛声。

1. 当时暹罗（泰国的古称，于 1949 年改为“泰国”）一对著名的姐妹歌舞演员。

也许我们是得要让别人给自己吃那么些苦，才能在得到解脱之时，感受到有如大自然给予的那种怡然恬淡的宁静。此刻我无须像在交谈时那样去答话，在交谈中即便她说话时我可以不开口，但在听她说话的同时，我毕竟没法儿这么深入地看到她的内心里去。我继续不时地谛听、收受着那缕若有若无的微风似的呼吸声，一个全然生理学意义上的生命，从她那纯洁的气息中呈现在我面前，那是属于我的；就像当初在明亮的月光下一连几个钟头仰卧在海滩上一样，我要久久地待在她身旁看着她，听着她的声音。有时人家告诉我，海面起浪了，海湾的风预兆着大海的风暴，而我仍然依偎在大海身边，倾听着它隆隆作响的鼾声。

有时候阿尔贝蒂娜觉得很热，在快要入睡时脱下和服式的睡袍扔在扶手椅上。等到看她睡着了，我在心里盘算，她的信敢情都在这件睡袍的内袋里放着呢，因为她常把信放在那儿。一个信末的签名，一张幽会的字条，就足以让我揭穿她的谎话或是消释我的疑团。我觉着阿尔贝蒂娜已经睡熟了，就从我待在上面悄悄地看了她这么半天的床脚溜下地来，满怀热切的好奇心，往前跨了一步，只觉得扶手椅上有一个生命正可怜兮兮地、全无半点儿反抗能力地听凭我去刺探它的秘密。我这么走开，或许也因为老是一动不动地瞧她睡觉，终究感到累乏了。于是，我轻轻地朝扶手椅走去，边走还边回头看她有没有醒来。走到椅子跟前，我立定了，久久地凝视着那件睡衣，仿佛这就是在久久地凝视着阿尔贝蒂娜。可是（也许我这是错了）我到底没有去碰它，没有去摸里面的口袋，更没有去看那些信。临末了，我知道自己是下不了决心了，就蹑手蹑脚地走回阿尔贝蒂娜跟前，重又端详起睡梦中的她来——尽管她什么也不会告诉我，而那张扶手椅上的睡袍兴许倒是会告诉我好些事情的。

正像那些就为呼吸一下大海的新鲜空气，心甘情愿地每天花上百法郎在巴尔贝克旅馆租下一个房间的人一样，我觉得在阿尔贝蒂娜身上花费更多的钱是很自然的事情，既然我能在脸颊上，能在微微张开跟她的双唇相对、感觉得到她的生命流经我舌尖的嘴上，感受到她那温馨的气息。

看她睡觉所尝到的乐趣，如同感到她生命的律动一般甜美，然而它会被另一种乐趣打断、取代，那就是看她醒来的乐趣。那是在一种更深刻、更神秘的意义上的乐趣——意识到她和我住在同一屋檐下的乐趣。诚然，当她在下午走下马车，朝我的屋子走进来时，我已经感觉到了这种温馨和甜美。但当她在睡乡中登上梦的最后几级阶梯，终于在我房里醒来，一时弄不明白“我这是在哪儿？”而环顾四周的摆设，瞅见柔和地照着她惺忪的睡眼的台灯以后，才明白这是在我家里醒来，于是再自然不过地对自己说，哦，她是在自己家里呢，这时候的我会加倍地感受到这种温馨甜美的况味。在她睡意未消的这个最初的美妙时刻，我觉得自己重又更完全地占有了她，因为她外出归来时，不是回到她的房间，而是回到我的房间，而且当她醒来认出这个行将把她囿禁在内的房间时，眼睛里并无半点儿不安的神情，就像没睡过这一觉那样的安然自若。从她的缄默不语流露出来的睡意未消的迷茫神情，在她的眼睛里是全然不见流露的。

她终于能开口了，她称呼我“我的……”或“我亲爱的……”，后面是我的教名，我让叙述者取了个跟本书作者一样的名字，所以这称呼是“我的马塞尔”或“我亲爱的马塞尔”。从此以后，我不许家里别人也叫我“亲爱的”，阿尔贝蒂娜口里说出来的这几个可爱的字眼，是不该让旁人给玷污的。她微微噘起嘴说出这几个字以后，往往就势给我一个吻。她刚才那会儿睡着得有多快，这会儿醒得就有多快。

阿尔贝蒂娜体态的丰腴、个性的发展，都并不比时光流逝在我身上引起的变化，也不比我在灯光下瞧着的坐在身旁的一位年轻姑娘，而这灯光跟姑娘当初沿着海滩漫步时照在她身上的阳光颇为不同的这个事实，更能成为我现在看她和起初在巴尔贝克那会儿看她的方式迥然不同的主要原因。这两个形象之间，哪怕相隔的年岁更久远些，也未必会产生如此完全的变化；这一变化，是在我得知阿尔贝蒂娜几乎由凡特伊小姐的女友一手带大的消息的刹那间，从根本上一下子完成的。如果说过去我常为从阿尔贝蒂娜眼里看出秘密而欣喜，那么现在只有当我从这双眼睛里，乃至从跟这双眼睛同样传情，这会儿还那么温柔，一转眼却会满是愠色的脸颊上都能看出没有什么秘密的时候，才会感到高兴。我所寻觅的那个形象，那个使我感到恬适，使我愿意傍着她死去的形象，并不是有着一段陌生经历的那个阿尔贝蒂娜，而是一个尽可能让我感到熟悉的阿尔贝蒂娜（正因如此，这爱情势必只能跟不幸联系在一起了，因为它从本质上不满足神秘的这一条要求），一个并不是作为某个远处世界的表征，而是——确实也有过一些时候，情况好像就是这样——除了和我在一起、和我一模一样，再也不要任何东西的阿尔贝蒂娜，一个作为确确实实属于我的东西的体现，而不是未知世界的化身的阿尔贝蒂娜。

如果爱情就是这样在一个女人让你感到忧心如焚的时刻，在你担心能不能留住她别让她跑掉的心理状态下萌生的，这种爱情就会带上使它得以诞生的骚乱的印记，就会难以使我们回想起在这以前每当想到这个女人时我们心里所见到的影像。在海滨初次见到阿尔贝蒂娜时的印象，在我对她的爱情中或许也占了小小的一席之地；但说实在的，这些往日的印象在这样一种爱情中只能占一个微不足道的位置，不论是在我们卷进激情的旋涡或陷入痛苦的折磨的时候，还是在这爱情感到需要温情，需要向那些宁静温馨的回忆、那些可以让我们沉浸其中而不去过问我们所爱的这个女人的事情（哪怕那是些我们应该知道的可憎的事情）的回忆去寻求庇护的时候，它们都只占一个很小很小的位置——即使我们保存着那些往昔的印象，这种爱情却是由一些不相干的内容构成的！

有时候，我在她进屋以前就把灯熄了。她在黑暗中，凭借一根火柴的微光，走过来挨着我躺下。我的眼睛，那双常常生怕看见她又变模样的眼睛，看不见她的身形，但我的双手和脸颊能感到她的存在。托这种盲目的爱情的福，她或许觉着自己承受的爱抚比平日温柔得多呢。

我脱下外衣躺在床上，阿尔贝蒂娜坐在床沿上，我俩继续刚才让接吻打断的下棋或聊天；而当我们处在唯一能使我们对另一个人的存在及其性格感兴趣的欲望的支配下的时候，我们自己的性格总会充分地表现出来（即使我们已经相继抛弃了好些曾经爱过的不同对象）。所以有一次，我抱住阿尔贝蒂娜吻她，叫她"我的小姑娘"时，在镜子里瞧见自己脸上那种忧郁而激动的表情，就像我吻那早已被我忘怀的吉尔贝特，或者将来有一天吻另一个姑娘时——如果我早晚得把阿尔贝蒂娜也忘掉——的表情一模一样。它使我想到，我这是超然于个人的考虑之上（本能总是让我们把眼前的对象看作唯一真实的对象），在一种作为祭礼奉献给青春和女性美的、热忱而痛苦的虔敬的遣使下，履行我的职责。然而，在我想就此让阿尔贝蒂娜每晚都能留在我身边的私心中，给青春以“exvoto”[1]荣耀的愿望，以及关于巴尔贝克的回忆，都掺杂着一种对我来说很新鲜的感觉，一种即使不能说是我有生以来从未体验到的，也至少是我在爱情生活中不曾品尝过的感觉。那是一种心灵得到抚慰的感觉，自从母亲在贡布雷的床前俯身吻我送我入睡的那些遥远的夜晚以来，我从未再领略过如此美妙的感觉。在那会儿如果有人对我说，我并不是那么纯洁无邪，甚至说我会去剥夺别人的幸福，我准会十分惊讶。那时候的我，看来是太缺乏自知之明了，因为我这不让阿尔贝蒂娜离开我的乐趣，实在算不得怎样正大光明，那其实是把这位含苞欲放的少女从那个人人都能亲近的世界里拽出来，让她即便不能给我以许多欢乐，至少也不能去给别人。野心和成功，使我变得冷漠了。我甚至都失去了怨恨的感觉。然而在我，肉欲意义上的爱情，毕竟意味着能品尝击败众多竞争对手的欢乐，对它我永远不会嫌

1. 原文为拉丁文 exvoto，指还愿的奉献物。

多，它是一种无与伦比的镇静剂。

尽管在阿尔贝蒂娜回家以前我对她疑虑重重，百般揣度她在蒙舒凡的房间里的一举一动，但一等到她穿着浴衣跟我相对而坐，或者更经常地是我躺在床上，而她坐在我脚跟的床沿上，我就不由得会怀着信徒祈祷时的虔诚，把满脸疑团和盘托出，只指望她帮我卸下这些精神上的负担，消释这些刚在脑海里冒头的疑窦。她整个晚上淘气地蜷缩在我床上，像只胖乎乎的大猫似的跟我耍着玩；卖弄风情的眼神，给她添上了一种在有些小胖子的脸上常能见到的狡狯神气；粉红小巧的鼻子，似乎也显得更加玲珑了，而这鼻子的格局，又使整张脸显得顽皮而倔强；她有时微微闭起眼睛，松弛地垂下双臂，听凭一绺长长的黑发耷拉在玫瑰色的粉腮上，那模样仿佛在对我说“你爱怎么着就怎么着吧”；晚上临走前，她凑过脸来跟我吻别，这种庶几完全是家庭意味的温情，使我情不自禁地在她结实的颈脖两侧吻了又吻，这时我只觉得这颈脖晒得还不够黑，日光斑晒得还不够多，仿佛这些可靠的标记是跟阿尔贝蒂娜身上某种忠诚的美德维系在一起的。

“明天您跟我们一起出去吗，我的大坏蛋？”临分手时她问我。“你们上哪儿呀？”“那得看天气好坏，还得看您高兴呐。不过，您今天有没有写点儿东西出来哪，小乖乖？没有？哦，那还是别去的好。对啦，我问您句话，我进屋那会儿，您听见我的脚步声，马上就猜到是我了吗？”“那还用说。难道我还会弄错吗？哪怕有一千只小山鹬，难道我还会听不出我那只小家伙蹦跶的声音？我只想她允许我在她睡到床上以前给她脱下鞋子，这会使我感到不胜荣幸。这些雪白的花边把您衬托得有多可爱、多娇艳啊。”

我就是这么回答她的；在这些带有肉欲意味的话语之间，您或许又能嗅出些我母亲和外祖母的气味。因为，我渐渐变得愈来愈像我所有的那些亲人，像我的父亲——不过他大概还是跟我很有些不同，因为旧事即便重现，也是变着样儿来的——那样对天气百般关心，而且跟莱奥妮姑妈也愈来愈像。要不然，我早该把阿尔贝蒂娜当作我出门的理由了，那不就是为着别让她单独一人，脱离我的控制吗。我耽于种种乐趣，莱奥妮姑妈却信仰诚笃，从来不会享乐，整天只知道数念珠做祈祷。我一心想在文学上有所成就，老为这在折磨自己，莱奥妮姑妈却是家族中绝无仅有的一位，居然不明白看书并非打发时间和“消遣”，结果弄得复活节那一阵，星期天虽说不许干正经事儿以便专心致志做祷告，却是允许看书的。我和这样一位姑妈之间，从外表看真是风马牛不相及，我甚至会发誓说我跟她绝无半点儿共同之处。然而，虽说我每天都能找出个理由说哪儿不舒服，但我老这么待在床上，却还是为了一个人的缘故，这人不是阿尔贝蒂娜，也不是一个我所爱的人，而是一个比我所爱的人更强悍的人，这人的专横使我甚至不敢流露充满妒意的猜疑，或者至少不敢亲自去证实这些猜疑有无根据，这人就是莱奥妮姑妈。我对天气的关心，比起父亲来可以说是有过之无不及，他只是看看晴雨表，我却自己成了活的晴雨表；我听莱奥妮姑妈的话乖乖地待着看天气如何，而且是待在房间里，甚至待在床上看，这难道还不算有过之无不及吗？现在我跟阿尔贝蒂娜说起话来，就像当年在贡布雷还是孩子的那会儿跟母亲说话，要不就是像外祖母在跟我说话一样。我们每个人到了一定的年龄以后，我们曾经的那个孩童的灵魂，以及我们经由他们而来到世上的那些逝者的灵魂，都会把它们的财富和厄运一股脑儿地给予我们，要求和我们所体验到的新的感觉交汇在一起，让我们在这些感觉中抹去他们旧日的影像，为他们重铸一个全新的形象。于是，童年时代遥远的往事，乃至亲人们的陈年往事，都在我对阿尔贝蒂娜算不得纯洁的爱情中沁入了一种既是儿子对母亲的，又是母亲对儿子的温情的甘美。到了生命的某个时刻，我们就得准备迎接所有这些从遥远的地方团聚到我们身边的亲人了。

在阿尔贝蒂娜答应我为她脱鞋以前，我已经解开了她衬衣的扣子。她那两只耸得高高的小小的乳房，那种圆鼓鼓的样子，看上去不像身体的一个部分，倒像两只成熟的果子；腹部往下收去，遮住了那换在男人身上便很丑陋的部位（就像一根铁钩子插在走下壁龛的塑像身上似的），在与大腿交接的地方，形成有如落日收尽余晖时的地平线那般宁静、那般恬适、那般幽邃的一条曲线的两个弯瓣。她脱掉鞋子，在我身旁躺了下来。

喔，想想创世时那对身上还带着黏土的潮气，在混沌中懵懵懂懂地寻求结合的男女的模样吧，造物主用一团泥巴分成了他俩，夏娃在亚当身边醒来时，惊愕而顺从，正像他还是孤单单一人的那会儿，在创造他的上帝面前一样。阿尔贝蒂娜伸起两条胳臂枕在黑色的秀发下面，髋部鼓起，腿的线条有如天鹅的颈项一般柔软地弯下、延伸，重又回向曲线的起点。当她完全侧身而睡时，她的脸（正面是那么和蔼、那么秀美的脸）却有一种神态使我心里发怵——莱奥纳尔某些漫画里的那种鹰钩鼻，透着邪恶、贪婪和间谍的狡诈——在家里瞥见这张脸，令我恐怖，它这么侧过去仿佛是卸下了面罩。我赶紧双手捧住阿尔贝蒂娜的脸，把她转过来。

“您可得听话，答应我明天要是不出门，在家里得好好写。”阿尔贝蒂娜边说边穿衬衣。“行，不过您先别穿晨衣哪。”有时候，我就在她身边睡着了。房间变得冷起来，得添些柴火。我伸手往上在墙上摸，想找到拉铃的杆子，但没找到，摸来摸去都是些别的铜杆，看到阿尔贝蒂娜因为怕让弗朗索瓦兹瞧见我俩并排躺在床上，赶紧从床上起身，我就对她说：“别忙，再睡会儿，我找不到铃。”

看上去，这是些温馨、欣悦、纯洁的时刻，但其中已经蕴含着灾难的可能性：这灾难将使我们的爱情生活充满危险，在最欢乐的时刻过后会有含有硫黄和熔浆的火山雨出其不意地袭来；随后，我们由于没有勇气从灾难中吸取教训，马上又在只能喷发出灾难的火山口边上重新安顿下来。我就像那些总以为自己的幸福会天长地久的人一样地掉以轻心。正因为这种温馨对于孕育痛苦而言是必需的——而且它以后还会不时来抚慰缓解这种痛苦——所以男人在吹嘘一个女人对他怎么怎么好的时候，他对别人，甚至对自己都可能是诚恳的，不过总的来说，他和情人的关系中间，始终潜伏着一股令人痛苦的焦虑不安的暗流。它以一种隐秘的方式流动着，不为旁人所知，或者至多通过一些问题的探询无意中稍有流露。然而，这种焦虑不安必定又以温馨甜蜜作为前奏；即使在这股暗流形成以后，为了让痛苦变得可以忍受，为了避免破裂，不时也需要有些温馨甜蜜的时刻点缀其间；把自己跟这个女人共同生活中不可与人言的痛苦隐藏起来，甚至把这种关系说成非常甜蜜的来炫耀了一番。这表明了一种真实的观点，一种带有普遍意义的因果关系，一种使痛苦的产物变得可以承受的模式。

阿尔贝蒂娜就在我家里，明天要不是跟我一起，就是在安德蕾的监护下出去，这在我已经毫无值得惊奇之处了。这种格局，为我的生活圈定了粗粗的轮廓线，除阿尔贝蒂娜之外谁也无法涉足其中，另外（在我尚不知晓的未来的生活图景上，犹如在建筑师为很久以后才能耸立起来的大厦画的蓝图上）远远的还有好些与之平行、幅度更宽的线条，在（有如一座孤寂冷僻的小屋的）我的心间描画了未来爱情生活多少有些刻板、单调的程式。而所有这一切，实际上都是在巴尔贝克的那个晚上画下的，那个晚上阿尔贝蒂娜在小火车上向我吐露了她从小由谁带大的真情，我听后就想，无论如何不能让她再受某些影响，说什么也不能让她在以后几天离开我的身边。光阴荏苒，这种生活模式成了习焉不察的例行公事，但正如历史学家企图从古代仪式中找出微言大义一样，我可以（但并不很想）回答那些问我这种甚至不再涉足剧院的隐居生活有何意义的人——它的起源乃是某个晚上的忧虑以及在这以后感到的一种需要，也就是说我感到需要向自己证明，我业已了解她不幸的童年生活的这个女人，即使她自己愿意，也不会再有受到同样的诱惑的可能性了。对这种可能性，我已很少去考虑，但它毕竟还影影绰绰地存在于我的意识之中。看到自己一天天地在摧毁它——或者说尽力在摧毁它——这大概正是我在吻这并不比许多别的姑娘更娇嫩的脸颊时，心里会格外感到乐滋滋的缘故；凡在达到相当程度的肉欲的诱惑背后，必定潜伏着某种贯穿始终的危险。

我答应阿尔贝蒂娜，要是不出门一定好好工作。可是第二天，仿佛这屋子趁我睡熟时，奇迹般地飘浮走了，我一觉醒来，天气变了，时令也不对头了。一个人在出于无奈的情况下登上一片陌生的国土，这时他是不会有心思着手工作的。然而每个新的一天，对我都是一个新的国度。就说我的懒散吧，它一旦换了新的花样，你说叫我怎么还认得出它呢？有些日子，人人都说天气糟透了，逢到这种时候，静静地待在家里，听到屋外淅淅沥沥下个没完的雨声，才能体会航行在海上的那种平静滑行的况味，感受到那种宁谧的乐趣；有时天空响晴，这时候一动不动地待在床上，瞧着光影绕着自己慢慢地转过去，就像瞧着一株大树的影子在转动；也有时候，邻近的修道院刚敲响稀落如同清晨去祈祷的信徒的头遍钟声，半天里纷纷扬扬洒下的雪花，在熏风吹拂下飘散、融化，而天空依然灰蒙蒙的不见透出亮色，但我已经能够辨认出这一天是会风雨交加，还是变幻不定，抑或是个晴朗的好天气。屋顶被骤雨打湿过后，阵阵和风拂过，缕缕阳光照临，它就又干了。只听得屋檐滴滴答答地在滴水，仿佛这屋顶是趁风儿重新刮起之前，让自己尽情地承受不时从云层探出脸来的太阳的抚爱，青灰色的石板瓦闪耀着美丽的虹彩。这样的日子，风风雨雨的，一天里充满着天气、氛围的变化，懒人因此倒也自得其乐，不觉得这一天是白过了，因为他正兴味盎然地关注着在他不介入的情形下，周围的环境从某种意义上说代他做出的种种表现。这样的日子好比那些发生动乱或者革命的日子，那些日子对于不再去上学的小学生并不是毫无意义的，因为当他在司法大厦四周转悠或是念着报纸的时候，虽说他没做自己的功课，他却会觉着从正在发生的事件中发现了一种对他确有教益，同时也使他对自己的闲散感到心安理得的东西。这样的日子，还好比我们一生中碰上某些特殊的危急关头的日子，这时候，一个向来无所事事的人会这么想，只要这个难关能顺利地渡过，他就会从此养成勤勉的习惯。比如说，那是在一天早晨他出门去赴一场条件特别苛刻的决斗的时候，于是，在这个生命也许行将逝去的当口，他仿佛骤然意识到了生命的价值，这生命他本来是可以用来做一番事业，或者至少好好享受一下人生乐趣的，而他却什么也没干。“要是我能活着回来，”他对自己说，“我一定要马上坐下来工作，还要玩个痛快！”原来，生活突然在他眼里变得那么珍贵了，因为他看到的已经是他以为生活所能给予他的一切美好的东西，而不是日复一日从生活中真正得到的那点儿可怜的东西。他是按照自己的愿望，而不是根据生活经验所能告诉他的模样——也就是说那种平庸无聊的模样，来看待生活的。此刻，生活中充满着工作、旅行、登山和一切美好的事物，而所有这一切，他对自己说，都将随着这场决斗的悲惨结局化为乌有，他没有想到其实早在这场决斗以前，由于那种即便没有决斗也会长此以往的坏习惯，它们就已经是这样了。他安然无恙地从决斗场回了家，但是他重又觉得阻碍重重，没法儿去玩儿，去兜风，去旅行，去做那些他一度认为可能将被死亡剥夺的事情；单单生活本身，就已经足以剥夺这些可能了。至于工作——特殊的环境会在一个人身上激发出先前已存在于他身上的秉性，在勤勉的人身上激发出勤勉，在懒散的人身上激发出懒散——他给自己放了假。

我就像这人一样，自从下决心从事写作以来始终依然故我。下这决心已是很久以前的事，但又好像才是昨日的事，因为我把一天天都放了过去，仿佛它们并不曾存在过似的。上面提到的这一天，我也是这么给打发掉的，我无所事事地瞧着它风疏雨骤，瞧着它雨过天晴，心想明天再开始工作吧。可是当湛蓝的天空上没有一丝云彩的时候，我已不复是昨天的我了。教堂大钟金光灿灿的音色里，不仅像蜂蜜一样有着光亮，而且有着光亮的感觉（还有果酱的味道，因为在贡布雷时，这钟声经常在我们刚吃好饭要吃甜食的当口，像只胡蜂似的姗姗来迟）。在这么个阳光耀眼的日子里，整天都那么闭上眼睛躺着，真可以说是桩可以允许的、已成习惯的、有益于健康的、合乎时令特点的赏心乐事，这就跟放下百叶窗挡住强烈的阳光是一个道理。我第二回去巴尔贝克时，头几天就是在这种天气里，听见乐队的提琴声伴着涨潮时蓝莹莹的海水漂卷而来。然而今天，我是多么完全地占有了阿尔贝蒂娜啊！那些日子里，有时教堂报时的钟声，会让那不断扩散的声波捎来具体入微的，潮湿或明亮的感觉，仿佛它是在把美妙的雨水或阳光转译成盲人的语言，或者不如说，转译成音乐的语言。这时，闭着双眼躺在床上的我，不由得在心里对自己说，瞧，一切都是可以转换的，一个仅靠听觉的世界也是可以跟另一个世界同样丰富多彩的。日复一日，仿佛乘着一叶小舟缓缓地溯流而上，但见眼前闪过一幅幅不停变换着的欢乐往事的图景，这些图景不是由我挑选的，片刻之前它们都还是无法看见的，现在它们接二连三地、不容我选择地呈现在我的记忆里，我在这片匀和的空间上方，悠悠然地徜徉在阳光之中。

巴尔贝克的这些晨间音乐会并不是遥远的往事。可是，在这些相对来说还是前不久的往日，我却很少想到阿尔贝蒂娜。刚到巴尔贝克的那几天，我甚至都不知道她在那儿。那么，是谁告诉我的呢？喔！对，是埃梅。那天也是一个像这样的阳光明媚的晴天。我的好埃梅！他见到我高兴极了。可是他不喜欢阿尔贝蒂娜。她并不是个能让人人都喜欢的姑娘。没错，是他告诉我阿尔贝蒂娜在巴尔贝克的。那他又是怎么知道的呢？喔！他碰到过她，他觉得她风度欠佳。当我这么想着埃梅告诉我的事儿，而且碰巧是从一个跟我当时听他讲的那会儿不同的角度去考虑，我那在这以前一直在无忧无虑的海面上惬意飘荡的思绪，冷不丁地乱了套，就像是突然碰上了一颗暗暗埋在记忆中的这个地点而我又没法儿看见的危险的地雷。埃梅对我说他遇见过她，觉得她风度欠佳。他说风度欠佳是什么意思呢？我当时以为他的意思是说举止俗气，因为我想先发制人，说过她举止优雅之类的话。可是，且慢，没准儿他的意思是指那种蛾摩拉[1]风度呢。她是跟另一个姑娘在一起，没准儿两人还彼此搂着腰，一起打量着别的女人，没准儿她们表现的，确实是有我在场时从没在阿尔贝蒂娜身上见过的一种“风度”呢。那另一个姑娘是谁？埃梅是在哪儿碰上这么个叫人讨厌的阿尔贝蒂娜的？我竭力回忆埃梅对我到底是怎么说的，想弄明白他指的究竟是我揣度的那回事，还是就不过是个普通的风度问题。可是我再怎么问自己也是枉然，因为提出问题的人，和能够提供回忆的人，

1. 蛾摩拉：象征神对罪恶的愤怒和刑罚，常出现于《圣经》中。——编者注

唉，都是同一个人，就是在下呗。一时间我有了两重真身，可是一点儿也没变得高大些。不管我怎么提问，总是我自己来回答，毫无新的结果。我已经不去想凡特伊小姐了。由一种新的猜疑引起的骤然发作的嫉妒，使我感到痛苦不堪，它也是一种新的嫉妒，或者说是那种新的猜疑的持续和延伸。场景的地点是相同的，不再是蒙舒凡，而是埃梅碰到阿尔贝蒂娜的那条街。作为对象的是阿尔贝蒂娜的那几个女友，其中某一个或许就是那天和她在一起的那位。那可能是某个伊丽莎白，或者就是上回在游乐场里阿尔贝蒂娜装出不经意的样子从镜里偷看的那两个姑娘。她大概跟她们，而且跟布洛克的那位表妹爱丝苔尔，都有那种关系。她们的那种关系，倘若是由某个第三者向我透露的，准会把我气个半死，但现在因为是我自己在揣度，所以就小心设法蒙上了一层足以缓解痛苦的不确定的色彩。我们可以用猜疑的形式，一天又一天地大剂量吞服“我们受了骗”的这同一个念头，而倘若这药剂是用一句揪心的话这支针筒扎在我们身上，那么一丁点儿的剂量就足以致命。大概就为这缘故，也许还出于一种残存的自卫本能，那个妒意发作的男人往往会单凭人家给他看的一点儿所谓证据，就无视明明白白的事实，立时三刻想入非非地胡乱猜疑起来。况且，爱情本来就是一种无可救药的顽症，正如有些先天性体质不好的人，一旦风湿病稍有缓解，继之而来的就是癫痫性的偏头痛。一旦充满妒意的猜疑平静下来，我就会埋怨阿尔贝蒂娜对我缺乏温情，说不定还和着安德蕾在奚落我。我不胜惊恐地想道，要是安德蕾把我俩的谈话一五一十地告诉了她，她准会这么做的，我只觉得前景不堪设想。这种忧郁的情绪始终困扰着我，直到一种新的充满妒意的猜疑驱使我去做新的寻索，或者反过来，阿尔贝蒂娜对我表现得温情脉脉，让我觉着我的幸福都变得无足轻重了。那另一个姑娘到底是谁呢？我真得写信去问问埃梅，或者设法去见他一次，然后我就可以拿他的证词跟阿尔贝蒂娜对质，让她招认。但现在，我认定了她是布洛克的表妹，所以就写信给懵懵然一无所知的布洛克，要他给我一张她的照片，要不，能安排我跟她见个面更好。

有多少人，多少城市，多少道路，是妒火中烧的我们迫不及待地想要了解的啊！这是一种洞察内情的渴望，凭着它，我们可以从零零碎碎的迹象中，一件

How many persons, cities, roads jealousy makes us eager thus to know!

* 有多少人，多少城市，多少道路，是妒火中烧的我们迫不及待地想要了解的啊！

件一桩桩地搜罗到几乎所有的信息，但唯独得不到我们所想知道的消息。猜疑是说来就来，谁也没法儿预料的，因为，冷不丁的，我们会想起某句话意思有些暧昧，某个托词想必背后有文章。可是这会儿人已不在眼前，这是一种事后的，分手以后才滋生出来的嫉妒，一种马后炮。我有个习惯，爱在心里保存好些愿望。我向往得到一位好人家的姑娘，就像我见到由家庭教师伴着从窗下走过的那些少女似的。但圣卢（他是寻花问柳的老手）对我说起过的那位姑娘却格外叫我动心，我向往那些俊俏的侍女，尤其是普特布斯夫人身边的那个妞儿。我向往在早春天气到乡间再去看看英国山楂树和花朵满枝的苹果树，再去领略一下海边的风暴。我向往威尼斯，向往坐下来工作，向往能和别人一样地生活——在心里不知餍足地存储这些愿望，而且对自己许诺说我不会忘记，将来总有一天要让它们实现——也许，这个因循的旧习，这个拖宕永无尽期，被德·夏尔吕斯先生斥为惰性的习惯，我因久久浸润其中，故而那些充满妒意的猜疑也濡染了它的余泽。尽管我在心里对自己说，可别忘了哪天得让阿尔贝蒂娜把埃梅遇见的那位姑娘（也可能是那几位姑娘，这桩公案在我的记忆里变得有点儿模模糊糊、含混不清，或者说难以捉摸了）的事解释清楚，但又总是习惯成自然地一天拖一天。总之，这天晚上我没对阿尔贝蒂娜提起这个茬儿，怕让她觉着我妒心重，惹她生气。

可是到第二天，一等布洛克把他表妹爱丝苔尔的照片寄来，我就赶忙寄去给埃梅。与此同时，我记起了早上阿尔贝蒂娜没肯跟我亲热一番，因为那恐怕确实会使她很累。那么她莫非是想留点儿精力，也许在下午，给某个别人吗？给谁呢？嫉妒心就是这样地纠缠不休。因为即便我们所爱的人，譬如说已经死了，不能再用自己的行为来激起我们的妒意了，也还可能有这种情况：事后的种种回忆，蓦然间在我们的脑海里浮现出来，就像那些事情本身那样。而这些回忆，直到那时还并没让我们参透它们的含义，显得无关紧要似的，但只要我们静心细想，用不着任何外来的启发，就能赋予它们一种新的可怕的含义。你根本用不着跟情妇待在一起，只要单独在她房里细细想想，就能参透她欺骗你的那些新招，即便她已死了也一样。因此，在爱情生活中，不能像在日常生活中那样，先为未来担心，而得同时也为常常要到未来都已成了过去以后才能看清的往事操一份心，这儿所说的不仅仅是在事后才知晓的那些往事，而且是我们久久留存在记忆中，然后突然间明白了其中含义的那些往事。

但不管怎么说，眼看下午就要过去，又可以跟阿尔贝蒂娜待在一起，从中求得我所需要的慰藉了，我心里感到很高兴。可惜的是，这个夜晚恰恰是个没能给我带来这种慰藉的夜晚，阿尔贝蒂娜在跟我分手时给我的那个不同寻常的吻，并不能如同当年临睡前母亲在对我生气，我不敢去叫她来，但又觉得自己睡不着的那些夜晚所终于得到的母亲的吻那样使我的心得到宁静。这种夜晚，现在成了阿尔贝蒂娜已经想好第二天的计划，但又不愿让我知道的夜晚。其实，如果她把自己的计划告诉我，我是会以一种只有她才能在我身上激起的热情，尽力去促成其实现的。可是她什么也没告诉我，而且根本没觉着有必要告诉我。她一回到家，刚在我的房门口露出身影，连那顶宽边帽或软便帽都没摘下，我就看出她正在心里盘算着那种执拗、顽梗、一意孤行，而且不为我所知的念头。而这些夜晚，往往又正是我怀着万般柔情等她回家，盼望着能充满爱怜地搂住她脖子把她紧紧抱住的夜晚。唉，尽管以前跟父母也常有这种情形，我满怀爱心地跑上去吻他们，却发现他们冷冰冰的，在生我的气，但是那点儿芥蒂，比起情人间的隔阂来，又算得了什么呢。此中的痛苦远非那么表面，而要难以承受得多，它驻留在心灵更深的层次。

这天晚上，阿尔贝蒂娜还是把心里盘算的那个主意，对我露了口风。我马上明白了她是想第二天去拜访韦尔迪兰夫人，这个主意本身并没任何叫我不高兴的地方。不过事情明摆着，她上那儿去是要跟什么人碰头，准备干那种好事。要不然她是不会对这次趋访如此看重的。我的意思是说，要不然她是不会一再对我说这次出访没什么要紧的。我素来奉行一条原则，跟那些非要等到认定书写文字只是一套符号之后才想到用表音文字的人背道而驰。多年来，我完全是在别人不受拘束地直接对我讲的那些话里，来寻觅他们真实的生活、思想的线索，结果事情到了这种地步，只有那些并非对事实做出理性的、分析性的表述的证据，我才认为它们是有意义的。话语本身，只有当它们通过一个受窘的人涨得通红的脸，或者通过更能说明问题的突然缄默不语得到诠释时，才会对我有所启发。一个小小的字眼（譬如说，当德·康布尔梅先生知道了我是“作家”，尽管他还从没跟我说过话，在谈到有一回他去韦尔迪兰府上拜访时，却转过身来对我说：“您瞧，博雷利[1]也在那儿。”）会由于交谈双方都没有明说，但我可以通过适当的分析或者说电解的方法从中提炼出来的两种思想却在无意间，有时甚至很危险地发生了撞击，而在芜杂的话语中蓦然闪耀出光亮来，它告诉我的内容，胜过一席洋洋洒洒的长篇大论。阿尔贝蒂娜谈话间，不时会有诸如此类的珍贵的杂拌儿，我总是听在耳里当下就赶紧“处理”，以便使之转换成明晰的思想。

虽说具体的细节——那是要在对众多的可能情况进行试探、侦查之后才能知道的——如此难以发现，事情的真相却是那么容易看穿，或者说那么容易猜到，这对一双恋人来说可真是件大煞风景的事。在巴尔贝克那会儿，我常发现阿尔贝蒂娜出神地望着某几位向她遽然投来缠绵目光的姑娘，这种目光的交流就

1. 博雷利子爵是十九世纪末贵族诗人，经常出入上流社会。

像肉体的接触。过后，如果我认识那几位姑娘，阿尔贝蒂娜就对我说："咱们叫她们来怎么样？我挺想骂她们几句。"但打那以后，也就是自从她大概摸透了我的性格以后，她就从没提过要请某人来，闭着嘴，目光也变得散漫而黯淡，有点儿目不斜视的样子，再加上脸上那种茫然失神的表情，却跟当初磁铁似的目光同样地令人起疑。然而我既不能责怪她，也不能对那些按她的说法是小事一桩，不值一提，而我却似乎偏要拿来过过"吹毛求疵"的瘾的事情问长问短。问"干吗您老瞧对面那姑娘？"已经是够难的，问"干吗您不瞧她啦？"就更难了。不过，如果说我本来就没打算相信阿尔贝蒂娜的表白，那么对这目光所包含、所表明的全部内容，我还是明白，或者说至少是应该明白的，正像我明白她话语中自相矛盾之处的含义一样。这些往往是在离开她很久以后才看出来的自相矛盾之处，让我整夜不能成眠，但又不敢对她提起，它们还不时周期性地光临我的记忆。在巴尔贝克海滩或者巴黎街头的那会儿，有时只是瞧见她偷眼看了人家一眼，我就禁不住会暗自思忖：不知那人只是个她临时属意的对象呢，还是个老相识，抑或是她也只听人家对她说起过。而我曾对其介绍大为吃惊的某个姑娘，她跟我想象中阿尔贝蒂娜可能结识的姑娘真是相差何止十万八千里。然而当代的蛾摩拉犹如一幅扑朔迷离的拼图，拼上去的每个小块都是从最意想不到的地方拣来的。这不，我在里夫贝尔的一次晚宴上碰到十位女宾，碰巧我都认识，或者至少都叫得出名字。这十位女士真是要说有多不一样就有多不一样，可她们却处得和睦极了，我简直还从没见过气氛这么融洽的宴会呢——虽说这么混杂。

回过来再说路上遇见的那些姑娘吧，阿尔贝蒂娜对随便哪个老太婆或老爷子，可从没用这么直勾勾的，或者反过来说，这么谨慎克制，仿佛什么也没瞧见的目光去注视过哪。不知情的受骗丈夫，其实什么都知道。但必须等到有更加确凿详尽的证据，嫉妒才能出场。况且，虽说嫉妒能帮助我们发现所爱的女人身上的某种爱撒谎的倾向，但这女人一旦发现了我们的妒意，她的这种倾向就会变本加厉，一发不可收拾。她撒谎（达到前所未有的程度），或是出于怜悯、害怕，或是出于本能，以一种巧妙的隐遁躲避我们的探究。当然，也有这样的爱情：一个轻佻女子在爱她的男子眼里自始至终就是美德的化身。但在绝大多数情形下，爱情可以分为两个截然不同的阶段！第一阶段，那位女士以极其自然的态度（只在口气上略加注意，使之显得弛缓些）谈到她对肉欲的兴趣，谈到和他在一起有多么快活。而所有这些，一旦她感觉到对方在嫉妒她、监视她以后，她将会竭尽全力来对这同一个男子加以否认。他会怀念当初这段亲密无间的美好时光，但这回忆刺痛着他的心。如果要这女人仍然对他这么无话不说，那就差不多是要她把这男子日复一日枉费心机在刺探的秘密拱手相送，授人以柄了。然而，当初这亲密无间毕竟包含着倾心相予，包含着几多信任和情谊！如果说现在她在自己的生活中已经无法不欺骗他，那么她至少是作为一个朋友那样地在欺骗他，她会把自己所得到的乐趣告诉他，把他引为一个同伙。他不胜怅惘地回想起两人刚相爱时依稀展露在眼前的美满生活的图景，它已经成了泡影，事态的发展使爱情变成了一场痛苦的折磨，而且还将因具体情况的不同，使这场爱情或则以离异而告终，或则虽欲罢而不能。

我从中破译阿尔贝蒂娜的谎话的那些文字，有时只要反过来念就意义自明了。就说这天晚上吧，她用一种漫不经心的口吻，尽量做得轻描淡写地对我说了句："明天我可能要上韦尔迪兰家去，可我实在说不准到底去不去，我并不怎么想去。"这句话反过来说就是："我明天要去韦尔迪兰家，雷打不动，因为这对我至关重要。"闪烁其词的迟疑态度，实际上正表明一种无可改变的意向，之所以要这么说，目的在于让我听着不至于意识到这次趋访的重要性。阿尔贝蒂娜惯于用困惑犹豫的语调来表达义无反顾的决心。我的情况也差不多：我就是要让她去不成韦尔迪兰小姐家。嫉妒往往就表现为一种欲望，心神不安地只想在爱情生活中采取一种专横的态度。我想必是从父亲身上继承了这种粗鲁的专横欲，非要使我最亲爱的那些怀着希望的人感到害怕不可，他们心安理得地用这些希望欺骗着自己，而我却偏要向他们揭穿这种安全感的不可信。眼看阿尔贝蒂娜瞒着我，自说自话地盘算好了这么个出门计划，虽说这计划她只要事先告诉我，我一准会极力促成其实现，尽量使她感到轻松愉快，但此刻我却偏生不想让她自在，于是我心不在焉地回答她说，明天我也要出门。

我开始向阿尔贝蒂娜建议去一些使她去不成韦尔迪兰家的地方，口气之间透出一种装出来的冷漠，我想用这种态度来掩饰自己的神经紧张。可是她一眼就给看穿了。我的紧张在阿尔贝蒂娜身上遇到一种反向的电力作用，一下子给弹了回来；在她的眼睛里，我瞅见的是迸射而出的点点火星。可是到这会儿再来注意她的这双眼睛，还管什么用呢？长久以来，我怎么会没有注意到，阿尔贝蒂娜的这双眼睛属于那类（即使在一个极其普通的人身上也有这种情形）像万花筒一样由许许多多小片拼成，其成分视当天此人想去哪些地方——以及对其中哪些地方秘而不宣——而定的眼睛呢？这双眼睛，平时由于说谎而一直软绵绵的没有一点儿光彩，可是赶上要去赴约，要去赴一个她决计要去的幽会，这双眼睛顿时变得神采奕奕，从中可以测量得出路程的米数或千米数；这双眼睛，固然会对着诱惑它们的快乐而漾起笑意，但也更会由于赴约可能受阻而布上忧伤沮丧的黑影。这种女人，即使你把她捏在手心里，她也会逃脱的。要想弄明白为什么这种女人能够，而别的好些甚至更美丽的女人却不能在你心里激起波澜，就必须考虑到她们并非静止不动，而是始终处于运动之中的，从而她们赋予了自己的外表一种堪与物理上表示速度的符号相当的标记。

倘若您影响了她们的日程安排，她们就会把原先想瞒着不告诉您的那桩好事向您摊牌：“我可真想五点钟能跟某某我最要好的朋友一起喝茶点！”可是您瞧着吧，等半年过后，您认识了那位某某，这时您就会明白，您影响了她的安排的这位姑娘，是为了让您别缠住她，才布下的迷魂阵，告诉您她是跟一个要好的朋友每天在您见不到她的某个时间一起去喝茶的；您还会知道，那位某某的府上，她压根儿就没去过，她们两人从来也没有在一起喝过茶，因为她对那位某某说，她整天都抽不出空，而陪的不是别人，正是您。

这就是说，她告诉您说她要去共进茶点，央求您让她去共进茶点的那个人，这个临时应急的托词，并不是那位某某，其中还有另一个人，还有另一件事！另一件事，可那是什么事呢？另一个人，又是谁呢？唉，这双魂牵远方、忧郁难消的万花筒般千变万化的眼睛啊，它或许能帮我们测量距离，却没法儿为我们指示方向。有无边无垠的可能性的原野展现在我们面前，即便我们碰巧瞅见真实性就在眼前，也会以为它还远在可能性的旷野之外，结果反会一头撞在这堵突兀冒出的墙上，猛地一阵眩晕，仰面摔个大跟斗。对这种运动、这种逃逸，我们甚至都不用去寻踪循迹，只要定神想想就能了然于心。她答应过给我们写信，于是我们安下心，从爱河中一骨碌爬了起来。可是信没来，邮班等了一班又一班，还是不见信来。“出什么事啦？”忧虑一起，又坠入了爱河。令我们感到悲痛的，往往就是这些激起我们爱情的人儿。因为每当我们为她们体验一次新的忧虑，她们的人品就会在我们眼里失去一层光彩。我们对痛苦逆来顺受，认定爱已是身外之物，我们发觉爱情和忧伤休戚相关，爱情也许就是忧伤，它的对象只是在一种很次要的意义上才是那个黑发姑娘。可是不管怎么说，毕竟是她们激发了我们的爱情。

在绝大多数情况下，爱情只有在融进一种唯恐失去它或是担心不能得到它的情绪时，才会以形体作为对象。而这种忧虑又跟形体有着不解之缘，它给形体添上了一层甚至比美貌更为吸引人的光彩，我们平时看见有的男子置美貌的女子于不顾，发疯似的去爱那些在我们看来很丑的女子，其中的一个原因就在于此。这些女人，这些逃逸的女人，她们自己的品性以及我们的忧虑不安都给她们安上了翅膀。即使她们就在我们身边，她们的目光似乎也在告诉我们，她们是要飞走的。这种由翅膀添加上去的甚于美貌的光彩，其证据就是，同一个人在我们眼里常常会时而是有翅膀的，时而又是没有的。我们愈是害怕失去她，就愈是忘记还有别的女人的存在。但等到我们确信她是我们的了，我们就会把她和别的女人相比，而且立刻就会觉得人家更可爱。由于忧虑的情绪和确信的感觉是可以每隔一个星期就交替一次的，所以一个女人在这个星期可以让我们为她不惜牺牲一切，在下个星期自己却可能成为牺牲品，而且循环往复，长此以往。要能理解这一点，就要懂得（以每个男人在他一生中至少有过一次的不再去爱一个女人、忘记这个女人的体验中去懂得）一个女人在她已不再能拨动我们心弦的时候，就如她还不曾拨动过我们心弦的那会儿一样，几乎是不值什么的。如果明白了这层道理，那么我们就逃逸的女人所说的这些意思，对被隔在藩篱后面，我们以为永远得不到她们的那些女囚，也同样是适用的。因而，男人通常嫌恶拉皮条的女人，因为这种女人方便了逃逸，增强了诱惑；但是反过来说，倘若他们爱上了一个被幽禁的女人，他们又会去求助这种女人帮他的意中人逃脱樊笼，把她带到他们的身边。和被我们诱拐的女子的结合，总是好景不长的，原因就在于我们对她们全部的爱，无非就是生怕得不到她们和唯恐她们逃走；而一旦她们被从丈夫身边骗了出来，从剧院的舞台拽了下来，从离我们而去的诱惑中拉了回来。总之，从我们的不论哪一种不安情绪中分离了开来以后，她们就仅仅是她们自己，也就是说几乎什么也不是了，于是，被那个男人垂涎已久的她，很快就会被曾经那么害怕被她抛弃的那个男人所抛弃。

我问自己：我以前怎么就没想到这些呢？可是，难道我真的没从到巴尔贝克的第一天就想到这些吗？难道我真的没猜度过阿尔贝蒂娜是这样一种姑娘，在她们肉体的躯壳里面，有比在——我不是说比在纸牌尚未抽出的牌盒中，或是比在人们还没入内的教堂和剧场中，而是说比在一望无际、川流不息的人群中更多的隐蔽的生命在搏动着。不光是有这么些生命，而且每个生命都有着自己的需要，自己充满肉感的回忆和焦虑不安的探求。在巴尔贝克那会儿，我的心情不曾感到纷乱，因为我根本没想到过有一天我会去追寻那些甚至会把人引向歧途的踪迹。即便这样，阿尔贝蒂娜在我眼里已经是由所有这些生命，以及这些生命的一切需要、一切肉感的回忆叠合而成的一个完整的生命。既然有一天她对我提到了凡特伊小姐，我心里巴望的自然就不是扯下她的衣裙来瞧她的身体，而是透过她的身体去看清写着她的回忆、写着今后那些热情的幽会日期的记事簿的每一页。

一些似乎微不足道的小事，当一个我们所爱的人（或者一个就缺那份让我们去爱的狡黠的人）对我们隐瞒了它们以后，竟会陡然间变得那么意味深长！痛苦本身并不一定会激发我们对引起这痛苦的人的爱憎：对一个引起我们疼痛的外科医生，我们是无所谓爱憎的。可是一个女人，如果她长久以来一直在对我们说，我们就是她的一切（并非她是我们的一切），而我们也喜欢瞧她、吻她、抱她坐在膝上，那么我们只要从她那儿遭到一次意外的推拒，因而觉着了我们并不是想怎么着就能怎么着的，就会感到大为震惊。这时，失望会在我们心里不时勾起对久已忘却的痛苦往事的回忆，然而我们又知道，唤醒这些回忆的并不是这一个女人，而是曾经用她们的无情无义在我们的记忆中留下道道瘢痕的别的一些女人。当爱情全然要由谎言煽起，而其内容乃是冀求看到自己的痛苦能由制造这痛苦的人来抚平，这时在这个世界上我们怎么会有活下去的勇气，又怎么能采取行动去抵御死亡呢？要想从发现这种欺骗和推拒后的沮丧中解脱出来，有一服烈性药就是求助于那些让我们觉得在她的生活中比我们关系更密切的人，尽量跟这个推拒我们、欺骗我们的女人对着干，对她耍手腕，让她怨恨我们。可是，这种爱情的折磨又是那样一种折磨，它能叫受害者无一幸免地耽于幻想，以为只要变变姿势就会得到那种悬空的舒适。唉！我们这样做还嫌做得不够吗？在这种爱情中，恐惧全然是由不安引起的，它的根子，就是我们在自己的樊笼里翻来覆去不停忖量着的那些毫无意义的话语；况且，我们的恐惧因她们而起的那些女人，也极少能使我们的肉体在完满的意义上感到愉悦。因为我们借以选择这一时机的，并非那种无法遏制的强烈需要，而是某个不期而至的极度不安的瞬间（这个瞬间，会由于我们性格的懦弱而无限延长，它每晚重复着它的尝试，最终都只是变成了镇静剂而已）。

我对阿尔贝蒂娜的爱情，无疑还不是由于意志薄弱而变得兴致索然的种种爱情中最乏味的那种，因为它还不是完全柏拉图式的——她给了我肉体上的满足，而且她还挺聪明。但这一切又都是多余的，不相干的。我脑子里经常想到的，并不是她会说些什么聪明话，而是这句那句使我对她的行为起疑心的话；我回想她是否说过这句或那句话，用的是什么口气，在什么场合，回答的是我的哪句话，我竭力想起她跟我说话时的整个场景，想起她是在什么场合表示要去韦尔迪兰府上做客，而我又是说了哪句话使她面有愠色的。而那桩最要紧的事，我却并没花费这么多心思去寻根问底，去探究当时确切的气氛和情调。也许这些忧虑不安到了某种使我们不堪承受的地步以后，我们有时反倒会把它们撇在一边，安安生生地睡上一夜。我们所爱的姑娘要去参加一个宴会，而对这种聚会的真实性质，我们已经在心里掂量过好些时日，我们也受到了邀请。在宴会上那姑娘的目光始终没有离开过我们，除了我们也不跟任何人交谈，我们把她送回家，这时只感到平日里的焦虑不安都已烟消云散，此刻享受的是一种充分的休憩，如同长途跋涉过后的一场酣睡那般大补元气。一次这样的休憩，无疑值得我们为它付出昂贵的代价。但是，若是当初能做到不去给自己买下那份要价甚至更高的烦恼，事情岂不更简单？况且我们知道得很清楚，尽管这种暂时的休憩可以很充分很深沉，忧虑和不安毕竟是无法排遣的。这种忧虑不安，甚至往往还是由一句本意在让我们得到休憩的话给勾起的。妒意的乖张，轻信的盲目，都要比我们钟爱的这个女人所能想象的程度强烈得多。她主动对我们赌咒发誓地说某人只是她的一个朋友，我们暗中却不由得吃了一惊，因为我们这才知道——先前简直就没想到过——那个男子居然会是她的朋友。她为了表白自己的诚意，还一五一十地讲给我们听，当天下午他俩是怎样一起喝茶的，听着听着，我们原先没法儿看到的场景、没法儿猜到的情状，仿佛都在眼前浮现了出来。她承认说，那人要她当他的情妇，使我们感到揪心的是她居然若无其事地听着他说这种话。她说她拒绝了。可是这会儿，当我们回想起她告诉我们的这番话的时候，我们不禁要忖度一下这种拒绝是否真诚，因为在她絮絮叨叨讲给我们听的事情中间，缺乏一种必要的、逻辑的联系，而这种联系恰恰是比一个人所说的许许多多话更能表明它们的真实性。随后她又用一种鄙夷不屑的口气说："我挺干脆，对他说这事没门儿。"无论哪个社会阶层的女人，每当她要说谎

The demands of our jealousy and the blindness of our credulity are greater than the woman we love could ever suppose.

* 妒意的乖张，轻信的盲目，都要比我们钟爱的这个女人所能想象的程度强烈得多。

时，往往都是用的这种口气。可我们还得感谢她拒绝了那人，还得用我们的诚意鼓励她今后继续向我们做这种残酷的表白。我们至多添上这么一句：“不过，既然他已经提了这种建议，您怎么还能跟他一块儿喝茶呢？”“我不想让他记恨我，说我不够朋友。”我们不敢对她说，她要是拒绝跟他一起喝茶，或许就对我们更够朋友些。

另外，使我大为吃惊的是阿尔贝蒂娜还告诉我，她觉得我说我不是她的情人（我这么说是为了顾全她的面子）说得很对，因为，她补上一句：“事情明摆着，您不是嘛。”诚然，我也许算不上一个百分之百的情人，可是我不免要想，莫非我俩一起干过的所有那些事儿，她跟每个她赌咒发誓不是人家情妇的男人都干过不成？我情愿付出任何代价来弄明白阿尔贝蒂娜到底在想些什么，她去看的是些谁，她爱上的又是些谁。说来也奇怪，当初对吉尔贝特，我已经体验过同样的愿望，不顾一切地想知道那些今天看来根本不值得介意的名字和事情，现在竟然还会不顾一切地想这么做！其实我也知道，阿尔贝蒂娜的所作所为，就其本身而言并不见得更值得介意些。但事情就是这么怪，如果说初恋以它在我们心间留下的脆嫩的创痕，为以后的恋爱提供了通道，我们都甭指望因为看到的是相同的症状和病情，就能从初恋中找出治愈新伤的办法。再说，难道真有必要去了解一桩桩的事实吗？难道我们不是从一种普遍的意义上，就已经一眼能看出这些有事瞒着我们的女人干吗要说谎或沉默吗？这中间难道还会有错不成？我们一心要让她们开口的时候，她们却表现出三缄其口的美德，但我们仍能在心里感觉得到，她们一准对那些男人信誓旦旦地说过："我决不会说的。谁也甭想从我嘴里问出半句话来，我会守口如瓶。"

一个男人把自己的幸福、自己的生命，都交托给了一个女人，然而他清楚地知道，不消十年，他早晚有一天会拒绝再给她这份幸福，他会宁愿保留自己的生命。因为到那时，这女人已经离我们而去，剩下我们孤零零的，一无所有。把我们和这些女人维系在一起的，是千丝万缕的根须，是对昨夜的回忆和对明早的憧憬连成的数不胜数的游丝；使我们陷于其中无法脱身的，就是这张由日复一日的生活所织成的连绵不断的网。正如有的吝啬鬼是通过慷慨在攒钱一样，我们这些浪荡子是通过吝啬在挥霍，与其说我们是为了那个女人，倒不如说我们是为了她每日每时都能从我们身上取去维系在她周围的所有那一切，在奉献我们的生命；跟她得到的所有那一切相比，我们尚未生活过的、相对来说还属于未来的那个生命，就显得那么遥远而冷漠，显得那么生疏，那么不像是属于我们所有的。这些网远比她的人重要，我们该做的事就是从中挣脱出来，然而它们却有种效能，会使我们身上产生出一种对她的暂时的责任感，这种责任感使我们不敢离开她，生怕遭到她的贬责；而事过以后，我们或许是会敢于这么做的，因为她离开了，我们就不会再是我们自己，而我们其实是只有对我们自己才会产生责任感的（哪怕当这种责任感从表面上看似乎很矛盾，会导致自杀时，亦是如此）。

倘若我不爱阿尔贝蒂娜（这一点我不能说得很肯定），那么她在我的生活中所占的地位是极为寻常的：我们与之一起生活的并不是我们所爱恋的对象，我们与之一起生活，只是为了扼杀那不堪忍受的爱，不论那是对一个女人、一个地方，抑或是对一个使人想起某个地方的女人的爱。但倘若我们连这个对象也得分离，我们是不会有勇气重新去爱的。对于阿尔贝蒂娜，我却还没到这种程度。她的谎话、她的供认，都给我留下了探明真相的任务：她说谎说得这么多，是因为她不仅仅像那些自以为被人爱上的女人那样喜欢说说谎，而是生来（跟那不相干地）就是个爱说谎的女人（而且极端变化无常，甚至连在对我讲真话，比如讲她对人家的看法时，也每次都讲得跟前回不一样）；她的供认，非常难得，而且三言两语就没有下文了，所以凡是涉及过去的，其中总会有大片大片的空白，留待我去补缀——为此当然首先要了解——她的生活经历。

至于眼下的情形，我从弗朗索瓦兹那种女巫预言般的话里听出的意思是这样的，阿尔贝蒂娜不是在个别的事情上，而是整个儿地在对我说谎，并且我“早晚有一天”也会知道所有那一切的，瞧弗朗索瓦兹的样子，她是已经知道所有那一切的，但她不肯告诉我，而我也不敢去问她。弗朗索瓦兹想必是出于当初嫉妒欧拉莉的同样的动机，所以才尽说些听上去荒诞无稽的话头，影影绰绰地让我觉着她是在很荒唐地暗示那可怜的女囚（她尽爱恋些女人）想跟一位看来并非是我的某人结婚。如果真有此事，那么除非弗朗索瓦兹有心灵遥感的本领，否则她怎么能够得知呢？当然，阿尔贝蒂娜对我说的话并不能使我真的释然于怀，因为那些话一天一个样，就像一个转到看上去像是不动的陀螺，颜色时时在变。不过，看来弗朗索瓦兹很可能是由于嫉恨才这么说的。她每天都要说下面这样一通话，在我母亲不在的情况下只好由我恭听了："您待我好，那是没说的，我永远忘不了要感激您的恩惠（这么说大概是让我有个由头对她表示感激）。可如今这府上给弄得乌烟瘴气，因为善良把奸诈让进了这屋里，智慧成了我所见过的最蠢的婆娘的保护伞。任凭您有一百个优雅、礼貌、才情、体面，如一位王子那样的外秀内慧，可您听任她把规矩撇在一旁，耍花招儿、设圈套；我在府上干了四十年了，而今瞧着这种伤风败俗、最粗俗、最低贱的丑事儿，都觉得丢尽了脸。"

弗朗索瓦兹对阿尔贝蒂娜最耿耿于怀的，就是她居然得听这个府上的外人的使唤，这样活儿就加了码，把咱们这个老女仆的身子给累垮了（尽管如此，这一位却不肯让人帮她干点活儿，因为她不是一个"废物"）。她的神经紧张，她的恨意难消的愤愤不平，由此都可得到解释。当然，她巴不得阿尔贝蒂娜能滚蛋——这是弗朗索瓦兹的一大心愿。它给这位老女仆以安慰，使她的情绪得以平静下来。不过照我看来，问题还不止于此。如此难消的恨意，只能是出自一个劳累过度的血肉之躯。弗朗索瓦兹比尊重更需要的是睡眠。

趁阿尔贝蒂娜去换衣服的当儿，我想尽快把事情弄明白，于是抓起了电话听筒。我向无情的女神赔着小心，可还是激怒了她们，这怒气传到我耳朵里就是两个字："占线。"安德蕾在跟人家聊天哩。我一边等着她打完这个电话，一边在心里想，既然很多画家都对十八世纪的女性肖像画那么感兴趣——那些画上，精心设计的场景是一种假托，是用来表示等待、赌气、关注和沉思的，那么为什么没有一位当代的布歇或者弗拉戈纳尔[1]，一如《信》《羽管键琴》那般，画下这么个可以称作"电话机前"的场景，将握着听筒的女子唇上那抹正因为知道没人看见才这么真实自然的笑容表现出来呢？电话总算通了，安德蕾可以听见我说的

1. 布歇（1703—1770），法国画家，洛可可风格的主要代表。弗拉戈纳尔（1732—1809），法国画家，布歇的学生。这两位画家的作品大多以贵族生活为题材。

话了："您明天来接阿尔贝蒂娜出去吗？"当我说出阿尔贝蒂娜这名字的时候，我想起了那次在德·盖尔芒特亲王夫人府的晚会上，斯万对我说"请来看看奥黛特"的当儿在我身上激起的那种妒羡。当时我想，不管怎么说，在一个名字里必定蕴含着某种很要紧的东西，而它，在旁人眼里也好，在奥黛特眼里也好，都只有在斯万嘴里才会具有它那绝对占有的意义。对整个儿存在的这样一种——概括在一个词儿里的——占有，每当我坠入爱河时，总让我感到它一定是非常甜蜜的！可是，事实上，当我们能说出这名字的时候，要不是它已经使我们感到漠然不相干似的；就是习惯虽然还没把温情销蚀殆尽，却已把它的甜蜜变成了痛苦。我知道只有我才能用这种口吻对安德蕾说"阿尔贝蒂娜"。可是我觉着，无论是对阿尔贝蒂娜，对安德蕾，还是对我自己，我又都是那么无足轻重。我意识到爱情是撞在不可能性这堵墙上了。我们以为爱情的目标就是这么一个存在，它安睡在我们面前，寓于一个躯体之中。可是，唉！爱情却是这个存在向它在空间和时间中曾经占据或将要占据的所有那些地点和瞬间的扩张。如果我们没有掌握它与这个或那个地点、这个或那个时刻的联系，我们就没有占有它。然而我们是不可能触摸到所有这些地点和瞬间的，倘若这些地点和瞬间都是一一指明的，或许我们还能设法去摸到它们。可是，我们只是四下瞎摸，结果一无所获。这就引发了怀疑、嫉妒和痛苦的困扰。我们把宝贵的时间浪费在荒诞无稽的线索上，与事情的真相擦肩而过却懵然不知。

可是那些拥有令人咋舌般行动速度的奴仆且爱发脾气的女神，她们中间有一位已经不高兴了，倒并不是因为我在说话，而是因为我没在说话。“听着，线空着呢！我已经给您接通好半天了，现在我要拉线了。”不过她没真这么做。正如一位接线员经常会是位大诗人那样，她让我感觉到安德蕾就在我跟前，在她四周充盈着家庭的、地区的，以及作为阿尔贝蒂娜的朋友所特有的那种生活的气氛。“是您吗？”安德蕾对我说，那位有神力能让声音跑得比闪电还快的女神，把安德蕾的声音以一种不可思议的速度向我掷来。“您听着，”我回答说，“你们爱去哪儿都行，可千万别去韦尔迪兰家。明天您说什么也不能让阿尔贝蒂娜上那儿去。”“可她说了明天要上那儿去的呀。”“啊！”

说到这儿我不得不打住话头，还做了些吓唬人的动作，因为弗朗索瓦兹依然——仿佛这是件像种牛痘一样恼人，或者像坐飞机一样危险的事情似的——不肯学会“听”电话。所以碰上那些即便让她听见也无妨的电话，她倒确不来管我们的；可是反过来，如果我在打一个不想让人知道，特别是不想让她听见的电话，每次她总会即刻出现在我的屋里。好不容易才见她磨磨蹭蹭地捧着一包杂物走出房间，这些东西从昨晚起就在这屋里了，而且就是再放上一个钟头也不会碍任何事的；临走前她还往壁炉里添了块柴，其实她的闯入已经让我憋了一肚子火，再加上我生怕接线员小姐真的“拉线”，所以浑身燥热，根本不用她来添什么火。“对不起，”我对安德蕾说，“刚才有事给打断了。那她明天是非上韦尔迪兰家去不可了？”“非去不可，不过我可以对她说您不喜欢她去。”“不，不用这么说；说不定我还会跟你们一起去呢。”“啊！”安德蕾的这声“啊”好像很不高兴，而且被我这种硬撑到底的厚颜无耻给吓着了似的。“好了，我要挂了，请原谅我为这么点儿小事来打扰您。”“哪儿的话，”安德蕾说着还（因为现在电话的使用已很普遍，于是就像过去喝茶时的客套话一样，电话也有了一套专门的客套话）加了一句，“能听到您的声音，我感到不胜荣幸。”

我也能这么说，而且比安德蕾更真心诚意，因为刚才她的声音深深地打动了我的心，我还从来没有注意到她的声音跟别人有这么大的区别。于是，我回想起许多别人的声音，尤其是女人的声音，她们有的在想说明白一个问题或者集中注意力时会变慢下来，有的说得激动时，滔滔汩汩的话语会让她们气喘吁吁，甚至说不上话来。我逐一回忆我在巴尔贝克认识的每位姑娘的声音，又回忆起吉尔贝特的，然后再是外婆和德·盖尔芒特夫人的。我发现它们都是不一样的，每人的声音都是用自己特有的语言模子模压出来的，都是用不同的乐器吹奏出来的。我在心里对自己说，当我看见几十、几百、几千个人的所有这些声音唱起颂歌，和谐悦耳、音色丰满的歌声冉冉升起，飞向天主的时候，旧日画家笔下由三四个音乐天使在天堂演奏的音乐会该是多么黯然失色啊。我挂电话前没忘记向那位握有传声速度大权的小姐诚惶诚恐地说了些表示感谢的话，谢谢她以自己的神力将我卑微的话语变得比雷鸣快过百倍。可是除了线路被切断，我的感恩没收到任何其他的回答。

阿尔贝蒂娜回我屋里来时，穿着一条黑色缎子长裙，更显得面色发白，就像个由于缺乏新鲜空气，由于处于都是人群的氛围，或许还由于不够检点的生活习惯而变得苍白、热情、孱弱的巴黎女人，那双眼睛因为没有了脸颊上红晕的辉映，看上去更显得忧虑不安了。“您猜，”我对她说，“我刚才给谁打电话了？安德蕾。”“安德蕾？”阿尔贝蒂娜的这声尖叫显得吃惊而激动，按说这么个再普通不过的消息是不至于让她这么激动的。“我想她大概没忘记告诉您我们那天碰到韦尔迪兰夫人的事吧？”“韦尔迪兰夫人？我不记得她提起过呀。”我装作在想旁的事情的样子回答她说，这同时也是为了显得对她们的相遇并不在意，以及为了不至于出卖安德蕾，把她告诉我阿尔贝蒂娜要去哪儿的这件事漏出口风来。但是谁能知道安德蕾自己会不会出卖我，明天会不会把我要她无论如何别让阿尔贝蒂娜去韦尔迪兰家的这回事告诉阿尔贝蒂娜，或者会不会早就把我几次让她干的类似的事都透露给阿尔贝蒂娜听了呢？她对我信誓旦旦地说过她从没说过，可是在我心底里有一种印象在跟它抗衡，那就是不知从什么时候起，阿尔贝蒂娜脸上没有了那种很久以来一直对我表露的信任的表情。

在恋爱中，痛苦偶尔也会消停一下，但那是为了换一种新的形式再来出现。我们流着泪，眼看自己心爱的女人对我们已经没有当初那种充满爱怜的冲动和含情脉脉的亲昵。更使我们感到痛苦的是，从我们这儿消失的这一切，她们却都拿去给了别人。然后，一种更使人肝肠寸断的新的悲怆攫住了我们，令我们暂时忘却了适才的痛苦，因为我们怀疑她所说的昨晚的经过是一派谎话，她必定有什么事情在瞒着我们。而后这种怀疑也消歇了，她对我们表示的情意使我们平静了下来。然而正当此时，一句原来已经忘却了的话在脑海中跳了出来：有人对我们说过，她在交欢时是充满激情的，而我们见到的她总是那么冷静。我们没法儿想象她跟别人的那种癫狂的样子，感觉到自己在她眼里是那么的无足轻重。我们想起每当我们说话时，她的脸上总有一种厌倦、抑郁、忧愁的神态，我们注意到她跟我们在一起时总穿着满天乌云似的黑睡裙，而那些当初她用来取悦于我们的漂亮衣裙，现在是专门留着在别人面前才穿的。如果情况正相反，她对我们显得温情脉脉，那一时刻该是多么快活啊！可是，瞧着这条纤巧的舌头伸出来像是邀人吻它似的，我们不由得会想，它准是伸给那些姑娘伸惯了，所以即便是和我在一起，即便她也许根本没想到她们，也仍然会这么伸出来，因为这是一种长期养成的习惯，一个下意识的标记。随后，那种感觉又冒了出来，我们觉得自己是使她感到厌倦了。但是，骤然间这种痛苦又变得无足轻重了，我们想到了她的生活中那段不为我们所知的阴暗的往事，想到了那些我们无从知晓的地方。她曾经在那儿生活过，也许现在当我们不在身边时也还去那儿——即使她并不打算真的就在那儿生活下去，她在那儿远离我们，不属于我们，比跟我们在一起时更快活。嫉妒的走马灯就是这样地转个不停。

嫉妒还是一个祛除不去的魔鬼，它随时都会以新的化身重新出现。即便我们能把心爱的姑娘永远留在自己身旁，邪恶的精灵也会摇身一变，变成一种更令人绝望的痛苦，那就是一种只有靠强梁才能得到她的忠贞的悲哀，一种不被人爱的悲哀。

有些夜晚阿尔贝蒂娜仍是很温柔的，但她再也没有当初在巴尔贝克冲着我说“可您对我真好！”时的

But when we see that little tongue stuck out as though in invitation, we think of those to whom that invitation was so often addressed.

* 可是，瞧着这条纤巧的舌头伸出来像是邀人吻它似的，我们不由得会想，它准是伸给那些姑娘伸惯了。

那种意兴勃发的激情了。而且，尽管她现在心里对我有股怨气，但因为她认为它们是无法消弭也无法忘却的，所以她并不把这种怨意对我流露出来，看上去仍使我觉着她的内心并没保留半点儿怨意地在向我靠拢。然而这种未经挑明的怨尤，毕竟仍然在她和我中间留下了痕迹，那就是她说话时意味深长的谨慎态度，以及那种令人既尴尬又无奈的沉默。

“可以让我知道，您为什么要打电话给安德蕾吗？”“我想问问她，要是我明天跟你们一块儿去，是不是会妨碍她；我在拉斯普利埃那会儿，就答应过要去韦尔迪兰府上拜访的。”“那当然随您便啰。可是我得提醒您，今儿晚上有浓雾，到明儿还散不了。我说这话是不想让您受凉生病。您知道，我当然最希望您能跟我们一块儿去了。不过，”她若有所思地接着说，“我根本还不知道明儿去不去韦尔迪兰家呢。他们家待我这么好，我实在是受之有愧。除了您，他们就是待我最好的人了，可是他们家有些地方让我挺不受用的。反正明儿我一准得去廉价商场或是三区商店买条白颜色的披巾，要不那条黑裙子颜色太暗了。”

让阿尔贝蒂娜独自上一家人群摩肩接踵的大商场，

那儿出口又特别多，一个女人事后总可以说她出了门没能找到停在远处等她的那辆汽车。我打定主意不同意她这么做，而我的心绪不由得也变得黯然了。然而，我并没有想到，其实我也许在很久以前早就不曾看见阿尔贝蒂娜了，因为她是在这么个可悲的时期进入我的生活的。其间，一个女人被像粒种子似的撒进空间和时间以后，在我们眼前已不复是一个女人，而是一连串我们无法弄清真相的事件；一连串我们无法解决的问题；以及一片我们可笑地想如薛西斯那样鞭笞它、惩罚它的吞噬了一切的大海。一旦这个时期开始了，我们就注定是要被征服的。那些及早识得其中三昧的人是有福了，他们不会苦苦地去进行一场被想象的极限所团团围死的徒劳无益、筋疲力尽的争斗。嫉妒在这场争斗中可怜地挣扎着，就好比一个可怜的男子，当初他只要看见那个总在他身旁的女人把目光在别人身上停留片刻，就会想象出一幕私通的场景，就会感到痛苦万分。后来却终于也出于无奈，不单是允许她单独出门，有时还让她跟着那个他明知是她情人的家伙出去——与其不明不白地被蒙在鼓里，他宁可受这份自己至少还能明白的折磨！这是一个定下某种节奏的问题，以后，习惯就会让你随着这节奏亦步亦趋。神经官能症患者绝不肯从任何一次晚宴离席而去，尽管他过后总得好生静养，睡多久也睡不够似的。不久前还举止很轻佻的女人，从这以后就忏悔度日了。嫉妒的恋人为了监视心爱的女人，曾经缩减自己睡眠、休息的时间，却感觉到她的欲望从空间上说是那么广漠而神秘，从时间上说则比他们更强，于是他就让她独自出门，让她去旅游，最后和她分手。就这样，嫉妒由于缺乏养料而枯竭了，它只有在不断得到给养补充时才能长盛不衰。而我，离这种情形还差得远呢。

没错，我现在是自由得很，多会儿想要跟阿尔贝蒂娜一起出去兜兜风，就能说走就走。由于近来在巴黎近郊修了一些机场——它们之于飞机，就如港口之于航船——因而自从有一天在拉斯普利埃附近颇有些神话色彩地碰上那位驾机掠过惊了我的马的飞行员，而我就此把这次奇遇看作一种特许的标志以后，我就常常喜欢把一天出游的终点站定在——阿尔贝蒂娜对此也挺乐意，因为她对所有的体育活动都倾心爱好——其中的某个机场。我和阿尔贝蒂娜去到那儿，心醉神迷地望着飞机升起降落的一派忙碌景象，这种景象对热爱大海的人来说，会使海堤的漫步或沙滩的休憩变得分外迷人；而对热爱天空的人来说，则会为飞行中心近旁的溜达带来可爱的魅力。不时可以看到在一群静静地待着、仿佛下了锚似的飞机中间，有好些机械师在费劲地拉动一架飞机，就像在沙滩拖动一艘游客租去在海上兜风的帆船。随后引擎响了，飞机在跑道上鼓足劲儿往前奔去，陡然间，靠着水平速度骤然转换而成的巨大的竖直升力，它以垂直的姿势慢慢地上升了，那样子笨拙而艰难，看上去竟像没有在动似的。阿尔贝蒂娜喜形于色地向机械师问这问那，这时飞机已经上天，他们都陆续走回机棚了。而这时，那位天际游客已经飞出几公里开外了。我们凝望着那艘庞大的“轻舟”，眼看它在碧蓝的天际渐渐变成一个几乎望不见的黑点，不过，在我俩的散步结束以前，它还会飞回来，它的身形会渐渐变长、变大，质感也会愈来愈清晰。驾驶员跳下地面时，阿尔贝蒂娜和我妒羡地望着这位天际游客，他刚刚逍遥自在地遨游了寂远的天际，享受了傍晚时分的宁静和澄莹。然后，我们从飞机场或是从刚参观过的某个博物馆或教堂一起回家共进晚餐。可是我的心情却不像在巴尔贝克时那样平静，当时我俩一起外出的机会要少些，但我不仅满心欢喜地看到出游持续了整整一个下午，而过后不时还会瞥见它花团锦簇般地从阿尔贝蒂娜的生活里凸现出来，犹如当我们摒弃一切思虑，望着天空怡然出神时，瞥见它从寥廓的天空中凸现出来一样。阿尔贝蒂娜的时间，从数量上来说，当时并不像今天这么充裕地归我所有。但我觉得当时她的时间更真正地属于我所有，因为我只想着——我的爱情也为之兴奋激动，好像受到一种恩惠的赐予——那些她和我一起度过的时光；而现在呢，我的嫉妒焦躁不安地在其中寻觅行为不端的蛛丝马迹——尽是她不和我在一起的那些时间。

可是昨天，她准会想要有些这样的时光。我必须做出选择，或者中止痛苦，或者中止爱情。因为，爱情就像它起初由欲念所形成的那样，它后来唯有靠痛苦的焦虑才能维持生存。我感觉到阿尔贝蒂娜的一部分生活正在从我面前逃逸。爱情，处在痛苦的焦虑中就如处在幸福的渴求中一样，是非要整个儿得到才罢休的。只有当有些部分还没被征服时，爱情才会产生和持续。我们所爱的总是我们还没有全部占有的东西。

阿尔贝蒂娜对我说谎，说她可能不去看韦尔迪兰一家子，就像我对她说谎说我想上他们家去一样。她无非是想别让我跟她一起出去，而我，这么突如其来地宣布一个我从没想过要实行的计划，则是为了触到她身上我猜想最敏感的痛处，追踪她藏在心里的那个欲望，逼得她承认明天有我在她身边是会妨碍她如愿以偿的。其实，她突然表示不想去韦尔迪兰家，也就是承认了这一点。

“要是您不想上韦尔迪兰家去，”我对她说，“在特罗卡代罗宫倒有场很精彩的募捐演出。”她依了我的话，但带着一副愁眉苦脸的样子。我对她又开始像在巴尔贝克我第一次感到嫉妒时那样，变得很严厉了。她脸上露出失望的表情，我就用我小时候父母经常用来教训我的，对于我那未曾被人理解的童年来说显得既不明智又很残酷的那些道理，来训斥阿尔贝蒂娜。“不，您做出这副苦相也没用，”我对她说，“我不会因此就怜悯您的；要是您病了，要是您遭到了什么不幸，要是您死了哪个亲戚，我会怜悯您。可您对这些也许倒无所谓，因为您已经把廉价的伤感情绪都滥用在毫无意义的事情上了。再说，我也不欣赏有些人的多愁善感，她们装得很爱我们，却连一点点小事情也不能为我们做一下，她们想到我们时是那么心不在焉，以致会忘了把托付给她们的那封跟我们前途攸关的信给发出去。”

这些话——我们说的话中间，有一大部分无非就是背诵记忆中的话语——我以前听母亲说过不知多少次了。我母亲（她动辄向我解释说，不该把真正的敏感和神经过敏混为一谈，“这两个词儿，”她说，“在德文里一个叫 Empfindung，一个叫 Empfindelei。”德文是她大为赞赏的语言，尽管我父亲对这个国家非常反感）有一次看到我在哭，甚而至于对我说尼禄大概也很神经质，所以才那么坏。的确，就像那些生长过程中分蘖成两枝的植物一样，在当年的我——那个敏感的孩子旁边，现在并排出现了一个另一种类型的男子，他有健全的理智，对别人病态的多愁善感持严厉的态度，就像当年父母对我那样。也许，正因为每人都必须让先人的生命在自己身上延续下去，那个敏感的孩子身上，早晚会融入那种沉着冷静、冷嘲热讽的男子气概，所以，有一天我也会像父母对我那样的去对待别人，是很自然的。何况，这个新我形成之际，我发现其记忆中已储存有一套套的用语，既有冷嘲热讽的，也有训斥骂人的。那都是人家曾经对我说过的，现在我只要拿出来去对别人说就可以了。这些话非常自然地从我嘴里说出来，或许是我凭模仿和联想从记忆中找到了它们，或许是由于生殖能力美妙而神秘的魅力不知不觉地在我身上，犹如在植物的叶片上一样，留下了先人所曾有过的同样的语调、手势、姿态的印迹。这不，母亲难道不就因为我跟父亲敲门那么相像（无意识的潜流从我身上每个细小的地方流过，使我变得跟父母愈来愈像，就连手指最细微的动作也是如此），在我进门时把我当成过父亲吗？

说到底，相对立的事物捉对出现，是生活的常例、繁殖的法则，而且我们下面会看到，还是众多不幸的根源。通常，我们总很讨厌跟我们自己相像的东西，我们自己的缺点一旦出现在别人身上，就会使我们感到它们很可恼。有不少人一旦过了天真地流露自己缺点的年龄，哪怕碰到火烧眉毛的紧急关头，他们也依然我行我素，不改平日脾性；但倘若看见这些缺点在另一个更年轻，或更天真，或傻气更足的人身上表现出来，他却会对这些缺点深恶痛绝！有些敏感的人，一旦看见自己好不容易强忍住的泪水在别人脸上流了下来，就会火冒三丈。家庭成员之间尽管有感情上的维系，但正因为彼此太像，往往会有隔阂和不睦——有时候，感情愈深，隔阂愈难弥合。也许在我身上（在许多人身上也一样），我所变成的第二个我，仅仅是第一个我的一副面相而已，冲着自己兴奋而敏感，冲着别人却谨言慎行，俨然是个良师益友。在别人眼中，我的亲人对我和对他们自己的不同态度，或许也是这样的情况。就外婆和母亲而言，事情明摆着，她们对我的严厉是她们有意做出来，甚至是为此付出代价的；而我父亲，他的那种冷峻，也许正是他内心敏感的一种外在表现形式。以前听见人家这么说起我父亲："在他冷冰冰的外表下面，蕴藏着一种异乎寻常的敏感；他只是羞于表现他的敏感而已。"我总觉得这种话形式既俗，内容也虚伪，但现在我觉得，这种两重的表现形式（一重是内心世界的表现，一重是社会关系的表现），也许正体现了真实的人性呢。其实，隐藏在这种表面的不动声色（但一旦按捺不住，充满说教的说辞，以及对多愁善感的笨拙表现的嘲讽仍会脱口而出）背后的，不正是持续不断却又秘而不宣的内心波澜吗？

从前父亲是这样，而现在，我面对所有的人，尤其是面对阿尔贝蒂娜的时候，不正是竭力做出这副不动声色的模样吗？

我相信那天我确实是想下决心跟她分手，然后动身去威尼斯来着。我之所以没能这么做，说起来还跟诺曼底有关——倒不是因为她有所表示，要到那个最早让我对她心生妒意的地方去（幸运的是，她的出行计划一直没有触及我记忆深处的这个伤心地）。事情的起因是这样的，有一次我说："您住在安弗尔镇的那位姨妈，我记得好像跟您提到过她的女友。"她听了勃然作色回答说："我姨妈根本不认识安弗尔镇的什么人，我呢，也从没有去过那地方。"意在向我表明我说得不对，而她是对的，这种得意的语气，正是一个人跟人家吵架时，想把道理都揽到自己一边来的那种语气。她忘了自己有一天晚上跟我说的谎话，那会儿她说起过那位敏感的夫人，她说她无论如何要到那位夫人家里去看看人家，一起喝个茶，哪怕因此会失去我的友谊，甚至为此送命，她也在所不惜。我不去点穿她当时说的谎话。可是我沮丧极了。我想，分手的事就拖一拖再说吧。要想让人爱你，既用不着真诚，甚至也用不着说谎的技巧。我说爱，其实是说一种互相间的折磨。

我觉得当晚我像外婆那么情深意切地跟她交谈，毫无可以指摘之处，至于告诉她我要陪她去韦尔迪兰夫妇家时，用了那种像我父亲一样突兀的口气，我也不觉得有何不妥。父亲凡是宣布一个决定，总要用一种会在最大程度上引起我们内心不安的口气，相对于那个决定而言，如此骚动不安其实是非常过分的。结果，他反而觉得我们很可笑，居然会为了这么点儿小事弄得那么悲悲戚戚，全不想这种悲戚正是他那种口气带给我们的震撼引起的。虽然——如同外婆以不变应万变的睿智一样——父亲这种任性的冲动，对我来说补充了我敏感的天性，尽管长久以来两者并不相容；尽管在整个童年时代我敏感的天性被它折腾得够呛，但这种天性依然为这种冲动提供了非常准确的信息，让它终于有了一个行之有效的用武之地。这好比：洗手不干的小偷正是最好的眼线，交战国的百姓才是最合适的间谍。在有些惯于说谎的家庭里，当哥哥的看见弟弟没来由地找上门来，临分手时，都已经走到门口就要出门了，却顺便问起一件小事，而且瞧他那神气仿佛没在听对方回答似的。这时做哥哥的心里明白，问这件事才是他来此的目的，这位做哥哥的熟悉这种看似漠不关心的神情，也熟悉这种临走时仿佛顺便一说的口气，他自己就常这么做。于是，在一些反常的家庭，凭着基于血缘关系的敏感，以及兄弟间共通的气质，成员间相互有一种默契，无须任何语言，彼此的意思就都能心领神会。所以，还有谁会比一个神经质的人更让人的神经受不了呢？再说，我的行为在这些情形下也许还有一种更广义、更深刻的根源。当一个人在某种非常短暂而又无法避免的时刻，对某个他所爱的人产生恨意时——这种时刻，在他所不喜欢的那些人身上，有时会延续一辈子——他不想显得对她好，生怕招来她的同情，于是他尽量做出又凶横又开心的样子，为的就是让对方恨你的得意劲儿，让这个或暂时或永久的对头感到心被刺痛。我曾经在多少人面前撒谎诋毁自己啊，原因仅仅是我的成功在他们眼里是伤风败俗的，他们为之感到震怒！我应当改弦易辙走正路，也就是说，应当老老实实把自己高尚的情感显示给大家看，而不要把它藏得这么深。而要是一个人能够不再去恨，能够永远去爱，那样做就太容易了。因为这时候，你就能兴致勃勃地尽说些让别人高兴、感动的话，让人家爱上你！

诚然，我对阿尔贝蒂娜火气那么大，事后想来也觉得有点儿内疚，我对自己说："要是我不爱她，也许对她来说反而会好些，因为我就不会对她这么凶了；不过话又得说回来，那样一来，我也就不会对她这么好了。"我只消告诉她我爱她，就可以为自己开脱。可是这样的爱情表白，比起狠心和欺骗来，不仅不会让阿尔贝蒂娜有什么新的领悟，反而可能使她对我变得更冷淡——狠心和欺骗，毕竟还是可以用爱情做借口的呀。对自己所爱的人狠心、欺骗，那是多么自然的事啊！如果我们对某人有意，而居然还能始终对此人和颜悦色、百依百顺，那只是因为这种有意并不是真心的。别人是与我们无关的，对无关的人我们是不会使性子的。

夜色深了，要想在阿尔贝蒂娜去睡觉之前跟她和解，相吻互道晚安，所剩的时间已经不多了。我俩谁都没跨出这一步。

我心想，不管怎么说，她是在生我的气，于是我趁机跟她说起爱丝苔尔。

“布洛克对我说，”我说（其实没这回事），“您和他的表妹爱丝苔尔很熟。”

“我根本没认出她。”阿尔贝蒂娜神情茫然地说。

“我见过她的照片。”我气势汹汹地接着说。

我说这话时，没去看阿尔贝蒂娜，这样我就见不到她的表情了，而表情恰恰是她唯一的回答——她没开口。

这些个夜晚我在阿尔贝蒂娜身边的感觉，已不像当年在贡布雷母亲吻我时那般恬静，而是充满了焦虑，母亲每逢生我的气或有客人要接待，匆匆跟我道个晚安，甚至抽不出时间上楼来我卧室的时候，我感觉到的就是这样的焦虑。这种焦虑——不，并不是它在爱情中的转移，而是这种焦虑本身，这种一时间会跟爱情如影随形，而当爱情有了保留、感情出现不和之时，唯一受影响的正是它的焦虑——此刻仿佛重又展现在眼前，又像童年时代那样变得无法疏解；我战战兢兢唯恐不能将阿尔贝蒂娜留下来，让她作为一个情妇、一个妹妹、一个女儿、一个母亲（我此刻重又感受到儿时盼望她每晚来道晚安的那种渴求）那样留在我床边，所有这些情感，仿佛都在生命中这一刻过早来临，也许注定要像冬日那般短暂的夜晚聚拢起来，结合在了一起。但是，虽然我感受到了儿时的焦虑，我却没法儿像以前要求母亲那样，要求阿尔贝蒂娜给我以抚慰，让我的心灵归于平静，因为让我感受到焦虑的对象变了，它们在我身上激起的情感不同了，就连我的性格也有了变化。我不知道怎么说才好：我感到心绪黯然。心灰意冷之际，我只跟她说些无关紧要的小事，这些琐事是完全无济于事，不会让事态向积极的方向有丝毫进展的。我内心纠结，一筹莫展。我们往往会有种功利色彩很浓的自私心理，一个结论只要跟我们的爱情沾点儿边，即使它再无足轻重，我们也会对发现这个结论的人肃然起敬，尽管那人也许只是偶然言中，就如占卜的女人随口说了句什么话，后来居然应验了一样；我怀着这种自私的心理，差点儿把弗朗索瓦兹看得比贝戈特和埃尔斯蒂尔更高明，就因为她在巴尔贝克那会儿对我说过“这姑娘只会给您添堵”。

阿尔贝蒂娜该说晚安的时刻愈来愈近，最后她终于跟我道了晚安。但是这个晚上，她心不在焉、敷衍了事的吻，陡然使我变得更加焦躁不安，我心头怦怦直跳，眼看她一步步走到门口，心里想：“要是我想找个借口唤住她，留下她，跟她重归于好，就得赶快，不用几步，她就要离开房间了，就剩两步了，就剩一步了，转门球了，开门了。唉，门关上了！”不然，也许现在还不太晚。就像当年在贡布雷，母亲没用她的吻来抚慰我就离开时一样，我真想冲上去追住阿尔贝蒂娜，我觉得倘若不能再见到她，我的心灵就无法得到安宁，对我来说，能不能见到她，是迄今为止从未有过的一件天大的事情，而要是我没法儿靠自己排遣这种忧伤的话，也许我就只能养成向阿尔贝蒂娜乞求的可耻习惯了。她已经走进她的卧室了，我跳下床来，走出房门，在走廊上踱来踱去，指望阿尔贝蒂娜走出来，好唤住她。我一动不动，站在她的房门跟前，生怕她轻声唤我而我却错过了没听见，我又返回自己的卧室，去看看她会不会碰巧落下一块手帕、一个小袋，或者别的什么，让我可以装作怕她夜里用得着，寻个去她卧室的借口。可惜，什么都没有。我又回到她的房门跟前，但门缝里已经看不见灯光。阿尔贝蒂娜熄灯睡觉了，我待在那儿一动不动，巴望还会有个什么我自己也不知道的机会骤然降临；许久过后，我冻得浑身冰凉地回去钻进被窝，哭了一夜。

也有时候，在这样的夜晚，我会使个小花招让阿尔贝蒂娜吻我。我知道，她一躺下，很快就会入睡（她也知道，所以一躺下就会自然而然地脱掉我买给她的拖鞋，还像在自己卧室里临睡前那样，把戒指褪下放在身边），还知道她睡得很深沉，醒来时显得挺香甜的，于是我借口说要去找样东西，让她躺在我的床上。等我回来，她已经睡着了，望见她此刻面对我的模样，我觉得眼前似乎是另一个女人了。不过她很快就又换了一个人，因为我挨着她躺下，看到的又是她的侧影了。我可以捧住她的脑袋，把它抱起来，用嘴唇去吻它，可以让她的手臂搂住我的颈脖，她依然那么睡着，犹如一只不会停摆的表；犹如一棵攀缘植物，一株兀自沿着你给它的那点儿支撑不断伸展枝叶的牵牛花。但我每碰她一下，她的呼吸都会有所变化，就像她是我拿在手里拨弄的一件乐器，我一会儿拨拨这根弦，一会儿拨拨那根弦，弹奏出不同的曲调。我的妒意减轻了，我觉得现在的阿尔贝蒂娜无非是个呼吸着的生物，很有规律地一呼一吸的纯粹生理功能，正好表明了这一点，呼出的气是轻轻流动的，既没有说话的深度，也没有静默的浓度，它一派天真无邪，仿佛不是从一个人体，而是从一根中空的芦苇里呼出来的。此时此刻我只觉得阿尔贝蒂娜空灵而无所依傍，不仅超脱在物质之上，而且摆脱了精神的羁绊，她的呼吸在我听来，就是天籁般的天使之歌。然而我突然想到，在这呼吸的溪流中，很可能会飘落有关人名的记忆碎屑。

有时候，在这音乐中还会有人声加入。阿尔贝蒂娜咕哝着说了几个词。我真想能听明白它们的意思！有一次我听到她唇间吐出一个我们说起过的人的名字，那人当初引起过我的妒意，但此刻我却没觉得不开心，因为引起她回忆的，好像就不过是她跟我说起那人的一些话而已。不过，有一天晚上，她闭着眼睛，半睡半醒，温情款款地对着我说："安德蕾。"我掩饰住自己的激动。"你在做梦，我不是安德蕾。"我笑着对她说。她也笑了："当然不是，我是要问你，安德蕾刚才跟你说了些什么。""我还以为你以前也像这样睡在她身边呢。""哦，从来没有过。"她对我说。不过，她在回答这句话之前，双手把脸蛋掩住了一会儿。这么看来，她的沉默只是一层面纱，她外表的温柔只是不想让我看出她藏在内心深处的那些回忆，那许许多多会让我锥心刺骨的回忆。这么看来，虽然她的生活中充满种种琐事，虽然我们平时谈起别的人或物（那些跟我们不相干的人或物），尽说些调侃的趣事、好笑的传闻，然而，既然那些人或物误打误撞进入了我们心间，它们就俨然成了弄清她生活内容的珍贵线索，而为了了解她隐蔽的内心世界，我甘愿付出我的生命作为代价。于是她的睡眠在我看来犹如一个美妙而神奇的世界，在那儿，不时会从近乎透明的结构深处冒出一桩我们所不了解的秘密。不过一般来说，当阿尔贝蒂娜睡熟的时候，她似乎恢复了她的天真无瑕。我让她摆出的姿势，她在睡梦中很快就变得非常自如；她仿佛在以这种姿势向我倾吐真情。在她的脸上再也看不见狡狯或粗俗的表情，她把胳膊伸向我，把手搁在我身上，在她和我之间，仿佛有一种完完全全的放松，一种无法割舍的依恋。她的睡眠并没有把她和我分开，反而使我对她的柔情渗透到了她的心间，原先在那儿的别的思绪，反倒因此消退了。我吻她，对她说我要出去一会儿，她微微睁开眼睛，惊讶地问我——当时夜确实已经很深了——“你要去哪儿呀，亲爱的……”（后面是我的名字）接着倒头又睡。她的睡眠无异于是对生命中其他部分的一种消释，又不啻是一种均匀连贯的静默，而不时会有亲昵、温柔的话语从这静默之上飘过。把这些零落飘过的话语搜拢比照，就能听到一段不搀半点儿虚情假意的，纯粹与爱情的秘密有关的内心独白。我看着这恬静的睡眠，心头充满喜悦，就像一个母亲看着睡得又香又甜的宝宝那样——做母亲的知道，孩子睡得好就会长得结实。她睡得也真像个孩子。醒来时也一样，那么自然、那么香甜，无须关心此刻身在何处，我有时不由得会惶惑地思忖，莫非她在来我这儿生活以前，就习惯于跟人睡在一起，所以睁开眼睛总有人在身旁。但她那种孩子气的优雅毕竟还是让我很感动。我依然就像一个母亲，看见她每次醒来心情都这么好，心里好生欢喜。过了一会儿，她完全清醒了，尽说些可爱的话儿，前言不搭后语的，有如小鸟的啁啾。由于一种类似于舞伴交叉移位的效果，她平时不大为我所注意的颈项，现在似乎有一种异乎寻常的美，取代了因睡着而闭住的眼睛，显得分外光彩夺目——这双眼睛是我平时与她交流的对手，如今眼睑垂下，我也就没法儿跟她对话了。这双闭上的眼睛，使整张脸有了一种纯洁而严肃的美；同样，阿尔贝蒂娜醒来时说的那些并非没有意义，却时时被缄默所中断的话语中，也有一种纯粹的美，而平时的交谈，免不了要受谈吐习惯、无谓重复以及间或出现的用词不当所玷污，所以是难以从中感受到这种美的。而且，当我决意要唤醒阿尔贝蒂娜的时候，我可以一点儿都不用担心，我知道，她是否醒来，跟我们一起度过的这个夜晚毫无关系，对她来说，睡了过后醒来，就如夜晚过后是早晨那么自然。她刚笑盈盈地睁开眼睛，便把嘴唇伸给我，她还什么也没说，我已经感到一股清新的气息扑面而来，有如拂晓前依然一片寂静的花园那般让人心旷神怡。

马塞尔·普鲁斯特（Marcel Proust），法国小说家、批评家，常被誉为法国20世纪最重要的作家之一。身处当时日渐衰落的法国贵族阶级，作为社会名流的他发表过艺术、文学批评文章，而后着手写作现代文学最宏大、最有影响力的作品之一——多卷本小说《追寻逝去的时光》。

虽然普鲁斯特的作品因为玛德琳蛋糕和由它唤起的回忆而出名，但嫉妒却是贯穿全书始终的一股力量。《追寻逝去的时光》第5卷（亦即本书文段的出处）围绕着叙述者与幼时爱恋对象阿尔贝蒂娜的注定失败的感情展开。书中描写的嫉妒最终将两人吞噬，据说这是以普鲁斯特自身失败的恋情为原型创作的。

普鲁斯特晚年饱受病痛折磨，退出巴黎上流社会，于1922年去世。

马塞尔·普鲁斯特推荐作品：

《追寻逝去的时光》（全集）

图书在版编目（CIP）数据

企鹅经典．小彩虹．第一辑 /（以）尤瓦尔·赫拉利等著；林俊宏等译．-- 北京：中信出版社，2019.11（2021.6重印）
书名原文：Vintage minis
ISBN 978-7-5217-1014-4

Ⅰ．①企… Ⅱ．①尤… ②林… Ⅲ．①世界文学－作品综合集 Ⅳ．①I11

中国版本图书馆 CIP 数据核字（2019）第 203895 号

企鹅经典：小彩虹　第一辑
嫉妒

著　　者：[法]马塞尔·普鲁斯特
译　　者：周克希
出版发行：中信出版集团股份有限公司
（北京市朝阳区惠新东街甲 4 号富盛大厦 2 座 邮编 100029）
承 印 者：河北鹏润印刷有限公司

开　　本：787mm × 1092mm　1/32　　印　　张：32.25　　字　　数：400 千字
版　　次：2019 年 11 月第 1 版　　印　　次：2021 年 6 月第 2 次印刷
京权图字：01-2016-9678
书　　号：ISBN 978-7-5217-1014-4
定　　价：168.00 元（全 8 册）

服务热线：400-600-8099
投稿邮箱：author@citicpub.com

VINTAGE MINIS

金钱

MONEY

[以色列] 尤瓦尔·赫拉利　著
林俊宏　译

中信出版集团 | 北京

目录

金钱的味道[1]

The Scent of Money

1519年，墨西哥原本还是个遗世独立的人类社会，但来自西班牙的殖民者荷南·科尔特斯一行人大举入侵。这里的人自称阿兹特克人，他们很快就发现这些外来的西班牙人看到某种黄色金属就眼睛为之一亮，心心念念，三句不离。阿兹特克人也不是不懂黄金。黄金色泽美丽，又容易加工，所以被他们常用来制作首饰和雕像。阿兹特克人偶尔也用金粉来交易，但一般想买东西的时候，通常还是用可可豆或布料来付账。所以，看到西班牙人对黄金如此痴迷，他们实

---

1. 节选自《人类简史》第三部分第十章。（本书脚注均为编者注。）

在是一头雾水。毕竟，黄金不能吃、不能喝、不能织，想当作工具或武器，质地又太软，究竟为什么西班牙人为之如此疯狂？面对当地人的疑惑，科尔特斯表示："我们这群人有种心病，只有金子能医。"

对于这些西班牙人所来自的世界来说，对黄金的痴迷还确实是种流行病。就算是最针锋相对的死敌，都同样贪恋着这种无用的黄色金属。在入侵墨西哥的3个世纪前，科尔特斯一行人的祖先曾对伊比利亚半岛和北非的伊斯兰国家发动了一场血腥的宗教战争。基督和安拉的子民互相残杀，死亡数以千计，田野和果园满目疮痍，繁华的城市成了余烬中的废墟。而据说，这一切都是为了荣耀基督或是安拉。

随着基督徒逐渐占了上风，他们宣告胜利的方式不只是摧毁清真寺而盖起教堂，还发行了新的金币银币，上面印有十字架符号，也标注着感谢主帮他们打倒异教徒。然而，除了新货币之外，这些胜利的基督徒还铸造了另一种方形硬币，称之为"米拉雷斯"(millares)，上面的信息稍有不同，用阿拉伯文写着："安拉是唯一的真神，穆罕默德是安拉的使者。"(但这可是基督徒征服者所铸！)甚至在南法，天主教位于莫吉奥和阿格德的主教也发行了当地流行的穆斯林硬币，虽然这些教徒敬畏上帝，但用起这些钱来可没有半点儿的心理障碍。

而对另一边的人而言，自然也是同样宽容大方。在北非的穆斯林商人也用基督教的硬币，例如意大利佛罗伦萨发行的弗罗林，威尼斯发行的达克特，以及那不勒斯发行的吉里亚托。就算是那些高喊要发动圣战、打倒异教基督徒的穆斯林统治者，收税的时候也还是十分乐意收到印着耶稣和圣母玛利亚的硬币。

这要怎么算？

狩猎采集者完全没有金钱货币的概念。每个部落自给自足，不管是从肉类到药品，还是从鞋子到巫术，有需要就自己去猎，自己去采，自己去做。虽然不同的部落成员可能有不同的专长，但他们用人情和义务组成经济体系，分享着种种产品和服务。比如拿一块肉虽然不用付钱，但以后还是得有像是免费治病之类的对等回馈。每个部落都是独立的经济体；只有少数当地无法取得的稀有物品（例如贝壳、颜料、黑曜石），才得从陌生人那里取得。而且通常可以用简单的以物易物处理：“我们把这些漂亮的贝壳给你们，你们就把上好的燧石给我们。”

农业革命一开始，情况并没有多大改变。大多数人的生活形态仍然是小而紧密的社群，一如狩猎采集的部落，每个村都是自给自足的经济体，靠的就是互相帮忙、互通人情，再加上一点点与外界的以物易物交易。可能有某位村民特别擅长做鞋，某位又特别懂得治病，所以村民都知道没鞋穿或不舒服的时候该找谁。只不过，各个村庄的经济规模都太小，所以还养不起专职的鞋匠或医生。

等到城市和王国兴起，交通基础设施改善，终于带来了专业化的新契机。人口稠密的城市开始能够养活专业工作者，除了鞋匠、医生，还能有木匠、牧师、战士、律师等等。有些村庄开始因为美酒、质量佳的橄榄油或是精致的陶器而闻名，他们也开始发现只要专精此道，再与其他村庄交换货品，就足以让他们生活无虞。这太有道理了。本来各地的气候和土壤就不同，如果自家后院酿出的酒就是粗劣平庸，而从其他地方买来的酒更香醇顺滑，何乐而不为？而自家后院的黏土如果能做出更坚硬、更美丽的陶盆，就能拿它来交易。而且，还能养出专职的酿酒师和陶艺家，医生和律师更不在话下，他们能够不断磨炼专业知识，最后就能造福全人类。但随着专业化，也出现了一个问题：各种不同专家制作的货品，究竟该怎么交易？

如果今天是一大批陌生人聚在一起要合作，光靠人情义务的经济制度就再也行不通。给兄弟姐妹或是邻居帮帮忙当然没问题，但如果是个外国人，就算这次帮了他，但可能再也见不到面，也就得不到回报。面对这种情形，一种做法是回到以物易物。只不过，这只有在货品数量有限的时候比较有效，而无法成为复杂经济制度的基础。

为了要说明以物易物的局限性，我们假设你住在某个山上，这是附近最适合种苹果的地方，种出的苹果又脆又甜、无人能比。你整天都在果园里辛苦工作，鞋子都穿破了。于是，你把驴套上驴车，前往河边的市集。邻居说市集南边有个鞋匠，上次跟他换的鞋真是坚固耐穿，足足穿了一年多才坏。于是你找到了这位鞋匠的店面，告诉他，想用苹果跟他换双鞋。

但鞋匠这时面露难色。他不知道自己到底该收多少苹果。每天他都会有几十个客人找上门，有人带的是几麻袋的苹果，有人带的是小麦、山羊或布匹，而且质量高下不一，并不稳定。甚至有些人说自己能换的是帮他向国王说情或是帮他治治背痛。上次鞋匠用鞋换苹果已经是三个月前的事了，当时是三袋苹果换一双鞋，还是四袋？他都快忘了。不过仔细一想，上次那些苹果是种在专产酸苹果的山谷，而这次的可是种在绝佳的山上啊。还有，上次那些苹果换的是一双小的女鞋，但这家伙要的可是双大男人穿的靴子呢。此外，最近几个星期附近的羊都病倒了，能用的羊皮越来越少。皮匠说，现在想要一样数量的皮革，得拿两倍的鞋子来换。这是不是也该列入考虑？

在以物易物的经济里，不管是鞋匠还是种苹果的，每天都得搞清楚几十种商品的相对价格。如果市场上有 100 种不同的商品，把汇率列出来就足足有洋洋洒洒的 4950 条。如果市场上有 1000 种不同的商品，汇率更足足有 499500 条！这怎么可能记得起来？

而且这还不算最糟的。就算真让人算出了几袋苹果值一双鞋，以物易物还不一定成功。毕竟，想要交易也得双方合意。如果现在鞋匠不想吃苹果，而正忙着找人帮忙打离婚官司，该怎么办？确实，种苹果的可以找个喜欢吃苹果的律师，达成一桩三方交易。但如果律师也吃够苹果了，现在该剪头发了，又要怎么办？

某些社会的解决方式，就是建立起集中的以物易物系统，分别从各个专业的农夫和制造商那里取得产品，再统一分配到最需要的人手上。这种社会规模最大、名声最著的就是苏联。原本声称要让人人“各尽所能、各取所需”，但结果是“各尽所能的最小值、各抢所需的最大值”。其他地方也曾经有些比较中庸，结果也比较成功的试行制度，像是印加帝国便是一例。然而，大多数社会都是用一种更简单的方法，在各个专家之间建立连接：他们发明了“钱”的概念。

贝壳和香烟

曾经在许多地方、许多时间点，人类都曾发明过钱的概念。这需要的不是什么科技上的突破，而是想法上的革新。可以说是人们又创造了另一个存在于主体间的概念，只存在于人们共同的想象之中。

这里说的钱指的是概念，而不只是硬币或钞票。不论任何物品，只要是人类愿意使用、能够有系统地代表其他物品的价值，以作为物品或服务交换之用，就可以说是符合了钱的概念。钱让我们能够快速、方便地比较不同事物的价值（例如苹果、鞋子甚至离婚这件事），让我们能够轻松交换这些事物，也让我们容易累积财富。钱的类型很多。我们最熟悉的是硬币，这就是种标准化、上面印了文字或图像的金属。但早在硬币发明之前，钱的概念就已存在，许多文化都曾以其他物品作为钱来使用，包括贝壳、牛角、兽皮、盐、谷物、珠子、布料以及欠条。大约 4000 年前，整个非洲、南亚、东亚和大洋洲都是用贝壳来交易。就算到了 20 世纪初，英属乌干达还是能用贝壳来缴税！

至于在现代监狱和战俘营里，常常是用香烟来当作钱。在里面，就算你不抽烟，也会愿意接受别人用香烟来付账或是计算各种商品和服务的价值。一位纳粹奥斯维辛集中营的幸存者就描述过集中营里如何用香烟当作货币："营里有自己的货币，而且没有人觉得不合理：香烟。所有东西都用香烟来计价……'正常'的时候（也就是大家进毒气室的频率稳定的时候），一条面包值 12 支香烟，一包 300 克的人造黄油值 30 支，一只表值 80 到 200 支，一升的酒可得花上 400 支！"

事实上，就算是现在，大部分的钱也不是以硬币或钞票的方式存在。全球金钱总和为 60 兆美元，但所有硬币和钞票的金额加起来还不到 6 兆美元。换句话说，所有的钱有超过九成（超过 50 兆美元！）都只是显示在计算机上的数字而已。正因如此，大多数的商业交易其实只是把某台计算机里的电子数据搬到另一台去，而完全没有任何实体金钱的交换。大概只有逃犯要买房子的时候，才会提着一大皮箱的钱出现。而只要大家都愿意接受电子数据交易，就会比闪亮的硬币或簇新的钞票更方便，不仅更轻、更易携带，还更容易记录留存。

出现了复杂的商业系统之后，金钱的概念更是不可或缺。有了金钱的概念，鞋匠只要记得哪种鞋开价多少，不用一一记住鞋子换成苹果或山羊之间的汇率。而且，因为金钱人人都想要，所以苹果达人也不用再去一一询问最近哪个鞋匠想吃苹果。或许，“人人都想要”正是金钱最基本的特性。人人都想要钱，是因为其他人也都想要钱，所以有钱就几乎可以换到所有东西。鞋匠之所以永远都乐意收钱，是因为不管他当时想要什么（苹果、山羊或是离婚），只要有钱几乎都换得到。

于是，金钱就成了共通的交易媒介，通过它几乎任何东西之间都能完成交换。于是，志愿军人退伍的时候，拿着退职金去上大学，可以说就是用体力来换脑力。而男爵出售土地城堡来养活家臣手下，就是用财产来换忠诚。医师拿病人看病的钱来聘任律师（或是贿赂法官），就是用健康来换正义。甚至像是 15 世纪的妓女，她们先和男人上床取得报酬，再用钱来买天主教教会的赎罪券，就是用性来换取救赎。

理想的金钱类型不只能用来交换物品，还能用来累积财富。各种贵重的事物当中，有的根本无法储存（像是时间或美貌），有的只能储存一段很短的时间（像是草莓），也有的虽然能久放，但却得占用大量空间，或是需要昂贵的设备和照顾。举例来说，谷类虽然可以保存多年，但需要有大型的谷仓，还得小心防鼠、防毒、防水、防火、防贼。而有了钱之后，不管用的是钞票、计算机数据还是贝壳，都能解决这些问题。像是贝壳，既不会腐烂，老鼠啃不太动，不怕火烧，而且也小到可以轻松锁在保险箱里。

然而，有了财富之后不只要储存累积，更要能用得愉快，所以往往需要从一地带到另一地。某些形式的财富（如房地产）完全无法带到另一个地方，而像是小麦和稻米之类的产品，运送也很困难。想象一下，如果有个富有的农民，住在一个没有金钱概念的国家，正打算搬到另一个远方省份。他的财富主要就是房子和农地，不过这要怎么带得走？就算把地全换成了好几吨的稻米，想要带走不但十分笨重，很可能还得为此付出很大代价。有了金钱概念，就能解决这些问题。农民可以把一大片土地换成一袋贝壳，这下不管到哪里都能方便携带。

正因为有了金钱概念，财富的转换、储存和运送都变得更容易也更便宜，后来才能发展出复杂的商业网络以及蓬勃的市场经济。要是没有钱，市场和商业网络的规模、活力和复杂程度都必然相当有限。

金钱的运作原理？

不管是贝壳还是美元，它们的价值只存在于我们共同的想象之中。光是它们的化学结构、颜色或是形状，并无法带来那些价值。换句话说，金钱并不是物质上的现实，而只是心理上的想象。所以，金钱的运作就是要把前者转变为后者。不过，究竟为什么这能成功？原本有的是一大片肥沃的稻田，为什么会有人愿意换成一小把根本没用的贝壳？为什么有人会愿意辛苦地煎汉堡排、拉保险或是帮忙照顾三个精力过剩的小孩，只为了换来几张彩色的纸？

人们之所以愿意如此，正是因为他们接受了这个集体的想象。“信任”正是所有金钱形式最基本的原料。如果有个富裕的农民卖掉房舍田产换来一袋贝壳，还带着这袋贝壳前往远地的省份，那是因为他相信抵达之后，其他人会愿意用稻米、房屋和田地和他交换这些贝壳。所以，可以说金钱就是一种相互信任的系统，而且还不是随随便便的某种系统：金钱正是有史以来最

Why are you willing to flip hamburgers, sell health insurance or babysit three obnoxious brats when all you get for your exertions is a few pieces of coloured paper?

* 为什么有人会愿意辛苦地煎汉堡排、拉保险或是帮忙照顾三个精力过剩的小孩，只为了换来几张彩色的纸？

普遍也最有效的互信系统。

在这种信任的背后，有着非常复杂而长期的政治、社会和经济网络。为什么我会相信贝壳、金币或美元钞票？原因就在于：我的邻居都信。正因为我的邻居都信，所以我也信。而我们都信的原因在于我们的国王也信，要求我们用这些东西来缴税；还有我们的牧师也信，要求我们用这些东西来缴什一税[1]。拿一张一美元的钞票仔细瞧瞧，我们会发现这只是一张色彩丰富的纸，一面有美国财政部长的签名，另一面则写着“我们信神”。我们之所以愿意接受以美元付款，正是因为我们相信神，也相信美国财政部长。正因为“信任”这件事如此关键，我们就可以知道为什么金融体系会与政治、社会和意识体系如此紧密相连，为什么金融危机往往是由政治发展引发，以及为什么光是股票交易商某个早上的感觉就能影响股市的涨跌。

最早发明钱的时候，人们还没有这种信任，所以要当作钱的事物本身就得有实际的价值。史上最早的金钱制度是苏美尔人的“麦元”制度，这是一个很好的例子。

1. 什一税是旧时欧洲基督教会向居民征收的宗教捐税，数额约为个人收入的十分之一。

麦元制度出现的时间大约是公元前3000年，与文字出现的时间地点正好相同。前面提过，文字的出现是为了因应行政活动的日益频繁，而麦元的出现则是为了因应经济活动的日渐活络。

所谓的麦元其实就是大麦，将固定量的大麦谷粒作为通用单位，用来衡量和交换其他各种货物和服务。当时最普遍的单位是“席拉”，约等于一升。当时大量生产了一席拉标准容量的碗，每当人民要买卖东西的时候，就能很方便地量出所需要的大麦数量。另外，薪水也是以席拉为单位用大麦来支付。每名男工一个月可以赚60席拉。而女工则赚30席拉。至于领班则可领到1200～5000席拉。当然，就算是最能吃的领班，一个月也吃不了5000升的大麦，但多余的大麦就能用来购买其他商品，像是油、山羊、奴隶还有除了大麦以外的食物。

虽然大麦本身也具有价值，但还是很难说服今天的民众将大麦视为货币，而不只是另一种商品。要解释这点，可以想象一下如果你扛着一麻袋的大麦到附近的卖场，说你想买件衬衫或者比萨，会发生什么事。店家很可能马上就大叫保安赶人了。尽管如此，以大麦来当作第一种货币建立信任关系，还算是个简单合理的选择，毕竟再怎样大麦也还是有它生物学上的价值：人类可以吃。但另一方面，讲到储存和运送，大麦就还是有其局限性。金钱货币史上真正的突破，就是人类终于开始相信某些货币形式，虽然它们本身没什么固有价值，却能方便储存与运送。这样的金钱制度，大约出现于公元前 2500 年的美索不达米亚：银舍客勒制度。

舍客勒并不是某种货币，而是指“8.33 克的银子”。《汉谟拉比法典》曾提过，如果某个上等人杀了一个女奴，就要赔偿 20 舍客勒的银子，这里指的就是大约 166 克的银子，而不是 20 个某种银币。《圣经·旧约》的金钱交易多半用的也是银子，而不是硬币。例如约瑟的哥哥把约瑟卖给以实玛利人的时候，价钱就是 20 舍客勒或说 166 克的银子。(与女奴的命一样便宜，毕竟当时约瑟也只是个孩子。)

但与先前的麦元制度的不同之处，在于银舍客勒本身并没有什么实用价值。银子不能吃、不能喝、不能穿，质地也太软，无法做成什么有用的工具(如果做成犁或是剑，简直就像用铝箔做的一样脆弱)。真正要用的时候，白银和黄金只会做成首饰、皇冠以及各种象征地位的物品；换言之，都是在特定文化里社会地位高的人所拥有的奢侈品。它们的价值完全只是因为文化赋予而来。

为贵金属定出重量单位的做法最终催生出了硬币。大约在公元前 640 年，土耳其西部吕底亚（Lydia）王国的国王阿耶特斯（Alyattes）铸造出史上第一批硬币。这些硬币使用金或银的材质，有标准重量，并且刻有识别印记。印记有两种意义：第一，印记指出硬币里含有多少贵金属；第二，印记能证明发行者的权威，进而确保硬币成分。几乎所有现在的硬币，都可以说是吕底亚硬币的后代子孙。

过去的金锭银锭没有任何印记，有印记的硬币相较之下有两大优点。第一，锭状金属每次交易都得重新称重。第二，光是称重还不够。鞋匠要怎么才知道客人拿来买鞋的银锭货真价实，而不是一块铅上涂了一层薄薄的银？硬币就能解决这些问题。一旦印上印记，就确认了硬币的价值，所以鞋匠的收银台上就不用再另外放台秤了。更重要的是，硬币上的印记代表着某些政治权力，能够确保硬币的价值。

虽然这些硬币上的印记大小和形状曾多次调整，但重点信息从来未曾改变：“我，伟大的国王某某某保证，这个扁扁圆圆的金属含有5克黄金，不多也不少。若有人胆敢伪造此币，即为伪造本王签章，有辱本王名声，此等罪孽，必处极刑。”正因如此，铸造伪币的罪行一直比其他诈欺行为判得更重。因为造伪币不只是单纯的欺诈，更是对主权的挑战，直接冒犯了国王的权力、特权和他本人。用法律术语来说，就是“冒犯君主”，通常会经过一阵凌虐惩罚，最后处死。只要人民相信国王的权威和人格，就会相信他所发行的硬币。像是古罗马的迪纳厄斯银币，印有古罗马皇帝的名字和图像，而正因为民众相信皇帝的权威和人格，就算是未曾谋面的陌生人，也不会怀疑这枚银币的价值。

与此相对的是，皇帝的权力也得靠迪纳厄斯银币来建立与维持。可以想象一下，如果古罗马帝国没有硬币，每次收税或支薪都得处理一堆的大麦小麦，会是多困难的事情。如果得在叙利亚收集一堆大麦作为税收，运到古罗马的国库里，再运到英格兰去支付给各个军团，根本是件不可能的任务。除此之外，如果只有古罗马居民接受这些硬币，但高卢人、希腊人、埃及人和叙利亚人还是用贝壳、象牙珠或布匹来计价，整个系统制度也绝对无法成功。

黄金福音

古罗马的硬币广受信任，甚至在帝国以外，大家收集迪纳厄斯银币也是毫不手软。在公元1世纪，甚至连印度市场也愿意接受古罗马硬币，但最近的古罗马军团可还有数千公里之遥。印度人十分信任迪纳厄斯银币和上面的皇帝图像，所以等到当地领主铸造硬币的时候，他们不仅模仿迪纳厄斯银币的外形，甚至连古罗马帝国皇帝的肖像也依样画葫芦！“迪纳厄斯”当时也成了硬币的通称。穆斯林的哈里发把这个名称再阿拉伯语化，发行了“第纳尔”货币。直到现在，像是约旦、伊拉克、塞尔维亚、马其顿、突尼斯等国，还是以第纳尔作为货币的正式名称。

吕底亚王国式的硬币从地中海传到印度洋，而与此同时，中国发展出了另一种略有不同的金钱制度，用的是铜币和没有印记的金银元宝。然而，两种金钱制度还是有相当的共通性（特别是都以黄金和白银为基础），中国与吕底亚王国也建立起密切的金融和商业关系。于是，穆斯林和欧洲商人及征服者就这样逐渐将吕底亚金钱系统和这则“黄金福音”传到了地球上的每个角落。到了现代晚期，全世界已经成了单一的金钱货币区，起初用黄金和白银，后来再转变成少数几种有公信力的货币，如英镑和美元。

出现了跨国家、跨文化的货币区之后，整个亚非世界统一的基础也得到了保障，最后让全球都成了单一经济和政治领域。虽然各地的人们还是继续讲着不同的语言，服从不同的统治者，敬拜不同的神灵，但都信服着同样的黄金白银、金币银币。要不是大家有这项共同的信念，全球贸易网络几乎绝无可能成真。西班牙征服者于16世纪在美洲发现黄金和白银，让欧洲商人能够到东亚购买丝绸、瓷器和香料，同时促进了欧洲和东亚的经济发展。这些黄金和白银产自墨西哥和安第斯山脉，离开欧洲人之手就进了中国丝绸商和瓷器商的口袋。如果中国人没有患上像科尔特斯一行人同样的“心病”，拒绝欧洲人用黄金和白银付账，情况会是如何？

中国人、印度人、阿拉伯人和西班牙人分属不同文化，在大部分事情上意见相左，但究竟为什么大家都同样相信黄金有价？为什么不是西班牙人相信黄金，阿拉伯人相信大麦，印度人相信贝壳，中国人相信丝绸？经济学家已经提出现成的答案。在贸易连接两个区域的时候，只要是能够运送的货品，就会受到供需力量的影响，让价格达到平衡。让我们用一个假设来解释。假设在印度与地中海地区首次开始贸易的时候，印度人对黄金兴趣寥寥，所以黄金几乎一文不值。但在地中海，黄金却是个人人垂涎的地位象征，价值高昂。接下来会有什么情况？

往来于印度和地中海之间的商人，开始注意到黄金的价差，于是在印度便宜购入黄金，再回到地中海高价出售。于是，印度市场上的黄金需求暴增，价格跟着水涨船高。与此同时，在地中海黄金供给大量增加，价格因此下降。不用多久，黄金在印度和地中海的价格就相去无几。正因为地中海人相信黄金有价，印度人也开始跟着相信。就算黄金对印度人来说仍然没有实际用途，光是因为地中海人重视黄金，就足以让印度人跟着重视起来。

以此类推，就算有些人是我们憎恶、讨厌、嘲笑的对象，如果他们相信贝壳、美元或电子数据的价值，就足以让我们也跟着相信这些事物有价值。所以，就算是在宗教上水火不容的基督徒和穆斯林，也可以在金钱制度上达成同样的信仰。原因就在于宗教信仰的重点是自己相信，但金钱信仰的重点是“别人相信”。

千百年来，哲学家、思想家和宗教人物都对钱嗤之以鼻，称钱为万恶的根源。但就算真是如此，钱同时也是人类最能接受的东西。比起语言、法律、文化、宗教和社会习俗，钱的心胸更为开阔。所有人类创造的信念系统之中，只有金钱能够跨越几乎所有文化鸿沟，不会因为宗教、性别、种族、年龄或性取向差异而有所歧视。也多亏有了金钱制度，才让人就算互不相识、不清楚对方人品，也能携手合作。

金钱的价格

金钱制度有两大原则：

1. 万物可换：钱就像是炼金术，可以让你把土地转为手下的忠诚，把正义转为健康，把暴力转为知识；

2. 万众相信：有了金钱作为媒介，任何两个人都能合作各种计划。

就是因为这两大原则，让数百万的陌生人能够合作各种贸易和产业。然而，这些看似无害的原则还是有黑暗的一面。如果一切都能换成金钱，而大家相信的又是不具名的硬币和贝壳，就可能伤害当地传统、亲密关系和人的价值，让冷酷无情的供需法则取而代之。

一直以来，人类社会和家庭的维系靠的是“无价之宝”，像是荣誉、忠诚、道德和爱。但这些都不会被放上市场，也不应用金钱衡量。就算市场开出天价，有些事情就是不该做。像是父母绝不该贩子为奴，虔诚的基督徒绝不该犯下那些滔天大罪，忠诚的骑士绝不该背叛主人，而部落先祖留下的土地也绝不该落入外国人手中。

然而，金钱一直试图打破这些限制，就像是水不断渗入大坝的裂缝。有些父母最后还是把几个孩子卖给贩子，这样才能养活其他孩子。有些虔诚的基督徒杀人、偷窃、欺诈，再用这些赃钱向教堂购买救赎。想大展身手的骑士把自己的忠诚卖给了出价最高的领主，再用这笔钱来购买自己跟班的忠诚。部落的土地被卖给来自世界另一边的外国人，好买到进入全球经济的门票。

金钱还有更黑暗的一面。虽然金钱能建立起陌生人之间共通的信任，但人们信任的不是人类、社群或某些神圣的价值观，而只是金钱本身以及背后那套没有人性的系统。我们不信任陌生人，但我们现在也不信任隔壁的邻居，而只是信任他们手上的钱。没钱，就没有信任。等到钱渗透冲垮了社会、宗教和国家所筑成的大坝，世界就成了巨大而无情的市场。

于是，人类的经济史就像跳着微妙的舞步。我们用金钱来促进与陌生人的合作，但又害怕这会破坏人类的价值和亲密的关系。一方面，我们也想打破那些限制金钱和商业流动的社会大坝；但另一方面，我们又不断筑起新的大坝，希望保护社会、宗教和环境免受市场力量的奴役。

现在常有人说市场力量终会获胜，而无论是国王、宗教或社会，它们建起的大坝终将不敌金钱的狂潮。但这是天真的说法。一直以来，总有勇猛的战士、狂热的宗教分子、关心政治的人物多次打倒了工于心计的商人，甚至是让整个经济重新洗牌。所以，说到人类终将统一，绝不只是纯粹经济的过程。想知道原本成千上万的独立文化是如何逐渐相连、形成今天的地球村，虽然黄金和白银影响深远，但也别低估了刀剑的力量。

资本主义教条[1]

The Capitalist Creed

不论是建立帝国还是推广科学，没有钱都是万万不能的。然而，金钱究竟是这些作为的最终目的，还是个避不掉的危险？

我们很难掌握金钱在现代历史中究竟扮演了什么角色。虽然已经有许多著作，告诉我们各个国家是如何成也金钱、败也金钱，我们也看到金钱是如何为人类展开新视野，但也让数百万人遭受奴役；如何推动着产业的巨轮，但又让数百种的物种惨遭灭绝，然而，想要了解现代经济史，其实重点就只有一个词：增长

1. 节选自《人类简史》第四部分第十六章。

(growth)。不论结果是好是坏，究竟是生病还是健康，现代经济就像是一个荷尔蒙过盛的青少年一样不断成长，吞噬着它看到的一切，而且增长的速度叫人完全赶不上。

历史上大多数时候，经济规模并没有太大的改变。虽然确实全球产值会增加，但多半是因为人口增长、移居到新的土地，而每人平均产值则维持不变。然而，到了现代，一切都已改观。在 1500 年，全球商品和服务总产值约是 2500 亿美元；而今天是大约 60 兆美元。更重要的是，在 1500 年，每人年平均产值约为 550 美元，但今天不论男女老幼，每人年平均产值高达 8800 美元。这种惊人的增长该如何解释？

经济学向来就是出了名地复杂。为了方便解释，让我们假设一个简单的例子。

有一位精打细算的金融家 A 先生，在加州开了一家银行。

另外有一个建筑承包商 B 先生，才刚完成一件大案子，赚到了 100 万美元的现金。他把这笔现金存进了 A 先生的银行。于是，这家银行目前拥有了 100 万美元现金的资金。

这时，有一位经验丰富但资金不足的面包师傅C小姐，觉得她看到了一个大好的商机：这个城市还没有一个真正好的面包店。只不过，她自己的钱还不足以买到全套需要的设备，像是工业烤箱、水槽、刀、锅碗瓢盆之类。于是，她到银行向A先生提出商业计划，说服他这项计划值得投资。A先生于是就用转账的方式，将100万美元的贷款转到C小姐的银行账户，账面上她就有了100万。

接着，C小姐请承包商B先生来盖她的面包店，价格刚好又是100万美元。

等到她写了支票给B先生，B先生又拿去存在A先生的银行里了。

所以，现在B先生户头里有多少钱？没错，200万美元。

然而，银行的保险库里实际上到底有多少钱？也没错，100万美元。

而且，还不光只是这样。就像一般常见的情形，B先生这位承包商在两个月之后告诉C小姐，因为某些无法预期的问题和费用，面包店的建筑费用得涨到200万美元。虽然C小姐非常不高兴，但动工到一半，已经无法喊停了。于是她只好再次到银行，又说服了A 先生再贷给她 100 万。

于是，A 先生又另外转了 100 万美元到她的账户里。而她也再将钱转到了承包商 B 先生的账户。

这样一来，现在 B 先生户头里有多少钱？已经有300 万美元了。

但银行里实际上呢？其实一直就只有 100 万美元。而且事实上，这 100 万现金从来就没有出过银行。

根据目前的美国银行法，这种作业还可以再重复7 次。所以，就算银行的保险库从头到尾就只有 100万美元，但这位承包商的户头最后可以达到 1000 万美元。银行每次真正持有 1 元的时候，就能够放款 10元；换句话说，也代表我们银行户头上看到的那些金钱，有超过九成其实只是数字，而没有实体的硬币或钞票。举例来说，如果今天汇丰银行的所有储户都忽然要求结清账户、提领现金，汇丰银行就会立刻倒闭（除非政府介入拯救）。而且，就算是产业龙头的英国劳埃德银行、德意志银行、花旗银行，世上任何银行都是如此。

这听起来就像是个巨大的庞氏骗局，不是吗？但如果你觉得这就是骗局一场，那么可以说整个现代经济就只是一场骗局。这事实上并不是件诈骗案，而是另一次人类想象力的惊人发挥。真正让银行（以及整个经济）得以存活甚至大发利市的，其实是我们对未来的信任。“信任”就是世上绝大多数金钱的唯一后盾。

在这个面包店的例子里，之所以“承包商户头里的金额”与“银行里实际现金的金额”会出现落差，是因为这个落差就在于 C 小姐的那个面包店。A 先生把银行的这笔钱投入这项资产，是因为相信终有一天有利可图。虽然现在面包店连一条面包都还没烤，但不管是 C 小姐或是 A 先生，都相信只要假以时日（例如一年后），店家生意就会一飞冲天，每天卖上几千个面包、蛋糕、饼干之类，赚得可观的利润。这么一来，C 小姐就能连本带利清偿贷款，如果那个时候 B 先生想把现金取走，A 先生也能轻松应对。因此，我们可以看到整个运作就是基于信任着一种想象的未来：银行家和创业者相信面包店能成功，承包商也相信银行未来一定能把钱再还给他。

前面我们已经提过，金钱是种十分特殊的概念，可以代表许许多多不同的事物，而且也可以协助将几乎所有的东西互相交换。然而，在历史来到现代之前，这种交换的能力还十分有限。原因就在于，当时金钱只能代表一些“实际存在于当下”的物品。这与“创业”的概念无法兼容，因此也就很难促进经济成长。

让我们回到面包店的例子。如果金钱只能代表有形、实际的物品，C 小姐还有办法开面包店吗？绝无可能。在目前，虽然她有许多梦想，但缺少有形的资源。她想开面包店的唯一办法，就是要找到某个愿意立刻开工但几年后才收钱的承包商，而且到时候面包店究竟赚不赚钱还很难说。然而，这样的承包商几乎是世界级的珍稀品种。于是，这下子咱们的创业者陷入困境。如果没有面包店，她就不能烤面包。不能烤面包，就赚不了钱。赚不了钱，就雇不了承包商。雇不了承包商，就没有面包店。

人类就这样在这种困境里困了几千年，结果就是经济冻结、无力成长。一直要到现代，基于对未来的信任，我们才发展出一套新的系统，才终于有办法跳出这个困境。在这项新系统中，人类发展出“信用”这种金钱概念，代表着目前还不存在、只存在于想象中的货品。正是“信用”的概念，让我们能够预支未来、打造现在。而这背后有一项基本假设，就是未来的资源肯定远远超过目前的资源；只要我们使用未来的收入来投资当下，就会带来许多全新而美好的商机。

如果信用这个概念真是如此美妙，为什么以前从来没有人想得到？当然，他们其实早就想到了。在所有已知的人类文明中，信用的概念都曾经以不同的形式出现，至少早在古苏美尔人的时候就已经存在。过去的问题不在于有没有信用的概念，又或是知不知道如何使用这种概念，而在于当时的人并不相信“明天会更好”，所以并不愿意延展信用。毕竟当时的概念，总觉得黄金时代已经过去，未来顶多就是维持现况，而且可能更糟。用经济学的概念来讲，也就是他们认为财富的总量有限，而且还可能萎缩。因此，当时不论是讲到个人、王国还是世界，大家普遍并不相信过了 10 年会能够生产出更多的财富。商业看起来就像一场零和游戏。开了一家面包店之后，确实可能会赚得利润，但一定是因为抢了隔壁面包店的利益。如果威尼斯蓬勃发展，一定是抢了热那亚的资源。如果英国国王钱财滚滚，一定是瘦了法国国王的荷包。整个世界就像是一块大饼，切法各有不同，但总之就只有一个饼，不可能变得更大。

正因如此，许多文化都认为赚大钱是种罪恶。耶稣就说：“骆驼穿过针的眼，比财主进神的国还容易呢！”(《马太福音》, 19:24)。如果整个饼就是这么大，而我又拿了一大块，一定就是对其他人不公平。于是，富人一定得把他们多赚的财富拿出一些，捐给慈善机构作为赎罪。

这么说来，如果全球经济这块饼也只有固定大小，信用贷款并无利可图。毕竟，信用就是“今天的饼”和“明天的饼”之间的价差，如果饼的大小不会改变，信用贷款也就没有意义。除非你相信向你借钱的面包师（或国王）会从对手那里抢来更大的一块饼，否则借他钱的风险岂不是太大了吗？因此，在进入现代之前，想要贷款难如登天，就算真的贷到一笔款项，通常也是小额、短期、高利率。这样一来，想创业的面包师觉得前途茫茫，而如果是国王想筹措盖宫殿或发动战争的资金，除了增税之外几乎别无他途。这对国王来说问题不大（只要属民还肯乖乖听话就行），但如果是某个厨房女佣，就算有了开面包店的伟大梦想，希望能力争上游赚大钱，就只能继续刷地打扫，做着白日梦。

这其实是种双输的局面。因为信用有限，想要筹资创业就难上加难。因为创业停滞，经济就不会增长。因为经济没有增长，大家就认为经济不可能增长，即使是手上确实有资金的人，也不愿意提供信用贷款给别人。于是，对于经济停滞的预期，就确实造成了经济停滞的结果。

会变大的饼

接着，历史上出现了科学革命和关于进步的概念。所谓的“进步”，是在承认我们的无知之后，认为只要投资进行研究，一切就能变得更好。这个想法很快地就应用到了经济上。只要是相信“进步”的人，就会相信各种地理发现、科技发明和组织发展，能够提升人类生产、贸易和财富的总量。发现了大西洋的新航道而大发利市，并不需要牺牲过去在印度洋的旧航道。推出新的产品时，也不一定就代表要减少旧产品的产量。举例来说，我们开了一家法式面包店，并不代表过去的传统面包店必然关门大吉。民众会培养出新的喜好、吃得更多。我赚钱，不代表你就赔钱；我变壮了，不代表你就得饿死。全球的这块饼，可以有变大的潜力。

在过去500年间，这种关于进步的概念说服了全球人民，将越来越多的信任交付给未来。正是这种信任创造了信贷；而信贷带来了实实在在的经济增长；正因为有增长，我们就更信任未来，也就愿意提供更多的信贷。这种改变并非一夕之间，经济比较像是云霄飞车，而不是热气球。虽然途中起起伏伏，但大方向十分明确。现在全球的信贷如此盛行，不管是政府、工商企业或个人，都能轻松取得大额、长期、低利率的信用贷款，金额远远超过他们现有的收入。

由于相信全球经济这块大饼可以不断变大，最后终于产生了一场革命。1776年，苏格兰经济学家亚当·斯密出版了《国富论》，这可以说是史上最重要的经济学著作。在《国富论》的第一卷第八章，亚当·斯密提出了以下的创新论述：如果地主、织工或鞋匠赚得的利润高于养家糊口基本所需，就会雇用更多助手，好进一步提高自己的利润。利润越高，能雇的助手也越多。由此可见民间企业的获利正是社会整体财富和繁荣的基础。

目前听到这种说法可能觉得十分普通、了无新意，但这是因为我们就活在一个资本主义的世界里，亚当·斯密的理论早就是生活的一部分。从电视新闻里我们每天都可以听到类似的主题以各种不同的形式出现。然而，亚当·斯密明确提出：人类全体财富的基础，就在于希望增加个人利润的自私心理。这一点可以说是人类历史上最革命性的概念，而且还不只是从经济的角度，也包括道德和政治的角度。他其实告诉我们：贪婪是好的，而且我们让自己过得好的时候，不只是自己得利，还能让他人受益。“利己”就是“利他”。

于是，亚当·斯密让我们认为经济是种双赢的局面，我获利就是你获利。这样一来，我们不仅可以同时享受这份变大的大饼，而且正因为我这块变大了，你那块也会跟着变大。而如果我变穷，因为我买不起你的产品或服务，你赚不到钱也会变穷。如果我有钱，你才能把东西卖给我，所以你也就跟着富裕。亚当·斯密推翻了传统上认为财富与道德彼此对立的概念，这下天堂的大门也会为富人而敞开，而有钱也就是有了道德。在亚当·斯密这个版本的故事里，人会变得富有不是因为剥削邻居，而是因为让整块大饼变大了。随着大饼变大，人人都能受益。这么一来，可以说正是有钱人推动了经济增长的巨轮，让人人都得益，他们可真是整个社会里最有用的典范。

然而，这一切的立论基础必须取决于富人是不是用这些利润来新建工厂、雇用新员工，而不是将利润浪费在无生产力的活动上。所以，亚当·斯密不断强调的是“利润增加时，地主或织工就会雇用更多助手”，而不是说“利润增加时，守财奴就把钱全部藏得死死的，只有算钱的时候才拿出来”。现代资本主义经济的一大重点，就在于出现了一种新的道德标准：应该把利润拿出来，继续投资生产。这样一来，才能带来更多的利润再重新投入生产，再带来更多的利润，如此不断循环。所谓投资可以分成很多种：扩建工厂、从事科学研究、开发新产品。但不论如何，重点就是要增加产量，转为更多的利润。在新的资本主义教条里，最神圣的开宗明义第一条就是：“生产的利润，必须再投资于提高产量。”

资本主义之名正是由此而来。所谓的“资本主义”，认为“资本”与“财富”有所不同。资本指的是投入生产的各种金钱、物品和资源。而财富指的则是那些埋在地下或是浪费在非生产性活动的金钱、物品和资源。例如，如果有位法老王，把所有的资源拿来盖了一座不具生产力的金字塔，他并不是资本主义者。某个海盗劫掠了一条西班牙运宝船，把一整箱闪闪发光的金币埋到加勒比海的某座小岛上，他也不是个资本主义者。但如果是某个辛勤工作的工厂工人，把收入的一部分拿去投资股票，他就算是个资本主义者。

现在说到“生产的利润，必须再投资于提高产量”，大家可能觉得十分平凡无奇。但对于人类整体历史来说，大部分时候人类并没有这种概念。像是在前现代时期，当时的人们认为生产这件事并不会造成太大的改变。所以，如果不管做什么，生产都不会带来太了不起的利润，为什么还要把利润重新投入生产呢？因此，中世纪贵族所信奉的伦理就是要为人慷慨、奢华消费，把所有收入用来举办各种比赛和宴会、发动战争、投入慈善，以及兴建宫殿和教堂。很少有贵族会将利润投资于提升庄园的产量、寻找更佳的小麦物种，或是寻找新的市场。

但到了现代，贵族已经被新精英分子取代，这批新人都是资本主义教条的信徒。过去的公爵侯爷黯然退位，取而代之的是董事、金融家、实业家。这些商业巨贾的富有程度让中世纪贵族瞠乎其后，但他们对于各种奢侈消费的兴趣远低于过去，所有利润只有非常小的部分是用于非生产性活动。

中世纪的贵族，穿着由金丝和丝绸织成的华丽长袍，大把时间都是用来参加宴会、嘉年华和种种盛大的赛事。相较之下，现代的执行官都是西装打扮，西装简直成了制服，看来就像一群乌鸦；而且他们几乎没什么享乐的时间。一般来说，典型的风险投资者就是赶着一场又一场的商务会谈，努力想找出该把自己的资金投入市场的哪一块，或是严密监控手上股票、债券的上下走势。确实，他穿的可能是范思哲的西装，坐的可能是私人飞机，但与他投入提高人类生产的投资相比，这只是九牛一毛。

而且，会投资提高生产量的，可不只有这群穿范思哲的商业大亨。就算是普通民众或政府机构，想法也都十分类似。有多少次，我们聚会聊天的话题总会提到该把钱拿来买哪只股票或债券，哪块地或房子后

How many dinner conversations in modest neighbourhoods sooner or later bog down in interminable debate about whether it is better to invest one's savings in the stock market, bonds or property?

* 有多少次，我们聚会聊天的话题总会提到该把钱拿来买哪只股票或债券，哪块地或房子后势看好？

势看好？各国政府也努力将税收转投资到某些具生产力的计划，希望能够增加未来收入。例如兴建一个新的港口，让工厂更容易出口产品，就能让他们赚到更多应纳税所得，最后也就能增加政府的未来收入。而另一个政府也可能觉得投资于教育更好，因为有了大量受良好教育的人才，就能催生获利丰厚的高科技产业，不用兴建大量的港口设施，就能取得大笔税金。

一开始，资本主义只是关于经济如何运作的理论。这套理论不仅描述了整件事会如何运作，也提出相关的规范。像是它解释金钱的运作模式，也认为将利润再投资生产就能带来快速的经济增长。然而，资本主义的影响范围逐渐超越了单纯的经济领域，现在它还成了一套伦理，告诉我们该有怎样的行为，该如何教育孩子，甚至该如何思考问题。资本主义的基本原则在于，因为不论是正义、自由甚至快乐都必须依赖于经济成长，所以可以说经济增长就是至善（或至少十分接近）。如果你找来一个资本主义者，问他该如何为津巴布韦或阿富汗这些地方带来正义和政治自由，他很可能就会滔滔不绝地告诉你，想要有稳定的民主制度，就必须要有蓬勃的经济、健全的中产阶级，所以重点就是要让当地人有自由企业、勤俭节约、自立自强这些价值概念。

这种新的宗教对于现代科学的发展也产生了决定性的影响。科学研究背后的金主常常是政府或私人企业。而资本主义的政府和企业想投资某个特定科学研究的时候，最先问的问题常常就是——“这项研究会提高产量和利润吗？会促进经济增长吗？”研究计划如果没办法应付这些问题，想取得研究经费的可能性就微乎其微。要谈到现代科学史，资本主义绝对是不得不谈的重要因素。

另外，如果不谈科学，就会觉得资本主义能够发展真是莫名其妙。资本主义认为经济可以无穷无尽地发展下去，但这和我们日常生活观察到的宇宙现象完全背道而驰。像是对于狼群来说，如果它们觉得作为猎物的羊群会无限制扩大，岂不是荒谬至极？然而，人类的经济在整个现代时期就是这样不可思议地持续指数增长。唯一的原因，就在于科学家总是能每隔几年就取得另一项发现，提出另一项发明，像是美洲大陆、内燃机引擎，或是运用基因工程的羊。印钞票的是银行和政府，但最后买单的是科学家。

在过去几年里，我们看到银行和政府疯狂地印钞票。每个人都担心经济危机会让经济停滞、不再增长，于是他们就这样无中生有地印了数万亿的美元、欧元和日元，让金融体系里凭空出现一大笔便宜信贷，只盼望着科学家、技术人员和工程师能够在经济泡沫破灭之前，设法想出得以力挽狂澜的创世发明或发现。一切指望，就在于那些实验室里的人。像是生物科技、纳米科技的新发现，就可能创造出全新的产业，带来庞大的利润，于是就能拿来打平那些银行和政府从2008年以来虚拟创造出的几万亿数字。而如果实验室的脚步不敌泡沫破灭的速度，可以想见经济前景就会令人十分担忧。

哥伦布也需要金主

资本主义不只左右了现代科学的兴起，也影响了欧洲帝国主义的出现。此外，一开始正是欧洲帝国主义创造了资本主义的信贷制度。当然，信贷的概念并不是到了现代欧洲才被发明出来的，早在几乎所有的农业社会就已出现。而在现代早期，欧洲资本主义的兴起则与亚洲的经济发展密切相关。另外一提，直到 18 世纪晚期，亚洲仍然掌握着全球的经济强权；换句话说，欧洲人手上的资金还是远远不及中国人、穆斯林或印度人。

然而，在中国、印度和阿拉伯世界的社会政治制度下，信贷只能算是次要角色。像是在土耳其的伊斯坦布尔、伊朗的伊斯法罕、印度德里或中国北京，虽然商人和银行家也可能有资本主义的思想，但这些商人和商业思维却往往遭到国王和将领的轻视。现代早期的非欧洲帝国，建立者多半是伟大的征服者，像是清王朝的奠基者努尔哈赤，以及建立伊朗阿萨德王朝的纳迪尔沙国王；又或是某些官僚和军事精英，例如大清王朝和奥斯曼土耳其帝国。这些人主要靠着税收和掠夺（两者的差异其实很细微）取得资金，很少需要用到信贷，更不用提是否关心银行家和投资者的利益。

但在欧洲情况就有所不同，这里的国王和将领也逐渐采用商业的思维模式，后来甚至是由商人和银行家直接成为统治精英。欧洲人征服世界的过程中，所需资金来源从税收逐渐转为信贷，而且也逐渐改由资本家主导，一切的目标就是要让投资取得最高的报酬。于是，由穿着西装、戴着帽子的银行家和商人所建立的帝国，就这样打败了由穿金戴银、配备闪亮盔甲的国王和贵族建立的帝国。这些商业型的帝国，取得资金进行征服的效率就是高出一截。毕竟，没人喜欢缴税，但人人都乐于投资。

1484 年，哥伦布前往谒见葡萄牙国王，希望国王资助他的船队向西航行，寻找前往东亚的新航道。像这样的探索不仅危险重重，而且需要庞大的资金。从造船、购买补给、支付水手和士兵的薪水，都需要一大笔钱，而且这种投资能不能得到报酬都还大有问题。于是，哥伦布遭到葡萄牙国王拒绝。

但也就像现在的创业家一样，哥伦布并没有放弃。他又带着他的想法去找意大利、法国、英国的可能投资者，甚至还再回到葡萄牙一次，但每次都遭到回绝。最后，他决定到刚刚统一的西班牙，找当时在位的费迪南德和伊莎贝拉碰碰运气。他聘请了一批经验丰富的说客，终于说服了伊莎贝拉女王投资。接着就像大家知道的，伊莎贝拉女王就像买中了彩票一样。哥伦布的发现让西班牙人征服了美洲，除了开采各个金矿银矿，还种起蔗糖和烟草，让西班牙的国王、银行家和商人简直是美梦成真。

100 年后，这些王公贵族和银行家不仅荷包满满，而且碰上哥伦布的接班人时，愿意提供的信贷金额也远超过以往。这一切都是因为从美洲搜刮而来的财富。同样重要的一点在于，王公贵族和银行家对于探勘探险的潜力信心大增，也更愿意投入自己的金钱。这就是帝国资本主义的奇妙循环：信贷资助新发现，新发现带来殖民地，殖民地带来利润，利润建立起信任，信任转化为更多的信贷。不管是努尔哈赤还是纳迪尔沙国王，帝国扩张几千公里之后就后继无力。但对资本主义的创业者来说，一次一次的征服，都让经济的动力更加强大。

然而，这些探险仍然很靠运气，所以整个信贷市场还是显得小心翼翼。许多探险队最后就是两手空空地回到了欧洲，没有什么有价值的发现。举例来说，英国人就曾浪费大笔资金，试图寻找从北极通往亚洲的西北航道。而且，还有很多探险队就这么一去不回，有的撞上冰山，有的遇上飓风，有的惨死于海盗之手。于是，为了增加可能投资者的人数，并减少每个人承担的风险，探险家就开始找上股份有限公司。这么一来，不再需要有某个投资人把自己所有的钱都押在某一条船上，而是由公司从许多投资人手中集资投资，每个人只需要负担自己资金的那一小块风险。这样一来，风险减少，但可能的利润无上限。只要挑对了船，就算只有一点投资，你也可能变成百万富翁。

时间就这样十年十年地过去，西欧发展出一套复杂的金融系统，可以在极短时间内筹措大笔信贷资金，供民间企业或政府发展之用。探索征服队伍如果想取得资金，这套系统的效率远超过任何王国或帝国。而从荷兰及西班牙之间的激烈争斗，也可以看出这种信贷系统的新力量。在 16 世纪，西班牙是全欧洲最强大的国家，帝国幅员辽阔，统治着大部分的欧洲、北美、南美、菲律宾群岛，而且沿着非洲和亚洲海岸，还建立起了一连串的基地。每年都有大批船队，带着大批美洲和亚洲的稀世珍宝满载而归。至于荷兰，国土就是一片沼泽，地小风疾、缺乏资源，原本只是西班牙领地的一个偏远角落罢了。

1568 年，主要信奉新教的荷兰决定起身抵抗他们的天主教西班牙统治者。一开始，这些反叛军就像是堂·吉诃德，只是徒劳无功地冲向不可能打败的风车。

但 80 年之后，荷兰不仅成功脱离西班牙而独立，甚至还取代了西班牙和他们的盟友葡萄牙，成为全球的海上霸主，建立起全球性的荷兰帝国，并成为欧洲最富有的国家。

荷兰人成功的秘诀，就在于信贷。荷兰人对于陆战兴趣不大，因此就付钱请了雇佣兵来负责和西班牙人打仗。至于荷兰自己，则是船越建越大，开始往海上发展。虽然佣兵或大型战船都所费不赀，但当时荷兰人取得了欧洲新兴金融系统的信任（同时西班牙国王则恣意背叛这些信任），比强大的西班牙帝国更容易取得资金提供给各个远征队。金融家提供荷兰足够的信贷，让他们得以建立军队和舰队；这些军队和舰队让荷兰控制了全球贸易路线；这样一来，就产生了极可观的利润。有了这些利润，荷兰人能够偿还贷款，也更加强了金融家对他们的信任。阿姆斯特丹不仅很快成了欧洲首屈一指的重要港口，更是欧洲的金融圣地。

荷兰到底是如何赢得了金融体系的信任？首先，他们坚持准时、全额还款，让贷款人借款给他们的风险降低。其次，荷兰司法独立，而且保护个人权利特别是私有财产权。相较之下，独裁国家不愿保障个人和其财产，于是资本也就一点一滴离开，流向那些愿意遵守法制、保护私有财产的国家。

假设你是德国某个银行世家的子嗣，父亲看到了一个机会，想在欧洲主要城市开设分行拓展业务。他把你和弟弟分别送到阿姆斯特丹和马德里，给你们每人一万金币的投资资金。你弟弟决定借给西班牙国王，让他招募一支军队向法国国王开战。至于你则决定借给某个荷兰商人，据说那个商人看上了某个位于美洲的既遥远又荒凉的小岛，想买下岛上南边的一块土地。他相信等到旁边的哈德孙河成了一大贸易动脉之后，这个叫作曼哈顿的小岛地价必然扶摇直上。两者的贷款都规定要在一年内偿还。

一年很快就过去了。荷兰商人把他那块地卖了个高价，如同约定连本带利将钱还给你，让你的父亲可真是眉开眼笑。但在马德里的弟弟就尴尬了。虽然西班牙国王和法国交战打了胜仗，但他现在又卷入与土耳其人的冲突。他需要把手上的每一分钱都投入这场新的战争，也觉得这比依约还钱重要得多了。虽然你弟弟不断寄信到皇宫，又拜托宫廷里的熟人，但一切都无济于事。最后，你的弟弟不但没有赚到约定的利息，连本金都要不回来。这下父亲可没那么开心了。

接着还有更糟的，国王派了一位财务大臣去找你弟弟，直截了当地说，国王还需要再借一万，而且立刻就要。你弟弟手头没钱，只好写信回家，试着让父亲相信这次国王会遵守约定。毕竟老幺还是得人疼，父亲一时心软，勉强同意。结果就是另一笔一万金币再次一去不回，永远消失在西班牙的国库里。与此同时，你在阿姆斯特丹的事业却是有声有色。你可以为这些积极进取的荷兰商人提供越来越多的贷款，而且他们总是准时、全额还款，绝不拖欠。然而，毕竟运气也不可能只好不坏。有一位老客户觉得荷兰木鞋一定能在巴黎掀起风潮，所以想向你借款在巴黎开个木鞋卖场。但不幸的是，你借钱给他之后，木鞋实在不符合法国女性的品位，结果商人大赔一笔，也不愿意偿还贷款。

这下父亲可是大发雷霆，命令你们两个都马上去找律师解决。于是，你的弟弟在马德里向法院控告西班牙国王，而你在阿姆斯特丹向法院控告这位木鞋大师。在西班牙，法院可以说是国王开的，法官会推测上意，免得遭遇雷霆之怒。至于在荷兰，法院是政府的一个独立部门，并不需要看人民或亲王的脸色办事。结果，马德里法院驳回了你弟弟的诉讼，但阿姆斯特丹法院判你胜诉，让你取得对那位木鞋商人财产的留置权，好逼他还钱。这下，可是给你父亲好好上了一课。他知道，应该要和商人来往，而不要跟国王来往，而且最好在荷兰做生意，而不要去西班牙。

另外，你弟弟的厄运还没结束。因为西班牙国王还迫切需要更多的资金来养军队，而且又一心认定你父亲手上还有钱，就用莫须有的叛国罪起诉了你弟弟，表示如果不立刻交出两万金币，就会把他丢到地牢里关一辈子，等着在里面腐烂。

你的父亲受够了，付了赎金换回自己心爱的儿子，但发誓永远不再和西班牙做生意。于是他关停了马德里分行，把你弟弟调到鹿特丹。现在，把两家分行都开在荷兰也像是个大好的主意，他甚至还听说，连西班牙的资本家都正在偷偷把资金调离西班牙。因为连他们都意识到，如果他们想让自己的钱不被抢走，而且能创造更多的财富，就最好到真正能够实行法治、尊重私有财产制的地方，例如荷兰。

就是像这样的事，让西班牙国王逐渐失去了投资者的信任，而荷兰商人则赢得了他们的信心。而且，真正建立起荷兰帝国的，也是这群荷兰商人，而不是荷兰的官方。西班牙国王为了要维持出征的脚步，虽然民众不满的情绪已经日益升高，但他还是不断加征各种税收。与此相对的是，荷兰商人为远征军筹资的方式是贷款，而且也慢慢开始采用出售公司股份的方式，让债权人也能够享有部分的公司获利。这下子，荷兰这些股份公司成了荷兰帝国的中流砥柱；谨慎的投资者绝不会把钱借给西班牙国王，就算要借给荷兰政府也得思量思量，但讲到投资这些荷兰的股份公司，可是乐意之至。

如果你觉得投资某家公司能赚大钱，但当时所有股份都已经卖完了，你还可以从其他的股份持有人那里去买，只是可能付的价钱会比当初他们买的时候高。至于如果你买了股份，却发现公司前景堪虑，也可以试着用较低的价格卖出股份。这些买卖大行其道，最后的结果就是在欧洲各大主要城市几乎都设立了证券交易所，进行股票交易。

最著名的荷兰股份制公司就是荷兰东印度公司，在1602年得到特许而成立，当时荷兰才刚摆脱了西班牙统治，甚至就在离阿姆斯特丹不远的地方，还能听到西班牙大炮的声响。东印度公司通过出售股票取得建船的资金，再派船前往亚洲，带回中国、印度和印度尼西亚的特产货物。此外，东印度公司也资助旗下船舰的军事行动，打击竞争对手与海盗。最后，东印度公司更是提供资金直接攻下了印度尼西亚。

印度尼西亚是世界上规模最大的群岛，岛屿数目上万，在17世纪初分别由几百个不同的王国、公国、苏丹和部落统治。东印度公司的商人在1603年首次来到印度尼西亚，当时纯粹只是为了商业目的，但为了保护商业利益、让股东取得最高利润，东印度公司开始攻击那些提高关税的当地政权，另外也与来自欧洲的竞争对手开始交战。东印度公司开始在商船上配备大炮，从欧洲、日本、印度、印度尼西亚招募佣兵，建起堡垒，展开全面的战争和围城行动。这些做法我们今天听起来可能觉得有些离奇，但在现代早期，民间公司雇用的常常不只佣兵，还包括将军、大炮、军舰，甚至可以直接雇用整支编制完整的现成军队。所以，等到像这样由一个民间企业建立起一整个帝国的时候，国际社会可是觉得理所当然，见怪不怪。

东印度公司就这样攻占了一个又一个的岛屿，印度尼西亚群岛一大部分都成了他们的殖民地，自此统治印度尼西亚近200年。一直要到1800年，印度尼西亚才改由荷兰政府统治，在接下来的150年间成为荷兰这个国家的殖民地。在今天，有人大声疾呼，认为21世纪的民间企业已经掌握了太多权力。但从现代早期的历史来看，我们早已看过放纵追求自我利益能到什么境界。

东印度公司在印度洋威风八面的时候，荷兰的西印度公司（WIC）也在大西洋大展身手。为了掌控哈德孙河这个重要商业通道，西印度公司在河口的一座小岛上开拓了一个殖民地，名为“新阿姆斯特丹”。这个殖民地不断遭受美国原住民威胁，英国人也多次入侵，最后在1664年落入英国手中。英国人将这个城市改名“纽约”（即“新约克”，约克为英国郡名）。当时西印度公司曾在殖民地筑起一道墙，用来抵御英国人和美国原住民，这道墙的位置现在成了世界上最著名的街道：华尔街（直译为“墙街”）。

随着17世纪走向尾声，由于荷兰人过于自满、战争成本又过于高昂，他们不仅失去了纽约，也无法再维持欧洲金融和帝国引擎的地位。法国和英国成了这个地位的强力竞争对手。一开始，似乎看来法国的赢面较大，毕竟它面积大于英国，更富有，人口更多，而且军队的规模和经验也胜出。然而，最后是由英国赢得了金融系统的信任，而法国只证明自己还不配得到这个地位。欧洲在18世纪爆发了密西西比泡沫事件，这是当时欧洲最大的金融危机，法国王室也在这次事件中臭名远播。这个故事同样也是由一个打算建立帝国的股份公司开始的。

在1717年，成立于法国的密西西比公司在美洲的密西西比河下游谷地开拓殖民地，新奥尔良也是在此时开始成形。为了取得这项庞大计划的资金，这家与路易十五宫廷关系良好的公司便在巴黎证券交易所上市出售股份。公司所有人约翰·劳当时身兼法国央行行长，还被国王任命为主计大臣，大约等于现代的财政部长。在1717年，密西西比河下游河谷其实大约只有沼泽和鳄鱼，但密西西比公司却是撒着漫天大谎，把这个地方描述得金银遍地、无限商机。许多法国贵族、商人和城市里那些冷漠的中产阶级都信了这套谎言，于是密西西比公司股价一飞冲天。公司上市的股价是每股 500 里弗。1719 年 8 月 1 日，股价涨到每股 2750 里弗。8 月 30 日，股价已经飙升到每股 4100 里弗；9 月 4 日升到每股 5000 里弗。等到 12 月 2 日，密西西比公司的股价每股超过 10000 里弗大关。当时，整个巴黎街头洋溢着一种幸福感。民众卖掉了自己所有的财产，借了大笔的金钱，只为了能够购买密西西比公司的股票。每个人都相信自己找到了快速致富的捷径。

但就在几天后，开始兴起一片恐慌。开始有些股票炒手，意识到这种股价实在太夸张，完全不可能维持。经过他们仔细算计，觉得最好尽快在股价高点脱手。由于市场上的供给量上升，股价应声下跌。其他投资者见到价格下跌，也想赶快收手离场。就这样，股票价格持续暴跌，简直就像一场雪崩。为了稳定股价，法国央行行长（也就是约翰·劳本人）决定买进密西西比公司的股票，但最终还是无以为继，耗尽了央行所有资金。到了这步田地，法国主计长（仍然是约翰·劳本人）又下令印制更多钞票，才能继续购买更多股票。就这样整个法国金融体系就成了一个大泡沫。无论约翰·劳的金融操作再怎么高明，仍然无力回天。密西西比公司的股价从每股10000里弗大跌至每股1000里弗，接着更是彻底崩溃，再也没有任何价值。到了这一刻，法国央行和国库手中只有大量如壁纸的股票，再也没有任何金钱。那些最大的股票炒手多半得以及时脱手，所以几乎没有受到什么伤害。但小型投资人则是倾家荡产，许多因此而自杀。

密西西比泡沫可以说是史上最惨烈的一次金融崩溃。法国王室的金融体系一直没能真正走出这场重大的打击。密西西比公司利用其政治影响力操纵股价、推动购买热潮，结果让法国人民对法国金融系统和国王的金融智慧都失去信心。路易十五越来越难推动各种信贷计划，而这也成为法国海外领土逐渐落入英国手中的主因之一。在当时，英国仍然可以轻松用低利率取得贷款，但法国不仅贷款困难，还得付出高额的利息。为了要处理日益高筑的债台，法国国王只能越借越多，而利率也越借越高。最后来到路易十六，他在祖父驾崩后继位，但在18世纪80年代却发现年度预算有一半都得拿来支付利息，财政已濒临破产。到了1789年，他迫于无奈，不得不召开已经长达一个半世纪未曾召开的三级会议，希望能解决这项危机。就这样，法国大革命揭开了序幕。

法国海外霸权分崩离析的同时，大英帝国却是急速扩张。大英帝国就像先前的荷兰帝国，主要是由民间股份公司所建立及管理，而这些公司也都在伦敦证券交易所上市。例如英国在北美的第一批殖民地成立于17世纪初，建立者都是民间股份公司，例如伦敦公司、普利茅斯公司、多切斯特公司和马萨诸塞公司。

至于打下印度次大陆的，同样也不是英国官方，而是英国东印度公司的佣兵。这家公司的成就甚至比荷兰东印度公司更加辉煌。公司总部位于伦敦的利德贺街，而在近一世纪的时间里，这家公司就是从这里统治着一整个儿强大的印度帝国，掌握着多达35万士兵的庞大军力，就连英国王室也只能自叹弗如。一直要到1858年，英国王室才将印度及英国东印度公司的军队收编国有。当时拿破仑曾嘲笑英国，说他们是个“店小二的民族”。只不过，就是这群店小二打败了拿破仑本人，还建立起了有史以来最大的帝国。

以资本之名

虽然印度尼西亚和印度分别在1800和1858年由荷兰和英国收归国有，但资本主义和帝国的关系非但没有结束，反而是在19世纪变得更为紧密。股份公司不再需要自己建立及管理殖民地，而是由经理和大股东直接在伦敦、阿姆斯特丹和巴黎与政治权力牵线接轨，直接由国家来帮忙维护利益。正如马克思和其他社会批评家所开的玩笑，西方政府几乎就像是资本家的工会。

讲到国家如何为资本家服务，最恶名昭彰的例子就是中英第一次鸦片战争（1840—1842）。在19世纪上半叶，英国东印度公司和杂物商靠着向中国出口药物（特别是鸦片）而发了大财。数百万中国人成了瘾君子，国家的经济和社会都大受影响。30年代后期，中国政府发布禁烟令，但英国药商完全无视这项律令。于是，中国当局开始没收、销毁鸦片。这些鸦片烟商与英国国会和首相关系良好，许多议员和部长其实都持有烟商公司的股票，因此向政府施压，要求采取行动。

1840 年，英国正式以“自由贸易”为名，向中国宣战。此役英国轻松获胜。中国人太过自信，却完全敌不过英国如同奇迹般的新式武器：汽船、重型火炮、火箭，以及可连发的步枪。在接下来的“和平”条约中，中国同意不限制英国烟商的活动，并且还要赔偿中国军方造成的损失。此外，英国要求并取得了香港的使用权，于是香港就成了他们安全的贩毒基地。直到 1997 年，香港才回归中国。在 19 世纪末，中国鸦片成瘾者约有 4000 万，足足占了全国人口 1/10。

埃及同样也遭到英国资本主义的毒手。在 19 世纪，法国和英国的投资者将大笔资金借给埃及的统治者，先是投资兴筑苏伊士运河，后来还有一些比较失败的计划。埃及的债务逐渐膨胀，欧洲这些债权人也逐渐插手埃及的国内事务。到了 1881 年，埃及民族主义者忍无可忍，起身反抗，单方面宣布废除一切外债。这让维多利亚女王很不高兴。一年后，她就派出大军前往尼罗河，一直到第二次世界大战结束前，埃及都还是英国的“保护国”。

为了投资人利益而发动的战争绝不只这两场而已。事实上，连战争本身都可以像鸦片一样变成商品。1821 年，希腊人起身反抗奥斯曼帝国，英国自由和浪漫圈子的人大感同情，甚至像诗人拜伦就亲自前往希腊，与这些反叛分子并肩作战。但就在同时，伦敦金融家看到的是大好商机。他们向反抗军领袖提议，在伦敦证券交易所上市发行债券，为希腊反抗筹资。而如果最后希腊独立成功，就要连本带利偿还。于是，民间投资者有的为了利润，有的出于同情，也或者兼而有之，纷纷买入这种债券。至于这种希腊起义债券在伦敦证交所的价格，就随着希腊当地的战情起起伏伏。土耳其慢慢地占了上风，眼看反抗军就要战败，而债券持有人就快输到脱裤子了。但就在此时，正因为债券持有人的利益就是国家的利益，英国组织起一支国际舰队，在 1827 年的纳瓦里诺战役一举击溃奥斯曼帝国的主要舰队。从此，受到长达几世纪的征服统治后，希腊终于自由了。只不过，自由的代价就是一大笔巨额债务，这个新成立的国家根本无力偿还。在接下来的几十年间，希腊经济都被欠英国的债务压得喘不过气。

资本和政治这两者的紧密相拥，对信贷市场有深远的影响。一个市场究竟能得到多少信贷，不能只看经济因素（例如发现新的油田、发明新的机器），而也得考虑政治事件的影响，例如政权更迭或是采取了更积极的外交政策。纳瓦里诺战役之后，英国资本家投资高风险海外交易的意愿就更高了。他们亲眼证实，如果外国债务人拒绝偿还贷款，女王陛下的军队就会去为他们讨债。

正因如此，今天在判断某个国家的信用评级时，经济体系是否健全远比天然资源的多寡更为重要。信用评级代表的是国家清偿债务的可能性。除了纯粹的经济数据外，也会考虑政治、社会甚至文化因素。就算是拥有丰富石油蕴藏量的产油国，如果政府专制、司法腐败，信用评级通常也不高。这么一来，因为难以取得必要资金开发石油资源，很可能这个国家就只能这样坐在金矿上穷困度日。与此相对的是，如果某个国家虽然缺少自然资源，却有自由的政府、和平的环境，以及公正的司法系统，它就可能得到较高的信用评级。这样一来，就能以低廉的代价取得相当的资金，撑起良好的教育体系，发展出蓬勃的全新高科技产业。

对自由市场的崇拜

资本和政治的关系如此紧密交结，不论是经济学家、政治家还是一般民众都有许多热烈的争论。死忠的资本主义者很可能会表示，资本当然会影响政治，但政治绝不应该插手资本的事。他们认为，如果政府干预市场，市场必然会被政治利益所左右而做出不智的投资决定。举例来说，政府很可能会向产业界课重税，再用这笔钱设置大笔的失业救济金，讨好大众选民。在商人眼中，当然政府最好都别管事，让钱都留在商人口袋里。他们宣称，有了这些钱，他们就会继续开设新的工厂，让现在失业的人都能有工作。

这种观点就会认为，最明智的经济政策就是让政治不要干预经济，将税收和政府管制都减到最低，将一切交给市场力量，让其自由发挥。这样一来，正因为民间投资人完全没有政治考虑，他们会将资金投向获利最高的区块，于是带来最高的经济增长。所以，不管对企业家或劳工来说，最好政府就是无为而治。到了今天，资本主义教条最常见也最有影响力的分身就是自由市场主义。如果是对自由市场最死忠的支持者，不仅会认为国家不该出兵影响国际事务，甚至也会批评国内的种种福利政策。他们对政府的建议，会和老庄思想不谋而合：无为而治，什么都别管。

然而，如果讲到最极端的情况，相信自由市场的概念其实就像相信圣诞老人一样天真。这世界上根本不可能有完全不受政治影响的市场。毕竟，经济最重要的资源就是“信任”，而信任这种东西总是得面对种种的坑蒙拐骗。光靠着市场本身，并无法避免诈欺、窃盗和暴力的行为。这些事得由政治系统下手，立法禁止欺诈，并由警察、法庭和监狱来执行法律。如果国王或政府行事不力，无法做到适当的市场规范，就会失去信任，使信用缩水，而经济也会衰退。不论是 1719 年的密西西比泡沫，还是 2007 年美国房地产泡沫带来的信用紧缩和经济衰退，都一再提醒着我们这些教训。

In its extreme form, belief in the free market is as naive as belief in Santa Claus.

* 如果讲到最极端的情况，相信自由市场的概念其实就像相信圣诞老人一样天真。

资本主义的地狱

我们之所以不该让市场有完全自由发挥的机会，还有另一个更基本的原因。亚当·斯密说，鞋匠赚到多余的利润之后，会用来雇用更多助手。这么一来，因为多余利润能促进生产、雇用更多人，似乎就代表着自私自利和贪婪也可能对全体人类有利。

只不过，如果贪婪的鞋匠靠的是缩减工资、增加工时来增加利润，情况又会如何？课本上的答案是：自由市场会保护员工。如果鞋匠付的薪水太少、要求又太多，那些最优秀的员工当然就会离职，去为他的竞争对手工作。这下子，这位黑心老板手上就只剩下最差劲的员工，甚至一个员工都不剩。于是他一定得改变管理方式，不然就只能关门大吉。他的贪婪会逼他善待自己的员工。

这个理论听来十分完美，但实际上却是漏洞百出。如果真的是完全自由的市场，没有国王或神职人员来监督，贪婪的资本家就能够通过垄断或串通来打击劳工。例如，假设某个国家只有一家制鞋厂或是所有制鞋厂都合谋同时降低工资，劳工就无法用换工作的方式来保护自己。

更可怕的是，老板还可能用劳动偿债甚至奴隶制度来限制劳工的自由。在中世纪结束的时候，基督教欧洲几乎完全没有奴隶制度的现象。但到了现代早期，欧洲资本主义兴起，大西洋奴隶贸易也应运而生。奴隶贸易这场灾难的罪魁祸首并不是暴君或是种族主义者，而是不受限制的市场力量。

欧洲人征服美洲的时候，积极开采金矿银矿，并且建立庄园来种植甘蔗、烟草和棉花。这些矿场和庄园成为美洲生产和出口的大宗支柱。其中甘蔗种植尤为重要。在中世纪，糖在欧洲是难得的奢侈品，必须由中东进口，而且价钱令人咋舌。人们使用的时候百般珍惜，视其为某种秘密成分，加进各种美食或是蛇油为底的药物中。等到美洲开始有了一片又一片的大型甘蔗园，就开始有越来越多的糖运抵欧洲。糖价开始下跌，而欧洲对甜食也越来越贪得无厌。商人见到机不可失，开始生产大量甜食：蛋糕、饼干、巧克力、糖果和含糖饮料（例如可可、咖啡和茶）。英国人每人每年的糖摄取量，从 17 世纪初接近于零，到 19 世纪初竟然达到大约 8 千克。

然而，不论种植甘蔗还是提炼蔗糖，都是劳力密集的工作。不仅工时长、热带阳光猛烈，蔗园环境更是疟疾肆虐，因此愿意在蔗园工作的人寥寥无几。如果使用约聘劳工，成本就会变得太过昂贵，无法迎合大众消费需求。这些甘蔗园的欧洲主人一方面对市场力量十分敏感，一方面又贪求利润和经济增长，因此就把脑筋动到了奴隶上。

从 16 世纪到 19 世纪，大约有 1000 万非洲奴隶被运到美洲，其中有大约七成都在甘蔗园里工作。奴隶的劳动条件极度恶劣，大多数奴隶生活悲惨、英年早逝。而且欧洲人发动战争俘虏非洲人，再从非洲内陆千里迢迢运至美洲，数百万非洲人就这样在战乱或运送过程中丧命。而这一切，不过就是为了让欧洲人能够在茶里加糖、能吃到甜点，让人能够靠着贩糖而获取暴利。

奴隶贸易背后的黑手并不是国家或政府。这项产业完全出于经济，是自由市场依据供需法则所组织及提供资金。民间贩奴公司甚至在阿姆斯特丹、伦敦和巴黎证交所上市，出售股份。一些中产阶级的欧洲人也是希望有个好机会投资赚钱，就买了这些股票。靠着这些钱，公司得以买船、雇用水手和士兵，他们在非洲购买奴隶，再运到美洲卖给庄园园主。贩奴的收益就能顺便购买庄园的作物及产品，例如糖、可可、咖啡、烟草、棉花和朗姆酒。满载而归回到欧洲之后，蔗糖和棉花可以卖到一笔好价钱，接着他们就能再次前往非洲，把这个获利颇丰的勾当再次如法炮制。这种安排可让股东心花怒放、再满意不过。在整个 18 世纪，贩奴的获利约为 6%；任何一个现代的投资顾问都会说这还是相当不错的。

这是自由市场资本主义美中不足之处。它无法保证利润会以公平的方式取得或是以公平的方式分配。而且相反的是，因为人类有追求利润和经济增长的渴望，就会决定盲目扫除一切可能的阻挠。等到“增长”成了无上的目标，不受其他道德伦理考虑的制衡，就很容易衍生成一场灾难。有一些宗教（例如基督教）杀害了数百万人，原因是出于仇恨。然而，资本主义也杀害了数百万人，原因则是出于冷漠和贪婪。大西洋奴隶贸易兴起的原因，并不是欧洲人对非洲人有什么种族仇恨。而那些买了股票的民众、卖了股票的证券营业员、管理奴隶贸易公司的经理，压根儿就不曾把非洲人放在心上。甘蔗庄园的园主就更不用谈了。很多园主根本住得远在天边，他们唯一关心关于庄园的事，就是账目要清楚好读，让他们知道自己赚了多少。

我们必须记住，人类的历史从来不是洁白无邪，大西洋奴隶贸易这件事绝非特例。像是孟加拉地区大饥荒，也是出于类似原因：英国东印度公司比较重视的是自己的利润，而不是1000万孟加拉地区人的生命。荷兰东印度公司在印度尼西亚的军事行动，后面出钱的也是一群善良的荷兰人，他们爱孩子，会捐钱给慈善事业，也懂得欣赏好音乐和好艺术，但他们就是没感受到爪哇、苏门答腊、马六甲这些地方人民的痛苦。随着现代经济增长，全球各地还有无数的大小罪恶和灾难正在上演。

时间到了19世纪，但资本主义的道德观并未改善。工业革命风潮席卷欧洲，让银行家和资本家荷包满满，但却让数百万计的劳工生活落入赤贫。至于在欧洲殖民地，情况更难以想象。1876年，比利时国王利奥波德二世成立了一个非政府人道组织，宣称目的是探索中非，并打击刚果河沿岸的奴隶贸易。同时该组织也表示会修筑道路、兴建学校和医院，为当地居民改善生活条件。在1885年，欧洲列强同意将刚果盆地大约230万平方公里土地拨给该组织管理使用。这片土地足足有比利时全国领土的75倍大，从此称为刚果自由邦。只不过，从来没有人问过这片土地内足足两三千万的人民的意见。

在很短的时间内，这个所谓的人道组织就成了商业机构，真正的目的只是增长和获利。他们压根儿就已经忘了学校和医院这回事，整个刚果盆地遍布着矿场和农业庄园，多数由比利时官员掌控，而且无情地剥削着当地人民。其中最恶名昭彰的就是橡胶产业，当时橡胶迅速成为大宗商品，橡胶出口也成了刚果最重要的收入来源。负责收集橡胶的非洲村民被规定上缴的产量越来越高，而且一旦少缴，就会被斥为“懒惰”，遭到严厉惩罚。有时候比利时官员会把他们的手臂砍掉，有时候甚至全村的人都遭到屠杀。就算是最保守的估计，从1885年到1908年之间，在刚果追求增长和利润的代价，就足足让600万刚果人命丧黄泉（至少占当时刚果人口的两成），甚至有些人估计惨死人数高达千万。

1908年以后特别是1945年以后，部分出于对共产主义的恐惧，资本主义的贪婪稍微受到控制。然而，不平等的情形仍然猖獗。时间到了2013年，虽然全球经济的大饼已经远大于1500年那块，但分配的方式却是极度不公，许多非洲农民和印度尼西亚劳工就算整日辛劳，能够赚到的食物还比不上500年前的先人。然而，就像农业革命一样，所谓的现代经济增长也可能只是个巨大的骗局。虽然人类和全球经济看来都在继续增长，但更多的人却活在饥饿和困乏之中。

面对这种指控，资本主义有两项响应。第一，资本主义已经把这个世界塑造成资本主义的样子，现在也只有资本主义能让它继续运行下去。唯一另一个足以和资本主义相抗衡的，就只有共产主义。在公元前8500年，就算有人对于农业革命深感后悔，但为时已晚，已经无法放弃农业。同样，虽然我们现在可能并不喜欢资本主义，但它也已经不可或缺。

第二，资本主义也认为只要再多点耐心，天堂就一定会降临人间。确实，过去我们犯过一些错，像是大西洋奴隶贸易，像是剥削欧洲的劳工阶级，但这一切都让我们学到教训，只要我们再等等，再等饼变大一点，就能让人人都分到够大的一块。虽然说分饼的时候永远不可能达到公平，但至少能做到“足够”，让男女老幼每个人都能满足，甚至在刚果也不例外。

事实上，我们确实已经看到一些正面的迹象。至少就纯粹的物质标准来说（例如预期寿命、婴儿死亡率、热量摄取量），虽然人口在过去百年间激增，但2013年的平均数值都明显高于1913年。

然而，这块经济大饼真的能无限制变大吗？每块饼都需要原材料和能源。但早有先知预言警告，迟早智人会耗尽地球上所有的原料和能源。这会在什么时候发生？

大分离[1]

The Great Decoupling

自由主义推崇自由市场和民主选举，是因为自由主义相信每个人都独一无二、各有价值，而且每个人的自由选择就是权威的本源。但在21世纪，有三项“务实”的发展，可能会让这种信念成为明日黄花：

1. 人类将会失去在经济和军事上的用途，因此经济和政治制度将不再继续认同人类有太多价值。

2. 社会系统仍然认为人类整体有其价值，

1. 节选自《未来简史》第三部分第九章。

但个人则无价值。

3. 社会系统仍然会认为某些独特的个人有其价值，但这些人会是一个超人类的精英阶层，而不是一般大众。

让我们仔细审视这三个威胁。第一，科技发展将使人类不再具备经济和军事上的用途：这一点虽然不会从哲学层面推翻自由主义，但在实际生活中，很难想象民主制度、自由市场和其他自由主义制度如何承受这个打击。毕竟，自由主义之所以能成为意识形态的主流，并不只是因为它的哲学论证最合理，更是因为它赋予每个人价值，这一点在政治、经济和军事上大有好处。在现代工业战争的大规模战场、现代工业经济的大规模生产线上，每个人都很重要。只要能拿起步枪或是扣动扳机，每双手都有价值。

1793 年春天，欧洲各王室派出军队，希望将法国大革命扼杀于襁褓之中。巴黎革命分子则宣布全国总动员，发动第一波全面战争。8 月 23 日，法国国民公会下令："从现在起到一切敌人被逐出共和国领土时止，全法国人民始终处于征发状态，以便为军事服务。动员是普遍的。18岁至25岁的未婚公民或无子女的鳏夫应首先参军，青年人则应去打仗；已婚男子则制造武器和运送粮食；妇女则制造帐篷、衣服和服务于医务；儿童则将旧布改成绷带；老年人则至广场鼓舞战士们的勇气，宣传痛恨国王和共和国的统一。”

法国大革命最著名的文件《人权和公民权宣言》认定所有公民拥有同等价值，享有平等政治权利。但与国民公会所下的命令两相对照，令人玩味。在这历史上的同一时刻，一方面宣告普世人权，另一方面下令不分男女老幼全国总动员，难道真是巧合？虽然学者对于两者究竟有何确切关系还多有争辩，但在接下来的两个世纪中，一种维护民主的常见论点认为让公民拥有政治权利是件好事，因为民主国家的士兵和工人会比独裁政权中的士兵和工人表现更好。据称，让人民享有政治权利，就能增强动机和进取心，而这在战场上和工厂里都大有益处。

哈佛大学校长查尔斯·艾略特（任期为1869—1909年）曾于1917年8月5日在《纽约时报》发文称：“民主军队的战斗力高于用贵族方式组织、独裁方式统治的军队……由民众决定立法、选举公务员、解决和平与战争问题的国家，比起靠世袭或全能的神所委托的独裁者来说，前者的军队战斗力也要更强。”

第一次世界大战后，基于类似的理由，妇女获得了各项权利。各国意识到女性在这场全面工业战争里扮演重要角色，认为有必要在和平时期也赋予女性政治权利。因此在 1918 年，美国总统伍德罗·威尔逊支持女性拥有投票权，向参议院表示，在第一次世界大战中，“若不是因为有女性在各个领域提供服务，美国或其他任何参战国家都不可能赢得胜利；而且这里指的不只是我们司空见惯的女性工作领域，而是所有过去属于男性的工作领域。如果不让女性享有尽可能完整的权利，我们不仅会失去民众的信任，更是咎由自取”。

但到了 21 世纪，不论男女，大多数人都可能不再具有军事和经济上的价值。两次世界大战投入大量人力的时代已经过去，21 世纪最先进的军队，主要靠的是尖端科技。现在的战争需要的不再是人数无上限的炮灰，而是精挑细选少数训练精良的士兵，甚至人数更少的特种部队超级战士，加上几个知道如何生产和使用先进科技的专家。由无人机和蠕虫病毒组成的高科技部队，正在取代 20 世纪的人海战队，而指挥作战的将军也将越来越多关键决定交给算法处理。

有血有肉的战士除了行事难以预测，还容易受到恐惧、饥饿和疲劳的影响，思考及行动的速度也越来越无法赶上现代战争的步调。从古巴比伦的尼布甲尼撒二世到现代伊拉克的萨达姆·侯赛因，虽然科技已有各种进展，但战争仍然处于人类的步调。讨论得花上几小时，一场战役得花上几天，战争得拖上几年。但一场网络战的时间可能只有几分钟。在网络指挥中心值勤的中尉发现有异常状况后，就算立刻致电上级，上级再立刻上报白宫，最后还是只能一声哀叹，因为等到总统接到消息，这场战争早已一败涂地。只要短短几秒，计划精密的网络攻击就能够让全美电网断电，破坏航空管制中心，造成核电厂和化学工厂大量事故，干扰警察、军队和情报通信网络，甚至是抹除所有金融记录，让数万亿美元就这样消失于无形，没人知道究竟哪些钱归谁所有。这种时候，唯一让民众还不会歇斯底里的原因，就是网络、电视和广播也全面断线，所以大家连情况有多惨都不知道。

如果是比较小的规模，假设空中有两架无人机正在交战。其中一架需要先接收到远方地堡内操作人员的命令才能开火，另一架则能完全自主开火。你觉得哪一架胜算大？假设到了2093年，已经老旧迂腐的欧盟决定派出无人机和机器人来对抗新时期的法国大革命，新的巴黎公社可能会招募所有的黑客、计算机和智能手机参战，但大多数人大概已经都派不上用场，顶多只能当人肉盾牌。这是事实：在今天的许多不对称冲突中，大多数公民只能作为各式先进武器的人肉盾牌。

此外，就算不管胜败问题，单单为了正义，也该支持用机器人和无人机取代士兵和飞行员。人类士兵可能犯下谋杀、强奸、劫掠等罪行，而且就算他们守规矩，误杀平民仍然在所难免。相较之下，如果是搭载伦理算法的计算机士兵，遵守国际刑事法院最新规约的可能性就高多了。

经济领域也有相同情形，能够举起锤子或按下按钮的能力已经不如以往有价值。这也就危害了自由主义和资本主义之间重要的合作关系。在20世纪，自由主义认为伦理和经济能够兼得，保护人权和自由既是伦理道德的必要之举，也是经济发展的关键因素。自由主义认为，英美法等国正是因为开放经济和社会而繁荣，而如果土耳其、巴西或中国也想达到同样程度的繁荣，就该起而效法。许多甚至是绝大多数的专制君主或军人政府，也是出于经济而非道德因素，才最终愿意走向开放。

到了21世纪，自由主义的影响力将会大不如前。随着大众在经济上不再重要，仅靠伦理道德，是否足以保护人权和自由？无法从中获得经济利益后，精英阶层和政府还会认定每个人都有价值吗？过去有许多事情只有人类才能做得到，但现在机器人与计算机正迎头赶上，可能很快就会在多数任务上超越人类。确实，计算机的运作方式与人类的行为方式非常不同，而且看来短期内计算机也不会变得更像人类，特别是应该并不会获得意识或是具备情绪和知觉。过去半个世纪，计算机智能已经有了巨大进展，但在计算机意识方面却仍在原地踏步。据我们所知，2016年的计算机并未比20世纪50年代的计算机原型意识更强。然而，一场重大革命一触即发。“智能”即将开始与“意识”脱钩，人类因此面临失去经济价值的危险。

高度的智能与发达的意识一向是两个形影不离的概念。必须是具有意识的个体，才能执行需要高度智

We are on the brink of a momentous revolution.

* 一场重大革命一触即发。

能的任务，例如下棋、开车、诊疗，或是辨认出恐怖分子。然而，我们正在开发的新型“无意识智能”，做起这些事来比人类更快更好。原因在于，这些任务是基于“模式识别”，而无意识的算法很快就能在这一点上超越人类。

科幻电影通常假设计算机如果想赶上甚至超越人类的智能，就必须发展出意识。但真正的科学却有另一种看法。想达到超级智能可能有多种方式，并不是每一种都需要通过意识。数百万年来，生物进化一直顺着意识这条道路缓缓前行，但非生物的计算机却可能完全不走这条窄路，而是走向另一条通往超级智能的捷径。这就产生了一个新问题：智能和意识，究竟哪个才真正重要？在两者仍然携手同行时，讨论两者的价值孰高孰低，大概只会是哲学家的有趣消遣。但在21世纪，这正成为一个急迫的政治和经济问题。至少对军队和企业来说，答案再简单不过：智能是必要的，但意识可有可无。

军队和企业需要具有智能的代理人才有办法运作，但这样的代理人却不见得需要有意识和主观体验。举例来说，如果是有血肉之躯的出租车司机，个人有意识的体验绝对比毫无感觉的自动驾驶汽车丰富。出租车司机可以一边在首尔繁忙的街道上开车，一边享受音乐。他抬头望见星空，思考着宇宙的奥秘，内心因敬畏豁然开朗。而看到自己的小宝宝跨出第一步，他的眼睛也可能充满喜悦的泪水。只不过，这一切都不是社会系统需要出租车司机具备的特质。社会系统需要的只是把人从 A 点运到 B 点，而且要最快、最安全、成本最低。就这一点而言，自动驾驶汽车很快就能做得比人类司机更好，就算它不能享受音乐，也不会因为存在的奥秘而深感敬畏，又有什么关系呢？

我们回想一下，马在工业革命开始后命运如何。任何一匹农场里的马，不论是在嗅觉、爱的能力、认人的能力、跳过栅栏的能力或是其他上千件事情上，绝对都远高于历史上首款平民汽车福特 T 型车，或是价值百万美元的兰博基尼。然而，马仍然被汽车取代，原因就在于汽车在社会系统真正需要的那少数几个领域中胜出。出租车司机很有可能也会步马的后尘。

事实上，如果规定所有车辆都不得由人驾驶，并将整个交通控制权交给计算机算法，就能将所有车辆连接成单一网络，大大降低车祸发生率。2015 年 8 月，谷歌实验中的无人驾驶汽车发生了车祸。当时这辆车正接近一个十字路口，发现有位行人想过马路，于是刹了车。但接着这辆车就遭到后方车辆追尾，后面那辆车的人类司机心不在焉，可能正思索着宇宙的奥秘，结果就忘了看路。如果两辆车都是由互相连接的计算机来指挥，这种事就不可能发生。控制驾驶的算法能够清楚掌握每辆车在路上的位置和行动方向，绝不可能允许自己操纵的两辆车就这样相撞。如果能有这样的系统，就能大幅节省时间和金钱，并且拯救人的生命；只不过，这也会剥夺人类开车的体验，砍掉几千万人的工作机会。

一些经济学家预测，人类若不能变得更强大，迟早会变得完全没有用途。机器人和 3D 打印已经开始取代人力，比如制衣等手工业，而高智能的算法也即将在白领职业中掀起同样的风暴。不久之前，银行工作人员和旅行社工作人员似乎还不受自动化影响，但现在他们却濒临失业。如果我们只要用智能手机就能买到机票，为何还需要旅行社人员？

股票交易员同样面临这种危险。现在大多数的金融交易都已经通过算法来管理，只要一秒，能处理的数据量就比个人花上一年处理的数据量还要大，而且瞬间就能做出反应。2013 年 4 月 23 日，叙利亚黑客入侵美联社官方推特账户。当天 13 点 07 分，他们发出推文，称白宫遭到攻击、奥巴马总统受伤。各个持续监控所有新闻媒体的交易算法瞬间做出反应，疯狂抛售股票。道琼斯指数如同自由落体，短短 60 秒大跌 150 点，相当于有 1360 亿美元瞬间蒸发！13 点 10 分，美联社澄清，表示该推文并不属实。于是算法开始倒车，到了 13 点 13 分，道琼斯指数几乎已经完全收回先前的损失。

2010 年 5 月 6 日，纽约证券交易所还经历过更剧烈的震荡。在 14 点 42 分到 14 点 47 分这不过 5 分钟的时间内，道琼斯指数狂跌 1000 点，1 万亿美元烟消云散。但接着，只花了 3 分多钟，指数就回到了狂跌前的水平。把我们的钱交给超高速计算机程序来操作，就是会发生这种事。这次事件被称为“闪电崩盘”，而专家还在努力研究这一切究竟是怎么回事。他们知道一定是算法出了问题，但无法确认错在哪里。美国部分交易商已经对算法交易提起诉讼，认为这种做法是对人类的歧视，人类在反应速度上绝不可能与之匹敌。

仅是讨论这是否真正构成侵权，就会给律师带来大量的工作，当然也有大量的收入。

这里讲的律师也不一定是人。在电影和电视上，似乎律师整天在法庭上喊着“反对”，然后发表慷慨激昂的演讲。然而，大多数普通律师得花上更多时间的，反而是翻阅海量文件，寻找判例、漏洞，或是那一丝丝可能相关的证据。有些得忙着找出某人被杀的当晚究竟发生了什么事，也有些忙着写出厚度惊人的商业合约，确保客户避开任何目前可知的风险。如果有一天，复杂的搜寻算法只要一天时间，找到的判例就能比一个人花一辈子找到的还要多，而且只要按个按钮进行脑部扫描，就能戳破所有的谎言和欺骗，这些律师该何去何从？仅靠观察脸部表情和说话语调，就算是经验极其丰富的律师和侦探，也很难准确判断对方是否心口一致。然而，说谎用的脑部区域和说实话的脑部区域大有不同，虽然目前尚未实现，但已经可以想象，在不太遥远的未来，功能性磁共振成像扫描就能用作几乎绝对精准的测谎议。这样一来，几百万的律师、法官、警察和侦探还能做什么？岂不是得回学校再学个新的专业？

但等到他们进了教室，却很可能发现等着他们的还是算法。Mindojo 之类的公司，正在开发互动算法，不只能教授数学、物理、历史，还能同时研究教授对象这个人。这种数字教师会仔细监测我答了什么，花了多长时间。一段时间后，它们就能判断出我个人独特的优缺点，也知道什么能让我精神一振，什么会叫我眼皮下垂。它们可以用最适合我人格类型的方式来教我热力学或几何学，无须担心这种方式并不适合其余 99% 的学生。这些数字教师永远不会失去耐心，永远不会对我大吼大叫，也永远不会罢工。问题在于，都已经有了这样有智慧的计算机程序，我为什么还需要学习热力学或几何学？

就连医生也无法幸免。大多数医生最主要的任务，就是正确诊断疾病，制定最好的治疗方案。如果我因发烧、腹泻去诊所，病因可能是食物中毒。然而，同样的症状也可能是因为肠胃病毒、霍乱、痢疾、疟疾、癌症，或是什么未知的新疾病。医生只有几分钟时间就要做出正确的诊断，因为我的保险就只付得起这么多时间。所以，医生只能问几个问题，或许再快速做个简单检查，接着就得用这少得可怜的信息，结合我的病史以及所有人类的疾病来做出判断。唉，不管医生再怎么认真，又怎么可能记得住我以前生过什么病、做过什么检查？同样，没有哪位医生能够熟悉每种疾病和药物，也不可能读过医学期刊上的所有最新文章。最重要的是，医生如果累了、饿了，甚至生病了，都会影响判断。这也就难怪医生有时会误诊，或者给出的并非最理想的疗法。

现在让我们来看看 IBM 著名的超级计算机“沃森”，这套人工智能系统 2011 年在电视益智抢答节目《危险边缘》(*Jeopardy*!) 中获胜，击败该节目史上最强的两位参赛者。而目前“沃森”的工作则严肃许多，主要就是诊断疾病。像“沃森”这样的人工智能，比起人类医生会有某些巨大的潜在优势。第一，人工智能可以将史上所有已知疾病和药物的信息全部存在数据库里。而且这种数据库还能每天更新，不仅包括最新研究结果，还能接收到世界上所有相关诊所和医院收集到的医疗统计信息。

第二，“沃森”不仅能熟知我的整个基因组、完完整整的病史，甚至连我的父母、兄弟姐妹、表亲、邻居和朋友的基因组和病史，它也一样了如指掌。“沃森”能立刻知道我是不是最近去过热带国家，是否胃部感染痢疾，家族是否有肠癌病史，又或者是不是最近全城的人都在抱怨腹泻。

第三，“沃森”永远不会说它累了、饿了或病了，它能随时为我诊断。我可以舒舒服服坐在沙发上，回答几百个问题，告诉“沃森”我究竟感觉如何。对大多数患者来说（或许除了疑病症患者），这会是个天大的好消息。但如果你今天才进医学院学习，希望自己在 20 年后能当个家庭医生，或许就该重新考虑了。有了这样的“沃森”，哪还有福尔摩斯出场的机会？

这种威胁影响的不仅是家庭医生，就连专科医生也无法幸免。而且事实上，钻研于相对专精领域（如癌症诊断）的医生，可能更容易被取代。最近一项实验中，计算机算法能够正确诊断 90% 的肺癌病例，但人类医生的正确率只有 50%。所谓的未来，其实已经来临。目前，用专门算法处理电子计算机断层扫描（CT）和乳房 X 射线照相检查已是常规，不仅能够为医生提供参考意见，有时还能发现医生未注意到的肿瘤。

目前仍有许多技术问题，让“沃森”及类似的人工智能不可能明天一早就忽然取代大多数的医生。然而，虽然这些技术问题确实棘手，解决后却是一劳永逸。人类医生的培训是一个复杂而昂贵的过程，费时多年。而且，经过大约 10 年的学习、实习，终于完成整个过程之后，也只是培养出了“一位”医生。想要两位医生，只能从头再来一遍整个过程。相对地，只要解决了阻碍“沃森”的技术问题，能得到的就是一位而是无数位医生，在全世界每个角落、全年无休提供服务。因此，就算得花上 1000 亿美元才能解决这个问题，长远看来，还是比培训人类医生便宜得多。

当然，并不是所有的人类医生都会就此消失。至少在可预见的未来，那些需要创意而不只是日常诊断的工作，还会继续由人类完成。正如 21 世纪的军队逐步扩增精英特种部队，未来的医疗也可能有更多等同于医疗界游骑兵或海豹突击队员的医生。但正如军队已不再需要几百万士兵，未来的医疗也不会需要几百万名家庭医生。

医生面临的情境，对药剂师来说更是如此。2011 年，旧金山就开了一家药店，由机器人担任药剂师。顾客上门之后，机器人只要几秒就能接收到这位顾客的所有处方、服用药物的详细信息，以及顾客可能对哪些药物过敏。机器人会先确认新的处方不会造成过敏，也不会与其他药物产生不良反应，接着才会为顾客配药。开业第一年，机器人药剂师开出超过 200 万张处方，一个错都没犯。而平均来说，人类药剂师配药错误的比例大约占所有处方的 1.7%。也就是说单单在美国，每年就会有超过 5000 万张处方被配错！

又会有人说，就算算法在专业技术方面优于医生和药剂师，却永远无法取代人性的温暖。假设 CT 显示你得了癌症，你希望告诉你这个消息的是一台冰冷的机器，还是一个会注意到你情绪的人类医生？如果还有另一台机器，能注意到人类情绪，会依据你的感受和人格特质调整用词，这下该怎么选？请别忘了，生物也是由各种算法构成，而“沃森”探测人类情绪的准确度，可以和探测肿瘤的准确度一样高。

“沃森”分析这种外部信号的准确度不仅高于人类医生，甚至还能同时分析一般人看不到、听不到的内部指标。“沃森”能够靠着监测你的血压、脑部活动和其他无数生物计量资料，清楚知道你的感觉。而在分析数百万笔过去收集的社交信息后，“沃森”就能用最适当的音调、你最想听的词语，告知你需要知道的事情。虽然人类总对自己的情绪智能洋洋得意，却也常常受情绪影响，做出消极反应。比如你遇到一个愤怒的人，自己也开始大吼大叫；听一个忧虑的人讲话，自己也忧虑了起来。“沃森”永远不会被这种诱惑影响，它没有自己的情绪，所以永远只会依据你的情绪状态做出最恰当的反应。

这种概念目前已经应用到某些客户服务上，比如芝加哥的 Mattersight（简称 MATR）公司就设计出此类软件。MATR 的产品广告词是：“是否曾和某个人说话，觉得心弦被触动？那种神奇的感受，正是人格匹配的结果。MATR 将让全世界的客服中心都能创造这种感受。”通常，打电话咨询客服或投诉的时候，大概要花个几秒钟，把电话转给专员。而在 MATR 的系统里，电话会由一套聪明的算法来负责转接。算法会先请你说出致电原因，接着聆听问题，分析你用的词语和语调，以此推断你当时的情绪状态甚至性格类型（内向、外向、反叛或依赖）。根据这套信息，算法再为你转接至最适合你当时心情并符合你个性的专员。算法能够判断，你需要的该是具备同情心、能够耐心听完投诉的客服，还是毫不废话、立刻提出技术解决方案的客服。搭配越得当，顾客就越满意，客服也就能降低服务时间和成本。

无用阶级

21 世纪经济学最重要的问题，可能就是多余的人能有什么功用。一旦拥有高度智能而本身没有意识的算法接手几乎一切工作，而且能比有意识的人类做得更好时，人类还能做什么？

纵观历史，就业市场可分为三个主要部门：农业、工业和服务业。在大约公元 1800 年前，绝大多数人属于农业部门，只有少数人在工业和服务业部门。到了工业革命时期，发达国家的人民就离开了田野和牧场。大多数人进入工业部门，但也有越来越多的人走向服务部门。到了最近几十年，发达国家又经历了另一场革命：工业部门的职位逐渐消失，服务业大幅扩张。2010 年，美国的农业人口只剩 2%，工业人口有 20%，占了 78% 的是教师、医生、网页设计师等服务业从业人员。但等到机械的算法在教书、诊断病情和设计方面比人类更在行的时候，我们能做什么？

这个问题以前就出现过。自工业革命爆发以来，人类就担心机械化可能导致大规模失业。然而，这种情况在过去并未发生，因为随着旧职业被淘汰，会有新职业出现，人类总有些事情做得比机器更好。只不过，这一点并非定律，也没人敢保证未来一定会继续如此。人类有两种基本能力：身体能力和认知能力。在机器与人类的竞争仅限于身体能力时，人类还有数不尽的认知任务可以做得更好。所以，随着机器取代纯体力工作，人类便转向专注于需要至少一些认知技能的工作。然而，一旦算法在记忆、分析和辨识各种模式的能力上超过人类，会发生什么事？

如果认为人类永远都能有自己独特的能力，无意识的算法永远无法赶上，这只能说是一厢情愿。对于这种空想，目前的科学反馈可以简单概括为三项原则：

1. 生物是算法。每种动物（包括智人）都是各种有机算法的集合，是数百万年进化自然选择的结果。

2. 算法的运作不受组成物质的影响。算

盘的算珠无论是木质、铁质还是塑料质，两个珠子加上两个珠子还是等于四个珠子。

3. 因此，没有理由相信非有机算法永远无法复制或超越有机算法能做的事。只要运算结果有效，算法是以碳为载体还是以硅为载体又有何差别？

确实，目前还有许多事情是有机算法比非有机算法做得更好，也有专家反复声称，有些事情非有机算法“永远”都无法做到。但事实证明，通常这里的“永远”都不超过一二十年。就像在不久之前，大家还很喜欢用面部识别举例，说这项任务连婴儿都能轻松办到，可是最强大的计算机却无力完成。但到了今天，面部识别程序辨认人脸的速度和效率都已经远超人类。警方和情报机构现在已经很习惯使用这种程序，扫描监控录像机无数小时的视频资料，追踪嫌犯和罪犯。

20 世纪 80 年代讨论到人类的独特之处时，很习惯用国际象棋作为人类能力更强的主要证据。他们相信计算机永远不可能在国际象棋领域打败人类。但在 1996 年 2 月 10 日，IBM 的超级计算机“深蓝”就打败了世界国际象棋大师加里·卡斯帕罗夫，推翻了这个认为人类能力更强的论点。

“深蓝”算是有些取巧，因为编写程序的人不仅写入了国际象棋的基本规则，还加入了详细的棋局策略。但新一代的人工智能更喜欢让机器自己学习。2015 年 2 月，由 Google DeepMind 人工智能公司所开发的一个程序，就自己学会了如何去玩 49 款经典的 Atari 游戏。开发者之一戴米斯·哈萨比斯博士解释道：“我们提供给系统的唯一信息就是屏幕上的原始像素，以及指示系统要努力得到高分。剩下的一切都是它自己解出来的。”而这套程序也成功找出了交给它的所有游戏的规则，从《吃豆人》《太空入侵者》到各种赛车和网球游戏。而且，这套程序得到的分数多半都能打平甚至超过人类，有时候还会使出人类玩家从未想到的策略。

不久之后，人工智能又获得了更惊人的成就：谷歌的 AlphaGo 软件自学围棋这种古老的中国棋类游戏，而围棋的复杂度远超国际象棋，普遍观点都认为这并不在人工智能程序能够处理的范围内。2016 年 3 月，AlphaGo 和韩国棋王李世石在首尔举行了一场比赛，AlphaGo 凭借出奇的下法、创新的战略，以

4 比 1 击败李世石，令各方大跌眼镜。赛前，大多数专业棋手都确信李世石能赢得比赛，但在赛后分析 AlphaGo 的棋路后，多数人的结论则是人类在围棋上已不再有希望能打败 AlphaGo 或其后来者。

近来，计算机算法也证明了自己在球类竞赛中的价值。几十年来，棒球队挑选球员靠的是专业球探和经理的智慧、经验和直觉。顶尖球员的身价高达数百万美元，自然财力雄厚的球队才能抢下一流球员，而经济拮据的球队只能勉强起用二线球员。但在 2002 年，预算有限的奥克兰运动家队总经理比利·比恩尝试要打破这个格局。他决定根据经济学家和计算机怪才所开发的一套神秘计算机算法，找出人类球探忽视或低估的球员，打造一支常胜队伍。在保守派看来，比恩的算法根本是玷污棒球的神圣殿堂，他们大感愤怒。他们坚决认为球员的选择是一门艺术，只有长期亲近棒球、相关经验丰富的人，才有可能掌握。至于计算机程序，因为它永远无法懂得其中的奥秘和棒球的精神，所以永远都不可能学会这一套。

但没多久，令这些人颇感意外的是，比恩用算法打造的这支低成本球队（4400 万美元），不仅能与纽约扬基队（1.25 亿美元）这种传统棒球强队平分秋色，甚至还成为美国职业棒球大联盟史上第一支 20 连胜的队伍。只不过，比恩和运动家队没能得意太久。很快，其他球队也跟进使用同样的算法策略，而且由于扬基队和红袜队不管在球员还是计算机软件上能砸的钱都远远胜出，现在像奥克兰运动家队这种低预算球队，能打败整个体制的机会反而更小了。

2004 年，麻省理工学院的弗兰克·利维（Frank Levy）教授与哈佛大学的理查德·默南（Richard Murnane）教授发表了一份关于就业市场的全面研究报告，列出最有可能走向自动化的职业。当时讲到在可预见的未来不可能实现自动化的职业时举的例子是卡车司机。他们表示，实在很难想象计算机可以在繁忙的道路上让汽车实现安全行驶。但才不过十几年，谷歌和特斯拉不仅想到了这一点，还在加紧研发。

事实上，随着时间的推移，不仅是因为算法变得更聪明，也是因为人类逐渐走向专业化，所以用计算机来取代人类越来越容易。远古的狩猎者只是想要生存下去，就得掌握各式各样的技能，也正因为如此，想设计狩猎机器人的难度非常大。这种机器人得要懂如何把燧石磨出尖头，在森林中找到可食用的蘑菇，跟踪猛犸象，与其他十几个猎人协调如何进攻，之后还得知道怎么用药草来治愈伤口。但在过去几千年间，人类已经走向专业化。比起狩猎者，出租车司机或心脏病专科医生所做的事更为有限，也就更容易被人工智能取代。我已一再强调，人工智能目前绝无法做到与人类匹敌。但对大多数的现代工作来说，99% 的人类特性及能力都是多余的。人工智能要把人类挤出就业市场，只要在特定行业需要的特定能力上超越人类，就已足够。

就连负责管理所有活动的经理，也可能被取代。例如优步（Uber），就因为有强大的算法，只要几位工作人员，就能管理数百万的优步司机。大多数的命令都是由算法自动下达，无须人为监管。2014 年 5 月，专注于再生医学领域的香港创投公司 Deep Knowledge Ventures（DKV）另创新局，任命一套名为 VITAL 的算法为董事会成员。VITAL 会分析候选公司的财务状况、临床试验和知识产权等大量资料，据以提出投资建议。这套算法就像另外五位董事一样，能够投票决定是否投资某家公司。

我们查看 VITAL 到目前为止的记录，发现它似乎已经学到了一个管理弊病：裙带关系。将较多权力交给算法的公司，就更有可能得到 VITAL 的青睐。例如在 VITAL 的支持下，DKV 最近就投资了制药公司 Pathway Pharmaceuticals，该公司采用了一套被称为 OncoFinder 的算法来选择及评估针对个人的癌症疗法。

随着算法将人类挤出就业市场，财富和权力可能会集中在拥有强大算法的极少数精英手中，造成前所未有的社会及政治不平等。在今天，人数达到数百万的出租车司机、公交车司机和卡车司机拥有强大的经济和政治影响力，每个人都在交通运输市场中发挥自己的力量。如果集体利益受到威胁，他们可以团结起来、组织罢工、进行抵抗，形成重要的投票群体。然而，一旦数百万的人类司机都由单一算法取代，这一切财富和权力都将被拥有算法的公司垄断，放入这些公司的所有人，即极少数几位亿万富翁的口袋。

又或者，算法自己也可能成为所有人。人类法律已经能够认可公司或国家这种互为主体的实体，称之为“法人”。虽然“丰田”或“阿根廷”既没有身体也没有心灵，但都受到国际法的约束，都能拥有土地和金钱，也都可能成为法庭上的原告或被告。可能在不久之后，算法也能获得这样的地位。这样一来，某一套算法就能自己拥有一个运输帝国或是创投公司资本，而不必服从任何人类所有者的命令。

只要算法做出正确的决定，就能蓄积财富，再用来做自己认定的适当的投资，或许是把你的房子给买下来，当你的房东。而如果你侵犯了这套算法的法定权利（比如不付房租），算法就会聘请律师，把你告上法庭。如果算法的收益持续超过人类基金经理，我们最后可能就得面对一个由算法组成的上层社会，地球的绝大部分都掌控在它们手上。在你觉得这实在是痴人说梦之前，请不要忘记，目前拥有绝大部分地球的正是各种非人类的互为主体实体，也就是国家和公司。事实上，早在5000年前，恩基和伊南娜这种想象中的神，就主宰着苏美尔的绝大部分地区。如果神也能拥有土地、雇用人力，为什么算法就不行？

那么，人要做什么呢？常有人说，艺术是我们最终的圣殿（而且是人类独有的）。等到计算机取代了医生、司机、教师甚至地主和房东时，会不会所有人都成为艺术家？然而，并没有理由让人相信艺术创作是片能完全不受算法影响的净土。人类是哪来的信心，认为计算机谱曲永远无法超越人类？从生命科学的角度来看，艺术并不是出自什么神灵或超自然灵魂，而是有机算法发现数学模式之后的产物。若真是如此，非有机算法就没有理由不能掌握。

戴维·柯普是加州大学圣克鲁兹分校的音乐学教授，也是古典音乐界极具争议的人物。柯普写了一些计算机程序，能够谱出协奏曲、合唱曲、交响乐和歌剧。他写出的第一个程序名为 EMI（Experiments in Musical Intelligence，音乐智能的实验），专门模仿巴赫的风格。虽然写程序花了 7 年，但一经推出，EMI 短短一天就谱出 5000 首巴赫风格的赞美诗。柯普挑出几首，安排在圣克鲁兹的一次音乐节上演出。演出激动人心，观众反应热烈，兴奋地讲着这些音乐如何触碰到他们内心最深处。观众并不知道作曲者是 EMI 而非巴赫，而等到真相揭开，有些人气得一语不发，也有人甚至发出怒吼。

EMI 继续更新，学会了如何模仿贝多芬、肖邦、拉赫玛尼诺夫和斯特拉文斯基。柯普还为 EMI 签了合约，首张专辑《计算机谱曲的古典音乐》(*Classical Music Composed by Computer*)受到意想不到的欢迎。人红是非多，古典音乐爱好者的敌意也涌现出来。俄勒冈大学的史蒂夫·拉尔森就向柯普挑战，来一场人机音乐对决。拉尔森提议，由专业钢琴家连续弹奏三首曲目，作曲者分别是巴赫、EMI以及拉尔森本人，接着让观众投票是谁谱了哪首曲子。拉尔森坚信，一边是人类的灵魂之作，另一边是机器人的死气沉沉，观众肯定一听就能判断出。柯普接下了战书。在指定的当天，数百位讲师、学生和音乐迷齐聚俄勒冈大学的音乐厅。表演结束，进行投票。结果呢？观众认为是巴赫的其实是EMI，认为是拉尔森的其实是巴赫，而他们认为是EMI的，其实是拉尔森。

还是有人继续批评，说EMI的音乐虽然技术出众，但还是缺了些什么，一切太过准确，没有深度，没有灵魂。但只要人们在不知作曲者是谁的情况下听到EMI的作品，常常会大赞这些作品充满灵魂和情感的共鸣。

EMI成功之后，柯普又继续写出了更复杂的新程序：安妮。EMI谱曲是根据预定的规则，而安妮则是基于机器学习，会随着外界新的音乐输入，不断变化发展音乐风格。就连柯普也不知道安妮接下来会谱出什么作品。而且事实上，安妮除了写音乐，还对其他艺术形式很感兴趣，比如俳句。2011 年，柯普出版了《激情之夜：人和机器所作的俳句两千首》(*Comes the Fiery Night: 2000 Haiku by Man and Machine*)，其中有一部分是安妮写的，其他则来自真正的诗人。但书中并未透露具体篇目的作者是谁。如果你认为自己一定可以看出人类创作与机器作品的差异，欢迎挑战。

19 世纪，工业革命创造出庞大的都市无产阶级，这个新的工作阶级带来前所未见的需求、希望及恐惧，没有其他信仰能够有效响应，社会主义因而扩张。到头来，自由主义是靠着吸收了社会主义的精华，才打败了苏联和东欧社会主义。到了 21 世纪，我们可能看到的是一个全新而庞大的阶级：这一群人没有任何经济、政治或艺术价值，对社会的繁荣、力量和荣耀也没有任何贡献。

2013 年 9 月，牛津大学的卡尔·弗瑞及迈克尔·奥斯本发表了《就业的未来》(*The Future of Employment*)研究报告，调查各项工作在未来 20 年被计算机取代的可能性。根据他们所开发的算法估计，美国有 47% 的工作有很高的风险被计算机取代。例如到了 2033 年，电话营销人员和保险业务员大概有99%的概率会失业。运动赛事的裁判有98%的可能性，收银员97%、厨师96%、服务员94%、律师助手94%、导游91%、面包师89%、公交车司机89%、建筑工人88%、兽医助手86%、安保人员84%、船员83%、调酒师77%、档案管理员76%、木匠72%、救生员67%。当然，也有一些工作还算安全。到了2033年，计算机能够取代考古学家的可能性只有0.7%，因为这种工作需要极精密的模式识别能力，而且能够产生的利润又颇为微薄，因此很难想象会有企业或政府愿意在接下来20年间投入足够的资本，将考古学推向自动化。

当然，到了2033年也可能出现许多新职业，比如虚拟世界的设计师。然而，此类职业可能会需要比当下日常工作更强的创意和弹性，而且如果收银员或保险业务员到了40岁中年失业，能否成功转型为虚拟世界设计师，也实在难说。就算他们真的转型成功，根据社会进步的速度，很有可能再过10年又得重新转型。毕竟，算法也可能会在虚拟世界里打败人类。所以，这里不只需要创造新工作，更得创造“人类做得比算法好”的新工作。

由于我们无法预知2030年或2040年的就业形势，现在也就不知道该如何教育下一代。等到孩子长到40岁，他们在学校学的一切知识可能都已经过时。传统上，人生主要分为两大时期：学习期，再加上之后的工作期。但这种传统模式很快就会彻底过时，想要不被淘汰只有一条路：一辈子不断学习，不断打造全新的自己。只不过，许多人，甚至是大多数人，大概都做不到这一点。

由于接下来的科技发展潜力极其巨大，很有可能就算这些无用的大众什么事都不做，整个社会也有能力供养这些人，让他们活下去。然而，什么事能让他们打发时间，获得满足感？人总得做些什么，否则肯定会无聊到发疯。到时候，要怎么过完一天？答案之一可能是靠药物和电脑游戏。那些对社会来说多余的人，可以多花点时间在3D虚拟世界里；比起了无生趣的现实世界，虚拟世界能够为他们提供更多刺激，诱发更多情感投入。然而，自由主义推崇人类生命及人类体验神圣不可侵犯，这样的发展会是对这一信念的致命打击。这些人对社会毫无用处，整天活在现实与虚幻之间，这样的生命何来神圣？

尼克·伯斯特隆姆等专家和思想家就提出警告，认为人类大概还承受不住这样的退化，因为一旦人工智能超越人类智能，可能就会直接消灭人类。人工智能这么做的理由，一是可能担心人类反扑、拔掉它的插头，二是要追求某种我们现在还难以想象的目标。毕竟，等到整个人工智能系统比人类更聪明时，要再控制系统动机，实在有如天方夜谭。

就算目前看来立意全然良善的程序，也可能带来令人恐惧的后果。常见的情节就是，某家公司设计出第一套真正的人工超级智能，对它进行了一个毫无恶意的测试，比如计算 π 值。但就在任何人意识到之前，人工智能已经接管整个地球、消灭人类、发动攻击征服整个银河系，把整个已知宇宙转变成巨大的超级计算机，花上几万亿年的时间，只为了算出更精确的 π。毕竟，这正是它的创造者交给它的神圣使命。

87% 的可能性

本章开头指出几个自由主义面对的实际威胁，第一个就是人类不再具备军事和经济上的用途。当然，这并非预言，只是一种可能。不论是科技上的困难还是政治上的反对，都可能减缓算法入侵就业市场的脚步。而且，由于人类心智还有大片未知的领域，我们还不确定人类是否有什么隐藏的才能，或是能够创造出什么新工作来填补旧工作消失造成的缺口。然而，仅是这样可能还不足以拯救自由主义。因为自由主义不仅相信人的价值，还相信“个人主义”。这就要指出自由主义面临的第二个威胁：社会系统未来可能仍然需要人类，但并不需要个人。人类还是会继续写音乐、教物理、做投资，但社会系统会比他们更了解他们自己，也会为他们做大多数重要决定。也就是说，社会系统将会剥夺个人的权威和自由。

自由主义对个人主义的信念，前提就是之前讨论的三个重要假设：

> 1. 我是一个不可分割的个体，也就是说，我具备单一的本质，无法再分为各个部分或子系统。确实，这个内部核心可能有许多外层，但只要把这些外层剥掉，就能在内部找

到一个清晰、单一的内在声音，也就是真正的自我。

2. 真正的自我是完全自由的。

3. 根据前两个假设，我能够了解一些别人发现不了的自己。只有我能够进入我自己内心自由的空间，只有我能听到自己真实自我的低语。正因为如此，自由主义才赋予个人极大的权威。我不该相信其他任何人为我做出的选择，因为没有别人能够真正了解我是谁、我有什么感觉、我想要什么。因此，选民能做出最好的选择，顾客永远是对的，而且情人眼里永远出西施。

然而，生命科学却对这三个假设都提出挑战，认为：

1. 生物就是算法，人类不是不可分割的个体，而是由可分割的部分组成。换句话说，人类是许多不同算法的组合，并没有单一的内在声音或单一的自我。

2. 构成人类的算法并不“自由”，而是由基因和环境压力塑造，虽然可能依据决定论或随机做出决定，但绝不“自由”。

3. 因此，外部算法理论上有可能比我更了解我自己。如果能用某个算法监测组成身体和大脑的每个子系统，就能清楚掌握我是谁、我有什么感觉、我想要什么。只要开发出这样的算法，重点就不再是选民、顾客和情人；而是算法能做出最好的选择，算法永远是对的，算法觉得美，就是美。

在19世纪和20世纪，由于没有任何外部算法能够有效监测个人，因此个人主义仍然是一种很实用的选择。虽然国家和市场可能都很想做到这一点，但当时缺少必要的科技。不论是克格勃还是美国联邦调查局都无法完全掌握我的生物特征、基因组和大脑，而且就算特工偷听我每次打的电话、监视我在街头和其他人的每次互动，也没有足够的运算能力来分析这些数据。因此就20世纪的科技而言，自由主义说得并没错，没有人能比我更了解我自己。于是，人类有充分的理由认为自己是个自主的系统，听从的是自己内在的声音，而不是什么权威的命令。

但到了 21 世纪，科技已经让外部算法有能力“比我更了解我自己”。一旦如此，个人主义就即将崩溃，权威也将从个人转向由算法构成的网络。人类不会再认为自己是自主的个体，不再依据自己的期望度日，而是习惯把人类整体看作一种生化机制的集合体，由电子算法网络实时监测和指挥。要发生这种情况，算法甚至不需要能够完全了解我而且绝不出错，只要比我自己更了解我、犯的错更少，就已足够。到了这个程度，合理的做法就是把越来越多的选择和人生大事都交给算法来为我做决定。

在医学领域，我们早已跨过这条线。在医院里，每位患者不再是“个人”。很有可能在我们的有生之年，就会看到许多关于身体和健康的重大决定将由计算机帮忙决定，就像 IBM 的“沃森”。这倒也不一定是个坏消息。目前，已有糖尿病患者安装传感器，每天几次自动检测血糖值，并在超标时发出警告。2014 年，耶鲁大学研究人员宣布一种由智能手机控制的人工胰脏试验成功。有 52 名糖尿病患者参与该试验，每位患者都在腹部植入一个小小的传感器和小小的胰岛素泵。胰岛素泵连接装有胰岛素和升糖素的小管，用这两种激素来调节血糖高低。传感器会不断测量血糖值，将数据传至智能手机，而智能手机安装了能够分析相关信息的应用程序，能在必要时对胰岛素泵发出命令，释出胰岛素或胰高血糖素，完全不需人为操作。

就算是许多没有严重疾病的人，也已经开始使用可穿戴式传感器和计算机来监测自己的健康和活动状况。相关设备，比如智能手机、智能手表、智能手环、智能臂环甚至是智能内衣，记录着血压和心跳等生物计量数据。这些数据被传送到精密的计算机程序中，建议穿戴者如何调整饮食和日常生活，改善健康、延长寿命。谷歌与制药巨头诺华正在合作开发一种隐形眼镜，能够通过分析眼泪成分，每隔几秒检测血糖值。精灵科学（Pixie Scientific）公司则推出智能尿布，能分析婴儿的粪便，了解孩子的健康状况。2014年11月，微软也推出智能运动手环（Microsoft Band），能够监测心跳、睡眠质量、每天行走步数等信息。一个名为“Deadline”的应用程序则更进一步，它会告诉你，根据你现在的生活习惯，你大概还可以再活几年。

有些人用这些应用程序时并没想太多，但对某些人来说，这已经构成一种意识形态甚至是宗教。“量化自我”(Quantified Self)的运动认为，所谓的自我，就是数学模型。但这些模型非常复杂，人类心智无法理解。所以，如果真想遵从德尔菲神殿的神谕“认识你自己”，就别再浪费时间研究哲学、冥想或精神分析，反而该系统性地收集自己的生物计量数据，允许算法为你分析这些数据，告诉你你是谁、该做些什么。这波运动的箴言，就是“通过数据，认识自己”。

2000 年，以色列歌手施洛米·沙湾以一曲《亚里克》(*Arik*)登上当地流行排行榜首。歌曲故事的男主人公一直很纠结于女友的前男友亚里克。他想知道，他和亚里克究竟谁床上表现更佳。女友不想回答这个问题，只说各有长处。但这家伙并不满意，追问：“小姐，告诉我明确的数字。”正是为了这种人，有一家名为“Bedpost”的公司，开发了一种生物计量臂环，让你在做爱时戴着，收集心跳、排汗、性交持续时间、性高潮持续时间、消耗的卡路里等数据。这些数据会传到计算机加以分析，用精确的数字来评估你的表现如何。这下可不能再假装高潮，也不用再问“刚才爽不爽？”了。

像这样通过设备无情揭示一切真相来了解自己之后，人可能就会开始觉得自己是许多生化系统的集合，而不是不可分割的个体；而且，这些人做的决定也越来越反映出其中各种系统需求的矛盾。假设你每周有两小时空闲，正在考虑该拿来下棋还是打网球。可能有个好友会问：“你内心的想法是什么？”但你的回答可能是：“那当然打网球更好，而且这也能更好地控制胆固醇和血压。只不过，我的功能性磁共振成像扫描说我该加强左前额皮质，毕竟我家族有这方面的病史，有个叔叔还很年轻就出现痴呆症状了。而最新研究指出，每周下一次棋，就能预防痴呆症状发生。”

到医院的老年病房，还能找到更多通过设备进行外部调节的例子。人文主义总是颂扬老年，说这时期充满智慧、洞察世情。一位理想中的长者，虽然身体可能没那么硬朗，但心智敏锐，更有可能有长达 80 年的人生智慧可以分享，也总能为儿孙或其他访客提出恰当的建议。但到了 21 世纪，80 岁的人可能就不是这个形象了。随着我们越来越了解人类生物学，医学虽然能让人延长寿命，但心智和那个“真正的自我”

却已经崩解溃散。最后剩下的，常常只是各种已经功能失调的生物系统集合，倚靠着各种监视器、计算机和调节泵，才得以勉强维持下去。

在更深的层次，随着基因科技应用到日常生活，每个人和自己的DNA发展出日益密切的关系，过去真实的内在自我声音，也可能溃散成基因群的众声喧哗。现在再遇到两难或困难的抉择，我可能不会再问自己内心的声音，而是咨询我体内的基因有何决定。

2013年5月14日，女星安吉丽娜·朱莉在《纽约时报》上发表了一篇文章，解释她为何决定进行双乳乳腺切除术。多年来，由于母亲和外祖母双双在相对年轻时因癌症过世，她一直活在乳腺癌的阴影下。而她自己做了基因测试，证实带有致癌变异基因BRCA1。根据最近的统计调查，带有此类变异基因的女性，罹患乳腺癌的概率高达87%。虽然当时她并未患癌，但她决定干预这种可怕的疾病，于是进行了双乳乳腺切除手术。在文章中，朱莉解释道："我选择把自己的故事说出来，是因为有很多女性并不知道自己可能活在癌症的阴影下。我希望她们也能够进行基因测试，如果发现自己罹患癌症的风险很高，也可采取有效预防措施。”

乳腺切除术是一项困难也可能致命的抉择。除了种种不适、风险、手术及术后护理的成本之外，这项决定也可能深深影响个人的健康、身体形象、情绪健康及人际关系。朱莉的这个选择，加上当时决定公开的勇气，引起一阵轰动，为她赢得全世界的盛誉和赞赏，特别是有许多人希望这样的公开举动能让大众更了解基因医学及其潜在效益。

从历史观点来看，有趣的是算法在这个案例中所扮演的关键角色。朱莉在做出对生活如此重要的决定时，并没有登上山巅俯瞰海洋、看着太阳沉入海中、触及自己内心最深处的感觉，反而宁愿听听自己的基因怎么说，而基因的表达方式并不是用感觉，而是用数字。当时，朱莉的身体并没有任何疼痛或不适，她的感觉告诉她：“放轻松，不会有事的。”但医生用的计算机算法的说法却完全不同：“你并未感觉有任何不适，但你的 DNA 里有个定时炸弹正在嘀嗒倒数。你必须处理这个问题，现在就处理！”

当然，朱莉的情绪和独特人格也扮演着关键角色。如果是另一位个性不同的女性，就算发现自己也携带同样的变异基因，也可能不会进行乳腺切除术。然而，现在让我们来到灰色地带，假设这位女性发现，自己不但携带有危险的变异基因 BRCA1，还携带有另一个变异基因 ABCD3（并没有这个基因，只是假设），会损害负责评估概率的大脑区域，进而使人们低估风险，她该怎么办？如果又有统计学家告诉她，她的母亲、外祖母和其他几位亲戚都是因为低估各种健康风险未能采取预防措施而英年早逝，这时候她又该如何抉择？

很有可能，你在未来也需要像朱莉一样，对自己的健康做出重大抉择。经过基因测试、血液测试或功能性磁共振成像扫描，算法能根据巨大的统计数据库来分析结果，你也会接受算法的建议。但这并不是世界末日，算法并不会忽然占领、奴役人类，反而是能够帮上大忙，为我们做出各种明智的抉择。到那时候，不听算法的，才是不明智的决定。

安吉丽娜·朱莉首次担纲主角，是在 1993 年的科幻动作片《无影终结者》（*Cyborg 2*）中。她的片中角色是机械人卡塞拉·瑞丝（Casella Reese），在 2074

年由纸风车机器人公司（Pinwheel Robotics）开发，用于窃取情报和暗杀。卡塞拉的程序设计带有人类的情感，好让她更好地融入人类社会、完成任务。等到卡塞拉发现公司不仅控制她还打算销毁她时，就逃了出来，为自己的生命和自由而战。《无影终结者》是一个自由主义的幻想，讲的是个人为争取自由和隐私，对抗国际企业无所不在的触手。

但在现实生活中，朱莉却宁愿牺牲隐私和自主权，追求健康。像这种追求健康的愿望，很可能让我们大多数人都愿意突破保护个人隐私的阻碍，允许国家机构或跨国公司进入我们身体的最深处。举例来说，允许谷歌阅读我们的电子邮件、追踪我们的各种活动，就可能让谷歌在流行病暴发而传统卫生机构都还浑然不觉的时候，向我们发出警告。

英国国家医疗服务体系（National Health Service，简称NHS）如何得知伦敦暴发流感疫情？答案是分析几百家诊所中上千位医生提出的报告。但这些医生又是怎么知道相关信息的？假设玛丽某天一早醒来觉得不太舒服，她并不会直接跑去看医生，而是会先等上几小时甚至是一两天，希望喝几杯加了蜂蜜的热茶之后，身体就会舒服一些。如果病情一直没改善，她才会预约挂号，去诊所看病。医生将数据输入计算机后，理想的状况是NHS总部的某位工作人员会分析这个报告和其他数千名医生所通报的数据，得出流感正在蔓延的结论。但这一切得花上很长时间。

但对谷歌来说，这就是几分钟的事。谷歌所做的，就是监测伦敦居民在电子邮件和谷歌搜索引擎中所输入的词，再与疾病症状数据库做交叉比对。假设一般来说，“头痛”“发烧”“恶心”“打喷嚏”每天在伦敦居民的电子邮件和谷歌搜索中会出现大约10万次。如果今天谷歌算法发现这些词语的使用次数忽然上涨到30万，就知道这下出了问题，流感正在肆虐！我们不用再等到玛丽去看医生。第一天早上，她起床觉得不太舒服，就在上班前给同事发了一封电子邮件：“我头痛，但还是会去上班。”只要这几个字，谷歌就什么都知道了。

然而，想让谷歌发挥这种神力，玛丽不仅得允许谷歌阅读自己发出的邮件，还得允许谷歌与卫生部门分享信息。如果连安吉丽娜·朱莉都愿意公开自己的隐私，提高众人对乳腺癌的警觉，玛丽为什么不能做一个类似的小小牺牲，以避免流行病暴发呢？

这种想法并不停留在理论层面。在2008年，谷歌确实推出了谷歌流感预测（Google Flu Trends）服务，靠着监测谷歌搜索内容，追踪流感暴发的迹象。这项服务目前仍在开发阶段，而且出于隐私考虑，据称只会追踪搜索词语，而不会阅读私人电子邮件。但仅是这样，已经让它可以比传统医疗体系早10天发出流感警报。

至于谷歌基线研究项目（Google Baseline Study），则更加雄心勃勃。谷歌希望建起一个庞大的人类健康数据库，找出“完美健康”的人类基因模型。这样一来，只要发现健康数据与模型有出入，就能警告民众可能健康出现问题，及早防范。基线研究又与谷歌健康（Google Fit）的整套产品系列搭配，包括服装、手环、鞋子和眼镜等可穿戴装备。谷歌健康的各项产品，正是要收集海量生物计量数据，提供给基线研究运用。

然而，像谷歌这样的公司，绝不会止步于可穿戴装备。目前，DNA测试的市场发展飞快。市场龙头之一是私人企业23andMe，由谷歌联合创始人谢尔盖·布林的前妻安妮·沃希基创办。其公司名“23andMe”指的是构成人类基因组的23对染色体，代表自己的染色体与自己有非常特殊的关系。只要有人能理解这些染色体正在说什么，就能告诉你一些你自己从没想过的事。

如果你想知道这些内容，只需要向23andMe支付99美元，他们就会寄给你一个检测包，里面有一根唾液收集试管。你向试管里吐口水，密封，再寄到加州山景城的公司所在地，他们就会分析你唾液中的DNA，并将结果在线传给你。你得到的是一张列表，列出你可能面对的健康危机，以及基因反映出的可能发生在你身上的各种问题，从秃头到失明不等。“认识你自己”可从来没这么简单或便宜过。由于这一切都是基于统计数据，数据库的规模也就成为预测是否准确的关键。因此，最早建起庞大基因数据库的公司，就能为顾客提供最准确的预测，也就可能从此垄断市场。美国生物科技公司越来越担心，由于美国严格管控个人隐私，导致未来可能将整个基因市场拱手让给中国。

如果我们能打破所有阻碍，让谷歌及其竞争对手自由接触我们的各种生物计量装置、DNA扫描结果和医疗记录，就能得到全面的医疗健康服务，不仅能对抗流行病，还能对抗癌症、心脏病和阿尔茨海默病。然而，一旦有了这样的数据库，谷歌能做的绝不止这些。正如警察乐队（The Police）的名曲《你的每次呼吸》(*Every Breath You Take*)。这样的系统能够监测你的每次呼吸、每个动作、挣脱的每个枷锁；这样的系统会仔细追踪你的账户、你的心跳、你的血糖值，甚至是你每次的出轨偷情。它对你的认识，绝对远高于你自己。人类常常因为自我欺骗和自我幻想，陷在不良的关系、不适合的职业、不健康的习惯中无法自拔，但这一切都逃不过谷歌的法眼。我们现在是由叙事自我所操控，但谷歌不一样，它不会根据那些虚假的故事来做决定，也不会被认知捷径、峰终定律误导。谷歌会确确实实地记住我们走的每一步，记得我们握的每一双手。

许多人会很乐意将大多数决策过程交给这样的系统，或者至少是在面临重要抉择时参考一下意见。谷歌将能够建议我们该看哪部电影、去哪里度假、上大学读什么专业、选哪个工作机会，甚至是该和谁约会及结婚。我可能会说："嘿，谷歌。约翰和保罗都在追我，我两个都很喜欢，但喜欢的点不太一样，很难做决定。根据你手上所有的资料，你怎么建议？”

谷歌就会回答：“这个嘛，我从你出生那天起就认识你了。我读过你所有电子邮件，听过你所有电话录音，知道你最爱的电影，也有你的DNA资料和完整的心跳记录。你过去每次约会我都有精确的数据，如果你要的话，我可以把你过去和约翰或保罗约会时的资料调出来，显示你每秒的心跳、血压或血糖值变化。如果有必要，我甚至也能把你们每次做爱的数据调出来，用数字比较谁高谁低。当然，我对他们的认识也不少于对你的认识。所以，基于以上所有信息和我杰出的算法，加上几十年来几百万对伴侣的统计资料，我建议你挑约翰。大约有87%的概率，你们长期满意度会比较高。

“当然，因为我非常了解你，所以我知道你不会喜欢这个答案。保罗长得比约翰帅，而你又太看重外表，所以你其实内心希望我的答案是保罗。确实，外表很重要，但实在没有你想的那么重要。你体内的生化算法是从数万年前的非洲大草原开始进化的，在对于潜在配偶的整体评价之中，外表占了35%。至于我的算法，是基于最新的研究和统计数据，认为外表对于长期成功的浪漫关系只有14%的影响。所以，虽然我已经把保罗的外表纳入考虑，但还是认为约翰是你更好的选择。”

想得到这种完全掏心的咨询服务，我们就必须改变想法，不要认为人类都是不可分割的个体，不要坚信每个人都有自由意志，能决定什么是好、什么是美、什么是生命的意义。从以前到现在，人类都是自主实体，由叙事自我叙写的故事所操纵。但在未来，每个人都将会是整个巨型全球网络的一部分。

自由主义将叙事自我奉为圭臬，不论在投票站、超市还是婚姻中，都让叙事自我来做决定。最近几个世纪以来，这种做法很有道理，因为虽然叙事自我相信的常常是各种虚构和幻想的故事，但我们确实没有更好的替代方案。然而，一旦有了能够替代的系统，真正比叙事自我更了解我们自己，这时再把权力留在叙事自我的手中，就只能说是愚蠢的做法。

像民主选举这种自由主义的做法将会遭到淘汰，因为谷歌会比我自己更了解我的政治观点。我站在投票站里的时候，自由主义让我要听听内心真实自我的声音，选择能够反映我最高期望的政党或候选人。但生命科学却指出，我站在投票站里的时候，并不真正记得上次选举以来这几年的所有感受和想法。此外，我还被各种宣传、公关手法和随机想法不断轰炸，很可能扭曲我该做的选择。正如卡尼曼的冷水实验，叙事自我到了政治领域，一样会遵循“峰终定律”，忘了绝大多数的事情，只记得几件极端的事件，并对最近的事件赋予完全不成比例的高权重。

在这四年间，我可能不断抱怨现任总统的政策，一直告诉自己和任何愿意听我说话的人，这个总统“会毁了我们所有人”。然而，距离下次选举投票只剩几个月的时候，政府忽然减税，大方开出各种“支票”。执政党找来最好的撰稿人，举行一波漂亮的竞选活动，威胁与承诺并用，直接激起了我头脑中的恐惧。到了选举当天一大早，我醒来的时候有点儿感冒，脑子不太好使，也让我觉得安全和稳定实在比其他一切都更重要。结果出炉！我又把那个“会毁了我们所有人”的家伙送上台，让这个人还能再当四年总统。

如果我授权谷歌来帮我投票，就能摆脱这样的命运了。你也知道，谷歌可不好糊弄，虽然它也会注意到最近的减税和选举“支票”，但过去四年的点点滴滴一样记得清清楚楚。它会知道我每次读早报时的血压，也知道我看晚间新闻时多巴胺分泌量是否下降。谷歌知道怎样看穿公关人员华而不实的口号。谷歌也了解人生病的时候会稍微有“右”倾倾向，会据以调整。于是，谷歌投票时，依据的不是我当下瞬间的心态，也不是叙事自我的幻想，而是集合所有生化算法真正的感受和兴趣得出的结果；而这一切生化算法的集合，正是所谓的“我”。

当然，谷歌也不见得永远是对的，毕竟这一切都只是概率。但只要谷歌做出足够多的正确决定，人类就会将更多权力交给它。随着时间慢慢过去，数据库规模会不断扩大，统计数字会更准确，算法会继续改进，决策的质量也会提高。虽然这套系统永远不可能完全了解我，也不可能完全不出错，但本来就没有这种必要，只要到了系统比我自己更了解我的那一天，自由主义就会颓然崩垮。而这一点其实并没有听起来的这么困难，因为大多数人并不真正了解自己。

脸书这个谷歌的死敌最近委托的一项研究就指出，如果要判断某人的性格和性情，脸书算法会比这个人的朋友、父母或配偶更为准确。这项研究共有 86220

名志愿者参与，他们都有个人的脸书账号，并且填写了有上百题的人格调查问卷。脸书算法会根据被测者平常在脸书上对网页、图片、影片等点赞的记录，预测这些志愿者的回答。过去点赞的次数越多，预测的准确度就越高。接着，再把算法预测的结果，与参与者的同事、朋友、家人和配偶的预测进行比较。了不起的地方在于，只需要过去点赞次数超过 10 次，算法预测准确度就可以高于同事；70 个赞，预测准确度就会高于朋友；150 个赞，准确度高于家人；到了 300 个赞，预测准确度就会高于配偶。换句话说，如果你至今已经在脸书上点了超过 300 个赞，脸书预测你的想法和期望的准确度就可能比你的另一半更高。

事实上，脸书算法在某些领域对人的了解，甚至会超过那个人自己。例如，研究也请参与者评估自己使用成瘾物质的程度以及社交网络的规模，而在这些调查项目里，参与者自己的判断就不如算法来得准确。该研究最后提出以下预测（这倒是由人类作者写的，而不是脸书的算法预测）："人类如果遇到重大的人生抉择，比如要选择从事何种活动、职业道路甚至是交往对象，可以考虑放下自己心理上的判断，依赖计算机所做的选择。这种数据导向的决策，有可能会让人类生活得更好。”

至于比较邪恶的一面，同一份研究也暗示，在未来的美国总统大选里，脸书不仅早就知道数千万美国人的政治观点，还知道哪些人是关键的摇摆选民以及他们的倾向。脸书会知道，共和党和民主党在俄克拉荷马州的选情特别胶着，还有 32417 位选民尚未下定决心，甚至也知道每位候选人该说什么，才能让天平倒向自己这边。脸书为什么能够得到这些有无上价值的政治数据？都是我们免费亲手奉上的。

在欧洲帝国主义的全盛时期，殖民者和商人用彩色的珠子，就从当地人那里换来了整座岛屿、整个国家。而在 21 世纪，个人数据可能是大多数人能够提供的最宝贵资源，但我们正亲手把这些数据交给各大科技企业，好换来免费的电子邮箱或是有趣的小猫视频。

从先知到君主

等到谷歌、脸书和其他算法成为无所不知的先知之后，很有可能就会进一步演化成代理人，最后成为君主。为了解释这个过程，让我们以 Waze 为例。这是一个 GPS（全球定位系统）导航应用程序，许多司机现在都在使用。Waze 绝不只是地图，靠着数百万用户的不断更新，它能得知各种堵车、事故和警车位置的信息。因此，Waze 知道怎样让你躲过繁忙的路段，让你以最快速度到达目的地。你到了某个路口，直觉要你往右，但 Waze 要你往左，用户迟早都会明白，最好相信 Waze，而不要相信自己的直觉。

乍看之下，Waze 算法应该只是先知的等级。你问问题，先知给你答复，但最后还是由你决定。然而，如果先知开始赢得你的信任，合理的下一个步骤就是让它成为你的代理人。你只是向算法指定一个最终目标，它就会在没有你监督的情况下，自行达成目标。以 Waze 为例，就是你将 Waze 连接到自动驾驶的汽车上，并告诉 Waze “走最近的路回家”或是“走风景最漂亮的路线”，又或是“走污染最小的路线”。由你来发号施令，交给 Waze 来执行。

最后，Waze 可能就会成为君主。它手中握有大权，所知又远超于你，就可能开始操纵你和其他驾车人，塑造你们的欲望，让你们做出顾全大局的决定。例如，假设因为 Waze 实在太好用，所有驾车人都开始使用。再假设今天一号公路大堵车，而备选的二号公路车流相对顺畅。如果 Waze 只是让大家都知道二号公路顺畅，所有驾车人就会一窝蜂开向二号公路，最后又全堵在一起。在所有人都找到同一位先知，而且每个人也都相信这位先知的时候，先知就摇身一变，成为君主。这时的 Waze 必须为大局着想。或许它只会告诉一半驾车人二号公路顺畅，而不透露给另一半。这样一来，一号公路的堵车压力能够减轻，而二号公路也不至于无法消化车流。

微软正在开发一套更复杂的系统，名为小娜（Cortana）。名称出自微软热门游戏《光晕》（*Halo*）当中的一个人工智能角色，现在则是一款人工智能个人助理。微软希望小娜能够成为未来 Windows 操作系统的内嵌功能，并鼓励用户允许小娜存取计算机内的所有文件、电子邮件和应用程序，好让小娜更了解用户，进而提供对许多事务的建议，并成为能够代表用户兴趣的虚拟代理人。小娜可以提醒你给太太买生日礼物，帮你挑礼物，预订餐厅，还会在晚餐前一小时告诉你该先吃药。也可以警告你，再不放下手上的书，一个重要的商务会议你就要迟到了。而就在你开会之前，小娜还会警告你，现在你的血压太高、多巴胺分泌量又太低，根据过去的统计，这种时候你的商业判断常常会出大错，所以最好一切先别下定论，别许下什么承诺或是签署任何合同。

一旦小娜从先知发展成代理人，就可能会直接代表主人进行对谈。一开始可能一切都十分单纯，我的小娜联络你的小娜，敲定适当的开会时间和地点之类。另外就是在求职时，雇主说不用麻烦寄简历了，只要允许他的小娜问我的小娜各种问题就行。又或者，一个潜在交往对象的小娜跑来找我的小娜，互相比较一下过往的记录，看看这两人合不合得来，但这一切可能人类主人完全不知道。

随着小娜得到越来越多授权，就可能开始互相钩心斗角，好为主人谋求更多的利益。于是，你在就业市场的表现也可能越来越依赖你的小娜质量如何。有钱人买得起最新的小娜，在对穷人和他们的旧版小娜上拥有绝对优势。

然而这里最难解的问题在于，小娜的主人身份究竟为何？我们已经提过，人类并非不可分割的个体，也没有单一整合的自我。这样一来，小娜该迎合的是谁的利益？假设我的叙事自我在新年下定决心，要控制饮食，每天去健身房。但一周后到了该去健身房的时间，体验自我却告诉小娜开电视、订比萨。小娜该怎么办？是要听从体验自我的命令，还是一周前叙事自我做的决定？

你可能会想，小娜不就像个闹钟吗？叙事自我在晚上定了闹钟，好在早上把体验自我叫醒去上班。然而，小娜拥有的权力会远大于闹钟。体验自我只要按个钮，就能让闹钟安静下来。但相较之下，反而是小娜太了解我，知道只要按下我的某个内部按钮，就能让我听它的"建议"。

在这场竞赛中，不仅仅有微软的小娜参赛。谷歌即时通信软件（Google Now）和苹果的Siri也朝着同样的方向前进。亚马逊同样会用算法研究你，再用累积的知识来向你推荐产品。逛实体书店的时候，我是自己在书架间浏览，凭着自己的感觉挑出想看的书。但浏览亚马逊网上书店的时候，则是有算法立刻跳出来告诉我："我知道你先前喜欢哪些书，而与你品位相似的人，也会喜欢这本或那本新书。”

这还只是开始。今天在美国，读电子书的人数已超过读纸质书的人数。比如亚马逊的Kindle等电子书，就能在用户阅读时收集数据。举例来说，你的Kindle会知道你在哪些地方读得快、哪里读得慢，在哪一页你休息了一会儿，又是在哪一行你放弃了这本书，再也没读过（最好赶快告诉作者，让他重写那一部分）。如果Kindle再升级，装上面部辨识和生物计量传感器，就能知道你读的每个句子如何影响你的心跳和血压。它能知道什么会让你笑、什么让你哭、什么让你生气。不久之后，在你读书的时候，书也在读你。你很快就会忘了大部分读过的内容，但亚马逊却什么都不会忘。有了这样的数据，亚马逊就能更精准地帮你选书，数据也会让亚马逊清楚了解你是怎样的人，如何让你激动或平静。

最后可能是我们一分一秒都无法与这个全知的网络断开。断开，就等于死亡。假设医疗理想得以实现，未来的人类将会在体内植入许多生物监测装置、仿生器官和纳米机器人，以监测人体健康状况，并避免感染、疾病和伤害。但这些装置需要24小时全天在线，才能时时追踪最新的医疗发展，以及抵抗网络空间暴发的新瘟疫。一如家庭计算机会不断受到病毒、蠕虫和特洛伊木马的攻击，以后的心律调节器、助听器和纳米科技免疫系统也无法幸免。如果不去定期更新身体中的防病毒程序，可能某天早上醒来我们就会发现血管中的几百万个纳米机器人都被某个黑客操纵。

因此，21 世纪的新科技可能会彻底扭转人文主义革命，让人类交出权威，送到非人类的算法手中。如果你觉得这个方向实在太骇人，该怪的并不是那些计算机怪才，这其实是生物学家的责任。我们必须意识到，推动这个趋势的主要力量来自生物学的洞察，而非计算机科学。生命科学认为，生物就是各种算法。如果生物的功能真的和算法大有不同，就算计算机在其他领域大展神威，仍然不可能了解人类、引导人类的生命，更不可能与人合而为一。一旦生物学家判断生物也是算法，就等于拆除了有机和无机之间的那堵墙，让计算机革命从单纯的机械事务转变为生物的灾难，也将权威从个人转移到了算法网络。

确实有些人对这种发展感到恐惧，但事实上，也有数百万人再乐意不过。今天许多人已经放弃了自己的隐私和个性，把许多生命点滴全放到网络上，每个行动都记录下来，与网络的连接一中断，就算只是几分钟，也会让他们歇斯底里。就在我们身边，处处都有由算法代替人类权威的情形，不是因为什么重大的政府决策，而是由于狂潮般的个人日常选择。

如果再不小心，结果可能就会是奥威尔笔下的那种警察国家，而且持续监测的还不只是我们外在的各种举止，甚至也包括我们身体内、大脑中的活动。可以想想，如果生物计量传感器无所不在，斯大林可能会用它来做什么？普京又可能想做什么？然而，虽然有许多捍卫人类个性的人担心 20 世纪的噩梦重现，竭力抵抗这个似曾相识的奥威尔式敌人，但人类的个性其实还受到另一方向更大的威胁。在 21 世纪，与其说个人会被外界力量残忍碾碎，还不如说会先从内部缓缓崩解。

今天，大多数企业和政府都会尊重每个人的个性，承诺依据每个人的需求和愿望提供医药、教育和娱乐活动。但为了达到这个目的，企业和政府就得将个人解构为许多生化子系统，用无所不在的传感器监测这些子系统，并用强大的算法加以解读。在这个过程中，我们会发现所谓不可分割的个体只是一个宗教幻想。

现实中，个人是许多生化和电子算法的混合体，没有清晰的边界，也没有自我中心。

不平等的再升级

在自由主义面临的三个实际威胁中，我们已经讨论了两个：第一，人类将完全不具价值；第二，人类整体仍然有价值，但个人将不再具有权威，而是由外部算法来管理。算法系统仍然需要由你来谱写交响乐、教历史或编写计算机程序，但算法系统对你的了解会超越你自己，也因此会为你做出大部分重要的决定；而且，你还会觉得这真是太好了。这个世界并不一定不好，但会是一个后自由主义的世界。

自由主义面临的第三个威胁在于：有些人仍然会不可或缺，算法系统也难以了解，而且会形成一个人数极少的特权精英阶层，由升级后的人类组成。这些超人类将会拥有前所未有的能力及创造力，让他们能够做出许多世上最重要的决定。他们会为算法系统执行关键的服务，而算法系统既无法了解也无法管控这些人。然而，大多数人并不会升级，于是也就成了一种新的低等阶级，同时受到计算机算法和新兴的超人类的控制主导。

人类如果从生物定义上分裂成不同的阶级，就会摧毁自由主义意识形态的根基。有自由主义的地方，仍然可能有各种社会及贫富差距，而且因为自由主义把自由看得比平等更为重要，所以甚至也觉得有差距是理所当然。但自由主义仍然假定所有人都有同样的价值和权威。按照自由主义的观点，有人是亿万富翁，住在豪华的城堡里；也有人是贫穷的农民，住在茅草屋里，这完全没有问题。因为对自由主义来说，农民感受到的独特体验，其价值并不下于亿万富翁的体验，所以自由主义的作家才会写出长篇小说来描述贫困农民的生活体验，而且连富翁也会满怀热情地读这种小说。如果到百老汇去看音乐剧《悲惨世界》(*Les Misérables*)，会发现好位子的票价可能高达数百美元，全场观众的身价总和可能高达数十亿美元，但他们看到冉·阿让只为了偷面包救活饥饿的侄子就得入狱19年时，仍然会深感同情。

同样一套逻辑也适用于选举，贫穷农民有一票，亿万富翁同样也只有一票。自由主义面对社会不平等的解药，不是让每个人都有同样的体验，而是对于不同的人类体验赋予同等的价值。然而，如果贫富差距已经不只体现在财产价值上，而且出现了真正的生物学上的差异，这一套还行得通吗？

安吉丽娜·朱莉发表在《纽约时报》的文章中，就提过基因测试成本高昂。她进行的测试就要价3000美元（还不包括实际的乳腺切除术、重建手术和相关治疗），而在这个世界上，还有10亿人每天收入不到1美元，15亿人每天收入在1到2美元之间。就算他们一辈子努力工作，也不可能负担得起要价3000美元的基因测试。目前贫富差距还在逐渐拉大。到2016年年初，全球62名最富有的人，拥有的财产总值等于最贫穷的36亿人的总和！由于目前全球人口约为72亿，也就是说，这62名亿万富翁所拥有的财富，大约就是较为贫穷的全球一半人口的财产总和。

DNA测试的成本可能会逐渐下降，但也会不断出现昂贵的新疗法。因此，虽然日后一般民众也能负担得起原有疗法，但精英分子永远能领先几步。纵观历史，富人享有许多社会和政治优势，但和穷人之间从未出现真正重大的生物差距。中世纪贵族曾号称自己的血管里流着高贵的蓝色血液，印度婆罗门也坚称自己比其他种姓更聪明，但这一切都只是胡说。然而在未来，我们可能真的会看到这一天，在升级后的上层阶级与其他社会阶级之间，身体和认知能力真正出现重大差距。

面对这种情境，科学家的标准答案是：20 世纪也有许多医疗突破是从富人开始，但最后全体人类都同样受益，所以其实是有助于缩小而非扩大社会差距。举例来说，疫苗和抗生素最早只有西方国家的上层阶级能够享用，但现在它们改善了全球所有人的生活。

但要希望这种过程在 21 世纪重演，可能只是一厢情愿。原因有二：第一，医学的概念正在经历巨大变革。20 世纪的医学旨在治愈病人，但 21 世纪的医学则逐渐走向要让健康的人再升级。“治愈病人”代表的是一种平等，因为这假设有个身心健康的规范标准，而人人都应享有这样的健康。如果有人低于标准，医生就该解决问题，让这些人能够“像大家一样”。相较之下，要让健康的人再升级，背后则是精英的概念，因为这里并没有所有人通用的标准，而是要让某些人比其他人强。人类就是希望自己记忆力比别人强，智商比别人高，性能力更不能输。如果某种升级已经变得太廉价、太普遍，人人都能升级，那等于就是把基线提高，等着下一代疗法继续超越。

因此，到了2070年，虽然穷人很有可能享有比今天更好的医疗保健，但他们与富人的差距将更为拉大。做比较的时候，我们找的比较对象通常都是同时代更幸运的人，而不是以前命运不佳的祖先。如果你对一个住在底特律贫民区的美国人说，他现在享有的医疗保健水平可比100年前的美国人好多了，大概不会有什么鼓励作用。事实上，这种话听起来是十足的自以为是。他会说："为什么我要和19世纪的工厂工人或农民比？我也想过电视上那种有钱人的生活啊，或者至少有郊区那种高档住宅。"同样，如果你到2070年告诉下层阶级，他们享有的医疗保健已经比2017年时好得多，对他们来说实在算不上半点安慰。因为他们心中的比较对象会是那些升级后主导世界的超人类。

第二，就算会有许多医疗突破，我们仍然无法肯定穷人到了2070年一定能享有比今天更好的医疗保健，因为国家体制和精英阶层可能根本不想再为穷人提供医疗保健。医药之所以能在 20 世纪使大众获益，是因为 20 世纪是大众的时代。20 世纪的军队需要几百万的健康士兵，经济发展也需要几百万的健康工人。因此，各国都建立起公共卫生服务体系，以确保国民的活力和健康。人类最大的医疗成就正是为大众提供卫生设施、疫苗接种，消灭流行病。1914 年，日本精英阶层之所以愿意为贫民接种疫苗，在贫民区兴建医院，修建污水处理系统，正是因为如果希望日本成为军事和经济强国，就需要数百万健康的士兵和工人。

但这种大众的时代可能已经结束，针对大众的医学也将随之走入历史。随着人类士兵和工人让位给算法，至少部分精英阶层会认为，无须再浪费资源为大量无用的穷人提升甚至是维持基本的健康水平，而应该集中资源，让极少数人升级到超人类。

今天，日韩等科技先进国家的出生率逐渐下滑，儿童人数逐渐减少，但这些国家却投入大量的人力物力抚养、教育这些儿童。而印度、巴西或尼日利亚这种发展中大国，要怎么跟日本竞争？这些国家就像一列长长的火车。头等车厢的精英，享有与世界上最发达国家同等条件的医疗保健、教育和收入水平。但还有为数几亿的一般国民，坐在三等车厢，苦于疾病、无知和贫穷。在21世纪，印度、巴西或尼日利亚的精英会想做什么？是要投资解决几亿穷人的问题，还是让少数百万富翁升级？在20世纪，因为穷人有军事和经济价值，精英阶层必须为穷人解决问题；但到了21世纪，精英阶层最有效（虽然十分无情）的策略，很可能是干脆切断百无一用的三等车厢，只让头等车厢继续前进。想与日本竞争，巴西需要的可能不是几百万个健康的普通工人，而是少数几个经过升级的超人类。

一旦出现这种在身体、情感和智力上都远超常人的超人类，自由主义信仰又怎么可能生存下来？如果事实证明，这种超人类的体验会和一般智人完全不同，情况又会如何？如果超人类一读关于低等智人偷盗故事的小说就觉得无聊，而一般人看到超人类的爱情肥皂剧又完全无法理解，该怎么办？

人类在20世纪的伟大成就——克服饥荒、瘟疫和战争——都是为了让所有人享有富足、健康与和平。至于21世纪的新议题：获得永生、幸福快乐、化身为神，也同样希望为全人类服务。然而，由于这些计划的目的在于超越而非维持基本要求，最后就可能创造出新的超人类阶级，砍断自由主义本源；超人类看待一般人，就会像是19世纪欧洲人看待非洲人的情况。

如果科学发现和科技发展将人类分为两类，一类是绝大多数无用的普通人，另一类是一小部分经过升级的超人类，又或者各种事情的决定权已经完全从人类手中转移到具备高度智能的算法，在这两种情况下，自由主义都将崩溃。什么样的新宗教或意识形态，能够填补这样的缺口，并且指导我们如神一般的后代？

图片摄影 © 史蒂夫 · 卡斯蒂洛

尤瓦尔 · 赫拉利（Yuval Noah Harari），1976 年生于以色列，成长于一个犹太世俗家庭。他 20 多岁时曾赴英国牛津大学学习，毕业后返回祖国，现在担任耶路撒冷希伯来大学的讲师，是中世纪和世界史方面的专家。

年轻时的赫拉利就开始关注人生中的重大问题：历史上有公正可言吗？权力能否确保人们幸福？是否有将人类区分于其它动物的东西？如果有，究竟是什么？于是他写就《人类简史：从动物到上帝》一书，试图回答这些问题。这本书一经问世，便成为一部现象级作品，吸引了世界各地的众多粉丝读者，其中包括比尔·盖茨、贝拉克·奥巴马、克里斯·埃文斯、贾维斯·卡克。续作《未来简史：从智人到智神》则探讨了人类未来将面临的问题，同样在全球范围内引起轰动。

赫拉利是严格的素食主义者，每天冥想两个小时，每年花费大量时间进行内观禅修。他与伴侣在耶路撒冷附近的卡梅 · 约瑟夫居住。

尤瓦尔 · 赫拉利推荐作品：
《人类简史》
《未来简史》

图书在版编目（CIP）数据

企鹅经典．小彩虹．第一辑／（以）尤瓦尔·赫拉利等著；林俊宏等译．-- 北京：中信出版社，2019.11（2021.6重印）
书名原文：Vintage minis
ISBN 978-7-5217-1014-4

Ⅰ．①企… Ⅱ．①尤… ②林… Ⅲ．①世界文学－作品综合集 Ⅳ．①I11

中国版本图书馆 CIP 数据核字（2019）第 203895 号

企鹅经典：小彩虹　第一辑
金钱

著　　者：［以色列］尤瓦尔·赫拉利
译　　者：林俊宏
出版发行：中信出版集团股份有限公司
（北京市朝阳区惠新东街甲 4 号富盛大厦 2 座 邮编 100029）
承 印 者：河北鹏润印刷有限公司

开　　本：787mm × 1092mm　1/32　　印　　张：32.25　　字　　数：400 千字
版　　次：2019 年 11 月第 1 版　　印　　次：2021 年 6 月第 2 次印刷
京权图字：01-2016-9678
书　　号：ISBN 978-7-5217-1014-4
定　　价：168.00 元（全 8 册）

VINTAGE MINIS

自由

LIBERTY

［英］弗吉尼亚·伍尔夫　著
吴晓雷　译

中信出版集团｜北京

目录

一间自己的房间[1]

A Room of One’s Own

或许，最好还是现在就放弃，不要再去探寻什么真理，不要再去轻信蜂拥而至的见解，管它是有如熔岩那般炽热，还是像刷碗水一般淡而无味。最好还是把窗帘拉起来，将惹人分心的事都拒之窗外；点亮灯盏；缩小探寻的范围，去请教一下历史学家。他们记录在案的可不是见解，而是事实，请他们描述一番妇女生活的境况怎样，倒不用亘古至今，只需讲一讲英国的妇女，譬如说，在伊丽莎白时代是个什么样子。

这是因为，那时的男人，似乎每两人中便有一个

1. 节选自散文《一间自己的房间》。（本书脚注均为编者注。）

写得出歌谣或是十四行诗来，但在如此非凡的时代，却没有一位女人，为其文学胜景添上过任何只言片语。长久以来，这让人百思不得其解。我便问自己，那时的妇女是生活在何等的境地中。因为小说本是源于想象，若说会像石子一样从天而降，绝无可能，虽然科学或许正是这样；小说就像一张蛛网，即便只是轻轻相连，那网的四角也连接着生活。通常这其间的相连是极不易察觉的，就拿莎士比亚的剧作来说，似乎是单凭一己之力，悬而不落。但一俟把蛛网拉弯，钩住边角，扯破了中间，才让人想起来，这也并非是什么看不见的精灵在半空中的杰作，依然是受苦受难的人类之作，总是和物质生活息息相关，譬如健康、财富，还有我们栖身的房屋。

我便走到了放着历史书的书架前，拿下了最新的一本：特里威廉教授所著的《英国史》。我又在索引中搜寻“妇女”的字样，找到了“其地位”几个字，翻开所指的那几页。“男人打老婆，”我读下去，“已成天经地义，不管他地位高下，打起老婆来，便没了分别，全然没有一点羞耻。”这位历史学家继续写道，“女儿若不嫁父母所择之婿，便有可能被关进屋里，饱受拳脚，而公众对此也是无动于衷。婚姻无关个人情感，只视乎家庭的贪婪，这在‘骑士风度’十足的上流社会尤甚……往往一方或是双方还尚在摇篮，婚约便已订好，而尚未能离得开保姆，就要迈入婚姻的殿堂。”那是1470年前后，乔叟的时代才结束不久。再次提到妇女的地位是在两百年之后，斯图亚特王朝时期。“妇女为自己选择夫婿，即使在中上流社会，也属罕事，若是许配给了某位先生，那先生便是一家之主了，至少法律和习俗给了他这个地位。但即便如此，”特里威廉教授总结道，“不管是莎士比亚剧中的女性，还是17世纪回忆录中更为可信的女性，譬如弗尼夫妇和哈钦森夫妇回忆录中的女性，似乎都不乏个性和特点。”当然了，如果我们想一想，克莉奥佩特拉定有其禀赋；麦克白夫人，我们也会认为，亦有自己的意志；罗莎琳德，我们也许可以下个结论，是位动人的姑娘。特里威廉教授说莎士比亚剧中的女性似乎不乏个性和特点，这倒是说出了实情。倘若并非历史学家，或许可以走得更远一些，大可以说有史以降，一切诗人的一切作品中，妇女无不灿若明灯——剧作家的笔下，有克吕泰涅斯特拉、安提戈涅、克莉奥佩特拉、麦克白夫人、菲德拉、克瑞西达、罗莎琳德、苔丝狄蒙娜、马尔菲公爵夫人；还有散文家笔下的人物：米拉芒特、克拉丽莎、蓓基·夏泼、安娜·卡列琳娜、爱玛·包法利、盖芒特夫人——这些名字纷至沓来，一时涌上了心头，没有哪一个让人觉得妇女缺乏“个性和特点”。的确，如果妇女只存在于那些男人所著的小说中，人们一定会认为她准是个举足轻重的人物，千姿百态，高尚亦卑鄙，华丽亦污秽，美得无以伦比，亦丑得不堪入目，伟大如同男人，有人认为还要过之而无不及。但这是小说中的妇女。事实恰如特里威廉教授指出的一般，她被关进屋里，饱受拳脚。

于是，一个非常奇特、杂糅而成的人物便诞生了。在想象之中，她无比尊贵；而实际上，她根本微不足道。翻开诗卷，她的身形随处可见；查阅历史，她却几乎无迹可寻。小说中，她左右着帝王和征服者的生活；事实却是，只要哪个男孩的父母为她硬套上了枚戒指，她就得听命于那个男孩，做他的奴隶。文学作品中，她也时常有感而发，唇间道出隽永深刻的思想；而真实生活里，她却认不得几个字，更不会写，只算是丈夫的财产而已。

先读过历史，再来读诗章，我们准会看到一个奇特的怪物——像鹰一样长着翅膀的蠕虫；生命与美的精灵在厨房里剁板油。但这些怪物，不管在想象中是多么有趣，其实并不存在。若要让她变得活灵活现，我们的想象就必须在同一瞬间，既要充满诗意，还要平淡无奇，这样才不会远离了事实——那就是，她是马丁太太，36岁，身穿蓝衣，戴着顶黑帽子，穿着一双棕色鞋子；不过，也不要扼杀了想象力——在她身上，各种各样闪亮的精神和力量流动不息，永不停止。然而，一旦我将这种方法用在伊丽莎白时代的妇女身上，那种闪亮的光彩便瞬间黯淡了，因为事实的缺乏让人望而却步。对于她，我无从了解，没有任何细节，既不确切，也不具体。历史对她几乎不闻不问。于是我再次向特里威廉教授求助，看看历史对他来说意味着什么。浏览过诸章标题后，我发现，对他而言，所谓历史就是“采邑与敞田耕种法……西多会修士与牧羊业……十字军东征……大学……下议院……百年战争……玫瑰战争……文艺复兴时期的学者……修道院的瓦解……农村中及宗教中的冲突……英国海上力量之伊始……无敌舰队……”，诸如此类。间或会提到某位女性，某位伊丽莎白，或是某位玛丽，一位女王或是一位贵妇。可是，一位除了头脑和个性外便一无所有的中产阶级妇女，是绝无可能参与到任何重大运动中的，而正是这些运动相继发生，才构成了历史学家对往昔的看法。即便在那些趣闻逸事中，也不见她的踪影。奥布里难得提起她。她对自己的生平，也只字不提，连日记也几乎不曾记过，只有几封她的书信尚存于世。她不曾留下任何剧作或是诗歌来让我们借此做出评价。我想，人们所需要的——为什么纽汉姆学院或是格顿学院就没有一个才华横溢的学生可以提供这些呢？——是大量的信息：她是多大年龄结的婚？一般说来，会有几个子女？她的房子是个什么样子？她有自己的房间吗？她做饭吗？她会不会有一个用人？所有这些事实不知在何处沉睡，也许，是在教区的名册或是账簿中；伊丽莎白时代的普通妇女，她们的生活一定是散落在某个地方，会不会有人能收集起来，编纂成册。我一边在书架上寻找着并不在那里的书籍，一边想，要让我去跟那些知名学府的学生说，建议她们重写历史，这恐怕是种奢求，超出了我的勇气。尽管我也认为，历史看上去，总有一些古怪，不够真实、有失偏颇；可她们为何不能为历史添上一个补遗？当然，这一部分的名字不要太醒目，这样的妇女出场，大概尚不失礼数。要知道，在大人物的生活中，她们也时常可见，只是匆匆退入了背景。我有时会想，那藏起的，可能是一个眼风，或是一阵笑声，也许，是一滴泪水。毕竟，我们看够了简·奥斯汀的生平；乔安娜·贝利的悲剧对埃德加·爱伦·坡诗歌的影响，也似乎并无多加考虑的必要；就我自己而言，就算玛丽·拉塞尔·米特福德的住宅和行止之处向公众关闭长达百年以上，我也并不在意。然而，我所以觉得可悲之处，我再次仰望着书架，是对18世纪之前的妇女，我们竟一无所知。在我的心中，找不到一个可供我细细考量的对象。如今我在这儿，思忖着为何伊丽莎白时代的妇女不写诗，却无法确定：她们受过怎样的教育、是否学过写字、有无自己的起居室、有多少女性在21岁之前就已生儿育女；她们一日之内，简言之，从早8点到晚8点之间究竟做了些什么。显然，她们身无分文；按照特里威廉教授的说法，不管她们是否心甘情愿，未等成年——很可能不过十五六岁，便早已成婚。就凭这一点，我可以说，要是她们中能有人突然写出了莎士比亚水平的剧作，那才是天大的怪事。我想到了一位老先生，虽然现在已经离世，不过，我想，他曾做过主教，他宣称，不管过去、现在，还是将来，都不会有任何一个女人，能像莎士比亚那般才华四溢。就此，他曾为报纸撰文。他还跟一位来向他咨询的夫人说，其实，猫是上不了天堂的，虽然，他补充道，它们也有类似灵魂的东西。为了救赎我们，这些老先生多么殚精竭虑！他们每进一步，无知的边界便向后退缩！猫进不了天堂。女性写不出莎士比亚水平的剧作。

诚然如此，我看着书架上莎士比亚的著作，不能不承认，那位主教至少在这一点上是对的。那就是，在莎士比亚的时代，没有任何一位女性能写出莎士比亚那样的剧作，绝无可能。既然事实难寻，不妨让我想象一下，若是莎士比亚有一个天资聪颖的妹妹，且让我们把她叫作——朱迪丝，那会发生些什么事情。莎士比亚本人，非常可能，上的是——他的母亲是一名女继承人——文法学校，他在那里学习拉丁文——奥维德、维吉尔还有贺拉斯——还有基础的文法和逻辑。众所周知，他是个顽劣的孩子，在别人的地界偷猎野兔，或许还打到了一头鹿，还不到该结婚的年纪，便不得不娶进了邻家的女子。未满 10 个月，她便为他生下了一个孩子。这场闹剧让他跑去了伦敦，自谋生路。他似乎对剧院情有独钟，先是在后台门口为人牵马，很快就加入了剧团，成了当红的演员，从此长住世界的中心。他交游甚广，无人不识，在舞台上实践他的艺术，在街头巷尾磨炼自己的才智，甚至登上了女王的殿堂。而此时，我们不妨认为，他那位天资聪颖的妹妹则是留在了家中。她和莎士比亚一样，喜欢探险，热爱幻想，十分渴望去见见世面。可没人供她读书。她没有机会学习文法或是逻辑，更不用说阅读贺拉斯或是维吉尔。她偶尔会拿起一本书翻上几页，那大概还是她哥哥的。可这时，父母进来了，让她去补袜子，要么就是去看着炉子上的饭菜，不要在书本纸张上浪费时间。他们语气严肃，但态度和蔼，因为他们是本分人家，知道女人的生活状况究竟如何，也疼爱自己的女儿——没错，父亲极有可能把她当作自己的掌上明珠。说不定，在存放苹果的阁楼上，她也曾偷偷写过几页纸，不过，想必是小心藏好，或是烧掉了。可惜的是，要不了多久，她还不过十来岁，便被许给了邻居家羊毛商的儿子。她又哭又闹，说自己讨厌这门亲事，为此遭了父亲的一顿痛打。后来，父亲不再责骂她，而是求女儿不要惹他伤心，不要在婚姻大事上让他难堪。他说会给女儿一条珠链，或是一条上好的衬裙。说这话时，父亲的双眼噙着泪水。这让做女儿的怎么能不听从呢？她怎么会让父亲伤心呢？唯有生来的才情让她硬下了心肠。她把自己的物品收拾成一个小包袱，在一个夏夜沿着绳子爬下了窗，上路去了伦敦。她还不到 17 岁。树篱间鸟儿的歌唱也不如她的音节悦耳。对于词汇的音韵，她和哥哥一样，有着最敏捷的想象力。也和哥哥一样，她也钟情于戏剧。她站在后台门旁；她说，她想演戏。男人们当面嘲笑她。剧院经理——一个多嘴的胖男人——更是一阵狂笑。嚷嚷地说了一通狗儿跳舞和女人演戏什么的——女人哪里会演戏，他这么说。他还暗示——你们一定能想到他暗示了什么。她无处训练她的才艺。难道让她去找家酒馆就餐，夜半三更还在街头徘徊？不过，她的才华适宜写小说，她渴望能观察到形形色色的男女，研究他们的行为举止。最后——要知道她还很年轻，长得和诗人莎士比亚出奇地像，同样灰色的眼睛、弯弯的眉毛——最后，演员经理尼克·格林对她心生怜悯。她发现自己怀了那位先生的孩子，所以——当诗人的心为女人的身体所困，谁能知道她心中的灼热和狂暴呢？——在一个冬天的夜晚，她结束了自己的生命，葬身在某个十字路口。如今，那里成了大象城堡酒店，门外停靠着往来的公共马车。

在我看来，若是莎士比亚的时代，有一位女性的才华堪与其比肩，她的人生故事大致就会是这么个样子。但是，就我而言，我还是同意那位已逝的主教，倘若他的确做过主教——也就是说，莎士比亚时代的女性，若是生有莎士比亚一般的才华，那绝对是不可思议的事情。因为如此才华是不可能诞生在日夜操劳、大字不识、卑躬屈膝的一群人当中的。过去，她们不曾诞生在英国，不曾诞生在撒克逊人和不列颠人当中；如今，也不可能诞生在工人阶级之中。那么，按照特里威廉教授所说，那些尚且年幼，便被父母逼去做工，又有法律和习俗束缚着她们不得脱身的这样的女性之中，怎会诞生出如此的奇葩？但女性中必定也有天才，正如工人阶级中也一定存在天才一样。间或会有一位艾米莉·勃朗特或是一位罗伯特·彭斯一时间光彩夺目，证明天才的存在。但这种天才想必不曾载于史册。但是，每逢我读到一位女巫被推入水中，某个女人被魔鬼附身；读到一位聪明的女人在卖草药，甚至是某位声名显赫的男人有位母亲，我就会想到，我们已经找到了蛛丝马迹。只要沿着这些踪迹，就能找到一位被埋没的小说家，一位无法发表作品的诗人，某位默默无闻、不为人知的简·奥斯汀，某个艾米莉·勃朗特正在荒野上撞得头破血流，或是在路旁愁眉苦脸，因为天赋的折磨让她发了狂。确实，我甚至要去猜想那位写下那么多首诗，却不曾签上真实姓名的“无名氏”，多半是位女人。我想，是爱德华·菲茨杰拉德暗示说，创造了这么多民谣和民歌的，是一位女人。她为自己的孩子低声哼唱，来打发纺线的时光，度过漫长的冬夜。

这或许是真的，也或许是假的——谁知道呢？——但想一想我所编造的那个莎士比亚妹妹的故事，在我看来，这其中的真相就是，任何一位生在16世纪的才女，注定会发疯，饮弹自尽，或是在某个远离村庄的荒舍孤独终老，半似女巫，半似男巫，为人取笑，却又让人害怕。要知道，这位天赋过人的妇女，一旦将其才华用于诗歌，除了旁人的百般阻挠，对这诸多障碍的本能抗拒也让她备受折磨、精疲力竭。几乎不需要什么心理学的知识也能肯定，她的健康和精神想必是大受其害了。没有哪个女人可以走到伦敦，便能够从剧院的后台，径直冲到演员经理们的面前，而不曾经受侮辱、遭受痛苦。也许这毫无道理可言——贞洁，或许只是某些阶层，不知是何居心，所创造的崇拜之物——却是无可避免的。贞洁，在当时，以至现在，在妇女的生活中，仍具有着重要的宗教意义，牵扯着每一根神经和种种本能。若要剥去这重重束缚，将之暴露在光天化日之下，需要的是莫大的勇气。一位女诗人、女剧作家，要想在16世纪的伦敦，过上无拘无束的生活，精神上所要承受的压力与困窘，或许就足以将她逼上绝路。纵使她可以绝处逢生，她写下的文字也已经扭曲变了形，因为激发这些文字的想象力早已走了样、生了病。我看了看书架，上面没有一部戏剧是女性所作，我想，毫无疑问，她是不会在作品上署名的。这必定是她保护自己的方法。贞洁观要求女性缄默不语，即使到了19世纪晚期，依然留下了这样的遗迹。柯勒·贝尔、乔治·艾略特、乔治·桑，无一例外都是内心斗争的牺牲品，这在她们的作品中昭然若揭。她们用男人的名字来做掩饰，却是徒劳无功，这样做只是向传统低了头。而传统，即使并非由男人们牢牢树立，也是他们大加鼓励的（伯利克里曾说过，一个女人最大的光荣，莫过于不让人议论纷纷，虽然他自己常为人所议论），认为女性抛头露面，应该为人所不耻。缄默流淌在她们的血液中。遮遮掩掩的念头也仍左右着她们。时至如今，她们也不曾像男人那样关心声誉的好坏，一般而言，女人经过墓碑或是路牌，也没有那种迫切的欲望想要把自己的名字篆刻其上。换作阿尔夫、伯特或是查斯，必定听从他们的本能，就像看到了漂亮女人，或是条狗，便会喃喃自语："这狗是属于我的。"当然，也可能并不是一条狗，我想到了议会广场、胜利大道和其他的林荫大道，也许是一块土地，或是一个男人，长着乌黑的鬈发。身为女人的一大好处就是，就算看到一个黑皮肤的绝色佳人，也可以径直走过，而不必心生奢念，要把她造就成一个英国女人。

那么，那个身负诗才，生在16世纪的女人，必定是个不幸的女人，一个违背自己心愿的女人。不管她的胸中有何机杼，需有合适的心境，才能得以抒发。可身边的种种条件，心底的样样直觉，全都与之作对。可我自问，究竟是何等心境，才最有益于创作呢？此刻，我翻开一卷书，那是莎士比亚的悲剧。在他写下《李尔王》和《安东尼与克莉奥佩特拉》之时，会是怎样的心境呢？那自然是古往今来最适宜写下诗行的心境。但是莎士比亚对此只字未提。我们只是不经意间，偶然地知道了他“从未涂改过一行字”。或许，18 世纪以前，确实未曾有过艺术家谈起自己的创作心境。也许是卢梭开了先河。不管怎样，到了 19 世纪，自我意识有了长足的发展，文人墨客大都喜欢谈一谈他们的心境，不管是在忏悔录还是在自传中。也有人为他们著书立传，他们的书信在死后也有人出版。所以说，尽管我们并不知道莎士比亚在创作《李尔王》时心境如何，我们却知道卡莱尔在写下《法国大革命》时经历了些什么；也知道福楼拜撰写《包法利夫人》时的经历；还有济慈所历经的一切，那时，他正努力以诗歌来对抗将至的死亡和世间的冷漠。

现代文学中卷帙浩繁的忏悔录和自我分析留给人的印象就是，任何一部天才作品的诞生都需历尽千辛万苦。事事都妨碍着作家将心中的作品完整写下。物质环境一无是处。狗儿也来吵，人们也来打扰，钱还必须去赚，身体也要垮掉。除此之外，还有那世间无人不晓的冷漠，让这一切更为艰辛，让人格外地难以忍受。这个世界并不要求人们写诗、写小说、写历史；这个世界并不需要这些。它不在意福楼拜是否找到了正确的字眼，卡莱尔是否谨慎地查证了这儿或那儿的事实。理所当然，既然它不想要，它连一个子儿也不会付。所以，那些作家，济慈、福楼拜、卡莱尔，没有一个不曾为生活所困，不曾沮丧而气馁，尤其是在他们尚且年轻、最富才华之际。从这些自我分析和忏悔录中传出的，是一句诅咒，一声痛苦的哀号。“伟大的诗人在不幸中死去”——这是他们歌中的副歌。若是还有些什么，可以安然度过所有这一切，那真是奇迹。而或许，没有任何一本书，在其诞生之际，还能与最初的构思完全一致而未受损害。

但对女性而言，我看着眼前这空空的书架，心想，这重重的困难岂非更是难以克服。首先，想要有一间自己的房间，即便是在19世纪初，也还是绝无可能，更不用说这房间还要安静、隔音，除非她的父母格外富有，或是尤其尊贵。既然她的针线钱完全仰仗着父亲的脸色，倘若有些，也只够她自己的穿衣。她甚至不能像济慈、丁尼生或是卡莱尔，不能像所有贫苦的男人那样，找些消遣，譬如徒步旅行，到法国去，找一间寓所住下，哪怕条件再简陋，也可以让她远离家庭的要求与专制。这些看得见的困难是可怕的；但更为可怕的，却是那些看不到的。世间的冷漠，曾让济慈、福楼拜和其他才子难以忍受。而到了她那里，冷漠已经变作了敌意。世人对她所说的话，并不像对他们的一样，要写便写吧，这与我无关。世人的话变成了哄笑，写作？你写出来的东西能有什么用？我看着依然空空如也的书架，心想，纽汉姆学院和格顿学院的心理学家们在这儿或许可以帮上我们的忙了。因为，要想知道挫折究竟对艺术家的心灵影响几何，现在正是衡量一番的好时机，就像我所见到的一家乳制品公司，他们就普通牛奶与优质牛奶对老鼠身体的影响，就做了一番衡量。他们把两只老鼠关进不同的笼子，放在一起，其中一只胆小、体弱，贼头贼脑；另一只则胆大、肥硕，毛色光亮。那么，我们为那些身为艺术家的女性，又提供了何等的饮食呢？我准是想

The world said with a guffaw, Write? What's the good of your writing?

* 世人的话变成了哄笑，写作？你写出来的东西能有什么用？

到了那顿梅子和蛋奶酱的晚宴，才冒出了这样一个问题。要想回答这个问题，只消打开晚报，就可以读到伯肯黑德爵士的高见——不过我确实不打算为引述伯肯黑德爵士对妇女写作的见解而费神。英奇教长的话也搁在一边。就让哈利街上的专家去用他的聒噪在哈利街上激起回响，我也依旧心平气和，丝毫不为所动。但我还是要引述一下奥斯卡·勃朗宁先生的话，因为勃朗宁先生曾在剑桥显赫一时，也曾为格顿和纽汉姆两所学院的学生当过考官。奥斯卡·勃朗宁先生常说："看过任何一份试卷，都会让他以为，不管他打的分数高低，最优秀的女人跟最差的男人相比，还要等而下之。"说完这句话，勃朗宁先生便转身回了房——而正是这后一点，让他如此受人爱戴，成了一个颇有分量和威仪的人物——他回到自己的房间，发现一个小马倌躺在沙发上——"瘦得只剩下皮包骨，双颊凹陷，脸色蜡黄，牙齿漆黑，看起来四肢瘫软无力……'那是阿瑟——他可是个难得的好孩子，品行那么优秀。'（勃朗宁说道）"在我看来，这样两幅画面正可以取长补短。而在如今这个传记盛行的年代，颇让人欣慰的是，这样的两种情形，也确实常常勾勒出了更为完整的画面。也因此，对于大人物们的高见，我们才可以既听其言，又观其行，才可以理解得更为准确透彻。

虽然现在这已成为可能，但即便只是50年前，大人物嘴里若是说出这种话来，还是会让人大惊失色。不妨假设，一位父亲，出于好心，不愿让女儿离开家去做什么作家、画家或是学者。他准会说："听听奥斯卡·勃朗宁先生是怎么说的。"何况，远不止奥斯卡·勃朗宁先生这么说，还有《星期六评论》，还有格雷格先生——"妇女存在之本质，"格雷格先生斩钉截铁地说，"就在于为男人所供养，并伺候男人。"——大男子主义的观点不胜枚举，大体上都是在说，女人的才智一无可取。即使那位姑娘的父亲并没有大肆说教，她自己还是可以读到这些观点。而这样的文章，就算是在19世纪读到，也会让人觉得心灰意冷，让她的作品也因此受了影响，打了折扣。总有人会斩钉截铁地跟你说这是你不能做的，那是你做不到的。而我们就应该提出抗议，去摆脱这种影响。也许对小说家来说，这种病菌已经不再那么容易让人感染，因为，已经有了杰出的女小说家。但画家们，一定还在为之困扰。而我想，音乐家们，哪怕是到了现在，一定还在深受其害。女作曲家的地位，就和莎士比亚时代的女演员地位相同。我想起了自己编的那个莎士比亚妹妹的故事，尼克·格林曾说，女人演戏让他想到狗跳舞。两百年后，约翰生对布道的妇女又重复了同样的话。而翻开一本有关音乐的书，此时，我可以说，就在公元1928年，对于试图作曲的女性，这些字眼又出现了。“关于热尔梅娜·塔耶芙尔小姐，我只能重复约翰生博士对一位女教士所说的至理名言，不过要换成音乐的说法。‘先生，一个女人作起曲来，就像一条狗要站起来走路一样。曲子自然不好，不过，让人吃惊的还是她竟然会去作曲。’”历史的重现，就是这般毫厘不爽。

因此，合上奥斯卡·勃朗宁先生的传记，也抛开其他人的不谈，我的结论就是，很明显，即便是在19世纪，人们也不鼓励女人成为艺术家。相反，女人遭人冷落、侮辱、训诫、规劝。她们又要抵制这个，又要反对那个，势必思想紧张、筋疲力尽。在这儿，我们谈论的范围仍然没有超出那个非常有趣却又不招人注意的男性情结，它对妇女运动产生了巨大影响。这一根深蒂固的愿望，即与其要让她低人一等，不如让他高人一筹，使得他不仅处处横亘在艺术的前面，还封锁了通往政治的道路，哪怕给他带来的风险微乎其微，而乞求者谦卑又忠诚。我记得，就连对政治满腔热情的贝斯伯勒夫人也一定屈身低头，写信给格兰维尔·莱韦森－高尔：“……尽管我对政治极为狂热，也就这个话题谈了很多，但你说女人无权搞政治或是其他严肃的事业，顶多（在别人问起她时）给点意见，这点我倒是完全同意。”她接着将一腔的热情都花在了那个极其重要，对她也毫无阻碍的话题上去了，那是格兰维尔勋爵在下议院的首次演说。这在我看来才是个奇怪的情形。男人反对妇女解放的历史也许比妇女解放本身的历史还要有趣得多。若是格顿学院或纽汉姆学院的某个年轻学生搜集来例证，演绎出什么理论来，大可以写出一本有趣的书来——不过，那她可要准备好一副厚手套戴在手上，还要有金子做的栏杆来保护自己。

不过，合上贝斯伯勒夫人的书之后，我所想到的就是，即便现在看来，只觉可笑，也一定曾赢得过万分的真诚。我敢说，如今被认作鸡毛蒜皮，只有那么几个人用来打发夏夜的闲书，也一度让人为之潸然落泪。你们的祖母以及曾祖母辈中的人，为这些书失声痛哭的不在少数。弗洛伦丝·南丁格尔因为痛苦而放声哭号。何况，对你们来说，一切尚好，可以读大学，有了自己的起居室——还是说，不过是卧室兼起居室？——你们便可以说，天才大可以对这些意见不屑一顾，天才应当超然于旁人的议论。不幸的是，正是天才的男人和女人才最在意众人对他们的评头论足。请记住济慈，记住他为自己刻下的墓志铭，再想想丁尼生，想想——不过，似乎不用我一一举出这些无可否认的事实。虽然，事实确乎让人惋惜，但过分在意自己的声名正是艺术家的天性。而文学中自然不乏由于过分在意旁人的议论而毁于一旦者。

在我看来，这种敏感加倍了他们的不幸，因为若要一抒胸臆，把心中的作品完整顺利地写出，这种巨大的努力有赖于艺术家炽热澄明的心境，这就回到了我最初提出的，何种心境才有益于创作的问题。看着眼前摊开的《安东尼与克莉奥佩特拉》，如我所想，那就是莎士比亚的心境，无有杂念，亦无所牵挂。

尽管我们说，对于莎士比亚的心境我们一无所知，诚然如此，在我们说出这句话之时，我们也道出了一些有关莎士比亚心境之事。之所以我们对莎士比亚知之甚少——若是与多恩或是本·琼生，又或是弥尔顿相比的话——是因为，他所有的愤恨、怨气和憎恶都不为我们所知。也没有什么“秘闻”来左右我们，供我们浮想联翩。抗议、劝诫、诉冤、报复，让全世界来见证艰辛与不公，这一切的痴心妄想都从他的身上燃烧殆尽，烟消云散了。所以，他的诗歌自由地奔流，无拘无束、无挂无碍。若曾有人将自己的作品表达得如此圆满，那就是莎士比亚。我再次转向书架，心里想到，若曾有人的心境如此澄明清净，那就是莎士比亚的心境。

我们发现，在16世纪，显然找不到一位心境如此的女性。只要想一想伊丽莎白时代雕刻在墓碑上的那些儿童，没有一个不是双手紧握跪在地上。想一想他们的夭折，看一看他们家中狭窄阴暗的小房间，便会意识到，妇女怎么可能写得出诗歌呢。我们所期望的，只能是在晚近的时候，兴许有位了不起的女士，凭借自己相对自由而舒适的条件，写下一些诗行，出版发行，署上自己的名字，还要冒着被人视为怪物的风险。男人，当然并非势利之徒，我继续思忖，并且小心翼翼，以免和丽贝卡·韦斯特一样，成了“十足的女权主义者”。至少，对于某位公爵夫人在诗歌上付出的努力，他们多半是带着同情而表示欣赏。可想而知，一位有头有脸的女士得到的鼓励与赞扬，要远远超过某位不为人知的奥斯汀小姐或勃朗特小姐在那个时代可能得到的所有称赞。同样可想而知的是，她的心境想必为一些与创作格格不入的情感所干扰，譬如恐惧和愤恨，在她的诗歌中，这些干扰也都有迹可寻。我看到了温切尔西夫人的书，就拿她来做例子，我这样想着取下了她的诗集。她生于1661年，贵族出身，嫁的也是名门，她也没有子女。她写诗，但一翻开她的诗卷，便可以听到她为了抗议妇女的地位而发出的怒吼：

> 我们如此沉沦！荒谬的规矩让我们沉沦，
> 我们并非天生冥顽，教养却将我们愚弄；
> 心灵无处发展，却如人所愿，
> 按部就班，变了沉闷，没了生气；
> 若有人凭借热切的幻想，
> 让壮志张开了翅膀，脱颖而出，
> 仍会遇上无比的反对势力，
> 纵有成功的希望，终不敌恐惧的威力。

显然，她的心境绝无可能是“无有杂念，亦无所牵挂”。正相反，她的心为怨恨和不公而烦忧分神。在她看来，人类一分为二。男人皆是“反对势力”，男人既可恨，又可惧，因为他们大权在握，阻住了她心中的去路——那就是写作。

啊！那试笔的女人，
人们只当她肆意而妄为，
这等过失，纵有美德也无从相，
他们说，我们不知身份，有失仪态；
良好的教育、时装、舞蹈、打扮和游戏，
才是我们恰当的志向；
写作、阅读、思考，或是探究，
会遮掩了我们的美貌，虚掷我们的光阴，
叫人停下了征服我们青春的步伐，
而乏味地把下人的房间打理停当
却被认为是我们最高的艺术、最大的成就。

而实际上，她不得不假定自己的作品永远不会出版，这才能鼓足勇气继续创作。她要以哀伤的咏唱来抚慰自己：

> 向几位朋友，并为你的哀伤歌唱，
> 那月桂树，从未因你而成林；
> 那林荫下黝黯无光，而你在其间已心满意足。

诚然如此，倘若她可以放下心中的愤恨和恐惧，不再平添上痛苦和不满，还是可以清楚地看到她心中燃烧的那团烈焰。她的字句，间或也会流出纯粹的诗意：

> 那褪色的丝线又怎可以，
> 绣得出一丝一毫，玫瑰的华丽。

——这些诗行得到了默里先生公正的赞许。据说，蒲柏记下并在自己的诗中借用了这样几句：

> 如今，水仙战胜了虚弱的头脑；
> 我们在那芬芳的痛楚下沉沉昏迷。

可以写出如此的诗句，如此倾心于自然、静心于思考的女人，却不得不去书写怒火和痛苦，这太令人遗憾了。可她又怎能不如此呢？我一想到那些讥讽和嘲笑，马屁精的奉承，职业诗人的怀疑，我不禁如此自问。她想必是把自己关在某个乡间的房里写作，被心中的顾虑和痛苦折磨得肝肠寸断，尽管她的丈夫对她体贴入微，婚后生活也尽善尽美。我说“想必”，是因为若有人想要知道温切尔西夫人的生活，照例会发现，我们对她也差不多还是一无所知。她饱受忧郁之苦，这一点我们至少可以说出几分真相，因为她告诉我们，忧郁时她的想象：

> 我的诗行为人诋毁，我的作为受人揣测
>
> 这是愚蠢的徒劳，还是狂妄的过失：

如此遭人非难的作为，就我们所知，不过是些无伤大雅的田间漫步和心中的遐思而已：

> 我的手喜欢去追寻独特与稀奇，
>
> 偏离了坦途，不走大道，

那褪色的丝线又怎可以，

绣得出一丝一毫，玫瑰的华丽。

自然，如果这便是她的乐趣所在、习惯使然，那难免会让人嘲笑，据说蒲柏还是盖伊就讽刺她“是位爱涂鸦的书呆子”。又据说她曾嘲笑盖伊，因此得罪了他。她说他的《琐事》表明“他更适合抬轿子，而不是坐在上面”。不过，默里先生说这只是“流言蜚语”，而且“无聊”。但这一回，我却不敢苟同，因为我倒是认为，哪怕只有流言蜚语，也是多多益善，这样我便大有可为，可以找到或拼凑出这位忧郁夫人的某种形象来。她喜欢在田间漫步，常有一些奇思妙想，对于“无聊的家务”，如此犀利、如此轻率地大加菲薄。不过，默里先生说，她变得散乱芜杂了。她的才华生了杂草，爬上了荆棘，再没有可能绽放原先独特曼妙的光彩。所以，我把她的诗集放回了书架，转向了另一位了不起的女士，那位满心奇思异想、整日不切实际，却让兰姆情有独钟的公爵夫人，纽卡斯尔的玛格丽特，她比温切尔西夫人年长，不过也是同一时代的人。她们二人截然不同，但同为贵族，也都没有子嗣，嫁的也都是最好的丈夫。两人对诗歌都是满腔的热忱，也因同样的原因而为之形容憔悴。打开公爵夫人的书，看到的，是同样燃烧的怒火：“妇女像蝙蝠或猫头鹰一样生活，像牲畜一样操劳，像虫子一样死去……”玛格丽特也是一样，本可以成为诗人。在我们这个时代，如此付出总可以推动某个车轮向前滚动。但在那时，她那狂野、充沛而又未经琢磨的智慧，又怎能够被驯化或是文雅到可以为人类所用？只是喷涌而出，肆意流淌，杂乱无章地造就了韵文和散文、诗歌与哲学的洪流，凝固在无人问津的四开本或对开本上。本该有人为她递上一台显微镜，让她拿在手中。本该有人教她仰望星空并且科学地思考。她的才智是在孤独与自由中练就的，没有人来阻挡，也没有人来教导，只有教授们的逢迎、宫廷里的奚落。埃杰顿·布里奇斯抱怨过她的粗俗——“竟来自一位出身名门又在宫阁大院里长大的女人”。她把自己关在韦尔贝克，孤身一人。

想一想玛格丽特·卡文迪什，脑海中会浮现出怎样一幅孤独而绚丽的画面！仿佛一株巨大的黄瓜在花园里蔓延生长，将玫瑰和康乃馨压在身下，令其无法呼吸，窒息而亡。这个女人曾写出了“最有教养的女人莫过于头脑最文明的女人”，却把她的时间挥霍在了胡涂乱写废话之上，并在糊涂和愚行中愈陷愈深，以至于出行之时，竟有人蜂拥在她的马车边围观，真是何等浪费。显然，这位疯狂的公爵夫人已被当成了老妖婆，用来吓唬那些聪明的姑娘。这时，我想起多萝西·奥斯本曾写信给坦普尔，跟他谈起公爵夫人的新作。我便把公爵夫人的书放在一边，打开了多萝西的书信集。“果然，这个可怜的女人是有那么点儿精神错乱，要不然，她怎么会这么荒唐，胆子大到去写书，写的还是诗歌，就算我两个礼拜都睡不着觉，也不至于会这么做。”

所以，既然理智而谦逊的女人不能写书，那么多萝西，这个敏感又忧郁，性情脾性都和公爵夫人大相径庭的女人，便什么都不曾写过。除了书信。一个女人可以坐在父亲的病榻前写信。可以在炉火旁，在男人交谈的时候写信，而不会打扰他们。但奇怪的是，我一边翻看着多萝西的信件，一边想，这位未经教导、孤独的姑娘在遣词造句、勾画场景方面拥有何等的天分啊。听听她接下来说的话：

“吃过饭，我们坐下来聊天，说到了 B 先生，后来我就离开了。读书、做活儿，就这样打发炎热的白天。大约六七点钟，我出了家门，到了家附近的一片公共草地。那儿有一伙儿年轻的乡下姑娘正在放牧牛羊，坐在树荫下唱着民歌。我走近她们，她们的嗓音和美貌跟我在书上读到的古代牧女可大不相同，不过，相信我，她们的天真无邪和那些牧女并没有什么两样儿。我和她们谈天儿，发现她们个个儿心满意足，个个是世上最快乐的人，就差了她们自个儿还不知道。我们谈着谈着，就有个姑娘东张西望，看见了她的牛儿跑进了麦地，她们爬起来，一溜烟儿全跑了，好像脚底下长了翅膀一样。我没那么灵活，所以落在了后头，而等我见着她们把牛全赶回了家，我想我也该回去了。吃完喝完之后，我就去了花园，走到一旁流过的小河边，坐了下来，真想你就在我身边……”

我们大可以确信，她的身上也有着作家的潜质。不过“就算我两个星期都睡不着觉，也不至于会这么做”——当我们看到，即便这样一位极具写作天赋的女人，也让自己相信，写书实属荒唐，以至是种精神错乱，我们就可想而知，这空中回荡着的，反对女人写作的声音是多么响亮了。我把多萝西·奥斯本那薄薄的一册书信放回了书架，接下来我找到的，是贝恩太太的书。

到了贝恩太太这里，这条路，我们算是走到了至关重要的一个拐角。我们把那些孤独的贵妇留在身后，她们写书，不过是自娱自乐，既没有读者，也听不到批评，最后只是关在自己的花园里，陪着那些对开本。我们进了城，和街上的普通百姓摩肩接踵。贝恩太太是一名中产阶级妇女，拥有普通百姓的种种美德：幽默、活泼、勇敢。只因丈夫的死和生意上的失败，而不得不凭借自己的才华来谋生路。她不得不和男人在相同的条件下写作。她勤奋有加，挣到的钱足以维持生计。而这一事实的重要性，胜过了她写出的任何作品，即便是那句出色的“千次殉道”，或是“爱在奇妙的胜利中坐”，因为自此，心灵获得了自由，换句话来说，不久之后，她们就可以尽情写出心中的所喜所爱了。因为，既然阿芙拉·贝恩做出了榜样，姑娘们就大可以去跟父母说，你们不用再给我零花钱了，我可以凭自己的笔养活自己。但不用说，这样的答复我们还要听上好多年：好啊，就像阿芙拉·贝恩那样！还不如死了好！门比以往摔得更快也更加响亮。女人的贞洁，在男人眼中如此重要，写作还影响到了女性的教育。这个意味深远、颇有趣味的话题，此时此刻有了讨论的必要，若是有格顿学院或纽汉姆学院的学生就此话题做一番研究，兴许会写出一本妙趣横生的书来。达德利夫人珠光宝气地坐在蚊虫纷飞的苏格兰荒野中，这大可以作为卷首的插图。达德利夫人辞世的那天，《泰晤士报》写道，达德利勋爵是“一位品味高雅，多才多艺的先生，心地善良，为人大方，却尤为专横。他定要自己的夫人盛装打扮，哪怕去苏格兰高地狩猎，在最偏僻的木屋里也要如此；他为她戴上灿烂夺目的珠宝”，云云，“他给了她一切——却不要她付上一点儿责任。”后来达德利勋爵中了风，自此以后，她便一直服侍他，以过人的才干打理他的庄园。那种尤为专横在19世纪也依然存在。

还是回到正题。阿芙拉·贝恩证明了，也许，牺牲一些令人愉快的美德，写作是可以赚到钱的。而长此以往，写作也就不再只被看作愚行或是精神错乱，而是有了实际的重要性。说不定，丈夫会先她一步离开人世，或是家中飞来横祸。18世纪尾声将至，数以百计的妇女做起了翻译或是写下了无数蹩脚的小说，为自己挣些零花钱或是用来贴补家用，只是如今连教科书上也无迹可考了，不过，在查令十字街的4便士书摊上，还可以找得到。18世纪末的妇女，头脑异常活跃——她们做演讲，组织集会，撰文评论莎士比亚，翻译经典著作——足以证明，妇女可以通过写作来赚钱。钱让先前的消遣添了些荣光。也许，人们还有理由继续嘲笑她们是“爱涂鸦的书呆子”，但谁也不能否认，她们可以把钱放进自己的钱包了。这样一来，在18世纪即将结束之际，一场转变开始了，若是由我来重写历史，我会把这一转变原原本本地记录下来，因为在我看来，这比十字军东征或玫瑰战争的意义还要重大。中产阶级的妇女开始写作了。因为，如果说《傲慢与偏见》确有价值，《米德尔马契》《维莱特》和《呼啸山庄》确有价值的话，那么妇女写作的意义，要远远胜过我在这一小时中所能证明的，而我所谓的妇女，不仅仅是指那些关在乡野，在自己的对开本中孤芳自赏，或是为人奉承的贵妇们，更是指普通女性。没有那些先行者，简·奥斯汀和勃朗特姐妹以及乔治·艾略特便不能写作，正如莎士比亚不能没有马洛，马洛不能没有乔叟，而乔叟又不能没有那些已被遗忘了的诗人，是他们驯服了语言的桀骜，为后人铺平了道路。须知每一部杰作都并非孤身一人来到世间，它们无不是经年累月共同思考的结果，是群体智慧的结晶，因而，在一个人的声音之后，响起的其实是众人的共鸣。简·奥斯汀应该在范尼·伯尼的坟茔上放下一个花环，而乔治·艾略特则应向伊丽莎·卡特——那个坚定地在她床头拴了个铃铛，好让她能早些起来学习希腊文的老太太——强健的阴魂致以敬意。所有的女性都应当去阿芙拉·贝恩的坟头，为她撒满鲜花，虽然她被葬在威斯特敏斯特教堂里，多少有些惊世骇俗，但也恰如其分，因为正是她为她们赢得了表达心声的权利。正是她，尽管她名声不佳，举止轻佻，才让我今晚对你们所说的听起来不至于那么异想天开：用你们的智慧每年赚500英镑。

如今，我们到了19世纪初。就在这里，我第一次发现，有几个书架上摆放的全是妇女写的书。可我看过书架之后，不禁问道，为何除去极少数的几本，眼前全是小说？要知道，诗歌才是创作冲动的初心所在。“歌者之尊”也是一位女诗人。不管是在法国，还是在英国，女诗人都要先于女小说家。何况，看了看那四个著名的名字，我想，乔治·艾略特和艾米莉·勃朗特又有什么共通之处？夏洛蒂·勃朗特不是完全无法理解简·奥斯汀吗？只有一点，她们都没有孩子，似乎可以把她们联系在一起，除此之外，任何四个能聚在一间屋子里的人，都不会比她们更格格不入——不由得我们不去浮想联翩，她们若是见了面，又会有怎样的交谈。可是，当她们开始动笔之际，不知是什么力量在左右她们，让她们全都选择了小说。这是否与她们出生于中产阶级有关，我这样问，又是否像艾米莉·戴维斯小姐稍后要向我们清晰展现的，是因为，在19世纪初，中产阶级的一家人只能共用一间起居室？如果妇女想要写作，她就只能在这间共有的起居室里写了。因此，南丁格尔小姐如此愤愤不平——“女人从没有过半小时……是属于自己的”——总是有人打断她。诚然如此，写写散文和小说，还是要比写诗或戏剧容易，因为无须那般专心。简·奥斯汀就这样一直写到她生命的尽头。“她能完成这一切，”她的侄子在回忆录中写道，“真让人意外，想一想，她连一间书房都没有，那就意味着必须要在共用的起居室里完成大部分的工作，不时被各种情况打断。她小心翼翼，不让仆人、到访的客人或是家人之外的任何人疑心她在做的事情。”简·奥斯汀把手稿藏起来或是用一张吸墨纸盖在上面。而且，在19世纪初期，妇女接受的全部文学训练，均在于观察人物、分析情感。妇女的情感，几个世纪以来，一直就是在人来人往的起居室中孕育而成的。形形色色的情感给她留下了深刻的印象，人与人之间的关系呈现在她的眼前。因此，中产阶级的妇女一开始从事写作，她所写的自然就是小说，尽管这么说看上去没错。不过，在我们提到的那四位著名的女性中，有两位就其本性而言，却并非小说家。艾米莉·勃朗特本该写诗，乔治·艾略特的创作冲动本属于历史或传记，那里才施展得开她宽阔胸怀中涌动的才华。她们却都写了小说。我把《傲慢与偏见》从书架上拿了下来，我得说，人们不妨更进一步说她们写出了很好的小说。人们可以说，《傲慢与偏见》是一部好小说，这既非夸耀，也不至于让男人痛苦。无论如何，若是被人发现在写《傲慢与偏见》，这绝不是件丢人的事。不过，让简·奥斯汀高兴的是，门轴会嘎吱作响，这样，还没等有人进来，她就可以把手稿藏好。在简·奥斯汀看来，写作《傲慢与偏见》

总有些不够光彩。这让我好奇，要是简·奥斯汀认为不必把手稿在来客面前掩藏起来，《傲慢与偏见》会不会写得更为精彩？我读了一两页，想看看有无这种可能，却找不到一丝一毫的迹象。哪怕是最轻微的，可以说明生活环境影响了她创作的迹象。这恐怕才是奇迹所在。我们看到这样一位女人，在1800年前后写作，心里没有怨恨，没有辛酸，没有恐惧，没有抗议，没有说教。莎士比亚就是这样写作的，看着《安东尼与克莉奥佩特拉》，我这样想。而人们若是将莎士比亚与简·奥斯汀做比较，他们的用意，大概就是要说，这两人的心中都已经了无挂碍了。也因此，我们并不了解简·奥斯汀，并不了解莎士比亚；也因此，简·奥斯汀的字里行间处处是她的身影，莎士比亚亦复如是。若是说，环境给简·奥斯汀带来了任何不便的话，那就是强加给了她一个过于狭隘的生活。一个女人，要想只身上路，四处走走，那是绝无可能。她从未旅行过，从未乘过马车穿行伦敦，也未曾独自在某家店里用过餐。不过，也许简·奥斯汀生性如此，并不奢求不曾有的东西。她的天赋与她的生活环境相得益彰。但当我打开《简·爱》，把它放在《傲慢与偏见》旁边时，我对自己说，我怀疑，夏洛蒂·勃朗特的情况并非如此。

我翻到了第12章，看到了这样一句话："谁爱责怪我就责怪我吧。"我不禁好奇，夏洛蒂·勃朗特有什么好被人责怪的呢？我读到简·爱趁着费尔法克斯太太做果冻的时候，是如何爬上了屋顶，眺望远方的田野。然后她开始渴望——正是因此勃朗特才为人责怪——"我渴望可以看到比那里更远的地方，看到那个繁华的世界，在城市和各个地方，都有我听说过的生活，却从未见过。我便渴望比现在拥有更多的人生经历，与更多和我一样的人交往，结识更多性格各异的人，而不是被关在这个小圈子里。我珍视费尔法克斯太太的善良，还有阿黛勒的善良，但我相信还有其他不同种类、更为生动活泼的善良存在，而我所相信的，我就希望能亲眼看到。

"有谁来责怪我？很多人，没错，你可以说我不知足。我也无能为力，我天生便不安分。有时，这让我痛苦……

"空谈什么人应安于宁静的生活，毫无益处。人们一定要有行动，若是找不到，也一定要创造出来。无数的人注定要落入比我更为沉寂的结局中去，也有无数的人默默地与自己的命运抗争。没有人知道芸芸众生之中，又有多少抗争在人们的心底深深埋藏。一般人都认为妇女最宜安分，但其实，女人的感觉和男人并无二致。她们和自己的兄弟一样，需要发挥她们的才华，施展她们的拳脚，可她们被捆住了手脚，不能动弹，换作男人，也只能是这般下场。所以，她们那些享尽了更多特权的同类，还说什么，女人只该做做布丁、织织袜子、弹个钢琴或是绣个花袋，这未免太过目光短浅、心胸狭隘了。若是她们想要打破习俗对她们的约束，想要多做一些事情，多学一点东西，却有人来谴责或嘲笑，那未免也太过愚蠢。

“我如此一人时，耳边常听到格雷斯·普尔的笑声……”

我想，这儿的停顿有些生硬。突然扯上格雷斯·普尔，不免让人扫兴。连贯性被打断了。我把书放在《傲慢与偏见》的旁边。我再继续，人们或许会说，写出了那些文字的人要比简·奥斯汀更有才华。但要是从头到尾读完这段话，留意到文字间的不连贯，留意到这种愤怒，人们就会明白，她永远无法把自己的才华完整而充分地表达出来。她的作品注定要扭曲变形。本该行文冷静之处，下笔却带了怒火。本该笔藏机锋，却写得愚蠢可笑。本该塑造角色，却把自己写了出来。她在与命运抗争。她除了备受阻挠，处处受制，以致早早离开了人世，又能怎样呢？

我情不自禁地让自己陷入幻想，要是夏洛蒂·勃朗特每年能有300英镑，那会是怎样——不过，这个傻姑娘把小说的版权一股脑儿卖了1500英镑。要是对这个花花世界，对这些热闹非凡的城市和地方，多上几分熟悉，多上一些实际的经历，与更多和她一样的人交往，结识了更多性格各异的人，那又会是怎样？在她的那番话中，她不光道出了自己作为小说家的不足，还道出了那个时代女性的不足。没有人比她更清楚，若不是在眺望远方的田野，在寂寞地憧憬中消磨了自己的才华，若是允许她去体验、去交际、去旅行，她将会有何等的收获。但没有任何机会，她被拒之门外。我们只能接受事实，承认所有这些出色的小说，《维莱特》《爱玛》《呼啸山庄》《米德尔马契》，都出自那些足不出户的女人笔下。她们的人生经历，不外是进得了一位体面牧师的家门。这些小说，也是在这个体面家庭的公共起居室里写成的，而写书的女人们，穷得连纸都不能一次多买几刀来写《呼啸山庄》或是《简·爱》。她们中的一位，乔治·艾略特，在历经磨难后终于得以摆脱这种境地，虽说这话不假，但也不过是隐居在了圣·约翰森林中的别墅里而已。而即便定居于彼，也依然还处在世人非难的阴影之中。“我希望人们可以理解，”她如是写道，“若没有人要求，我永远不会请任何人来看我。”这难道不是因为，她和一个有妇之夫生活在一起，犯下了罪行；而只消看上她一眼，不管是史密斯夫人或是哪位不请自来的什么人，都会有损贞洁吗？女性必须遵从社会习俗，必须“与世隔绝”。而与此同时，在欧洲的另一侧，则有一位男士逍遥地与这个吉卜赛姑娘、那位贵妇名媛生活在一起，奔赴战场，随心所欲、无拘无束地经历着丰富多彩的人生，而后来，当他开始写书的时候，这些便成了不可多得的素材。要是托尔斯泰与一位“与世隔绝”的有夫之妇也隐居在修道院里，且不管这道德教训会是多么地给人启迪，我想，他恐怕是写不出《战争与和平》来了。

不过，对于小说的创作，以及性别之于小说家的影响，或许还可以深入探讨一下。如果闭上双眼，把小说想象成一个整体，就会发现，小说虽是创造，却与现实生活如同镜像，二者如此相似，尽管处处可见简化和扭曲。更准确来说，小说是一种结构，在人们的心中投下其形式，时而成方，时而成塔，有时伸出侧翼和拱廊，有时坚实紧凑，拱顶犹如康士坦丁堡的圣索菲亚大教堂。回想起几部著名的小说来，我想，这一形式在人们的心中激起了与之相称的情感。不过，这种情感立刻便融入了其他的情感之中，因为，这“形式”的结构，并非砖石的相砌，而是凭借着人与人之间的关系才造就而成。这样一来，一部小说便在我们心中激起了各种敌对和矛盾的感情。生活与并非生活的东西相互冲突。因此，小说如何也就莫衷一是，而个人的好恶也让我们摇摆不定。一方面，我们觉得你——主人公约翰——必须活下来，否则我会堕入绝望的深渊。另一方面，我们又觉得，啊，约翰，你还是死去吧，因为这是小说的形式所需。生活与并非生活的东西相互冲突。那么，既然小说在某种程度上亦是生活，我们就将之当作生活来加以评判。詹姆士这种人我最讨厌，有人这样说。或者，这真是一派胡言乱语，我自己就从没见过这种事情。想一想任何一部名著小说，显而易见的是，所谓整体结构，其实是一种无限的复杂性，其中交织着纷繁众多的判断、各式各样的情感。令人惊奇的是，这样写就的一部书也能俨然一体地流传下来。并且，英国的读者，他们心中所想，和俄国读者、中国读者的理解竟也有可能毫无二致。不过有时，有些书的完整确实不同凡响。而让这少数的传世之作（我想到的是《战争与和平》）如此俨然一体的，就是我们所称的诚实，虽然这无关乎付不付账或是危难面前的高风亮节。我们所谓的诚实，在小说家这里，指的是他让人相信，这就是真实。没错，人们会想，我永远也想不到事情会是这样，我可从没见过有人会那样做。可你让我相信，就是如此，就是这样发生了。人们读书，书中的每一句话、每一个场景都有一道光照亮——那是造化的神奇，让我们心中生出光明，来把小说家的诚实和虚伪看得清楚分明。也或许是造化一时的心血来潮，在心灵之墙上用隐形的墨水写下了预兆，来由这些伟大的艺术家将之印证，只须燃起天才的火焰，那预兆便可以看到。当其昭然若揭，如此生气勃勃地为人所见时，人们不禁欢呼，这岂不是我一直所感觉到、所熟知、所渴望的吗！我们心潮澎湃，近乎崇敬地合上书页，仿佛这无比珍贵，可以时常翻开，从中受益，直至一生。我们把它放回到书架上。我说着拿起《战争与和平》，把它放回原处。可另一方面，若是读到了蹩脚的句子，虽然也色彩亮丽、姿态奔放，初读之下也能立刻与之热切共鸣，但一俟细细审视，也就至此而止了：似乎有什么在阻碍着它们的发展，或是在我们的审视下，只在边边角角里看到了几笔淡淡的涂鸦、一处污迹，没有整体，也不充分，只让我们失望地叹息了一声说，又是一部失败之作。这部小说在什么地方出了岔子。

而大多数情况下，小说当然会在某些地方出岔子。想象力不堪重负，自然步履蹒跚。洞察力也神志不清，连真与假都无从分辨，更没有气力去继续如此的伟业，因为这时刻都要求将种种不同的才能灵活运用。何以小说家的性别会影响到凡此种种？我看着《简·爱》和其他书，心下思忖。一位女小说家，她的性别何以会干扰了她的诚实——在我看来，诚实正是作家的脊梁。看来，在我引自《简·爱》的那一段文字中，怒气的确影响了小说家夏洛蒂·勃朗特的诚实。她放下本该全心全意创作的小说，开始宣泄个人的积怨。她记起自己被剥夺了本应经历的生活——在她想要自由自在周游世界时，却不得不困在某个教区牧师的家中修补袜子。她的想象力因愤怒而走错了方向，这被我们察觉到了。可远不止愤怒在牵扯她的想象，使之偏离了方向，还有无知。罗切斯特的肖像就是在黑夜中画就的。还有恐惧，也从中作祟；还有处处可见的尖酸刻薄，那是苦闷的结果，是激情之下郁积的痛苦之火还在慢慢燃烧，是积怨，让这些诚然出色的书因痛苦而痉挛。

既然小说与真实生活如此紧密相连，那小说的价值，从某种程度上来说，也就是真实生活的价值所在。不过，显而易见的是，女人的价值观与男人比，常是相去甚远，这是很自然的事情。然而，占上风的，却是男人的价值观。简单来说，足球和比赛自然“重要”；追逐时尚、买衣服则是“琐事”。而这类价值观则不免从生活进入了小说。这本书意义重大，评论家会说，是因为它涉及战争。这一本就无足轻重，它描写的是客厅里女人们的感受。战场上的情形自然远比商店里的画面更为重要——价值的微妙差异随处可见。因此，19 世纪早期小说的整体结构，如若是出于女性的笔下，那就是在这样一种略失直率的心境下，为了迁就外界的权威而不得不放下自己清晰的看法，换了眼界之后写就的。只需翻开那些已为人遗忘的旧时小说，听一听其中的语气，便知道作家正忙于应付批评。她时而挑衅，时而示弱，时而承认自己“不过是个女人”，时而又抗议，说她“跟男人不相上下”。温顺、羞怯，还是怒气冲冲，如何对待批评，全要视她的性情而定。其实，态度怎样，并无关系，问题是，她所关心的已不再是事情本身了。她的书落在了我们头上。书的中心有个瑕疵。这让我想到，所有这些女人写的小说，散落在伦敦的旧书店里，就像果园里的小苹果，长着疤痕。就是这心中的疤痕让它们腐朽。她为了迎合别人的意见，而改变了自己的价值观。

不过，她们又如何能够不去左右摇摆。在这个父权一统天下的社会，面对所有这些批评，要有何等的才华、何等的诚实，才可能不为所动，毫不退缩地坚持自己的见识。只有简·奥斯汀做到了，还有艾米莉·勃朗特。这又是她们可以引以为自豪的一件事，也许是最自豪的事了。她们按照女人的方式写作，而不是像男人那样。那个年代的上千名女小说家中，只有她们，毫不理会那固执的学究一成不变的训诫——要这样写，该那样想。只有她们对这喋喋不休的声音充耳不闻。牢骚也好，俯就也罢，蛮横也好，哀恸也罢，或是震惊、愤怒，还有如叔伯长辈般的谆谆嘱咐，这声音就是不肯让妇女有片刻的安宁，而是像一位一本正经的家庭女教师，时刻对她们耳提面命，就像埃杰顿·布里奇斯爵士那样，敦促她们，务必要温文尔雅。甚至连诗歌的批评之中也要把性别考虑在内，并告诫她们，如果端庄得体，赢上一个，想体验让我猜猜看，有什么闪亮大奖的感觉，那就要循规蹈矩，好让那位先生心里觉得合适——“……女小说家要想成功，只消鼓起勇气承认身为女人的局限，就可以了。”这句话真是言简意赅，而当我对你们说，这句话并非是写在1828年的8月，而是1928年8月，这一定让你们吃惊了。我想，你们也会同意，不管这句话现在读来多让人觉得好笑，在一个世纪以前，这代表的却是气力更大、嗓门儿更高的大多数人的意见——我并不是打算翻旧账，我只是从脚边捡起了飘来的机会。在1828年，一个年轻女人，必须意志坚定，才可以抵制得住所有的那些冷落、苛责以至大奖的诱惑。除非她素来离经叛道，才对自己说得出：哦，不过他们总不能连文学都买了去吧。文学对每个人都敞开着大门。我可不许你把我赶出这块草坪，就算你是个学监。爱把图书馆锁上，你就锁上吧；但休想把我自由的心灵关进门里，插上门闩，紧锁起来。

不管挫折和批评对她们的创作影响如何——而我相信这种影响十分巨大——这与她们（我所想到的，仍是那些 19 世纪初的小说家）将思绪诉诸笔端之时，所要面对的另一个困难相比，也就不值一提了。所谓另一个困难，就是当她们拿起笔来时，身后并无传统可循，即使有，也因为太短、不够完整而无济于事。因为若是身为女人，我们便只能通过母亲来思考过去。不管我们从伟大的男作家那里获得了多少乐趣，向他们寻求帮助终究是徒劳无益。兰姆、布朗、萨克雷、纽曼、斯特恩、狄更斯、德·昆西——不管他是谁——尚未对妇女有过帮助，虽然她可能跟他们学会了几个小把戏，在自己的书中派上了用场。男人心中的轻、重、缓、急，和她心里的相比，大相径庭，所以她也很难从中学到什么实实在在的东西。依犬画虎未免相去甚远。下笔之时，她首先发现的，或许就是，没有

There is no gate, no lock, no bolt that you can set upon the freedom of my mind.

* 休想把我自由的心灵关进门里，插上门闩，紧锁起来。

一句现成的话是可以供她使用的。所有伟大的小说家，像萨克雷、狄更斯还有巴尔扎克，他们的文笔都很自然，流畅而不马虎，富于表现而不矫揉造作，各有特色而又为大众所共飨。他们的小说，使用的是当下流行的句子。19 世纪初流行的句子听起来大概是这样：“他们作品之伟大，在于其立论绝不半途而废，势必进行到底。再没有比实践艺术、不断创造真与美更让他们为之兴奋和满足的了。成功催人奋进，习惯则助人成功。”这是男人的句子，在其背后，我们看到了约翰生、吉本和其他的人。这种句子，女人用来并不合适。夏洛蒂·勃朗特，尽管有着出色的散文天赋，手中拿着如此笨拙的武器，脚下就未免踉踉跄跄，跌了跟头。乔治·艾略特拿着它犯下暴行，总是以辞害意。简·奥斯汀看到这样的句子不免心生嘲笑，便设计出合乎自己需要、流畅自然、优美匀称的句子来，一生不离不弃。因此，虽然论才华比不上夏洛蒂·勃朗特，她却远远说出了更多的东西。的确，既然自由充分的表达才是这门艺术的精髓所在，那么，谈到妇女的写作，传统的缺失、工具的阙如与不当，显然说明了很多问题。更何况，一本书的完成，并非只是把句子首尾相连那么简单，而是要用句子去构筑，形象点儿说来，就是构筑起拱廊和穹顶。而就连这一形式本身，也是男人们出于自己的需要，设计出来，留给自己所用的。既然句子已不趁手，又有什么理由相信，史诗或是诗剧的形式会让人得心应手呢？但等到妇女成为作家时，旧的文学形式早已定了形，坚硬无比。只有小说，尚且年轻，足够柔软，还可以任她塑造——这或许，就是何以她会写小说的另一个原因。可是即使是现在，谁又能说“小说”（我给它加上引号，是因为我觉得这一名称也并不合适）即使是这所有形式中最柔软的一个，在她用来，就已经是恰到好处了呢？毫无疑问，一旦她可以自由地施展四肢，我们便会发现，她会将之敲打成形，拿来为己所用。她会创造出新的工具，虽然未必是诗，来表达心中的诗意。因为正是这诗意仍无法宣泄。而我不禁又想，今天，一位妇女会如何来写一出五幕的诗体悲剧呢？她会用诗行？——还是宁可用散文？

这些都是难以解答的问题，仍在遥遥的暮色下晦暗未明。我必须将之放到一旁，以免跑了题，在它们的诱惑下走进一片杳无人迹的森林，迷了路，很有可能，最后落入野兽的口中。这是我所不愿的，而我也相信，你们也不愿听我谈到这样一个凄惨的话题，那就是小说的未来，所以在此我只是稍作停留。请你们注意，就妇女而言，物质条件对小说的未来至关重要。书籍多少要与身体相适。也就不妨说，与男人相比，女人写的书应该会更短、更紧凑，布局谋篇也无须长时间聚精会神的工作，不用担心别人的打扰。因为打扰在所难免。还有，似乎男人女人用来滋养思想的神经构造也不相同。若要它们全力以赴、出色地发挥作用，就必须因材制宜——举例来说，这种长篇大论、长达数小时的讲座（大概是几百年前，修道士们发明的）是否适合它们呢？对它们来说，工作与休息，又该如何一张一弛？不过，不要把休息当作无所事事，休息也是做事，只是换了某种不同的事情。那么，区别何在呢？这正是需要讨论、需要回答的问题，这正是女性与小说的题中之意。然而，我再次走向书架，又想到，我要上哪里才找得到对女性心理的深入分析，并且，还要是女人写成的呢？要是因为女性踢不好足球，就不让她们去从医——

幸运的是，我的思绪现在又转向了别处。

终于，我在一番信步闲庭之后，还是来到了放着在世作家作品的书架前。既有女人的，也有男人的，如今妇女所写的书，几乎与男人一样多了。如果说事实还并非如此，如果说男人在两性之中，还是更为健谈的一方，那么，毋庸置疑的是，女人不再是只写小说而已了。书架上放着简·哈里森有关希腊的考古学著作、弗农·李的美学专著、格特鲁德·贝尔的波斯游记。林林总总，包括了一代人之前女性从不曾涉足的各类话题。有诗歌、戏剧、评论、历史和传记、游记和各种学术研究著作，甚至还有几本哲学书，几本有关科学和经济学的著作。虽然小说仍是主流，却因为与其他著作的联系，小说自身也大有可能已经变化了。那种天然去雕饰的简朴，女性写作上的史诗时代，或许已一去不复返了。阅读与批评或许拓宽了她们的见识，让她们更为细腻。描写自我的冲动也已渐平息。她们或许已经开始把写作当成一门艺术，而不再是表达自我的方法。从这些新小说中，我们或许可以找得到对于此类问题的一些答案。

我随便从中抽出一本。这本书放在书架的一端，名为《人生之冒险》什么的，作者是玛丽·卡米克尔，这本 10 月刚刚出版。“看上去是她的处女作。”我自语道。不过，阅读时，务必要把这一本当作一套很厚的丛书中最后的一本，延续了我刚刚浏览过的所有另外几本书——温切尔西夫人的诗集和阿芙拉·贝恩的剧作，还有那四位著名小说家的全部小说。这是因为，书籍总是前后相继，虽然我们好把它们分开评判。而我也必须把她——这位不知名的女人——视为所有另外几个女人的后裔。我刚刚见识了她们的境况，现在来看看她们的个性和局限又被她继承了多少。我坐下来，拿出笔记本和一支铅笔，看看我能从玛丽·卡米克尔的第一部小说《人生之冒险》中了解到些什么，可一想到小说给人的常不过是镇痛剂而非解毒剂，常让人昏昏睡去，而不是用燃烧的烙铁把人惊醒，我不免长叹一声。

我先是把这一页从上到下打量了一番，对自己说，我要先去领会她的句子从何写出，再去记清楚那些蓝眼睛、褐眼睛，还有克洛伊和罗杰之间可能会有什么关系。待我弄清了她手里拿的是一支笔还是一把锄头，才会有时间来关心这些。因此，我读了一两句话。随即便明白地感觉到，这其中有些不妥。句子间流畅的衔接被打断了，有什么被撕裂了，被划过；时而会从这儿或那儿迸出一个字眼来，在我眼前一闪而过。就像老戏中人们常说的，她“放开了”自己。在我看来，她就好比一个擦火柴的人，却无法将之点亮。可为何，我这样问，仿佛她就在我面前。简·奥斯汀的句子对你来说也不适合？就因为爱玛和伍德豪斯先生死了，这些句子也就必须统统抛弃吗？唉，我不禁叹息，竟然会这样。简·奥斯汀的笔下，就像莫扎特的协奏曲，美妙的旋律婉转相续，而这篇文字，相比之下就像是行舟海上，或浮或沉。这种短暂急促、上气不接下气的感觉，或许意味着她在害怕什么，或许是怕人叫她“伤感”，又或许是她记起妇女的作品曾被人称之为花哨，便刻意多添上了些荆棘。不过，在我仔细读过其中的一个片段之前，我也不敢肯定，她究竟是站在我们面前，还是藏在了别人的身后。不管怎样，细读之下，我想，她还没有失去生命力。只是，过多地堆砌了事实。如此篇幅的一本书，恐怕连一半都用不上。（这本书只不过有大约《简·爱》一半的长度。）不过，她还是有办法让我们——罗杰、克洛伊、奥莉维亚、托尼和比格汉姆先生——全都坐进了一条溯流而上的独木舟。等一下，我向后靠在椅背上说，在我继续读下去之前，我一定要把整件事想个清楚。

我告诉自己，我几乎可以肯定的是，玛丽·卡米克尔在跟我们耍花招。我的感觉，就像是行进在“之”字形起伏的铁路上，当你以为车厢就要俯冲下去时，却即刻飞速升起。玛丽是在打乱这种预期的顺序。她先是打破了句子，随后又打乱了顺序。好吧，只要她不是为了破坏而破坏，是为了创造，她自然有权利这样去做。但二者之中，究竟是哪一种，我还尚不能确定，除非她让自己面对一个特定的情形。我对自己说，我会给她一切自由，任她选择这是一个怎样的情形，哪怕是几个铁皮罐、几把旧水壶，只要她愿意。但她一定要让我信服，她确信就是这样的情形，一旦她做出了选择，接下来就必须面对了。她一定会跳起来。而这样的话，我决心向她尽一个读者的职责，只要她会向我尽到作者的责任。我翻过一页，读了下去……请原谅我如此唐突地突然停下。是不是没有男人在场？你们能向我保证，在那块红色的窗帘后面，并没有藏着查特莱斯·拜伦爵士的身影？你们肯定在座的全是女人？那么，我要告诉你们，接下来我读到的是这样一句话——“克洛伊喜欢上了奥莉维亚……”不要吃惊，不要脸红。就让我们在自己的圈子里私下承认，这样的事情时有发生。有时，女人确实喜欢女人。

“克洛伊喜欢上了奥莉维亚。”我读道。然后便突然意识到，这是多大的一个转变。在文学中，或许，这是克洛伊第一次喜欢上了奥莉维亚。克莉奥佩特拉并不喜欢奥克泰维娅。若她果真喜欢奥莉维亚，那《安东尼与克莉奥佩特拉》将会整个变了样！我这样想着，任由思绪飘荡，一时间恐怕是离开了《人生之冒险》。所有的一切都被简化了，而且，还一成不变，这真是太荒唐了。克莉奥佩特拉对奥克泰维娅唯一的感情，就是嫉妒。她的个头比我高吗？她的发式是如何梳理出来的？除此之外，也许，这出戏就不再需要什么了。可若是这两个女人之间的关系更为复杂，那会是多么有趣。我匆匆回顾了一下辉煌的小说长廊中女人的形象，在我看来，所有这些女人之间的关系，都太过简单了。太多的遗漏，太多的空白，未被尝试过。我尽力回想，在我所读过的书中，是否也曾有过一段属于两个女人的友谊。《十字路口的黛安娜》中有过这样的尝试。当然，在拉辛和古希腊的悲剧中，她们是知己。她们偶尔是母女。但几乎毫无例外，只有在与男人的关系中，她们才得以存在。想想就让人觉得奇怪的是，直至简·奥斯汀的时代，小说中所有伟大的女性，不仅只是供给异性来看，而且，只有在与异性的交往中才得以被看到。而这种关系在一个女人的生活中只是多么微小的一个部分啊。而一个鼻子上架着性别意识给他戴上的黑色眼镜或是玫瑰眼镜的男人，从这之中，又只能看到些什么呢？也许，正因此，小说中的女人才有了如此古怪的禀性，要么美得惊人，要么丑得出奇，要么如天使般善良，要么如魔鬼般堕落——因为这皆来自情人的眼中，随着他的爱意充盈或是退去，爱情成功或是不幸。当然，在19世纪的小说家笔下，就并非如此了。书中的女人变得多样，也更为复杂。确实，也许正是书写女人的欲望让男人日渐放弃了诗剧，因为诗剧过于强烈，难以将女人作为题材，这才发明了小说，以之作为载体，更为相宜。即便如此，即使是在普鲁斯特的文字中，也可以明显看出，男人对女人的认识，仍是处处受了限制，有失偏颇，就像女人对男人的认识，又何尝不是如此。

况且，我低下头去再次看着这一页，继续想到，日渐明显的是，除去日复一日的家务事，女人也和男人一样，有了其他的兴趣。“克洛伊喜欢上了奥莉维亚。她们合用一间实验室……”我继续读下去，发现这两位年轻的姑娘正忙着切碎肝脏，而这似乎是治疗恶性贫血的良方。尽管其中一个已经结了婚，还有了——我想，说出来是对的——两个小宝宝。而这些，当然了，都必须被省略不提。也因此，小说中这幅光彩夺目的女性肖像又变成寥寥几笔，单调而乏味。举个例子，我们不妨假设文学中的男性形象也只是作为女性的恋人而出现，从来都不曾做过男人的朋友、战友、思想家或是空想家，那么莎士比亚的剧中，能够留给他们的角色也只会少之又少，文学可就遭了殃！奥赛罗或许大体还在，安东尼也有所保留，但却失去了凯撒，失去了布鲁特斯，失去了哈姆雷特，失去了李尔王，失去了杰奎斯——文学将会变得何其贫乏。其实，文学的大门始终对女性关闭，其贫乏已经超乎了我们的估计。她们违心地嫁了人，被关在一间屋内，只有一件工作可做，这叫剧作家如何去把她们塑造得丰满、生动，哪怕只是如实而已？唯有诉诸爱情。诗人也不得不满怀着激情，又或是满腹的辛酸。除非，他是有意“仇恨女人”，而这往往只意味着，他对女人毫无魅力可言。

那么，如果克洛伊喜欢奥莉维亚而她们又合用一间实验室，单凭这一点就会让她们的友谊富于变化，更为长久，因为这就不会太过个人化，如果玛丽·卡米克尔知道如何去写的话，而我也开始喜欢上了她风格中的某些特点。如果她自己拥有一间房间，这一点我倒不敢确定；如果她每年可以拥有 500 英镑的收入——但这也有待证明——那么，我想，某种意义重大的事情已经发生了。

这是因为，如果克洛伊喜欢奥莉维亚，而玛丽·卡米克尔又知道如何将之表达出来，她将在这间至今无人来过的大厅里燃起一支火炬。柔和昏暗的光线伴着黝黯未明的黑影，就像蜿蜒的洞穴，人们秉烛而入，四下打量，不知道将踏向何方。而我又接着读了下去，读到克洛伊看着奥莉维亚把一个罐子放到了架子上，跟她说该回家看孩子去了。我惊呼道，这幅画面可是自创世以来从未有人见过的。而我也十分好奇地关注着这一幕。因为我想看一看，玛丽·卡米克尔会如何动笔，来把那些未曾被记载过的手势、那些未被说过或是只说了一半的话一一呈现。因为当女人只身一人，不再有男人用变化无常、带着偏见的光芒为她照亮时，这一切便都显现出来，只是，像极了天花板上飞蛾的影子，那么不易察觉。我继续读了下去，对自己说，如果她要这么做的话，千万要屏住呼吸才行。因为妇女如此多疑，任何动机不明的兴趣都会引起她们的疑虑，又因为她们如此习惯隐瞒和压抑，任何向她们投来的目光都会让她们惊惶离去。“你要这样做的话，唯一的办法，我想”，不免又对着似乎在这儿的玛丽·卡米克尔说，“就要口上说着一些别的事情，从容地看着窗外，而这样记下来，也不是用铅笔记在笔记本上，而是要用最快的速记，用尚未读出过的词汇，记下发生了什么。”当奥莉维亚——这个被岩石的阴影遮掩了上百万年的生物——感觉到光线照在身上，看到一份陌生的食物正送上前来：知识、冒险和艺术，她便伸手去拿。我又一次把视线从书上移开，想着她必须将现有的才智重新搭配，好让本已高度发达以供他用的才智能够将新与旧融合在一起，而不至于打破整体上无比错综复杂而又精巧细致的平衡。

不过，哎呀，我又做了我决意要避免的事情了，我开始不知不觉地为自己的性别大唱颂歌。“高度发达”，“无比错综复杂”，这是毋庸置疑的赞许，而称赞自己的性别总是可疑的，也往往是愚蠢的。而且，这一次，我又如何才能证明自己所言不虚呢？我不能指着地图说，哥伦布发现了美洲大陆，而哥伦布是个女人；或者拿起一个苹果，说牛顿发现了万有引力，而牛顿是个女人；或是抬头仰望天空，说飞机在头上飞，而发明飞机的正是女人。墙上并没有刻度，来衡量女人确切的高度。没有刻画入厘的码尺，好让我量一量慈母的关爱、女儿的孝心、姐妹的忠实，或是主妇的能力。即便是现在，大学的各个年级也少见女人的身影，她们也几乎不曾在各行各业——陆军和海军、贸易、政治和外交中担当过大任。甚至此时此刻，她们也还是无名无分。但若是我想要知道，譬如说，一个人就霍利·巴茨爵士可以跟我说些什么，我只需要翻开《伯克》或是《德布雷特》，就能发现他拿过这样那样的学位，拥有一处宅邸，有一个继承人，是某个委员会的主管，出任过英国驻加拿大总督，还接受了若干学位、官职、勋章和其他荣誉，作为他勋劳的印记，不可磨灭。关于霍利·巴茨爵士，除了上帝，再没有人知道得比这还多了。

因此，在我说女人“高度发达”“无比错综复杂”时，我却不能在惠特克或是德布雷特的名鉴，或是大学年鉴中得到证实。面对如此尴尬，我又能做什么呢？我又把目光投向了书架，上面放着这样几本传记：约翰生、歌德、卡莱尔、斯特恩、柯珀、雪莱、伏尔泰、勃朗宁，以及许多其他人的传记。而我开始想到所有那些伟人，出于这样那样的原因，仰慕女人，追求她们，与她们一同生活，向她们吐露心中的秘密，向她们求爱，为她们著书，信任她们，并且表露出某种，怎么说呢，只能称之为对某位异性的需要和依赖。

我不会说，这种种关系都不过纯粹是柏拉图式的，而威廉·乔因森·希克斯爵士大概会一口否认。但若是我们固执地认为这些男人不过从中得到了些欢愉、谄媚和肉体的愉悦，便再无所获了，那我们就大大地冤枉了这些显赫的名流。他们收获的，显然，是一些他们自身的性别所无法提供的东西。我们大概不必从诗人那里寻来狂放不羁的言辞以作明证，便可以进一步说，这是只有女人的天赋才能赐予的某种灵感，某种可以唤醒创造力的源泉。我想，他一打开客厅或是育婴室的房门，就可以看到她被孩子们团团围住，或是膝上正放着一方刺绣——不管怎样，作为截然不同的一种生活秩序和系统的中心。女人，让他看到了另一个世界，和他的世界，也许是法庭或是下议院，大相径庭，而这不同立刻让他耳目一新，精神焕发。接下来，即使只是最简单的几句闲谈，自然也会有见解的不同，便可以滋润他心中原已干涸的思想。而看到她用了不同于他的工具也在创作，他的创造力也变得活跃，不知不觉间他那贫瘠的心中便又开始布局谋篇了，在他戴好帽子打算动身去找她之前，心中还百思不得的句子或场景，这时也已历历在目了。每一位约翰生都有他的斯雷尔，并且出于诸如此般的原因对她不离不弃。而后来斯雷尔嫁给了她的意大利音乐教师，约翰生又恼又恨，差点儿发了疯，不仅因为他在斯特里特汉姆的夜夜良宵一去不返，还因为他的生命之光“仿佛燃尽了”。

即使我们并不是约翰生博士，并非歌德、卡莱尔或伏尔泰，我们也一样能感觉得到，女人的性情，是如此错综复杂，而她们高度发达的创造才能，又如此非凡。尽管，我们的感觉和那些大人物的相比，又是千差万别。我们走进房间——但英语语言的运用也须穷尽其极才可以，而新鲜的词汇也必须不顾一切插上翅膀赶来，女人才有可能说得出当她走进房间时发生了什么。房间与房间如此大不相同，或者安静，或者有如雷鸣；或是面朝大海，或是正相反，冲着监牢大院；有的挂满了洗净的衣物，有的被乳白玻璃和丝织绸缎装点得生机勃勃；有的像马鬃般坚硬，也有的如羽翼般柔软——只消走到街上去，走进任何一间屋子，那错综复杂的女性气息就会一股脑儿地扑面而来。哪里会有别的可能？千百年来，妇女一直坐在屋内，时至今日，这房间的四壁早已浸透了她们的创造力。实际上，那些砖石砂浆早已不堪重负，不得不让这种力量不去诉诸笔端，或写或画，又或是要从商从政。但女人的创造力和男人的又大不相同。我们必须要说，若是这种创造力因为受阻而无法发挥，或是被白白浪费，那真是太可惜了，因为这是历经了多少个世纪以来何等严厉的压制才赢得的，没有什么可以将其取代。若是女人像男人一般写作，像男人那样生活，连看上去也像男人，这真是太可惜了。因为，既然男人女人各有不足，而世界又如此辽阔和丰富，只有一种性别哪里应付得了？难道教育不该彰显差异、突出个性，而非舍异求同吗？毕竟，我们的相似之处已经够多了。倘若有位探险家，探险归来告诉我们，还有其他性别的人，正从不同的枝叶间，仰望着另一片天空。那么，恐怕没有什么会比这个消息对人类的贡献更大了。若是碰巧让我们看见某教授为了证明自己的“优越”，而冲去寻找他的标尺，我们一定会乐不可支。

我的思绪仍在书页上方的一段距离徘徊，我想，玛丽·卡米克尔将只会作为一个旁观者来修剪她的作品。恐怕，她的确会变成一个自然主义小说家——在我看来，这一类小说却不太有趣——而不是一个思想家。有这么多的新鲜事物要由她来观察。她倒不必再把自己困在中上阶级的豪宅中。她可以不必心怀怜悯或是觉得委屈了自己，坦然走进那些香气扑面的小屋，里面坐着交际花、娼妓和抱着哈巴狗的太太。她们坐在那里，身上仍穿着粗陋的成衣，若是男作家进了房间，免不了要去拍拍她们的肩膀。但玛丽·卡米克尔一定会拿出手中的剪刀，为她们将衣服边边角角剪裁得合体服帖。等到我们可以一睹这些女人的真实面目，那必定别有一番景象，不过，我们还必须多等一会儿，因为，玛丽·卡米克尔仍在为自己所意识到的“罪恶”所累，这是性的暴行留给我们的“遗产”。她的脚上仍拴着那条锈迹斑斑的阶级脚镣。

不过，大多数的妇女既非娼妓也不是交际花，她们也不会坐在那儿，把哈巴狗裹在灰尘漫布的丝绒里紧紧抱在怀中，就这样打发掉整个夏日的午后。那她们又都做些什么呢？我的脑海中浮现出一条长巷来，河南岸的某处遍布着这样的街巷，其间密密匝匝住满了人。在这条长巷上，我仿佛看到走来一位颇为年迈的妇人，身旁一位中年女子挽着她，那也许是她的女儿。两人衣着体面，脚上穿着皮靴，身上穿着毛皮大衣，午后如此盛装，一定是早已成为习惯。而她们的衣服，年复一年，每逢夏月，都被叠放整齐，和樟脑一起收在衣橱内。她们穿过街道时，路旁的灯一盏一盏点亮了（因为她们最喜欢的正是薄暮时分），想必她们年复一年都是如此。年长的就快要八十岁了，可要是有人问起，在她看来，她的一生有何意义，她会告诉你，她记得那些街巷曾为巴拉克拉瓦一战而灯火辉煌，或是，她曾听到海德公园里为爱德华七世庆生时鸣响的枪声。而若是有人问她，还特别想知道是几月几号，是春夏还是秋冬，在 1868 年的 4 月 15 日或 1875 年 11 月 2 日的某个时刻，她正在做什么，她想必会一脸茫然地回答，她什么也不记得了。因为一日三餐需要她去准备停当；锅碗瓢勺也要洗刷干净；孩子们要送去学堂，直至可以自谋生路。这一切什么都没有留下。一切都消失殆尽。传记或是历史对此不着一字。而小说，虽非本意，却无一例外地对此撒了谎。

所有这些默默无闻的生命，仍有待被记载下来，我对玛丽·卡米克尔说，好像她就在这儿一样。我的思绪仍穿行在伦敦的大街小巷，感受着沉默的压力。无从记载的生活日积月累，这或许来自街角叉起腰来的妇女，她们的戒指陷在肿胀的手指上，说话谈天还要比手画脚，仿佛莎士比亚剧中的词句那般韵律有致；也或许来自卖紫罗兰的姑娘、卖火柴的女孩儿，还有坐在门洞下的老太婆；又或许来自那些闲逛的女孩儿，她们的脸就像阳光和乌云下的海浪，让人看到来往的男男女女，和商店橱窗里闪烁的灯光。所有这些你都要去探索，我对玛丽·卡米克尔说，要握紧你手中的火炬。首先，你必须照亮自己的灵魂，照见它的深刻与浅薄，虚荣与宽宏，并要说出，你的美貌或平庸对你意味着什么，以及你与这个转动不止、变换不休的世界又有何关系。这儿，挂满了鞋、袜、手套、各色物品，摇来荡去；这儿，从衣料铺子长廊的一头，药店里的瓶瓶罐罐中，飘来淡淡的香气；这儿的地上，铺着人造的大理石。这是因为，在想象中，我进了一家商店。那儿铺着黑白相间的地板，四处挂满了五颜六色的缎带，真是美得惊人。玛丽·卡米克尔若是走过，我想，她也不妨进来一看，因为这幅画面若是诉诸笔端，并不逊色于安第斯山脉任何一座白雪皑皑的山峰或是一处岩石林立的山谷。而且，这儿的柜台后面，还站着一个女孩儿——而我会乐意看到对她的如实刻画，就像看到了拿破仑的第 115 本传记，或是第 70 部有关济慈的专著以及老教授 Z 之流正在对他笔下的弥尔顿式倒装句进行的研究一样。然后，我继续小心翼翼地，踮起了脚（我太胆怯了，太害怕那曾差点儿打到我肩头的一鞭子），小声地跟她说，对于男人的虚荣——不说怪癖，是因为还没有那么地让人不快——应该学会一笑了之，而不必心下不快。因为人人脑后都有 1 先令大小的疤痕，唯独自己看不到。而两种性别之间的互惠互助，其中之一，便是为彼此描述一番后脑勺儿上这 1 先令大小的疤痕。想一想，女人从尤维纳利斯的言论和斯特林堡的批评中得到过怎样的好处。想一想，从始至今，男人多么仁慈、多么聪明地为女人指出了脑后不光彩的地方！而若是玛丽十分勇敢又十分诚实，她会绕到男人的身后去，并告诉我们她的见闻。除非有女人把这 1 先令大小的疤痕加以描绘，否则的话，永远不可能画得出一幅真实完整的男人形象。伍德豪斯先生和卡索邦先生就是这种大小、这种性质的疤痕。当然，没有任何头脑正常的人会怂恿她刻意地去讥讽和嘲弄——文学表明，如此写下的文字一无是处。常言道，诚实的结果必定令人喜出望外。喜剧必然会别开生面。新的事实必然会为人所知。

不过，也该把注意力重新集中到这页书上了。与其去猜测玛丽·卡米克尔会怎样写、该怎样写，倒不如看一看她实际上写了些什么。因此，我继续读了下去。我想起自己对她有一些不满。她打碎了简·奥斯汀的句子，而我也就失去了机会，无法炫耀我无可挑剔的眼力和过分挑剔的耳朵。“是的，是的，这还不错，可简·奥斯汀写得比你要好得多。”这样的话说出来毫无用处，因为我不得不承认，她们二人之间，毫无相似之处。她又更进一步，接着打乱了次序——我们期望看到的顺序。也许她这么做只是无心，她不过是按了女人的方式，恢复了事物自然的次序，女人就会这样写。结果却多少让人困惑，我们看不到波涛汹涌，看不出危机将至。因此，我也就无法炫耀自己感情之深刻，对人心所知之深邃。可无论爱情，或是死亡，每当我以为就要故地重游，重温旧梦之际，那个恼人的东西就会一把将我拉走，似乎重要之处还在前方。而这样一来，她就使得我无法高谈阔论，堂而皇之地说出诸如“基本的感情”“人性共通之处”“人的内心深处”之类的词句，而正是这些让我们相信，我们看似乖巧，但心底仍是十分严肃、深刻、慈悲。她让我觉得，正好相反，人人都不过是思想懒散，而且因循守旧，毫无严肃、深刻、慈悲之心——这个想法实在毫无魅力可言。

但我读下去，注意到了其他一些事实。她并非“天才”——这是显而易见的。她并不像她的前辈，温切尔西夫人、夏洛蒂·勃朗特、艾米莉·勃朗特、简·奥斯汀，还有乔治·艾略特那样，她们对自然有一腔的热爱，燃烧着瑰丽的想象之火，奔放的诗意、横溢的才华、深沉的智慧，成就了她们的伟大。她写不出多萝西·奥斯本那般的悦耳动听、端庄郑重之作——她不过是一个聪明的姑娘，10 年之后，她的作品便会被出版商化为纸浆。不过，虽说如此，跟半个世纪之前的妇女相比，即使她们的天赋更胜一筹，她还是略占了些优势。男人不再是“反对势力”，她无须花费时间来抱怨他们。她不必爬上屋顶，因为憧憬着远行和经历，渴望去了解将她拒之门外的世界和众生而失去了平和的心境。在她刻画男人时，恐惧和仇恨也几乎消失殆尽，兴许，只有在因为自由而高兴得略过了头的时候，才少了几分浪漫，带了刻薄讽刺的倾向。这时，恐惧或仇恨的余迹才又流露了出来。因而，可以肯定，作为一个小说家，她自然占据了优势，技高一筹。她的情感更为广阔、热切，也更为自由。纤毫之微也会触动她的心弦。这样的情感就像一株新生的植物，亭亭地立在空中，尽情享受着扑面而来的每一个景象和声音。它也会四下打量，十分好奇又非常敏锐，环顾这几乎不为人知、也不曾记载过的事物。这种情感照亮了细小的东西，并让我们知道，那或许并非微不足道。它让尘封已久的东西得以重见天日，让人们怀疑埋藏它们的必要。尽管她有些笨拙，也不像萨克雷或兰姆那样，无须刻意，便与悠久的传统一脉相承，笔尖轻转，便可以流淌出悦耳的文字。她只是——我开始想——学到了重要的第一课：作为女人而写作，虽然这个女人已经忘记了自己的女性身份，结果便是，她的字里行间充满了奇特的性别特征，而这种特征唯有不再拥有性别意识的人才有。

大体而言，这都是有益的。除非她能抓住倏忽而去的瞬间，连同个人的经验，凭此建起屹立不倒的大厦；否则的话，无论多么丰富的情感、多么敏锐的洞察力，也无济于事。我说过，我会等到她去面对一个

“特定的情形”。而我这样说的意思，就是要等到她发挥才能、用尽解数、打起精神来证明她不只是一个浮光掠影的匆匆看客。她透过表面，看到了事物的本质。她会在某个时刻对自己说，就是现在，无须声色俱厉，我也可以揭示出这一切的意义了。然后，她就会开始——就是这种跳跃，不会错！——用尽解数、发挥才能，记忆中便会浮现出那几乎已被遗忘，在其他章节中被丢在一旁，也许是非常琐碎的事情。就在旁人缝缝补补，或是抽上一袋烟的时候，她要尽可能自然地让那些琐事鲜活起来，让人感觉得到她继续写下去，我们就会感到自己仿佛登上了山巅，而一切在下面展开，历历在目，蔚为壮观。

无论如何，她在做这样的尝试。看着她更进一步去迎接挑战，与此同时，我注意到了，但希望她不要看到，那群主教、学监、博士、教授、一家之长和老学究全都对她大喊大叫，发出警告，提出建议。“你不能这样，你不该那样！只有研究员和学者才可以踏入草坪！没有介绍信女士不得入内！有抱负、有风度的女小说家这边走！”他们就这样，像赛道围栏外聒噪的看客，对她纠缠不休，而她能否不去左右张望，径直完成自己的跨栏，便成了对她的考验。我对她说，别为了骂他们而停下脚步，不然你就输掉了；也别站在那里嘲笑他们，这也是一样。犹豫不决，或是笨手笨脚，都会输掉。全神贯注地去跳吧，我恳求她，就像我把所有的家当一股脑儿全押在了她的身上。她越过栅栏，有如鸟儿飞过。可前面还有一道栅栏，再往前还有一道。她是否能坚持到底，我不敢肯定，因为恼人的掌声和呐喊不绝于耳，但她尽力了。想一想，玛丽·卡米克尔并非天才，她不过是个默默无闻的姑娘，在一间既当卧室又当客厅的房间里写出了她的第一部小说。时间、金钱和闲暇，想要的东西一样也不够用，我想，她做得已经不错了。

我读到了最后一章，心下得出了结论——人们的鼻子和赤裸的双肩在星空下一览无余，因为有人拉开了客厅的窗帘——若是再给她 100 年的时间，给她一间自己的房间，每年给她 500 英镑，让她敞开心扉，把她写进书里的东西删去一半，到时候她一定会写出一本更好的书。再过 100 年，她会成为一位诗人，我把玛丽·卡米克尔的《人生之冒险》放回书架的一端，如是说道。

海浪[1]

The Waves

“现在，一阵风吹起了窗帘，”苏珊说，“那些碗、罐，草席和那张烂了个洞的破扶手椅，现在都清晰可辨了。壁纸上，褪了色的条纹也分明了，又星星点点地缀了满墙。鸟儿的合奏结束了，只剩下一只还在卧室的窗外唱个不停。我要穿好长袜子，悄悄走过卧室的那几扇门，下楼，走出厨房，穿过外头的花园，从花房旁边，走到田野里去。才不过一大早。沼泽地上还笼着薄雾。天气冷冽得僵硬，仿佛裹尸的麻布。不过，会柔和起来的，会变得温暖。这个时刻，这个大

1. 节选自小说《海浪》。

清早，我觉得自己就是这片田野，就是这个谷仓，就是这一棵棵树；这一群群的鸟儿是我的，这只差点儿就要被我踩到，直到最后一刻才跳开的小野兔也是。还有这只鹭，懒洋洋地伸了伸两只大翅膀，也是我的；还有那头奶牛，一步一步向前挪着，嘴里嚼得咯吱作响。还有那只猛扑下来的野燕子；还有天边的一抹红晕，和红晕消褪后，余下的青空；寂静和钟声；为了唤回田野上拉车的马儿，男人响亮的呼号声。——全是我的。

“我是不可分割的，也不能一分为二。我曾经被送去上学，被送到瑞士以完成学业。我讨厌油布地毯，讨厌枞树，讨厌群山。现在，就让我扑向这平坦的大地吧，躺在灰白的天空下，看浮云慢悠悠地飘过。马车沿路行来，身影越来越大。田野的中间，羊群攒集。路当中，落着好多鸟儿——它们还不急着飞走。炊烟升起。清晨的冷冽渐渐离去。现在，白天苏醒了。一下子色彩就缤纷了起来。日光为农田里滚滚的浪花染上了金色。大地，沉甸甸地坠在我的脚下。

“可是，我是谁呢？是谁倚在门上，看着我的猎犬四下里嗅来嗅去？我有时会觉得（我还不到 20 岁），我并不是个女人，而是照在这扇门上，照在这块地上的一道光。我有时觉得，我就是四季，是一月，五月，十一月；是泥泞，是雾，是这清晨。我不能被人抛来掷去，也不能轻柔地飘荡，也不能和旁人交际周旋。不过，现在，靠在这儿，等到门在胳膊上压出了印儿，我感到身体的那一侧，形成了额外的分量。还在瑞士，在学校里的时候，我身上就有某种东西形成了，某种实实在在的东西。不是叹息与欢笑，不是兜圈子和俏皮话；不是罗达那种奇怪的交流方式，她会避开我们的双眼，眼神从我们的肩头越过；也不是珍妮单脚快速旋转，她的身体和四肢，如此协调一致。我的动作，是猛烈的。我不能轻柔地飘荡，与旁人交际周旋。我最喜欢的，是路上遇见的牧羊人，他们凝视的目光。沟里停着的大车旁，喂奶的吉卜赛女人们投来的目光，我以后也会这样给我的孩子们喂奶。因为不用多久，待到炎热的正午，蜀葵花旁，蜜蜂嗡嗡飞舞，那时，我的爱人就会来了。他会站在雪松下。对他的每句话，我总有话相对。我身上所形成的，我会给他。我会有孩子；我会有穿围裙的女仆；拿干草叉的男人；一间厨房，他们把生病的羊羔抱来这里，放进筐子里暖和暖和，这儿还挂着一根根火腿，摆着一颗颗洋葱，闪闪发亮。我会像我的母亲一样，扎着蓝色的围裙，不声不响，把橱柜一一锁上。

“现在，我饿了。我要把我的猎犬叫回来。我一心想着面包皮，涂上黄油的面包，还有洒满阳光的房间里，一张张洁白的餐盘。我要穿过田野，回家去。我要沿着这条青草丛生的小径，稳健有力，阔步前行，时而绕个弯，为了避开积水；时而轻轻一跃，跳过一个土堆。我的粗布衬衫沾上了湿漉漉的水珠；我的鞋子变软了，也变黑了。日光驱除了寒意，变换着色彩，时而灰白，时而苍翠，时而棕褐。鸟儿早已从路当中飞走了。

“我回家了，像回家的猫，或是归巢的狐狸，全身的毛都覆上了霜，变成了灰白色，脚上也沾了粗硬的泥土，走起路来，变得僵硬。我踏过甘蓝菜地，挤得菜叶咯吱作响，露珠四下洒落。我坐下来，等待着父亲的脚步声，他就要拖着步子从走廊过来，手上还捏着刚掐的香草。我倒满了一杯又一杯，待放的花蕾亭亭地立在桌上，摆在几罐果酱、面包和黄油的中间。我们一句话也没有说。

“接着，我走到橱柜前，拿出了几个略发潮的袋子，里面装着可口的无核小葡萄干；又把沉重的面粉拎到了擦洗干净的厨桌上。我又揉，又拽，又拉，双手按进了暖乎乎的面团里。我让冰凉的流水冲过指间，仿佛打开的扇子。炉火呼呼地旺了；苍蝇飞来飞去，嗡嗡作响。我把所有的无核小葡萄干、米，所有的银色袋子和蓝色袋子，全都又锁进了橱柜。肉在烤箱里搁着了；干净的毛巾下面，面包发起来，像个柔软的圆顶。午后，我走到河边。万物都在孕育。草丛间，苍蝇从这儿飞到那儿。花儿怒放，吐露的花蕊上挂着厚厚的花粉。天鹅列着队，游过溪流。这会儿，暖洋洋的云朵，飘过一座座小山头，透出斑驳的阳光，在溪水里，在天鹅的脖子上，洒下金色的光。那群奶牛边嚼着草，边一步一步踱过田野。我在草丛间寻找白色的蘑菇；摘下它们的菌盖，连同长在一旁的红门兰花，根上还带着泥土，和蘑菇放在一起。随后，就回家，拿起茶几上的水壶，给父亲烧水，水壶旁放着几枝玫瑰，刚刚绽露出红晕。

“然而，暮色已至，灯火也纷纷点亮。每逢暮色来临，灯火点亮，常青藤上便映满了昏黄的光。我坐在桌旁，拿起针线活。我想到了珍妮；想到了罗达；听到了石板路上传来车轮辘辘的声音，干农活儿的马回家了，拖着沉重的步子；我听到，晚风中，人来车往嘈杂不绝。我看着花园里树叶婆娑，心想‘他们在伦敦跳舞。珍妮吻了刘易斯’。”

“多奇怪呀，”珍妮说，“人非要睡觉不可，非要熄了灯，上楼去。他们脱掉衣服，换上白色的睡衣。这些屋子，没有一间还亮着灯。一排烟囱耸入天空；一两盏街灯还亮着，就和那些没人需要，也还亮着的灯一样。街巷里唯一的行人，是行色匆匆的穷人。这条街上，倒无人出入；白天结束了。几名警察站在街角。此时，黑夜开始了。我感到自己在这夜色中熠熠发光。我的绸衣过膝。双腿摩蹭，光滑有如丝绸。项链上的宝石贴在脖子上，冰冷。鞋子有些挤脚。我坐得笔直，以免头发碰到了椅背；我全身盛装，一切准备停当；黑暗的时刻。小提琴手们已经举起了他们的弓。

“现在，汽车滑行着停了下来。石砌的路面被车灯照亮了窄窄的一道。车门开了又关。人们蜂拥而至；他们不言不语；只是忙着进来。前厅里一片脱下斗篷窸窸窣窣的声音。这是前奏，一切刚刚开始。我四下环顾，偷眼观察，补了补妆。一切都恰到好处，准备停当。我的头发打着卷儿。我的嘴唇红得刚好。现在，我可以上楼去了，可以加入和我地位相当的那群男男女女之中了。我从他们身边经过，任凭他们注目，就像他们也任我注视一样。我们彼此相视，仿佛电光火石一闪而过，却不动声色，丝毫不露相识的痕迹。我们的身体在交流。这是我的天性。这是我的世界。一切皆已定下，一切皆已就绪。仆人在此恭候，就在这儿，听我报上姓名——我那陌生、不为人知的名字，在我前面一路通报。我走了进去。

“几间空无一人静候来宾的房间里，摆着金漆的椅子，四壁放满了鲜花，铺陈开去，碧绿、雪白，比长在地上的花儿还要恬静、端庄。一张小桌子上放着一本精装书。这正合我的心意，正如我所料，我天生属于这儿。我落落大方地踏上厚厚的地毯，从容自若地走过光滑的地板。现在，我舒展开了，在这沁人的芬芳中，在这炫目的辉煌中，仿佛一向卷曲着叶子的羊齿草，终于伸展开了。我驻足而立。我审视这个世界。我看着这群陌生的人。在这一群身着绿、粉红、珠灰，光鲜耀人的女人之间，男人身姿挺拔地站着。他们黑白分明，他们的衣服下，深深的溪流冲出了千沟万壑。我又感觉到了那条隧道里映在窗上的影子；它一闪而过。我向前倾下身子，那些黑白分明的陌生男人看向我；我转向一旁，看一幅画，他们也跟着转过去。他们不自觉地伸手去摸领结，去摸他们的背心、口袋里的手绢。他们都十分年轻，急于留下个好印象。我感到自己身上，涌现出万般才华。我忽而狡黠，忽而快乐；一时倦怠，一时又忧郁。我端庄，也奔放。我散发出金色的光芒，神采飞扬地对这位说："来吧。"又泛起黑色的涟漪，阴郁地对那位说："不行。"有人在玻璃橱前驻足良久，突然他离开了那里。他走近了，他朝我走来。这是我有生以来，最激动的时刻。我忐忑不安，心神荡漾。我摇曳着，仿佛河中的水草，一会儿飘向这儿，一会儿飘向那儿，但我脚下生了根，这样，他好向我走来。"来吧，"我说，"来吧。"向我走来的这个人，面庞苍白，头发乌黑，看上去忧郁又浪漫。而我，狡黠、从容，又任性；因为他忧郁，他浪漫。他来了，他站到了我身旁。

"现在，我稍一拧身，像一只帽贝从岩壁上挣脱，我脱身而去：我和他一同落下，我被卷走了。我们顺

I feel a thousand capacities spring up in me.

* 我感到自己身上，涌现出万般才华。

从了这缓缓的洪流。时而，被卷进这断断续续的乐曲，时而又被卷出来。这流动的舞蹈触上了“暗礁”，受了阻碍、冲撞，变得支离破碎，时进时出。现在，我们被这潮水卷入了一支盛大的舞队；它让我们紧挨在一起；这蜿蜒、纠缠、陡峭、严实的围墙，让我们无法抽身而去。我们的身体，他坚实的体魄，我摇曳的身姿，在这支舞中，被紧紧贴合在了一起。这舞让我们融为一体。接着，开始绵延伸展，平稳流畅时，我们随之旋转，跌宕起伏时，我们也跟着回旋，不停不休。突然之间，音乐戛然而止。我的血液还在沸腾，但我的身体已然纹丝不动。我的眼前，整个房间天旋地转。它停了下来。

“走，那就让我们晕头转向脚步蹒跚地走到金漆椅子那儿去吧。我没想到这支舞这么厉害。也没想到我晕得这么厉害。我不在乎世间的一切。我不在意世上的任何人，除了这个男人，这个我连名字都还不知道的男人。月亮啊，我们二人岂不合宜？我们一起坐在这儿，我穿着锦缎，他一身黑白，岂不可爱？现在，与我身份相当的那些人，尽管看着我吧。我也毫不躲闪地直视你们，男人也好，女人也好。我是你们当中的一个。这是我的世界。现在，我端起这个细脚杯，抿了一口。酒嫌辛辣，略带着些苦涩。喝下一口，禁不住皱眉蹙眼。芳香与鲜花，光芒与热量，被凝结成了一种炽热的、鲜黄的液体。就在我的肩胛骨后面，某个睁大了眼睛、干巴巴的家伙，终于轻轻地合上了眼，渐渐沉入了梦乡。这真叫人喜出望外，顿觉如释重负。我喉咙里的那道闸门打开了。簇拥着，推搡着，一句话接一句话，争先恐后、源源不断地涌出来。什么话都不要紧。它们你推我挤、摩肩接踵。一个字眼儿跟另一个结了伴，翻滚到了一起，越聚越多。我说了什么也并不重要。在这拥挤中，有句话像一只振翅飞翔的鸟儿，飞越了我们二人相隔的空间，落在他的唇边。我又满上了酒杯。我喝了下去。我们之间的那层纱揭开了。我被接纳了，装进了另一个心灵的温暖和隐秘之处。我们一起，高高地站在阿尔卑斯山的某处山口。他忧郁地站在山路的最高处。我俯下身，摘下一朵蓝色的鲜花，踮起脚，别在他的外衣上。好了！这一刻，我欣喜若狂。现在，它已经过去了。

“现在，我们开始觉得冷淡和乏味。有人和我们擦身而过。我们已经忘却了酩酊之时，我们的身体如胶似漆的感觉。我还喜欢金发碧眼的男人。门开了。门总在开开合合。现在，我觉得，下一次门再打开，我的整个人生就会改变。谁进来了？可那只是个送酒的侍者。这回是个老人——跟他一起，我就是个孩子。这是位贵妇人——跟她一起，我只能装模作样。倒也有些年龄与我相仿的姑娘，对她们，我只有剑拔弩张不加掩饰的敌意。因为，我们地位相当。我生来，便属于这个世界。我要赌上一次，冒一次险。门开了。哦，来吧，我对这一个说，从头到脚洋溢着金色的光芒。'来吧'，他果然向我走来了。"

街头漫步：伦敦历险记[1]

Street Haunting : A London Adventure

或许，还没有人曾为一支铅笔而怦然心动。不过，倒也有时，会特别想要拥有一支铅笔。有时，我们心血来潮，非得要件东西，寻个目标，找个理由不可，好让我们在茶点之后、晚饭之前，得以走过大半个伦敦。这就好比，人们猎狐，其目的却在于，要让马儿繁衍生息；打高尔夫球，理由却是要保护空地以免被盖成楼宇。所以，我们一时心血来潮，想要在街巷中漫步一番，铅笔实在只是个托词。这样，我们好在一早起来的时候，可以说："我真得买支铅笔才行。"仿佛

1. 节选自《伍尔夫散文集》。

有了这个借口，就能心安理得地去享受冬天的城市生活中，最大的乐趣所在——在伦敦的大街小巷中尽情漫步。

傍晚最好，而且，一定要在冬天的傍晚。因为，冬天的空气分外明亮，闪着香槟色的光芒，街上的人情往来也格外融洽，一切都让人神清气爽。我们也不会像夏天那样，因为一心想着乘凉、独处和草地的芬芳，而遭人嘲笑。傍晚的时光，同样宜人，借了夜色和灯光，可以尽情放纵。我们便不全然是我们自己了。一个晴天的傍晚，4 点到 6 点之间，我们走出家门，卸去了朋友们熟识的自我，加入了那一大群无名无姓游荡街头的共和大军之中。一个人在自己的房间待久了，也会觉得这样一个团体尤其令人愉快。因为，坐在房间里，周遭的一切，无时无刻不在诉说我们自己性情中的古怪之处，也让我们将自己的过往记得更加牢固。比方说，壁炉台上放着的那只碗，是一个刮风天，在曼图亚买的。我们正要从那家店走出去，结果，那个奸诈的老女人，拽住了我们的裙子，嘴上说着她迟早会饿死，不过，“拿去吧！”。她一边嚷嚷着，一边把这只青花瓷碗塞进我们手里，好像从没想过要有个人来提醒她，这样堂吉诃德般地慷慨下去，只会入不敷出。就这样，我们满心愧疚，虽然心底还在怀疑，是不是被她狠狠坑了一笔，就把这只瓷碗带回了那家小旅社。大半夜地，旅社老板和老板娘吵得惊天动地，我们全都探出身去，往院子里张望，却看见了满架的藤蔓纵横交错，漫天的星斗闪烁着白色的光芒。成千上万的瞬间，不知不觉中全都流逝了，只有那一刻定格下来，像硬币铸上了印记，难以磨灭。还有那位忧郁的英国人，在小铁桌和咖啡之间，站起身来，将心底的秘密倾诉而出——旅行的人常会这样。所有的这一切——意大利，刮大风的早晨，一架缠绕交错的藤蔓，那个英国人，还有他心底的秘密——全都从那个壁炉台上的瓷碗中云雾般升起。我们的目光又落到了地板上，就在那儿，地毯上有一块棕色的污迹。那是拜劳合·乔治先生所赐。“这家伙，就是个混蛋！”卡明斯先生说着，把水壶放了下来，他本打算往茶壶里加点水，这下可好，把地毯烫了个褐色的圈儿。

不过，门关上了，一切都消失了。那个栖居着我们灵魂的外壳，那个由我们的灵魂创造出来，让它们有了形状，得以彼此区分，得以有个住处的外壳，碎了。除了这粗砺、褶皱、碎了一地的外壳之外，只剩下其中那个敏感的牡蛎——一只巨大的眼睛。冬天的街道如此美丽！即使是同一个瞬间，一切皆历历在目，一切又晦暗不明。这边，笔直的大路两旁，窗扉相对，隐约可见。另一边，路灯下，苍白的光仿佛一座座流动的岛屿，匆匆往来的俊男靓女穿行其间。一贫如洗也罢，衣衫褴褛也罢，个个一脸梦幻，带着胜利者的姿态，就好像他们摆脱了生活，而生活上了自己猎物的当，只好空着手踉踉跄跄地走下去一样。不过，毕竟，这些都只是表面。眼睛并非矿工，不像潜水员，也不是寻宝人，想要掘出深埋的宝藏。目光所及，浮光掠影，仿佛行舟，只是载着我们顺流而下。或许，在眼睛看的时候，大脑已经睡着了，休憩一会儿，暂停了下来。

此时此刻，伦敦的街巷多美啊，灯光有如座座岛屿，夜色宛若丛丛长林。在街巷的一边，或许是块草地，稀稀疏疏长着几棵树，就是从这儿，夜色缱绻，安然入睡。我们走过铁栏杆，听到嫩枝细叶悄声窸窣，似乎让人以为这四下是沉静的田野。一只猫头鹰在啼鸣，远处山谷里火车咣当咣当在前行。但是，别忘了，这儿是伦敦：巨大的长方框里亮着红黄色的光，高高挂在光秃秃的树枝间的，那是窗户；斑斑点点，如同低垂的星星，炯炯放光的，那是灯火。这一处空地，如此静谧，好似乡间，其实不过是伦敦的一个广场而已，周围楼宇林立，挤满了办公室和住宅。而此时，这些房间里，刺眼的灯盏下，或是地图，或是文件，或是桌几，一个个职员蘸湿了手指，正在翻阅无穷无尽的往来信件。也许，是炉火在摇曳，映满了房间。也许，是灯火照亮了谁家客厅里的私生活，照亮了几张舒适的椅子、几页报纸、几件瓷器，还有嵌花的桌几和一个女人的身姿。她正把茶匙摆放妥当，不多一只，也不少一只。她看向了房门，似乎听到了楼下的门铃，有人在问她在家吗。

不过，我们必须就此打住了。如若不然，可就要超出眼睛的许可，挖掘得过深了。就会因为抓了根树枝或树根，而妨碍了我们顺流而下。随时随地，这支沉睡的大军都可能醒来，在我们心中激起一千把小提琴和小号的和鸣。人类的大军，也会醒来，昭示出自己所有的怪癖、苦难和勾当。就让我们再多走马观花一会儿，仅从这浮光掠影里得到满足——来来往往的公共汽车流光溢彩；肉铺里，黄色的肋条肉、紫色的牛排，肉色光鲜；透过花商的橱窗玻璃，一捧一捧怒放的花束，燃烧着红蓝色的火焰。

因为眼睛就是这么奇特：只有美，才能吸引它；就像蝴蝶，总想追逐色彩，享受温暖。像这样的一个冬夜，大自然费尽了苦心，一直在为自己梳妆打扮，而眼睛带回了最美的战利品——它敲下小块的翡翠、珊瑚，仿佛整个大地全由宝石做成。它所不能的（我们在说一双普普通通、不够专业的眼睛），就是把这些战利品恰如其分地组合重构，好能揭示出其中更加晦涩的角度和关系。所以，在这样慢条斯理享用完如此简单、甜美的一餐，如此纯粹而不经修饰的美之后，我们觉得有些酒足饭饱了。我们停在了鞋店的门口，编了个小小的理由。其实，我们真正的原因和这毫不相关，我们只想将大街上耀眼夺目的一切都收起来，躲进人性中更为阴暗的房间里去。到了那里，我们或许问得出口。我们一边抬起左脚，规规矩矩地放在试鞋的凳子上。“所以说，做个侏儒，是个什么感觉呢？”

她进来了，两个女人陪在其左右。这两位都是正常身材，但跟她一比，就像是两个友好的巨人。她们冲着女店员们嫣然一笑，似乎是在敬告她可没有任何缺陷。她们让她放心，她们会保护她。她神情乖戾，又一脸内疚，残疾人的脸上多是这样。她需要她们的好意，却又憎恨这好意。不过，等到叫来了女店员，那两个女巨人宽容地笑着要为“这位女士”挑双鞋，这个女店员把踏脚的小凳子推到了她的身前，这位侏儒一下子就把脚伸了出来，这么心急，生怕错过了我们的注意。看看这儿！看看这儿！她把脚伸出来，好像是在命令我们，因为眼前这只脚，匀称好看，完全是一个正常身材的女人的脚。足弓微拱，尽带贵气。她看着自己的脚落在脚凳上，突然间，她的仪态全变了。看上去，宽慰了，满足了，举手投足间自信满满。她试了一只鞋，又一只鞋；一双鞋，又一双鞋。她起身，在一面镜子前，踮起脚，飞快地单脚旋转。镜子里只剩下那只脚，换了黄色的鞋子、浅黄褐色的鞋子、蜥蜴皮的鞋子。她拉起了自己的小裙子，露出了小巧的腿。她想，毕竟，双脚才是整个人身上最重要的部分。她对自己说，女人，也曾仅凭一双脚就让人坠入了爱河。她满眼中就只有这一双脚，兴许，在想象中，她身体的其余部分也和这双脚一样，美丽动人。她衣着寒酸，却乐意为自己的鞋子一掷千金。因为，这是她唯一不怕被人看到，可以主动引人注意的机会，她乐于想方设法来延长挑拣和试穿的过程。她往这边走了两步，又往那边走了两步，似乎在说，看看我的脚，看看我的脚。那个女店员一定是说了些令人愉快的奉承话，因为一下子，她就变得喜笑颜开，满面阳光。不过，毕竟，那两个女巨人心地再善良，也还有自己的事情要忙；她一定要拿个注意，她一定要选出一双来。终于，选好了鞋，两个女巨人一左一右，陪她走了出去。她的手指上拎着装鞋的包，摇来晃去，不再欣喜若狂，熟知的一切又都回来了，往常的怒容、愧疚，全都回来了，等到她再走上街头，她就又只是个侏儒了。

但整个基调因她而改变了。我们跟着她走出店铺，来到了街上，她已经唤来了一种新的气氛，仿佛生生变出了弯腰的、驼背的、畸形的人。两个留着胡子的人，看上去是兄弟俩，全瞎了，只好靠着走在他们中间的一个男孩子来引路，他们把一只手放在男孩的头上，沿着街往下走。他们就这样继续前行，不屈不挠，然而目盲终归让他们步履蹒跚，让他们的前行中多了一分命中注定、无处可逃的恐惧。他们从我们身边走过，径直前行。那个小引路人，仿佛在纷纷的路人中披荆斩棘，这是缄默的力量，是径直向前的力量，是不幸的力量。没错，那个侏儒跳了一支一瘸一拐的怪异舞蹈，现在，街上的每个人都加入了进来：又矮又胖的女士紧紧裹着一身闪闪发亮的豹纹装；智力有障碍的男孩子把手杖的银色圆把手放进嘴里吸吮；一位老人蹲在门阶上，就好像面前这一幕荒诞不羁的人生景象让他无比震撼，不禁停留观看——所有人都加入这场一瘸一拐，又踢踢踏踏的侏儒舞蹈之中了。

我们大概会问，这么一伙残疾人，瞎子、瘸子，平素都躲在什么样的犄角旮旯里？就在这儿，大概就住在从霍尔本到索霍之间，这一栋栋狭长的老楼上，最顶层的屋子里。这地方的住户连名带姓都很奇怪，从事的行业也五花八门、稀奇古怪，有金箔匠、手风琴打褶工，还有人专门包纽扣，为了养家糊口，还有更让人意想不到的工作，比如贩卖不带茶碟的茶杯、陶瓷雨伞把儿和色彩浓艳的殉道圣徒像。他们就住在那里，那位穿豹纹外套的女士跟着手风琴打褶工或是那个包扣子的男人一起消磨白天的时光，一定觉得生活还算过得去。生活如此奇异，必定不会总是悲剧。

他们并不怨恨我们，也不怨恨我们的富足，我们心下思忖。就在我们拐过街角的当儿，突然，迎面撞上了一个胡子邋遢的犹太人。他蓬头垢面、一脸饥色，悲惨的命运让他怒目而视。又或是，从一个驼背的老女人身边走过，她被人丢在一幢公共建筑的台阶上，身上盖着一件斗篷，就像一匹死驴死马，被人匆匆盖了起来。这样的情景让人毛骨悚然，我们的眼中闪出了怒火。一个问题被提出来了，却永远无人作答。这些被遗弃的人，常常会找一个离剧院不远的地方躺下，近得听得见手摇风琴的声音，近得几乎可以在夜色渐深之后，触手可及那些食客和舞者镶满亮片的披风和光洁的双腿。他们躺得离那些商店橱窗也很近，橱窗后面放着兜售的商品，等着卖给这个满是瞎子、跛脚的侏儒、躺在门阶上的老女人的世界；放着沙发，沙发的腿儿镏着金，宛如高傲的天鹅弯曲的脖子；放着桌子，桌面嵌上了果篮和水果的图案，五彩缤纷；放着餐柜，镶上了绿色大理石板，为了更好地支撑放在上面的几颗野猪头、镏金的篮子和枝形大烛台的重量；还铺着地毯，因为经年累月，它变得更加柔顺，毯子上康乃馨的图案几乎淹没在了淡绿色的海中。

信步走过，随眼看去，每一样东西似乎都意外地，却又神奇地洒满了美丽，就仿佛平素一向准时准点、一成不变地在牛津大街的岸边卸下重负的商业潮水，今晚冲上岸的，竟然全是珍宝。无须考虑要不要买，眼睛又轻松又慷慨；它开始创造，开始装扮，开始改善。站在街头，我们或许可以在想象的大房子里，为每一间房屋都随心所欲地装饰一番，为它们放上沙发，摆上桌子，铺上毛毯。那块地毯放在大厅里就好了。那个雪白的碗该放在窗户那儿的雕花桌子上。要挂上一面厚厚的圆镜，好能照见我们的寻欢作乐。不过，建好了房子，装好了家具，却不用占有它，这是件开心的事情，只消眨一眨眼睛，就可以全部抹去，就又可以去另建一所房子，另添些桌椅，另装些镜子了。要么，就让我们沉溺在古香古色的珠宝店里吧，托盘里放着戒指，四处挂着项链。就让我们，比方说挑些珍珠吧，接下来，想象一下，要是我们把它们戴在胸前，生活会有怎样的变化。早已经到了凌晨两三点钟，梅费尔无人的街巷里，街灯亮得发白。这个时间，只有汽车还在外面，一切让人感到空荡荡的，觉得神清气爽，一种独享的快乐。戴着珍珠项链，穿着绫罗绸缎，我们走到阳台上，俯瞰着沉睡的梅费尔。几家卧室的灯还亮着，那是从宫廷回来的大人物们，穿着丝袜的男仆们，跟政治家握过手的遗孀们。一只猫沿着花园的墙头无声无息地走过。厚厚的绿窗帘后，屋子的暗处，涌动的欲望和声声的喘息中，人们在做爱。年迈的首相一边平静地踱着步子，仿佛漫步在高台之上，整个英国的郡县都在他脚下，沐浴着阳光，一边把政要大事中某个危急关头的历史真相，对某位留着鬈发、戴着绿宝石的夫人娓娓道来。我们似乎正骑在最高的大船上最高的桅杆上面，可同时，我们又心知肚明，这一切本是无关紧要。这样一来，既未尝到爱情，也未成就伟业。所以，这一刻，我们只是在遐想娱乐而已，只是在轻轻地梳理自己的羽毛，这一刻，我们正站在阳台上，看着月光下，猫沿着玛丽公主花园的墙头悄然走过。

可还有什么会比这更荒唐？其实，6点的钟声正敲响，正是冬天的傍晚，我们正去斯特兰德大街买一支铅笔。这样的话，我们怎么可能还会同时站在六月的阳台上，戴着珍珠项链？还会有更荒唐的事情吗？然而这是自然的愚行，不怪我们。她一开始创造自己最重要的杰作——人类，就应该心无旁骛。可正相反，她转过头去，左顾右盼，任由直觉和欲望悄悄潜入了我们每一个人的身体，却又和我们的本质迥异，这样一来，我们多了条纹，添了斑点，全成了大杂烩，原先的色彩却溜走了。哪个才是真正的自我呢，是站在一月的街道上的这个，还是从六月的阳台上俯身下瞰的那个？我是在这儿，还是在那儿？还是说，真正的自我既非此，也非彼；既不在这儿，也不在那儿，而是某种千变万化、四处游荡的东西，我们只能由着它的性子，任其无拘无束地信马由缰，那才是我们真正的自己？环境务求一致；方便起见，人也必须整齐划一。傍晚时分打开家门的好公民，想必是银行家、高尔夫球员、丈夫、父亲，绝对不是浪迹沙漠的游牧民，不是仰望星空的神秘主义者，不是旧金山贫民窟里的浪子、煽动革命的士兵、因孤独和怀疑而哀号的社会弃儿。他打开了家门，一定会用手梳梳头发，还要把雨伞放在架子上，他们都一样。

不过，刚巧，这儿有几家二手书店。在人生万象的逆流中，我们找到了容身之地；经历过街头的灿烂辉煌和苦难重重之后，我们在这儿找到了平衡。书店老板的妻子，坐在正旺的炉火旁，脚搁在炉围上，恰好被门挡在后面，这一幕让人清醒，又令人愉快。她从不读书，只看看报纸；她不再谈卖书，这让她开心得很，开始说起帽子来。她说，她就喜欢实用的帽子，当然，也得漂亮。哦，不，他们并不住在店里，而是住在布里克斯顿，她的眼前，总要有些绿色才行。夏天，她从自家院子摘了鲜花，插进罐子，放到一堆布满灰尘的书上，给书店添了几分生趣。处处都放满了书，处处都像是要去探险。二手书是野书，是没找到家的书；它们披着斑驳的羽毛，汇聚一堂，散发着图书馆驯养的书卷所没有的魅力。何况，在这堆杂乱无章、五花八门的书里，说不定我们会邂逅某个彻头彻尾的陌生人，运气好的话，我们还会成为世间最好的朋友。一本灰得发白、又破又旧的书被丢在架子顶上，我们把它够下来，就有可能遇见百年之前的一位先生。他翻身上马，打算去往英格兰中部和威尔士，考察一番那里的羊毛市场；或是一位不知名的游客，住在沿途的小旅店里，喝着啤酒，观察着漂亮姑娘和各种风俗。虽然笔法不够灵活，颇有些费劲，但纯粹出于热爱，还是把这些全都一一记下（自费出了这本书）。这本书乏味、芜杂、毫无文采，所以，蜀葵和干草的气息飘然而入，他也浑然不觉，也不知就这般为自己勾勒出了一幅肖像。从此，在我们心中，那座壁炉旁边，永远为他留下了一席之地。现在，只消 18 便士就可以买下这本书。书上印着 3 先令 6 便士，不过，书店老板娘，看到封面已破烂不堪，又想到自从萨福克郡某位绅士的图书馆里买来，就被丢在了架子上，这么久都无人问津，便也乐意打了个折扣。

于是，在这家书店里左看右看，我们就又像这样，和一个个不为人知、早已为人遗忘的作者，意外又率性地结下了友谊。而他们，只有在譬如这样小小的一册诗集中才留下了痕迹。印刷如此精美，还镌刻着如此精良的一幅肖像。他是个诗人，年纪轻轻就溺水身亡，他的诗行，尽管温和，却嫌正式，满腔说教。我们倒也能从中依稀听到长笛般柔和清澈的乐声，恰似僻巷里隐约传来的风琴声，那是穿灯芯绒外套的意大利老乐师，听天由命地摇响的曲子。也会遇上游客，一排又一排，都是些不屈不挠的老小姐，还在口口声声地证明她们曾经历的不幸；还有希腊的落日多么可敬，而那时维多利亚女王还不过是个小姑娘。去康沃尔郡的锡矿一游，被认为值得大书特书。人们沿着莱茵河向北漫步，用墨汁为彼此画像，坐在甲板上的一卷缆绳旁读书。他们去丈量过金字塔，几年不曾接触文明，在瘟疫横行的沼泽地感化黑人。他们收拾行囊，动身出发，穿越沙漠，高烧不退，定居在印度，甚至深入到了中国，后来在埃德蒙顿这儿过上了当地的生活。这一切，全被丢在这满是灰尘的地板上，被人扔来扔去，仿佛波涛起伏的大海。英国人就是这般不安分，他们的门前就是浪涛滚滚。严肃的努力和终生的勤勉则在书店的地板上参差成堆，仿佛一座座小岛，旅行和冒险的海浪冲来，一时浪花四溅，散落其间。在这一堆堆有着红色封皮，封底印着烫金字母的书中，深思熟虑的教士对福音一一阐释；也听得见学者们千锤万凿的声音，对欧里庇德斯和埃斯库罗斯的古代文本进行整理。思考、批注、阐释，在我们身边的万事万物之中，这一切以惊人的速度进行着，仿佛永恒的海浪，准时冲刷着古老的小说之海。无数的书籍都在讲述，亚瑟如何爱劳拉，两人如何被拆散，如何郁郁寡欢，又如何重逢，从此幸福地生活在一起。维多利亚统治着这些小岛的时候，情况就是这样。

世上的书多如牛毛，我们不得不匆匆看过，点一点头，在片刻的交谈、会意的灵光闪过之后，就又得继续前行了，就像在外面的街上，往来间偶然听得只言片语，就从中编织出了某人的一生。他们谈论的，是个叫凯特的女人：“昨晚，我直截了当地跟她讲……你要是觉得，我还不值一便士的邮票，我就这么说了……”不过，谁是凯特呢？这一便士的邮票，又是在指他们之间的友谊发生了什么危机呢？我们永远都无从得知了，在他们滔滔不绝的热情里，凯特不见了；这边，街角的路灯下，生活又翻开了一页，两个男人在商量着什么。他们正在琢磨报纸上最新消息里的电报，那是刚刚从纽马克特发来的。他们是不是在想，好运会把他们身上褴褛的衣衫，变作裘衣华服，为他们戴上表链，在如今破烂的敞衫处别上钻石胸针？这个时间，街上的人流太过匆匆，来不及让我们把这些一一询问。他们一个个摆脱了办公桌，踏上了回家的归途，路程虽短，但清风拂过面庞，不妨都做起了沉醉的梦。他们穿上了亮丽的华服，这些衣服除了此时此刻，一整天都被挂在柜子里，锁了个严实。他们是优秀的板球队员，女明星，救国家于危难的士兵。他们做着梦，手舞足蹈着，时不时大声地咕哝几句，拥上了斯特兰德大街，跨过滑铁卢大桥，从那里，一列列长长的火车将载着他们，咣当作响地开往巴恩斯或是瑟比顿，去到某个整洁的乡间别墅。待到那时，再被大厅里的钟、地下室里晚餐的香气，惊醒了美梦。

不过，我们现在来到斯特兰德大街了，正停在路边上，就被一根大约一指长的小木棍拦在了面前，挡住了快速运转和丰富多彩的生活。“真的，我必须——真的，我必须——”就是这样。还没调查一下需求，头脑就躲回了习惯已久的“暴君”身后。我们必须，我们总是必须，做这或是做那，就是不能单纯地享受快乐。难道不就是出于这个原因，不久之前，我们才编了个借口，找了个必须买样东西的理由？不过，要买的是什么来着？啊，我们记起来了，是支铅笔。那就让我们去买这支铅笔吧。不过，我们刚要转而服从命令，另一个自我又在争辩，“暴君”是否有权来命令我们。常见的争执又开始了。在这根职责的小棍后面，我们看到泰晤士河一望无际——广阔、忧伤、平静。我们是透过某个人的双眼看到的，正值夏天的傍晚，那个人斜倚在河堤上，无忧无虑、无牵无挂。我们还是把买铅笔的事儿暂且搁下，先去找一找这个人（没过多久，我们就明白了，这个人就是我们自己）。因为，若是我们故地重游，站在6个月之前我们身处的地方，我们为何不能和当时一样——安详、超然、满足？那就试试看吧。但河水比记忆中更加地汹涌黯淡。潮水奔流，涌向大海，顺流而下，有一艘拖船和两只驳船，船上运的是稻草，捆得严严实实，盖在油布下面。就在我们身旁，一对恋人倚在栏杆上窃窃私语，如同天下的恋人一般，全然不知扭捏羞涩，仿佛他们的事才至关重要，全人类都要来迁就。我们目睹的情景，听闻的声音，和先前判然不同了；我们也体会不到，6个月前，刚巧和我们站在同一位置的那个人，是何等的平静。他的平静是死亡赐予的幸福；我们的则是生活给予的不安。他没有未来；而未来，即便此时此刻，也还在侵袭着我们的安宁。只有回首过去，去除了一切的不确定，我们才能拥有彻底的平静。既然这样，我们必须转过身去，再次跨过斯特兰德大街。我们必须找到一家店，即使在这个时候，也愿意卖给我们一支铅笔。

走到一间陌生的屋子里去，总是件冒险的事情，

It is always an adventure to enter a new room.

* 走到一间陌生的屋子里去，总是件冒险的事情。

因为房主的生活脾性全都融进了他们的房间，我们一走进去，扑面而来，就是这股陌生的感情潮水。毋庸置疑，文具店里的人一直在争吵。他们吵得怒气冲天。他们两个都停了下来。那个老妇人——显然，他们是一对夫妇——退到里屋去了。那位老先生留了下来招呼我们，他饱满的额头和圆圆的眼睛，印在伊丽莎白对开本的扉页上正合适。“一支铅笔，一支铅笔，”他念叨着，“好的，好的。”说这话的时候，有些心不在焉，又有点情绪激动，一副火气正盛却不得不强忍下来的样子。他开始一个盒子一个盒子地打开又合上。他说，堆了这么多各式各样的东西，想找个什么都很难。他开始絮絮叨叨地讲起了故事，说是某个法律人士，因为老婆的举止，惹上了麻烦。老先生跟他已经认识好多年了，因为老先生和律师协会会所已经打了半个世纪的交道了。他这么说，就好像希望待在里屋的老婆也听得到一样。他打翻了一盒子橡皮，终于为自己的无能而火冒三丈。他一把推开了那扇弹簧门，粗声喊道：“你把铅笔搁哪儿了？”就好像被他老婆藏起来了一样。老妇人走出来了。她旁若无人，带着恰到好处的尊严，伸出手去，就找到了正确的盒子。铅笔就在里面。没了她，他可怎么办呢？对他来说，岂不是离不开她了吗？为了能让他们两个继续待在一起，虽非情愿，但也一左一右，和平共处，我们选铅笔的时候，可要挑剔一点儿才行。这一支太软了，那一支又太硬。他们就这样看着，一语不发。他们站的时间越久，他们的心情就越平静；他们的情绪降温了，怒火消失了。虽然，现在两人还是一言不发，但其实，已经重归于好了。那个老爷子，即使放在本·琼森的扉页也不会让其失色，把盒子又放回了原处，深深地向我们躬身道了晚安，两人就消失了。她会拿出她的针线活儿；他也会读他的报纸；金丝雀会撒下“种子”，不偏不倚落在他们身上。争执结束了。

就在这几分钟里，我们寻找一个幽灵，平息了一场争执，还买了一支铅笔。街巷空了，生活退回了顶楼，点亮了灯。人行道又干又硬；街道好像银箔一般。从一路孤寂中走回家，我们可以跟自己讲讲侏儒的故事，讲讲那对瞎子的故事，说说梅费尔大厦里的聚会，说说文具店中的争执。从每个人的生命中，我们都能找到一条小径，长到足以让我们幻想自己可以不再束缚于一个单一的心灵，而是在短短几分钟里，换上其他人的身体和心灵。可以变作一个洗衣的妇人，一个酒店老板，一个街头的歌者。我们离开了性格中笔直的道路，踏上了那些小径，从多刺的灌木或是粗壮的大树下，通往森林的深处，那里生活着众多野兽，我们的同胞，还有比这更让人欣喜和惊奇的吗？

一点儿不假：逃离是最大的乐趣；冬天在街头漫步，则是最伟大的历险。尽管如此，我们再次踏上自家的门阶，那些熟悉的物品、原有的偏见，又将我们团团围住，也让人倍感欣慰。还有自我，走过这么多街角，早已被风吹得四散零落，好似扑火的飞蛾，一次一次撞向永远扑不到的灯火，现在也找到了庇护，被包裹了起来。那熟悉的门又出现在了我们面前：椅子还和我们离开时一样，转过来放着，还有那只瓷碗、地毯上那个褐色的圈。还有——且让我们轻轻检查一下，让我们心怀敬意地摸一下——我们从整座城市的全部宝藏中寻获的唯一一件战利品，一支铅笔。

怎样读书才好？[1]

How Should One Read a Book ?

首先，我想要强调一下，这个题目是个问句。而这个问题，即便我答得上，怕也只是对我自己合适，并不适合你们。关于读书，能给别人的建议，最多只有一点，那就是不要去听别人怎么讲，只管顺着自己的天性，动动脑筋，得出自己的结论就好。要是在这一点上，我们可以达成共识，那我也就可以放下心中的顾虑，跟你们说一说我的一些看法和建议了。因为若是有了主见，便不会让这些观点束缚你们的手脚，而这一点，正是读者所能拥有的，最难能可贵的品质。

1. 节选自《普通读者》第二卷。

本来读书的事，就不用去定什么规矩。滑铁卢之战有个确凿无疑的日期，这一点毋庸置疑；可要说《哈姆雷特》比《李尔王》更胜一筹，恐怕没人可以下个定论。这种问题，必须每个人亲自来拿主意。要是把什么权威之士请进我们的图书馆，不管他穿着打扮是如何的衣冠楚楚，听凭他们对我们指手画脚、大谈特谈该怎样读书、该读什么书、哪本书好哪本书坏，要是这样的话，自由的精神，怕是要毁于一旦了。而这恰是这些神圣之地的生机所在。在任何其他地方，我们或许都要受到法律和习俗的约束，唯独这里，我们丝毫不需要。

但若要得到自由，请原谅我的陈词滥调，我们当然先要约束自己。一定不要挥霍我们的力气，为了浇一株玫瑰，把半间屋子都洒上水，这样做既无知又浪费。我们要加以训练，好能恰如其分，有的放矢。这或许就是进了图书馆，我们先要面对的诸多困难之一。什么是“有的放矢”呢？这样的说法似乎只是徒增困惑而已。书架上，林林总总放着各式各样的书，有诗歌小说，历史传记，也有辞典和名录；有各种语言写成的书、也有形形色色的人写的书——男人也好，女人也好，不管他们脾气秉性、种族年龄如何不同，全都簇拥在书架上。而外面传来刺耳的驴叫，水井旁打水的女人在闲言碎语，马驹在田间飞驰。我们要从哪儿开始才好？怎样才能在这片纷扰的混乱中理出头绪，才能从读书中得到最大的快乐呢？

说来似乎简单，既然书有不同——有小说、传记、诗歌的分别——我们就该把书分门别类，从每门每类中挑出他理所应读的书就好了。可读者对书抱有的期望，跟书所能给予读者的相比，往往是大相径庭。我们最常干的，就是三心二意、不明就里地翻开一本书，读小说希望它真实，读诗希望它虚幻，读传记又要满纸美言，读历史必要迎合我们的成见。我们读书的时候，只有摒弃这些先入之见，才能有一个值得称道的开端。不要对着作者指手画脚，而要站在他的立场之上，成为他的同道和共谋。要是从一开始你就往后退，心存芥蒂或是满腹苛责，那你就是在妨碍自己从所读之书中获得更大的价值。而若是你可以尽可能地敞开心扉，那么你一打开书，循着字里行间蜿蜒曲折的小道和难以察觉的蛛丝马迹，便可以走到一个与众不同的人面前。沉浸于此，习惯于此，不用多久，你就能找得到那些作者给予你的，或是试图给予你的，更为确定的东西。比方说，一部 32 章的小说——要是我们先考虑如何读小说的话——是在试图建构某种有章可循、形式完整，有如高楼大厦一样的东西。然而和砖瓦相比，文字更难捉摸；阅读和观赏比起来，也更漫长而复杂。或许，想要对小说家都在做些什么有一个大致的了解，最快的方法不是去读小说，而是自己写一写，亲身体验一下驾驭文字的艰难万险。我们可以回想一下某件让你印象深刻的事情——譬如，街角那儿，有两个人在聊天，而你是如何从他们身边走过的。有一棵树，在摇曳；灯光，在闪烁；那两个人的交谈，听上去很好笑，却又让人觉得悲伤。这样一幅画面，整个构思，似乎全被包含在那一瞬间。

但如果你也来试一试，把这一幕付之于笔端，你就会发现，这一瞬间变成了千千万万支离破碎、互相矛盾的印象了。有些印象需要我们去淡化，另一些则需要强调，就这样写着写着，说不定原先体会到的那种情绪就已经荡然无存了。这时候再把这几页思绪不清、杂乱无章的稿纸丢在一旁，去读一读笛福、简·奥斯汀、哈代，读一读那些伟大的小说家的作品。这样一来，对他们的伟大之处，想必你一定更有体会了。

你也才能明白，这不单是让我们看到了一个与众不同的人——迪福也好，简·奥斯汀也好，托马斯·哈达也好，还让我们活在了一个与众不同的世界。读《鲁滨孙漂流记》，我们就是在一条坦途上跋涉；一桩桩的事情接踵而至；这些事和它们先后发生的顺序就是一切。可对迪福来说，如此至关紧要的户外生活和探险历程，到了简·奥斯汀那里就一文不名了。取而代之的，是客厅和人们的闲言碎语，以及从这些闲言碎语中，像镜子一般折射出来的人物性格。等我们习惯了这客厅和其间的镜像，再转向哈代时，便又会觉得峰回路转了。成片的沼泽环绕四周，群星在我们头上闪烁。这儿展现给我们的是人性的另一面——独处时最易浮现的黑暗，而非陪伴时的光明之面。与我们相关的，不再是人类，而是自然和命运。不过，尽管这些世界千差万别，每一个却都和谐一致。因为它们的造世主，都莫不小心谨慎，在自己独特的视角下，恪守其规。或许他们也会让我们殚精竭虑，但他们从不像二三流的作家那样，经常在一本书里，混淆了两种现实，让我们无所适从。这样看来，读完一个大作家的作品，再去读另一个——从简·奥斯汀到哈代，从皮科克到特罗洛普，从司各特到梅瑞德斯——就好像被人连根拔起，被丢来抛去；从这儿给扔到了那儿。读小说，是一门艰难而复杂的艺术。要想从小说家，尤其是那些伟大的小说家那里，领悟到他们所给予的一切，那就一定要有非常敏锐的感觉，和非常大胆的想象力。

但是，只消看上一眼书架上那些五花八门的书，便可以知道，没有几位作家可以称得上“伟大”；更没有几本书，称得上艺术。比方说，和小说、诗歌肩并肩放在一起的这些传记或自传，无非是些名人传记，写的都是死去已久、为人遗忘了的人。不过，就因为它们算不上“艺术”，我们就不去读了吗？还是说，我们应该读一读，只是，需要我们换一种方式，带着不同的目的去读？譬如，为了满足我们不能自已的好奇心，有时夜幕降临后，我们从一幢大房子前经过，看到家家户户点亮了灯火，又还未放下窗帘，一层一层楼里都在上演着各式各样的人生戏剧，我们会情不自禁停下脚步。这时，我们对这些人的生活，便会满腹好奇——仆人们在传闲话，绅士们在吃晚餐，女孩子为了聚会在梳妆打扮，窗边的老妇人打着毛衣。这些人是谁，他们都做些什么，姓甚名谁，工作地位怎样，都有些什么想法，又有些什么样的经历?

传记和回忆录就是在回答这些问题，就这样，点亮了万家灯火，向我们展示人们的日常生活：他们的辛苦劳作、成功失败、饮食爱恨，直至他们死去。有时，在我们的注目下，这幢房子渐渐消失了，铁栅栏也消失了，我们来到了海上；我们去打猎、远航、战斗；我们站在了野蛮人和战士们之中；我们参加了伟大的战役。或者，要是我们高兴留在英格兰，留在伦敦，场景同样改变了：街道变窄了，房子变小了，窗子成了小格子，屋里挤得很，还散发着一股臭气。我们看到一位诗人——多恩，就被迫从这样的一所房子里走了出来，因为这儿的墙壁太薄，抵挡不住孩子们的哭闹。我们可以跟着他，沿着书间的小路，到特威克南；去著名的贝德福德夫人公园看看，这是贵族和诗人爱去的地方；接着路一转，我们又走到了威尔顿庄园，那座建在山坡下的豪宅，听一听锡德尼给他的妹妹读《阿卡狄亚》；然后去那片湿地间走一走，亲眼看看那著名的浪漫故事里独具特色的鹭；接下来，再次向北，跟着另一位彭布罗克夫人，安妮·克利福德，去看一看她的广袤荒野。要么，让我们冲向城市，看一看加布里埃尔·哈维如何一身黑丝绒，与斯宾塞争论诗歌，不过，一定要小心别笑出声来了。伊丽莎白时期的伦敦，既黑暗又辉煌，我们在这里跌跌撞撞地摸索前行，没有什么比这更有趣了。不过，我们也不能总待在那儿。因为邓普尔和斯威夫特、哈利还有圣·约翰在召唤我们继续前行：要搞清楚他们之间的争执，弄明白他们每个人的性格，会花上我们太多时间。等到我们对他们感到不厌其烦了，我们就继续前进，走过一位一身珠光宝气的黑衣女士，走到塞缪尔·约翰逊、走到戈德史密斯，走到加里克那里。要不然，我们就穿过海峡，只要我们愿意，可以去见一见伏尔泰和狄德罗，见一见杜·德芳夫人；然后，再折回英国，再回到特威克南——有些地方和有些名字总是一再出现！——贝德福德夫人曾在这里拥有过自己的花园，之后，教皇也曾安居于此，还有草莓山庄——沃波尔的家。不过，沃波尔又向我们引荐了许多新的面孔。这么多的房子等着我们去拜访，这么多的门铃等着我们去敲响，恐怕我们一时都不知道该如何是好了。比如说，我们来到贝里斯小姐的门口，正在迟疑，就在这时萨克雷走上前来；沃波尔钟情的这位小姐，恰是他的好友。就这样，我们只是跟着一位朋友去见另一位朋友，从一座花园走到了另一座花园，拜访了一幢房子，又去了另一幢房子，就已经从英国文学的一头走到了另一头。这才意识到，我们又回到了此时此刻，倘若此时此刻和已然逝去的时时刻刻可以如此断然分开的话。而这便可以算作是我们阅读传记和书信的一种方式；我们借此重新点亮旧窗子里的灯火；看到那些故去的名人，他们的起居生活，还能想象一下，我们离他们是如此之近，可以时不时地，趁他们不备，抓住他们的小秘密，或是抽出一部剧作、一首诗，看看当着作者的面读起来，会不会有什么不同。即便如此，新的问题也会随之而来。我们一定会问，一本书在多大程度上，会受其作者生活的左右呢——在多大程度上，我们可以把生活中的这个人等同于作者呢？要知道，文字是如此敏感，太容易受到作者的性格影响，那么，因为他的生活所带给我们的喜怒哀乐，在我们读书的时候，有多少可以保留，又有多少可以听之任之呢？读到传记和书信，这样的问题就接踵而来，而这些问题，必须由我们自己一一作答。因为，要是在如此私人的问题上，还被别人的喜好牵着走，那简直是太要命了。

不过，读这类书倒也可以抱着另外一种目的：不为品读文字，不为了解名人，而是为了让我们的创造力保持活跃、得以锻炼。书架右手边不是有一扇打开的窗子吗？把书放在一旁，看看窗外多好！这样的画面真让人耳目一新，浑然天成，不费心思，不相关联，又永不停歇——马驹在田间奔跑，水井旁的女人正往水桶里打水，驴子昂首嘶鸣。图书馆里的大部分书，不过就是对此的记录而已，不管这些转瞬即逝的片刻，属于男人也好，女人也好，驴子也好。而任何文学，随着它日渐老去，都会留下一些故纸堆，用一种再也听不到了的口音，颤颤巍巍地讲述着那些消逝了的瞬间和被遗忘了的生命。不过，要是你一头钻进了这些故纸堆，并且还能以此为乐的话，一定会大有所获，即使这里记录的人类生活已为人所弃，注定会湮灭，可留下的遗迹也会让人叹为观止。或许只是一封信——却让人大开眼界！又或许是只言片语——却让人回味无穷！有时候，一篇故事读来让人觉得妙趣横生、心潮澎湃、天衣无缝，以为准是出自某位大师的手笔，其实这不过是一位老艺人——泰特·威尔金森，在回忆琼斯上尉的传奇经历；或是在讲述阿瑟·韦尔斯利麾下的中尉，如何坠入爱河，钟情于里斯本的一位漂亮姑娘；又或是在说玛利亚·艾伦长叹一声，丢下了手头的针线活，对着空荡荡的客厅，后悔自己没听伯尼博士的忠告，不该跟着她的里希一起私奔。这些毫无意义的故事，大可以一弃了之。可偶尔翻一翻这些故纸堆，从埋藏已久的过去中翻出一两枚旧戒指、几把破剪刀，还有几个打断了的鼻子，当你努力把这些串在一起的时候，窗外，马驹在田间飞驰，女人在水井旁汲水，一头驴子在嘶鸣，这不也是一件趣事吗？

但故纸堆终究会让人厌烦，我们再也懒得去绞尽脑汁，把威尔金森们，邦伯里们，还有玛利亚·艾伦们告诉我们的只言片语拼凑完整。他们缺乏艺术家的才能，不懂得运筹帷幄、删繁就简；就算是他们自己的生活，也难以说出个所以然来；就算是个好素材，到了他们手中也会走了样。他们最多，只能给我们罗列一些事实，而仅是事实的话，还远远称不上小说。就这样在看够了这些半吊子的所谓作品之后，我们就不再乐意去寻找一些人物的浮光掠影，而是要去领略小说的那种更宏大、更抽象、更纯粹的真实。就这样我们的心中孕育出了一种情绪，强烈、普遍、不关注细节，而是随着节奏反复出现。这种情绪最自然的流露，就是诗歌；也就是说，等到我们差不多能写出诗来了，便是到了读诗的最好时机。

西风啊，何时你才会刮起？
才能让细雨，淅淅沥沥。
可爱的人啊，何时我才可以
再把你拥入怀中，同床共语。

诗歌的感染力如此之强，又如此直截了当，这一瞬间，诗歌完全占据了我们的心灵，吞噬了一切感觉。我们坠入其中，如此深邃！既没有什么旁骛让我们攀附，也没有任何东西让我们止步，简直是一落千丈。小说所营造的幻境，并非一蹴而就，一定要有所准备，才能渐入佳境。可是，读了这四句诗，谁还顾得上去问一问作者何人，去猜一猜是不是多恩的家事，关不关锡德尼秘书的事？谁还会去纠结千丝万缕的历史，或是新旧时代的更迭？诗人永远和我们同处一个时代。此时此刻，我们一定是全神贯注、心无旁骛的。想一想，若是情感突起波澜开始就是这个样子。随后，这种感情就会慢慢泛起涟漪，从我们的内心深处向外荡漾，渐渐冷静下来，进入了理性的领地；当我们听清楚了这些回音和反响，便可以品评探讨了。诗歌所蕴含的情感，不仅强烈，还如此丰富。我们只需比较一番，这两首诗中的力量与直白：

我要像树，倒在自己的葬身处，
只把我的悲伤，铭记在心上，

和这一节诗中的节奏与韵律：

沙漏中落下的黄沙，
度过了时光；我们的一生
也这样被白白埋葬；
狂欢之后，回家的人，
也只剩忧伤；而这生命，
厌倦了放纵，数一粒黄沙，
伴一声叹息，一声啜泣，
直到落尽了沙粒，

了却不幸，永世安息，

或是体味一下冥思的平静：

无论我们是少年，或是老夫，
我们的命运，我们灵魂的栖所
都与无尽同在，别无可去。
也与希望同在，永不破灭，
与努力，与期望，与欲望，
与之同在，以至永远。

还有这完整而活泼可爱的诗句：

巡游的月神，升上了夜空，
她漫步前行，却也片刻不停，
轻盈的脚步，踏上天穹
只有一两颗星星，伴她左右。

或是这首诗中瑰丽的想象：

那漫步林间的人，
怎会停下脚步，
纵使林中燃起了烈火，
他远远看在眼里，
那升起的火苗，温柔恰似
暗处绽开的番红花。

这就会让我们明白诗人是如此多才多艺。他可以让我们同时既作了演员，又当了观众；他对人性的把握，了如指掌，既可以写出福斯塔夫，也能创造出李尔王；他可以提炼，铺陈，叙述，从始至终，永远如此。

“我们只需比较一番”——这话让我露了馅，也就只好承认读书是件非常复杂的事情。这第一步，尽力理解、留下印象，还只算读了一半；要想从读书里获得完整的乐趣，还要把剩下一半读完才行。我们还要从这成千上万的印象里，得出自己的判断；我们还要把这些千变万化、稍纵即逝的形状，凑在一起，拼出一个实实在在、稳定持久的模样。不过，还不能操之过急。要等到阅读的尘埃落定；等到那些矛盾和问题都偃旗息鼓了；去散散步，聊聊天，修剪一下玫瑰花的败叶枯枝；要么，去睡上一觉。然后，不经意间，这本书就又回到了我们的眼前，只是变了模样，从我们的脑海中完完整整地浮现出来了。所以说，自然造化便是如此。要知道，完整的一本书，和读书时零零碎碎读到的句子截然不同。现在，书中的细节各就其位。它的模样，也被我们从头到尾看了个一清二楚。我们知道了，这是间谷仓，还是猪圈，又或者是座富丽堂皇的大教堂。现在我们便可以把书和书进行比较了，就像我们把高楼与大厦相比一样。不过，这种比较就意味着，我们的态度不同了；我们不再是作者的朋友，却成了他的审判官；但道理没变，我们既然从不嫌朋友宽宏大量，也就不要嫌法官秉公过严。有些书既浪费了我们的时间，又滥用了我们的好意，难道说这不是罪过吗？有些人在书中弄虚作假、谎话连篇，搞得四处乌烟瘴气，难道说他们不是社会的公敌、人民的败类吗？那就让我们的判决公正严明，让我们把每本书都与最好的相比。

好在有些书早有定论，它们的模样，我们早已谨记在心——譬如，《鲁滨孙漂流记》《艾玛》《还乡》。小说就要和它们相比——即便是刚刚出版，还名不见经传的新书，也有权力和最好的放在一起评判。诗歌也是如此——只有从诗歌的沉醉中醒来，不再为辞藻而着迷，才看得清诗歌的模样，尔后，一定要拿《李尔王》《费德尔》，还有《序曲》为准绳，来做一番比较；不然的话，也一定要拿最好的，或是说在我们看来，同类中的佼佼者做比较才行。我们大可以放心，新诗也好新小说也罢，这些所谓的新不外是些浅薄的妆容，拿来以前的标准，只需稍做调整，并不用改弦易辙，便定然可行。

话虽如此，但要是以为读书到了这一步，到了要去议论短长，比较高下的时候，还会和一开始那么简单——只要放开眼界、用心感受那纷至沓来的无数印象就好了，那未免也太过愚蠢。接下来的读书，要能放得下手中的书，还要把心中模糊的形象一一对照，不仅要读得够多，还要有相当的见地，这样在对照的时候，才能生动鲜明、有所启发。这已经很难了，而更难的是，还要进一步指明，“这是不是一本好书，具有怎样的价值；哪里不如人意，哪里又大获成功；哪里写得不好，哪里又写得好”。这样的责任，对于读者而言，需要超凡的想象力、洞察力和学识。很难想象，这些品质，会有人兼而有之。即使一个人自信过了头，最多也只敢说，他有如此的潜力罢了。这样一来，干脆把读书的这一步免去，全交给批评家，让进来图书馆里的这些衣冠楚楚的权威来替我们做决定，告诉我们这本书是好还是不好，这样做岂不要明智得多？这可不行！我们或许是该强调读书时的感同身受；是该沉浸在书中，忘记自己的存在。我们也心知肚明，让我们完全与作品共鸣，忘我地投入是不可能的；我们的耳边总有个魔鬼在低语："我恨，我爱"，而我们也无法让他闭嘴。其实，恰恰是因为我们爱恨分明，我们和诗人和小说家才如此地亲密无间，才无法忍受任何其他人的插足。即使我们的看法遭人反对，我们的评判也有失偏颇，但我们自己的口味，才是我们的指路明灯，才会让我们如此激动不已。我们凭着感情读书；若是压抑这种感情，早晚会变得麻木不仁。或许，只要假以时日，我们就可以训练我们的口味让它听从一些控制。在它不加辨别、囫囵吞下了各式各样的书后，诗歌、小说、史书、传记等等，它不再饕餮，而是将目光转向了参差多态、大相径庭的现实世界，看到了其中的差异和距离，我们就会意识到，它已经有了变化：它不再贪婪，学会了反思。它已经不再只是就书论书了，它还会告诉我们，这些书的共同之处是什么。听好了，它会对我们说，我们要管这个叫什么呢？它或许会先为我们读《李尔王》，下一本说不定是《阿伽门农》，好让我们分辨出其中的共同之处。就这样让我们的口味指引着我们，超越一两本书的局限，去发现不同书籍的共同之处；再把这些共同之处分门别类，好立下规范，让我们的感受变得有序。这样一来，我们也可以更进一步，从这种区别中体会到更加难能可贵的快乐。不过，所谓规范，其实只有在读书中不断被打破时，才会存在——制定规矩，最简单的办法莫过于脱离实际、凭空捏造了，可这也是最愚蠢的办法。现在为了让我们在这种困难的尝试中稳定下来，也该去读一读那些为数不多，却可以让我们大受启迪的作家，好让我们明白，文学何以为艺术。读一读柯勒律治、德莱顿和约翰逊，他们深思熟虑的评论，读一读诗人和小说家，他们自己久经考虑的说法，定会让人大受启发；他们为我们点亮了明灯，让我们脑海深处，本来乱作一团、朦朦胧胧的那些想法，变得清晰可见、实实在在。不过，只有我们有备而来，带着自己读书时诚实的问题和建议，他们才能帮助我们。若是我们对他们只是一味的唯唯诺诺、俯首听命，像一群躲在树荫下的绵羊，那他们也无能为力了。只有我们心中有了准则，再经过和他们的一番较量，我们才能真正理解他们的规范到底为何。

要是果真如此，为了读上一本书就一定要有非凡的想象力、洞察力和判断力不可，那你们大可以说，文学是门复杂的艺术，就算穷尽一生来读书，我们也无法对文学的批评做出丝毫有意义的贡献。我们只能做读者而已；那些批评家，世间少有，他们的光荣与我们毫无关系。话虽如此，我们却有着身为读者的责任，因为读者的存在，也是重要的。因为那些作家，他们写作时所呼吸的空气中，也流动着我们提出的标准，作出的评判。而这些评论，即使无法付梓，只要被他们听到，他们就会受到影响。只要我们的议论有的放矢，可以振聋发聩，不是人云亦云的鹦鹉学舌，而全部是自己的真知灼见，这种议论的影响，或许更有价值，尤其是在那些所谓的批评，也该适可而止的时候。因为图书之于批评，就好像打靶场里那些一闪而过的动物，批评家们只有一秒钟的时间来上好子弹，对准目标射击，所以如果他瞄准了老虎却打中了兔子，瞄准了鹰隼却打中了土鸡，又或是瞄好了的目标一个没打中，却误伤了远处悠闲吃草的奶牛，我们也怨不得他们。只是，在出版社的这些毫无章法的开枪走火之外，尚有另一种声音，来自那些因为热爱阅读才去读书的人，他们读得慢，没受过什么专门训练，却有着一腔的热情，和苛刻的眼光。他们的议论，如果作家们能够听得到，怎么会写不出更好的作品呢？而若是因为我们的努力，可以让图书的海洋变得更广阔、更富饶、更深厚，这样的一个目标，也大有可为吧。

可话说回来，目标固然美好，但谁读书是为了什么可为啊？就没有什么追求，仅仅是因为它们自身的美好，才让我们孜孜以求吗？难道追求乐趣本身，不可以视为我们的最终目的吗？读书不正是如此？至少，我有时会这样想，等到最后的审判来临的那天，所有伟大的征服者、大律师和政治家们都将获得上帝的奖赏——王冠，名誉，和不朽的丰碑上镌刻的名字；可看到我们夹着书走来，万能的上帝一定会转过头去，不无几分嫉妒地跟彼得说：“你看，这些人不需要我的奖赏。我们这儿也没有他们想要的东西。他们就爱读书。”

弗吉尼亚 · 伍尔夫（Virginia Woolf），作家、评论家，拥有令世人惊叹的革新力与创造力，对 20 世纪初的文学与文化影响巨大。在小说《达洛维夫人》（1925）、《到灯塔去》（1927）和《海浪》（1931）中，伍尔夫开创了全新的叙事结构和风格。她与丈夫伦纳德 · 伍尔夫共同创办了霍加斯出版社。最初，他们在家里的餐厅手工印刷图书，而后逐渐开始出版 T. S. 艾略特、维塔 · 萨克维尔 · 韦斯特、西格蒙德 · 弗洛伊德等人的作品。

伍尔夫的文学批评、短篇小说、新闻文章和传记作品，同样数量惊人，其中包括笔触幽默的《奥兰多》（1928）和《一间自己的房间》（1929），后者对于性别平等的积极论述至今依然能引起共鸣。伍尔夫丰富的创造力常常伴随着阶段性的剧烈精神折磨。1941 年 3 月 28 日，弗吉尼亚 · 伍尔夫自杀。几个月后，她的最后一本小说《幕间》出版。

弗吉尼亚 · 伍尔夫作品推荐：

《海浪》

《奥兰多》

《弗吉尼亚 · 伍尔夫文选》

图书在版编目（CIP）数据

企鹅经典．小彩虹．第一辑／（以）尤瓦尔·赫拉利等著；林俊宏等译．-- 北京：中信出版社，2019.11（2021.6重印）
书名原文：Vintage minis
ISBN 978-7-5217-1014-4

Ⅰ．①企… Ⅱ．①尤… ②林… Ⅲ．①世界文学－作品综合集 Ⅳ．①I11

中国版本图书馆 CIP 数据核字（2019）第 203895 号

Liberty
A Room of One's Own first published in the United Kingdom by The Hogarth Press in 1929.
The Waves first published in the United Kingdom by The Hogarth Press in 1931.
This version of *'Street Haunting'* is taken from *The Essays of Virginia Woolf: Volume IX*, first published by Chatto & Windus in 1994.
This version of *How Should One Read a Book* is taken from *The Common Reader: Volume II*, first published by The Hogarth Press in 1932.
简体中文翻译由上海雅众文化传播有限公司授权使用．

企鹅经典：小彩虹　第一辑
自由

著　　者：［英］弗吉尼亚·伍尔夫
译　　者：吴晓雷
出版发行：中信出版集团股份有限公司
（北京市朝阳区惠新东街甲 4 号富盛大厦 2 座 邮编 100029）
承 印 者：河北鹏润印刷有限公司

开　　本：787mm × 1092mm　1/32　　印　　张：32.25　　字　　数：400 千字
版　　次：2019 年 11 月第 1 版　　印　　次：2021 年 6 月第 2 次印刷
京权图字：01-2016-9678
书　　号：ISBN 978-7-5217-1014-4
定　　价：168.00 元（全 8 册）

服务热线：400-600-8099
投稿邮箱：author@citicpub.com

VINTAGE MINIS

* 本书译自 S. 菲舍尔出版社 1978 年所出德语版本

梦境

DREAM

［奥地利］西格蒙德·弗洛伊德　著
方厚升　译

中信出版集团｜北京

目录

论梦（1901）[1]

On Dreams

1. 本文最初发表于1901年，收录在罗文菲尔德（L. Löwenfeld）和库莱拉（H. Kurella）编辑的《神经活动和心理活动的边界问题》一书中。第二版增订版作为单行本出版于1911年，同样由威斯巴登的贝克曼出版社出版。《弗洛伊德文集》于1942年收录《论梦》一文，在第643～700页。1900年10月，在罗文菲尔德的推动下，弗洛伊德开始写作这篇通俗易懂的文章，作为他《梦的解析》（1900）一书的节本，也即在这部划时代的巨著出版不到一年之后，该书最初在社会上几乎未引起关注。但弗洛伊德坚信自己对梦之本质的认识意义重大。晚年时，即1931年，他在英文版第三版的序言中写道："像这样的洞见一个人一生中只有一次。"（学术版，第2卷第28页）。下面讨论的这些梦例大部分都可以在《梦的解析》中找到，有时候描述得更细致。不过，它们在后来出版的《精神分析引论》（1916—1917）的第二部分（《梦》）中也可以找到。关于他研究梦的成果，弗洛伊德在《对精神分析的兴趣》（1913，全集版，第2卷第34页起）一书中也做过一次非常简短的总结。关于对梦中材料的分析，读者可参阅《延森〈格拉迪瓦〉中的幻想和梦》（1907）以及《梦中的童话素材》（1913）这两篇文章，都收录在全集版第2卷中，分别为第68页起和第496页起。（本文如无特殊说明，均为原文注。）

一

在我们可以称为前科学的时代，对梦进行解释是难不倒人们的。当他们醒来后回忆梦时，梦就是上苍力量给他们的启示，有来自恶魔的，有来自神灵的；有善意的，有恶意的。随着自然科学思维方式的兴起，所有这些意味深长的神话都化身为心理学了。今天，在受过教育的人当中，只有极少数人会怀疑梦是做梦的人自己头脑里的产物。

不过，自从摒弃了神话模式的假设后，梦就需要解释了。它产生的条件，它与清醒状态下心理活动的关系，它对在睡眠状态下闯入知觉的各种刺激的依赖，它的内容当中许多被清醒时的思维视为有伤风化的奇特成分，它的观念意象和与之紧密相连的情感之间的不一致性，最后就是梦转瞬即逝的特点，这使得清醒时的思维视其为异类而予以排斥，在记忆中将其肢解或彻底消灭——千百年来，所有这一切以及其他一些问题都有待澄清，但直到今天都未能得到满意的解决。不过，人们最感兴趣的还是梦的意义问题。这一问题本身又有两层含义：首先，它要追问做梦的精神意义，追问梦与其他心理活动过程的关系，以及梦可能具有的生物学功能；其次，它想知道梦是不是可解释的，梦的单段内容是否具有“意义”，就像我们通常可以在其他精神结构中发现的那样。

对梦的评价有三个值得关注的方向。其一表现在某些哲学家身上，仿佛保留了古代对梦给予过高评价的余响，在他们看来，梦的基础在于心理活动正处于一种特殊状态，他们甚至赞美这种状态可以让人升华到一种更高的境界。例如，舒伯特（1914）就宣称，梦让精神从外部自然力量的钳制下解放出来，让灵魂得以摆脱感官的束缚。其他思想家并没有走这么远，但也都坚持认为，梦主要起源于心理刺激，是白天不能自由伸展的精神力量在展示自己（参见施尔纳《梦的想象》1861，沃克特 1875）。许多观察人士都认为，梦至少在某些领域（如记忆）具有实现高级功能的能力。

对此，大部分来自医学界的作者观点截然相反，他们几乎不认同梦具有精神现象的价值。在他们看来，梦的唯一触发物是感官刺激和躯体刺激，它们要么是从外部刺激到睡眠者，要么就是在他的内部器官中偶然活跃起来。梦到的内容不再有意义和内涵，它们就像一个对音乐一窍不通的人用十个指头在钢琴键上划过所发出的一串声音一样，梦完全可以被描述为“一种在任何情况下都毫无用处、在很多情况下是病态的躯体过程”（宾茨 1878，35）。梦的一切特征都可以被解释为某些器官或通常已沉入睡眠的大脑中的部分细胞群因受生理刺激而产生了毫无关联的活动。

普通百姓的观点很少受到这类学术论断的影响，也不关心梦的来源，他们似乎还是坚信梦是有意义的，认为它与启示未来有关，而且通过某种解析方法，是可以从其经常杂乱无章、难以理解的内容中发现这种意义的；采用的解析方法则是，将回忆起来的梦的内容用另一段内容进行替换，要么按照某个确定的方案一个一个地替换，要么将梦作为一个整体，用另一个与之有象征关系的整体予以替换。严肃人士会对这类努力付之一笑：“梦是幻影。”

二

有一天，我非常惊讶地发现，接近梦的真相的，并不是医学界的观点，而是那种外行的、差不多仍囿于迷信的看法。我将一种新的心理调查方法应用于梦，它极有助于解决恐怖症、强迫症和妄想狂等病症，从而对梦有了新的解释。这个方法自此被一整派研究人员接受，名之为“精神分析”。梦与清醒状态下的精神疾病千差万别的情况之间存在着众多相似之处，这一点许多医学研究者确实都注意到了，因此，对分析精神病理结构有效的调查方法也可拿来分析梦，这从一开始就显得大有希望。恐怖症和强迫症不同于正常意识，正如梦不同于清醒意识，它们的根源不为意识所了解，梦的根源同样如此。是一种实用考量推动人们去探索这些精神病理结构的根源和产生方式，因为经验表明，如果发现了为意识不知的病态观念与其他精神内容相互关联的思想路径，就等于解释了这些症状，从而可以克制迄今为止无法制止的观念。也就是说，我这种用来解释梦的方法起源于心理治疗。

这一方法不难描述，只是在实施之前要经过指导和训练。如果对另一个人——如一位恐怖症患者——使用这一方法，我们会要求他将注意力集中于相关念头上，但不要像他经常所做的那样去反思它，而要毫无例外地说清楚一切内容，并向医生报告他对这个念头都想起了什么。如果他声称自己的注意力什么都抓不住，我们要推翻这种说法，极力向他保证，像这样不存在观念内容的情况是绝不可能的。实际上，很快就会有无数想法出现在他脑海中，并引出其他一些想法来。但它们总是被这个自我观察者认为无意义或不重要，与此处的议题不符，只是偶然想到的，和给定的主题没有关系。我们马上可以看出，正是这种批判态度将所有想到的内容从报告中排除了，而且尚未进入意识就被排除了。如果我们能引导他放弃对这些想法的批判态度，继续追踪他在保持注意力之时产生的思想链条，就会得到一种精神材料，而且很快就会发现，这种材料与我们要考察的病态观念有明显的关联——这个病态观念与其他观念的联系便被揭开了。然后就可以继续追踪，用一个新的、能以可理解的方式嵌入心理活动网络的观念来替换这个病态观念。

这里不便详述这一实验依据的前提条件，以及从对它的反复成功应用中推导出的结论，也许只说看法就够了，即：对任何一个病态观念，只要我们把注意力集中在那些“不情愿的”、“干扰我们认真思考的”、通常被我们的批判态度视为毫无价值的垃圾而予以排除的联想上，都可获得足够的材料来解释它。如果将这一方法用于自身，最好立即写下那些最初难以理解的念头，这有助于考察。

现在我想展示一下，将这个考察方法应用于梦会有什么结果。其实，任何一个梦都同样适合做例子，然而出于某些考虑，我还是选取我自己做的一个梦。我回忆它时显得模糊不清、没有意义。由于它很简短，适合推荐。也许昨夜的梦正好符合这些要求。我醒后立刻记录下来的内容如下：

> 社交聚会、桌子或套餐……正吃着菠菜……E. L. 夫人坐在我身边，她将整个身子转向我，还亲密地把手放在我膝盖上。我排斥地将她的手移开。她随后说道：您的眼睛怎么总那么漂亮啊……我随后模模糊糊地看到了一个就像画着两只眼睛的东西，或者像一个眼镜镜片的轮廓……

整个梦就是这些，至少是我回忆起来的全部内容。

在我看来，它显得模糊不清、没有意义，但最重要的是令人惊讶。我和 E. L. 夫人几乎谈不上有什么友谊关系，在我的认知里，我也从未希望和她建立更热络的关系。我有很长一段时间没见过她了，我也不认为在最近几天里曾谈起过她。有一些情感并未伴随这个做梦的过程。

我认真思索这个梦，然而对它的理解并无进展。不过，我现在要不带任何意图地、不设批判立场地将自我观察过程中出现的念头都记录下来。我马上就会注意到，将梦分解为各个元素，再为每一个元素找出与之关联的念头，这样做很有好处。

社交聚会、桌子或套餐。这让我立刻想起了昨晚聚会结束后发生的一件小事。一位朋友陪我离开一个小型聚会，他提出叫一辆出租车送我回家。“我更愿叫一辆有计价器的出租车，”他说，“它让人如此开心地牵挂着，只要你想看，随时可以看它。”我们在车中坐下后，司机便调节计价器。可以看到起步价是 60 赫勒[1]，我就接着开起玩笑来：“我们才刚上车，就已经欠

1. 赫勒（Heller）：旧银币或铜币，在奥地利曾等于百分之一克朗。——译者注

他 60 个赫勒了。一辆有计价器的出租车总让我想起那次的套餐来，它不断地提醒我欠的钱，让我变得贪婪、自私。我觉得我的债务增长得太快了，担心自己会吃亏，就像我在享用套餐时也无法抗拒那种滑稽的担忧，担忧自己得到的太少，我必须得关心自己的好处。”就这样，我有些跑题地引用了下面的话：

你们引导我们走入人间，
你们让可怜的人**罪孽深重**[1]。[2]

关于**套餐**的第二个联想。几周前，在蒂罗尔高山疗养胜地一家**旅馆的餐桌**旁，我那可爱的妻子曾让我非常生气，我觉得她对坐在旁边的几位客人显得不够矜持，而我根本不想与他们打交道。我要她对我比对那些陌生人更关心一些。这又是一例，**我好像在套餐中吃亏了**。我现在也注意到了，我妻子那次进餐时的

1. 节选自歌德《威廉 · 麦斯特的学习时代》第二部第 13 章“琴师”组诗，被强调的词是弗洛伊德标的。
2. 译文引自中文译本《威廉 · 麦斯特的学习时代》，冯至等译，人民文学出版社 1999 年版，第 121 页。——译者注

举动与梦中 E. L. 夫人对我的举动正好相反，后者“将整个身子转向我”。

继续，我现在注意到，梦中情形是一个小场景的翻版，发生在我秘密向我妻子求爱的时期，与当时我妻子和我之间的场景完全相似。遮在桌布下面的爱抚是对一封真诚求爱信的回应，然而在梦中，我的妻子却被陌生人 E. L. 夫人代替了。

E. L. 夫人是一个我曾欠过钱的人的女儿！我不得不注意到，梦里的某些片段和我的联想之间意想不到的关联被揭示出来了。如果追踪从梦的内容中的某个元素出发的联想链条，我们很快就会被带回到梦的内容的另一个元素。我对梦的联想建立起了一些关联，而它们在梦里是看不见的。

如果一个人期望别人照顾他的利益，自己从中却得不到任何好处，对这种不通人情的人，人们难道不是经常讥讽地反问道：您以为别人会因为您眼睛漂亮而做这做那吗？那么，梦中 E. L. 夫人所说的那句话，“您的眼睛怎么总那么漂亮啊”，意思就只能是：人们总是为了讨您欢心而做一切事情，您不用付钱就得到了一切。当然，事实恰恰相反：别人给我的任何好处，我都会付出不菲的价码。我朋友昨天送我回家，我坐了一趟出租车而不用付钱，这件事肯定给我留下了深刻的印象。

而昨天请我们吃饭的那位朋友就经常让我欠他的债。不久前我才找到一个回报他的机会，但未利用而错过了。他从我这里得到的唯一礼物，是一只古色古香、周围画着眼睛的盘子，画的是大家常说的那种"occhiale"[1]，用以"防备邪恶之眼"。而他就是眼科医生。就在那天晚上，我向他询问了一位女病人的情况，我曾介绍她去他的诊室咨询配眼镜的问题。

正如我注意到的，梦的内容中几乎所有元素都有了新的前后关联。不过，为了整体一致，我还可以继续问：梦中端上桌的为什么就是菠菜？因为菠菜让我想起了不久前我们家在吃饭时发生的一件小事——我的一个孩子，正是眼睛漂亮而被大家赞不绝口的那个，不肯吃菠菜。我小时候也是这样，很长一段时间讨厌吃菠菜，直到后来我的口味变了，这种蔬菜便升级成为我最喜爱的菜肴。这样，提起这道菜，正突显了我的少年时代和我孩子的少年时代之间的相似性。"有菠

1. 意大利语，意为"眼镜"。——编者注

菜吃，你要高兴才对，”母亲大声对这位小小美食家说道，“有些孩子还难得吃到菠菜呢。”这让我想起了父母对自己孩子应尽的责任。如此进行联系之后，歌德的诗句便有了一层新的含义：

你们引导我们走入人间，

你们让可怜的人罪孽深重。

这里，我要停下来检视一下我对这个梦的分析到目前为止的结果。脱离了相互关联的各个梦中元素都会激起联想，通过追踪这些联想，我得到了一系列的念头和回忆，从中，我必定可以辨认出关于我的内心世界的有价值的表达来。通过对梦进行分析而得到的材料与梦的内容有密切的联系，这种联系的独特之处在于，这些新发现我是永远无法从梦的内容中推断出来的。这个梦没有情感，毫无头绪，难以理解；而当我梳理梦背后的念头时，我体验到了强烈的、有根有据的感情冲动；这些念头相互之间契合得很完美，形成了逻辑链条，在这些链条中，某些观念作为中心观念反复出现。此类中心观念在梦中并不显现，在我们这个例子中，它们是“自私和不自私”的对比，是“欠钱”和“不用付钱”这些元素。在通过分析而揭示出来的这个网络中，我还可以将线条拉得更紧一些，从而可以表明这些线条会汇聚到唯一一个节点上。然而，出于私人的考虑，而非学术原因，我无法公开进行这项工作。我通过这一途径找到了答案，将所有我自己也不愿承认的事都搞清楚了，如果公开，我将不得不泄露太多我想保密的事情。那么，我为什么不另选一个梦呢，它也许更适合做分析、报告，这样我就能更令人信服地证明，通过分析挖掘出来的这些材料是有意义和联系的。答案就是，我要分析的每一个梦，都会引向同样难以报告的事情，都会让我陷入同样需要慎重的境地。我若拿另一个人的梦进行分析，同样免不了这个困难，除非情况允许，不会伤害信赖我的人，我才会让一切伪装落下。

我现在不禁产生了这样一种观点，即梦是充满感情、意义丰富的思想过程的一种**替代物**。分析完成之后我便找出了这些思想过程。如何以这些思想为源泉而生成梦，这个进程我还不清楚，但我认识到，将梦视为一种纯粹躯体的、没有精神意义的过程，认为它是由某些被从睡眠状态唤醒过来的大脑细胞群孤立地活动而产生的，是没有道理的。

我还注意到了两点：梦的内容比我宣称它所代替的那些思想要短得多；对梦的分析显示，梦的刺激物是做梦前的晚上发生的一件无关紧要的事。

当然，如果我只做过一例梦的分析，我是不会得出这样一个意义深远的结论的。然而，如果经验告诉我，在不带批判态度地追踪任何一个梦所引起的联想时，我都能够得到这样一个思想的链条，梦的组成部分反复出现在这些思想链条的各个元素中，而这些思想相互之间又恰当地、富有意义地联系在一起。那么，所谓第一次观察到的那些联系可能只是偶然，这样低概率的预期也许就要放弃了。因此，我觉得自己有理由使用术语将这个新发现固定下来。我将留在记忆中的梦与通过分析发现的相关材料相对照，把前者称为“**梦的显意**”，把后者（暂且不做进一步区分）称为“**梦的隐意**”。这样一来，我就面临着两个到目前为止尚未阐述的新问题：一、将梦的隐意转变成留在我记忆中的显意的精神过程是什么？二、促成这一转变的动机或动机群是什么？从梦的隐意到梦的显意这一转换过程，我称为梦的工作。这项工作的对立面，也就是方向相反的转换工作，就是我已经说过的分析工作。关于梦的其他问题，例如梦的刺激物，梦中材料的来源，梦可能具有的意义，做梦的功能，以及梦为什么会被遗忘，所有这些问题我都不会依托梦的显意进行讨论，而是依托刚刚发现的梦的隐意展开。由于我将关于梦的文献中所有矛盾的、所有不正确的说法，都归结为不了解梦的隐意必须通过分析才能揭示出来这一点，我以后会小心翼翼地避免将明显的梦与潜隐的梦的观念混淆起来。

三

梦的隐意向梦的显意的转变值得我们全力关注，这是我们所知道的精神材料从一种表达方式向另一种表达方式转换的第一个实例，即从一种我们立刻就能理解的表达方式，向我们必须通过指导和努力才能理解的另一种表达方式转换，不过，这种表达方式也要被视为我们心理活动的功能。就梦的隐意和显意之间的关系而言，梦可分为三类。第一类，我们可以将那些**有意义**同时又**可以理解**的梦区分出来。也就是说，我们可以毫不费力地将它们纳入我们的心理活动。这类梦有很多，它们大都很短，一般很少会引起我们的注意，因为它们没有任何让人感到惊奇和诧异的地方。顺便说一下，它们的出现是个有力的论据，可以用来反驳是大脑的部分细胞群孤立活动导致了梦的产生的说法；在它们身上没有任何迹象显示精神活动遭到了减弱或分割，但我们从不怀疑它们是梦，也不会把它们与清醒时的精神活动混淆。第二类梦虽然自身内容连贯，具有清晰的意义，但却让人**感到惊讶**，因为我们无法将这种意义纳入到我们的内心世界中去。这样的情况可以举一个例子，比如我们梦见一位可爱的亲戚死于瘟疫，然而我们没有任何理由希望、担心或设想这类事情，我们会惊讶地问自己：我怎么会有这样的念头呢？最后是第三类，包括那些既无意义也难以理解的梦，它们看上去**不连贯**、**混乱**、**无意义**。我们所做的梦绝大部分都有这些特征，正是这些特征让梦受到轻视，也导致了梦是受限的心理活动这一医学理论的产生。尤其在那些较长和较复杂的梦中，基本都可以找到那种无连贯性的明显标记。

梦的显意和隐意之间的对比显然只对第二类、尤其是对第三类梦有意义。在这些梦中会出现一些哑谜，我们只有用梦的隐意替代梦的显意，才能够解开它们，我们前面也以这样一个混乱而又难理解的梦为例做了分析。然而和我们的预期相反的是，我们遇到了一些动机，它们阻止我们充分认识梦的隐意，反复出现的相同经验使我们有理由推测，**在梦不可理解、杂乱无章这一特点和说出梦的观念非常困难之间，存在着一种密切的、有规律的关系**。在探讨这一关系的本质之前，我们还是先将注意力转向第一类较易理解的梦。在这些梦中，显意和隐意合而为一，看起来省掉了梦的工作。

考察这一类的梦之所以合适，还有另一个视角。因为儿童的梦属于这一类，就是说既有意义又不令人惊讶。顺便说明一下，这也是一个新的证据，可以用来反对将梦的起源归因于大脑在睡眠状态下的孤立活动的看法，因为，为什么这种精神功能的减弱在成年人那里属于睡眠状态的特点，然而在儿童身上就不适用了呢？不过，我们完全有理由期待，虽然儿童的精神活动可能是高度简化的，但对研究成年人的心理来说，弄清楚这些精神活动仍是必不可少的铺垫工作。

我要报告几个做梦的例子，是从儿童那里收集到的。一个 19 个月大的小女孩被要求禁食一天，因为她早上吐了，按保姆的说法，是因为她吃草莓吃坏了肚子。饿了一天后，到了夜里，人们听见她在睡梦中叫自己的名字，并且说道："草莓、山草莓、煎蛋饼、面糊糊。"[1]她这是在做梦，梦见自己在吃东西，而且她强调的那些菜品，正是她推测自己在接下来的一段时间里很难吃到的东西。一个 22 个月大的小男孩同样梦见了他得不到的一顿美餐，做梦的前一天，他必须把一篮新鲜的樱桃作为礼物送给他叔叔，而他自己当然只允许尝一颗，他醒来后高兴地报告说："赫尔曼吃掉了所有的樱桃。"一个三岁零三个月大的小女孩白天乘船游了一趟湖，这趟乘船游湖对她来说时间不够长，因为下船的时候她哭了；第二天早上她告诉大家，她夜里去游湖了，就是说，她在继续被打断的乘船旅行。一个五岁零三个月大的小男孩似乎对在达赫施泰因山

1. 这是安娜·弗洛伊德小时候做的一个梦，像这里列举的大部分儿童梦一样，弗洛伊德在其著作《梦的解析》(1901)第三章、《精神分析引论》(1916—1917)第八讲中做了更详细的探讨。

区的一次徒步旅行不满，每当看到一座新的山峰，他都要问这是不是达赫施泰因山。到了后来，他拒绝一起去看瀑布。他的举动被大家归因为疲倦，然而更好的解释是在第二天早晨，他告诉大家，他梦见自己爬上了达赫施泰因山。显然，他认为这次徒步旅行的目的就是去爬达赫施泰因山，当他一直看不到这座期望中的山时，便感到很扫兴；在梦中，他白天未能得到的东西得到了补偿。一个6岁的小女孩也做了一个完全相似的梦。一次徒步旅行时，由于临近午夜，父亲决定不再去目的地。回家的路上，她注意到了一个写着另一郊游地点的路标，父亲便许诺下一次也带她去那里。第二天早上，她跑来告诉父亲说，她梦见父亲带着她去了这两处地方。

这些儿童梦的共同之处是显而易见的，它们满足了产生于白天、但未得到满足的愿望。它们都属于简单的、毫不遮掩的愿望的满足。

下面要说的这个儿童梦，乍看起来好像难以理解，其实也是一个愿望满足的梦。一个不满4岁的小女孩因患小儿麻痹症被从乡下带到了城里，和一位没有子女的姨妈一起在一张大床上过夜。那床对她来说当然太大了，第二天早上她报告说，她梦见这张床太小了，小到她都睡不下。如果我们回想一下，“长大”是孩子们经常表达的一个愿望，那这个梦就很容易解释为愿望满足的梦了。对这个渴望长大的小女孩来说，床的尺寸在有力地提示她，她还小着呢，于是，她就在梦中纠正了这种让她感到不愉快的关系，长大得连这张大床对她来说都太小了。

儿童的梦即使内容复杂微妙，还是几乎都可得出梦是愿望的满足这一观点。一个8岁的男孩梦见自己和阿喀琉斯同乘一辆战车，狄俄墨得斯是驾车人。后来才知道，他前一天对一本古希腊英雄传说的读物着了迷，很容易看出来，他把这些英雄当成了榜样，为自己没有生活在那个时代感到遗憾。

从收集到的这些少数例子，马上可以看出儿童梦的另一个特点，即它们与白天生活的联系。在梦中得到满足的那些愿望都是白天遗留下来的，一般是做梦的前一天，而且在清醒之时都伴有强烈的情绪。那些次要的、无关紧要的，或者在儿童眼里不重要的事情，是不会进入梦的内容的。

在成年人那里也能找到大量这类幼稚型的梦，不过，像曾提到过的那样，它们大多内容匮乏。对夜里的口渴刺激，许多人的反应通常就是梦到喝水，也就是用这种办法排除刺激，让睡眠继续。对有些人来说，这种图方便的梦经常发生在醒来之前，这时起床的要求越来越近，他们会梦见自己已经起床，正在洗漱，或已经抵达了必须按时到达的学校、办公室等场所。动身旅行的前一晚，人们常会梦见到达了目的地；同样，去看戏或参加聚会之前，梦也常常预演期待之中的欢愉，似乎等不及了。在其他一些梦中，愿望的满足是用一种更间接的方式表现出来的，要想认出它来，就必须建立关联，进行推理，也就是说，要做一些初始的解释工作。例如，有个人告诉我，他年轻的妻子梦见月经来了。我只能想到，如果这位年轻太太的月经迟迟不来，她迎来的就是妊娠，那么，她报告这个梦其实是暗示她已怀孕，梦要表达的意思是，她想把妊娠再推迟一段时间的愿望满足了。在一些异常或极端的情况下，这类幼儿性质的梦尤其常见。例如一位北极探险队队长曾讲过，他的队员们在冰天雪地里过冬时饮食单调、给养短缺，经常像儿童那样梦见大吃大喝，梦见堆积如山的烟草，梦见回到了家中。

一种并不少见的情况是，在较长、较复杂、整体而言毫无头绪的梦中，总有一段特别清晰的部分突显出来，其中包含着明显的愿望满足的内容，只不过与其他一些难以理解的材料纠缠在一起了。如果对更多的梦进行分析，包括成年人做的那些看起来一目了然[1]的梦，我们会惊奇地发现，它们很少像儿童的梦那样简单，在表达了一种愿望满足的同时，可能还隐藏着其他的含义。

对于谜一般的梦，分析工作如果也能够让我们将成年人所做的那些没有意义、杂乱无章的梦追溯为是对白天产生的一个强烈愿望的满足，就像幼儿型的梦那样，那么它肯定是一个既简单又令人满意的解决办法了。梦的外表肯定是不支持这一期待的，通常而言，梦都充满了最无关紧要、最离奇古怪的材料，在它们的内容中根本找不到愿望满足的痕迹。

不过，在离开幼儿型的梦是毫不掩饰的愿望满足这一话题之前，我们可不想忘了提一下早就注意到了的梦的一个主要特征，它恰恰在这类梦中表现得最

1. 此处只在第一版中印为“一目了然”(durchsichtig)，其他所有版本中都是“捉摸不透”(undurchsichtig)，可能是印刷错误的缘故。

Dreams are usually full of the most indifferent and strangest material, and there is no sign in their content of the fulfilment of any wish.

* 梦都充满了最无关紧要、最离奇古怪的材料，在它们的内容中根本找不到愿望满足的痕迹。

纯粹。每一个这样的梦我都能用一个愿望句来代替："啊！乘船游湖的时间要是能更长一些就好了！""我要是已经梳洗完毕并已穿好了衣服该多好啊！""要是我能把樱桃留下来，不送给叔叔，该多好啊！"不过，梦给出的并不止祈愿语气，它展示愿望已经得到满足，会将这种满足表现得非常真实，宛在眼前。梦的表现材料则由情境和视觉性的意象组成，它们即便不是唯一成分，至少也是核心材料。就是说，即使在这类儿童梦中，也并非没有某种程度的转换，即我们所说的梦的工作：**祈愿语气表达的观念被现在时态的体验替代了**。

四

我们倾向于推测认为，在毫无头绪的梦中也有这种转换为场景的情形，只是我们还无法知道，这些梦中是否也有祈愿语气得到了转换。不过，在我一开始报告的那个梦例中，我们已对它做了进一步的分析，其中有两个地方让我们有理由推测发生了这样的转换。在分析中发现的是：我妻子在用餐时将注意力全放在了别人身上，这让我感到很不痛快。梦则包含了与之截然相反的内容，替代我妻子的那个人将整个身子都转向了我。不过，梦中包含了得到实现的愿望，它的相反内容才是实际发生过了的，那么，一次不愉快的经历更容易促成哪种愿望产生呢？同样，分析发现，我从来没有不付代价地得到过任何东西这一痛苦认识，和梦中那位女士所说的“您的眼睛怎么总那么漂亮啊”这句话，二者之间关系也完全类似。也就是说，梦的显意与隐意之间的部分对立内容可以推导为愿望的满足。

不过，梦的工作的另一个成就更引人注目，这就是促成不连贯的梦产生。以任意一个梦为例，我们对梦的观念进行分析，并且在梦中找到了它们的痕迹，如果对比一下观念元素的数目，或它们在梦中和梦的观念中被记录下来的范围，我们就会无法怀疑：这里，梦的工作完成了一种出色的压缩或浓缩作用。起初，我们还无法判断这种浓缩作用的程度，然而我们对梦的分析越深入，这一印象就越深刻。我们发现，在梦的内容中，从任何一个元素出发的联想链条都会向两个或更多的方向发散，任何一个情境都是由两个或更多的印象或经历拼凑而成的。例如，有一次我梦见了一个游泳池，泳池里的人正向各个方向游开，在池边的一个地方站着一个人，他正弯腰面向一个游泳者，似乎是在帮她上岸。这个情境是由我对青春期时一次经历的回忆和两幅画组合而成的，其中一幅是我在做梦之前刚刚看过的。这两幅画中，一幅为施温德[1]的美露西娜系列画之一，表现的是在池中受到惊吓的水中仙子（对比梦中游泳者向各个方向游去）；另一幅是一位意大利大师画的大洪水。青春期的小小经历则是，我在游泳学校目睹过一位教练帮助一位妇女上岸，她在池中滞留到了该由男士入场的时间。在选来做分析的那个例子中，里面的情境勾起了我的一小串回忆，其中每个回忆都对梦的内容有所贡献。首先就是我已说过的我求婚时期的那一小段插曲，那个时候出现的一幕，即“在桌子下面按着我的手”，为梦提供了“桌子下面”这一细节，这个细节只能是我后来加到记忆

1. 施温德（Moritz von Schwind，1804—1871），奥地利画家，浪漫主义后期风格，对中世纪传说、骑士救美、森林城堡主题情有独钟。——译者注

中去的。那个时候当然谈不上“转向我”，我通过分析发现，这个元素其实是一种愿望的满足，它正好与我妻子在享用套餐时的行为完全相反。但在这个最近的回忆后面，还隐藏着在我们订婚的那段时间发生的完全相似但却重要得多的一幕，它使我俩之间疏远了整整一天。至于将手放在我膝盖上的亲昵举动，则属于另一个完全不同的关联，与另外的人有关。梦中的这一元素本身又成为两组特殊的记忆系列的起点，如此等等。

梦的观念所用的材料是为了生成梦中的情境而被组合在一起的，它们当然从一开始就必须能够用于这一目的。这就要用到所有组成部分中都存在的一个或多个**共同元素**，梦的工作就像弗朗西斯·高尔顿[1]制作他的家庭肖像那样展开：它将不同的组成部分重叠着放在一起，之后，这些组成部分的共同元素会在整体图像中清晰地突显出来，而那些矛盾的细节则几乎相互抵消了。这一制作过程也部分地解释了为何梦的内容中有那么多元素具有一种奇特的模糊性，捉摸不定。

1. 高尔顿（Francis Galton，1822—1911），英国探险家、优生学家、心理学家，差异心理学之父。——译者注基于这一认识，释梦工作确定了如下规则：在分析梦时，如果某种不确定性还可以分解为“要么……要么”关系，解释的时候就要用“和”来替代它，要将看似“二者择一”关系的每个环节都看作一系列联想的独立出发点。

如果梦的各个观念之间不存在此类共同元素，梦的工作就会努力创造这样的元素，从而让梦中的联袂演出成为可能。为了将两个相互之间并无共同之处的梦的观念聚拢到一起，最方便的办法就是改变其中一个观念的语言表达形式，同时，梦的另一个观念也相应地转换为另一种表达形式，从而和第一个观念相向而行。这个过程和做打油诗的情形很像，只不过一个是寻找共同元素，一个是寻找押韵的词。梦的工作大部分就在于创造这些经常很是滑稽、但看起来常常是被逼无奈的中间思想，它们可谓无处不在，既进入梦的内容之中参与共同演出，也和无论形式还是本质都迥然不同、但被做梦动机激活了的梦的观念相关联。以我们讨论的那个梦为例，我在分析中也发现了这样的情形，即梦的一个观念的形式被转换了，目的就在于与另一个和它完全不同的观念相遇。继续分析下去时，我发现了下面这个观念：我也想什么时候能够白白（umsonst）得到一些东西；然而这种表达形式无法用于梦的内容，于是它就被一种新的形式替代了：我真想享受一些东西而不用付钱（Kosten）。Kosten 一词的第二个意义是适合套餐这个观念群的，于是它就可以通过梦中被端上餐桌的菠菜表现出来了。我们知道，在一道菜被端到餐桌上而孩子们拒绝吃的时候，母亲最开始可能会柔声相劝，要求孩子："就尝 (kosten) 一小口嘛。"梦的工作居然如此毫不犹豫地充分利用表达方式的双义性，虽然看起来很奇怪，但更多的经验表明，这种情况完全稀松平常。

梦的这种浓缩工作也解释了，为何梦的内容中某些组成部分为梦所特有，在清醒时的意念中是找不到的。这些组成部分就是"集合型人物"、"混合型人物"，以及那些奇特的"混合形象"，这类造型很像东方民间传说中的组合式动物形象，只是这类形象在我们的思维中已固化为整体了，然而在梦中，这类组合会永无休止地不断变出新花样来。每个人都会在自己的梦中看到这样的形象，它们的生成方式极其繁复。我可以合成一个人物，方式可以是借用一个人和另一个人的特征，或者将某个人的外貌加在他身上，然而在梦中想到的却是另一个人的名字，又或者我在视觉中想象一个人，然而将他置入其中的情境，其实是发生在另一个人身上的。在所有这些情形中，将不同的人物组合成一个唯一的代表形象在梦的内容中是有意义的，它要表达的是一种“和”和“正如”的关系，表示在某个特定视角下对这些原始人物一视同仁，这一点也可以在梦中自己提出来。然而一般说来，被复合的各个人物之间的共性要通过分析才能发现，它在梦的内容中只是通过形成集合型人物得到暗示。

复合结构的生成方式多样，分解规则相同，这一点同样适用于梦的内容中的混合形象，它们的内涵极其丰富，对此，我也许就不需要举例子了。只要我们下定决心，不把它们与我们清醒时的知觉对象归为一类，而是牢记它们其实是梦的浓缩作用的产物，是以一种恰当的缩略方式将各个复合对象的某个共同特征凸现了出来，那么，它们的奇异性就会完全消失。这里，这种共同特征通常也只有通过分析才能发现。梦的内容似乎只是在说：所有这些东西都有一个共同元素X。通过分析的方法拆解这些复合结构，常常是找到梦的意义的捷径。例如我有一次梦见自己与以前的一位大学老师同坐在一条凳子上，周围都是凳子，这条凳子却突然迅速移开了。这是一个阶梯教室和自动扶梯的组合。我就不再进一步追踪这个梦的观念了。还有一次，我梦见自己坐在一个车厢里，怀里抱着一个形似圆筒帽的东西，不过是用透明玻璃制成的。这一情景让我立刻想起了一句俗谚："帽子在手，全国遍游。"这个玻璃圆筒使我简短而迂回地联想到白炽灯，我马上就明白了，我是想做出一项发明，让我可以像我的同乡韦尔斯巴赫博士[1]那样富有和独立，那样的话我可以去旅行，而不是就待在维也纳。在梦中，我正是带着我的发明在旅行，也就是那顶尚未被广泛接受的、用玻璃制成的圆筒帽。梦的工作特别喜欢用同一个复合结构来表现两个完全相反的观念，例如，一位妇女梦见自己擎着一株高高的花枝，像圣母领抱图中的安琪儿一样（暗示的是天真无邪，而她自己的名字就是玛利亚），可是，花枝上却长满了像山茶花一样的

---

1. 卡尔·奥尔·封·韦尔斯巴赫男爵（Carl Freiherr Auer von Welsbach，1858—1929），发明了白炽灯和金属丝灯（也就是后来的欧司朗白炽灯），重要的工业领域由此产生。

白色大花朵（暗示着天真无邪的反面：**茶花女**[1]）。

我们所知道的梦的浓缩作用，大部分可以用下面这个公式总结：梦中内容的每一个元素都是被梦的观念材料所**多重限定**了的，它并不起源于梦的观念中的某个单一元素，而要追溯到一系列这样的元素上去，在梦的观念内部，这些元素相互之间并不需要有紧密的联系，而是可以分别隶属于这个观念网络中相距最远的那些区域。确切地说，梦中元素是所有这些相互之间毫无关联的材料在**梦的内容中的代表**。不过，分析也揭示了梦的内容与梦的观念之间这种组合关系的另一面：正如从每个梦中元素出发都可以导向多个梦的观念，通常，**一个梦的观念也可以由一个以上的梦中元素体现出来**，那些联想的线条并不是简单地从梦的观念汇合成梦的内容，而是会在中途反复地互相交织、穿插。

除了从观念到情境的转换（“戏剧化”）外，梦的工作最重要、最奇异的特征就是浓缩作用。不过，迫使梦对内容如此压缩的动机是什么，我们暂时还不了解。

1. 这里指的当然是小仲马（Alexandre Dumasfils）的小说及戏剧《茶花女》（1848 年、1852 年）。

五

就我们现在探讨的复杂而混乱的梦来说，对梦的内容与梦的观念之间存在差异的印象，不能完全归因于浓缩作用和戏剧化，还存在第三种因素在起作用的证据，值得我们认真收集。

我首先注意到的是，当我通过分析认识到了梦的观念时，发现梦的显意所处理的材料完全不同于梦的隐意。这当然只是表象，如果进一步仔细检查就会烟消云散，因为我最终发现，所有梦的内容都是由梦的观念衍生出来的，几乎所有梦的观念都在梦的内容中得到了体现。不过，某些差别还是存在的。通过分析可以发现，那些作为主要内容在梦中被格外清楚地呈现出来的东西，在梦的观念中必定只能起到一种微乎其微的附属作用，而那些就我的感觉来说在梦的观念中应该最受重视的东西，它们的观念材料要么在梦的内容中根本找不到，要么只是在梦的某个模糊地带隐约得到暗示。我可以这样描述这一事实：**在梦的工作**

过程中，精神强度从它们理应依附的思想和观念那里转移到了另外一些思想和观念身上，然而它们在我看来并不配得到这样的强调。没有任何其他过程如此有助于掩盖梦的意义，让我难以识别梦的内容和梦的观念之间的联系。在这个我要称之为**梦的移置作用**的过程中，我还发现，思想的精神强度、重要性、情感潜能转换成了热烈的感官活动。我不假思索地认为，梦的内容里面最清晰的元素也就是最重要的部分，然而，恰恰是在梦中某个模糊的元素身上，我经常可以看到梦的核心观念最直接的派生物。

我所说的这种移置作用也可以被称为“**对精神价值的重估**”[1]。不过，如果我不做补充说明，指出这种移置作用或重估工作在不同的梦中所起的作用其实千差万别，我对这一现象的评判就是不充分的。在有些梦中，几乎并未产生移置作用，这就是那些有意义的、明白易懂的梦，就像我们已发现的那样，属于毫无掩饰的表达愿望的梦；在其他一些梦中，梦的观念都不

1. 此处“对精神价值的重估”（Umwertung der psychischen Wertigkeiten）是对尼采名言“重估一切价值”（Umwertung aller Werte）的戏仿。——译者注

再有自己的精神价值了，或者梦的所有主要观念都被一些无关紧要的东西代替了，在这中间，一个极其完整的过渡链条是可以找出来的。一个梦越是显得模糊、混乱，移置作用的因素在它的构成中所占的分量就越大。

在我们选来做分析的那个梦例中，移置作用至少达到了某种程度，使得它的内容似乎有一个与梦的观念完全不同的**中心**。在梦的内容中，居于中心位置的情境是一位妇女似乎在向我表示亲近；而在梦的观念中，居于核心位置的则是享受一次无私的爱的愿望，一种“不付任何代价”的爱，这一观念就隐藏在那句所谓眼睛漂亮的说辞以及在偏远处作为暗示的“菠菜”后面。

如果我们通过分析，将梦的移置作用倒推回去，那么人们对梦争论不休的两个问题，也就是梦的刺激物以及梦与清醒生活的关系，就可以获得完全可靠的答案了。有些梦直接暴露了它们与白天的经历相关，在另一些梦中却找不到这种关系的任何痕迹。如果我们借助分析，就会发现每一个梦都可以毫无例外地追溯到过去几天的某个印象，也许更正确的说法是做梦（做梦之日）的前一天。起到梦刺激物作用的那个印象，可能非常重要，当然是我们在清醒之时要操心的事情，在这种情况下，我们就有理由说，梦将我们清醒之时关心的事情继续下去了。然而一般说来，如果发现梦的内容与某个白天印象有联系，这个印象也大都微不足道、无关紧要，而且极易忘记，必须通过努力才能记起来。在这种情况下，梦的内容即使非常连贯、明白易懂，但它本身似乎只关心那些最无关紧要的琐事，而这些事情我们在清醒之时是不会在意的。人们之所以轻视梦，一个主要原因就是，梦的内容特别偏爱表现一些无关紧要的、毫无价值的事情。

分析摧毁了导致这种轻蔑判断的表象。如果梦的内容将某个无关紧要的印象作为它的刺激物推向了前台，分析就一定可以找出那个有重要意义的、有理由让做梦者激动的经历，它被那个无关紧要的经历替代了，而丰富的联想也通过这个无关紧要的经历涌进来了。只要梦的内容处理的是无关紧要的和非常无趣的观念材料，分析就可以将大量的联系通道揭示出来，毫无精神价值的东西正是通过它们与最具精神价值的事物联系在一起的。**如果梦的内容中进入的是无关紧要而非令人激动的印象，是冷漠淡然而非兴味盎然的材料，那只是移置作用的效果。**如果根据梦的显意代替了隐意这种新见解，再来回答关于梦的刺激物以及做梦与日间活动的关系等问题，我们只能得出如下结论：梦从不关心我们在白天也认为不值得操心的事物，白天里并不纠缠我们的琐屑小事同样也不能追随我们进入梦乡。

在我们选来做分析的例子中，梦的刺激物是什么呢？它真是一次无关紧要的经历，是我的朋友邀我免费乘车。梦中的套餐场景包含了一个暗示，就指向这个无关紧要的诱因，因为我在谈话中曾经拿计程车和套餐做过对比。不过，我同样也能说出这件小事所代表的那个重要经历。几天以前，我曾为自己非常喜爱的一位家族成员支付了一笔数目可观的款项。梦的观念对此的看法是，如果这个人对我表示感激，那是毫不奇怪的，这种爱并不“免费”。可是，在梦的观念中，居于前台的却是不付代价的爱。就在不久前，我有好几次和这位亲戚一起乘车，这一事实激活了我记忆中和朋友的一次同车共乘，让我想起了与这个人的关系。通过此类联想，无关紧要的印象就成了梦的刺激物，它还要服从一个条件，只是该条件并不适用于梦的真正来源：每次都必须是最近的印象，来自做梦那一天。

在离开梦的移置作用这个主题之前，我得指出一点，梦的形成过程中有一个引人注目的过程，是浓缩作用和移置作用共同起作用的结果。我们在讨论浓缩作用时已经发现了这种情况，即，梦的思想中两个具有某些共性、有一个接触点的观念，在梦的内容中被一个复合观念替代了，在这个复合观念中，会有一个相对清晰的中心对应两个观念的共性，一些模糊的次要元素则对应它们各自的特性。如果除了浓缩作用还发生了移置作用，那么形成的就不是一个复合观念，而是一个**中间共同体**，它与各个元素的关系正如力的平行四边形中合量与它的各个分量之间的关系。例如，在我做的一个梦中，梦到的是注射**丙基**制剂的情形。在分析中，我最初只是找到了一次无关紧要的经历，是梦的刺激物，其中戊基起了作用。我还不能说清楚为何戊基被替换成了丙基。然而在这个梦的观念群中，有一个是对我首次访问慕尼黑的回忆，那里的**神殿门廊**[1]引起了我的注意。进一步的分析让我不由得猜想，正是这第二组观念群对第一组观念群的影响导致了戊基到丙基的移置作用。就是说，**丙基**属于**戊基**与**神殿**

---

1. 在德语中，“丙基”(Propylen)的发音和“神殿门廊”(Propyläen)一词很相似。——译者注

门廊之间的中间观念，它以一种折中的方式，同时经过凝缩作用和移置作用进入梦的内容之中。

梦的工作表现出谜一般的努力，背后的动机有待推敲，这一需求在探讨移置作用时显得比在探讨浓缩作用时更迫切。

六

如果我们在梦的内容中找不到或认不出梦的观念，移置作用对此要负主要责任，人们其实没有猜出这种歪曲的动机，因此，探讨梦的观念所遭受的另一种更为温和的转换，可以让我们发现梦的工作所达成的另一个新的、但却容易理解的成就。人们通过分析找出来的那些最接近的梦的观念，经常披着明显不同寻常的外衣，它们似乎并不以我们的思维所最爱用的客观的语言形式出现，更多的是通过明喻、隐喻象征性地表现出来，就像是用富有画面感的诗歌语言。梦的观念在表现方式上受到的这种程度的限制，其动机不难找到。梦的内容大多由生动的场景组成，梦的观念首先必须经过处理，才可以用于这种表达方式。我们设想一下自己面临的任务是在法庭上用一系列图片替代一篇社论或辩护词中的句子，就容易理解了，因为要**考虑到在梦的内容中的表现力**，梦的工作不得不做变动。

梦的观念的精神材料当中一般会有对印象深刻的经历的回忆，而且经常来自儿童早期，这些经历本身已被处理为情境，内容通常是视觉性的。只要有可能，梦的观念中的这一部分就会对梦的内容的外观产生决定性的影响，它就像结晶点一样吸引着梦的观念中的材料，并且影响着它们的分布。梦中的情境往往只不过是经过修改的某个印象深刻的经历的复本，由于插入了一些内容而变得复杂了，反过来，梦很少会忠实地复制真实场景而不掺杂任何内容。

不过，梦的内容并非只由情境组成，它还包括一些未被融合的视觉图像和言谈话语的片段，甚至还有未改动过的观念，因此，如果我们简明扼要地审视一下梦的工作可资利用的表现手段，从而在梦所特有的表达形式中重新找回梦的观念。可能是一件让人兴奋的事。

我们通过分析发现的梦的观念，是作为一种结构极其繁杂的精神混合体展现在我们面前的，这个精神混合体的各个部分相互之间具有各种各样的逻辑联系，它们形成了前景和背景、各种条件、偏离的内容、解释性内容、证据链条、异议成分。几乎每一串思想总伴有它的对立部分。这些材料并不缺乏我们的清醒思维具有的一切特性。如果现在要把这一切变成梦，这些精神材料就得服从一种将其大幅浓缩的挤压作用，服从一种像是要营造新表象的内部碎裂作用和移置作用，还要服从那些最能构造情境的组成部分所做出的选择。考虑到这些材料的起源，这一过程可称为“回归作用”。可是，在向梦的内容转换的过程中，之前将精神材料连接在一起的逻辑联系却丢失了，梦的工作似乎只是把梦的观念中的客观内容接收过来进行处理，恢复被梦的工作摧毁了的关联就是分析工作的任务。

和我们的思维语言相比，梦的表达手段可以说非常贫乏，不过，梦也无须完全放弃重现梦的观念之间的那些逻辑关系，其实它常常很成功地用自身结构的形式特征替代了这些关系。

首先，对于梦的所有观念之间无疑存在着的关联，梦最初的应对办法就是将这些材料融合为一个情境。

它会通过时间和空间上的近似性复现逻辑联系，就像那位画家将所有作家都放进《帕纳斯山》[1]这幅画中，他们其实从未在某个山峰上聚会过，但却在概念上构成了一个群体。梦对于细节也用这种表现方式，当它在梦的内容中展示两个紧密相连的元素时，往往表示在梦的观念中对应存在着一个非常密切的联系。另外还可以注意到，所有在同一个晚上做的梦通过分析可以发现都来自相同的观念群。

两个观念之间的因果关系要么不予表现，要么被不同长度的两段梦前后相继的关系所代替。这种表达往往是颠倒的，梦的开始表达的是结论，它的结尾表达的则是前提。在梦中，一件事情直接转变为另一件事情，表现的似乎是原因和结果的关系。

梦从不表现“要么……要么”这种二者择一的关系，而是将两个方面都纳入同一个关系中，看似同等对待了。我已经提到过了，复现梦时用到的“要么……要么”关系要用“和”来翻译。

1. 影射的是拉斐尔画在梵蒂冈宫廷房间里的湿壁画《帕纳斯山》，上面画有荷马、但丁、维吉尔、比特拉克、阿那克里翁、萨福、奥维德、贺拉斯和品达。

对于相互矛盾的观念，梦更喜欢用同一个元素予以表现[1]。梦中似乎并不存在“不”的关系。两个观念之间的对立，即**颠倒**的关系，在梦中得到的表达最引人注目，它的表达方式是，梦的另一段内容被转换为它的对立面，就像事后的反思。还有另一种表达**矛盾关系**的方式，我们后面再做介绍。梦中经常出现的对**运动障碍**的感觉也可用来表达两个冲动之间的矛盾，表达一种**意志的冲突**。

在**相似性、共同性、一致性**这些逻辑关系中，梦的形成机制只对其中一种最有好处。梦的工作以这些情况为根据展开浓缩作用，方法就是将所有显示这种一致性的成分撮合为一个**新的统一体**。

这一系列简短粗略的解释，当然并不足以说明梦都有哪些形式化的表达手段来表达梦的观念中的那些逻辑关系。从这个角度看，各个具体的梦所完成的工

1. 值得注意的是，有著名语言研究者宣称，人类最早的语言用同一个词表达相反意思的情况很常见（强—弱、内—外等，《原始词语的反义》）。[弗洛伊德自己也在 1910 年发表过一篇题为《关于原始词语的反义》（1910）的文章，与卡尔·阿贝尔（Karl Abel）的一本同名小册子（1884）商榷。]（该脚注添加于 1911 年。）

作有的精妙，有的马虎，它们或多或少都认真遵守了递给它们的文本，会在不同程度上使用梦的工作提供的辅助手段。在后一种情况下，它们会显得模糊、混乱、不连贯。不过，如果一个梦看起来明显荒谬，如果它的内容中包含了某种明显不合情理的成分，那么这是故意的，看似忽视了一切逻辑上的要求，其实表达了梦的观念之中一段理智的内容。梦中的荒谬对应着梦的观念中的矛盾、嘲笑和愚弄。由于这个解释和另一种观点尖锐对立，即梦是零散的、没有批判意识的精神活动的产物，我要通过一个例子来强调说明。

> 我的一位熟人M先生在一篇文章中受到了攻击，攻击者并非无名之辈，而是歌德，正如我们大家都知道的，这场攻击猛烈得过分了。M先生当然被这次攻击搞垮了。在一次宴会上，他就这件事大倒苦水，不过，他个人的这次遭遇并未影响他对歌德的崇拜。我觉得这件事从时间上看不大可能，就想弄清楚一下。歌德去世于1832年，因为他对M先生的攻击当然是这之前的事，那么M先

生当时一定还是个年轻人。我觉得有说服力的推断是，他当时 18 岁。可是，我不能确定我们当下是哪一年，所以整个计算都变得模糊不清了。顺便说一下，这次攻击就包含在歌德的著名文章《论自然》中。

如果我再说明一下，这位 M 先生是一位年轻的生意人，对一切诗歌和文学的东西都没兴趣，那么这个梦的荒唐之处就更明显了。然而，如果深入分析一下这个梦，我也许能够成功地展示，在荒唐的外表后面隐藏了多少“方法”。这个梦的材料有三个来源：

（1）M 先生是我在一个宴会上认识的。有一天，他请我给他有精神障碍迹象的哥哥做检查。在与病人交谈的过程中，出现了一个尴尬的场面，他无缘无故地暗示了他弟弟年轻时的荒唐事，从而泄露了他的秘密。我曾向病人问过他的出生年份（梦中的去世年份），进而让他做各种计算，想通过这个办法测试他的记忆缺陷。

（2）有一本以扉页上也有我的名字而自夸的医学杂志刊登了一篇“毁灭性的”评论文章，是一位相当年轻的评论者写的，评论我的柏林朋友 F[1] 的一本书。我为此事联系了编辑，他虽表示歉意，却不愿向我许诺补救措施。随后，我便断绝了与这家杂志社的关系，但我还是在谢绝信中强调，*希望我们的私人关系不要受这件事的影响*。这是这个梦的真正来源。我朋友的著作不受欢迎这件事给我留下了深刻的印象，在我看来，该书做出了生物学上的一个重要发现，很多年过去了，这一发现直到现在才开始受到专业人士的青睐。

（3）不久前，我的一位女病人向我讲了她弟弟患病的情形，他高喊着“*自然、自然*”陷入了癫狂的状态，医生们的意见是，他的呼喊是由于读了歌德那篇精彩文章的缘故，认为病人在学习上过度劳累了。我曾表达过看法，*在我看来更有说服力的解释是*，他呼喊的“自然”一词要从性的方面考虑其意义，我们这里即使教育程度不高的人也有这种认识。这个不幸的

1. 这里指的是威廉·弗利斯（Wilhelm Fließ，1858—1928），耳鼻喉专家，致力于普通生物学问题，提出了有机体生命中的周期性理论。在 1887 年到 1901 年间，弗洛伊德和他的学术关系及友情都很密切。参见：《精神分析的初创年代：1887—1902》[弗洛伊德，1950（1887—1902）]，特别是恩斯特 · 克里斯（Ernst Kris）写的前言，信息丰富。

人后来割掉了自己的生殖器，似乎至少可以证明我的看法并非没有道理。癫狂病开始发作时，这个病人 18 岁。

在梦的内容中，隐藏在“我”后面的，首先就是我那位受到评论者恶评的朋友。“我想把时间关系弄清楚一些。”我朋友这本书谈的就是生命中的时间关系，书中也把歌德的一生还原为各种各样的天数，这些天数在生物学上是有重要意义的。可是，这个“我”又被等同为一个瘫痪病人了（“我不太确定我们现在是在哪一年”）。就是说，就梦呈现的内容看，我朋友的行为就像一个瘫痪病人，显得很荒谬。不过，梦的观念却是语带讥讽：“当然了，他是一个疯子，一个傻瓜，而你们是天才，更明白事理。可是，难道事实不可以恰恰是颠倒过来的吗？”这种颠倒的内容在梦中俯拾皆是，歌德攻击那个年轻人的情形是荒谬的，而一个年轻人今天仍可以很容易地攻击伟大的歌德。

我想说的是，没有一个梦不是纯粹只受利己主义动机支配的。事实上，梦中的这个“我”不只是代表我的朋友，也代表我自己，我把自己和他等同起来了，因为对于我自己的这个发现来说，他的发现遭受的命运似乎就是榜样，如果我要推出自己的理论，强调性

No dream is prompted by motives other than egoistic ones.

* 我想说的是，没有一个梦不是纯粹只受利己主义动机支配的。

欲在精神性神经机能症患者病因中所起的作用（参见对那个18岁病人呼喊“自然、自然”所做的暗示），也会遭到同样的批评，而我现在就已经用同样的嘲弄来迎接它们了。

在继续追踪梦的观念时，我发现梦中荒谬情形的关联概念总是只有嘲笑和愚弄。众所周知，歌德在威尼斯的海滩上发现了一个碎裂的羊头盖骨，受此启发提出了所谓的颅骨椎骨学说。我的朋友吹嘘说，当他还是一个学生时，曾发起过一场运动，意图赶走一位老教授，这位教授当年是个权威（也包括比较解剖学的这一分支在内），现在却因年老迟钝而没有能力执教了。这样，我朋友发起的这场行动有助于消除一个弊端，即德国大学里的学术人员没有年龄限制。年龄终究抵挡不了愚蠢。在这家医院里，我有幸在一位主任医师手下工作多年，他早已冥顽不化，几十年来以蠢笨无能臭名远扬，却一直被允许全权履职。这让我不由得想起了颇具海滩发现风格的一幕，医院里有年轻的同事曾经模仿当时的一首流行小调，改编歌词影射此人：这根本不是歌德写的，这根本不是席勒编的……

七

对于梦的工作，我们的分析还没有结束。我们不得不说，除了精神材料的浓缩作用、移置作用和形象化加工以外，梦的工作还有一项活动，只是并非在所有的梦中都能认出它的痕迹来。关于梦的这部分工作，我不准备详细讨论，只想说明一点，就是要想了解它的本质，最容易的办法是下决心去猜想一下——很可能与事实并不相符——**它只是事后才对已经预先形成的梦的内容产生影响**。它的功能就在于协调梦的各个组成部分，使它们之间大致相互关联，共同组合成一个梦。这样，梦就有了某种外观，当然，它并不能在所有位置上覆盖梦的内容，同时，通过插入的片段和细微的修改，梦会得到初步的、暂时的解释。不过，只有不过分斤斤计较，对梦的内容进行加工才有可能，而它呈现给我们的仍然无非只是对梦的观念的明显误解；我们在开始分析梦时，首先必须排除这种解释企图。

在梦的工作中，这一部分的动机尤其显而易见，是对**可理解性的考虑**促成了对梦的最后修饰，但这样一来也暴露了这项工作的根源。面对摆在自己面前的梦的内容，它的行为和我们正常的精神活动在面对呈送给自己的任意一种知觉内容时常有的反应一样，会带着特定的期待理解这一知觉内容，在知觉到对象内容的那一刻，就会在可理解的前提下对其进行安排，这样做的时候，它要冒歪曲对象的危险，事实上，如果对象内容无法与任何熟悉的事物相提并论，首先就会导致千奇百怪的误解。众所周知，当我们看到一系列奇特的符号或者听到一连串陌生的词句时，如果不先从**可理解性的考虑**去感知对象，不借用我们熟悉的某些东西对其进行转化，是无法看懂和听懂的。

经过了一种与清醒思维完全类似的精神活动所做的修饰，这样的梦就可以称为**构造良好的梦**。在其他一些梦中，这项工作完全失败了，甚至根本没做过任何协调或解释的尝试，由于我们醒来后在感觉上认同的是梦的工作的最后这一部分，那么就会断定，这个梦“完全没有头绪”。但我们通过分析却认为，由一些并不连贯的片段毫无条理地堆积而成的梦，与经过仔细修饰并且具有外观的梦具有同样的价值。在前一种情况下，我们也许还可以省掉麻烦，不用拆除对梦的内容所做的修饰。

可是，如果认为梦的外观只不过是我们心理世界的意识主管机构对梦的内容所做的修饰，易被误解、相当随意，那就错了。梦在构造外观时，经常会采用愿望型的幻想，它们以预制形式存在于梦的观念中，和我们清醒生活中所熟悉的、有理由被称为“白日梦”的情形性质相同。对夜间做的梦进行分析后揭示出来的那些愿望型的幻想，经常被证明是对婴幼儿时期某些场景的复制或改写，因而在某些梦中，梦的外观直接揭示了梦的真正核心，它只是和其他材料掺杂在一起而被歪曲了。

除了上述四种行动，梦的工作再没有其他内容了。如果我们坚持“梦的工作”就是将梦的观念转换为梦的内容这一定义，就必须告诉自己：梦的工作不是创造性的，它不产生自己特有的想象，它不做判断，也不下结论，它只是对材料进行浓缩、移置，进行形象化加工，最后再加上一点儿不太稳定的解释性修饰，除此之外再没有其他功能了。人们虽然在梦的内容中发现了一些东西，认为它们是另一种更高级的理智功能的产物，然而每一次分析都令人信服地表明，这些理智活动在梦的观念中便已完成，梦的内容只是把它们取过来罢了。梦中做出的结论不过是梦的观念中某个结论的重复而已，如果不加修改地移到梦中，看上去并不会有问题，如果梦的工作将它移置到其他某个材料上面，那就显得荒谬不堪了。梦的内容中的计算行为只不过说明了梦的观念中存在着计算，后者总是合理的，而梦中的计算却可能会得出荒唐至极的结果，因为计算的因素受到了浓缩，同一个运算方式被移置到别的材料上面了。甚至梦的内容中出现的言语也不是新创造出来的，事实证明，它们是由说过的，或者听到和读到的各种言语杂糅而成的，这些言语在梦的观念中复活了，它们的原文被梦中话语一字不差地复制，然而它们的诱因却完全被晾到了一边，意义也被极其粗暴地篡改了。

用例子来印证上面刚谈到的这些看法，也许并非多此一举。

（1）这是一位女病人做的梦，听起来天真无邪，构造也很精巧。

她和厨娘一起去市场，厨娘挎着篮子。当她提出买某样东西时，肉贩告诉她说，那样东西已经没有了。他想推荐她买另一些东西，并说“这个也挺好”。她拒绝了，然后来到卖菜妇这里。卖菜妇向她推荐一种特别的蔬菜，菜都被扎成了捆，但颜色是黑的。她说，这个我没见过，我不能买。

“那样东西已经没有了”这一说辞来源于治疗本身。几天以前，我自己正是用这样的话向病人解释说，童年时期那些最早的回忆，其原始形态已经没有了，它们被移情和梦取代了。也就是说，我就是梦中的那个肉贩子。

第二句话，即“这个我没见过”，出现在另一个毫不相干的关联中。前一天，她曾用责备的口气冲她的厨娘（顺便说一下，厨娘在梦中也出现了）喊道：“您要守规矩些，这个我没见过。”意思或许是说，我不认可这样的行为，不会容忍它。这句话中比较天真和善的这部分通过一种移置作用进入梦的内容之中，然而在梦的观念里面，起作用的只是这句话的另一部分，因为梦的工作在这里将幻想的场景改变到了完全难以辨认、极其天真无害的地步，而在这个场景中，我正是以某种不检点的方式对待这位女士的。不过，这个在幻想中期待的场景本身只是一次实际经历的新版而已。

(2) 这是一个看似无意义的梦，梦中出现了数字。

她要支付某种费用；她女儿从钱包里取出了 3 弗罗林和 65 个十字币 1；但她却说道："你这是干什么呢？它只值 21 个十字币呀。"

这位女士来自国外，她将孩子安置在维也纳的一所寄宿学校，只要她女儿留在维也纳读书，她就可以在我这里继续治疗。做梦前一天，学校的女校长建议她让孩子在她那里再读一年。这样一来，她也可以再延长一年治疗了。如果大家记得"时间就是金钱"这句话，梦中的数字就变得有意义了。时间就是金钱。一年等于 365 天，用十字币表示就是 365 个十字币或 3 弗罗林 65 个十字币。21 个十字币对应的是三周，指的是从做梦那一天到学期结束之日，也就是到治疗终止之日的时间。很明显，这位女士拒绝了校长的建议，是出于金钱的考虑，这也是梦里出现的钱数那么少的原因。

(3) 有位女士，年纪轻轻却已结婚多年，她获悉

1. 弗罗林 (Florin) 和十字币 (Kreuzer) 是奥地利的旧货币，1 弗罗林等于 100 十字币。——译者注

一位年龄和自己几乎相仿的熟人L.伊丽泽小姐订婚了。这件事促成了下面这个梦：

> 她和她的丈夫坐在剧院里，正厅前排的座位中有一边全都空着。她的丈夫告诉她说，L.伊丽泽和她的未婚夫也想来看戏，可是只能买到很差的座位，三张票要花1弗罗林和50个十字币，他们当然不能买了。但她觉得，这说不定是塞翁失马焉知非福呢。

我们感兴趣的是，梦的观念材料中的这些数字来自何处，经历了什么转换。这1弗罗林50个十字币是从哪里来的呢？它来源于前一天发生的一件微不足道的事情。她嫂子从丈夫那里得到了150弗罗林作为礼物，然后便匆匆忙忙花出去了——用这笔钱给自己买了一件首饰。我们要注意一点，150弗罗林是1弗罗林50个十字币的一百倍。至于三张戏票中的三这个数字，只有一种关联的可能性，这就是新娘L.伊丽泽正好比做梦者小三个月。梦中的场景复现了一件小事，她经常因此而被丈夫取笑。有一次，她匆匆忙忙地提前为一场戏买好了票，后来等她来到剧院时，发现剧院正厅前排的座位有一边全都空着呢。也就是说，她实在用不着这么匆匆忙忙的。最后，我们也不要忽视梦的荒谬之处，两个人去看戏却买了三张票！

梦的观念其实是："这么早就结婚真是荒唐啊，我其实用不着这么匆匆忙忙的。从L.伊丽泽的例子可以看出，我只要稍微等上一等，最终还是会找到一个丈夫的，而且是一位好一百倍的（丈夫、宝贝），我那些钱（嫁妆）可以买到三个这样的丈夫！"

八

在前面的讨论中，我们对梦的工作已有所了解了。我们还是倾向于宣称，这是一种相当奇特的精神过程，就我们所知，此外再没有与之相类似的情况了。通常是梦的工作的产物——梦，让我们感到惊讶，但这种惊讶似乎转到梦的工作上来了。实际上，在一整系列的精神过程当中，梦的工作只是首先被发现的那一个，是这些精神过程导致了癔症症状、恐怖观念、强迫观念和妄想观念的产生。对其他那些过程来说，浓缩作用尤其移置作用，同样也是从不缺席的特征，与此相反，形象化转换却是梦的工作所特有的。如果这一解释在将梦与精神疾病产生的结构相提并论，那么找出诸如梦的形成这类精神过程的主要条件在我们看来就更重要了。我们很可能会惊讶地听到这样一种观点，即无论睡眠状态还是疾病都不在这些必不可少的条件之列。与梦以及这一系列精神过程的其他成员一样，健康人日常生活中的许多现象，如遗忘、说错、拿错，以及某一类的疏忽，其产生的精神机制是相似的。

问题的关键在于移置作用，在梦的工作的各项功能中，它是格外突出的那一项。在深入考察移置作用这一对象时，如果我们把它视为一种纯粹的心理条件，就可以找出它的主要条件，它是一种类似于**动机**的东西。对梦的分析无法绕开经验，如果我们多关注经验，就会发现它的踪迹。在对第 82 页上的那个梦例进行分析时，我不得不终止说出梦的观念，因为就像我承认的那样，梦的观念当中有些内容我是要对陌生人保密的，我无法做到把它们说出来，同时不会在某些重要的方面带来伤害。我还要补充说明一点，如果不选这个梦，而是拿另一个梦来做分析，也是毫无用处的；分析任何一个内容模糊、混乱的梦，我都会碰到一些要求保密的梦的观念。不过，如果我只是为自己继续分析下去，不考虑其他的人，毕竟，像梦这样的个人经历并非他们所专有，那么，我最终总会碰到一些令我吃惊的观念，我不知道它们就在我身上，它们对我来说不仅很奇特，也让我感到不舒服，因此我会激烈地否定它们，然而贯穿分析过程的观念链条却无情地将它们强加于我。对这一普遍存在的事实，我别无选择，只能假设这些观念真实地存在于我的心理世界中，而且具有某种精神强度或能量，但却处于一种独特的心理情境之中，导致我意识不到它们的存在。我把这种特殊的状态称为压抑状态。这样，我只能得出结论认为，在梦的内容的模糊性和某些梦的观念的压抑状态（不能被意识接受）之间存在着一种因果联系，梦只能是模糊的，以便不致泄露梦的观念中的禁忌内容。于是，我得出了梦的伪装这一概念，它是梦的工作的产物，其目的就在于伪装，把意图遮掩起来。

我想用那个选来做分析的梦例来验证一下，我要问自己的是，在这个梦中，以伪装的形式登场的究竟是哪个观念，如果它不化装，就会遭到我的极力反对。我记得，那次免费乘车让我想起了最近几次和一位家族成员同车共乘的情形，每一次都很花钱；我对这个梦的解释是，我很想经历一次不花任何代价的爱；在做这个梦前不久，我曾为这个家族成员支付了一笔数目可观的款项。基于这些前后关系，我不得不承认的观念就是：**我后悔付出了这笔款项**。我只有承认这个冲动，梦中的那个愿望才是有意义的，即我想拥有无须我花钱的爱。不过，我可以坦诚地对自己说，在决定支付那笔款项时，我一刻也没有犹豫。这一相反的观念，即对此感到后悔，我并没有意识到。至于究竟出于哪些原因没有意识到，那是另一个问题了，我知道它的答案，但它偏离了话题，属于另一个关联。

如果我分析的梦不是自己的，而是某个陌生人的，得出的结论也会相同，只不过用来说服他人相信的动机要相应改变。如果是一个健康人做的梦，我没有任何别的办法，只能劝他承认分析所揭示出来的那些被压抑的观念，它们关联着梦的各种观念，他至少会抗拒的，不愿承认。可是，如果分析的对象是一位神经症患者，比如一位癔症患者，就要证明被压抑的那个观念和他的症状有联系，若将这些症状替换为被压抑的观念，症状就会改善，这样，让他接受被压抑的观念就有说服力了。例如那位女病人，她做了前面那个花 1 弗罗林 50 个十字币买三张票的梦，基于分析而做的推测只能是，她对自己的丈夫评价不高，后悔嫁给了他，想另找一个丈夫将他换掉。她当然会声称爱自己的丈夫，她的内心世界对这种愿望（换个好一百倍的丈夫！）是一无所知的，然而她所有的症状都指向和这个梦一样的结论。她曾有一段时间意识到她并不爱自己的丈夫，当遭到压抑的对这段时期的记忆被重新激活后，那些症状就消失了，而她对这个释梦结论的抵抗也不见了。

九

当我们确立了压抑的概念，并将梦的伪装与被压抑的精神材料联系起来后，对于通过分析梦而得出的主要结果，我们就可以做一般性的描述了。我们发现，那些可以理解的、有意义的梦都是不加遮掩的愿望的满足，也就是说，这些梦的梦境呈现了一种愿望的满足，这个愿望是我们意识到了的，是日间活动残留下来的，是值得我们感兴趣的。至于那些既模糊又混乱的梦，分析带给我们的结论也完全类似：梦境呈现的也是一种愿望的满足，这个愿望总会从梦的观念中突显出来，然而对它的表现却无法辨认，只有在分析中对其进行追溯才能揭示出来，这个愿望要么本身就处于被压抑的状态，为意识所不容，要么就是与被压抑的观念紧密相连，由这些观念所承载。这一类梦的公式就是：*它们隐蔽地满足了被压抑的愿望*。这里还可以发现一个有趣的地方，老百姓认为梦绝对是预示未来的，这种观点是有道理的。实际上，梦呈现给我们的那个未来，并非将要发生的未来，而是我们希望这样发生的那个未来。在这一点上，老百姓也遵循了自己的惯常做法：希望什么，就相信什么。

根据梦对愿望满足的态度，它们可以分为三类：第一类梦*不掩饰地将一个未被压抑的*愿望表现出来，它们都属于幼儿型的梦，在成年人身上出现得越来越少；第二类梦则是*隐蔽地将一个被压抑的*愿望表达出来，也许我们所做的绝大多数的梦都必须先进行分析才可以理解；第三类梦表现的虽然也是一个被压抑的愿望，但是没有隐蔽或隐蔽得不充分。最后这一类梦总会伴有焦虑的情绪，担心梦被打断，这里的焦虑替代了梦的伪装；只有在第二类梦中，梦的工作才避免了焦虑出现。无须费多少力气就可证明，使我们梦中产生焦虑的这种观念性内容，曾经是一个愿望，而且一直受到压抑。

还有一些清晰的梦，带有尴尬的内容，但在梦中并不感到尴尬，因此不能将其归入焦虑的梦，但这些梦却总是被用来证明梦是没有意义的，不具精神价值。以这样一个梦为例所做的分析将表明，我们面对的这些梦实际上非常隐蔽地满足了被压抑的愿望，就是说都属于第二类梦，同时还将展示移置作用如何出色地适合用于将愿望隐蔽起来。

有个女孩梦见她姐姐目前仅有的一个孩子死在自己面前，周遭环境和她几年前看到她姐姐第一个孩子的尸体时一模一样。她在梦中对此并不感到悲痛，当然，她拒绝接受这个梦境迎合了她的一个愿望这种看法。这一点也并没有强求她承认。不过，几年前，就在那个孩子的棺材旁边，她最后一次看到她所爱的那位男士，还和他说了话；如果第二个孩子死了，她肯定又可以在姐姐家里遇到这位男士了。她现在很期待这次相逢，但又抗拒自己的这种感觉。做梦的那天，她自己买了一张报告会入场券，她依旧钟情的那位男士已公告要做这场报告。她的梦很简单，属于迫不及待的梦，这种梦常常在旅行、去剧院看戏以及类似期待中的娱乐活动之前发生。不过，为了掩盖她的这种渴望，场景被移置到一种最不适合产生愉快情感的事件上去了，而这件事情现实中也确实是发生过的。我们还要注意的是，梦中的情绪状况与被推到前景中的内容并不相称，而与真实的、但却遭到抑制的内容相合。梦中的场景抢在她渴望已久的重逢实现之前展开了，它和悲痛的情感并没有任何关联。

十

迄今为止，哲学家们还没有任何动机来探讨压抑心理学。既然这样，我们就可以形象地演示一下梦的构造过程，以初步接近这个尚不为人知晓的事实。这个示意图我们无法仅仅通过梦的研究就可以画出来，它本身已经相当复杂了，但我们找不到更简单的处理办法了。我们假设认为，在我们的心理机构中存在着两种构造观念的动因，其中，第二种动因享有特权，它的产物可以自由进入意识，而第一种动因的活动就其本身而言是潜意识的，只能经由第二种动因才可以到达意识。在这两个动因之间的交界处，也就是第一种动因过渡到第二种动因的地方，有一个稽查站，它只让那些合自己意的东西通过，其余的就被拦下了。按照我们的定义，那些被稽查站退回的东西就处于被压抑的状态。在某些条件下（睡眠状态就是其中一个），两种动因之间的力量对比会发生改变，使那些被压抑的内容不再完全被阻。在睡眠状态下，稽查作用松弛，就可能发生这种情况，此时，迄今一直被压抑的内容就会成功地闯出一条通往意识的路来。不过，由于稽查作用从不消失，仅是减弱而已，那些被压抑的内容就不得不容忍某些改变，以显得不那么有失体统。在这种情况下，进入意识的是一种动因想要实现的意图和另一种动因提出的要求之间的折中方案。*压抑—稽查作用松弛—折中调和*，这一基本模式不仅适用于梦的发生，同样也适用于其他许多精神病理结构，无论哪种情况，调和的过程中都可以观察到浓缩作用和移置作用的过程以及对表层联想的利用，这些我们在分析梦的工作时都已谈过了。

我们没有理由向自己隐瞒魔力信仰的元素，在我们建立理论框架来解释梦的工作的过程中，它是起过作用的。我们获得的印象是，那些内容模糊的梦，其形成的过程就好像一个依赖于第二个人的人有些话想说出来，可是这些话第二个人听了必定会感到不愉快，在这个譬喻的基础上，我们得出了梦的伪装这一概念和稽查作用的概念，并且努力将我们的这一印象转化为一种心理学理论，它肯定是粗疏的，但至少形象易懂。在进一步澄清这个问题的过程中，不管我们的第一种和第二种动因可以和什么对象认同，我们都会期待自己假设的一种相互关系可得到证明，即，第二种动因控制着进入意识的大门，从而可以阻挡第一种动因进入意识。

睡眠状态被克服后，稽查作用会迅速恢复全部力量，它现在能重新消灭在自己虚弱时期被剥夺的东西了。这至少部分地解释了梦的遗忘，这一点从一种已无数次被证实的经验可以看出。在叙述一个梦或对它进行解释时，经常会有一段以为已经忘了的内容突然又出现了。这段逃脱了遗忘的内容总会含有解释这个梦的最佳、最近的路径。它很可能只是由于这个原因而被遗忘，即再一次被压抑。

十一

如果我们把梦的内容理解为表现一个得到满足的愿望，它的模糊性归因于稽查作用对被压抑的材料所做的改变，那么推断梦的功能也就不再困难了。常见的说法是梦干扰了睡眠，我们的看法则罕见地相反，我们必须承认**梦是睡眠的保卫者**。对儿童的梦来说，我们的观点容易找到认同者。

睡眠状态或者精神上的睡眠状态变化（不管它的具体内容是什么），之所以出现，是因为小孩被要求入睡，或者疲劳感让他决定睡觉，实现入睡的唯一可能则是排除各种刺激，这些刺激可能会给精神机构设定除睡眠以外的其他目标。用来排除外部刺激的手段我们都熟悉了，可是，用什么方法才能压制那些抗拒入睡的内部心理刺激呢？可以观察一下一位母亲让孩子入睡的情形。孩子不停地提出要求，他要再来一个吻，他还想再玩一会儿。这些要求有一部分得到了满足，但母亲利用她的权威将另一部分要求推到了下一天。显然，强烈的愿望和需求是入睡的障碍。谁不知道那个坏男孩的有趣故事呢（巴杜因·格罗勒[1]），他半夜醒来在卧室里大喊大叫："他想要牛角吗？"一个乖孩子是不会大声喊叫的，他会梦见自己在玩牛角。梦呈现愿望的满足，由于它在睡眠过程中会得到信任，就可以解除愿望，让睡眠成为可能。毋庸置疑，信任的对象就是梦中的景象，因为这个梦中景象披上了知觉的精神表象的外衣，而儿童还不具备日后才有的能力，即将幻觉或幻想与现实区别开来。

成年人学会了这种区别，他们也清楚愿望是没有用的，通过持续的训练，他们做到了延迟自己的追求，直至能够在漫长迂回的道路上通过改变外部世界的方式来满足它们。因此，通过很短的精神路径就达到愿

1. 巴杜因·格罗勒（Balduin Groller，1848—1916），19 世纪奥地利小说家、记者。——译者注

望的满足，这在成年人的睡眠中是很少见的，是的，它们本身可能根本就不会出现，所有那些在我们看来是以童梦方式构造起来的内容，都需要一种复杂得多的解释。与此相对，成年人却形成了一种区分精神材料的能力，知觉健全者无一例外，这一点是儿童所没有的。成年人身上会形成一种精神动因，在生活经验的教导下，它对心理冲动具有极其严格的控制和阻拦作用，鉴于它与意识以及随意运动能力的关系，它又是用最强有力的精神手段装备起来的。不过，儿童期的冲动有一部分因为对生活无用而被这种动因压抑了，所有源自这些冲动的观念材料都会处于压抑状态之中。

在这种动因中，我们可以认出那个普通的“我”，当这个动因面对睡觉愿望而自我调节时，它似乎受到了睡眠的心理生理条件的逼迫，放松了它在白天经常用来压制被压抑材料的力量。这种放松本身虽然没什么害处，不论被压抑的童心冲动如何喧闹，作为同一个睡眠状态的结果，它们要进入意识依旧非常困难，它们通向运动的道路也是封闭的，但是，睡眠被它们打扰的危险必须予以排除。我们无论如何必须假设，即使在沉睡状态下，仍有一定数量的自由注意力担任警卫员抵制感觉刺激，它们可能会认为醒过来其实比继续睡觉更可取，否则就无法解释，我们怎么可以在任何时间被某些特定性质的感觉刺激所惊醒了，正如生理学家老布达赫[1]已经强调过的那样，母亲会被她自己孩子的低声哭泣所惊醒，磨工在他的磨子停止转动时、大多数人在被人轻声呼唤自己的名字时都会醒过来。这种担任警戒任务的注意力也会转向身体内部那些来自被压抑材料的愿望刺激，并和它们一起形成梦，作为一种调和物，同时满足这两种动因。梦为被压抑的材料创造了一种精神上的解决方案，或利用被压抑的材料构造一个愿望，将其表现为已获满足，但它同时又让睡眠继续，从而满足了另一种动因。而我们的“我”表现得就像个孩子，它相信梦中的景象，它似乎是想说：“是的，是的，你是对的，但让我继续睡吧。”我们醒来后对梦产生轻视，因为觉得梦杂乱无章，看起来不合逻辑，但这很可能只是我们那个睡眠中的

---

1. 卡尔·弗里德里希·布达赫（Karl Friedrich Burdach，1776—1847），比较解剖学家、胚胎学家、生理学家。詹姆斯·斯特拉齐（James Strachey）考证后断定，弗洛伊德提到的布达赫的观点出自布达赫的六卷本著作《作为经验科学的生理学》中的第三卷（1838年，第486页）。

“我”对那些来自被压抑材料的冲动所做的判断，这些被压抑的材料更有权利充分利用睡眠干扰物的运动无能状态。有时候，我们自己在睡眠中也会意识到这种轻蔑的判断；如果梦的内容过于逾越稽查作用，我们就会想，“这只是一个梦而已”，于是又继续睡下去了。

这并不是反对下面的观点。梦也有模棱两可的情况，在这些梦中，梦已无法坚持履行保护睡眠不被打断的功能，如焦虑的梦，便将它换为另一个功能，也即及时取消睡眠。它这样做也只不过是像诚实的守夜人，一开始的时候，他执行任务压制干扰，让市民们不被惊醒，然而后来他觉得造成干扰的原因很严重，自己无力单独应对，便将市民们也都唤醒，而后他仍会继续履行职责。

当一种刺激就要被睡眠者的感官接受时，梦的这种功能尤其明显。众所周知，睡眠过程中施加的感官刺激会影响梦的内容，这一点可用实验证明，而且是医学界对梦进行研究获得的少数确定的成果之一，但它被过高评价了。可是，这个结论也引出了一个迄今无法破解的谜团，因为实验者施加到睡眠者身上的感觉刺激在梦中并不能被正确地认出来，只能在无数可能的解释中择一从之，而这个抉择看起来只能交给专制的精神来裁定了。当然，并不存在什么精神专断机构。睡眠者对来自外部的感官刺激可以有多种反应方式。他要么醒过来，要么还是成功地睡下去了。在后一种情况下，他可以利用梦来消除这个外部刺激，而这又有多种方式。例如，他可以梦见一个与这种刺激水火不相容的情境来消除刺激。比如一个由于会阴[1]处有脓肿而痛苦的睡眠者就是这样做的，他梦见自己骑在一匹马上，将用来缓解他痛苦的泥敷剂当作马鞍，就这样避免了干扰。或者，更常见的情况是，外部刺激被重新解释，它被纳入到一个正待满足的被压抑愿望的前后关系之中，从而被剥夺了现实性，也就是被当作精神材料的一部分对待了。因此，有人梦见自己写了一部喜剧，表达某种基本思想，剧本在剧院里上演，第一幕过后，满堂喝彩，掌声雷动……这里，做梦者肯定成功地压制了干扰，延长了自己的睡眠，因为当他醒过来时，已听不到声响了，但绝对可以断定有人拍打了地毯或床垫。被噪声惊醒前刚刚做的那些

1. 肌肉在肛门和阴囊之间的区域。

梦，都会试图用另一种解释来否认这种将要吵醒他的刺激，从而将睡眠再延长一小会儿。

十二[1]

谁如果坚持稽查作用是梦的伪装的主要动机这一观点，当从释梦的结果得知，成年人做的大多数梦在分析后都会追溯到性爱愿望，是不会感到奇怪的。这一论断并不针对那些含有不加遮掩的性爱内容的梦，这些梦可能所有做梦者基于亲身经历都很熟悉，一般只被描述为“性梦”。即使是这一类的梦，它们选择性爱对象的情形，它们清除导致做梦者在清醒时停止性需求的一切限制这种做法，以及许多暗示性欲反常的奇特细节，仍然足以让人感到惊讶。不过，分析表明，有许多其他的梦，在它们的显意中看不出任何性爱的痕迹，但解释工作却揭示出它们是性爱愿望的满足，另一方面，许多被清醒思维视为“日间残余”而遗留

1. 第十二节介绍梦的象征，是弗洛伊德 1911 年才补充进来的。

下来的观念，只有借助被压抑的性爱愿望才会在梦中得到表现。

要澄清这一没有进行理论推定的事实，需要指出一点，即没有其他任何一组本能像性本能那样被文化教育要求如此深远地压制着，同时，对大多数人来说，性本能也是最容易从最高精神动因的控制之下摆脱出来的那种本能。自从我们认识到，**儿童期性欲**一般表现得不那么引人注目，而且通常会被忽视和误解，我们就有理由说明，几乎每一个文明人都会在某一个点上保留了儿童形式的性欲，我们的理解是，那些被压抑的儿童期性愿望为梦的构造提供了最常见、最强大的驱动力量[1]。

表达性爱愿望的梦若要成功地在梦的显意中表现得没有危险、与性无关，只有一种方式可能。含有性观念的材料不可以表现为本来的样子，必须在梦的内容中用暗示、影射以及类似的间接表现形式替代，但是又要区别于其他的间接表现形式，梦中使用的间接

1. 关于这一点，可参阅作者的《关于性理论的三篇论文》(1905)，在这一卷后面，第235页起；也可参阅“人类的性欲”一章中其他关于儿童性欲的文章。

表现形式不能被直接理解。符合这些条件的表现手段，人们一般将它们称为所表现的事物的象征。自从人们注意到，说同一种语言的做梦者会使用相同的象征，甚至，在有些情况下，使用相同的象征已超越了说同一种语言这个界限，人们对这些象征尤其感兴趣了。由于做梦者本人并不清楚他们所用的象征的意义，这些象征与它们所替代和表达的对象之间是怎样发生关联的，一开始会让人困惑不解。不过，事实本身是确定无疑的，这对释梦技术来说很重要，因为借助关于梦的象征的知识，就可以理解梦的内容中各个元素，或者梦的各个片段、有时候甚至是整个梦的意义，而不必询问做梦者本人的联想了。这样，我们就接近了翻译梦的大众理想，另一方面又回到了古人的释梦技术，对他们来说，释梦就等于用象征进行解释。

虽然关于梦的象征的研究还远非完善，但我们肯定能够提供一系列关于这个问题的普遍结论和具体的说明。有些象征几乎可以普遍明确地翻译出来，比如，皇帝和皇后（国王和王后）代表父母，房间代表妇女，房间的入口和出口则代表身体上的开口部位。绝大多数梦的象征用来表现人、身体的各部分以及带有明显性意味的活动，特别是生殖器，可以用许多往往非常惊人的象征表现出来，各种各样的物体都被用来象征性地表现生殖器。锐利的兵器、长而硬挺的物体如树干和棍子代表男性的生殖器，橱柜、箱盒、车厢、炉子在梦中则代表女性器官，我们立刻就能认出参照物，认出这些替代物的共性来。可是，并非所有的象征都让我们很容易就找到其中的关联，如楼梯或上楼象征性交，领带象征男性器官，木头象征女性器官，只要我们没有通过其他途径认出其中的象征关系，是不会相信这些象征的。而且，大量的梦中象征是两性兼备的，可视情况决定它代表的是男性还是女性生殖器。

有些象征得到了广泛的传播，属于同一个语言圈或同一个教育层次的做梦者都能遇到，还有一些只在极其受限、极其个性化的情况下出现，是某一个人根据自己的观念材料构造出的一些象征。前一类象征还要再做区分，其中有些象征的性意涵是有道理的，这可以从语言的使用上直接看出来（例如来自农业领域的概念“繁殖”“种子”），另一些象征与性的关联似乎要追溯到最古老的时期，要沉潜到我们的概念构造能力的最深处。就上面细分的这两种象征而言，人类构建象征的能力目前并没有减弱，我们可以看到，新近发明的物体（如飞船）马上就被提升为普遍使用的性象征。

顺便说一下，如果我们认为，只要做到对梦的象征作用（“梦的语言”）有更彻底的认识，就不必再去询问做梦者本人对梦有哪些联想了，可以完全回到古代的释梦技术，也是错误的。如果不理会那些个性化的象征，不理会普遍象征在使用中出现的波动，人们绝对无法说出，梦的内容中的某个元素究竟该象征性地解释还是该用它的本意，人们能肯定的是，并非梦的所有内容都可以象征性地做出解释。对梦的象征作用的认识永远只能帮我们翻译梦的内容的某些成分，应用前面给出的技术规则并不会多余，不过，当做梦者的联想失效或不充分时，它恰恰可以作为最有价值的辅助解释手段。

对于理解人类那些所谓的“典型”梦以及在个别人那里的“反复出现”的梦，梦的象征作用也是必不可少的。在这个简短的分析中，对梦的象征性表现方式的讨论如果显得不够完整，那我要提请大家注意，在我们对这一问题所能给出的结论中，这一认识属于最重要的方面，这算是为这个疏漏所做的辩解吧。梦的象征作用远远超出了梦的范围，它不是梦所特有的，在童话、神话、传说中，在笑话和民间创作中，它同样是主导性的表达方式，它让我们可以追溯梦与这些产品之间的紧密联系。但我们要告诉自己，它并非由梦的工作所产生，它是一种特性，很可能就是我们潜意识思维的特性，正是这种潜意识思维为梦的工作提供了浓缩作用、移置作用和戏剧化作用的材料。[1]

十三

我不求在这篇短文中说清了梦的所有问题，也不认为自己令人信服地解决了这里讨论的问题。对所有关于梦的文献感兴趣的人，可以去读圣·德·桑克提斯的著作《梦想》(都灵，1899)，谁如果想了解我是如何进一步论证自己关于梦的观点的，可以参阅我的

1. 关于梦的象征作用，除了那些古老的释梦著作（阿特米多鲁斯·封·达尔迪斯，舍尔纳,《梦的世界》,1861年）外，还可以参阅作者的《释梦》(1900)一书，还有精神分析学派讨论神话的文章以及W.施泰克尔的著作《梦的语言》(1911)。

著作:《释梦》(莱比锡、维也纳，1900)。我只想再提示一下的是，我对梦的工作所做的阐释应该往哪个方向继续进行下去。

我把释梦的任务理解为用梦的隐意来替代梦，也就是说，将梦的工作编织起来的东西再解开，这样一来，一方面，我提出了一系列新的心理学问题，这些问题既涉及梦的工作本身的运行机制，也涉及所谓的压抑作用的本质和条件；另一方面，我还断定了梦的观念的存在，它们是生成精神结构的材料，内容非常丰富，秩序井井有条，具有正常理智功能的所有特征，但又避开了意识，直到它通过梦的内容向其发出伪装过了的信息。因此我不能不推测，这样的观念在每个人那里都存在，因为几乎所有的人，包括最正常的人在内，都能够做梦。梦的观念的潜意识性质，以及这种潜意识与意识和压抑的关系，又进一步引出了其他一些对心理学来说非常重要的问题，在精神分析把其他精神病性质的结构如癔症症状和强迫观念的产生弄清楚之前，这些问题的解决可能要先搁置一下。

典型的梦[1]

Typical Dreams

一般而言，如果别人不愿意将隐藏在梦中的潜意识告诉我们，我们就无法解释他的梦。如此一来，我们这种释梦方法的实际可操作性，就会受到很大的限制[2]。每个人都可以自由打造自己的梦幻世界，每个人的梦都有自己的特点，这就让他人常常难以理解。不过与此相反，也有一些梦是几乎每个人都会做的，做梦的方式也都一

---

1. 节选自《梦的解析》第五章第四节。——编者注
2. 如果没有做梦者的联想材料，我们的释梦方法将无法应用，对这句话还要补充说明一下，我们的解释工作在一种情况下是不依赖这些联想的，就是做梦者在梦的内容中使用了象征元素，这样的话，我们严格说来会采用第二种辅助释梦方法（见下文）。（该脚注添加于 1925 年。）

样。于是，我们自然就会推测：这些梦对每个人的意义应该也是相同的。我之所以对这些典型的梦特别感兴趣，还因为这些梦可能在所有人那里都有相同的来源。如果真是这样，它们也许尤其适合用来揭开梦的来源之谜。

于是，我怀着特别的期望，将自己的释梦技巧用于解释这些典型的梦，然而，我又很不情愿地承认，我的释梦技巧恰恰在这类材料上无法得到充分的检验。因为在解释这些典型的梦时，做梦者通常无法提供与这些梦有关的联想，而正是这些联想才能帮助我们理解这些梦；或者，他们提供的联想非常模糊，并不足以完成释梦任务。

为什么会这样，又该如何补救释梦技巧的这一缺陷，我将在下文中做出交代。到时候读者就会明白，为什么我只讨论少数几种典型的梦，而其他类型的梦只能留待下文探讨。

一、尴尬的裸体梦

人们梦见自己在陌生人面前一丝不挂或衣不蔽体

时，有时候会丝毫也不感到羞愧。不过，我感兴趣的只是做梦者感到羞愧和尴尬的裸体梦。做梦者很想逃走，或是躲起来，但却被克制住，待在那儿动弹不得，而且无力改变这种尴尬的局面，只有兼具这两个条件的梦才是典型的裸体梦。这类梦的要点在于：基于本性中的羞耻感，人们会感到非常难堪，通常都想用逃开的办法来掩盖自己的裸体状态，然而却办不到。我想，绝大部分读者肯定都有过这样的梦中经历。

通常，具体的裸露方式在梦中都很模糊。做梦者可能会说“我穿着衬衫”，但这并不是一个清晰的形象；由于衣衫不整的情形难以确定，人们在描述梦境的时候干脆用替代的办法模糊应对：“我穿着衬衫或衬裙。”一般说来，如果是衣着出了问题，还不至于严重到让人感到羞愧。如果是皇家卫队的队员，经常会以自己违反了制服穿戴规定来代替裸露的梦景，如“我走在街上的时候没有佩带军刀，恰好碰到几名军官走过来”，或“我没有打领带”，或“我穿了一条方格纹的便裤”，诸如此类。

让做梦者感到羞愧的，几乎从来都是陌生人，相貌模糊难辨。在典型的裸体梦中，做梦者从来都是因为衣衫不整而感到难堪，而不是他人的关注或责备，相反，周围的人会显得无动于衷，或者像我在一个非常清晰的梦中所感受到的那样，人们的表情完全是漠然的。这种情形很值得我们深思。

做梦者的尴尬和旁观者的冷漠构成了一对矛盾，而且这种矛盾在梦中经常出现。鉴于做梦者的感受，那些陌生人表现出来的态度，似乎应该是惊讶、嘲笑或愤怒才对。不过我认为，在这类梦中，旁观者本应有的反感由于愿望达成的需要而被抹掉了，而己方的尴尬却因某种力量保留了下来。其实，这是基于愿望达成的需要，梦部分地伪装了自己，导致人们难以理解。关于这一点，有个有趣的证据，即这类梦已成为很多童话创作的素材，其中以安徒生的版本（《皇帝的新装》）最广为人知，近期的例子则是德国剧作家富尔达的《护身符》。安徒生讲了两个骗子的故事，他们要为皇帝织一件贵重的衣服，不过只有善良和忠诚的人才看得见它。当皇帝穿着这件看不见的衣服出行时，畏于这件衣服所具有的试金石力量，所有人都装作没看到皇帝其实是裸体的。

而以上正是梦中的情形。其实完全可以设想一下，梦的内容既然难以理解，那么它就会有动力去创造一种表达方式，从而让即将进入记忆的场景变得有意义起来。在此过程中，这一场景的初始意义被剥夺了，这样它就可以被用于其他目的。不过我们也知道，人的第二种精神系统会展开有意识的思维活动，由于这种审查作用，梦的内容经常遭到误解，而这种误解也是决定梦最终表现形式的因素之一；此外，在“强迫观念”和恐怖症的形成过程中，这类误解同样起着主要作用（当然，是在同一个精神人格内部）。甚至，我们还可以指出引起误解的材料来自何处。其实梦就是安徒生笔下的骗子，做梦的人就是皇帝，梦的道德倾向则在暗示：梦的隐意中含有不被允许的、被抑制的愿望。

我在给神经机能症患者做分析的过程中发现，从这些梦的前后关系来看，有一点是无疑的——这些梦的基础是对早期童年经历的回忆。只有在童年时代，我们才有机会衣衫不整地站在家人以及陌生的护理员、女仆、访客面前，那时我们对自己浑身赤裸并不会感到害臊[1]。许多小孩在他们已经长大了一些后，仍然觉

1. 在安徒生童话《皇帝的新装》中也出现了这样的孩子，因为有个小孩突然喊道：“可是他什么也没穿啊。”

得脱衣服是一件非常诱人的事情。当他们脱光了笑着、跳着、互相打闹着时，旁边的母亲或别的什么人就会告诫他们说：“别这样，这是很丢人的，不可以这样。”小孩常有展示自己身体的欲望，如果去周边的农村走走，碰到两三岁的小孩，他会冲着路过的行人掀起自己的衣服来，也许这是表达敬意的方式吧。我有一个患者，他有意识地记住了自己 8 岁时发生的一幕。当时，他在上床睡觉前，只穿着内衣就蹦跳着想闯进隔壁自己小妹妹的房间，但是被他的保姆拦住了。神经机能症患者青少年时期的经历中，在异性孩子面前裸露自己是一项重要内容。在妄想狂病症中，患者会妄想自己在穿衣、脱衣时遭到他人窥视，这种妄想也可以追溯到这类童年经历。停留在性倒错阶段的患者当中，有一部分人幼年时的这种冲动已经发展到病征的程度了，他们就成了“暴露癖者”。

在我们日后的回忆中，这种没有羞耻感的童年时代简直就是一个天堂，这个天堂便是对每个人童年时代的集体想象。所以，天堂里的人也赤身裸体，可是相互之间并无羞愧感，直到某个时刻，羞耻感和恐惧感醒了过来，随之而来的自然就是被驱逐，于是，性生活和文化工作就开始了。其实，梦每天晚上都可以把我们带回这个天堂中去。我们已做过推测，童年早期（从出生到 3 周岁）的这些印象，本质上是对再现天堂生活的渴求，这些印象复现于梦中，其实就是愿望的达成，也许具体内容并不重要。也就是说，这些裸体的梦就是暴露梦。[1]

这种暴露梦的核心是自身的形象（但不是孩子时的样子，而是当前的模样）以及自己衣衫不整的情形。由于对早晨穿衣场景的无数次回忆已重叠在一起，或者为了避开精神的审查作用，这种衣衫不整的景象往往都很模糊。此外还有一个因素，就是周围那些让做梦者感到羞愧的人。在这些梦中，我还从未发现幼年的暴露场景中真实的旁观者，因此，这种梦几乎从来都不是简单的回忆。奇怪的是，在所有这类暴露梦中，以及在歇斯底里症和强迫症中，我们童年时代的性兴趣所针对的那些人都被忽略了，只有在妄想狂症中，旁观者才再度现身，尽管他们其实并不可见，妄

1. 费伦齐报告过一些妇女做的裸体梦，很有意思。这些梦全都不难追溯到儿童时期的暴露欲，不过，它们的某些特征与我上面讲的“典型”的裸体梦还是有所不同的。（该脚注添加于 1911 年。）

想狂症患者仍然偏执地坚信，这些人是在场的。梦中出现了“许多陌生人”，但是他们并不关心做梦者的裸露表演，这种情形其实正是一种反愿望，因为做梦者只不过想向他熟悉的某个人暴露自己罢了。此外，“许多陌生人”经常是因其他任意一个机缘而出现在梦中的，作为一种反愿望，他们总是带有“秘密”的意味[1]。我们注意到，在妄想狂症中，对往日经历的复现也会表现出这种反愿望的特征，病人总觉得自己无法一个人独处，肯定有谁在观察他，但这些观察者却是“许多陌生的人，奇怪的是，他们的相貌全都模糊难辨”。

此外，暴露梦还涉及精神的抑制作用。梦中羞愧难堪的感受，是第二种精神系统做出的反应，因为尽管它做了抵制，有些暴露场景却还是表现出来了。若要避免这种难堪的感受，只能不再复现这样的场景。

在下文中，我们还会再次谈到这种被克制住的感受，它在梦中非常适合用来表现“意志的冲突”，也就是那种“否定的意志”。按照潜意识的意图，这种暴露

1. 出于可以理解的原因，“全家人”一起出现在梦中也会有这种含义。

应该继续，可是按照审查作用的要求，它却应该中止。

这些典型的梦与童话及其他文学创作之间的关系绝不罕见，也非偶然。作家们深谙转换之道，有时候，目光敏锐的作家在分析这种转换过程的基础上，反向地利用它，也就是将文学创作引到梦幻世界。有位朋友曾提醒我注意瑞士作家戈特弗里德·凯勒的小说《绿衣亨利》中的一段文字：

> 亲爱的李先生，我希望您永远都不会体验到奥德赛在那种场合下的辛酸滋味，他出现在诺西卡和她的玩伴们面前时衣不蔽体、浑身污泥。您想知道这是怎么回事吗？那我们还是就这个例子来谈谈吧。假如您曾经远离家乡，远离您深爱的一切，在他乡漂泊流浪，您见到了许多，经历了很多，有过苦恼忧愁，甚至还陷入了穷困潦倒、孤苦无助的境地，那么，到了深夜，您肯定就会做梦。您会梦见自己正在重返故乡，看到故乡在五彩美景中闪亮耀眼，家中仁慈、正直、亲爱的人们正在欢迎您归来。这时，您突然意识

到，自己只是个衣衫褴褛、近乎赤裸、浑身泥土的流浪汉而已。一种难以名状的羞耻感和恐惧感攫住了您，您想把自己遮住，想躲起来，于是，您就在大汗淋漓中醒过来了。只要这个世上还有人，就会有忧伤的流浪者做这样的梦，荷马就从最深刻的永恒人性之中挖掘出了这种处境。

这种人性中最深刻而永恒的一面，就是人的精神生活中那些植根于童年时代，几乎已成史前遗迹的冲动。一般而言，作家们都希望能在这一点上唤起读者的共鸣。到了梦中，流浪者内心深处那些被压制、被禁止的童年愿望可能就会冲出来，不过经常都躲在那些为意识所接受、毫无瑕疵的愿望背后。由于这种原因，那个在诺西卡传说中被具体化了的梦，往往就变成了一个焦虑的梦。

在我那个爬楼梯的梦中，飞跨很快就变成了被粘在楼梯上动弹不得。这同样是个暴露梦，因为它也具有这类梦的主要特征，那么，从中应该也可以追溯我的童年经历。厘清了这些童年经历，就可以解释：那名女仆针对我的言行——比如指责我弄脏了地毯——究竟在什么程度上让她在这个梦中有一席之地。现在，我真的可以给出期望中的解释了。

在精神分析的实践中，必须学习从时间相近的事件里找到逻辑关系。看似没有关联的两件事，如果在时间上依次发生，就必须视为整体加以破译。例如将字母“a”和字母“b”并列写在一起，那就应该把它们作为一个音节“ab”来发音。前后相连的梦，它们之间的关系也是这个道理。爬楼梯的梦来自一个系列的梦，这个系列中其他梦的含义我已清楚，而这个梦既然嵌在其他梦中间，必然会与它们共享一种上下文关系。其他的梦全都基于对一个保姆的回忆，她从我还是个吃奶的婴儿时，一直照料我到两岁半。我还能模糊地忆起她。不久前我问过母亲，得到的信息是，她是个又老又丑的女人，不过非常聪明，也很能干。我从自己做的那些梦中可以推断，在我成长过程中，她对我的态度并不总是那么温柔，她教育我要保持整洁而我并不听话时，她肯定大声训斥过我。现在，这位女仆既然努力想将这项清洁教育工作继续下去，她就有资格在我的梦中化身为那个早已沉入我记忆深处的老保姆。还可以推测的是，尽管保姆的管教态度严厉，但孩子还是喜欢她。[1]

二、亲人去世的梦

还有一类梦也是典型的，内容是至亲的人——如父母、兄弟姐妹或孩子——去世了。这类梦又可分为两组。在其中一组梦中，做梦者并不感到悲伤，醒来之后，他会惊讶于自己竟然表现得无动于衷；在另一组梦中，做梦者会因亲人的去世而陷入深深的悲痛之中，甚至睡眠之中都会泪流满面。

第一组梦我们可以放到一边，它们并不具有典型性。如果认真分析就会发现，相对于梦中表现出来的场面，它们其实另有所指，意在将某个其他的愿望隐

---

1. 对这个梦的一种过度阐释：由于“吐痰”（spucken，亦有“闹鬼”之义）是精灵的一种活动，如果可以随便一点儿翻译为法文谚语“esprit d'escalier”（“楼梯上的智慧”，其中“智慧”亦有“精灵”之义），就是“事后聪明”或“马后炮”的意思，等于说一个人缺乏俏皮应对的机智。确实，我要批评自己太后知后觉了，不过，那个保姆不也没表现出这种机智吗？

藏起来。比如那位姨妈做的梦，她梦见自己姐姐唯一的儿子躺在面前的棺材里，但这场景并不意味着她希望自己的小外甥死去。我们也已经知道，她只是在掩盖自己的愿望——在久未谋面之后再次见到自己深爱的人——上一次，她也是在等了这么长的时间之后，才在另一个外甥的尸体旁再次见到了他。这个愿望才是她那个梦的真正内容，根本没有悲哀的动机，因此，她在那个梦中也就感觉不到悲哀了。这里值得注意的是，梦中包含的这种感受并不属于梦的显意，而是属于隐意，这样，梦中的情绪就不需要伪装，梦的内容也就不会受到影响了。

另一组梦的情况则完全不同，在这些梦中，人们梦到自己喜爱的一位亲人去世了，感到非常悲痛。就这些梦的内容来看，它们所表达的愿望就是让那位亲人死去。可以预料，所有的读者，所有做过这种梦的人，在感情上都会抵制我的这一结论，因此，我必须拿出具有广泛适用性的证据来才行。

我们曾讨论过一个梦，从中得出的结论是：梦中得到实现的愿望，并不一定就是当前的愿望，它们也可能是往日的愿望，是被弃置、遮蔽、压抑的愿望，只是因为这些愿望在梦中重现了，我们才不得不承认它们在某种程度上仍然是存在的。这些愿望并不像我们所理解的那样“人死如灯灭”，而是像《奥德赛》中的那些幽灵，只要喝了血就会重新复苏为某个鲜活的生命。在那个看到小孩死在一个小盒子里的梦中，愿望其实是15年前的，做梦者也坦率地承认了这一点。如果再加以补充，即使是这个愿望，同样也可以追溯到早期童年的回忆，这对梦的理论有着重大意义。那位做梦的女士很小的时候（具体时间难以断定）就听说过，母亲在孕育她时，曾经陷入过严重的抑郁状态，特别盼着自己的孩子胎死腹中。后来，她自己长大了，怀了孕，便也开始步她母亲的后尘。

如果有人悲痛地梦到自己的父亲或母亲、兄弟或姐妹去世了，我绝不会将这样的梦用作证据，来证明他现在希望亲人死去，梦的理论还不至于如此。我的推论仅限于：做梦者曾经（在童年的某个时候）希望他们死去。不过，我还是担心，这样的限制仍不足以平息反对者的抱怨，他们定会激烈地否认小时候有过这样的念头，一如他们否认现在绝没有这样的愿望。因此，我能做的就是以目前可以找到的证据为基础，重新构建已经隐没了的一部分童年期心理[1]。

我们首先考察一下儿童与自己兄弟姐妹之间的关系吧。我不明白，为何要假定这是一种充满温情爱意的关系，因为每个人都体验过成年兄弟姐妹之间的敌意，而且我们经常还能断定，这种不睦是可以追溯到童年时代的，或者说自那以来一直存在；何况，许多今天和兄弟姐妹和睦相处、同舟共济的成年人，童年时相互之间几乎总是敌对的。大孩子会欺负小的，辱骂他，抢他的玩具；小孩子在大孩子面前不得不忍气吞声，对他既羡慕又害怕，但当他的正义感和对自由的渴望开始萌芽的时候，矛头所指就是那个压迫者。父母会抱怨孩子们相互之间不和，可就是找不到原因在哪里。其实，即使是最乖的孩子，其性格也与我们对成年人性格的期望完全不同。孩子是绝对利己主义者，他会完全顺从自己的需求，毫无顾忌地去实现，尤其会针对和他竞争的人——也就是别的孩子，首先就是自己的兄弟姐妹。

1. 参见我的文章：《对一个男孩所患恐怖症的分析》(《精神分析和精神病理学研究年鉴》第 1 卷，1909 年)、《关于儿童的性理论》(《神经症理论论文集》第 2 卷，1908 年)。(该脚注添加于 1909 年。)

不过，我们并不认为这就是“坏”孩子，只会说他“顽皮”，无论在我们眼里还是在法律面前，他都不必为自己的不良行为负责。这是有道理的，因为我们的期望是：在通常认为的儿童期内，利他冲动和道德感终会在这个年幼的自私自利者体内苏醒，用梅内特的话说就是，一个“继发”的自我终究会掩盖、抑制那个“原初”的自我。也许，道德品行并不会在所有方面同时产生，而这个不受道德约束的儿童阶段的长短也因人而异。如果这种道德品行未能发展出来，我们就会认为这是“退化”，这种情况显然是道德品行的发展出现了障碍。如果原初的性格已被后来的德行修养覆盖，它至少可以在癔症中部分地得到释放，因此，这种所谓的癔症性格和一个调皮鬼的性格就会表现出惊人的一致性。相反，强迫性神经症则表现出一种超道德倾向，它成了一种强化的负担，用来压制要重新复苏的原初性格。

许多人今天与自己的兄弟姐妹情同手足，若有兄弟姐妹去世，他会悲恸欲绝。可是，他的潜意识中却藏匿着小时候对兄弟姐妹的邪恶愿望，可在梦中得到实现。观察一下 3 岁之前或略大一点儿的小孩如何对待更小的孩子，你会觉得非常有趣。有一个小孩，一直是独子，现在有人告诉他说：鹳鸟又给他们家带来了一个孩子。这个小孩打量了一会儿新来的小家伙，然后坚决地说道："还是让鹳鸟再把他带回去吧[1]。"

我有个非常严肃的观点，相信小孩绝对能够做出判断：新来的陌生者将会对他不利。我和一位女士的关系很好，她现在和比她小4岁的妹妹相处得非常融洽。她告诉我，听到妹妹出生的消息时，她的回应是有所保留的："可我的那顶红帽子绝不给她。"即使后来才认识到这种情况对自己不利，她的敌意却在那一刻就已苏醒。我知道另一个例子：一个不到3岁的小女孩想把摇篮里的婴儿掐死，因为她预感到这个家伙一直待下去的话，对她也许不是好事。在这个时期，小孩的嫉妒心最明显，也最强烈——那个新来的小家伙或许果真不久就消失了，这个小孩重新独享了全家人的宠爱。后来鹳鸟又给他们家送来了一个，那么，这

1. 前一个注解提到了我的一篇文章，分析一个男孩患的恐怖症，他就是3岁半的汉斯。小妹妹出生后不久，他就在发烧说胡话时喊道："我就是不想要妹妹。"一年半以后，在神经症发作时，他还直截了当地表示，希望妈妈给小妹妹洗澡时，失手让她掉在盆里淹死。不过，汉斯本质上还是一个听话、温和的孩子，他不久就喜欢上了妹妹，还格外照顾她。（该脚注添加于1909年。）

个备受宠爱的孩子心里就会产生一个愿望：让新来的竞争者与前一个命运相同，这样他就可以再次独享宠爱了。难道不是这样吗？[1]当然，在正常情况下，小孩对新生弟弟妹妹的态度，通常要看年龄差异的情况。当小女孩长大一些后，新生的无助婴儿会在她体内激起一种母性的本能。在儿童阶段，小孩对兄弟姐妹的敌视情绪远比成年人看到的多，成年人在这方面太迟钝了[2]。

我自己的孩子一个接一个地出生、长大，我却错过了观察他们的机会，只能在自己的小外甥身上弥补这一缺憾。小外甥一直独占着家中的焦点位置，然而 15

1. 童年时期经历的死亡事件在家里可能不久就被忘记了，不过，精神分析研究表明，这些经历对后来出现的神经症具有非常重要的意义。（该脚注添加于 1914 年。）

2. 童年时代，小孩会对自己的兄弟姐妹和父母双亲中的一位怀有敌意，人们在这方面有过大量的观察，精神分析文献中也有记录。作家斯皮特勒就描述过自己童年时代这种典型的孩子气，写得非常真实、质朴："而且又来了第二个阿道夫，大家都说，这个小东西是我的弟弟，可我搞不懂他能有什么用，更不明白大家为什么像对我一样也把他当一回事儿。我自己一个就够了，为什么还要一个弟弟？他不仅没有用处，有时候根本就是个累赘。我缠着奶奶的时候，他也想过来缠着奶奶；我坐童车的时候，他就坐在我对面，占去了我一半的空间，搞得我们两个的脚老是碰在一起。"（该脚注添加于 1914 年。）

个月后，这种局面随着一个女性竞争者的出现被打破了。虽然我听大家说，这位小男士在妹妹面前表现得很有骑士风度，他会亲她的手，轻轻地抚摸她，不过我确信的是，他在还不到 2 岁、刚会说话的时候，就开始批评这个在他眼中其实多余的妹妹。每当大家谈到妹妹，他就会不耐烦地插话道："她太小了，她太小了。"近几个月来，由于小妹妹长得很快，不能用"太小"贬损她了，小外甥就开始抓住机会，用另一个理由来提醒大家这个小女孩不值得如此关注："她还没长牙呢[1]。"我还记得，我另一个姐姐的大女儿 6 岁时，缠了她几位姨妈半个小时，就为了得到一个确认的回答："露西还不懂事，对不对？"这位露西小她 2 岁半，是她的竞争者。

在我治疗的女患者中，梦到自己兄弟姐妹死去的例子，都蕴含着强烈的敌意。我只发现了一个例外，不过，这个例外经过解析后同样符合以上规律。在某次会诊中，我向一位女士解释了对这种梦的推论，因为就她的症状来看，很可能与此有关。让我吃惊的是，她却回答说自己从未做过这样的梦。不过，她想起了

1. 那个 3 岁半的汉斯也是用同样的话损他妹妹的，他以为，妹妹没有牙齿，所以不会说话。（该脚注添加于 1909 年。）

另外一个梦，只是觉得这梦和我们的话题无关。第一次做这梦时她 4 岁，是家中最小的孩子，后来又反复做过这个梦：一群小孩在草地上嬉戏玩耍，是她的哥哥、姐姐、堂兄弟和堂姐妹们，突然间，他们都长出翅膀，飞了起来，然后就都不见了。她不知道这梦的含义，其实很简单：她梦到自己的兄弟姐妹都死了。只不过这个梦的形式很原始，基本没有受到精神审查作用的影响。我可以大胆地做出分析：如果这群孩子中有一个死了，当时还不到 4 岁的小女孩就会去问好像什么都知道的大人："小孩死后会变成什么？"她得到的答案将是："他们会长出翅膀，成为天使。"在得到这个答案后，她就在梦中看到自己的兄弟姐妹全像天使一样长出了翅膀，最重要的是，他们都飞走了。只有我们这位小天使的创造者留下来了——想想看：这是幸存下来的唯一！在梦中，孩子们在一块草地上玩耍，然后就飞走了，这一场景几乎毫无疑问地指向了蝴蝶，好像曾经启发过古人的联想也启发了她，因为古人的想象中，丘比特钟爱的塞姬（Psyche，也指"灵魂"）就长着蝴蝶的翅膀。

也许有人会反驳我说，小孩对自己兄弟姐妹的敌意冲动可能确实存在，可是，孩子的心性怎么可能会坏到如此地步，居然希望他的竞争者或比他强壮的玩伴死掉，好像所有的过错只能通过死亡才能补偿？反驳者未曾想过，小孩头脑中的“死亡”概念与我们对这个词的理解大不相同。小孩并不理解腐烂的尸身、冰冷的墓地、无边的虚无中所蕴含的恐怖意味，但对一个成年人而言，这些内容就像所有神话对彼岸世界的描绘一样，想象一下都会很难受。小孩对死亡的恐惧毫无概念，因此，他会用这个令人生厌的词来威胁另一个小孩：“如果你再这样的话，你就会像弗兰兹那样死掉。”可怜的母亲听到这类话会浑身战栗，她也许就会想到：超过一半的人会在童年时期夭折。有个8岁小孩参观了自然历史博物馆，回到家中对母亲说：“妈妈，我多么爱你啊，如果你以后死了，我就让人把你制成标本立在房间里，这样我就永远都能看到你了！”小孩对死亡的想象与成年人简直有天壤之别[1]！

---

1. 有个10岁的小男孩非常聪明，父亲突然去世之后，他如是说：“父亲死了，这我知道，但我想不明白的是，他为什么不回家吃晚饭呢？”这件事让我非常吃惊。更多关于这个主题的材料可以参阅《心象》杂志中的“儿童心理”专栏（一本探讨在人文科学领域应用精神分析的杂志，卷1和卷2，1912年和1913年）。（该脚注添加于1909年。）

Children know nothing of the horrors of corruption, of freezing in the ice-cold grave, of the terrors of eternal nothingness.

* 小孩并不理解腐烂的尸身、冰冷的墓地、无边的虚无中所蕴含的恐怖意味。

还有一点：小孩没见过死亡之前的痛苦景象，对他来说，死亡大致就相当于“离开”，不再打扰活着的人。他根本无从辨别，这种离别是以什么方式出现的，是通过远行、解雇、关系疏远，还是由于死亡的缘故[1]。在精神分析中可以发现，如果孩子在出生后的几年中，先是保姆被遣走，不久后母亲也去世了，那么在他的记忆中，这两件事通常就会重叠在一个记忆系列里。小孩对离开的亲人并不会有非常强烈的思念，不少母亲都会伤心地体会到这一点。如果母亲在暑期外出了几周，然后回到家中，向家里人询问她走后的情况，得到的答复可能是：“孩子根本就没问过妈妈去哪儿了。”假如她真的去了那个“乌有之乡”，一个“游子去了就不复回的地方”，孩子们最初会显得把她给忘

1. 有个懂精神分析的父亲，他 4 岁的女儿很聪明，这位父亲机敏地观察到，女儿看出了“死去”和“走开”之间的区别。小女孩在吃饭时不听话，当她注意到公寓里的一位女仆正很不友善地瞪着她时，就对父亲说：“要是约瑟芬死掉就好了。”父亲便和气地问她：“为什么一定要她死呢？让她走开不就行了吗？”女孩回答道：“不，那她还会回来的。”儿童的自恋不受约束，任何有损这种感觉的举动都被他们视为“大逆不道”，他们的感情立下严刑峻法，对这种罪过统一量刑（“死”）。（该脚注添加于 1919 年。）

了，只是到了后来他们才会开始怀念自己的亡母。

因此，如果小孩出于某些动机，希望另一个孩子离开，那就没什么能阻止他用“希望他死去”的方式来表现自己的愿望。而且，对这种希望他人死亡的梦，人的心理反应证明了：尽管内容上有所不同，但小孩与成年人的同类愿望归根结底是一回事。

孩子的自私本性使他把兄弟姐妹视为竞争对手，这可以解释小孩希望他们死去的愿望，那么，孩子在梦中希望父母死去又该如何解释呢？父母是那么爱他，满足他的一切需要，若从自私动机出发，他在梦中应该盼望父母健康长寿才合乎逻辑。

有一类经验可以帮我们解决这个难题：在那些父母死去的梦中，绝大多数只涉及父母双亲中的一位，而且是与做梦者性别相同的那位。也就是说，男性梦到的大多是父亲死去，女性梦到的则是母亲死去。我不能说这是此类梦的通律，可这种倾向实在太明显，有必要用一种具有普遍性的因素加以解释[1]。大体上，情况是这样的：好像人们在童年时期就会表现出性

1. 这个事实常因一种惩罚意向的出现而被掩盖，它会从道义上反驳，使其面临失去一位至亲的危险。（该脚注添加于 1925 年。）

别上的偏好，小男孩会将父亲看作情敌，小女孩则把母亲看作情敌，而除掉竞争者对自己是有百利而无一害的。

在指责这种观点过于惊世骇俗之前，请先审视一下父母和孩子之间的真实关系——哪些是“孝顺父母”这一文化传统所要求的，哪些是我们在日常生活中观察到的现实，一定要区分清楚。在父母和孩子的关系中，潜藏着不止一种可以导致敌意的因素，有些愿望无法通过精神的审查作用，但生成这些愿望的条件却大量存在。

先看一下父子关系吧：在我看来，我们赋予摩西“十诫”神圣性，可是，它也让我们对现实世界的感知变迟钝。我们也许不太敢承认，多数人的所作所为其实已经违背了第五诫——无论在人类社会的哪一阶层，对父母的孝顺经常会让位于其他的利益考量。在产生于人类社会原始时代的神话和传说中，父亲往往掌握着生杀予夺的大权，而且执行起来冷酷无情。克罗诺斯吞吃了自己的孩子，简直就像公猪吃掉母猪的幼崽一样，宙斯则阉割了自己的父亲，取而代之成为了统治者[1]。在古代，父亲在家庭中的统治地位越是不受约束，作为法定继承人的儿子就越会被逼入敌对的境地，他就会越发迫不及待地想让父亲死去，好使自己获得统治地位。现代市民家庭中，父亲通常会拒绝自己的儿子自立，拒绝向儿子提供独立自主所必需的资金，这就使得父子关系中本就存在的敌意不断发酵。作为医生，有足够的机会可以观察到：在父亲去世之时，儿子虽然会感到悲痛，却也抑制不住终于获得自由的欣慰之情。当代社会，父性权威已经过时，可父亲们并不甘心。如果有作家将父子之间这场古老的斗争作为小说主题，肯定可以出名，易卜生就是个成功的例子。

母女之间冲突的缘由在于：女儿开始发育，渴望获得性方面的自由，却发现母亲在监督着自己；而母亲目睹花一样年纪的女儿已然亭亭玉立，忽然醒悟自

1. 至少有几个神话是这样描述的，而在其他神话传说中，只是克罗诺斯阉割了他的父亲乌拉诺斯。关于这个主题的神话意义，参阅奥托·兰克的著作：《英雄诞生的神话》(《应用心理学文丛》1909年第5卷，以及《文学和传说中的乱伦主题》第9章第2节，1912年)。(该脚注添加于1909年。)

己年华已逝，该放弃性方面的需求了。这是显而易见的，不过，在解释父母死去的梦这个问题上，这些事实还是帮不上忙，因为人们总觉得孝敬父母乃是天经地义之事。好在通过前面的讨论，我们有了一个基本的认识：希望父母死去的愿望可以追溯到童年早期的经历。

对精神性神经症患者所做的案例分析，无可置疑地证明了我的猜想。孩子的性欲（假如可以如此称呼萌芽状态的它们）很早就已苏醒，女孩最初的欲望对象是父亲，而男孩幼年的欲望对象是母亲，这样，父亲就成了男孩的竞争者，母亲则成了女孩的对手。对小孩来说，这种感受可以毫无顾忌地引向死亡愿望，这一点在关于兄弟姐妹的梦中已经分析过了。一般而言，父母的态度就已经体现出性方面的选择了：出于天性，父亲会格外娇惯小女儿，母亲则非常疼爱儿子，不过，只要性的魔力尚未彻底扰乱他们的判断力，他们总还是会严厉管教孩子的。小孩对这种偏爱非常敏感，对父母中反对这种偏爱的一方会表现出抗拒。对小孩来说，获得大人的爱并不仅等于特定需求得到了满足，同时也意味着，在其他所有方面，他的意愿同样也会得到纵容。那么，如果他在父母之间做出的性选择与父母的意愿相同，他就会完全顺从自己的性冲动，同时还会不断地要求父母鼓励自己。

从孩子身上表现出来的这些幼稚的倾向，大部分都被人们忽略了，不过，部分特征在孩子长大一些后仍然可以发现。我认识一个8岁的小女孩，当母亲被从餐桌旁叫走后，她就会抓住这个机会，宣布自己开始继承母亲的位置:“现在我就是妈妈了。卡尔，你还要吃蔬菜吗? 听我的话，再吃些。”还有一个4岁的小女孩，非常聪明活泼，她的儿童心理展现得真可谓清清楚楚——她直截了当地说道:“妈妈现在可以走了，这样爸爸就得娶我，我也愿意成为他的太太。”不过，小女孩有这种愿望，绝不意味着她不爱自己的妈妈。至于小男孩，如果爸爸外出旅行了，他就可以睡在妈妈身边，可是如果爸爸回来了，他就得回到自己的房间，或者回到一个他很不喜欢的人身边去。所以，他很容易会产生这样的愿望: 希望爸爸总是不在家，这样就可以占据他的位置，躺在亲爱而漂亮的妈妈身边，而实现这愿望的手段显然就是，如果爸爸死去就好了! 因为，经验是这样告诉他的: 凡是“死去”的人，比如爷爷，总是不在家，也不会再回来了。

虽然对小孩的观察结果与我的释梦观点完全相符，但是，在为成年神经症患者做精神分析时，医生们对我的推论还是将信将疑。下面谈到的这些梦都属于这个主题，当然，它们都只能被解释为愿望的梦。

有一天，我发现一位女士很悲伤的样子，眼睛都哭肿了。她说:“我不想再见到那些亲戚了，他们肯定都很怕我。”随后，她突兀地述说了一个 4 岁时做的梦，当然，她并不明白这梦的含义。梦的内容如下:一只猞猁或狐狸在屋顶上走着，然后有什么东西掉了下来，要么就是她自己跌下来了，再后来，人们就把母亲的尸体抬出了屋子。她一边讲，一边大哭。我正要告诉她，这个梦必定表达了她童年时的愿望，也就是希望看到母亲死去，正是这个梦让她觉得亲戚们都厌弃她，这时，她又补充了一些信息，使得这个梦的含义更清楚了:“猞猁眼”是一个骂人的词，在她还很小的时候，有一个小混混就曾这样骂过她;她 3 岁时，有一次一块砖头从房顶掉下来，砸得她母亲头上鲜血直流。

我曾有机会深入研究一位年轻患者，她经历了不同的精神状态。最初，她表现出狂躁、迷乱的特征，对自己的母亲有一种特别的反感，只要母亲走近床边，她就会又打又骂。可是，在一个比她年长许多的姐姐面前，她却表现得很听话，甚至百依百顺。后来，她神志清醒了，人却变得有些麻木，睡眠也极不稳定，而我就是在这个阶段开始为她治疗的。我分析了她做的梦，发现大部分都或多或少地希望母亲死去，只是方式比较隐蔽。有时，她梦见自己正在参加一位老太太的葬礼；有时梦到自己和姐姐穿着孝服坐在桌边。这些梦的意义毫无疑问。病情进一步好转时，她又出现了癔症性恐怖症状态，时刻担心母亲会出意外。不管她身在何处，事后都会匆匆赶回家中，以确定母亲平安无恙。结合我的经验来看，这个病例很有启发意义：对同一种刺激，人的精神机构可以有不同的反应方式，就像同一部作品可用不同的语言翻译一样。在我看来，她之所以陷入精神混乱状态，原因就在于第二种精神动因被通常受到压制的第一种动因克服了，潜意识领域中对母亲的敌意一下子变得非常强烈；后来，她初步安静了下来，之前的叛乱被平息，精神的审查功能重新占据了统治地位。而此时，只有梦幻世界才会向这种敌意敞开大门，从而实现她让母亲死去的愿望；这种正常状态进一步得到巩固后，癔症性逆反应和防御心理却又让她过度担心起自己的母亲来。这样一来也就不难理解：患癔症的女孩经常会表现得格外依赖母亲。

还有一次，我对一位青年男子的潜意识心理进行了深入观察。此人患有严重的强迫性神经症，几乎到了活不下去的地步：他无法上街，因为他总担心自己会杀掉所有从他身边经过的人。他几乎每天都在收集、整理证据中度过——假如有人指控他要对城里的一桩谋杀案负责，这些证据就可以派上用场。事实上，他是个正派的人，受过良好教育。对他所做的分析（最终使他获得了康复）表明，这种痛苦的强迫症来源于他想谋杀父亲的冲动，因为父亲太过严厉。7岁的时候，他惊讶地意识到自己竟有了这种念头。当然，这一念头的产生还可以再往前推几年。后来，父亲在饱受病痛折磨后去世了。当他31岁时，强迫性自责出现了，并表现为恐怖症的形式，目标转移到了陌生人身上。一个人如果想把自己的父亲从山顶上推入深渊，可想而知，他对毫不相干的人肯定也会毫不留情，于是，他觉得把自己锁在屋里才是合理的做法。

根据我积累的大量经验，所有后来患了精神性神经症的病人，在其童年精神生活中，父母总是起着主导作用。童年早期形成了一些对后来的神经症具有重要意义的材料，其中一个固有内容就是：儿童深爱父母中的一位，同时又憎恨另一位。然而我并不认为，精神性神经症患者能有什么绝对新奇、特别的表现，从而让自己与正常人明显区别开来。更可能的是，他们之所以引起了我们的注意，是因为他们放大了对父母的爱与恨，其实，这种心理在绝大部分孩子那里都可以找到，只是不那么明显和强烈罢了。善于观察正常儿童的情况，就会认同这种看法。

有个古老的传说也支持我们的判断，而此类传说深远、普遍的影响力，只有上述儿童心理学推论的同等普适性才能解释。

我指的就是俄狄浦斯王的传说和索福克勒斯的同名剧本。俄狄浦斯是忒拜国王拉伊俄斯和王后伊俄卡斯忒的儿子，刚生下来就被抛弃，因为神谕早已告诉他父亲，这尚未出世的儿子将是杀父的凶手。俄狄浦斯被人救了起来，在另一个王宫中长大，成了王子。俄狄浦斯开始怀疑自己的身世，便求助于神谕。神谕警示他要远离家乡，否则他将弑父娶母。于是，他便离开了自以为是家乡的地方，在路上遇到国王拉伊俄斯，在一场突发的争吵中将他杀死。然后，他来到忒拜城下，解开了拦路的斯芬克斯著名的谜语。忒拜人感激他，拥他为王，他则娶伊俄卡斯忒为妻。俄狄浦斯在位多年，忒拜国一片安宁祥和，他甚至还与自己的母亲生下了两儿两女。后来，瘟疫暴发了，忒拜人又去问神谕。于是，索福克勒斯笔下的悲剧开始了。信使带来的神谕是：只要杀死拉伊俄斯的凶手被逐出这个国度，瘟疫就会停止。

可凶手在哪儿呢？

"这古老罪恶的蛛丝马迹要去哪里找寻？"

剧本的情节跌宕起伏，构思巧妙，通过层层推进的方式抵达真相（整个过程很像精神分析工作），原来俄狄浦斯就是杀死拉伊俄斯的凶手，他自己则是这位受害者和伊俄卡斯忒的儿子。俄狄浦斯震惊于自己竟然犯下如此弥天大罪，于是弄瞎自己的双眼，离开了故乡。神谕应验了。

《俄狄浦斯王》是一部众所周知的命运悲剧，其悲剧效果建立在神之超凡意志与人类面对灾难时的徒劳抗争的鲜明对比。观众被深深震撼，他们从这出悲剧中认识到：要屈服于神的意志，要认识到自己的渺小无助。于是，现代剧作家也开始构思故事，以表现同样的冲突，希望获得相似的悲剧效果，内容不外是无罪的人们虽极力抗争，诅咒或神谕还是在他们身上实现——可观众却无动于衷。

如果《俄狄浦斯王》对现代人的震撼毫不亚于给当时希腊人的冲击，唯一可能的解释就是：这部希腊悲剧的效果并不在于命运和人类意志的冲突，而在于展示这种冲突的材料本身所具有的特点。在我们内心深处，肯定有个声音正在呼应俄狄浦斯命运中蕴含的那种摄人心魄的力量。然而，对格里尔帕策的《女祖先》或其他一些命运悲剧中的相关情节，我们却很排斥，视之为无稽之谈。俄狄浦斯的命运之所以能打动我们，是因为它也可能成为我们的命运，因为在我们出生之前，神谕就已将同样的诅咒加在我们身上了。我们所有人可能命中注定，会将自己最初的性冲动指向母亲，并将最初的仇恨和暴力欲望指向父亲，我们的梦证明了这一点。俄狄浦斯王杀死父亲拉伊俄斯，娶了母亲伊俄卡斯忒，这一情节只不过是我们童年愿望的达成。不过我们比他幸运，只要没有成为精神性神经症患者，我们都已成功将性冲动从母亲身上移开了，同时也淡忘了对父亲的嫉恨。俄狄浦斯的童年期原始愿望得到了实现，而我们却被他的悲惨命运吓坏了，借助与这些童年愿望相生相伴的力量把它们压制了下去。剧作家以自己的方式将俄狄浦斯的罪孽揭示出来，同时也提醒我们认识自己的内心世界，冲动虽被压制在其中，但它们始终存在着。剧终合唱所吟咏的，就是这命运的对照：

“看啊，这就是俄狄浦斯，

他解开了宇宙之谜，他高居权力之巅，

他的幸福令人赞叹与欣羡。

看啊，他却在厄运的惊涛骇浪中深陷！”

这警示直击我们自身以及我们的荣耀——我们从小就过高地估计了自己的智慧与力量。与俄狄浦斯一样，我们也对大自然强加的不道德愿望一无所知。当真相大白时，我们都会宁愿将目光移开，再不敢直视自己的童年景象了[1]。

1. 精神分析的一系列研究发现中，有一个发现遭到了最激烈的反对和拒斥，相关批评已被扭曲到了令人叹为观止的地步。这个发现就是：人的潜意识中保留着童年时代的乱伦倾向。最近，又有人无视一切经验，试图证明这种乱伦倾向只具有“象征性”的意义。

俄狄浦斯传说源于古老的梦之素材，内容是：因最初的性冲动，孩子和父母的关系产生了令他痛苦的混乱。索福克勒斯在悲剧正文中明白无误地指出了这一点：俄狄浦斯不清楚自己的身世，一想到神谕就惴惴不安。于是，伊俄卡斯忒就用这个梦来安慰他。她说许多人都做过这个梦，但她觉得其中并无意义：

“许多人亦在梦中看到自己成了母亲的伴侣。

唯有对此一笑置之，生活方能轻松如意。”

无论过去还是现在，许多人都会梦到与母亲发生性关系，只要谈起自己做的这种梦，人们都会表现得愤怒和震惊。可以想象，这种梦既是认识上述悲剧的关键，也可以让我们更好地理解父亲死去的梦。俄狄浦斯寓言，就是人之想象对这两种典型梦境所做的反应。既然成年人对这个寓言——正如对此类梦境——表现出排斥情绪，那么这寓言必定含有惊惧和自我惩罚的内容。通过润饰处理让梦中材料变得面目全非，就会使这类梦表现为其他形式，用来为宗教意图服务（参见前面的暴露梦）。当然，不论是用这一材料还是用任何其他题材，企图调和神的万能和人的责任心，都是注定失败的。

Many men dream of having sexual relations with their mothers, and speak of the fact with indignation and astonishment.

* 许多人都会梦到与母亲发生性关系，只要谈起自己做的这种梦，人们都会表现得愤怒和震惊。

另一部伟大的悲剧作品，也就是莎士比亚的《哈姆雷特》，其根植的土壤与《俄狄浦斯王》一样。两部作品素材相同，处理方式却相异，反映出在这两个相距遥远的文明时代之间，人类的精神生活有着显著的不同，也是世俗社会对人类情感世界的抑制作用不断累积的结果。在《俄狄浦斯王》中，潜伏在儿童内心深处的愿望幻想就像在梦中一样被揭示出来，并得到了实现，然而在《哈姆雷特》中，这种愿望幻想却被抑制住了，我们只有通过抑制的效果才能推知其存在。这种情形与神经症患者有些相似。奇怪的是，人们虽然一直看不透主人公的性格，但这部近代戏剧那动人心魄的演出效果却未受影响，两者并行不悖。

这部戏剧的关键之处在于：哈姆雷特对完成复仇任务表现出犹豫的态度。这种犹豫的原因或动机是什么，剧本并未交代，相关的解释众说纷纭，但都无法令人信服。歌德所做的解释今天仍被广泛接受，在他看来：哈姆雷特就是一类人的典型，他们的心智活动过于旺盛绵密，因而缺乏果断的行动力（“因心思过密而面露病容”）。还有种观点认为：作者的意图就是要刻画一种病态的、优柔寡断的、几近神经衰弱的性格。

可是，就整体情节来看，哈姆雷特绝对不该是一位毫无行动能力的人。我们两次看到他果断行动：一次是在盛怒之下挥剑刺杀了躲在挂毯后面的偷听者，另一次则是有计划的，甚至狡猾的行动——处死了两个想谋害他的宫廷佞臣，完全表现出了一位文艺复兴时代王子的果敢。那么，究竟是什么阻碍了他，使他在执行父王显灵嘱咐的任务时犹豫不决呢？——还是要归因于这项任务的特殊性质。哈姆雷特可以做任何事，唯独无法向杀死他父亲又娶了他母亲的那个人复仇，因为，此人的所作所为恰好实现了压抑在他内心深处的童年愿望。于是，驱使他报仇的那种憎恶感在他身上变成了自责，良心让他犹豫起来，觉得自己并不比那凶手好到哪里去。

在此，我不过是把主人公潜意识中的心理活动翻译为直白的语言罢了。如果有谁认为哈姆雷特是个癔症患者，我会表示赞同，因为通过分析也只能得出这样的结论来。哈姆雷特后来在与奥菲莉亚的对话中表现出对性的厌恶，就与这种推论非常相符。而对性欲的厌恶同样盘踞在作者心头，甚至在此后多年里与日俱增，最终在剧本《雅典的泰门》中充分表现出来。我们在哈姆雷特身上看到的，很可能只是作者自己的精神世界。勃兰兑斯在其著作中对莎士比亚有颇多评论，其中曾提到：这部剧是莎士比亚在父亲去世后不久写的，他当时仍沉浸在丧父之痛中。由此可以推测：莎士比亚童年时对父亲的感受此时又复活了。此外，众所周知，莎士比亚有一个早夭的儿子，名字就叫哈姆内特（几乎与哈姆雷特同名）。《哈姆雷特》表现的是儿子与父亲的关系，莎翁同期写作的《麦克白》，表现的则是无子嗣的主题。任何一个神经症的症状，甚至任何一个梦，都要能经得起过度阐释，有时甚至还要求有过度阐释，目的就在于全面彻底地理解它。同样，任何一部真正的文学作品，不会仅仅产生于作家的一个动机，不会只是某个心理冲动的结果，对它的解释应该也不止于一种，在这里，我只是分析了作家创作时其心灵中最深层的冲动。[1]

1. 上述从精神分析视角对哈姆雷特的简略解读后来由 E. 琼斯完成，与文献中的其他观点大不相同（参见琼斯 1910）。（该脚注添加于 1919 年。）不过，对上面提到的那个先决条件，即，莎士比亚作品的作者来自斯特拉福，我一直都感到困惑。（该脚注添加于 1930 年。）其他一些关于麦克白的分析参见我的文章“从精神分析工作得出的几个性格类型”（1916）以及 L. 耶克尔斯（L.Jekels）的著作（1917）。（该脚注添加于 1919 年。）

说起亲人去世的典型梦境，我还想就它们对释梦理论的意义再添上几句。在这些梦中，我们会看到一种相当罕见的情况：某个在被抑制的愿望基础上形成的梦中观念，避开了各个审查关卡，原封不动地以真面目进入梦中。这种情况只有在特殊条件下才会发生。我认为，导致这种梦产生的因素有以下两个：其一，我们觉得这个梦和自己的关系最为遥远，觉得这种愿望是“我们做梦也不会想到”的，于是，梦的审查作用对这个怪物就不再设防了，就好比梭伦在制定法典时，根本就没想到要把“弑父罪”这一条也列进去；其二，在这种情形下，那些被抑制的、出乎意料的愿望常与白天印象的残余混在一起，表现为对亲人安全的担忧。这种担忧只能利用相应的愿望进入梦中，于是，被抑制的愿望就会借用白天对亲人浓浓的担忧情绪来装扮自己。有人可能会说，把这一切都理解为“日有所思，夜有所梦”岂不更简单？可这样的话，关于亲人去世的梦就根本不需要解释了，本来很可能解开的谜团，却成为多余的了。

探究一下这类梦与焦虑梦的关系，也能给我们一些启发。在亲人去世的梦中，被抑制的愿望找到了一条避开审查关卡的途径，因而不用被迫伪装自己，但是这种情况必然导致一种后果：人在梦中会有痛苦的感受。同样，只有梦中的审查作用被彻底或部分克服了，才会产生焦虑的梦；另一方面，如果源自躯体刺激的焦虑，已然作为当下的感受存在，也有助于克服梦中的审查作用。这样就清楚了，审查作用履行职责，迫使梦要伪装自己，其用意就是为了避免形成焦虑或其他各种不愉快的情绪。

我在前面谈过，儿童心理是利己主义的，现在，我要提醒大家注意，这个特点和梦也有关系，因为这些梦也都有这个特征，它们绝对都是利己主义的。在这些梦中，那个可爱的“我”都会登场，当然有时候是伪装了的。在这些梦中得以实现的愿望，无一例外都是这个“我”的愿望，如果某个梦是由另一个人的利益引起的，那不过是个假象而已。我现在就对几个梦进行解析，它们表面上都和我的观点有点冲突。

（1）一个不到 4 岁的小男孩给我讲了这个梦：他看到一个雕花的大盘子，上面放着一大块烤肉。突然，这块肉一下子被吃掉了，都还没有切开呢。可是他并没看到那个吃肉的人[1]。

这位小朋友梦到的那个大快朵颐的陌生人，究竟会是谁呢？他当天的经历肯定可以告诉我们一些线索。几天以来，这个小男孩一直按医生的规定只喝牛奶，但在做梦那天晚上，他太顽皮了，家里人就罚他不准吃晚饭。他以前已受过一次这样的饥饿疗法，所以在被罚的时候表现得很勇敢。他知道自己不会有东西吃，但也不敢说任何一句暗示他饿了的话。于是，他所受的教育开始起作用了，并在这场梦中成为伪装的起源。毫无疑问，他自己就是梦中那个对这场大餐垂涎欲滴的人，而且那还是一场烤肉大餐呢。但他也知道，这对他来说是被禁止的，所以不敢像饥饿的孩子做梦时那样，直接坐到桌边去吃（参见我的小女儿安娜吃草莓的那个梦），于是，梦中那个吃肉的人就只能匿名了。

（2）我有一次做梦，在一家书店橱窗中看到一套

---

1. 梦中事物具有巨大、丰富、过度、夸张的外部特征，这可能也是儿童心理的表现。孩子最渴望的就是长大，在任何方面都可以和大人得到的一样多。孩子的欲望难以抚平，他们总不知足，只要是他们喜欢的或爱吃的，就会永不满足地不断提出要求，只有通过文明教育，他们才会明白适度、谦虚、断念。大家知道，神经症患者的表现也总是很夸张和无度。

新出的面向业余爱好者的丛书，类似的丛书（关于艺术家、世界历史、名胜古迹等）我通常都会买。这套新丛书名为“著名演讲家”（或“著名演讲”），其中第一册的标题中有莱歇尔博士的名字。

在分析这个梦的过程中，我觉得不可思议的是，德国议会反对党团那絮絮叨叨的演讲者莱歇尔博士会如此出名，居然萦绕在我的梦中。实际情况是：我在几天前开始为一批新病人进行精神疗法，每天都要和病人进行10到11小时的谈话。也就是说，我自己就是个长篇演说家。

（3）还有一次，我梦到一位很熟的大学同事M对我说：“我儿子是近视眼。”然后是一段对话，两人你一言我一语，话都很短。后来，又出现了第三段梦境，这次是我和我的儿子们一起现身。就这个梦的隐意来看，父亲、儿子和M教授都只是稻草人，目的是掩护我和我的长子。下文讨论另一个特点时，我会继续分析此梦。

（4）有些梦表现的实际上是一种鄙俗、自私的心理，但却隐身在温情脉脉的关怀中，如：我的朋友奥托看起来身体欠佳，他脸色黯黄，眼球暴突。

奥托是我的家庭医生，对于他，我充满感激，总觉得无以回报。多年来，他一直照顾着我孩子们的健康，每当他们生病，奥托都能治愈，还经常带礼物给他们。我做梦那天，他来我家做客，我太太当时就注意到，他看上去有些疲惫。当晚，我做梦时就将巴塞杜氏症（突眼性甲状腺肿）的几个症状安到了他身上。不了解我释梦理论的人可能会觉得，我是在关心自己朋友的健康，甚至梦中都还为朋友担心。但这不仅与我所坚持的“梦是愿望的达成”相冲突，也不符合我的另一个观点：梦只表现利己主义冲动。

我为什么要担心奥托患的是巴塞杜氏症呢？从他的面容丝毫看不出患了这种病。我的分析把我带回到了 6 年前。当时我们一行几人，其中有 R 教授，在漆黑的夜晚乘车穿过 N 森林，那里离我们的避暑地有几小时车程。路上，由于司机的失误，我们连人带车从坡上翻了下去，幸好无人受伤，但被迫就近找了家旅店过夜。旅店中，我们遇见位明显患有巴塞杜氏症的 L 男爵。L 表示非常愿意为我们效劳，想知道有什么地方可以帮忙。顺便提一下，他只是面色黯黄、眼球暴突，和梦中的情形一样，但并没有甲状腺肿。R 教授以他特有的方式问道：“别的都不需要，您能借我一件长睡衣吗？”L 的回答却是：“抱歉，这个我做不到。”

说完就走开了。

在继续分析这个梦的过程中，我还想起，巴塞杜不只是一个医生的名字，还是一位著名教育家的名字（时至今日，我并不太确定）。我曾托付朋友奥托，一旦我发生意外，请他多关照我几个孩子的身体发育情况，特别是在青春期的时候。在梦中，我把旅店中那位 L 男爵的病征安在奥托身上，显然是想说，如果我出了什么意外，他会像 L 男爵一样，口是心非，其实根本不会照顾我的孩子们。现在，能看清这个梦的利己主义面目了吧[1]。

---

1. 有一次，琼斯教授面向美国听众做一个学术报告，报告的内容是关于梦的利己主义特征。其间，一位颇有教养的女士提出质疑，认为这种观点是一种“不科学的概括”，琼斯教授只可以评判奥地利人做的梦，至于美国人做的梦是什么样的，他没有发言权。说到她本人，她坚信自己做的梦都是无私的。（该脚注添加于 1911 年。）这位女士的种族自豪感比较强烈，为了取得她的谅解，琼斯教授又补充说，关于梦绝对都是利己主义的这句话，大家不必误解。所有在我们的潜意识中出现的内容，都有可能进入梦中（既可成为梦的内容，也可作为隐含的梦中思想），这种可能性也适用于那些无私的冲动，由此推论：如果潜意识中潜藏着对另一个人的情感冲动，无论它是温柔的还是热烈的，都有可能出现在梦中。同样，梦中的那些潜意识冲动中经常会有一些利己主义内容，这些内容在清醒生活中都是被克服了的——之前那句话只有基于这一事实才是正确的。（该脚注添加于 1925 年。）

可这个梦中究竟哪里体现了愿望的达成呢？并不在我对朋友奥托的报复上，在我做的梦中，他似乎总是得不到善待。愿望的达成体现在：在这个梦中，我将奥托看作L男爵，同时也将自己视为另一个人了，那就是R教授。因为我对奥托有过要求，而那次事故中，R也对那位L男爵提出过要求。问题的关键就在这里。平日里，尽管成就上有些相似，我却并不敢将自己与R教授相提并论。他在学术圈外独立地开辟出了一条路，直到晚年才获得他早该得到的头衔。也就是说，这又是一个我想成为教授的例证！“直到晚年”正是一种愿望的达成，这意味着我会长寿，可以亲眼看着自己的孩子度过青春期。

三、考试的梦

每个通过毕业考试完成高中学业的人，都会抱怨自己没完没了地做一种焦虑的梦。梦中情形多是考试没通过，不得不重修等。在已获大学学位的人那里，这种典型的梦又表现为另一种形式：他们会梦见自己没有通过学位考试的口试部分，即使梦中的自己已是大学讲师或律师事务所主任，甚至已经执业多年，都无济于事。这些其实都来自无法磨灭的回忆，内容是小时候由于顽劣而受到的惩罚。在学生时代两个关键的时间点，我们都必须通过严格的考试，这些“苦难的日子”使得童年的受罚记忆在内心深处又活跃起来。神经症患者的“考试焦虑”是儿童时代这种焦虑情绪的强化形式。学生时代结束后，我们不再像过去那样受父母、保育员或后来的老师惩罚了，但现实生活的因果链条何等无情，它接过了继续监察我们的教鞭。

即便是那些准备充分的学生，又有谁不是忐忑不安地走进考场的？于是，每当做错事，预料自己将要承担后果时，或每当因担负责任而倍感压力时，我们就会做这类毕业考试或学位考试的梦。

关于这类考试的梦，还有进一步解释——这要感谢一位在某学术讨论会上做相关发言的同事。按照他的经验，这种考试的梦只有已经顺利通过的人才会做，那些考试没过的人却不会做。越来越多的材料可以证明：一个人如果第二天要负责一项任务，担心无法完成而丢脸，他就会做这种忧心忡忡的考试梦。其目的是要从过往的经历中找出一件事来，而那次事件的结果证明，极度的焦虑其实没有必要。值得注意的是，梦的内容被清醒意识误解了，梦中抗议“我已经是一位讲师、医生了”等，实际上是梦的安慰之词，可以解释为：“不用担心明天的事，请想一想，你在高中毕业考试前不也是很担心吗，可是你仍然顺利通过了啊。你现在都已经是医生了。”梦中所出现的焦虑情绪，其实是白日印象的残余。

用这种思路解释自己和其他人做的这类梦，虽然受到的检验还不够充分，效果却都不错。例如，我没有通过法医学的学位考试，这经历从未在梦中困扰过我，可我却经常梦到参加植物学、生物学或化学考试，每次都在准备不足的情况下忐忑不安地走进考场，但却涉险过关。要么是命运的眷顾，要么是主考老师高抬贵手。在我做的有关中学考试的梦中，我总是梦到参加历史考试，当时我这门课得了高分，但这全拜我那位和蔼的老师（参见前面另一个梦中那位帮过我的独眼老师）所赐——他注意到在我的答卷上，我用指甲将三道问题里中间的那道做了记号，提醒他对其不要苛求。我有一位患者缺席了高中毕业考试，之后补考通过了，后来参加军官考试时却没有通过，因而没能成为军官。他告诉我，他经常梦到毕业考试，之后的军官考试却从没有梦到过。

我之前已经指出，做梦者提供的联想材料太少，是解析大部分经典梦时会遇到的经典困难。为了分析这些梦，必须收集更多例子，将它们放在一起考察才能对这类梦有更好的理解。不久前，我有了一个更为肯定的认识：诸如“你已是一位医生了”之类的抗辩，并不只是安慰之语，它同时暗含着一种指责，含义可能是这样：“你现在已经这么老了，生命旅程已走过了这么多年，居然还在犯这种愚蠢的错误，真是幼稚。”对考试的梦而言，这种混合着自我批评和安慰的情绪应该符合梦的隐意。那么，所谓“愚蠢”和“幼稚”的行为，与之前例子中不断出现的性行为有着千丝万缕的联系，也就再明显不过了。

斯泰克尔是第一个对“毕业考试的梦”做出解释的人，他的观点是：这类梦通常与性体验、性成熟有关。就我的经验看，这种观点颇有道理。

四、其他典型的梦

至于其他一些典型的梦，比如梦见自己愉快地飞翔或在惊骇中坠落，本人没有体验过。此处关于这类梦的资料，都来自我对他人所做的精神分析。从梦者对那些梦的描述中，我得出的结论只能是：这些梦同样是在复现童年时期的印象，而且与那些对孩子们特别有吸引力的运动游戏有关。没有哪个叔叔、舅舅不曾伸开双臂，举起小孩奔跑着穿过房间，让孩子有一种飞翔的感觉；或是玩跌落游戏，让小孩坐在自己的膝盖上晃来晃去，然后突然将腿张开；又或者把小孩举起，又突然松手，好像故意要让孩子掉下来似的。孩子们会兴奋得大叫，不知疲倦地要求再玩，一次又一次。如果游戏带给人惊险和眩晕的感觉，那就会更有吸引力。多年以后，这些场景会在梦中再现。不过，原来扶持他们的手在梦中都消失了，这下可以自由飞翔和坠落了。众所周知，小孩都喜欢玩秋千、跷跷板这样的游戏，如果他们在马戏团看到杂技表演，就会再次想起那些游戏场面来。有些男孩的癔症发作时，就只是非常娴熟地重复类似的杂技动作。这些运动游戏本身的性质都很单纯，但它们唤起性刺激的情形也不少见。[1]用一个常见的字眼来描述这些童年时期的活动，就是“蹦跳嬉戏”——诸如飞翔、跌落、眩晕的梦，再现的就是这些嬉戏，只是嬉戏时的快感已经转为焦虑了。事实上，每位母亲都很了解，孩子们的“蹦跳嬉戏”经常会以争吵和哭闹收场。

因此，我有充分理由反对如下观点：飞翔和跌落的梦，是由睡眠过程中的触觉和肺的呼吸感觉等刺激因素引起的。在我看来，这些感觉也是由梦中回忆再现出来的，它们是梦的内容而非来源。

有一点我绝不会隐瞒，即我并不能彻底地解析这一类典型的梦。正是我所运用的材料让我陷入了某种困境。尽管如此，我还是坚持自己的看法：这类梦中的皮肤触觉和运动感觉，只有在某种心理动机需要用到它们的情况下才会被唤醒。若心理动机并无这种需

1. 一位没有任何神经疾病的年轻同事跟我分享过这方面的材料：“这是我的亲身体验。荡秋千的时候，特别是往下荡、冲力最大的时候，我的生殖器便会有一种很特别的感觉。虽然这感觉其实并不怎么舒服，但仍然得说它是一种快感。”而患者也经常告诉我，在他们的记忆中，生殖器初次勃起的快感发生在童年攀爬的时候。通过精神分析可以断定，最初的性冲动经常产生于童年时期的蹦跳和扭打中。

求，它们就会被忽略。在对精神性神经症患者所做的分析中，我得到了这样的启示：这一类梦与童年时期的经历一定有关系。不过，在人的成长过程中，对这些感觉的回忆是否还有别的什么意义（尽管这类梦的形式典型，但它对每个人的意义可能还是各有不同），我尚不确定，希望能通过细致分析一些合适的例子来弥补这一缺陷。有些人可能会奇怪：梦中最常出现的正是飞翔、跌落、拔牙之类，为什么我却在抱怨缺少材料？特此说明，因为自关注释梦以来，我还从未体验过类似的梦。我当然可以利用神经症患者们做的梦，但它们并非都可解释，而且经常无法找到潜藏于其中的全部意图。此外，患者体内的某种精神力量在神经症发作时会参与进去，当神经症症状消失后，它又会重新发挥作用，从而阻挠释梦工作将最终的谜底揭示出来。

西格蒙德·弗洛伊德（Sigmund Freud），1856 年生于摩拉维亚的弗莱堡（今捷克普日博尔市）。1881 年，弗洛伊德在维也纳获得医学博士学位，此后专攻精神病理学领域，并由此开始研究歇斯底里症及其成因。基于临床工作经验，弗洛伊德开创了“精神分析学”这一概念。

通过精神分析，弗洛伊德得以将人类复杂的行为和发展归因于潜意识的不同层次和不同动机。他的作品极具争议性，因其关于人性本质可耻的结论，弗洛伊德的许多理论进入了公众的认知，其中包括恋母情结、死亡驱力、自我、本我和超我。弗洛伊德的作品被作家和艺术家广泛引用，在他们看来，精神分析法为人性这一问题提供了解放性的观点。

1938 年，弗洛伊德为躲避纳粹离开奥地利，定居英国，一年后去世。尽管弗洛伊德的许多理论已经不能应用于现实生活，但他仍是 20 世纪科学界和文学界的杰出人物之一。

弗洛伊德作品推荐：
《精神分析引论》
《梦的解析》

图书在版编目（CIP）数据

企鹅经典．小彩虹．第一辑 /（以）尤瓦尔・赫拉利等著；林俊宏等译．-- 北京：中信出版社，2019.11（2021.6重印）
书名原文：Vintage minis
ISBN 978-7-5217-1014-4

Ⅰ．①企… Ⅱ．①尤… ②林… Ⅲ．①世界文学－作品综合集 Ⅳ．① I11

中国版本图书馆 CIP 数据核字（2019）第 203895 号

企鹅经典：小彩虹　第一辑
梦境

著　　者：[奥地利] 西格蒙德・弗洛伊德
译　　者：方厚升
出版发行：中信出版集团股份有限公司
（北京市朝阳区惠新东街甲 4 号富盛大厦 2 座 邮编 100029）
承 印 者：河北鹏润印刷有限公司

开　　本：787mm × 1092mm　1/32　　印　　张：32.25　　字　　数：400 千字
版　　次：2019 年 11 月第 1 版　　印　　次：2021 年 6 月第 2 次印刷
京权图字：01-2016-9678
书　　号：ISBN 978-7-5217-1014-4
定　　价：168.00 元（全 8 册）

服务热线：400-600-8099
投稿邮箱：author@citicpub.com

VINTAGE MINIS

不公

INJUSTICE

[美] 理查德 · 赖特　著

施咸荣　赵轩　译

中信出版集团 | 北京

目录

黑孩子[1]

Black Boy

我母亲去别人家做饭的时候，常常将我和弟弟带在身边，以免我俩调皮捣蛋。饥肠辘辘的我们会安静地站在厨房的角落，看着母亲在灶台与水池、碗橱与餐桌之间忙碌穿梭。我总喜欢在母亲做饭的时候待在白人家的厨房里，因为那意味着我偶尔能吃到些残碎的面包和肉。但很多次，我都后悔跟来，因为我的鼻孔会受到食物气味的侵扰，可那些食物并不属于我，也不许我吃。傍晚时分，母亲会将热腾腾的饭菜端进白人们落座的餐厅，我会站在离餐厅门尽可能近的地

1. 节选自《黑孩子》第一、二章。（本书如无特殊说明，书中脚注均为编者注。）

方，快速地瞥一眼那些围坐在桌前的白人面孔。桌上摆满佳肴，他们享用着美味，谈笑风生。如果白人们剩下些什么没吃完，我和弟弟就可以饱餐一顿；但如果他们什么都没剩，我们就像平常一样吃面包、喝茶。

看白人们吃饭会让我空空如也的胃搅动翻腾，我会生出一股无名之火。为什么我饿的时候不能吃？为什么我总要等到别人吃完之后？我无法理解为什么有的人衣食无忧，而其他人却不是。

现在，每当我母亲去白人家的厨房做饭的日子，我都忍不住出门游荡。离我家一个街区远的地方有一家酒馆，我过去总是整日地在它门前晃。酒馆里面是个迷人的所在，既诱惑着我，又令我害怕。我会去乞讨零钱，然后费力地从弹簧摆门的下面窥探里面喝酒的男男女女。当有邻居把我从门前赶走，我就跟随着街上的醉汉，试图听懂他们在嘟嘟囔囔些什么，对着他们指指点点，逗弄他们，笑他们，模仿他们，嘲讽、取笑并奚落他们东倒西歪的滑稽模样。对我而言，最有趣的场景就是一个醉酒的女人踉踉跄跄地尿了裤子，尿水透过腿上的长袜湿湿嗒嗒地渗了出来。或者我会惊恐地盯着看某个男人呕吐。有人将我喜欢去酒馆的事告诉了我的母亲，她打了我一顿，不过这并没有阻止我。我照旧在她去工作的时候透过弹簧摆门窥视，听醉汉酒鬼们胡言乱语。

我六岁那年，一个夏日的午后，正当我透过附近酒馆的弹簧摆门向里窥探时，一个黑人男子抓住了我的胳膊，将我拖进了烟雾缭绕、震耳欲聋的酒馆深处。浓烈的酒气直冲鼻孔。我大叫着、挣扎着，试图挣脱他，我害怕那群盯着我看的男男女女，可他就是不放手。他提起我，让我坐到柜台上，将他的帽子戴到我的头上，还给我点了一杯酒。喝醉的男女们兴奋地喊叫着。有人想往我嘴里塞支雪茄，不过我躲开了。

“像个大人一样坐在这儿感觉怎么样，小子？”一个男人问道。

“把他灌醉，省得他总往里偷看。”有人说道。

“我们给他买点儿酒。”又有人说。

我环顾四周，恐惧感稍稍减弱了一些。面前摆了一杯威士忌。

“喝了它，孩子。”有人说。

我摇了摇头。把我拖进来的那个男人催促着我喝下这杯酒，告诉我这没什么坏处。我拒绝了。

“喝了它，它会让你感觉很妙。”他说。

我抿了一小口，咳嗽起来，引得那些男男女女一阵大笑。此刻，酒馆里的所有人都聚集到我身边，催促我喝酒。我又抿了一小口，接着又一小口。我感到头晕目眩，大笑起来。我被放回到地面上，我咯咯地笑着跑起来，在哄闹的人群中放声喊叫。每跑过一个人身边，我就从他们举起的酒杯中抿一口酒，很快我就醉了。

一个男人把我叫到身边，对我耳语了几句说，如果我把这些话重复给某个女人听，他就给我五分钱。我答应做到，于是他给了我五分钱。我跑到那个女人身边，大声说出了那些话。酒馆里爆发出一阵哄笑。

“别教他说这些。”有人说道。

“他又不知道是什么意思。”另一个人说。

自那以后，只要给我一分钱，或者五分，我就会将听到的任何话重复给任何人听。在我迷迷糊糊、醉醺醺的状态下，男人女人们听到我神秘言语后的反应令我着迷。我从一个人跑向另一个人，大笑着，打着嗝，喷吐出污言秽语，让他们一个个乐不可支。

“放过那孩子吧。”有人说道。

“对他没什么害处。”另一个人说。

“真是无耻。”一个女人咯咯笑着说道。

“快回家吧，孩子！”有人对我喊道。

傍晚的时候，他们放我走了。我踉踉跄跄地走在人行道上，醉醺醺的，重复着那些污言秽语，路过的女人听见了都惊恐万分，正下班回家的男人们听见了都开怀一笑。

我对去酒馆里讨酒喝上了瘾。好多个夜晚，我母亲都发现我正晕头转向地满街游荡，于是把我带回家打一顿。可第二天一早，她前脚刚出门工作，我后脚就跑去酒馆门口，等着谁把我带进去，给我买酒喝。我母亲哭着向酒馆老板抗议，老板命令我离他的地盘远点儿。可那些不愿放弃这项消遣的男人照旧会给我买酒，在街边递上他们的酒瓶子让我喝，挑唆我学说那些污言秽语。

六岁的我还没开始上学，已经是个酒鬼。我和一帮孩子混在一起，在街上闲晃，向过路的人乞讨金钱，经常在酒馆门前出没，每一天，都游荡到离家更远的地方。我见到许多我不理解的事物，听到许多我不记得的声音。生命的意义于我而言就是讨要酒水。我的母亲感到绝望。她打过我，后来又满含热泪地为我祷告，乞求我能改邪归正，还说她不得不出去工作。可那时的我鬼迷了心窍，这一切都无足轻重。最终，她将我和弟弟托付给一个黑人老妇看管，每时每刻盯着我，以防我又跑去酒馆的门口讨要威士忌。对于酒精的渴望终于离我而去，我渐渐忘记了它的味道。

* * *

我们带着行李来到火车站，等候开往阿肯色州的列车。平生第一次，我注意到售票窗口前排了两队，一队“白人”，一队“黑人”。在姥姥家的这段时间，两个种族的感觉在我心中萌发，十分具体，恐怕直到我死都不会消失。当我登上火车，我发现我们这些黑人在火车的一端，而白人们在另一端。我天真地想要去看看正坐在火车另一端的白人们都是什么样子。

“我能偷偷去看看那些白人吗？”我问母亲。

“你老实待着。”她说。

“可那不算是犯错，对吗？”

“你能安静一会儿吗？”

“可是我为什么不能去呢？”

“别再说蠢话！”

我开始注意到，每当我问母亲关于白人和黑人的问题，她都会生气。我真是不明白为什么。我想了解这两个群体，明明生活中比邻而居，却似乎从来不触碰彼此，除非是在暴力冲突中。还有我的姥姥……她是白人吗？她有多白？白人们是怎么看待她的白肤色的？

“妈妈，姥姥是白人吗？”火车行驶在黑暗中时，我问道。

“你长了眼睛，能看到她是什么肤色。”母亲答道。

“我是说，那些白人认为她是白人吗？”

“你怎么不直接去问那些白人？”她反问道。

“可是你知道啊。”我坚持说。

“为什么我会知道？”她问道，“我又不是白人。”

“姥姥看起来像白人。”我说，希望至少先确认一个事实，“可她为什么和我们这些有色人群生活在一起呢？”

“你不想让姥姥和我们生活在一起吗？”她绕过了我的问题。

“想啊。”

I wanted to understand these two sets of people who lived side by side and never touched, it seemed, except in violence.

* 我想了解这两个群体，明明生活中比邻而居，却似乎从来不触碰彼此，除非是在暴力冲突中。

“那你为什么要问这个问题？”

“我想要知道答案。”

“姥姥是和我们一起生活吗？”

“是的。”

“这不就足够了吗？”

“可是她自己想要和我们一起生活吗？”

“你怎么没去问姥姥？”我母亲用奚落的口吻再次回避了我的问题。

“是不是姥姥嫁给了姥爷，才变成了有色人种？”

“你能别再问蠢问题了吗？”

“是这样吗？”

“姥姥没有变成有色人种。”母亲生气地答道，“她的肤色生来就和现在一样。”

再一次，我被拒之门外，而门内是在所有语言与沉默之下，我感受到的那个秘密、那件事、那个现实。

“姥姥为什么没嫁给一个白人？”我问。

“因为她不想。”母亲没好气地说道。

“你为什么不想和我说话？”我问道。

母亲给了我一巴掌，我哭了起来。过了一会儿，母亲极不情愿地告诉我，姥姥拥有爱尔兰、苏格兰和法国的混合血统，在某种程度上也混了一些黑人血统。她以一种就事论事、随意又中立的方式解释给我听，完全不带任何感情色彩。

“姥姥嫁给姥爷之前叫什么名字？”

“博尔登。”

“谁给她起的这个名字？”

“那个拥有她的白人。”

“她过去是个奴隶？”

“是的。”

“博尔登是姥姥的父亲的名字？”

“姥姥不知道自己的父亲是谁。”

“所以，他们就随便给她起了个名字？”

“他们给她起了名字，我只知道这些。”

“姥姥不能找出自己的父亲是谁吗？”

“为什么要找？傻瓜。”

“那样她就知道了啊。”

“知道了又怎样？”

“就是知道了。”

“可是为什么要知道？”

我也说不上来。我再想不出什么。

“妈妈，父亲的名字是哪儿来的？”

“他父亲起的。”

“那我父亲的父亲的名字呢？”

“就和姥姥一样，一个白人起的。”

“他们知道他是谁吗？”

“我不知道。”

“他们怎么不想办法知道？”

“为什么？”母亲恼火地问道。

而我也想不出合情合理的理由，为什么我的父亲要想办法弄清楚他父亲的父亲是谁。

“爸爸有什么血统吗？”我问道。

“一些白和一些红和一些黑。”她说。

“印第安人、白人和黑人？”

“是的。”

“那我是什么？”

“你长大以后，人们会叫你有色人种。”她说。然后，她转向我，嘲弄地笑着问道：“你介意吗，赖特先生？”

我很生气，没有回答。我并不反对被称作有色人种，可是我知道有些东西我母亲隐瞒没说。她没有隐藏事实，可是隐藏了那些她不希望我知道的感受、态度和信念。当我追问时，她就会生气。好吧，总有一天我会明白。只需等待。好吧，我是有色人种。没问题。我的所知还不足以令我恐惧或期望一个明确的答案。没错，我的确听说过有色人种被杀害、被攻击，但目前为止，一切似乎离我很遥远。当然，我感觉到了一丝隐隐的不安，但如果我当真碰上了什么事，我应该可以应对。很简单。如果有人想杀死我，那我就先把他们杀了。

（赵轩　译）

恐惧[1]

Fear

别格用手圈住嘴，通过一个幻想的电话筒讲话。

“哈罗。”

“哈罗。”格斯说，“你是谁？”

“我是美国总统。”别格说。

“哦，您好，总统先生。”格斯说。

“今天下午四点，我要开一次内阁会议。你是国务卿，一定要出席。”

“哎哟，总统先生，”格斯说，“我正忙着哩。他们在德国那边闹事，我得给他们下个通知……”

---

1. 节选自《土生子》第一部。

“可这次会议很重要。”别格说。

“您召集这次内阁会议打算讨论什么？”格斯问。

“嗯，你瞧，黑鬼们在全国各地闹事。”别格说，憋着不让自己笑出来，“咱们得想办法对付这些黑鬼……”

“哦，要是讨论黑鬼，我一定出席，总统先生。”格斯说。

他们把想象中的电话挂了，靠在墙上哈哈大笑。一辆电车隆隆驶过。别格叹了口气，骂了声：

“该死的！”

“怎么啦？”

“他们什么也不让我们干。”

“谁？”

“白人。”

“听你说话的口气，好像刚刚发现这情况似的。”格斯说。

“不。可我就是受不了。”别格说，“我向上帝发誓，我就是受不了。我知道我不应该想这件事，可我没法儿不想。每次我只要一想起来，就觉得好像有人拿了烧红的铁塞进我喉咙似的。该死的，瞧！我们住在这儿，他们住在那儿。我们是黑人，他们是白人。

他们什么都有，我们什么都没有。他们干啥都成，我们干啥都不成。就像关在监牢里似的。有一半时间，我觉得自己像是在世界外边，扒着篱笆眼儿在往里瞧……”

“唷，别这样，这有啥用？对你一点儿好处都没有。”格斯说。

“有件事你知道吗？”别格说。

“什么事？”

“有时候我觉得仿佛有什么可怕的事要在我身上发生。”别格说，声音里透出怨气。

“这话什么意思？”格斯问，迅速地看了他一眼。格斯的眼里流露出恐惧。

“我不知道。我光是那样觉得。每次我只要一想到我是黑人他们是白人，我住在这儿他们住在那儿，我就觉得仿佛有什么可怕的事要在我身上发生……”

“唷，看在老天爷的分儿上！像这样的事，你是没一点儿办法的。你干吗要操这份心呢？你是黑人，他们制定法律……”

“他们干吗让我们住在城市的一个角落里？他们干吗不让我们驾驶飞机、管理轮船……”

格斯用胳膊肘推了别格一下，好心好意地嘟囔着说：“唷，黑鬼，别这么想啦。你会发疯的。”

飞机已从空中消失，浮动的白烟渐渐扩散，也消失不见。别格心神不定，反正有的是时间，因此他又打了个哈欠，把两臂举得高过头顶。

“从来不发生什么事。”他抱怨说。

“你想要发生什么？”

“什么都成。”别格说着，用一只肮脏的手掌画了个大圈，这个圈里包括世界上一切可能的活动。

接着他们的目光盯住了什么；一只蓝灰色鸽子飞下来落在电车的钢轨中央，竖起羽毛大摇大摆地走来走去，它那胖鼓鼓的脖子高傲地上下颤动着。一辆电车隆隆驶来，鸽子唰地飞到空中，两只翅膀绷得那么紧，显得那么薄，别格都能透过它们半透明的翼梢看见金色的阳光。他翘起脑袋，瞧着这只蓝灰色的鸟展翅盘旋着飞过一个高屋顶边缘，失去踪影。

“嘿，我要是也能那样，就好啦。”别格说。

格斯噗哧一笑。

“黑鬼，你疯啦。”

“我想，这个城里只有我们这些黑鬼要想去哪儿没法儿去，要想干什么没法儿干。”

“别想这些啦。”格斯说。

“我没法儿不想。”

“就是因为这个缘故，你才觉得有什么可怕的事要在你身上发生。”格斯说，“你想得太多啦。”

“真该死，一个男子汉大丈夫有什么事好做？”别格问，转向格斯。

“喝醉了睡觉。”

“我没法儿。我没一个子儿。”

别格掐灭烟蒂，另外取出一支，随手把那盒烟递给格斯。他们继续抽烟。一辆大卡车疾驶而过，扬起一些白色纸屑飞入阳光中：纸屑慢慢飘落下来。

“格斯！”

“嗯？”

“你知道白人住在哪儿？”

“知道。”格斯说，往东一指，“过了‘线’，在别墅路那边。”

“不对，他们不住在那儿。”别格说。

“你这话什么意思？”格斯问，有点儿迷惑不解，“那么，他们住在哪儿？”

别格捏紧拳头，敲打自己的太阳神经丛[1]。

“就在我的肚子里。”他说。

格斯目不转睛地打量着别格，随即别过头去，仿佛有点儿不好意思。

“是的，我懂得你的意思。”他低声说。

“每次我只要一想起他们，我就感觉到他们。”别格说。

“是的，也在你的胸膛和喉咙里。”格斯说。

“像火似的。”

“有时候你都很难呼吸……”

别格凝视着前面，眼睛睁得很大，但目光平静。

“就在那时候，我仿佛觉得有什么可怕的事要在我身上发生……”别格停顿一下，眯着眼睛，“不，好像不是有什么事要在我身上发生。像是……像是我要干出什么不由自主的事来……”

“是的！”格斯热切而不安地说。他眼里流露出来的神情混合着对别格的恐惧和钦佩。“是的，我懂得你的意思。就像你快要往下掉，却不知道要掉到哪

---

1. 太阳神经丛：在腹部，以肚脐为中心向四周展示，像太阳散发光线的样子。

儿……”

格斯的声音越说越轻。太阳躲到一朵很大的白云后面，街道立刻被罩上凉凉的阴影；很快太阳又挤了出来，世界也再次变得灿烂暖和了。一辆长长的黑色豪华汽车，它的挡泥板在阳光下像玻璃一样闪闪发亮，风驰电掣般从他们身旁掠过，驶过几条街就拐弯了。别格噘起嘴唱道：

“呜——呜——呜！”

“他们什么都有。”格斯说。

“整个世界都是他们的。”别格说。

“别格”是如何诞生的？[1]

How “Bigger” Was Born ?

别格的诞生要回溯到我的童年时代，且别格不止一个，而是许多个，多到我数不清，多到超乎你的想象。不过，还是让我从第一个别格说起，我叫他“别格 1 号”。

当我还是密西西比州杰克逊县一个光头赤脚的孩子的时候，我还有和我一起玩耍的男孩子们时常受到一个男孩的恐吓。如果我们正在做游戏，他会慢悠悠地走过来，抢走我们的球、球拍、陀螺和弹珠。我们就会站在四周噘起嘴，抽着鼻子，忍住眼泪，求他把玩具还给我们。可是别格会拒绝。我们从不曾喝令他

1. 节选自《土生子 ·“别格”是如何诞生的》。

把东西还给我们，别格很坏，我们害怕。我们曾经见过他生气的时候殴打其他男孩子，我们不想被揍。除非我们奉承讨好他，让他觉得自己高高在上，否则我们是拿不回玩具的。或者，如果他自己愿意，就会屈尊降贵把玩具丢回给我们，然后再迅速地踢我们每人一脚，仅是为了让我们感受到他的不屑一顾。

那就是别格 1 号的生存方式。他的人生就是给其他人接连不断地制造麻烦。无论对错，他始终选择他的方式，与他相悖的人就要和他打一架。再没有把别人逼上绝路任其摆布更令他开心的了。似乎对他而言，他不堪人生的最深刻的意义就体现在这样的时刻。

我不知道别格 1 号的命运如何。他虚张声势的个性被吞没在我缺失的童年记忆中。不过我猜想他的结局是暴力的。无论如何，他给我留下了鲜明的印记。也许是因为我暗自希望能像他一样，可又害怕会那样。我不知道。

如果我只认识一个别格，我是写不出《土生子》的。我管下一个别格叫“别格 2 号”。他十七岁上下的年纪，比第一个别格壮硕。由于我也长大了些，所以我不再那么怕他。别格 2 号的强硬并不是针对我或其他黑人，而是针对南方的白人统治者。他赊账购买衣服和食品，却不偿还；他住在白人房东的阴暗肮脏的棚屋里，却拒绝支付房租。当然，他的确一文不名，可我们同样没有钱。我们没有生活必需品，经常饿肚子，可是他不会。当我们问他，你为什么要这样做，他会告诉我们（就好像我们还是幼儿园的孩子），白人们拥有一切，而我们一无所有。进而，他会告诉我们，如果我们存活于世，却不能获得我们想要的东西，那真是傻瓜。我们会聆听，会默默地认同。我们都渴望相信他的话，并像他一样行事，可是我们害怕。我们是南方的黑人，我们很饿，我们想要活下去，可是我们宁可勒紧自己的裤腰带，而不是冒险引起冲突。别格2号想要活下去，他做到了。我最后一次听到他的消息时，他被关进了监狱。

还有“别格3号”，白人们都叫他“烂黑鬼”。他实实在在地过着刀口舔血的生活。我曾经在一个黑人电影院做检票员（美国南方各州的电影院遵守吉姆·克劳法[1]，分为白人影院和黑人影院）。有许多次，别格3

---

1. 吉姆·克劳法（Jim Crow laws），十九世纪末到二十世纪中期在美国南方各州颁布的实行种族隔离制度的法案，直到一九六五年被废除。——译者注

号来到门口，狠狠地捏一下我的胳膊，然后走进电影院。我愤恨不已地默默揉着淤青的胳膊。不一会儿，老板走过来，询问是否一切顺利。我会指着黑黢黢的影院，说："别格在里面。""他付钱了吗？"老板会问。我会回答："没有，先生。"老板会撇下嘴角，从牙缝里挤出一句："总有一天我们得杀了那个该死的黑鬼。"然后事件就到此终止。不过后来，别格 3 号在禁酒令时期被杀死了：他在给一位客人送酒的途中，被一个白人警察开枪射穿了后背。

接下来是"别格 4 号"，他唯一的准则就是死亡。南方的吉姆·克劳法管不住他。不过在他嘲笑、诅咒并违反这个法案的同时，他也知道自己有一天会为自由付出代价。他的反叛精神让他违反了所有禁忌，因此，他总在极度的狂欢与极致的抑郁这两种情绪之间摇摆不定。当他机智地"赢"过一些愚蠢的规定，那是他最开心的时刻；当想到自己无法永远自由，那是他最忧郁的时刻。他没有工作，因为他认为每天为了五毛钱卖苦力，和当奴隶没什么不同。他会说："我无法像那样生活。"我时常看到他在读书。他会停下来，用一种戏谑、伤感又冷嘲热讽的方式模仿白人的滑稽举动。通常，他会在一种沮丧的状态下结束他的模仿，并说道："白人是不会让我们什么都不做的。"别格 4 号后来被送去了精神病院。

然后是"别格 5 号"。他乘坐吉姆·克劳有轨电车从不付钱，而且想坐哪儿就坐哪儿。我记得一天早上，他上了一辆有轨电车（南方所有有轨电车都分为两个区域：一个是白人区，贴着"白人车厢"的标识；另一个是黑人区，贴着"有色人种车厢"的标识），坐进了白人车厢。售票员走到他身边说："快点儿，黑鬼，去你该去的车厢。你不识字吗？"别格回答道："没错，我不识字。"售票员火冒三丈："离开这个座位！"别格拿出他的匕首，打开，漫不经心地举在手里，回答道："你来让我挪挪看。"售票员脸憋得通红，眨眨眼睛，紧握着拳头，然后走开了，还结结巴巴地说着："该死的人渣！"电车前端的一些白人开始气愤地议论，坐在吉姆·克劳隔离区的黑人们听到了他们的谈话："是那个叫别格·托马斯的黑鬼，最好别招惹他。"黑人们瞬时感到无比的骄傲。有轨电车平安无事地继续行进。我不知道别格 5 号后来怎么样了，不过我可以猜到。

我认识的黑人中，只有这些别格·托马斯们一直在违反南方的吉姆·克劳法，并逃避它的惩罚，至少能逃得一时的美好时光。最终，那些限制他们生活的白人会让他们付出惨重的代价。他们被枪杀、被绞死、被打残、被处刑，通常会被追捕，直至他们死亡或是精神崩溃。

这种行为模式有许多种表现。后来我又遇见了其他别格·托马斯们，他们并不是用同样的极端和暴力来反抗闭锁的黑人聚集区。不过在我用别格·托马斯作为一个起点去检视温和派之前，我最好先更准确地指明造就了这群人的周遭环境的性质，不然读者会留下一种印象，以为他们生来或本质上就恶劣不堪。

在南方有两个世界，白人世界和黑人世界，他们彼此隔离。有白人学校和黑人学校，白人教堂和黑人教堂，白人企业和黑人企业，白人墓地和黑人墓地，而且据我所知，还有白人上帝和黑人上帝……

隔离是在南北战争后通过3K党的恐怖活动完成的。3K党用纵火、掠夺、残杀等方式将刚刚获得自由的黑人族群清除出了美国参议院、众议院、各州立法机关，清除出了南方的公共、社会和经济生活。发动袭击的动机既简单又急迫。历史上帝国主义的船舶曾迫使黑人与他们的非洲家园分离，颇为讽刺地把他们置于南方最肥沃富饶的种植园土地上。而当黑人们获得了自由，在无数这样富饶的区域中，他们的人数远远超过了白人。

因此，一场激烈的充满仇恨的冲突爆发了，目的是剥夺黑人的选举投票权。因为黑人一旦拥有选举权，那么南方那些最富饶的地区会自然而然地控制在黑人手中，他们也必然会在社会、政治、经济等方面掌握共和国三分之一的命脉。尽管南方在政治上是美国的一部分，不过她面临的问题是独特的；南北战争后白人与黑人之间的冲突本质上是权力的冲突，其范围波及十三个州，数千万人民的生命牵涉其中。

可是剥夺黑人的选举权并不足以控制住黑人群体。必须要制定一整套制度、禁令和处罚措施用以增补辅助剥夺公民权的行为，不仅仅是为了保障和平（完全服从），也是为了保证不会出现真正的威胁。倘若黑人们过去曾共同生活在同一片地域，和绝大多数白人们隔绝，那么这一镇压计划或许不必采取如此野蛮暴力的方式。可是这场战争发生在邻近的人群之间，战争双方的家园比邻，农场土地毗连。因此，枪炮和剥夺公民权不足以让黑人邻居们远离。于是白人邻居决定限制黑人邻居的受教育程度，决定将黑人从警察队伍和各地国民警卫队中清除，在居住区域上对他们实行隔离，在公共场合实行吉姆·克劳法种族隔离，严格限制黑人参与的职业和工作，建立起一种广泛、鲜明的种族优势意识形态，以便在发生任何针对黑人群体的暴力行为时，能维护白人的统治地位。更有甚者，他们要让黑人们习惯于无所欲求、安于现状、绝不反抗。

可是，因为黑人离这个试图将他们驱逐出去的文明社会太近了，因为他们免不了在某种程度上对它的激励和奖赏做出反应；因为他们的意识组织从那个统治文明的奋斗中接收到了它的音调音色，所以，压迫在他们之间引发了形形色色的多样反应，既有全无理智的反抗，也有甘之如饴的超然的服从。

基本上，除了在南方那些已经工业化和城市化的区域，这种微妙平衡的态势自从南北战争之后并无太大改变。这些关系是如此的不稳定和紧张，如果一个黑人反抗了法规和禁令，他就会被以私刑处死，而私刑处决的原因常被称为“强奸罪”(rape)。因而这个词承载了极其恶劣的隐含意义，它在南方的任何地方都能迅速引发一场聚众暴乱，即便今天亦是如此。

很长一段时间，我没那么认真地去考虑写这样一部小说，去塑造一个黑人别格·托马斯，作为美国生活的象征性的人物，一个关于我们未来的预言蕴含于其身的形象。我强烈地感觉到，他自身体现了我们在未来的日子里、在很大规模上会遭遇的行为和情感的概貌。而他所表达的程度之深，可能是当代其他类型的人物无法企及的。正如当一个人走进一间医学研究实验室，他会看到酒精罐子里盛放着硕大的畸形的人体部件，而我正是同样看到并感觉到了，美国黑人群体被迫接受的生活境况中，包含了一大部分国民在压迫之下将会做何反应的萌芽时期的情感征兆。

因此，带着对自己和对世界的诸多认知，我为什么不试着在纸上解决那些即将发生在别格身上的问题呢？我为什么不像个实验室里的科学家一样，利用自己的想象，发明创造出试管情境，将别格置于其中，然后，遵循着来自我自身的希望与恐惧，以及我所知道和铭记的事物的引导，针对这个问题，以虚构的形式，给出一个情感表述和解决方案呢？

可是，许多事情使我无法着手工作。就像别格一样，我觉得有一个精神审查员——黑人生活在美国而感受到的恐惧的产物——在监督着我，他着一身白色，警告我不要写作。这个审查员的警告被翻译到我自己的思维过程中就是：“如果我描绘出这样一个黑人男孩的形象，白人们会怎么想？他们会不会立刻说：‘看吧，我们不是早就告诉你了吗，黑鬼们都是那样的。现在，瞧瞧吧，他们同类中的一员冒出来，帮我们给他们自己画了像。’”我感到，如果我如实地描绘别格的形象，会有许多反动白人用非我本意的方式解读他。然而，这正是难点所在，我知道如果我不能如实地依照他本来的样子描述他——也就是，他痛恨白人，愤懑、易怒、无礼、情绪不稳定，有时沮丧，有时又无缘无故地兴奋，甚至因为美国的压迫，他内心不够稳定，即便与自己族群的人也不能和谐相处——我笔下的别格就不会令人信服。而且，白人会不会错误地解读别格，并质疑他的真实性？会不会说“这个男人在宣扬针对整个白人种族的仇恨”？

我想得越多，就越加确信，如果我不能依照我看到和感受到的样子描绘别格，如果我不能塑造出他鲜活的个性，同时将他塑造成一个象征，代表那些我在他身上看到和感受到的更宏大的事物，那么我将会做出和别格一样的反应：也就是说，如果任凭我猜想的白人可能会说的话限制和麻痹我，那么我的行为就会被恐惧支配。

我构思着别格和他代表的意义，我对自己说："我必须要写这部小说，不仅仅是为了供他人阅读，更是为了将我自己从羞耻和恐惧的感觉中解脱出来。"事实上，随着时间的流逝，创作这部小说成了我生命中的必需，而对它的写作也变成了我的一种生存方式。

另一个想法阻止了我的写作。共产党内我的白人和黑人同志们会怎么说？这个想法是最令我困惑的。政治是一场艰难而狭隘的游戏。它的政策代表了数百万人总体的渴望和志向。它的目标是简明而严苛的，而大多数政客的头脑由日常的战术策略固化凝结在一起。我怎么能够创造出如此复杂而广泛的、联结思想与情感的方案，如此精雕细琢的梦想与政治的网络，却不被误认为是"一个反动走私者""一个意识形态的精神错乱分子""一个我行我素的危险因素"呢？尽管我的内心秉持着集体主义和无产阶级理想，可是我解决这个问题的方法却是通过弄清楚，在想象的描述中，清明的政治和诚实的感受应该是能够在没有恐惧、怀疑和争辩的、健全的公共基础上达成一致的。进而，更重要的，我得出结论，无论政客们接受还是拒绝别格，都无关紧要，由此我让自己做好了应对准备。正如我所感觉到的，我的任务是将自己从这个印象和感受的负担中解脱出来，将它们重塑成别格的形象，令他真实。最终，我感到一种比政治权利和种族权利更深层次的权利正处于危急存亡的关头，那就是——人权，作为人坦诚地思考和感受的权利。而且这种个体的人权尤其令我痛苦不堪，因为我的本性更愿意去追寻个人理想的诉求，而不是去满足其他人对我的期望。正是这个模糊的需求使我当初投身于工人运动，而运动实践的过程却成为完成我所认为的我个人成长准则的过程。

还有另一种禁锢的思维阻碍了我的工作。它关乎我的种族。我问自己："如果我如此塑造别格的形象，那么黑人医生、律师、牙医、银行家、教师、社工和商人，这些人会怎么看待我呢？"以我过往漫长而痛苦的经验，我知道黑人中产阶级和职业阶层正是我自己种族中那个更容易为别格和他所代表的意义感到羞耻的群体。他们自己勉强地逃离了别格·托马斯的反应模式——事实上，他们羞怯的性格中还保留着它的痕迹——如今过着中产阶级的好日子，可不想被公开提醒过去的生活多么地丢脸和卑贱。他们永远不想让别人——特别是白人们——认为，他们的生活曾经和别格这样黑暗和残酷的事物有过如此深的牵连。

他们对待生活和艺术的态度可以用一段话来总结："可是，赖特先生，我们中有许多人并不像别格。你为什么不在你的小说中描绘我们族群最好的特质呢？为什么不写一些东西让白人们看到，尽管我们受到压迫，我们却是如何作为的？不要表现愤怒和怨恨。当一个白人走向你，你应该微笑。永远不要让他小瞧了你，不要觉得他为了摧毁你所做的事情使你对他产生了仇恨！哦，最重要的，保有尊严！"

但是别格战胜了所有这些主张。他赢了，因为我感到自己正在追捕令人更加兴奋和激动的猎物。别格所代表的意义之所以征服了我，是因为我全心全意地感受到，他比任何人——无论黑人白人——如何看待他和理解他更重要，比任何用来解释他或否定他的政治分析更重要，甚至，比我自己恐惧、耻辱和羞怯的感觉更重要。

（赵轩　译）

逃离[1]

Flight

他脑子里虽没有清晰的形象，却明白这事是怎么发生的。有几根骨头没烧掉，在他摇柄筛灰时掉进了下面的灰箱。那白人捅进铁锹清理风道时，把它们铲了出来。现在它们就被摊在那儿，一小块一小块椭圆形白骨，半埋在灰白色的灰里。现在他不能再待在这儿了。他们随时都会怀疑到他身上。他们会抓住他；哪怕他们弄不清楚这事是不是他干的，他们也不会放他走。再说，简·欧隆依旧在监牢里，发誓说他有不在犯罪现场的证据。他们会知道玛丽已经死了。他们

1. 节选自《土生子》第二部。

已经在无意中发现了她尸体的骨头，他们会寻找凶手。那些人默不作声，弯着腰，在扒拉灰白色的灰堆。别格看见斧头暴露出来。老天爷！天要塌下来了。迅速地，别格的目光扫了一下他们弯着的背，他们不再注意他。炉火的红光照在他们脸上，炉内的风声继续在响。是的，他要走，马上就走！他踮着脚走到炉子背后，停步倾听。这些人在窃窃私语，口气紧张，充满了恐惧。

“是那姑娘！”

“仁慈的上帝！”

“你们看这是谁干的？”

别格踮着脚上楼，一步一个梯级，希望炉火的吼声、人们的谈话声和铁锹的摩擦声会淹没他脚步发出的嘎吱声。他走到楼梯顶，呼吸急促，两肺因憋气过久，胀得发痛。他溜到他的房门边，开了门，进去拉亮了灯。他转向窗口，把两手放在上面的窗框底下，把窗拉起；他感到一阵冷空气夹着雪花冲了进来。他听见楼下有低沉的喊声，他肚内像是烈火在焚烧。他奔过去把门锁上，随后关了灯。他摸索到窗口，爬了上去，重新感到了那两阵夹雪的寒风。他两脚站在下面窗沿上，两腿弯在身子底下，汗津津的身体被寒风吹得发抖，他定睛往雪中看，想看到下面的地面，但看不见。随后他跳了下去，头朝下，意识到摔下去时自己的身体在冰冷的空气中扭动。他的身体在雪中疾坠，在它转动的时候，他紧闭双目，紧握两手。有一会儿工夫他身在空中，随即着地。最初他只觉得摔得不重，但那一下震动却通过他的全身，从背脊一直透到头顶。他已埋在一堆寒冷的雪中，躺着不动，头晕目眩。他嘴里、眼里、耳里全是雪，雪还顺着他的脊梁往下渗。他的两只手又湿又冷。接着，他觉得全身的肌肉剧烈地收缩起来，是反射作用引起的痉挛；同时他觉得他的裤裆被温水湿透了，原来是他自己的尿。因为潮湿的雪散发出来的寒气直冲他火热身体上的皮肤，他已控制不住浑身的肌肉了。他抬起头来，眨巴着眼睛，往上眺望。他打了个喷嚏。他现在清醒过来了。他在雪堆里挣扎，把雪从他身边推开。他站了起来，先用一只脚站，随后两脚着地，从雪堆里走了出来。他先是步行，随即打算奔跑，但觉得身上没一点儿力气。他顺着德莱克塞尔林荫路往前走，不知道自己要去哪儿，只知道他必须离开这个白人区。他避开电车轨道，转入黑暗的街道，这会儿脚步加快了，两只眼睛直视前面，但不时回过头去看看。

是的，他一定要去告诉蓓西，叫她不要再去那座空楼。一切都完了。他得逃命。不过像这样逃跑，对他来说是熟悉的。他这一辈子每时每刻都知道，像这样的事迟早会在他身上发生，现在它果真发生了。他一直觉得自己是在这个白人世界之外，现在事实证明确是如此。这使事情简单得多。他摸了摸衬衫里面。是的，枪还在。他可能要使用它。他要开枪，决不让他们随便逮走他；反正是死，他宁肯打光所有的子弹以后才死。

他到了别墅路，就往南走，他现在无法做任何计划，他要先赶到蓓西家里，取回那笔钱。他想要把被捕的恐惧从他脑子里驱逐出去。他低下头，避开劈面打来的雪花，紧握着拳头在凛冽的街上跋涉。虽然他的两只手都快冻僵了，他也不愿把手插到衣袋里，因为那样的话，他会觉得万一警察突然跟他打个照面儿，他就无法自卫。他经过的一些路灯都覆盖着厚厚的积雪，像一颗颗结了霜的大月亮似的在他头顶上闪光。他的脸在零下好几度的严寒中疼痛得厉害，寒风吹在他潮湿的身上，就像一把锋利的长刀直刺他心窝似的，使他感到刀割一样的痛苦。

现在他已看得见第四十七条街了。他从纱幕似的飞雪中望过去，看见有个孩子站在遮篷下卖报。他把帽子的鸭舌拉低些，溜进一个门道等电车。报童身后有一叠报纸高高地堆在报架上。他想看一眼黑色大字标题，但纷飞的大雪挡住了他的视线。现在报上应该登满他的消息了。报纸这样做并不奇怪，因为他这一辈子都觉得，他所遭遇的一切早就该登报了。但是，只有在他隐藏了好些年的感情爆发出来并采取行动以后，这些报纸才登出新闻——他的新闻。他觉得，当这新闻埋藏在他内心中燃烧的时候，报纸都不愿登它。但现在他把它扔了出来，扔向那些使他过着现在这种生活的人（他们就是要他过这样的生活），报纸才把它登了出来。他从袋里掏出三分钱，走向报童，同时把脸扭向一边。

"《论坛报》。"

他拿了报走进一个门道。他的目光越过报纸顶端扫视了一下大街，随后他看到大号黑体标题：**百万富翁的女继承人被绑架。绑匪在信中索取一万元赎金。道尔顿家要求开释共产党嫌疑犯**。是的，报上已经登了。不久它们还会登其他新闻，登她怎样死了，记者们怎样在炉子里找到了她的骨头，她的脑袋怎样被割掉，他怎样趁群情激奋时逃走了。他听见有辆电车驶来，就抬起头来。当它隆隆地驶入视野时，他看出车厢几乎是空的，没有什么乘客。好！他奔到街上，在最后一个乘客上车的时候登上踏脚板。他买了车票，观察着售票员是否在注意他，随后他穿行车厢，观察着有哪一张脸转向他。他站在前面驾驶台上，就在司机背后。万一发生什么情况，他能在这儿迅速下车。电车开动了，他重新翻开报纸看：

昨晚女用人发现勒索信一封，信用铅笔草草写成，信中索取一万元，作为释放失踪的芝加哥女继承人玛丽·道尔顿的代价；此外道尔顿家又突然要求开释简·欧隆，他是共产党领袖，因与姑娘的失踪有关而被拘留。上述情况是案情的惊人发展，该案已使本市和本州警察当局一筹莫展。

信上署名“共产党”，还加了共产党有名的标记锤子和镰刀。信插在前门门下，发现信的是佩吉·奥弗莱伽蒂——海德公园亨利·道尔顿家的厨子和管家。

别格读完长长一篇，里面描写“盘问一个黑人司机”“装了一半的旅行箱”“共产党小册子”“酒后寻欢作乐”“疯了的家长”，以及“激进分子自相矛盾的说法”。别格的目光掠过这些字样：“秘密集会给绑票提供机会”“要求警察不要插手这案件”“焦急的家庭想要与绑匪接触”，随后：

> 据猜测，道尔顿家或许已获悉欧隆知道道尔顿小姐的下落，警方的某些人员也认为这是这家人要求开释这个激进分子的动机。
>
> 欧隆一再声称警方诬告他，并说这是企图把共产党人驱逐出芝加哥运动的一个组成部分。他要求警方把当初拘留他时的控告公诸于众。由于得不到一个满意的答复，他拒绝离开监狱，于是警方又控告他扰乱秩序，把他押回牢房。

别格抬起头来，往四下里看了看，没有人在注意他。他的一只手激动得发抖。电车隆隆地在雪中行驶，他看出快到第五十条街了。他走到门边说：

“下车。”

电车停了，他跳下车，进入纷飞的雪中。现在他几乎就在蓓西家门口了。他抬头眺望她的窗户，窗口漆黑。一想到她可能不在房里，可能外出跟朋友们喝酒去了，他心里不由得生起气来。他走进门厅。一盏暗淡的灯闪出微光，而他的身体却对这一点点暖意表示感激。现在他可以看完报纸了。他翻开报，随即第一次看到了自己的照片。它在第二版的左下角。照片上方写着：共产党想要引诱他。那是张很小的照片，下面有他的名字；他看上去又黑又庄严，他的两眼直视前面，那只白猫端坐在他右肩上，它的眼睛又大又圆又黑，像是两个贮藏着秘密罪行的水池。还有，哦！这儿是道尔顿先生和太太站在地下室梯级上的照片。他在两小时前刚见过的道尔顿先生和太太的形象竟然这么快又能重新见到，这就使他觉得，这个模糊的整个白人世界办起事来如此之快，他实在无法与它较量，它很快就会把他追捕起来，对他进行报复。一旦发现原来是个黑人杀害了玛丽，那两个白发老人站在梯级上伸出两臂做呼吁的镜头将会变成孤苦伶仃的强烈象征，将会激发起对他的强烈仇恨。

别格紧闭嘴唇。他现在没有机会弄到那笔钱了。他们已经找到了玛丽，将要不择手段地追捕那个杀害她的人。在南区，会有一千个白人警察搜捕他或者任何一个外貌像他的黑人。

他摁了一下门铃，等着蜂音器响。她在家里吗？他又摁了一下铃，把一根指头重重地按住不放，直到门上嗡嗡地响起来。他三步两步奔上楼梯，每举一次膝盖，就狠狠地吸一口气。他走到第二层楼梯平台时，他的呼吸已急促得使他不得不停下来，闭上眼睛，让他起伏的胸脯恢复平静。他举目望去，看见蓓西从半开的门内睡眼惺忪地瞪着他。他走了进去，在暗中站了一会儿。

“开灯。”他说。

“别格！出了什么事啦？”

“开灯！”

她不吭声，也不动弹。他摸索着前进，用摊开的手掌在空中扫来扫去寻找拉绳；他找到了，就拉亮了灯。随后他猛一转身，东张西望，生怕看见有人埋伏在房间的角落里。

“出了什么事啦？”她走过来，用手摸了摸他的衣服。“你身上都湿了。”

“啥都甭干了。”他说。

“我用不着干了？”她急切地问。

是的，她现在只顾想着她自己。他要孤军奋战。

“别格，告诉我出什么事啦？”

“他们什么都知道了。他们马上要来抓我了。”

她眼里充满恐惧，吓得都哭不出来。他漫无目的地走来走去，他的鞋子在木头地板上留下一圈圈脏水。

“告诉我，别格！求求你！”

她只想听到一个字，能把她从这个噩梦中解脱出来，但他不肯把这个字说给她听。不，要让她跟他在一起，现在得让什么人跟他在一起。她攥住了他的大衣，他觉得她的身体在发抖。

“他们也要来抓我吗，别格？我并不想干这件事！”

是的，他要让她知道，要让她知道一切；但是让她知道的时候得用什么方法把她束缚在他身边，至少有那么一会儿工夫。现在他不想孤孤单单的。

“他们找到了那姑娘。”他说。

“我们怎么办呢，别格？瞧你对我干了什么……”

她开始哭起来。

“唷，得啦，孩子。”

“你真的杀死她了吗？”

“她死啦。”他说，“他们找到了她。”

她奔到床边，扑在床上啜泣起来。她的嘴歪扭得不像样，她的眼睛泪汪汪的，她喘着气问：

“你——你没——没发那封信——信吧？”

“发了。”

“哦，老天爷！他们会来抓我的。他们会知道是你干的，他们会到你家去，跟你妈、弟弟和每个人谈话。他们现在肯定要来抓我了。”

那倒是真的。她除了跟他一起走以外，别无其他出路。如果她留在这里，他们就会来找她，她只会躺在床上，哭哭啼啼地把什么都说出来。她会情不自禁地这么做。而她讲给他们听的关于他的情况、他的习惯、他的生活，会帮助他们逮住他。

“那笔钱在你这儿？”

“在我的衣袋里。”

“还剩多少？”

“九十元。”

“嗯，你打算怎么办？”他问。

“我希望我能杀死我自己。”

“这么说话不解决问题。”

“我已无话可说。”

这是盲目的一枪，但他决定尝试一下。

“你要是不能改变态度，我这就走啦。”

“不，不……别格！”她嚷道，起身朝他奔去。

“嗯，振作起来。”他说，退到一把椅子旁边。他坐了下来，觉得疲乏不堪。刚才不知哪儿来的一股力气使他逃跑了，来这儿站着跟她讲话；可现在他觉得，即便警察突然破门而入，他也没有足够的力气逃跑了。

“你受伤……伤了？”她攥住他的肩膀问。

他在椅子里俯身向前，用两手托着脸。

“别格，你怎么啦？”

“我累了，困得要命。”他叹了口气。

“我给你做点儿吃的吧。”

“我要喝点儿酒。”

“不，不能喝威士忌。你需要些热牛奶。”

他等待着，听见她在房内走动。他的身体仿佛已经变成一块铅，又冷又重、又湿又疼。蓓西开了电炉，倒了一瓶牛奶在锅里，把它放在一圈又红又亮的火上。她回到他身旁，用手搂着他脖子，重新流出眼泪。

“我害怕，别格。”

“你现在可不能害怕。”

“你不应该杀死她的，心肝儿。”

“我不是有意的。我没办法，我发誓！”

“到底怎么回事？你还没跟我说过哩。”

“唷，该死的。我当时在她房里……”

“她房里？”

“是的。她喝醉了。她失去了知觉。我……扶她到那儿。”

“她怎么啦？”

“她……没什么。她没怎么着。她妈进来了。她是瞎子……”

“那姑娘？”

“不，她妈。我不愿让她发现我在那儿。呃，那姑娘想说什么，我心里害怕。我光是拿枕头的边儿塞进她嘴里……我没有要杀她的意思。我光是把枕头拉到她脸上，她就死了。她妈走进房间，那姑娘想要说什么，她妈把她的两只手伸了出来，就这样，瞧！我生怕她会摸到我。我光是使了点儿劲把枕头摁在那姑娘的脸上，不让她喊出声来。她妈没摸到我，我避开了。可等她离开以后，我走到床边，那姑娘……她……她已经死了。就是这么一回事。她已经死了……我没有故意……”

“你没打算杀她？”

“不，我发誓我没这打算。可有什么用？谁也不会相信我的。”

“心肝儿，你难道看不出来？”

“什么？”

“他们会说……”

蓓西又哭了。他用两只手捧住她的脸。他很关切，他这会儿想要通过她的眼睛来看这件事。

“什么？”

“他们会……他们会说你强奸了她。”

别格瞪着眼。他已完全忘记了自己抱着玛丽上楼时的那一刹那。他早已把它深深地埋到了心底，直到现在才把它的真正含义悟了出来。他们会说他强奸了她，他没法儿证明他不曾强奸她。直到现在为止，这一事实并没在他眼里显出它的重要性。他站了起来，他的牙齿咬紧了。他强奸她了吗？是的，他强奸她了。每次他只要一有那天晚上有过的那种感觉，他就强奸了人。但强奸并不是对女人干的那种勾当。强奸是一个人背靠着墙无路可退时的感觉，这时候这个人必须奋起回击，不管他本人愿不愿意，免得自己遭别人屠杀。每次他只要细看一个白人的脸，他就犯了强奸罪。他像是一块长长的、绷得很紧的橡胶，一千只白人的手已把它拉到快断的程度，到它断了的时候，那就是强奸。不过，像他那样被日常生活压得喘不过气来，从内心深处发出仇恨的喊声，那就是强奸。对了，那也是强奸。

* * *

“嗨！”

他逃进小胡同里，同时看见那人站在雪地里望着他，他就知道那人不会追上来。

“嗨，你！”

他踉踉跄跄地奔向窗户，先扔进报纸，随即攀登窗台，跳入窗内。他两脚着地，站在那里从窗口眺望

He was a long, taut piece of rubber which a thousand white hands had stretched to the snapping point.

* 他像是一块长长的、绷得很紧的橡胶，一千只白人的手已把它拉到快断的程度。

着小胡同，周围又白又静。他捡起报纸，穿过门廊走向楼梯，上了三楼，一边走一边打着手电，耳朵里听到自己的脚步在空屋里发出微弱的回声。他停住脚步，惊恐地一把攥住衣袋，嘴也一下子张大了。是的，枪还在。他还以为刚才摔倒在雪地里的时候把枪丢失了呢，但它依旧在那里，他坐在楼梯的最高一级上，翻开报纸，但有好一会儿工夫他没看报。他谛听着暴风刮过城市上空时楼房发出的嘎吱声。是的，只有他单独一人，他低下头看报：**记者们在炉子里发现了道尔顿家姑娘的骨头。黑人司机失踪。五千名警察包围了黑人地带，当局暗示奸淫罪。共产党首领提供了不在犯罪现场的证据。姑娘的母亲精神崩溃。**他停下来，重读了一遍：**当局暗示奸淫罪。**这几个字把他跟整个世界隔绝了。暗示他犯了奸淫罪就等于宣判了他死刑；它意味着早在他被捕之前（他们）就已把他的生命勾销了；它意味着不等死神驾临就注定他要死，因为读到这些字句的白人都已在他们的心里杀死了他。

玛丽·道尔顿的绑票案发生了戏剧性变化，真相已经大白。一群当地记者今天晚上偶然在道尔顿家的炉子里发现了几块骨头，后来确证是失踪的女继承人身上的。……

搜查了那个黑人的家，就在南区中心印第安纳路3721号，但并未发现他的踪影。警方深信，道尔顿小姐死在这个黑人手中，可能是奸杀，烧掉白人姑娘的尸体是为了消灭罪证。

别格抬起头来。他的右手抽动一下。他要把枪握在这只手里。他从衣袋里掏出枪来握着，他又继续往下读：

立刻在黑人地带设置了警戒圈，由五千名警察外加三千多名志愿人员组成。警察局局长格林曼今天早晨说，他相信这个黑人仍在城里，因为进出芝加哥的一切通道都被破纪录的大雪封住了。黑人强奸并杀害失踪的女继承人的消息在本市传播开以后，昨晚群情激愤到白热化程度。

据警方报道，黑人区有许多窗子已被砸碎。

每一辆离开南区的电车、公共汽车、高架火车和汽车都被拦住搜查。警察和保安队员佩带步枪、催泪弹，拿着手电和凶犯的照片，今天早晨从第十八条街开始，带着市长签发的通用搜捕证搜查了每个黑人家庭。他们也在仔细搜查一切空楼房，据说它们是黑人罪犯的藏身之处。

一个白人家长代表团谒见市教育局长霍勒斯·明顿，声称他们在为自己孩子的生命担忧，并要求所有学校立即停课，直到那个黑人强奸杀人犯被捕为止。

传说有好几个黑人男子在北区和西区一带遭到殴打。

在海德公园和恩格尔伍德地区，人们组成地方团队，并通知警察局长格林曼说愿意提供援助。

格林曼今天早晨说，这类地方团队的援助将被接受。他说，鉴于警察部队人员不足都到了可悲的程度，又鉴于黑人犯罪浪潮不断掀起，采取这样一种措施是必要的。

在南区的一些“敏感地区”已有数百个貌似别格·托马斯的黑人被捕；他们正在被拘留审讯中。

狄茨市长昨晚在无线电广播中警告说，有可能爆发暴民的暴力行动，并劝公众维持秩序。“正在尽最大的努力使这个恶魔就范。”他说。

据报道，市内有好几百个黑人雇员已被解雇。一位著名银行家的夫人打电话给本报说，她已把她的黑人厨子解雇，“生怕她给孩子们下毒”。

别格的眼睛睁得很大，嘴唇张得很开，他迅速地浏览了一下报纸：“笔迹专家忙于工作”“欧隆的指纹没在道尔顿家找到”“激进分子仍在押”；接着有一个句子扑向别格，像是一拳劈面打来：

警方对欧隆的供词尚不满意，深信他可能是那黑人的同谋犯；他们觉得，谋杀和绑票的计划太周详了，一个黑人的头脑绝想不出来。

在这一刹那，他真想走出去到大街上找警察说：“不！简并没帮助我！他跟这事一点儿没有关系！是我——我干的！”他的嘴唇一歪，露出半是嘲弄、半是挑衅的笑容。

他用紧张的指头握住报纸，读着这样的字句：“命令那黑人清出灰尘……不愿服从……害怕暴露……充满烟的地下室……共产主义和种族合一的悲剧……绑票信可能是共产党的杰作……”

别格抬起头来。屋内很安静，除却暴风导致的不断的嘎吱声。他不能待在这儿。很难说他们什么时候进入这一带。他没法儿离开芝加哥；一切道路都被封锁了，一切火车、公共汽车和汽车都被拦住搜查。他当时如果马上离开这个城市，情况肯定会好得多。他应该到别的地方去，譬如说印第安纳州的加里，或者埃文斯顿。他瞅着报纸，看见上面有一张南区的黑白地图，环绕着边缘地带有一英寸宽的阴暗部分。地图下面印着一行小字：

阴暗部分表示警察和地方团队追捕黑人强奸杀人犯的搜查地区。白色部分表示未搜查地区。

* * *

他经过一家面包房，很想进去用他身上仅有的七分钱买些面包圈。但是面包房里没有顾客，他生怕白人老板会认出他来。他宁肯等到走到一家黑人商店，但他知道这种店铺并不多。黑人地带里几乎所有的商业都操纵在犹太人、意大利人和希腊人手里。大多数黑人商人都做殡仪馆生意；白人殡仪员拒绝跟黑人尸体打交道。他走到一家联号杂货店门口。这儿出售的面包五分钱一个，但一过“分界线”，到了白人居住区，一个面包只卖四分钱。可是现在，尤其是现在，他决不能越过这条“分界线”。他站在那儿透过厚玻璃瞧着里面的人。他应该进去吗？他非进去不可。他快要饿死了。连我们吸一口空气到肚子里去他们都要诈骗我们的钱！他心想。他们都把我们的眼珠挖了出来！他打开门，走向柜台。暖和的空气使他头晕目眩，他抓住他前面的一个柜台，站稳身子。他的眼睛模糊起来，在他眼前浮动的是一大堆五颜六色的罐头，红的蓝的绿的黄的应有尽有，高高地堆在货品架上。他的前后左右都是男男女女轻轻的谈话声。

“您要什么，先生？”

“一个面包。”他悄没声儿说。

“还要什么别的吗，先生？”

“不要了。”

那人的脸离开以后又回来了；他听见纸张的窸窣声。

“外面很冷吧，是不是？”

“嗯？哦，是的，先生。”

他把镍币放在柜台上；他看见那个模糊的面包递给了他。

“谢谢您。请再光顾。”

他把面包夹在腋下，步履不稳地走向门边。哦，老天爷！但愿他能走到街上！他在门道里遇见人进来；他站到一旁让他们走过，随即走入寒风中，继续寻找一个空单元。他随时准备有人喊他的名字；随时准备两臂被人捉住。他又走了五个街区，才看见一座两层楼的公寓房子有个窗口贴着“出租”招贴。烟囱里冒出烟来，他知道里面很暖和。他走到前门，读了贴在玻璃上的那张有空房出租的小小告示，看到那个单元在后楼。他从小胡同绕到后面楼梯，走到二楼。他试了试一扇窗户，它很容易地滑了上去。他运气很好。他登上去，跳进一个温暖的房间，是一个厨房。他突然浑身紧张，侧耳细听。他听见了人声，它们仿佛是从前面房间里传来的。难道他弄错了？不。厨房里没有陈设，看上去没人住在这儿。他踮着脚走到隔壁房间，发现它是空的；但这时候他听到的人声甚至更清晰了。他看见前面还有个房间，就踮着脚走过去瞧。那房间也是空的，但传来的人声是那么响，他都听得清楚所讲的话。在前楼那个单元里正在进行一场争论。他站住了听，手里拿着那个面包，两腿叉开着。

“杰克，你的意思是说，你要把那个黑小子交给白人？”

“当然啦，你他妈说得对！”

“可是，杰克，万一他没罪呢？”

“那么他干吗逃跑？”

“说不定他以为他们要把杀人的罪名赖在他身上！”

“听着，吉姆，要是他没罪，那么他就应该留下来面对它。要是我知道那个黑小子在哪儿，我就要把他交出去，不让这些白人再来找我麻烦。”

“可是，杰克，只要有人犯了罪，在白人眼里每一个黑人都是有罪的。”

“是的，那是因为我们中间有那么许多人的行为都跟别格·托马斯一样，就是这么回事。只要你的行为像别格·托马斯一样，你就会惹下麻烦。”

“可是，杰克，现在谁在惹麻烦呢？报上说，他们在全市到处抓我们。他们不在乎抓到的是哪个黑人。在他们看来我们都是狗！你得站起来跟这些人斗争。”

“同时把命给送了？该死的，不！我有家。我有妻子和娃娃，我才不去傻里傻气地斗争哩。去保护杀人犯，你得不到什么正义……”

“在他们看来我们全都是杀人犯，我跟你说！”

“听着，吉姆。我是个辛苦干活的人。只要我找得到工作做，我就天天用镐和锹修路。可老板告诉我，现在白人中间有了那种暴民情绪，他不想叫我上街……他说我会被杀死的。因此他把我解雇了。你瞧，那个混账黑小子别格·托马斯让我丢掉了工作……他使得白人们认为我们全都像他一样！”

“可是，杰克，我跟你说他们早就这么认为了。你是个好人，可这拦不住他们到你家里来，对不对？该死的，不！我们都是黑人，倒不如让我们就像黑人那样行动，你难道不明白？”

“唷，吉姆，发发脾气是可以的，不过你得正视现实。那家伙让我丢掉了工作。那不公平！现在叫我吃什么？要是我知道那婊子养的黑鬼在哪儿，我就打电话通知警察，让他们来把他逮走！”

“嗯，我不这么干。我宁肯先死！”

“嘿，你疯啦！难道你不要家庭、妻子和孩子们了？斗争对你有什么好处？他们的人数比我们多。他们能把我们全都杀了。你得学会生活，跟人们相处。”

“人们恨我的时候，我就不愿跟他们相处。”

“可我们得吃！我们得住！”

“我不在乎！我宁肯先死！”

“唷，该死的！你疯啦！”

“我不在乎你说什么。我宁肯死去，也不会让他们吓得我把那人出卖。我跟你说，我宁肯先死！”

命运[1]

Fate

现在对他来说已没有白天，也没有黑夜，只有漫长的时间——虽说漫长，却也非常短——然后是末日。现在凡是属于这个世界上的人他谁都不怕了，因为他知道恐惧无济于事；现在凡是属于这个世界上的人他谁都不恨了，因为他知道仇恨帮不了他什么忙。

尽管他们把他从一个警察局押到另一个警察局，尽管他们威胁他、劝说他、吓唬他，冲他大发雷霆，他始终闭口不言。大多数时间他都低头坐着，眼望着地板；要不然就直挺挺地趴着，脸埋在臂弯里，就像

1. 节选自《土生子》第三部。

他现在这样：他这时趴在一张小床上，二月天空里淡黄色的阳光穿过第十一条街警察局里冷森森的钢栅栏，正好斜照在他身上。

食物放在盘子里端来，一小时后又原封不动地端走了。他们给他一盒盒香烟，但它们全给扔在地板上，连盒都没拆开。他甚至都不喝水。他光是躺着或坐着，不言不语，也不注意有谁走进或者离开他的牢房。他们如果要他从一个地方走到另一个地方，就攥住他的手腕领着他走。他毫不反抗地跟着，走路时总是拖着脚步，低着脑袋。甚至在他们抓住他的衣领把他拽起来的时候，他那软弱的身子也很听话，很容易对付，他目光里既没有希望也没有愤懑，两只眼睛在他干瘪的脸上就像两汪静止的黑墨水。除了官方人士谁也不曾见过他，他也不要求见任何人。

在被捕后三天中，他脑海里始终没出现过一次他过去所作所为的形象。他已把整个事情都撂在脑后，它也就在那儿待着，可怕又可憎。他倒不是精神恍惚，而是在心理上打定主意，决不对任何事物做出反应。

他因失手杀人而陷入一种境遇，使他在与周围人们的关系中意识到一种可能的秩序和意义；他也对这次杀人承担了道德上的罪责，因为它使他这辈子第一次感到了自由；他还在内心中感觉到一种模糊的需要，想跟人们和睦相处，而且为了使自己能够做到这一点，曾索取过赎金——在尽了这一切努力而终于失败之后，他宁肯不再挣扎。他使用来自他生命精髓的一种极强大的意志力，开始背离生活和生活所带来的一系列灾难性后果，把渴望的目光转向太初水域的黑色水面，以前不知哪个神灵曾在这里吹了一口仙气，创造了他。他便在这黑色水面上第一次获得人形以及人的模糊需要和欲望；现在他却觉得自己想要重新沉到那个太初水域里去，得到永恒的休息。

然而他想要粉碎一切信仰的愿望本身就建筑在一种信仰意识上。他身上的感官推理说，既然无法与他周围的男男女女打成一片，那么也应该与他生活于其中的自然界的某个其他部分打成一片。从他弃绝一切的心境中忽然又冒出杀机，但这一次不是向外针对他人，而是向内针对自己。干吗不杀死他内心中那种刚愎自用的渴望，不正是它把他引向这样的结局？他曾向外扩展，杀了人，却没解决任何问题，因此干吗不向内扩展，杀死那使他上当的东西？这种感觉有机地、自动地跳了出来，就像一粒种子的外壳腐烂了，变成了泥土的一部分，但它自身也将在这泥土中重新生长。

但在这一切之下和之上，是对死的恐惧，在它面前他是赤裸裸的，毫无防卫的；他得像地球上的任何其他生物那样走向前去，迎接他的结局。而控制着他对死的态度的是这样一个事实：他是黑人，地位不平等，受人藐视。他消极地渴望着两极之间另有个轨道，能使他重新生活。他渴望着一种新的生活方式，能满足他强烈的爱和恨。应该有一大群形象和象征满天繁星一样，在他头顶上翱翔，它们具有魔法和力量，能把他高高举起，使他过有意义的生活，并使他忘记对于身为黑人、处在不平等地位的恐惧；甚至连死都不怕，它反而是个胜利。在他能够再一次正眼看他们的脸之前，这样的事应该发生；他身上应该诞生一种新的自豪感和一种新的谦恭精神，这种谦恭精神来自他跟他所生活的世界里的某一部分所取得的某种新的同等地位，而这种同等地位又是产生新希望——它在他内心里将起自豪与自尊的作用——的基础。

但是说不定这样的一天永远不会到来；说不定并没有这样的东西给他；说不定他得像现在这个样子走

向他的结局——傻里傻气，受人驱使，眼里凝聚着空虚的阴影。说不定仅此而已。说不定那些混乱的激情，还有那种兴奋、激动和自鸣得意——说不定它们都是幻影，到头来一场空。说不定他们说得对，黑皮肤是不好的，是猩猩一类动物的外皮。说不定他只是运气不好，是一个生来就命苦的人，他的存在就像是一个粗俗的笑话，存在于震耳欲聋的警笛声与刺耳的尖叫中，被白人们的面孔和乱晃的光束所包围，围困于这如绸缎般的绵软的寒冷天空之下。但他有那感觉的时间长不了，只要他的感官一得出那样一个结论，他的信念又恢复了，总觉得会有某种出路——他的信念是强有力的，但在目前的情况下，也带有谴责性和麻痹性。

接着一天早晨，有一群人进来，攥住他的手腕，带他走进库克郡验尸所的一个大房间里，里面聚了许多人。他在明亮的灯光下眨巴着眼，听见响亮的、激动的谈话声。密密层层的白人的脸和不断地给他拍镁光照，使他瞪大了眼，越来越吃惊。他的冷漠防御法已不再能保护他。起初，他以为这是已经开始的审讯，就准备重新沉浸到虚无缥缈的梦想中去。但这不是法庭。对法庭来说，未免太不正式了。他觉得自己感官

Maybe he was just unlucky, a man born for dark doom, an obscene joke happening amid a colossal din of siren screams.

* 说不定他只是运气不好，是一个生来就命苦的人，他的存在就像是一个粗俗的笑话，存在于震耳欲聋的警笛声与刺耳的尖叫中。

里掠过的感觉，就像看见记者第一次闯进道尔顿先生的地下室时一样，看见这些人戴着帽子，抽着雪茄和香烟，随意问着问题；只是这时候的感觉要强烈得多。空气中有一种静悄悄的嘲弄在向他挑战。他感觉到的不是他们的仇恨，而是某种比仇恨还要深的东西。他感觉到他们对待他的态度已超过仇恨。他从他们的声音里听出一种不慌不忙的绝对把握；他看见他们的眼睛怀着平静的信念凝视着他。他虽然没法儿用言辞表达，却感觉到他们不仅决意要处死他，而且打定主意要让他的死比仅仅作为一种刑罚更有意义；他还感觉到他们已把他看作黑人世界的一个虚构形象，这个黑人世界是他们所畏惧的，也是他们渴望着要控制的。人群里的气氛告诉他说，他们将要利用他的死作为一种散布恐惧的血腥标记，他们要拿着它在那个黑人世界眼前挥舞。当他感觉到这一切的时候，一种反抗精神油然而生。他在死亡的这一边已经沉到了最低点，但现在他感觉到自己的生命重新受到威胁，这一次的威胁方式是让他踏上一条黑暗的道路，使他成为给其他人解闷取乐的笑料，于是他立刻重新有了生气和斗志，抖擞起精神准备采取行动。

他想要动一下手，发现自己的双手已被冰冷的坚固钢圈铐在坐在他两边的警察的白手腕上。他环视四下，有一个警察站在他前面，另有一个站在他背后。他听见金属发出尖锐的咔嗒声，他的两只手就自由了。他听见响起一阵嗡嗡的谈话声，意识到这是他自己的动作引起的。接着他的目光盯在一张微微仰起的白人脸上。那张椭圆形白脸上有焦急烦恼的痕迹，而脸的周围是更白的头发。那是道尔顿太太，安安静静地坐在那里，她的两只衰弱的、蜡一样的手合拢着放在膝上。别格望着她，就想起那个极恐怖的时刻，想起自己怎样在一个深蓝色的房间里，站在那张床旁，听见自己的心怦怦地撞着肋骨；他的指头放在枕头上使劲往下摁到玛丽的脸上，不让她发出声来。

坐在道尔顿太太旁边的是道尔顿先生，睁大了眼，一眨不眨，直视着前面。道尔顿先生慢慢转过头来，瞅着别格，别格的目光低垂下去。

他看见了简：金头发，蓝眼睛，一张健壮的、和蔼的脸，直勾勾地望着他。他回想起汽车里的情景，心里热辣辣的，十分羞愧；他重新感觉到简的指头捏在他的手上。接着羞愧被内疚的愤怒所代替，他想起了简如何在人行道的雪中跟他会面。

他觉得累了，他心里越清醒，一种疲乏感越是渗入他的全身。他低头瞅着自己的衣服。它们又湿又皱，外衣的两只袖子有一半挽在胳膊上。他的衬衫敞开着，他看得见自己胸脯上的黑皮肤。突然间，他觉得自己右手的指头一跳一跳地疼痛。有两个指甲给撕了下来。他都记不得这是怎么发生的。他想要动动舌头，发现舌头已经肿了。他的嘴唇也干裂了，他很想喝水。他觉得头昏眼花。灯光和脸慢慢旋转起来，像是旋转木马似的。他感觉到自己在空间中迅速地下滑……

等他睁开眼睛的时候，他已直挺挺地躺在一张小床上了。有一张白人的脸隐隐约约俯在他身上。他想要抬起身来，却被推了回去。

“别忙，孩子。来，喝这个。”

一只杯子碰着他的嘴唇。他应不应该喝？但这又有什么关系？他咽下些温暖的东西，原来是牛奶。等到杯子空了，他就仰天躺下，瞪着白色天花板。他立刻回忆起蓓西以及她给他热牛奶时的情景，印象十分深刻。接着她死时的形象出现了，他闭上眼睛，想要忘掉一切。他的胃咕咕地响：他觉得舒服多了。他听见一片嗡嗡的谈话声。他攥住小床边沿，坐了起来。

“嗨，你觉得怎么样啦，孩子？”

“哼？”他哼了一声。自从他们捉住他以后，他还是第一次开口。

“你觉得怎么样啦？”

他闭上眼睛，扭过头去，意识到他们是白人，他是黑人，他们是俘获者，他是俘虏。

“他清醒过来了。”

“是的。准是那群人把他吓坏了。”

“喂，孩子！你要吃点儿什么吗？”

他没回答。

“给他点儿吃的。他都不知道自己需要什么了。”

“你最好躺下来，孩子。今天下午你还得回去参加验尸呢。”

他感觉到他们的手把他推回到小床上。门关上了，他环视四周。就他一个人。房间很安静。他又重新回到这个世界上了。他并不想这么做，他这是身不由己。他正被一些他并不理解的奇怪力量转来转去。他这次出来并不是为了救自己的命，他并不在乎他们怎样对待他。他们可以立刻送他上电椅，他才不在乎呢。他出来是为了拯救他的自尊心。他不愿意他们把他当作笑料。那天晚上如果他们在拖他下楼梯时杀死了他，那只是他们的力量比他强大的结果。但他觉得他们没有权利坐在那里观看他，利用他来干他们想要干的一切。

门开了，有个警察端了一盘食物来，把它放在他旁边的一把椅子上，就离开了。有肉排、炸土豆和咖啡。他谨慎地切下一小块肉，塞进嘴里。它的滋味是那么好，他在咀嚼之前就恨不得把它一口吞下去。他坐在床沿上，把椅子往前拉了拉，好让自己够得到食物。他吃得那么快，连上下颚都疼痛起来。他停止咀嚼，把食物含在嘴里，觉得从他的唾腺里分泌出来的液体正在食物周围流动。他吃完以后，就点了一支烟，伸展四肢躺在小床上，闭上眼睛。他蒙眬睡去，但睡得不安稳。

接着突然间他坐了起来。他有很长时间没看报了。现在他们都在说些什么呢？他站了起来；他的身体直晃悠，连房间也在摇动。他依旧很衰弱，有点儿晕头转向。他靠着墙，慢慢走到门边。小心翼翼地，他转动了一下门上的把手。门一下子往里推开了，他劈面撞见一个警察。

“怎么啦，孩子？”

他看见一把沉甸甸的手枪耷拉在那人的屁股上。那警察攥住他的手腕，把他领回到床边。

“这儿，别紧张。”

“我要一张报纸。”他说。

“嗯？一张报纸？”

“我要看报。”

“等一等。我去瞧瞧。”

警察出去了，不久就抱了一堆报纸回来。

“拿去，孩子。里面都有你。”

他一直等到那人离开房间以后才转向报纸。随后他翻开《论坛报》，看见：黑人强奸犯在验尸时晕倒。现在他明白了，原来是带他验尸去了。他晕了过去，他们把他送到了这儿。他读道：

今天早晨在替芝加哥百万富翁的女继承人玛西·道尔顿验尸时，黑人强奸杀人犯别格·托马斯看见他的起诉人后，由于受刺激过甚，戏剧性地晕了过去。

自从上星期一晚上被捕后，这个黑人杀人犯第一次从精神恍惚中恢复知觉，他坐在那里显得畏缩害怕，因为有数百人争先恐后地想看他一眼。

“他的模样完全像只猩猩！”有个吓坏了的白人年轻姑娘惊呼道。这个黑人杀人犯晕倒后被抬上担架，那姑娘在一旁观看时发出了那一声惊呼。

这个黑人杀人犯的身体虽然并不显得特别结实，却给人以具有反常力气的印象。他约莫五英尺九英寸高，皮肤极黑。他的下颚可憎地往外突出，使人想起莽林里的野兽。

他的胳膊很长，摇摇晃晃地一直垂到膝盖。很容易想象，这个人在使他头脑麻痹的一阵性冲动下，如何制服了小玛丽·道尔顿，强奸了她，杀害了她，割下了她的脑袋，随后把她的尸体塞进了烈火熊熊的炉膛，企图销毁罪证。

他的肩膀很宽，肌肉发达，他让它们弓着，仿佛随时要向你扑来。他用一种奇特、愠怒、从底下翻着白眼的目光瞪着世界，好像蔑视一切向他表示同情的努力。

总而言之，他就像一只野兽，丝毫未受现代文明同化的影响。在语言和举止上，他都缺乏一般南方黑人的可爱之处，因为一般南方黑人都温顺、无害，老咧嘴笑着，因此最受美国人民疼爱。

这个杀人犯在验尸所一露面，就有人喊:“用私刑处死他！杀死他！”

但是这个野蛮的黑人似乎对他的命运漠不关心，仿佛验尸、审判，甚至必然上电椅的前景都不能使他感到恐惧。瞧他的行为，就像他是人类早期进化时所缺的一个环节。他似乎对白人文明格格不入。

一位爱尔兰裔警官怀着很深的信念说:“我深信，对于像他这样的人死亡是唯一的解药。”

一连三天，这个黑人拒绝一切饮食。警方相信，他要么想要饿死自己以逃避电椅，要么想要为自己骗取同情。

昨天从密西西比州杰克逊市发来《杰克逊每日星报》的编辑爱德华·罗伯逊的一则报道，谈到别格·托马斯在那儿度过的童年。

这位编辑在电讯中说：

“托马斯出生于一个既无生计、又无道德的贫苦黑人家庭。他在这儿长大，当地居民都知道他是个屡教不改的顺手牵羊的小偷和说谎者。因为他年纪太小，我们不能送他到囚犯们锁着铁链干活的苦役队去。

“我们南方这儿对付这班道德败坏的黑人的经验证明，只有死刑——而且要在大庭广众之下用戏剧性方式执行——才能对他们反常的心理产生影响。如果这个叫托马斯的黑鬼住在密西西比，并在这儿犯了类似的罪行，那么天底下没有任何力量能把他的生命从义愤填膺的公民手中救出来。

“我认为有必要告诉你们，这儿有不少人相信，托马斯尽管皮肤黑得像漆，他的血管里可能流着少量的白人血液，这种混血通常导致不易管教的犯罪性格。

“在南方，我们牢牢地把黑人控制在他们原来的地位上，我们让他们懂得，他们只要碰一下白种女人——不管她是好女人还是坏女人——他们就休想活命。

“遇到黑人自以为受到亏待，变得愤懑不平，使他们清醒过来的最好办法莫如公民们自己来执行法律，拿一个闹事的黑鬼做示例。

“只要在公园、操场、咖啡馆、戏院和电车上对黑人进行种族隔离，像别格·托马斯谋杀案之类的犯罪行为就能减少。住区隔离制度是必不可少的。这类措施可以使他们尽量不跟白人妇女有直接接触，从而减少他们袭击白人妇女的机会。

“我们在南方的人相信，北方鼓励黑人所受的教育已超过他们机体能够吸收的程度，结果北方黑人一般要比南方黑人不快乐、不安宁。如果白人和黑人分校制度能维持下去，就很容易对黑人的教育进行限制，只消市、郡和州的立法机构对经费做出规定就成。

“此外还有心理上的威慑因素，要做到这一点平时就得制约黑人，让他们对平时接触的白人毕恭毕敬。这就是说要对他们的言行进行管制。我们发现，向他们灌输一些经常让其感到恐惧的因素对我们解决这个问题大有帮助。”

他放下报纸，他再也读不下去了。是的，当然啦，他们将要杀死他，但在他们杀死他之前，却在像这样把他戏弄个够。他待着一动不动。他想要做出一个决定，不是靠思想，而是靠感情来做出。他应不应该回到他那堵墙背后去？现在他能够回去吗？他觉得他不能够。但他做出的努力会不会变得像其他努力一样？干吗要一往无前，招致更多的仇恨？他躺在小床上，心里的感觉就像那天晚上一样：那时他躺在转动着的光柱下，紧紧攥住水塔的冰冷边沿，知道人们带着枪和催泪性毒气趴在底下，耳畔响着警笛的尖叫声和一万个喉咙里如饥似渴的喊声……

他昏昏欲睡，就闭上眼睛，随即猛地又把眼睛睁开了。门被推了进来，他看见了一张黑人的脸。这是谁？一个高个子、穿着很讲究的黑人走向前来，停住脚步。别格欠身用胳膊肘撑起身子。那人一直走到床边，伸出一只黑不溜秋的手掌，摸了摸别格的手。

“我可怜的孩子！但愿仁慈的上帝宽恕你。”

他瞪着那人漆黑的西服，想起了他是谁：哈蒙德先生，他母亲教堂里的牧师。他立刻对那人提高了警惕。他关上心扉，企图封闭住内心的一切感情。他生怕这个牧师会使他觉得后悔。他很想叫他走开，但在他的脑子里这个人与他母亲和她所代表的一切是那么紧密相连，他一时都说不出话来。在他的感官中，他已分辨不出这个人在他心中引起的感情和他在报上所读到的内容二者之间的区别。他自己亲人们的爱和其他人的仇恨现在都同样使他感到内疚。

“你觉得怎样，孩子？”那人问，他没回答，那人的声音又急煎煎地继续说了下去：“你妈要我来看你的。她也想来。”

牧师跪倒在水泥地上，闭了眼睛。别格咬了咬牙，绷紧了身上的肌肉！他知道接下来的是什么。

“耶稣基督，转动一下您的眼睛，看看这个可怜的罪人的内心吧！您说您总是慈悲为怀，只要我们跪下乞求慈悲，您就会把它倒在我们心中，让我们的杯子都溢出来！我们求您现在把您的慈悲倒出来吧，上帝！倒出来给这个可怜的犯了罪的孩子，他正迫切需要它呢！如果他的罪孽是赤色的，上帝啊，把它们洗得像雪一样白吧！宽恕他所做的一切吧，上帝！让您爱的光辉引导他度过这些黑暗的日子吧！也帮助那些想要帮助他的人吧，上帝！进入他们的心灵，把同情吹入他们的灵魂吧！我们以您儿子耶稣的名义向您祈求，耶稣死在十字架上，把您的爱和慈悲带给我们了！阿门……”

别格目不转睛地瞪着他前面的白色墙壁，让牧师的话自动记录在他的意识里。他用不着细听就知道它们的意思，那是他母亲的老腔调，谈苦难、谈希望、谈人世之外的爱。而他讨厌这一切，因为它像那些恨他的人的声音一样，使他觉得有罪和内疚。

“孩子……”

别格望了一眼牧师，又把目光转向别处。

“忘掉一切吧，除了你的灵魂，孩子。把一切都丢在脑后吧，除了永恒的生命。忘掉报上所说的一切。忘掉你是黑人。上帝透过你的皮肤看你的灵魂，孩子。他只看你身上仅仅属于他的这一部分。他要你，他也爱你。把你自己献给他吧，孩子。听着，让我告诉你你怎么会在这儿的；让我告诉你一个故事，能使你听了心里高兴……”

* * *

他听见门上的把手转动，就抬头看。门开了，简站在门框中，犹豫不决。别格受恐惧的驱使，一下子跳起来。牧师也站起来，向后退了一步，鞠了一躬，说道：

“早上好，先生。”

别格捉摸不出简这会儿来找他干什么。他不是已经被捕，马上就要受审了？简难道还怕报不了仇？简走到房间中央，在那儿面对着他，别格立刻浑身僵直了。随即他突然想到，他不必站起来，在这监牢里他没有理由害怕简会在肉体上伤害他。他坐下来，低下头，房间里很安静，安静得别格都听得见牧师和简的呼吸声。他本想嫁祸于这个白人的，现在这个白人已站到他跟前，他只好坐在那儿等着听恶言恶语。嗯，他干吗不说话？他抬起眼睛，简正直勾勾地看着他，他把目光移开了。但简的脸上并无怒色。要是他不生气，那他来干什么？他又看了一眼，看见简的嘴唇翕动着想要说话，但没发出声音。等到简真正开口说话的时候，他的声音很低，中间有很长的停顿，别格好像觉得他在听一个人自言自语。

“别格，或许我没有适当的言辞说出我想要说的话，可我打算试一试……这件事像颗炸弹那样打中了我。我——我花了整整一个星期精神才恢复过来。他们把我关进了监牢，我无论如何也捉摸不出这到底是怎么回事……我——我不想增加你的烦恼，别格。我知道你很痛苦。可我有些话非说出来不可……除非你愿意，你不必跟我讲话，别格。我认为我懂得一些你这会儿的感受。我并不傻，别格；我能够理解，尽管那天晚上我似乎并不理解……”简顿了一下，咽了一口唾沫，点了一支香烟。“嗯，你使我感到震惊……我现在明白了。我有点儿瞎。我——我只是想到这儿来告诉你我并不生气……我不生气，我还要你让我来帮助你。我并不因为你想把这件事推到我身上而恨你……或许你有很好的理由……我不知道。或许在某个意义上说，我才是真正有罪的……”简又顿了一下，使劲地、长久地吸着烟，慢腾腾地吐出烟，不安地咬着嘴唇。“别格，我这一辈子没做过任何对不起你和你民族的事。可我是个白人，如果我要求你别恨我，这个要求未免太过分了，因为你看见的每一个白人都在恨你。

我——我知道我的……我的脸在你看来跟他们的脸很相像，尽管在感情上我跟他们是不一样的。可我一直不知道我们之间的隔阂有这么深，直到那天晚上……我现在能理解那次我在那幢房子外面等你想跟你谈话的时候，你为什么要拔出枪来对着我。这是你能够做的唯一的事，但我不知道我这张白人的脸使你觉得内疚，在谴责你……”简的嘴唇张开了，但说不出话来，他的目光搜索着房间的角落。

别格默默地坐在那里，迷惑不解，觉得自己像是一只盲目转动的巨轮，这时正被偶然吹来的一阵阵风转动着。牧师走向前来。

“你是欧隆先生吗？”

“是的。”简说，转过身来。

“您刚才说的这番话真好，先生。说到谁需要帮助，这个可怜的孩子当然需要帮助。我是哈蒙德牧师。”

别格看见简和牧师握手。

“虽然这件事使我痛苦，我倒是从里面学到些东西。”简说，坐下来转向别格。“这使我把人看得更透些。它使我看到一些我虽然知道，却早已忘记了的东西。我——我失去了些东西，可我也获得些东西……”

简扯了扯领带，房里一片肃静，等着他讲下去。“它教育了我，使我懂得恨我是你的权利，别格。我现在明白，你除此之外没有其他办法；它是你所有的一切。可是，别格，如果我说你有权利恨我，那样一来应该使情况有所不同了，对不对？我一出监狱，就一直在考虑这件事，我觉得犯了杀人罪进监狱的应该是我，不应该是你。可这样做又不可能，别格。我不能为一亿人所做的事承担罪责。”简俯身向前，瞪着地板，“我并不是企图要跟你和解，别格。我也不是到这儿来向你表示同情。比起我们其他这些沦落在这个世界上的人来，我倒不认为你的处境更坏。我到这儿来，是因为我要把我对这件事的看法付诸实践。做到这一点是不容易的，别格。我……我爱那个被你杀死的姑娘。我……我爱……”他的嗓音变了，别格看见他的嘴唇在颤动。“我先是在监狱里为玛丽伤心，随即我想起所有那些被杀害的黑人，还有那些伤心得痛哭流涕的黑人，因为他们的亲人在奴隶时代和在奴隶时代以后被抢走了。我就想，如果他们受得了，我也受得了。”简用鞋踩灭了烟蒂。“起初，我还以为道尔顿老头想要诬陷我，我真想杀死他。后来我听说是你干的，我就想杀死你。再后来我仔细思考起来。我看出如果我再杀你，这件事就会没完没了地循环下去，永不停止。于是我说：‘我打算帮助那小伙子，只要他愿意。’”

“愿在天的上帝祝福你，孩子。”牧师说。

简又点了一支香烟，还递给别格一支，但别格把两手抱在前面不动，两眼冷冷地瞪着地板，表示拒绝。简的话很奇怪，他过去从未听见过这类谈话。简所说的话意思是那么新奇，他一时都无法做出反应。他光是坐在那里瞪着、琢磨着，甚至不敢看简一眼。

“让我站在你的一边吧，别格。”简说。“我可以跟你一起把斗争进行到底，就像你发起这场斗争一样。我可以离开所有那些白人，来这儿跟你站在一起。听着，我有个朋友，一个律师，他的名字叫麦克斯。他懂得这件事，也愿意帮助你。你愿意跟他谈谈吗？”

别格明白，简并不认为他所做的事有罪。难道这是圈套？他瞅着简，看见一张白人的脸，但也是一张诚实的脸。这个白人信任他，但他一感觉到这信任，他又觉得有罪了。不过这会儿意义有所不同。猛然间，这个白人走向前来，撩开帷幕，走进了他生命的房间。简发出了友谊的宣言，这会使其他白人恨他：一粒白色岩石从那座隐现出来的白色仇恨山中分离出来，滚下山坡，停留在他的脚边。字眼变成了血肉。在他这辈子中，一个白人第一次在他眼里变成了人，随着发现简的人性，他像刀割似的觉得悔恨：他杀害了这个人所爱的姑娘，使他受到痛苦。他看见了简的真面目，仿佛有人在他的眼睛上动了一次手术，或者说，仿佛有人把一个歪曲形象的面具从简的脸上撕了下来。

别格神经质地一惊。牧师的手搁到了他的肩膀上。

“我并不想插进来，干涉跟我无关的事，先生。”牧师说，用的是一种挑战的口气，但带着敬意。“可是把共产主义卷入这件事是没有用的，先生。我对您的感情怀有非常崇高的敬意，先生，可您提出的要求只会激起更大的仇恨。这个可怜的孩子所需要的是谅解……”

“可他必须通过斗争才能得到它。”简说。

“您想要改变人们心肠的时候，我站在您的一边，”牧师说，“可是在您要煽动起更多仇恨的时候，我就不能站在您的一边了……”

别格坐在那里看看这个看看那个，心里很惶惑。

“报纸天天在把仇恨扇到人们的心中，你倒怎样去改变他们的心肠？”简问。

“上帝能改变它们！”牧师热切地说。

简转向别格。

“你愿意让我朋友帮助你吗，别格？”

别格的眼睛环视房间四周，像要寻找一个逃避的出路。他能说什么呢？他是有罪的。

“忘了我吧。”他嘟囔着。

“我不能。”简说。

“对我来说，什么都完啦。”别格说。

“你难道都不信任你自己了？”

“不。”别格紧张地悄没声儿说。

“你杀人的时候有足够的信心。你以为你在解决什么问题，要不然你是不会杀人的。”简说。

别格光是瞪着，并不回答。难道这人那么信任他？

“我要你跟麦克斯谈谈。”简说。

简走到门边。有个警察从外面把门打开了。别格坐在那里，张大了嘴，想体会出这一切正在把他带到何处。他看见有个男人的脑袋探进门来，这是个古怪的白人脑袋，有一头银发，还有一张他从未见过的瘦削的白脸。

“请进来。”简说。

“谢谢。”

声音平静、坚决，但很和蔼。那人薄薄的唇边露出一个淡淡的笑容，它仿佛永远在那儿挂着似的。那人迈步走进室内。他的个子很高。

“你好，别格？”

别格没回答。他又怀疑了。这难道是什么圈套？

“这位是哈蒙德牧师，麦克斯。”简说。

麦克斯跟牧师握了手，随后转向别格。

“我要跟你谈谈。”麦克斯说，“我是劳工保卫委员会派来的。我愿意帮助你。”

* * *

自从他被捕后还是第一次，别格觉得他需要有人在他身边，需要有些物质的东西可以依附。他听见门锁响，心里很高兴。他坐了起来，有个看守站到他身旁。

“走吧，孩子。你的律师来了。”

他被戴上手铐，领着穿过门厅，走到一个小房间门口，麦克斯正站在房内。他被解下腕脖子上的手铐，随即被推入房内。他听见他身后的门关上了。

“坐下，别格。喂，你觉得怎样？”

别格坐在椅子边沿，没回答。房间很小。有一只黄色电灯泡吊在天花板上。只有一扇装有栅栏的窗子。他们的周围万籁无声。麦克斯坐在别格对面；别格与他的目光相遇，就把自己的目光垂了下来。别格觉得自己坐在这里，束手无策地把生命捧在手里，等着麦克斯来告诉他拿它怎么办，为此他都恨起他自己来。他突然从心底里涌起一个愿望，想要停止生存、不再活下去。不是他太弱，就是这世界太强，他搞不清楚。他一再努力，企图创造一个可以让他生活的世界，却一再失败。现在他再一次在等人吩咐他做什么，他再一次处于采取行动、承担后果的边缘。他是不是在给自己招来更多的仇恨和恐惧？现在麦克斯还能帮他什么忙？即便麦克斯做出最大的、真诚的努力，不是另有几千只白人的手在阻止麦克斯吗？干吗不叫他回家去？他的嘴唇哆嗦着想要说话，想要叫麦克斯离开，但没有话从他嘴里吐出来。他觉得即便说这样的话，他也在表示自己是何等软弱无力，从而把自己的灵魂暴露在更大的耻辱之下。

“我给你带来些衣服。”麦克斯说。“明天早晨他们给你的时候，你就穿上。明天提审时，你应该打扮得整整齐齐。”

别格没吭声，他瞅了麦克斯一眼，又把目光移开了。

“你在想什么，别格？”

“没什么。”他咕哝说。

“喂，听着，别格。我要你把你的全部情况都告诉我……”

“麦克斯先生，现在你干什么都没有用了！”别格脱口而出。麦克斯严厉地看了他一眼。

“你真这样觉得？”

“此外不可能再有别种感觉。”

“我要跟你开诚布公地谈谈，别格。我看除了认罪外，没有别的出路。我们可以要求宽大，要求终身监禁……”

“我宁肯死！”

“瞎扯。你要活下去。”

“为了什么？”

“你难道不愿意在这件事情上斗争？”

“我还能做什么？他们逮住了我。”

“你不应该那样死去，别格。”

“我怎么个死法是无关紧要的。”他说。但他的声音哽住了。

“听着，别格，你现在所面对的这个仇恨海洋，跟你一辈子所面对的并无什么不同。正因为这个缘故，你必须起来斗争。他们如能把你消灭掉，那么也就能把别人消灭掉。”

“是的。”别格咕哝着，把两手搁在膝盖上，两眼瞪着漆黑的地板。“不过我赢不了。”

“首先，别格。你信任我吗？”

别格火了。

“您帮不了我的忙，麦克斯先生。”他说，两眼直瞪瞪地看着麦克斯的眼睛。

“可你信任我吗，别格？”麦克斯又问。

别格把目光转向别处。他觉得麦克斯已使他很难把叫他离开的话说出口。

“我不知道，麦克斯先生。”

“别格，我知道我的脸是白色的，”麦克斯说，“我也知道，几乎你所看见的每一张白色的脸都对你怀恨在心，尽管有时候那张脸本身并不知道。每个白人都认为自己有责任使一个黑人保持距离。极大部分时间他都不知道为什么，可他就那么做。这是实际情况，别格。不过我要你知道你可以信任我。”

“没有用了，麦克斯先生。”

“你要我处理你的案子吗？”

“你已经帮不了我的忙了。他们逮住我了。”

别格知道，麦克斯想要使他觉得，他已接受别格看问题的方法，这就使别格心里很不自在，就像那天晚上简在汽车里跟他握手时那样。这使他重新强烈而又敏锐地意识到他的肤色，并感觉到随之而来的羞耻和恐惧，同时也使他因为有这感觉而痛恨自己。他信任麦克斯。麦克斯不是在负责处理一桩会使其他白人恨他的事吗？但他怀疑麦克斯能改变他对问题的看法，使他能视死如归。他都怀疑上帝本身现在能否向他显示那样一幅图景。像他现在这样的心境，他们得把他拖到电椅上去，就像他们逮住他那天晚上拖着他下楼一样。他不愿意自己的感情受到影响，他生怕自己走入另一个陷阱。如果他表示相信麦克斯，并根据这信念采取行动，结局会不会同他过去的其他信念所产生的结局一样呢？他很想相信，但心里害怕。他觉得自己应该对麦克斯采取一种折中办法，但像往常一样，当一个白人跟他谈话的时候，他就觉得六神无主。他颓唐地坐在椅中，耷拉着脑袋，只在麦克斯的眼睛不看他的时候才瞅麦克斯一眼。

“给你，抽一支，别格。”麦克斯先替别格点烟，然后再点他自己的。他们抽了一会儿烟。“别格，我是你的律师。我要开诚布公地跟你谈谈。对你所说的一切绝对保守秘密。”

别格瞪着麦克斯。他很替这个白人难受。他看出麦克斯很怕他不肯跟他谈。而他并不愿意伤麦克斯的心。麦克斯态度坚决地俯身向前。嗯，告诉他吧。讲吧。把这事了结掉，放麦克斯走。

“唔，我不在乎我现在说什么或者干什么了……”

“哦，不对，你在乎的！”麦克斯马上说。

一霎时，一阵想笑的冲动在别格心中涌起又消失。麦克斯急于帮助他，而他却非死不可。

“或许我真的在乎。”别格慢吞吞地说。

“你要是不在乎说什么或干什么，那你今天干吗不肯在道尔顿家里把那罪行再做一番呢？”

“我不愿为他们干任何事情。”

“为什么？”

“他们仇恨黑人。”他说。

“为什么，别格？”

“我不知道，麦克斯先生。”

“别格，你难道不知道他们也仇恨别的人？”

“他们仇恨谁？”

“他们仇恨工会。他们仇恨企图组织工会的人。他们仇恨简。”

“可他们仇恨黑人要比仇恨工会厉害。”别格说，“他们对待工会里的人不像对待我那样。”

“哦，不，他们同样对待。你之所以这样想，只是因为你的肤色更容易使他们把你区别出来，从而歧视你、剥削你。可他们也同样如此对待别人。他们仇恨我，因为我想要帮助你。他们给我写信，管我叫‘下流的犹太人’。”

“我只知道他们仇恨我。”别格冷冷地说。

“别格，检察官给了我一份你的供状。现在告诉我，你跟他说的是实话吗？”“是的。除此之外没有别的办法。”

“喂，把这一点告诉我，别格。你干吗干出这样的事来？”

别格叹了口气，耸了耸肩膀，拼命往肺里吸烟。

“我不知道。”他说。烟慢慢从他的鼻孔里喷出来。

“你事先做了计划吗？”

“没有。”

“有人帮助你吗？”

“没有。”

“你想干这样的事是不是已经很久了？”

“不。”

“它是怎么发生的？”

“它就是那么发生了，麦克斯先生。”

“你后悔吗？”

“后悔有什么用？那帮不了我什么忙。”

“你想不出你干这件事的任何理由？”

别格直瞪着前面，眼睛睁得很大，闪闪发亮。他跟麦克斯的谈话再一次引起他想要坦白、想要说活、想要暴露他感情的强烈欲望。一阵兴奋的激情洋溢他的全身。他觉得自己应该有能力光凭两只空手从光秃秃的空间雕刻出具体的、实在的理由来，以说明他为什么杀人。他对这些理由有强烈的感受。他要是能做到这一点，就会松弛下来；他就会坐着等待，直等他们叫他走向电椅，而他也会自己走去。

“麦克斯先生，我不知道。我当时感情复杂。我同一时间感觉到那么多东西。”

“你强奸她了没有？”

“没有，麦克斯先生。可谁也不会相信我的。”

“在道尔顿太太走进房间之前，你有意思要强奸她吗？”

别格摇摇头，神经紧张地用两手揉了揉眼睛。在某个意义上说，他已忘记麦克斯在房内。他正在设法体会自己感情的结构，设法分析它的意义。

“哦，我不知道。我当时有一点儿这意思。是的，我想我当时有一点儿。我醉了，她也醉了，我当时有那意思。”

“可是，你强奸她了没有？”

“没有。可人人都会说我强奸了她。有什么用？我是黑人。他们都说黑人干这种事。因此我到底干了没有是无关紧要的。”

“你认识她多久了？”

“几小时。”

“你喜欢她吗？”

“喜欢她？”

别格的声音轰隆一声那么突然地从他的喉咙里爆发出来，麦克斯不由得吓了一跳。别格一下子跳起身来，他的眼睛睁得滚圆，他的两手颤抖着往脸上举，但举到一半停住了。

“别！别！别格……”麦克斯说。

“喜欢她？我恨她！千真万确，我恨她！”他喊道。

“坐下，别格！”

“我现在都恨她，尽管她已经死了！上帝知道，我这会儿就恨她……”

麦克斯一把攥住了他，把他推回到椅子上。

“别激动，别格。听着，放宽心！”

别格安静下来，但他的目光在房内巡视。最后，他低着头，双手的指头绞在一起，两片嘴唇微微分开。

“你说你恨她？”

“是的，她死了，我并不难过。”

“可她对你干了些什么呢？你说你才遇见她。”

“我不知道。她没对我干什么。”他顿了顿，神经紧张地将一只手掠过前额。“她……是这么……该死的，我不知道。她问了我好些问题。她的举止谈吐使我恨她。她使我觉得自己像条狗。我当时气得都要哭出来了……”他的声音越说越低，成了哼哼唧唧的悲声。他舔了舔嘴唇。他沉浸在对往事的一片模糊的联想中：他看见他小妹妹维拉的形象，坐在椅子边上哭泣，因为他“偷看”了她，使她感到羞耻；他看见她站起来，拿了她的一只鞋子朝他扔来。他摇摇头，心里很混乱。“唷，麦克斯先生，她要我讲给她听黑人怎样生活。她坐进了我坐着的汽车前座……”

“可是，别格，你不该为这事恨她。她这是想要对你好……”

“好个屁！她对我一点儿也不好！”

“你这话什么意思？她这是把你当人看待。”

“麦克斯先生，我们说不到一起。你说好的东西其实一点儿也不好。我对那个女人一点儿不了解。我只知道他们为了像她那样的女人杀死我们。我们生活在两个世界里。随后她来了，竟那么对待我。”

“别格，你本来应该设法理解的。她只能用她所知道的方式对待你。”

别格怒冲冲地打量着房间四周，寻找答案。他知道自己的行为似乎有点儿不合逻辑，他也不打算用逻辑来解释。他回到感情上，让感情引导着来回答麦克斯。

“嗯，我也用我所知道的方式对待她。她有钱。她和她的同类拥有这世界。她和她的同类说黑人是狗。他们只让你干他们想要你干的事……”

“可是，别格，这个女人想要帮助你！”

“她的行为不像。”

“她的行为应该怎样才对？”

“唷，我不知道，麦克斯先生。黑人和白人彼此是陌生人。我们不知道对方在想什么。或许她是想对我好，但她的行为不像。在我看来，她的模样和行为跟所有其他白人一样……”

“她跟他们其他那些人一个肤色。”他辩护似的说。

“我不明白，别格。你说你恨她，然而你说你们在房里的时候，她醉了，你也醉了，你却觉得想要占有她……”

“是的。”别格说，晃着脑袋，用手背擦了擦嘴。“是的，有点儿奇怪，对不对？”他使劲吸烟。“是的，我想那是因为我知道我本来不应该有这要求。我想那是因为反正他们说我们黑人干那事。麦克斯先生，您知道有些白人说我们黑人干了什么？他们说我们强奸白种女人是因为我们有梅毒，他们说我们那么做是因为我们相信，我们要是强奸白种女人，就能去掉梅毒。有些白人是这么说的。他们相信那话。老天爷，麦克斯先生，当人们那么谈论你的时候，你早在出生之前就挨了鞭子。有什么用？是的，我想我跟她在房间里的时候，心中就是这种感觉。他们说我们干这类事情，他们说这话的目的就是要杀死我们。他们画了一根线，要你待在线的这一边。他们不管你这边有没有面包。他们不管你死活。随后他们就那么谈论你，当你想要越过线的时候，他们就杀死你。那时候他们觉得他们应该杀死你。那时候每个人都想杀死你。是的，我想我心中是这种感觉，或许理由就是他们说了这话。或许那就是理由。”

“你是说你要向他们挑战？你想要向他们表示你有勇气，你不在乎？”

“我不知道，麦克斯先生。不过我有什么可在乎的？我知道他们早晚会找岔子干掉我。我是黑人。我不用干什么，他们就可以干掉我。第一根白人的指头指向我的时候，我就算完了，明白吗？”

“可是，别格，道尔顿太太走进房间的时候，你干吗不就此停下来，告诉她出了什么事？那样的话，你就不至于遇到这一切麻烦了……”

“麦克斯先生，凭上帝起誓，我一转身，看见那女人正朝着那张床走来，我就毫无办法了。说实话，我都不知道自己在干什么……”

“你是说你晕过去了？”

“不，不……我知道自己在干什么，好吧。可我完全身不由己。我要说的就是这个意思。就像是另有一个人钻进了我的躯体，开始代我行动……”

“别格，告诉我，你是不是觉得玛丽比你们黑人妇女更有吸引力？”

“不。可他们是那么说的。这话不真实。我当时恨她，现在也恨她。”

“可你干吗杀死蓓西？”

“防止她告密。麦克斯先生，在杀了那个白种女人以后，再杀别人就不困难了。我用不着多伤脑筋就杀了蓓西。我知道非杀死她不可，就把她杀了。我得逃跑……”

“你恨蓓西吗？”

“不。”

“你爱她吗？”

“不。我只是心里害怕。我没爱上蓓西。她只是我的女朋友。我想我从来没爱过什么人。我杀蓓西以救自己。人得有个女朋友，因此我找了蓓西。后来我杀了她。”

“别格，告诉我，你什么时候开始恨玛丽的？”

“她一跟我讲话，我一看见她，我就恨她了。我想早在我看见她之前我已经恨她了……”

“那是为什么？”

“我已经告诉您了。她的同类曾经让我们干过什么。”

“别格，你到底想要干些什么呢？”

别格叹了口气，使劲抽着烟。

“没什么，我想。没什么。可我想，别人干什么我也想干什么。”

“由于你干不了，你就恨起她来？”

别格再一次觉得自己的行为不合逻辑，他再一次回到感情上，靠感情的引导来回答麦克斯的问题。

“麦克斯先生，老听别人吩咐什么可以做什么不可以做，会使一个人感到厌倦的。你在这儿找一丁点儿工作做，又在那儿再找一丁点儿。你擦皮鞋、扫街，什么活儿都干，你挣的钱还不够糊口。你不知道什么时候会丢掉饭碗。很快你就变得失去一切希望。你光是疲于奔命，照别人说的做。你已不再是人。你光是一天到晚操劳，这样世界就能继续存在下去，别的人就能生活。您知道，麦克斯先生，我一向认为白人……”

他顿住了。麦克斯俯身向前，碰了他一下。

“说下去，别格。”

“嗯，他们拥有一切。他们把你从地球的表面上清除掉。他们像上帝一样……”他咽了口唾沫，闭上眼睛，叹了口气。“他们甚至不让你感觉到你想要感觉的东西。他们压迫得你那么凶，那么厉害，你只能感觉到他们是在怎么对待你。他们在你死之前就杀了你。”

“可是，别格，我刚才问你，你想要干的到底是什么，你的要求迫切得竟使你非恨他们不可？”

“没什么。我想我什么都不想干。”

“可你刚才说，玛丽和她的同类从来不让你干什么。”

“我干吗想干什么？我不曾有过机会。我什么知识也没有。我只是个黑人，而他们制定法律。”

“你曾经想做什么？”

别格沉默了很长时间。接着他笑了，没有声音，没动嘴唇；那只是三口透出来的短促的气，是通过胸脯起伏往上从鼻孔里逼出来的。

“我曾经想当飞行员。可他们不让我进那个我可以学到飞行技术的学校。他们盖了一所很大的学校，随后在它周围画了一道线，说什么只有住在线内的人才能进学校。他们把所有的黑孩子都关在门外。”

“还有什么？”

“嗯，我曾经想参加陆军。”

“你干吗不去？”

“该死的，那是个种族歧视的军队。他们要黑人干的只是挖壕沟。还有在海军里，我能够做的只是洗盘子、擦甲板。”

“还有什么事是你想做的呢？”

“哦，我不知道。现在还有什么用？我完啦，受的折腾也够啦。他们逮住了我。我就要死了。”

“告诉我，你曾经想过要干什么？”

“我想要做生意。可一个黑人做生意有什么机会？我们没有钱。我们并不拥有厂矿、铁路，什么也没有。

他们并不愿意我们拥有。他们让我们待在一小块地方……”

“而你不愿意待在那儿？”

别格抬起头来。他的嘴唇紧闭在一起。他那双布满血丝的眼睛里流露出狂热的自豪感。

“我不愿意。”他说。

* * *

麦克斯来了，别格看见他的脸苍白憔悴。他的眼睛下面都是黑眼圈。麦克斯把一只手放在别格的膝盖上，悄没声儿说：

“我将尽我最大的能力，孩子。”

开庭了，法官说：

“你准备好了吗，麦克斯先生？”

“是的，法官阁下。”

麦克斯站起来，用手掠了掠他的白发，走到法庭的前面部分。他转过身来，他的脸半朝着法官和勃克利，从别格的头上望出去看着人群。他清了清喉咙。

“法官阁下，我这一辈子从来不曾怀着比现在更坚定的信念在法庭上站起来辩护过。我知道我今天在这儿要说的话，将触及整个国家的命运。我的答辩不是为一个人或者一个民族。或许，幸亏是被告人犯了我们记忆中最可怕的罪行之一，因为如果我们能够围绕这个人的生活找出在他身上发生了什么，如果我们能够理解他的生活、命运如何微妙地、牢牢地跟我们的生活和命运联系在一起——如果我们能做到这一点，我们或许会找到通向未来的钥匙，会找到那个罕有的制高点，好让这个国家的每个男女都站到上面，看到我们今天的希望和恐惧如何不可避免地产生明天的欢乐和厄运。

“法官阁下，我没有意思对本法庭表示不敬，可我必须说老实话。有一个人的生命在危急关头。这个人不仅仅是一个罪犯，而且是一个黑人罪犯。在这种情况下，他带着一个不利条件走进了本法庭，尽管我们在口头上说法律面前人人平等。

“这个人是不同的，尽管他的罪行跟同类的罪行相比差别并不大。社会的复杂力量在这儿为我们分离出来一个标本，一个试验标本。人们的偏见给这个标本染了色，就像一个细菌被染了色放到显微镜下观察一样。人们连续不断的仇恨给了我们一个心理上的距离，能使我们观察到这个小小的社会标本跟我们整个有病的社会机体有什么关系。

“我说法官阁下，光是设法理解别格·托马斯这一举动本身，就像使冰封的感情解冻，就像把各种各样怀着鬼胎的害怕心理从恐惧之夜中拖出来，暴露在理智的光辉之下，就像给一个无意识的死亡仪式揭开幕布，而我们这些人都像梦游一样，都像做梦似的漫不经心地参加了这一仪式。

“可我不提出过分的要求，法官阁下。我不跟魔术打交道。我并没说如果我们理解了这个人的生活，我们就能解决我们的一切问题，我也没说我们掌握了全部事实后，就能自动地知道如何行动。生活没有那么简单。可我的确要说，等我发言结束以后，您要是觉得死亡是必要的，那么您是在做公开的选择。我想要做的，是通过对证据的讨论，向本法庭的意识中输送可供我们公开选择的两种可能的行动方案，以及由各个方案导致的不可避免的结果。到那时候，如果我们说死，我们的意思就是死；如果我们说生，我们的意思就是生；可不管我们说什么，我们必须知道我们的脚是站在什么样的土地上，对我们、对我们审判的那些人会有什么样的后果。

“法官阁下，我希望您相信，我并不是不知道我放在您肩上的责任有多么重大，因为我坚持用这样的方式来替这孩子辩护，并把他犯罪的全部情况都放在您面前请您公断。可是，在目前这种境况下，除此之外我还有什么别的办法呢？一晚接着一晚，我躺在床上睡不着觉，企图设想出一个方案来向您和这个世界描绘，是什么促使这个黑人孩子坐在这儿，成为一个直认不讳的杀人犯。我自己问自己，我怎么能把这孩子的遭遇通过图像在清醒的理智的屏幕上清晰地、强有力地显示出来？而在这同时，却有一千个报刊的艺术家已经用恶俗的油墨把它印在千百万份公开发行的出版物上。我深深地注意到这孩子的背景和种族，怎敢把他的命运交到一个陪审团手中？——组成这个陪审团的不是与他同等地位的公民，而是另外一个敌对的种族！他们的思想早已被国内的舆论所左右，而国内舆论早已对他的罪行做了决定，并在无数社论中给出了如何处罚他的建议！

“不！这些我都做不到！因此今天我来这儿面向本

法庭，拒绝一次陪审团审判，自愿做认罪答辩，并根据本州的法律请求免这孩子一死，所依据的理由我深信将会影响我们文明的基础。

“本法庭最惯常的做法是遵循阻力最少的路线，采取本州检察官的建议，说一声：‘死刑！’这样本案就可以了结。但这类罪行却不会了结！就是因为这个缘故，本法庭必须采取另外的做法。

“法官阁下，有时候，现实的面貌具有那么咄咄逼人的道德色彩，使我们无法遵循已开辟出来的方便之路前进。有时候，生活的目的是那么错综复杂，使理智和感官不由得叫喊起来，要我们止步，在继续前进之前先把它们收拾一下。

“围绕这次审判的是什么气氛？公民们是不是清醒地想要看到法律得到贯彻？想要看到惩罚确实与罪行相称？想要看到犯罪的人，仅仅是犯罪的人，受到逮捕和惩罚？

“不！凡是想象得出来的偏见都已卷入了本案。市当局和州当局有意把公众的情绪煽动到这样的程度，他们不戒严已无法维持治安。除了自己堕落的良心以外不负任何责任的新闻界和检察当局居然发出可笑的声明，说什么共产党在某种程度上与这两起凶杀案有联系。仅仅是昨天早晨在这儿的法庭上，本州检察官才停止暗示别格·托马斯犯有他无法证明的其他罪行。

“搜捕别格·托马斯已被当作一个借口，以便在黑人群众中制造恐怖，逮捕数以百计的共产党人，袭击工会办事处和工人组织。的确，报纸的口气、教会的沉默、检察机关的态度以及人民被煽动起来的情绪，都具有这样一种性质，足以说明他们所追求的不仅仅是对一个犯了罪的人进行报复。

“所有这些高涨的情绪和激情的起因是什么？是别格·托马斯的罪行吗？昨天有人喜欢黑人，今天有人恨黑人，难道都是因为他的所作所为？工会和工人组织遭到袭击，难道是因为一个黑人犯了罪？难道是放在那张桌子上的那些白骨引起了这阵遍及全国的恐怖？

“法官阁下，您知道情况并非如此！目前这阵歇斯底里的所有因素早在人们听到别格·托马斯的名字之前就存在了。黑人、工人和工会在昨天就像在今天一样遭到仇视。

“一些更野蛮、更可怕的罪行曾在这个城市里发生过。一些流氓分子过去杀过人，今天也在自由杀人。

但这类情况却从未引起类似现在这样的愤怒。

“法官阁下，那群暴民并不是自发地来这儿的！他们是有人煽动的！一个星期以前，这些人都在安安静静地过日子。

“那么，是谁把这潜在的仇恨煽动起来变成暴怒的？那群没有思想、被引入歧途的暴民是在为谁的利益服务？

“本州检察官心里明白，因为他答应过闹市区的银行家们如果他重新当选，要求救济的示威游行将被禁止！本州州长心里明白，因为他已向工厂主联谊会做出保证，他将出动军队来对付罢工工人！本市市长也心里明白，因为他已告诉市内的商人说，预算将要削减，将不征收新税来满足贫苦人民的呼声！

“在要求立刻把这孩子的生命消灭掉的愤怒呼吁中带有内疚！在煽动那些聚集在窗外街上的暴民采取行动的仇恨和不耐烦中含有恐惧！所有这些人——暴民和暴民领袖、幕后操纵的人和担惊受怕的人、领导者和他们的忠实仆从——全都知道并感觉到，他们自己的生活建筑在对许多人犯下的历史性罪行上，他们就是靠吸这些人的血才能过悠闲的、豪华的日子！他们内疚的心情跟今天坐在这儿受审的这个孩子一样厉害。恐惧、仇恨和内疚是这出戏的基调！

“法官阁下，为了这孩子和我自己，我很希望能向本法庭提供更有精神价值的证据。我很希望我能说，爱情、野心、妒忌、冒险精神或者其他某种更富于浪漫气息的感情是这两桩杀人罪行的动机。如果我能诚实地赋予这出致命戏剧中这个不幸的演员一些更崇高的感情，我的工作做起来就会更容易，我对结局也会更有信心。那情况将对我有利，因为我将可以向一些有共同理想的人呼吁，他们将会带着同情和谅解来判决他们中间一个犯了错误、在斗争中失败的同胞。但我在这方面没有选择的余地。生活剪裁了这块布，不是我。

“我们必须在此处理、面对生活的素材，一些尚未受到科学和文明感化的感情、冲动和态度。我们必须在此处理、面对初犯的错误，它在我们犯下的时候是可以理解的、不可避免的。随后我们必须处理初次犯错误所引起的阴暗的犯罪心理，这种犯罪心理长期萦绕不去，乃是个人利益和恐惧不允许我们予以弥补的。此外，我们还必须在这儿考虑那次初犯的错误在别人身上所引起的强烈仇恨，随后又必须考虑从那股仇恨中滋生出来的巨大的、可怕的罪行，那仇恨都已渗透到了一大群人的心中，形成了他们最深、最细致的情感。

“我们必须在此处理一场影响到千百万人生活的混乱，这场混乱的规模之大，简直使人难以想象；它带来的悲惨后果之多，竟使我们宁肯不去看它、想它；它又是如此古老，我们都宁愿把它当作一种自然规律看待，并怀着不安的良心和虚假的道德热情因袭下去。

“我们必须在这儿——在篱笆的两边，在白人也在黑人中间，在工人也在老板中间——考虑这样的一些男男女女，在这些人脑海里隐约出现的善与恶的概念，其重量和高度都具有反常比例的外形和结构。一旦发生了像现在这样的情况，人们并不觉得自己是在面对另外一些人，而是觉得自己在面对高山、洪水、大海；这些自然力的规模与力量，使人们的思想感情紧张到了在城市的日常安宁生活所罕见的程度。然而，这样的紧张却在城市生活的范围内存在着，以现存的同样姿态破坏它、支持它。

“法官阁下，在我开始排除非难、请求宽恕之前，请允许我强调指出，我并不认为这孩子是不公正待遇的牺牲品，我也不要求本法庭对他表示同情。这并不是我为他的品行和他的事业辩护的目的。今天我站在这儿，也不光是来谈痛苦，尽管全国各地常常发生鞭打黑人和私刑处死黑人的事件。如果你们只对我所讲的那一部分做出反应，那么你们也跟他一样掉进了盲目感情的泥坑，而这场罪恶的游戏将会继续下去，就像血腥的河水流入更血腥的海一样。让我们从我们的脑子里排除掉这样的思想：这是个受到不公正待遇的不幸牺牲品。不公正的概念是以平等权利做前提的，而今天在这儿的这个孩子并不向你们要求任何权利。如果你们认为或者觉得他是在要求什么权利，那么你们也是因为受到一种可怕的感情的支配而变得盲目了；虽说你们因为他有那种可怕的感情而谴责了他，你们自己却还不如他更有理由呢。引起所有这些暴民恐惧和暴民歇斯底里的内疚心情，正好与他自己的仇恨相匹配。

“相反地，我呼吁你们看一看我们中间的一种生活方式：一种受到压抑和歪曲的生活方式，但有它自己的法律和要求；一种少数人的生活方式，但这少数人却是从一亿人民盲目的集体意志所灌溉的泥土里生长

Injustice rests upon a premise of equal claims, and this boy here today makes no claims upon you.

* 不公正的概念是以平等权利做前提的，而今天在这儿的这个孩子并不向你们要求任何权利。

出来的。我请求你们承认这样一种生命，它的样子和装束虽然跟我们不同，却是在我们大家亲自耕种的土地上生长的。我要求你们承认从这样一种处境下自发产生的法律和程序，理解它们，设法改变它们。如果我们不做这些事，那么当受压抑的生命以恐惧、仇恨和罪行表现它自己的时候，我们不要假装害怕和吃惊。

"这是生命，新而陌生：陌生，是因为我们害怕它；新，是因为我们别过头去不看它。这生命活在狭窄的范围内，它用来表现自己的方式不根据我们的善恶标准，而是只求满足它自己的欲望。人是人，生命是生命，我们必须以它们现存的方式对待它们；如果我们想要改变它们，就必须考虑到它们的生活和生活方式。

"法官阁下，我必须依旧从大处讲起，因为这孩子的背景一定要先讲清楚，那背景对他的行为起着有力的、重要的作用。我们的祖先登上这儿的海岸，面对着一片险恶的、荒野的国土。他们来这儿的时候，心里怀着一个受压抑的梦想，因为在他们的家乡，他们的个性被否认，就像我们现在否认这孩子的个性一样。他们来自旧世界的一些城市，那儿生活困难，很难养家糊口。他们是来开拓殖民地的，当时面临着一个困难的选择：他们要么征服这片荒野的土地，要么被它征服。我们只要转移一下我们的视线看看那一大片辉煌的街道、工厂和建筑，就知道他们征服得多么彻底。但在征服过程中，他们使用了别的人，使用了他们的生命。就像一个矿工使用镐、一个木匠使用锯一样，他们用自己的意志压服别人的意志并加以使用。对他们来说，生命就是工具和武器，用以征服敌对的土地和气候。

“我说这话并不是要在道德上进行谴责。我说这话并不是想要引起你们对黑人的怜悯，怜悯他们当了两个半世纪的奴隶。现在再要从不公正待遇的角度去回顾这类事情是愚蠢的。我们不要太天真：人们在做他们必须做的事，总觉得自己是在受上帝的驱使，总觉得自己是在遵照上帝的旨意行事。那些人是在为生命而斗争，他们在这方面确实没有多少选择余地。促使人们去奴役别人乃是封建时代想要做帝王的梦想。他们为了一心统治世界，就得闭起眼睛，不理会对待其他人是否人道，因为这些人的生命对他们缔造王国是必需的，要不然他们就无法在如此巨大的规模上建立自己的王国。可是，发明机器和大规模应用机器，使得继续奴役人们在经济上变得不可能，因此奴隶制度结束了。

“请允许我，法官阁下，再花些时间谈谈从不公正待遇的角度看待这孩子的危险性。如果我说了他是不公正待遇的牺牲品，那么我就是在转弯抹角地要求同情；如果我们坚持从同情的角度去看待这孩子，我们就会被一种内疚情绪所淹没，那情绪强烈得很难与仇恨区分开来。

“在一切感情之中，人们最不喜欢感觉到有作了孽的内疚心情，你一旦让他们觉得内疚，他们就会想尽办法用一切理由来为自己辩解；既然做不到这一点，又看不出有什么直接的办法可以既马上解决问题又不至于太花费他们的生命财产作为代价，于是他们就要杀死那些在他们心中引起揪心的内疚感觉的人。而这道理对一切人，不管白人还是黑人，全都适用；它是种奇特的、强有力的共同需要。

“这种内疚与恐惧心理是本案中控方和人民的基调。在他们心中，他们感觉到自己作了孽，因此只要有个黑人向他们犯下罪行，他们就在想象中看到了自己所作的孽的可怕证据。于是那些有钱有产业的人，那些遭到袭击的被害人，那些急于保护自己利益的人就向他们内疚的仆从说：‘消灭这个恶魔！’或者像道尔顿先生那样，他们说：‘让咱们帮助一下这个人，好不让他心里有那种感觉。’不过为时已经太晚了。

“如果只有十个或者二十个黑人受到过奴役，我们可以管它叫不公正待遇，可是全国受奴役的黑人有千百万。如果这情况只延续两三年，我们可以说它不公正，但它持续了两百多年。不公正持续了三个漫长的世纪，在数百万人民中间、成千上万平方英里的土地上存在，就不再是不公正了，它已是生活中的既成事实。人们让自己适应他们的土地；他们创立自己的生存法律；创立自己评判正确与错误的观念。一种共同的谋生方式促使他们对生活采取一种共同的态度。连他们的语言也受到他们必须经历的生活的渲染和影响。法官阁下，不公正待遇抹掉了一种生活方式，但另一种生活方式代之而起，带着它自己的权利、需要和欲望。今天在这儿发生的不是不公正，而是压迫，是一种要扼杀或消灭一个新的生活方式的企图。今天在我们中间成长的，就是这样一个新的生活方式，它使我们感到困惑，它像在石头底下长出来的野草那样在表现自己，而我们却管它叫作罪行。我们必须根据这一新的现实来理解这个问题，要不然遇到一个生活在那样条件下的人做出我们称之为罪行的行为时，我们就只能以更多的凶杀来缓和我们的内疚心情和仇恨情绪。

“这孩子只代表问题的一小部分，而整个现实问题却蔓延在这个国家三分之一以上的土地上。杀死他！把他活活烧死！然而，只要那精密的、无意识的种族关系机器一出故障，就会再次发生凶杀。法律怎能与数百万人民相矛盾，同时又希望能成功地得到贯彻？难道我们相信魔术？难道你们相信，烧掉了一个十字架，你们就能吓唬一批人，麻痹他们的意志和感情？难道你们以为，如果你们杀死了这孩子，在美国家庭里的白人女儿就会更安全了？不！我非常严肃地告诉你们，她们不会更安全！杀死这孩子倒是确保这类凶杀案发生得更多的最稳妥的办法。在你们的愤怒和内疚中，让数以千计的其他黑人男女觉得，那道篱笆已越来越紧，越来越高！杀死他，让封闭住的熔岩不断膨胀，有朝一日爆发出来，不再是单一的、慌乱的、偶然的、个别的罪行，而是像瀑布似的冲泻出来、无法控制的感情！在决定这孩子命运的时候，本法庭要牢记的最重要的事情是，他的罪行虽然是偶然的，但爆发出来的感情早已在那儿了；要牢记的事情是，这孩子的生活方式是犯罪的方式。他的罪行早在杀害玛丽·道尔顿之前就已存在，他罪行的偶然性质表现为突然用暴力将遮掩他生活的那条帷幕撕破一个洞，他的愤怒和受歧视的感情就从洞里一涌而出，找到了客观的、具体的形式。

“我们被内疚心情所困扰，就设法把一具尸体从我们眼前推开。我们划出一小块土地，把它埋葬起来。在黑夜里，到了夜深人静的时候，我们对自己的灵魂说，它已经死了，我们没有理由再感到恐惧或不安了。

“可是那具尸体又回来了，袭击了我们的家！我们发现我们的女儿被杀害烧掉了！我们于是说：‘杀！杀！’

“可是，法官阁下，我说：‘别杀！让我们看看我们在干些什么！’因为那具尸体没有死！他依旧活着！它在我们许多大城市的野林中安了家，就在贫民窟发臭的、令人窒息的草木之中！它已经忘记了我们的语言！为了生活，它已经把爪子磨尖了！它已变得冷酷无情！它的仇恨和愤怒的容量之大是我们无法理解的！它的行动是难以预料的！它晚上从巢穴里爬出来，偷偷溜向文明的住区！如果看见一张和蔼的脸，它并不仰躺下来，逗乐似的举起两只脚后跟踢着玩，等你去呵痒、抚摸。不，它跳起来杀人！

“是的，玛丽·道尔顿，一个怀着好意的白人姑娘，露出微笑，走到别格·托马斯跟前，要帮助他。道尔顿先生，模糊地感觉到有社会性的不公正存在，想要给他一个工作做，好让他家里有饭吃，好让他的弟弟妹妹去上学。道尔顿太太，想要摸索出一条规矩做人的道路，要他到学校去学个一技之长。可是当他们伸出援助之手的时候，死亡的打击来了！今天他们哀悼着，等着报仇。血轮在继续转动！”

* * *

慢慢地，别格转过身来，回到小床边。他重新站到麦克斯跟前，举起右手，开口想要说话。接着他坐了下来，低着头。

“什么事，别格？你有什么事要我在外面替你做吗？要我捎什么口信吗？”“不。”他吁了一口气。

“你在想什么？”

“我不知道。”

他讲不出话。麦克斯伸出胳膊，把一只手搭在他的肩膀上，别格从那只手的接触中明白，麦克斯并不知道，没怀疑到他需要什么和想要说什么。麦克斯是在另一个星球上，他们在宇宙中相距很远。有什么办法拆除这堵隔离的墙吗？他心烦意乱地往牢房四周凝视，想要回忆起他在哪里听到过一些能帮助他的字句。他什么也回忆不起来。他生活在人们的生活圈子以外。他们交流思想感情的方式，他们的标志和形象，都是他无法知道的。然而麦克斯给了他这样的信念：归根到底，所有的人过着像他一样的日子，有像他一样的感觉。而在他所遇见的所有人之中，只有麦克斯肯定知道他想要说什么。难道麦克斯已经离开他了？难道麦克斯知道他就要死了，已经把他从自己的思想感情中撇开，送他进了坟墓？难道他已经被归到死人的队伍里了？他的嘴唇哆嗦着，他的眼睛迷糊了。是的，麦克斯已经离开了他。麦克斯不是他的朋友。怒火在他的心中涌起，但他知道发怒是没有用的。

麦克斯站起来，走向一扇小窗。一缕苍白的阳光照射在他白发苍苍的脑袋上。而别格望着他，在好些天里第一次看到了那道阳光。就在他看到阳光的时候，这间牢房，带着它狭窄的四壁，变得出奇的真实。他低头瞟了他自己一眼：黄色的阳光刺向他的胸膛，那重量简直跟纯铅铸成的桁条一模一样。他痉挛地抽了口凉气，弯下腰去，合上眼皮。现在不是一座白色大山隐现在他头上了；也不是格斯走进道克的弹子房要他去抢劫布鲁姆的铺子时在吹“旋转木马坏掉啦”的口哨了；更不是他站在玛丽的床边，看见那个白色的模糊人影正朝他飘来——现在这个新敌人并不使他浑身紧张。它消耗他的精力，使他衰弱。他打起精神，昂起脑袋，绝望地出击，决意从坟墓里爬起来，一定要把他生存的现实强加给麦克斯。

“我在离开人世前得以认识您，确实很高兴！”他差不多是喊着说的，随即不再吭声，因为这不是他本来想说的话。

麦克斯转过身来望着他，只是随随便便看他，缺乏别格所渴求的那种更深一层的领悟。

“得以认识你，我也很高兴，别格。我觉得很遗憾，我们得这样分手。可我已经老了，孩子。我自己很快也要离开人世了……”

“您问我的那些问题，我全都记得……”

“什么问题？”麦克斯问，走过来重新坐到小床上。

“那天晚上……”

“哪天晚上，孩子？”

麦克斯甚至都不知道别格觉得自己仿佛挨了一巴掌。哦，他有多么傻，竟把希望建筑在这样的流沙上！可他非要让他知道不可！

“那天晚上你要我把有关我自己的情况都说出来。”他绝望地哼哼唧唧着说。

“哦。”

他看见麦克斯眼望着地板，皱起眉头。他知道麦克斯被搞糊涂了。

“您问了我一些从来没有人问过我的问题。您知道我是个杀了两次人的杀人犯，可您仍把我当人看待……”

麦克斯凝神瞅着他，从小床上站起来。他在别格面前站了会儿，别格还以为麦克斯已经知道了、理解了，可是麦克斯底下的话说明，这个白人依旧在设法安慰他面对死亡。

“你也是人，别格，”麦克斯疲惫地说，“对一个快要死的人谈这类事，可真要命……”麦克斯顿了一顿。别格知道他在寻找字眼安慰他，但他并不想听。“别格，”麦克斯说，“在我正从事的这项工作中，我是用这种方法看待这个世界的，这世界上既没有白人，也没有黑人，既没有文明人，也没有野蛮人……当人们想要改变地球上人类的生活的时候，这类小事情就微不足道了。你就不去注意它们了。它们仿佛并不存在。你已把它们丢在脑后了。我当时那么跟你谈话的理由，别格，是因为你使我感觉到人们怎样迫切地想要活下去……”

“可有时候我真希望您没问我那些问题。”别格说，他的声音听上去既在责备他自己，同时也在责备麦克斯。

“你这话什么意思，别格？”

“它们使我思考，思考又使我有点儿害怕……”

麦克斯紧紧地攥住了别格的双肩，接着他的指头放松了，他的身体颓然坐回到小床上，可是他的目光依旧盯在别格脸上。是的，麦克斯现在知道了。在死亡的阴影下，他要麦克斯跟他谈生活。

“麦克斯先生，我怎么能死！”别格问。当这些字眼从他嘴里响亮地吐出来的时候，他很清楚：懂得如何生活也就是懂得如何死去。

麦克斯别过脸去，嘟囔着：

“人们单独死去，别格。”

但别格没听见。他心中重新燃起那个迫切的欲望，想要谈话，想要倾诉；他的两只手举到半空中，等到他开口说话的时候，他企图在他说话的口气里注入他自己想要听到的东西，他本人所需要的东西。

“麦克斯先生，自从那天晚上以后，我仿佛看清了自己。我也仿佛看清了别人。”别格的声音消逝了。他在倾听他的话在他自己脑子里发出的回声。他看见麦克斯脸上露出惊愕和恐怖的神色。别格知道麦克斯不愿他这么说话，但他没有办法。他必须死，他也必须把话说出来。“嗯，是有点儿滑稽，麦克斯先生。我并不是想要逃避即将落在我头上的命运。”别格变得有些歇斯底里了，“我知道我快要就刑。我快要死了。嗯，现在看来，这倒没有什么。可事实上我从来不想伤害什么人。这是实话，麦克斯先生。我伤害人是因为我觉得我非这样做不可，就是这么回事。他们挤得我太厉害了。他们不肯给我一点儿空隙。许多时候我想要忘掉他们，可是忘不掉。他们不肯让我这么干……”别格的眼睛睁得很大，却视而不见。他滔滔不绝地讲下去：“麦克斯先生，我并不想干我已经干出来的事。我是在想方设法干些别的事，可是看来我永远没那机会。我老是想要什么东西，可我觉得谁也不会让我得到它，因此我跟他们斗争。我认为他们很残酷，我也就装得很残酷。”他顿了顿，随即哼哼唧唧地坦白出来，“可我并不残酷，麦克斯先生。我甚至一点儿都不残酷……”他站了起来。“可是他们送我上那把椅子的时候，我……我决不会哭泣。可我内心深处会……会觉得像在哭泣……我会觉得，我也会想，他们没看见我，我也没看见他们……”他奔到钢栅栏门那里，两手抓住栅栏，拼命摇着，像是要把栅栏从水泥地里拔出来似的。麦克斯走到他身边，攥住他的两个肩膀。

“别格。”麦克斯无可奈何地说。

别格镇静下来，疲弱地靠在门上。

“麦克斯先生，我知道那些送我到这儿就刑的人痛恨我，我知道这一点。可……可您想，他……他们也像我……我一样，想要得……得到什么，等我死了以后，他们也会像我现在这样说，他们不想伤害任何人……说他们也是想……想要得到什么……”

麦克斯没回答。别格看见老头子眼里流露出犹豫不决和茫然的神色。

“告诉我，麦克斯先生，您以为他们会这样吗？”

“别格。”麦克斯恳求说。

“告诉我，麦克斯先生！”

麦克斯摇摇头，嘟囔着：

“你是在要求我说一些我不想说的话……”

“可我想要知道！”

“你就要死了，别格……”

麦克斯的声音越说越低。别格知道：老头子并不想说这话，他说这话是因为他逼着他，强迫他说出来。他们沉默了一会儿，随后别格悄没声儿说：

“正是因为这个缘故，我才想知道……我想正因为我知道我就要死了，才使我想要知道……”

麦克斯的脸呈死灰色。别格生怕他要离开。隔着沉默的鸿沟，他们四目相视。麦克斯叹了口气。

“过来，别格。”他说。

他跟着麦克斯走到窗边，看到了远处闹市区里沉浸在阳光里的高楼屋顶。

“看见那些楼了吗，别格？”麦克斯问，用一只胳膊搂住别格的双肩。他讲话很急促，好像他想要拿一种温暖柔韧的原料塑造什么东西，又怕原料冷得太快。

“是的。我看见了……”

“你曾经在这样一座楼里住过，别格。它们是用钢和石头造成的。可钢和石头无法把它们连成一体。你知道是什么东西支撑着这些楼，别格？你知道是什么东西使它们巍然屹立，使它们不至于倒塌下来？”

别格瞅着他，迷惑不解。

“是人们的信仰。一旦人们不再相信，不再有信念，它们就会倒塌下来。这些大楼是从人们的心里长出来的，别格。像你这样的人。人们不断地觉得饿，不断地有所需求，这些大楼也就不断地成长、发展。你有一次对我说过，你想要做许多事情。嗯，就是这种感觉使得这些大楼巍然屹立的……”

“您是说……您在讲我那天晚上说的话，我当时说我想要做许多事情？”别格的声音很平静，他那如饥似渴的好奇口气里带着孩子气。

“是的。你所感觉到的东西，你所要求的东西，也就是使得这些大楼屹立在那儿的东西。当千百万人在希望和渴求的时候，这些大楼也在成长、发展。可是，别格，这些大楼不再成长了。少数几个人把这些大楼紧紧地捏在手中。这些楼不能继续发展，不能满足一些人的梦想，你这样的人的梦想……住在那些楼里的人开始怀疑，像你一样。他们不再相信。他们不觉得这是他们的世界。他们烦躁不安，像你一样，别格。他们一无所有。他们没有任何可以使自己成长、发展的东西。他们走到街上，他们站在这些楼外面，眼睛看着，心里琢磨着……”

“可……可他们为什么恨我？”别格问。

“拥有这些楼的人害怕了。他们想要保持他们拥有的东西，哪怕这样做会使别人受痛苦。为了保持这些东西，他们把人们推到泥里，说他们是野兽。可是人们，像你这样的人们，发怒了，他们起来斗争要重新进入这些楼，重新生活。别格，你杀了人。那是错误的，那不是办事方式。现在对你来说已经太晚了……应该去跟其他人一起工作……他们也想要……建立信仰，使这个世界生存下去……不过有一点还不太晚，那就是相信你所感觉到的，理解你所感觉到的……”

别格朝这些楼的方向凝视着，但他并没看见它们。

他正设法对麦克斯所描绘的图画做出反应，设法拿这幅画跟他这一辈子所感觉到的东西做比较。

“我一直想干些什么。”他嘟囔着。

他们沉默不语，麦克斯不再说话，直到别格拿眼看他。麦克斯闭上眼睛。

“别格，你就要死了。可你就是死，也要死得自由。你正在设法相信你自己。而每次你想要找一条生活出路的时候，你自己的头脑就拦住你的去路。你知道为什么这样？那是因为别的人都说你坏，他们又让你生活在很坏的环境里。这样的话听了一遍又一遍，再看看四周，发现自己的生活确实坏得很，一个人就会开始对自己的头脑产生怀疑。他的感情促使他往前走，而他的头脑充斥着别人所说的关于他的话，却叫他往回走。要让人们起来斗争并建立信念，就是要让他们相信生活使他们感觉到的东西，让他们觉得他们的感情跟别人一样美好。

“别格，那些恨你的人内心的感觉跟你一模一样。只是他们在篱笆的另一边。你是黑人，可那只是问题的一部分。我过去跟你说过，因为你是黑人，他们就更容易把你单独挑选出来。他们干吗要那样做？他们也像你一样，需要生活里的东西，他们并不在乎用什么手段弄到它们。他们雇用人，给的钱却不多。他们把别人的东西占为己有，建立了权力。他们统治着，安排着生活。他们把事情安排得既让他们自己可以为所欲为，又让人民无法反抗。他们对待黑人比对待别人更坏，因为他们说，黑人更低下。可是，别格，他们也说，所有干活的人都是低下的。而那些有钱的人并不想改变现状，他们损失太大。可是在他们内心深处，他们的感觉跟你一模一样，别格，而为了保持他们已有的一切，他们使自己相信，那些干活的人并不是人。他们就像你一样，别格，就像你拒绝为玛丽伤心一样。可是在篱笆两边，人们都要生活，人们都在为生活斗争。谁会赢？嗯，是对生活感受最深刻的一边，是最有人性、人数最多的一边。就是为了这个缘故……你……你得相……相信你自己，别格……”

别格哈哈一笑，麦克斯吃惊得猛地把头一抬。

“啊，我想我相信我自己……此外我一无所有了……我就要死了……”

他迈步走向麦克斯。麦克斯正靠在窗上。

“麦克斯先生，您回家吧。我没问题了……听起来有点儿滑稽，麦克斯先生，可我仔细考虑您说的话，我仿佛感觉到我所需要的东西了。这使我觉得我仿佛是对的……”麦克斯张嘴想要说什么，但别格把他的声音淹没了。“我不想宽恕任何人，我也不要求任何人宽恕我。我也不会哭泣。他们不让我活，我就杀人。或许杀人不对，我想我也并不真想杀人。可我一想起为什么杀人，我便开始感觉到我所需要的东西，开始感觉到我是怎样一个人……”

别格看见麦克斯紧闭着嘴唇从他身边往后退。但他觉得他必须让麦克斯懂得他现在是如何看问题的。

“我并不想杀人！”别格喊道，“可我既然杀了人，我决不后悔！我准是感触非常深，才会杀人！我杀人时准是感到很难下手……”

麦克斯举起一只手想抚摸别格，但没这么做。

“不，不，不……别格，别这样……”麦克斯用绝望的口气恳求说。

“我杀人的动机准是好的！”别格的声音里充满疯狂的痛苦。“它准是好的！一个人动手杀人的时候，他是为了某个目的……我不知道我是真正活在这个世界上，直等到我觉得日子难过得想为此杀人……这是实话，麦克斯先生。我现在可以这么说了，因为我就要死了。我非常清楚我在说什么，我也知道这话有多难听。不过我挺好。我这么看问题的时候，就觉得挺痛快……”

麦克斯的眼睛里充满恐怖。有好几次，他的身体不安地挪动着，仿佛他要走到别格身边去，但他站着没动。

“我挺好，麦克斯先生。请您告诉我妈，我挺好，别为我担心，明白吗？告诉她我挺好，没哭哭啼啼的……”

麦克斯的眼睛湿润了。慢慢地，他伸出一只手来，别格握了握。

“再见，别格。”他安安静静地说。

“再见，麦克斯先生。”

麦克斯像瞎子似的摸索着找帽子，他找到后，就一下子扣到头上。他摸索着找门，始终把脸转向一边。他把一只胳膊伸出去，打手势叫看守。等他出去以后，他背朝钢门站了一会儿。别格用两手攥住栅栏。

“麦克斯先生……”

“唔，别格。”他没转过身来。

“我挺好。说真的，我真的挺好。”

“再见，别格。”

“再见，麦克斯先生。”

麦克斯顺着廊子走去。

“麦克斯先生！”

麦克斯停住脚步，但没回头。

“告诉……告诉简先生……问简好……”

“好的，别格。”

“再见！”

“再见！”

他依旧紧攥着栅栏。接着他露出一个淡淡的、歪扭的苦笑。他听见远处当啷一声把门关上了，钢碰钢的声音响彻牢房。

理查德·赖特（Richard Wright），1908 年生于美国密西西比州，童年在田纳西州的孟菲斯度过，而后进入孤儿院。年幼的他与众多亲戚相处不快，这些经历成为他日后写作自传《黑孩子》的素材。赖特 15 岁离家，1934 年前往芝加哥。1935 年，赖特在芝加哥开始从事“联邦作家计划”的相关工作。1938 年出版处女作——小说集《汤姆大叔的孩子们》。次年，赖特被授予古根海姆奖。

此后，赖特继续写作多部随笔集、非虚构作品和小说。本书节选了小说《局外人》和《土生子》的片段。赖特的作品直击种族关系问题和非洲裔美国人所处的困境，因此经常引发争论和激烈的批评。有些反对声音甚至来自与他同类型的作家，比如詹姆斯·鲍德温。鲍德温尤其讨厌别格·托马斯这个人物。

“二战”结束后，理查德·赖特携妻子和女儿赴巴黎定居，直至 1960 年去世。

理查德·赖特作品推荐：

《黑孩子》

《土生子》

图书在版编目（CIP）数据

企鹅经典．小彩虹．第一辑/（以）尤瓦尔·赫拉利等著；林俊宏等译．-- 北京：中信出版社，2019.11（2021.6重印）

书名原文：Vintage minis

ISBN 978-7-5217-1014-4

Ⅰ．①企… Ⅱ．①尤… ②林… Ⅲ．①世界文学－作品综合集 Ⅳ．①I11

中国版本图书馆 CIP 数据核字（2019）第 203895 号

企鹅经典：小彩虹　第一辑

不公

著　　者：[美] 理查德·赖特

译　　者：施咸荣　赵轩

出版发行：中信出版集团股份有限公司

（北京市朝阳区惠新东街甲 4 号富盛大厦 2 座 邮编 100029）

承 印 者：河北鹏润印刷有限公司

开　　本：787mm × 1092mm　1/32　　印　　张：32.25　　字　　数：400 千字

版　　次：2019 年 11 月第 1 版　　印　　次：2021 年 6 月第 2 次印刷

京权图字：01-2016-9678

书　　号：ISBN 978-7-5217-1014-4

定　　价：168.00 元（全 8 册）

服务热线：400-600-8099

投稿邮箱：author@citicpub.com